绣像私藏版

中国禁书文库

马松源◎主编

线装書局

图书在版编目(CIP)数据

中国禁书文库.10/马松源主编.—北京:线装
书局,2010.3
ISBN 978-7-5120-0092-6

Ⅰ.①中…　Ⅱ.①马…　Ⅲ.①古典文学-作品综合集
-中国　Ⅳ.①I212.01

中国版本图书馆 CIP 数据核字(2010)第 027207 号

中国禁书文库

主　　编:马松源
责任编辑:崔建伟　赵　鹰
封面设计:博雅圣轩工作室
出版发行:线装书局
地　　址:北京市鼓楼西大街 41 号(100009)
　　　　　电话:010-64045283
　　　　　网址:www.xzhbc.com
印　　刷:北京彩虹伟业印刷有限公司
字　　数:3600 千字
开　　本:787×1092 毫米　1/16
印　　张:336
彩　　插:8
版　　次:2010 年 3 月第 1 版 2010 年 3 月第 1 次印刷
印　　数:1-1000 套
书　　号:ISBN 978-7-5120-0092-6

定　　价:4680.00 元(全十二卷)

ISBN 978-7-5120-0092-6

9 787512 000926 >

目 录

一

中国禁书文库

藏书家藏禁书

二

《蜜蜂计》

第四篇　（清·黄丕烈）海盐西涧草堂藏书

《醒世第二奇书》

《钟情丽集》

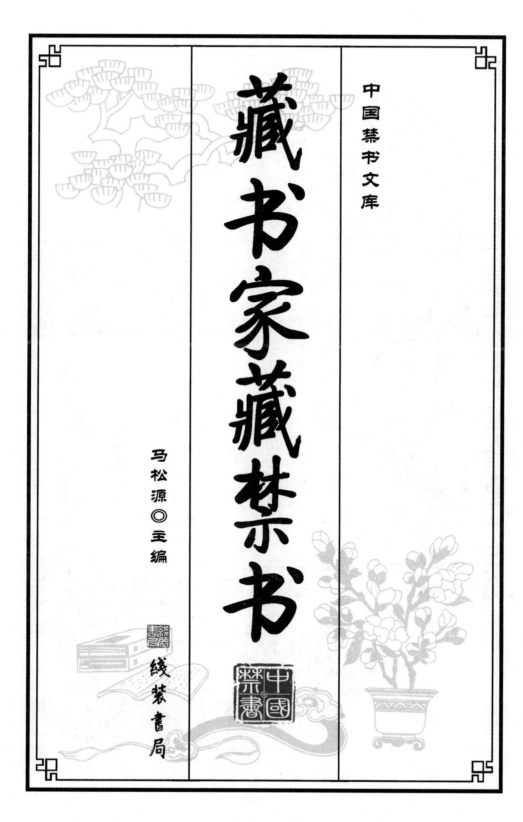

中国禁书文库

藏书家藏禁书

马松源◎主编

线装书局

（清·瞿绍基）铁琴铜剑楼藏书

第三篇

香舌缘

[明] 花月痴人 撰

第一回 镇国公回乡祝寿 玉龙子遇舅陈情

诗曰：

　　尚主恩隆位列侯，欺君蠹国弄奸谋。

　　狼心一剑伤未妇，侠气千金赠教头。

　　活命恩翻戕女命，彩球缘作进身球。

　　他朝遭际风云日，削佞昭冤赋好逑。

　　这首诗，为前朝万历年间一事而作。其间忠佞淫正纷纷不一，到底罪恶贯满，如太阳一出，群阴尽伏，冰消瓦解。闲话休题，且说前明万历神宗皇帝即位三十有二载。是时兵戈尽息，宇内雍熙，君正臣良，民安物阜。时维五月朔旦，群臣贺朔。朝罢赐酺。酒至三爵，武班中有位大臣，离席出班启奏。这位大臣乃湖广襄阳人氏，姓胡，名豹，字蔚南。官封九门提督、附马都尉、镇国公之职，素有不臣之心。是日，俯伏金阶，口称："臣豹蒙圣恩深重，理应夙夜匪懈，以事一人。现臣母九十一岁生辰在迩，欲告假回乡，与母祝寿，恳赐天恩得遂私情。"神宗皇闻奏，龙颜大喜："卿家如此孝心，朕准告假一年，赐卿母龙头拐杖、黄金千两、彩缎千端，假满回朝事奉寡人，不得有违。九门提督印信暂令唐坤代署。"胡豹谢恩。退朝回府，命家人打点行程，与皇姑、儿媳起程，直望湖广进发。

　　一日，已抵襄阳。文武官员迎接入城。胡豹辞谢各官回府，与皇姑、儿媳拜见陈氏太夫人，献上龙头拐杖、钦赐各物。陈氏大喜，望阙谢恩。胡豹有三子：长子云光，二甲进士出身，现任广东布政司；次子云彪，武探花出身，现任广西梧州总兵；三子云福，十恶俱全，在家助父为虐，胡豹十分容纵，公主屡屡训诲不听，按下不表。预

日，两公子俱着家人备办礼物，回府与祖母祝寿。大小文武与胡豹相厚者，各办礼到贺。是日，陈氏太夫人头戴凤冠，身穿霞珮，拜叩家神祖先。驸马、皇姑、同儿媳家人一齐拜寿。纷纷官员到贺，摆列寿酒，唱演梨园，数日而罢。

时有一位英雄，乃是胡豹外甥，姓唐，名玉龙。为打伤人命，为官司所逼，反上大雁山，独霸称王。手下有数千喽啰、百余头目，官兵不敢围拿。是日到来，拜外祖母寿。胡豹引至书房，茶罢，屏退家人，细问贤甥近来何处安身。唐玉龙曰："愚甥自从打伤人命后，逃走出外，在伍家庄教习拳棒，蒙伍员外十分过爱。母舅大人不必挂心。"胡豹道："胡说！你我舅甥至亲，尚讲谎话。闻得你在大雁山落草为寇。你尚瞒我！"唐玉龙曰："非是愚甥瞒谁，实恐有玷母舅大人清名。"胡豹当下沉吟不语。玉龙见此光景便问："母舅大人有何疑事，如此踌躇？"胡豹曰："我有机密大事欲与你酌量，恐怕你泄漏。"玉龙曰："甥舅至亲，岂有泄漏之理？"胡豹大喜，说："母舅近来见昏君看我不在眼里，屡次想夺我兵权，是以含忿于心，久欲招兵买马，待时而动，杀却昏君，夺却大明江山。与贤甥作个里应外合，你意下如何？"玉龙曰："母舅既有此心，待愚甥招兵买马，听候指麾，辅母舅大人为一统之主便是。"胡豹大喜曰："贤甥如此英雄，肯来相助，何愁大事不成？倘寨中粮草不敷，切莫打家劫舍，残害良民、妇女。欲成大事，当先收买民心。你即可暗暗到为舅处，自有粮草相助于你。你亦不宜久居于此，早回山寨为是。"说罢，携同玉龙入内，拜别外祖母、皇姑。胡豹命三子云福："送你表兄一程。"云福领命，二人跨马，四名喽兵、两个家人跟随。云福公子直送到十里而别，玉龙直望大雁山进发。玉龙回山，不知如何，且听下回分解。

第二回 黄员外狭路施恩
铁国良危途遇救

诗曰：

　　陌路相逢便解纷，铁威当日已蒙恩。

　　缘何不记援生义，逼杀芳容负世君。

　　且说唐玉龙带着四名喽啰水宿风餐，在路上非止一日，直程至到尖峰岭。见峰峦耸翠，左右回环，树木交加，浓荫遍野，停鞭顾盼。正在得意忘怀之际，不觉马头一撞，把一个醉汉几乎撞下马来。慌得个醉汉双手把索一抽，两腿把马一夹，大怒："何处瞎眼狂徒，不识回避！家丁与我抓下马来，打死个狗头。"一众家丁正欲动手，唐玉龙大叫："不得无理！某不过贪看山景，偶然相撞，何得如此辱骂，复叫家丁打我，是何道理！你是何人，如此逞恶？"那醉汉道："杀你狗眼！认不得新捐资政大夫铁威员外，混名铁太岁在此。你既无心撞我，好，下马叩头陪罪，我便饶你。不然，打死你个驴头。"激得玉龙三尸神暴，五内生烟，忙跳下银鬃马，舒开英雄手，将铁太岁抓落马下。随后众家丁上前抢救，被四喽啰打得东逃西跪。玉龙将铁威他剥去衣服，捆绑树上，拔出利刀想照胸前一划。那铁太岁大叫："救命！"惊动一位过往客商，大叫："壮士不可伤他性命，吾有话说！"

　　唐玉龙回头把那人一看，见他头戴方巾，身穿蓝绸道袍，银面微须，约有四旬光景，马后跟随四名家丁一齐前来，急忙住手。

　　那人马上拱手道："请问壮士，他与你何冤，你要杀他？"

　　玉龙道："某因探亲回到此地，贪看山景，误撞他马。他辱骂不了，复叫家丁打

我。如此狠恶之人，留他必为民害，不如杀了，除却地方大害。客官与他何亲，特来救他？"

那人道："某并非与他有亲。但见人命关天，故出口相救，望好汉恕他卤莽，待我叫他赔罪。意下如何？倘好汉不肯饶恕，某囊中有白金三百，送交好汉与他赎罪。"说罢，叫家人呈上白金三百。

唐玉龙微笑道："某生平好打不平，无义之财，素性甚鄙。客官请收回罢。即承如此谆谆，某便饶恕，可惜便宜了他。你看他蜂目豺声，久必噬人。谚云：狼子野心，不可畜也，畜必为害。恐他日恩将仇报，辜负慈心。请问客官高姓大名，尊居何处？"那人道："某姓黄，名昌，字世荣。家住在襄阳城二十里水月林，贩卖绫罗为生，因催租过此。动问一声，壮士高姓尊名，探何令亲？"

唐玉龙道："以君长者，故不相瞒。某姓唐名玉龙，伯占大雁山。因过襄阳胡豹，拜外祖母寿，遇此凶人。得逢长者，窃慰三生。"黄世荣道："不揣错爱，敢献鄙言：切思千古绿林，终须破灭。大王以万人之勇，兼系附马之甥，何不解甲销兵，投诚天子，做个朝廷柱石。"唐玉龙道："娓娓名言，不啻晨钟三撞，惠教多矣。后会有期。"拱手上马，四名喽啰跟随而去。

黄世荣便叫家人将铁太岁解下，与他穿好衣服。铁太岁上前施礼，叩谢活命之恩。世荣便问："兄台高姓大名？"铁太岁道："某姓铁，名威，字国良。捐资政大夫，颇有家财。皆因酒醉误触匪人，蒙兄活命，后当酬报。寒居不远，请至奉茶。"世荣道："贱事羁身，不敢叨扰，改日拜候。"各拱手上马而去。

世荣至家，有张氏、施氏妾侍安人，同女儿素娟、儿子贵保迎接坐下，便问员外催租如何。世荣道："收得三百。"丫环过来，收入安人卧房去。旁有丫环递茶，茶罢，世荣讲出路上救铁太岁，遇唐玉龙事，细说一番。张氏闻得，十分叹惜，便道："员外此举，妾心甚慰。自古救人一命，胜造七级浮屠。种落善根，他日儿孙藉荫。吾儿贵保，你须体贴父亲慈心，日后做事，依他榜样才好。"

却说贵保、素娟二人，素有大才，闻母亲训诲，即说曰："为儿遵教便是。"说话未了，仆妇摆开晚膳。夫妻、姻弟一齐用膳，按下不题。

且说唐玉龙回到山寨，吩咐喽啰："以后孤单客商不许劫杀；山下居民不得掳掠；

来往货物、财帛，十取二三。倘敢抗违，一经查出，定杀不宥。"自此，寨中人马兴旺，官兵不敢正觑。

　　却说头目施赛全，只为兵戈撩乱，与妹子失散，不知下落，告假还乡，访寻妹子。大王许允，拜别下山。赛全访寻妹子下落，且听下回分解。

第三回 见美色云福行凶
遇强梁秀霞全节

诗曰：

多露常严敢溃防，何来强暴忍相戕。

应怜玉碎花飞处，祸血还愁祸北堂。

且说胡云福送唐玉龙回山后，跨马入城。经过朱家庄，蓦见一女娘，年才及笄，虽裙布荆饰，自具雅淡风流。那女子见云福目不转睛，即逡巡闭门避去。云福在马上神魂稍定，叫家人暗志门首，驱马回府，回复父命。即命家人暗暗查问前看女娘，何姓何名，可有父兄，可曾婚配。

家人领命，不一时打听明白，回报公子："此女娘姓朱，名秀霞。父亲朱百容，在城里做猪肉店生意。长兄朱能，素有大志，本年新进贪官，后移文就武，教习拳棒，手下教习徒弟百余。父子日夜俱不在家，只有母冯氏相伴，未曾婚配。"

公子闻说大喜，即命心腹家人胡成，带白金二百，往猪肉店与朱百容说亲。胡成领命至店，朱百容在柜面相迎，便问："足下高姓大名，光临小店，有何贵事？"胡成道："在下胡成，现在附马府为亲随。奉三公子之命，有事拜求足下。你就是朱百容叔台否？"百容道："不敢，在下便是。有何钧谕请道其详。"胡成道："我家公子素仰令爱，德比孟光，貌逾西子，意欲纳为偏宠，特令小人送聘金二百，望乞笑纳。恳赐庚书，待小人复命。"

百容当下沉吟，便道："公子过爱，本当从命，奈小女貌鄙，不堪箕帚，况属许人，不敢如命。烦管家善复公子。幸甚，幸甚！"

胡成道："足下何必饰词。公子稔闻令爱尚未婚配，是以着小人说亲。足下如此推

搪，岂附马少爷不堪匹敌么？"

百容道："不是此说。小女实实已许人家，断难从命。管家请回。在下生意临门，不能久于陪奉。恕罪，恕罪！"说罢，即起身往肉台去。

胡成怒道："你如此乔难，回去禀知公子，怕你大祸临头，火燃眉睫，那日方知今日之错。"说罢，怒气冲冲不别而去。百容见此光景，连忙归家，把冯氏母女二人着实训诲一番，嘱她闭门藏英，不可挨门凭壁，恐招强暴之辱，致贻多露之羞。嘱罢，即回店去。

且说胡成回府，直把百容却亲之事诉明。公子云福即时怒气冲冠，说："可恶狗才，如此刁难！我看你女日后嫁与谁家。吾弄得你家散人亡，不算公子手段。"胡成道："公子不必动气，明日再过朱家庄，务必抢他女儿回来，看他允亲不允。"云福道："你说得是。迟日再摆布他。"

不觉过了数天。是日八月初三，乃襄阳县知县生日。这知县姓雷，名象星，乃浙江人氏，与云福乃连衿之亲。是日云福奉父命，带齐礼物，往县衙恭贺。县官摆酒相待，留连至夜。饮到初更告别，大醉上马，数个家人拥扶而去。

云福经过朱家庄，猛然触起，连忙下马，命家人叩门。里面冯氏闻得，忙问是谁。家人道："是胡三公子。在县衙饮醉，路经过此，酒渴求茶，特来借饮，奉回茶钱。"冯氏在里面应道："寒舍并无男人，昏夜之间不便接见，请公子过别家罢。"

胡成喝道："可恶老虔婆！公子不过酒渴求茶，快不开门，如此作难，少时打点主意。"云福见她不开门，双脚一蹬，门已离拆，众家人拥公子而入。云福道："酒渴了，快快取茶来。"冯氏无奈，入内捧茶递进。饮罢，云福道："你个妇人过来。公子有场富贵抬举你。闻得你令爱十分美貌，今晚陪公子一宵，明日纳为偏宠，赏你白金三百，意下如何？"

冯氏道："公子贵人，请自珍重。书云：'非礼勿言。'小女虽属绿窗贱质，以礼自持，桑濮之行素所鄙斥。且寒家虽然贫贱，亲媵之事亦所羞为。公子请勿乱言。夜深矣，请回府罢。"

云福怒道："你个妇人好不识抬举！快快叫女儿出来罢。"冯氏道："公子明见。女儿亲事自有丈夫作主，妾是女流，安敢擅专？请回府罢。"

云福大怒："家丁，与我抢她出来！"胡成等闯入。冯氏拦阻不住，被他推倒在地，

大喊："清平世界，黑夜强抢妇女！"云福大怒，拔出佩剑一挥，鲜血溅喷，冯氏死倒在地。秀霞见母亲被杀，抚尸大恸。云福上前搂抱，秀霞把头向石上一撞，早已玉碎花飞，血殷阶砌。

云福神魂一悚，宿酒顿醒，连忙上马，密嘱两个家人深秘此事，回府安歇。母女被害如何，且听下回分解。

第四回 触赃官张玉毙命
抗县令百容寄监

诗曰：

鼓响三咚正坐衙，如狼差役各纷拿。

冤门大启罗民入，铜气金光早杀他。

却说朱家右邻张玉，是晚睡不安席。云福叩门时，早已披衣窃听，始闻絮絮，继而嚷骂。斯时忿火填胸，意欲开门与云福理论，自忖权势不敌，只得暂行忍耐，听他如何摆布。续后闻嚎哭，一会马蹄疾响，数人嘈杂而去。凝神再听，悄然无声，不觉心中大疑，忍不住启户查看。见朱家门扉大展，入内两尸横地，鲜血溅阶。心中大骇，疾呼邻里。

更保齐集，群问何事，张玉把朱家母女被杀、与自己窃听之事陈说一番。众人大惊，一齐拥入朱家看验，吓得各人面面相觑。张玉曰："我等在此喧嚷无益，急宜报伊父子，回来告官相验为是。"众人曰："张兄说得是。"即命人分头报之父子。

朱百容父子闻报回。回家中一见屋，大哭，忙问众人母女因何被杀。张玉便把夜来窃听之事细说一番。保正说道："分明胡云福酒后行凶，强奸杀命。你快些入城报官为是。"

朱能带泪道："我与胡贼势不两立！父亲一面报官，孩儿直入胡府，把他男女尽行杀却。"

百容道："我儿不必鲁莽，这狗贼府内家丁数百，儿去枉送性命。况云福父亲乃当今姐丈。你纵然杀却仇人，他必然不肯干休。不若报明县官，待官怎样处决，然后再作计较。"

众人道："此事报官亦大费手脚。自古道：'捉贼拿赃，捉奸在床。'如此无凭无证，恐报官不准。纵然禀告亦是枉然。"张玉道："此事不难。待我做个证人，拼死拼生，务必除却这个狗子。"众人道："既然张兄仗义，肯作证人，我等亦须联名。朱翁早早报官，等合即守尸为是。"百容道："蒙诸君仗义，生死均感。诸君请回，张兄留伴吾儿罢。"朱能咬牙切齿，顿足啼泣。众人劝慰一番，各自散去。

百容拭泪进城，到县衙击鼓鸣冤。知县雷象星闻报，坐堂传讯。值日差役把百容带入。百容跪下，递上状词。承案胥吏接状呈上，雷象星细细披览，只见写着：

　　具禀朱百容，年五十二岁，住城外朱家庄。堡正郝唐、乡正钱兆、党正倪孚、左邻朱谦、右邻证人张玉、更夫朱进、地保朱福，为恃势强奸、连杀二命，邻证确凿乞恩检验，拘凶抵偿事。切蚁父子素业屠猪，日夜在店，留妻冯氏、女秀霞在家。突于本月初三夜，被权恶胡云福，系镇国公三子，酒后闯门，强奸不遂，刺杀蚁妻女二命。右邻张玉知证，街坊更堡炳据。祸因前月十五日，伊遣恶仆胡成到蚁家，说纳小女为偏。蚁辞不允。遂致用强，连毙二命。如此恃势行凶，无法无天，迫得匍叩台阶伏乞俯赐亲临检验，差拘胡云福到案，依律究办，生死衔经，沾恩切赴
　　太爷台前作主施行。

　　　　　　　　　　　　　　万历三十二年八月初四日禀

雷象星看罢，见词告衿弟胡云福，沉吟一会，开声问道："你是朱百容么？"答道："小民就是朱百容。"县主问道："你妻女被杀，是夜你父子在家否？"百容道："小民父子是夜在店，得街邻奔报方知。"县主道："你既不在家，何以知杀人的是胡云福？"答道："是右邻张玉亲耳听闻，确证可凭。"

县主道："并非目见，只信耳闻，胆敢扳陷贵人，好生大胆。且待验过伤骸再行讯究。"于是吩咐胥差、仵作，俟候往验。雷象星带齐胥差、仵作，摆道直往朱家庄而去。

一到门首，早有朱能及状内有名人等，跪接入内，摆设公案，焚香俟候检验。县主亲眼验毕。验得冯氏系剑伤，秀霞系撞死。绘成尸格分毫不错，即打道回衙。吩咐

差役带齐案内有名人等到案审讯。百容临行，吩咐朱能殡殓尸骸。朱能领命，即买衣衫、棺木殡殓二尸，暂停舍后安灵，守孝哭祭一番。泣思母、姐惨遭冤死，何日得报深仇。又凶手不比平民，如此重大案情，这场官讼又怕胜负难料，不表。

且说雷知县回衙升堂审讯。案内有名人等一齐跪下，只有胡云福未拘到案。各点名毕。百容前经讯过，不用絮问。单向邻保问道："朱家之事你等果目的确见否？"众人道："事后张玉叫喊方知。"县主道："未起事之前，百容在家否？"众人道："起事之日朱百容父子在屠店生理。起事之后，我等着人叫他回来。"

县主点头，即唤差役把众人带过，独唤张玉问道："证人张玉是你么？"答道："小民就是张玉。"县主道："冯氏母女被杀，你果目击，抑或耳闻，如实供来，如虚反坐。"

张玉道："此事非小民目击，实是耳闻。当胡云福叩门时，小民已窃听了。始初以求茶为词，继而逼奸，继而刺杀，一一确听，不敢扳诬。伏望青天勿避权恶，拘拿凶手，免使冯氏母女含冤。"

县主道："据你说来，云福逼奸是必吵闹许久。你家内人及邻佑可有人同闻否？"张玉道："小民孤身，家内无人，即邻里亦经小民叫喊方知。"县主拍案道："好大胆刁民！自作之事，反推卸别人。只可瞒骗街邻，怎瞒骗得本县！"即传朱百容等众到案，道："你妻女被杀，凶手即是证人。明明张玉串党入室抢劫，被冯氏母女知觉叫喊，遂逞凶杀命，扳诬贵人，希图卸罪。你等乡堡更邻，回去安分营生，本县即签差拿获余党，与张玉一齐结案。"谕罢，众人叩头而去。县说随叫百容、张玉具遵。吓得百容、张玉置辩不迭。张玉道："小民义忿填胸，拼命作证，情知权势不敌，实望青天诛除城狐社鼠，为死者伸冤，岂意反令羊代牛死。如谓凶手即是证人，诸神明断，死亦甘心。"

县主道："待本县斥破你的弊端，使你心服口哑。"不知县主说出什么言语来，县听下回分解。

第五回 李抚院受嘱沉冤 何知府谕民控部

诗曰：

民瘼奚关痛痒心，忍教三命把冤沉。

中流堪羡何知府，愧杀堂堂李士林。

话说县主把张玉讦问道："你既肯事后作证公堂，何不事先解纷邻舍？救死岂不好过伸冤？"张玉道："情知众寡不敌，权势不登。初不意其刺杀，姑闭口以待其终止。"

县主带笑道："你很口辩。据你说在外窃听事至刺杀，其中吵闹嚎哭，四邻是必共闻，不只你一人独闻。岂有四邻闻声不救，必待你叫喊然后齐出？本县见你是个孤贫无赖之徒，串匪入室行劫，被冯氏母女知觉，你恐怕叫喊被获，遂至赶狗入穷，迫为反酿，竟将她母女杀死，希图卸罪，嫁祸权贵是真。不动刑法，你决不肯招。"骂罢，撒签喝打。吓得百容心慌，连忙上前抱住，泣诉道："张玉为人，小民信得无他。太爷幸勿冤枉，还望施恩息怒，另捕真凶。"

县主哪里肯听，拍案喝打。众役喝开百容，把张玉推翻在地，重责四十，打得张玉叫苦连天。百容见如此光景，连连叩头替张玉分辩。张玉昏过，哭道："小民拼死拼生公堂作证，实望青天拘凶偿命，使白发红颜伸冤地下，岂料党恶封冤，屠证灭口。小民虽死，誓必阴噬胡贼，杀却奸污，快息冤魂怨魄！"县主大怒，喝叫左右夹起。众役把张玉夹住，张玉昏迷数次。百容在旁泪如雨下，叩头雪辩。县主总总不理，拍案喝招。张玉抵死嚎冤，骂不绝口。县主连连拍案，喝众役抽紧夹棍。张玉抵当不住，双手一松，双眼一闭，昏死在地。县主忙叫松夹，命取水沃喷，喷之不醒。

百容见夹死张玉，忍不住大声道："太爷为朝廷命官，不是权门鹰犬，理应锄强扶弱，保护小民。今凶手不追，证人夹死。虽则下民易虐，只怕上司难欺。百容拼此微

躯，势必沥情上控，看太爷能作威福否？"县主勃然大怒道："可恶刁民，利口犯上。本县先把利害与你看。"喝命左右掌嘴。打得百容口血、鼻血交流，忍痛大骂。县主忙命把他监禁，将张玉死尸拖出，带怒退堂。

雷知县枉断此案，将苦主监禁，以免他上控。究竟心中不安，次日即打道到镇国公豹府中拜候。胡豹命云福出迎。雷象星进府参谒胡豹，胡豹离座答礼，两相坐下，云福旁坐。胡豹道："贤令光临何事？"雷象星道："无事不敢惊扰。只为朱家庄朱百容妻冯氏母女被杀一案，在本县衙门控告，词连三公子。现有状词在此，请公爷金目。"

胡豹接转一看大怒，骂声："畜生！贪图美色，草菅人命，不畏国法么？"云福即时满面通红，起身站立。雷象星便问："果有此事否？"云福道："此小弟不已之为。伏望衿兄设法调停，使朱家寝息其事。弟当厚报。"

胡豹道："贤令开堂讯供若何？"

雷象星道："众口一辞。本县曾为公子出脱，苦主不肯具遵，干证死口咬紧，无可奈何。"

胡豹道："畜生死不足惜。陶朱公有言：千金之子，不死于市。畜生虽然不肖，断难令其抵偿。贤令倘能圆转，自有千金相谢。"

雷象星道："公爷与贤衿不须忧虑，卑职已经将证人夹死，又将苦主押监。独怕朱家亲串有人，或列要津，或忝名幕，唆他儿子上控，颇足忧虑。卑职到来正为此故。公爷还须打点，务尽根株为是。"

胡豹道："这个不难。上而五府六部，下而督抚三司，本公只寄一封书，任他有纸千张，包管不准。贤令如此用心，本公从此另眼相看，今先薄赠，后保美升。"说罢，命云福入内，取出千金相谢。雷象星推让一番，然后领取，即打恭告辞，回衙而去。

胡豹即修书，命家人分头去京相好各衙门投递，又往本省布按三司、总督、抚院各处投递。布置已毕，再把云福申饬一番。然后命人打听朱家动静。

且说朱百容在监，幸得这个禁子非比别人，系儿子朱能的徒弟梁玉，一见百容进监，即以师公相称，甚好款待。谈及张玉枉死之事不胜感叹。正在慰藉间，忽监门有人呼声。梁玉出看，认得系师父朱能，速忙引入。父子相持大哭，朱能道："赃官附势，屠证沉冤，使父监押。儿昨领张玉尸骸回家殡殓，儿欲出棺上控，未知父亲之意如何？"

百容道："三命沉冤，势难哑忍，上控固是。但公门规制，动辄需钱。儿急往店中与潘叔父商酌，将全盘在生理让埋与他。得银归家，先殓三骸，次图上控。务要超冤杀贼，慰死安生。"梁玉近前答言曰："贤乔梓持论固佳，但合省官员皆与胡贼相好，独府大老爷持正不阿。老师欲雪冤，还须过府。第恐群邪交布，终为制肘耳。"百容曰："事不宜迟，早图为上。儿去罢。"

朱能泣辞曰："父亲安在牢中，勿生悲戚，过府准否，儿自报之。"又嘱梁玉曰："家严早晚全叨看顾，倘有不怿，求代解烦。"梁玉曰："兄去勿忧。兄父犹吾父。但愿恩星拥护，早得伸冤。"说罢，相送出牢而去。

朱能直程到肉店，一见潘成，下礼哭诉前事，兼致父命，愿将生意与叔父承埋。潘成扶起相慰曰："不意贤乔梓遭此大祸，使我心恻。贤侄不说，愚叔早已筹定。"说罢，将全盘数目呈出，所有铺底、客帐、家伙，一一开载明白，请朱能查验。朱能曰："叔父不必如此。但我父亲应得多寡，恳求见惠。以后生意，让叔父全做便是。"

潘成闻说，即取白金二百相赠，曰："贤侄持此回家使用，并上复尊翁，说愚叔生意羁身，不能到监相候。"朱能泣谢，持银回家，浼邻好相助，备买棺衾，暂殓三骸，浼人作状，上府再控。

且说襄阳府知府，乃岭南人氏，姓何名象蜂，有族兄维柏在朝，官居兵部。象峰赋性骨鲠，不避权贵。恭人张氏，四旬只生一子，尚在襁褓。是日升堂，正值朱能击鼓，喝命皂役带入。朱能泣进状词，匍伏在地。知府把状词细看，读到胁奸刺毙、锄证封冤等语，不胜大骇。看毕怒曰："毙证而不拘凶，诉冤而反系缧。在胡家固无国法，即知县何有上官？不加申饬，功令奚在！尔回去殡却伤骸，本府务必超冤释宁便是。"朱能叩头遵谕而去。

知府即行文到县吊案。县主见文大惊，即打道到胡府，与胡豹商酌。胡豹即修书往巡抚李士林，求寝其案。

李巡抚接书，即委中军传知府到衙。谕曰："朱家命案既经该县审实，贵府何复翻提？"知府曰："此该县糊涂。命案关天，正宜详慎，何得纵凶毙证，拘留苦主？现伊子在卑职衙门控告。安得不提？"李巡抚曰："该县折狱素优，料无偏断。况胡家势大，贵府勿作飞蛾。"

知府曰："卑职一入仕途，便以民瘼为任。其害于民则治之，初不计其势之大小

也。三命沉冤，司牧者宁漠视乎！该县附势锄良，卑职正思弹劾。胡家自有胡家之势，卑职自守卑职之官。察冤释良，府县之责耳！纵有祸福，其谁敢知。"

李巡抚怒曰："贵府蹈奇祸以博清名，本部院惜汝廉明，故委曲开喻，岂料本强如是，殊非晓人。本部院受托胡公，岂容滋事。"即执笔判牒，其辞曰："朱家命案，该县所审甚明，知府毋庸吊案。张玉奸杀卸陷，既经毙杖，姑作抵偿。百容扳害贵人，擅告官吏，暂行监候。牒仰该县照此施行。"判毕，即委中军行县，带怒退堂。知府见此，只得打恭辞去。知县接牒方始心安。

知府回衙，叹曰："吾今不得为民伸冤，枉作贪堂四品。"旁有恭人周氏问故，知府曰："朱家命案，被巡抚大人回护知县，行牒免提。眼见民冤不白矣！"恭人曰："何不叫幼儿子上京部控，老爷修书兵部伯父处，求他照料，则民冤可白矣。"知府曰："汝言亦是。"即命家人吩咐差役，带朱能入内衙问话。

朱能一到下跪。知府谕曰："汝家命案，被巡抚大人拦沉。本府官小力微，难与汝办。汝欲雪冤，还须到京部控。不知汝有此胆力否？"朱能曰："三命沉冤，势难哑忍，微大老爷金谕，小民亦欲赴京。但上有父亲，还须禀命。"知府曰："汝果到京，临行时可到本衙，待本府修书，到京与汝照料。"朱能叩头曰："大老爷恩德，死生均感。俟启行时再来叩领金函。"说罢，叩头而去。

直程到县牢，见父说明案被巡抚拦沉，府大老爷吩咐到京部控，但费用浩繁，何从措办？百容思忖片时，曰："吾有故人，住城外水月村，姓黄，字世荣。此人富有家财，慷慨仗义。吾儿到彼央求，道达吾意，必有相赠。然后回家，变卖庐房，凑银多少，再作道理。况府大老爷既有书函，则费用或可裁减。"梁玉在旁相赞曰："叔父所言甚是。朱兄早探黄君，看他所赠多少再商。"说罢，朱能相辞而去。世荣赠银多少，且听下回分解。

第六回　念世交千金助费　笃师谊众徒解囊

诗曰：

势利相沿尽假情，结交强事是虚名。
缘何尚有贻金义，直使千秋慕鲍卿。

却说朱能回家思量：此番进京部控，使费浩繁，非一万八千不能了事。但如此多金，何从措办？纵然向黄叔父借贷，亦难得如许之多。思忖一念，不免向各生徒计较。正在筹划间，忽闻剥啄声响，倾耳再听，门外似有十余人嘈杂。忙启户看视，原来各门徒到候。接入，一齐坐下。

朱能曰：“众贤弟光降何事？”众徒曰：“闻师父惨遭大变，徒弟等几次相候，屡遇师父公出，尊堂与令妹此少襚物，不能备致，徒等十分歉然。今薄具赙仪百金，略作刍奠，伏惟恕纳。”朱能长叹曰：“众位贤弟十分有心。愚师寝苦，忱于昼夜饮恨，岂期大冤未报，复累张君屈死杖下，兴思及此，几不欲生。”

众徒曰：“闻前日过府，不知府批若何？”朱能曰：“府大老爷极是贤明，已经行文吊案。可恨巡抚受胡贼贿赂，行牒知县，沉冤免提，又将家父发监，令人痛恨。眼见冤沉海底，如此奈何？”众徒愤然曰：“满城愤愤，难道束手封冤！不若纠合众兄弟，分半劫监，救出师公；分半入胡家，杀却奸贼，与令堂、令妹报仇，师父意下如何？”

朱能曰：“不可打劫监牢。事同叛逆，祸贻九族，身作逆民。至若却胡杀恶，更属非宜。奸贼人众府坚，断难攻击，倘势头不利，恐致成擒。”众徒曰：“三命沉冤，难

道束手？还须另寻昭雪，别出良谋。"朱能曰："雪冤还须部控，但苦无赀，安得一万八千来供使费？纵变房弃产，不逾数百，亦属枉然。"众徒奋然曰："是不难。待我等各出己囊，纠合数千金，来敷使费。师父一面打迭行李，我等明日送来。"说罢，一齐告别。朱能相送出门，各自回去。

次早，朱能用过朝膳，在家等候。才过午牌，众人约齐已到，朱能接入，一齐坐下，呈上白金数千。众人曰："我等受师父大恩，愧无以报，今凑备白金五千两，伏惟恕纳，并作赆仪，愿师父早日雪冤，重相欢聚，不胜幸甚。"朱能曰："承蒙厚惠，愚师十分有愧，此行得蒙昭雪，皆众位所赐矣。"众人曰："师父说话太谦。请问行期，我等好来饯别。"

朱能曰："行期在迩。饯别之事，不敢烦劳。盖耳目昭张，事宜秘密，恐扬闻胡贼又起风波。今天一席话，也作阳关三叠曲，尔等不劳过送，我亦不去辞行。但吾去后，尔等须守分安业，勿任气生端，不负凤昔相处一场，便是愚师受益多矣。"众人曰："师父钧谕，我等遵依，既恐张扬，恕我等不送了。"朱能曰："尔等请回。愚师有事出城，明日好赴都就道。"说罢，众人告别。朱能叮嘱一回，各别而去。朱能入内，收好银两，锁户直往水月村而去。

却说黄世荣催齐租项，正欲命仆买货进京，忽报朱能求见，世荣命贵保接入此处。朱能拜见世叔，便问："此位是贵保贤弟否？"世荣道："是也。"命子与他见礼："他父亲与我十分相厚。"二人见礼毕，世荣问道："今贤侄到来相探，必有贵冗。"朱能哭拜在地。世荣慌忙扶起，命坐，曰："贤侄如此悲凄，且浑身缟素，莫非尊翁、尊堂仙游否？"朱能哭曰："叔父不消提起。愚侄惨遭家祸，纵铁石人闻也碎心。"便把云福与知县事痛述一番："现今满城封冤，欲往京部控，但需费浩繁，措办不足。恃奉严命，拜求叔父，望轸念交好，解囊赠费，为死者伸冤，生者泄忿，不胜感激。"说罢，又哭拜在地。

世荣扶起，慰曰："贤侄不必如此，愚叔自有主张，你且宽怀坐下。既欲上京，现在措办盘费多少？"朱能曰："赖各友帮扶，只得白金五千两。"世荣曰："五千之数，仅敷半矣。待愚叔再助你五千，方能济事。但一万白金，不便携带，待送你黄金三百，到京找换，亦可抵五千有余。"说罢，入内取出黄金六锭，交与朱能。朱能叩领，告辞起行。世荣止而嘱之，曰："贤侄，你是烈性汉子，不待愚叔絮嘱。但此去京都，繁华地面，路旁花柳，切莫留心。你须体念三命含冤，勿一时错足。至紧，至紧！"

朱能曰："叔父不须挂心。愚侄大仇在身，日夜切齿，百凡可欲，终难乱怀。只是愚侄发后，监有老父，舍有三棺，诸样事宜，拜求料理。倘大冤获雪，言旋再酬。"世荣曰："贤侄勿忧。你家中百凡未了，总是愚叔成全。明日黄道吉期，你速回整顿，早发为是。"朱能洒泪叩别。

次早，将数千白镪入城找换黄金，一并到监辞父。百容一见便问："借得盘费若何？"朱能便把各徒仗义，世荣父子成全，一一缕述，并说行装已定，即日发京。父亲百凡开怀，并求梁玉照料。百容与梁玉细细切嘱一番，洒泪而别。

直程到府衙，浼把衙通传。知府闻报传见，引入内堂跪下，便问到来何事。朱能曰："小民刻日发京，特来拜辞大老爷。"知府曰："你既赴京，待本府修书与你。"即在案头磨墨引纸，早已把书写就封固，交与朱能。谕曰："此书秘藏在身，不可遗失。你到京可向兵部尚书何维柏大人投递，自有照料，你去罢。"朱能叩谢，出衙回家，向三棺哭别，祷求保护。致别亲邻锁户，直挑行李望京进发不表。

且说黄世荣自朱能去后，心甚不安。次日用过朝膳，携仆带白金在身，到县监与百容相见，两下堕泪。世荣曰："间别几时，不意吾兄遭此大变，微令即到说，弟属在梦中。"百容曰："承兄仗义，相助盘费，保小儿得达京师，倘获雪冤，皆兄恩德矣。"世荣曰："些须使费，何足挂齿。寻常周急，弟多不吝，何况事同切齿，倘生吝惜，如友谊何言？"次梁玉递进香茶，一同起接坐下。茶罢，便请问梁玉姓名。梁玉曰："在下姓梁名玉，贱字伯鸿，滥充本县禁子。"百容曰："此亦义人。弟早晚得他周旋，不致受苦。"世荣见说，取白金二封，一封送交梁玉，曰："吾兄全叨照顾，愧无以报，些须不腆，聊作茶仪，伏惟笑纳。"

梁玉逊谢不领。百容曰："黄兄雅意，贤侄收去为是。"梁玉固让不获，后勉强授受。世荣随递一封与百容曰："吾兄留此为日夕费用，后倘不足，弟自送来。"百容固让，曰："弟自有费用，无劳兄助，前惠小儿，十分愧憾，今又惠弟，愈不敢当，请收回罢。"世荣曰："些须芹意，无劳固执，愚意已定，收下为是。"百容见说，只得收

中国禁书文库

香舌缘

三九六七

下。谈及讼事，不胜握腕；说到三棺未葬，馁魄含冤，不觉潸潸泪下。世荣奋然曰："吾兄勿戚，待明日将三棺附土，树立坟茔，使怨魄冤魂得所栖息，了吾兄心愿何如?"百容拭泪致谢，复相与痛说一番，汛澜而别。

世荣到朱家，见门钥重扃，忙浼邻佑启钥而入。见棺厝尘封，穗帐烟寂，不胜慨叹。即为其营兆卜扦，择吉安葬，哭祭一番，按下不表。却说朱能上京告部状，不知如何，且听下回分解。

第七回 朱教头病途被劫
铁太岁黄府酬恩

诗曰：

踯躅征途苦，风寒透雪肌。

黄金失旷野，孤客泣离仳。

且说朱能直挑行李，出了襄阳城，一路逶迤，不胜踯躅之苦。历三湘，望九疑，见烟水澄清，白云荡漾，行迈之际，触绪纷来，不禁思乡，撩人倍增，怛悼意起，三冤未雪，馁魄凄其。囹圄风寒，严椿受累，不觉泪溅，虎目永沃。雄心伤感之余，复加劳顿，渐觉雄餐日减，神思不宁。加以秋飚砭肌，山岚扑面，毒障攻心，目眩头晕，行李沉重，在路上捱一步，抖一步。欲寻歇店，不期四望荒山，并无村舍。日将西坠，只得拣松荫树下，铺开被席暂憩一宵。身中困倦，不觉睡熟。

却说本处饥民作乱，贼盗太多。忽有贼人数个，看见朱能单身睡熟，将他行李、银两尽盗去了。朱能睡醒，不见行李银两，斯时愤火愈煎，呆立片时，忍不住英雄目扑下泪来。想到大冤未雪，盘费一空，欲进不能，欲退不得，愤哭一会，头愈晕，体愈重，想到极处，大哭一场，不觉昏倒在地。旷野人稀，纵有过者，皆疑其为死。

适有山东历城县刘家村刘承恩，开店为业，带了二仆经过，一见忙命家人看视。见他面黄消瘦，两眶泪垂，唤叫不醒，试一抚摩，心头尚暖。承恩见此光景，知他是病虚昏愦，即命两家人掖起，轮送更背，背到店中。叫家人急煮稀粥，一面把蜡丸、姜汤灌救一会儿，扶置床上，将棉被盖过头足，浑身兜紧，不令透风。

俄顷，药气流行，腹中作响，叹气一声，朱能已醒。睁目一看，见身卧床上，四周被褥，心中大疑。纵身外看，见床下坐一老者，旁侍两个家人，心忽豁然，意欲起

身，无奈头重体虚，挣扎不得。忙止之曰："客官，你病体虚劳不宜妄动，还须静卧。"俄报粥熟，即命家人递进稀粥。朱能强起啜许，精神略爽，起立拜谢。承恩扶而止之坐下，各道乡贯名姓。承恩曰："朱兄贵籍襄阳，因何只身带病到此？"

朱能见问，不禁潜潜泪下，把从前事粗述一番，复哽咽而言曰："小子在家为权恶所害，出外为流贼所欺。气惯荒郊，得蒙救济，再造之德，永镂胸臆。但恨黄金失散，进退维艰，三命沉冤，一人受苦，孤负了仗义的知交，空盼了捐金的父执。雪仇何日，旋舍何年？"说罢，不禁欷歔。承恩谢曰："朱兄贵体未痊，不宜过生悲戚，还须调好尊恙，然后再图复仇。"朱能曰："才及识荆，便叨露腹，病屠旅客，何以克当。"

承恩曰："人生世上，孰无危急？颠沛之时，见而不援，此非人类。老拙生成义胆，养就慈主，胞与久热于胸中，钱财置之度外。朱兄务宜安心稠捆，些须供养，何足挂怀。臧获辈俱是老拙下人，倘有索需，不妨呼唤。老拙有事欠陪了。"即起身欲行，复细嘱家人曰："朱相公病卧在此，尔等须小心服侍，倘有所需，不可怠慢。说罢，往外而去。

朱能在刘家店，得刘承恩延医调治，经十余日，已身体如故，十分衔感。是晚，承恩置酒相贺，朱能避席而谢曰："救死之恩，方失衔结，复叨成馔，何以克当。"承恩曰："朱兄乃当今豪杰之士，吉人天相，遇难辄有匡扶，老拙何功之有。"说罢，举杯相酬。

酒至半酣，忽地半空嘹唳一声，一群鸿雁向南飞去。朱能此际似刀搅心肠，拦不住泪滴如雨。承恩在席劝慰一番。朱能带泪而言曰："恩公感赐，小子不应向隅，但触景生悲，正自不能尔尔。回忆临别时，老父在牢谆谆致嘱，只望进京告准，早把冤伸。岂料中途遇贼，失去黄金，遂至进退维谷。今日老父在狴犴中不知怎样悬盼？因思空身只手，怎样赴京？兴思及此，能不子郁悒？"

承恩慨然曰："老拙天生热肠，闻兄说出如许悲凄，恨不得举囊相助。但进京部控，使费浩繁，非万缗不能了事。自恨鞭长力薄，一时措办不及耳。愿兄少绥臾，在老拙店中盘旋数月，俟图机会，再作计较。"朱能逊谢曰："病余之人，得叨再造，已出非望，安敢复以口腹累公。"承恩曰："朱兄是豪杰人，何作此靦世话。大丈夫遇知交，有急便挈囊相赠。岂不闻古人指困赠麦之事乎！老拙素具侠肠，恨不得朱兄早早赴部，今日屈留车驾，正不得已之未愿耳。区区供养，何须挂齿。"

朱能改容谢曰："恩公侠论，顿开茅塞，虽古之四君不是过，只是受恩奢者，心愈不安耳。"由此二人倍加爱敬。朱能从此安身在刘家店，按下不表。

却说襄阳城南有一古寺。寺门临近河边，旧时河岸崩跌，连门前石狮一只沉落河中，只经十余年。本年重修此寺，寺僧出赏格，招人入水取此石狮。无数人在水寻摸，竟寻不着，各人以为经历许久，此被顺水冲去。于是各掉船艇，把铁钯等物往下流寻取，谁知连寻数里，都寻不着，人人共说奇怪。

是时铁威在旁说道："此事并非奇怪。寻之不着，实因你们不晓物理之过。这石狮非木头、竹器轻物可比，水流虽猛，怎冲得去呢？此石狮实在原地，深掘必得。"众人问他何故，铁威道："石性坚重，沙性松浮。石狮跌落水中，以千百斤重物压河底松沙，日积月累，渐沉渐深，就在此地掘取，岂有不得？今沿河求取，岂不可笑。"众人齐声喝彩，道："先生高见，确实不差。大家就在这里挖掘罢了。"

适值施赛全在旁，笑道："你们赞这位先生确论无差，在我见他是个不通之论。我劝你们不可信他言语，免至枉用工夫。"众人哪里肯听，即时下手齐掘，掘至将近一丈不见，复用长钻插探，都无踪迹。于是众人始知铁威之言不验，大服赛全有先见之明。铁威心中好放不下，遂向赛全请教。赛全道："石狮落水多年，从下流寻取固属可笑，即使就在原地掘取，亦属不通。"众人道："石狮沉水，难道飞去不成？"赛全道："石狮不是精怪，未必能飞。你们试向上流寻之，必得。"众人不信，齐声说道："岂有此理。"铁威向众人说道："你们不妨依他，试从上流寻取，寻之不得，然后笑他妄言，方可服其心而哑其口。"众人嫌枉费用工，仍然不肯。

赛全道："天下事，随俗者易信，特见者招疑。古人所谓'德高谤兴，道高毁来'是也。今日之事，非有格物穷理之学，必不知其缘故，怪不得你们不信。待我亲掉船艇，向上流寻取，以破其疑案。"寺僧见他说得有理，即命掉船一只，与赛全依法寻取。赛全命舟人掉往上流，一路插探，向上流最低处寻取，果然寻不过半里即寻着。众人大喜，想设法用力绞取。赛全见水不甚深，即时脱了衣服，跳下水中，双手用力一抽，乘着水势，抽至水面复出，尽生平之力抽至舟中，掉埋岸，向寺僧领赏。

于是众人齐声问他，在上流头是何缘故。赛全道："石性坚重，沙性松浮。水冲石，石不动，水力撞石，其势反激，必荡崩石脚，松沙变成坎穴，渐崩渐阔，阔过石半，其石必倒跌水中。如是再冲再崩，再崩再跌。跌至十余年，故石狮在上流数十丈。可见天下事，只知其一，不知其二者多矣，怎可执一偏、据一理以断事呢？我每笑宋儒据理谈天，自谓能穷造化阴阳之本。他讲论日月五星，确确凿凿，了如指掌。犹如铁先生石狮一般，人人信从。岂知依理推算，日月交食，多有不验。宋朝历法屡改屡差，及至元朝郭守敬创造各项器皿，测影观星，考验交食，一毫不差。然后知宋朝大儒，实全然不晓此事，即邵康节精通数学，亦不过把奇偶方圆揣摩想象，实非从推步而知。日月五星有形象可见，如石狮一样，都不能凭理而断，何况太极先天无影无形之论，怎好尽信呢？"

众人于是大服。铁威见他识见议论件件超群，又膂力异常，知他是个文韬武略之人，遂屈意与他相交，想做个心腹手足之友，故赛全常到铁家出入。欲知后事，且听下回分解。

第八回 爱财奴贪财害主 好色子图色忘恩

诗曰：

义大知酬主，灵禽尚报恩。

笑他黄铁辈，觍面且为人。

且说黄世荣自从朱能赴京之后，日日盼望消息。不觉过了两越月，并无音耗。又见货物齐备，只得打帐进京发售，得来探听朱能消息。正在筹度间，忽家人传帖说道："有客拜候。"世荣接帖一看，见写着："再造弟铁威拜叩。"心中醒悟，即出厅迎接。原来铁威自从世荣救脱之后，受惊回家，染病月余，至是疹好，备了许多礼物，拜谢世荣。接至厅上，铁威家人将椅摆列正中，按世荣坐下，铺设毡条，铁威纳头便拜。世荣被铁家人按住，起谢不得，只说得数句"不当"，铁威早已拜完起立。世荣下来重新见礼，分宾坐下，黄安遇进香茶。

茶罢，铁威曰："小弟前叨活命回舍，理应候谢，无奈染病月余，至今稍可。是以薄具不腆，粗酬厚德，伏乞笑纳，不胜幸甚。"命家人呈上礼物。世荣把礼单一看，见礼物厚重，便曰："偶尔解纷，何功之有，既劳大礼，复承厚赐，何以克当?"一面命黄安往书房叫儿子贵保回来陪客。贵保才貌双全，聪明灵利。贵保闻命，随到厅前，见父下礼，复与铁威相见。礼毕，侍坐。铁威便问世荣，曰："此是令公郎么，真英物也。"世荣曰："顽劣小虫，过劳尊誉。"说罢向铁威拱手道声："失陪。"起身入内，命家人摆酒。将送来礼物拣两三种轻微者受下，余命家人捧出，复出厅前与铁威见礼。

铁威一见捧回许多礼物，便曰："些须薄礼，略表微意，原不足酬鸿恩于万一。恩公摈斥若是，何见弃之深? 务求笑纳为是。"复命家人呈进。世荣固让不获，只得复受

下一二种。铁威坚求全受，世荣总总不听。铁威曰："恩公如此见却，莫非嫌礼物轻微么？"世荣曰："非也。铁兄不知小弟赋性，大不犹人，看得财字甚轻，义字甚重。当日解纷虽出偶然，原是一时义激，非为他日要结之地。铁兄盛赐，在愚本意，原是一概不领，但见全却则太不恭，是以略领数种，仰副尊意，已觉伤廉，若再过逼，是教小弟违心而受了。这个如何使得？"铁威曰："恩公乃豪侠之士，看得财帛甚轻，只是小弟受活命大恩，愧无以报，些须微意，岂足云酬。但恩公如此方严，教小弟难以为情了。"

说话未了，黄安申上酒筵已备，请定席何所。世荣命设花园，于是起身邀铁威进园。铁威曰："又来搅扰。"世荣曰："便饭袭尊。"于是带同贵保一齐进园。

铁威一进花园，见铺设十分景致：奇花堆砌，玉树盈阶，西雕栏半池绿水，过了碧鸳塘，直进百花亭。亭虽小，而甚轩敞，周围玻窗，对面隐隐朱楼。

俄顷，酒筵齐备，一齐入席。酬酢之际，一阵梅香扑鼻。铁威好梅，闻一阵梅香，忙侧身启窗一看，蓦然见对面楼门半启，露出二八女娘，生得千娇百媚。铁威一见，早已魂销。原来那女子是世荣女儿素娟，是日不意被铁威窥见，急即将楼窗掩闭。铁威此时神情飞越，无心饮酒，累次辞醉。世荣见此，不复强饮。俄而席散，铁威告辞，相送出门而去，按下不表。

却说世荣受了铁威几色礼物，心中甚不过意，次早备回几种礼物，教黄安送到铁家。黄安领命直程到铁家，见了铁威道达主人之意，呈上礼物。

铁威曰："贵主人可谓尚礼矣。铁某身受大恩，昨具微仪，造府拜谢，几番推卸才领略数种，今又遣管家送如许多来到，教铁某如何敢受？管家且请坐下。"黄安谦逊不获，只得旁坐，曰："小人临行，亲受主人吩咐，说道家主理应亲临拜候，只因事冗，是以着安等具此不腆，务求铁相公笑纳。恳求受下，等小人好早复命。"铁威见他伶牙利齿，谈笑风生，有心结识，便命家人治酒。

俄顷筵备，邀黄安同酌。黄安逊谢曰："小人怎敢劳相公盛筵相待，况属对酌，愈发不当。"铁威曰："黄管家一场跋涉，不才脱粟相留，何云盛馔？既将主命，便如贵主亲临一般，古人敬主及使之义，云何则对酌，何须逊让。不才看管家英气逼人，终非人下，故有心结识，望勿客套为是。"黄安见说，只得旁坐，又欲自己行觞，铁威不肯。饮次，铁威有心结撰，十分殷勤。

原来铁威自见黄素娟之后，心心念念，并夕不寐，恨无可下手。今见黄安到来，故意备筵款待，探他口气，买嘱行计。当下先以言话之，曰："贵主尊庚若何，膝下有几位公郎、小姐？"黄安曰："家主年才不惑。若问儿女，只有公子、小姐二人。"铁威复话之曰："贵主真好家门，生得一双白璧。昨观公郎器宇，真不愧国器。掌珠我虽未晤其娇英，想姊弟同一超倬矣。

黄安曰：'家姑娘素号天姿，水月村中亦算她翘楚。家主爱女珍宝，是以年方十七，尚未字人。惟素娟好楼居。昨日筵前对面矗起一带雕甍，就是藏英之所矣。"

铁威闻言大喜，曰："不才有心腹之言，管家休得见笑。"黄安曰："铁相公有何钧谕，小人当洗耳恭听。"铁威曰："不才粗事不文，直肠素具，心中所爱，矢口倾陈。雅慕管家英年亭侠，意欲结为生死，意下如何？"

黄安避席而谢曰："铁相公饮酒无多，何作醉语？下人对酌，已为非分，况复订盟骨肉！岂不辱及门间。"

铁威曰："管家差矣！古云：'英雄莫问出处，结交攸贵同心。'昔卫将军先为牧猪之隶，后作汉室元勋。管家今虽身隶黄门，安禁他朝飞腾贵路？愚意已定，休得推辞。趁在今夕残筵，焚香当空一表。"黄安曰："既铁相公不弃下援，小人只得高攀。"铁威大喜。两下各道年岁，铁威齿长为兄，黄安年少为弟，二人当天下拜。礼毕，重新入席，兄弟称呼，相与畅饮。

铁威曰："黄贤弟，愚兄有一秘事拜求，事成千金相谢，求勿疏泄。"黄安曰："铁兄有何秘事见托？弟若能，亦无不尽心。"铁威屏退家人，细语曰："昨到府酒筵相对，无意寻香，看见楼窗有一二八女子，十分标致，回舍十分渴慕。贤弟怎生一计，使愚一傍玉胧，真个千金酬谢。"黄安曰："别事犹可效力，此事甚难，劝贤兄勿作是想。"铁威曰："芳容已牢诸肺腑，寤寐亦所不忘。贤弟不作周方，恐七尺微躯丧在蛾眉之手。今先薄具微意，事后再复酬劳，望贤弟万勿推辞，亟为吾兄借箸。"说罢，将手中金条脱奉过黄安。

黄安踌躇半晌，便曰："铁兄情重，小弟只得效劳。但此事只可缓图，断难鲁莽。俟家主出门，后用调虎离山计，庶几方成。业已订盟，兄事犹吾事，何须言谢。"即将条脱交回。铁威曰："些须微意，贤弟不受是见外了，教愚兄心中怎安？"黄安见说，只得收下。俄而席散，告辞起行。铁威将送来礼物分毫不受，回个领谢帖，交黄安带回。

　　黄安回复世荣，说道："铁威十分感激，不敢受赐，原礼带回。"世荣只得由他。过了数日，诸货齐备，择吉进京发售，辞了家眷，带齐各仆，把各货发车，先由陆路进发。

　　却说黄安受了铁威嘱托，在路上已安排一计。行了两日，刚刚将到港口，是日诈病，在路上"咿唔"发抖，作态装乔，假意昏倒地下。世荣不知其诈是他有病，即打发车夫将他辇回家中。黄安回家害主母如何，且听下回分解。

中国禁书文库

香舌缘

第九回 困铁宅冤逢土霸 俏烈女殉节投溪

诗曰:

愤向寒流泪，惊魂亦岂知。

雪途逢侠士，芸馆得栖依。

话说黄世荣打发黄安回家调理，自己督同行仆，运货下船，解缆开舟而去。

黄安知世荣去远，此计易行，将近去到家中，辞了车夫，自己步行先到铁威家中，与他商议计策。然后回家见了张氏母女，即作慌张之状。张氏一见惊疑，急切问因。

黄安垂泪道："老爷一到苏州便染病，病头甚重，危在旦夕，着我飞身回来，带同家眷赶去料理后事。事不宜迟，速速起程为是，倘若迟延，恐不能阳会。"

赛西道："老爷为何无家书回归?"

黄安道："老爷病重，手不能写。"贵保、素娟、赛西是时方寸已乱。张氏听见，两泪交流，即着黄安雇了四乘轿子，吩咐各婢仆谨守家门，即同黄安一路奔走。

这几名轿夫已经受黄安点安，搭渡过了一河，一直抬到铁威家门，黄安便命住轿。早有铁威在门口迎接。张氏便问："因何住轿?"黄安禀道："日已沉西，前无歇店。不若就在铁威此处借宿，明日起行。"张氏未及答应，铁威早已殷勤拱接。时日已昏暮，张氏只得出轿，与赛西、贵保、素娟，一齐步入铁家。黄安即打发轿夫回去。张氏四人跟随丫环入到书房坐下。

铁威吩咐丫环递茶。茶罢，见众人散去，单剩铁威在坐。素娟、赛西几回遮掩。张氏心中惶惑，便请铁大娘相见。铁威道："她在后堂指点家人办酒，少顷自然出来奉陪。"张氏不见黄安，又见铁威不去，心中甚是惊疑。贵保忍不住上前，叩曰："铁叔

父既盛意相留我们姐、母歇宿，因何不进入内堂？若内堂不欲搅扰，叔父请便，我四人在此，不劳奉陪。"

铁威嘻嘻笑道："实不相瞒，前日在府上得见令姊芳容，私心渴慕。蒙贵管家妙算，特调你四人到此，可谓天缘凑合。尊嫂倘不嫌弃，愿作东床坦腹。"

四人闻言，惊得泪汗交流，便大骂黄安奴才，害主求荣，恨不天诛地灭。铁威道："为今之计，骂亦无益。某如此人物，如此家势，亦不辱没令爱了。"

素娟忍不住大骂道："丧心狗贼，不顾天良，摆唆恶仆诱我四人到此，逼勒强奸，天理何在，国法难容！"骂罢，手执桌上银茶壶照面掷去。铁威回避不及，泼得浑身热茶，身上衣服几乎湿透，勃然大怒，骂声："小贼婢，如此放肆，看你插翼难飞，待我取你贱命！"随将书桌上宝剑拔出一拍，吓得张氏母女魂飞魄散。

赛西向前劝道："铁相公请息怒，待我们从容商议，然后应承。且请出去，少顷回话。"铁威道："从不从一言而决，何用商量！我只管暂出去，少刻不从，你四人休得想活。"说罢将门反锁，出去与黄安谈论此事。

家人摆进晚膳，二人正欲举杯，忽闻家人通报，施相公到来。铁威叫他请入。是晚赛全在酒楼饮了数杯，屡屡在铁家歇宿，是以转到铁威家中。铁威一见，便请入席。赛全道："小弟有偏了。"随问："此位是谁？"铁威道："此是我新结识的黄安贤弟。"

赛全说声："欠陪。"即往书房去安歇。看见房门锁闭，里面隐隐有数人哭声，心中大疑，倾耳细听，闻声声怨骂铁威，又骂黄安，心下愈疑。从门郭细窥，窥见坐着三个妇女、一个男子对泣，内中一个极似妹子赛西，遂忍不住叩门询问。里面听闻门响，惊慌无措，哭骂顿止。赛全在外窥得真切，开声道："你们不必惊慌。我不是铁威，乃施赛全。在此里面坐着的，可是赛西妹子否？愚兄特来救你。"

赛西闻言又惊又喜，说道："是！"赛全用力将房门打开入内，果然兄妹相认，遂把前情诉出。赛全便问此事从何而起。

张氏道："铁威窥看我女儿。"尽把前事说知："骗我丈夫进京贸易，串同恶仆黄安骗我母女到此，强逼我女为婚，软困在此。"赛西道："哥哥来得凑巧。恳设法搭救。若铁威入来，我四人性命就难保了。"

赛全道："你四人不用惊慌，有我在此，包管得脱牢笼。"即抽身而出，再锁房门，自己即时上堂去见铁威。不知后事如何，且听下回分解。

话说施赛全心生一计，即时移步出厅。那铁威、黄安一见，停杯起立。赛全问道："二位尚未埋杯么？今晚酒兴甚浓，忍不住都来撞席。"铁威即命家人添了杯箸，大家同饮。饮次，赛全便问："书房因何锁闭？且闻妇女声音，却是何故？"

铁威道："实不相瞒，愚兄今晚新纳一妾，不俾家母及贱内知道，故暂留在书房。待过今宵，明日再寻别室安置。"赛全道："有此喜事何不早说。今晚定要扰兄喜酒。俱如此残肴难以尽兴，奈何？"铁威即命家人办过新菜，三人酣饮。

赛全有心算计，把他二人灌得大醉，二人酩酊伏在桌上。赛全命把残席撤去，扶黄安别室安寝。然后再开书房，扶铁威入书房，将他伏在书案上。素娟等一见，娇啼。赛全暗暗摇手，教她勿声。复出去吩咐众家人安歇。

少顷，见四人息灯入静，即走入别室，拔出佩刀将黄安一刀杀死。再转入书房，欲将铁威杀却。赛全自想道："不可。此人待我不薄，不必伤他性命。"将刀插在桌上，带张氏等四人开门同走。张氏携着素娟、贵保，赛全携着赛西，不顾高低，慌忙乱走。天昏月黑，弓鞋细小，屡屡倾跌。幸得夜静无人，直望家门而去。

谁知铁威有个守门的家人铁顺，是晚睡尚未熟。忽闻开门声响，如有数人走过，以后肃静无声，心中大疑，忙启房门出看。看见头门大展，悄无一人，急入疾呼同伴。各人惊起，见里面数重门扇未开，遂入书房呼醒铁威。铁威惊醒，见众人齐集，报说家门大开，又不见了素娟等四人，并赛全不知去向。心中大惊，宿酒顿醒，即往别室，寻见黄安被杀，血染床褥。大怒道："不好了！是我养虎为患了。"登时命家人点起火把、提笼，带齐器械，飞奔追赶。

是时赛全五人走了一程。无奈妇女们行路迟慢，素娟又一阵脚痛难堪，坐在路旁啼哭。赛全十分焦躁，只得站在路旁等候。等了许久，再三催促，只得勉强起行。哭一步，捱一步，行到江边已无去路，四望并无船只。正在彷徨，忽闻后面有人嘈杂，灯笼、火把远远追来。贵保先过水，望见铁威人马到，先走去了。赛全急脱鞋袜上衣，将妹子置于背上，涉水而过。且喜水流虽急，却不甚深，才及过腹。转回背素娟，她不肯，无奈，又将张氏背起了隔岸。把她二人放下，又翻身转回，想背素娟。素娟不肯，赛全苦劝不从，张氏、赛西亦在隔岸苦劝，总总不依。看看铁威家人追至，赛全正欲徒手拒敌，忽见素娟抽身向江中一跳。赛全正欲急救，却被急流冲去已远。张氏、赛西看见，捶胸大哭。

　　铁威追到，见素娟投水，赛全急回对岸，携着张氏妻妾走去。铁威遂咬牙顿足，同着家人忿忿而去。

　　张氏望见铁威回转，暂时住脚。不知贵保走往何处，浼赛全沿江找寻死尸，并寻贵保。岂知素娟命不该死，尸到江心，被一只官船搭救去了。赛全如何寻得着呢？

看看天明，赛全劝她二人住哭，引路回至家中。各丫环、婢仆一见惊问，及闻说出情由，十分叹息。张氏命家人取出衣服与赛全换过，又办酒邀留款待。大家商议，暂将冤仇忍耐，待丈夫回归，再行理论。张氏浼舅爷："找寻贵保并素娟尸首，又烦舅爷上京与我寻着老爷，报信何如？"又交银二百两以为使用。

赛全领命，复回河边找寻素娟尸首。上下寻过，总总不见。又一路找寻贵保，不知下落。想必上京去了，报知父亲？莫若上京寻着世荣报知，待他回来报仇，二则又访贵保下落。不知访得世荣回来如何，且听下回分解。

第十回　贵保穷途逢侠士 小子窗下展奇才

诗曰：

> 亨屯方出险，绣幌得牵丝。
>
> 天遣功名路，金鞍聘帝畿。

且说贵保是晚过溪忘命直跑，不顾高低，跑了三四里路，回顾无人追袭，心魂稍宁。筋力困乏，暂憩路旁，思忖不知母、姐怎样。欲待回家，又恐生不测；欲待寻父，又长路漫漫，身无盘费。思忖一会儿，哭一会儿。恰已天明，只得望前而进。腹中饥饿，无奈将身上衣服变易，得银使费，沿途访问进京路径。得了十余日，身上衣服变易迨尽，犹未到京。询诸途人，犹有十余日路程，心下彷徨无策。

一日，来到浙江地面。村市中有一村名李家村，中有一富户，姓李名建中。身列胶庠，十分饱学，有了英华、英发，为人任侠好施，周人之急，千金不计。有一胞弟李建良，在京开间酒楼。只有李秀才在家教训子侄，不图仕进。是日用过晚膳，见天色尚早，在庄门散步，恰好贵保到此。

李秀才见他小小年纪，虽风尘满面，犹秀气逼人，且又异乡声音，一见便生怜恤，引他回家，命家人将饭与他。食讫，贵保叩谢，正欲出门，李建中止而问曰："我看你非是下贱之人。何处人氏，因何流落到此？"

贵保见问，潸潸泪下，哽咽而言曰："小子姓黄，名贵保，家住襄州。父世荣，赴京贸易，留小子与母、姐四人在家。为遭恶仆与铁贼诓诱，逼姐成婚。多得施恩公搭救，逃走出来。母、姐不知存活。小子沿途访父，身无盘费，衣服变尽，落魄到此。今蒙垂问，只得沥诉，伏乞垂慈。"

建中闻言慨然曰："聆君所言，使我心恻，见危不救，亦属非人。你小小年纪有此志行，殊属可嘉。但上京师纵然访到，你亦不知尊翁寓居何在。不若就在茅舍作吾儿伴读，待我缓缓与你访寻若何？"

贵保闻言即叩谢曰："遭难之人，得蒙收恤，深感再造。"建中命家人引他沐浴，将新鲜衣服、鞋袜与他换过。自此贵保身在李建中处不表。

且说朱百容在监，幸得梁玉朝晚劝解，不致悲愁，但终日盼望儿子告准回来，把冤伸雪。不觉盼了三个多月，并无音耗。时已残年向尽，在狱嗟叹。辗转思量，虑着胡家势大，朝中大僚相护，不准鸣冤；又虑儿子带着多金，中途有失。千忧百虑，忽成痾疾。梁玉延医调理，多方解劝，稍稍痊愈。一日，屠店旧伴潘成到候，两下相见堕泪。潘成把讼事嗟叹一番，复把铺中生意盈缩若何、各人股份应得多少，业经清算，已将银楚交朱能，细说一番。说罢袖中取出白金十两，送与百容费用。百容固让不获，只得受下。坐下一回告辞回店，按下不提。

且说贵保在李家伴读，相安过日，只得镇日思量母、姐不知生死，又不知何时得逢父面。回顾自己如飞鸟，虽得身安，终觉乡思撩人，终日愁眉不展。是日，李建中寿诞，诸戚友、学父一齐到贺。建中备下早筵相待，觥筹交错，各相酩酊，席散复洁香茗，与众解醒。

茶罢，李建中谓各徒曰："尔等日耽风雅，素事篇章。为师欲考较一题，奈恐妨举业。趁今觞政之余，戚友齐集，分题击钵，较量高低，试看今日骚坛，阿谁夺帜。"众人都曰："好好。"建中即援笔挥题饰笺，写出相马二具，七言绝句，韵限四支。

众生徒见题构思。有等彩笔生风，俨若庭筠敏捷；有等眉毛尽落，奚音洗然苦吟。各生徒次第进呈。惟有李英华、英发二人一句未就。黄贵保在旁着急曰："诸人俱已完篇，两郎君一句未就，今日挫了吟坛锐气奈何？"二人正在苦思，怒曰："可恼奴才，敢取笑我兄弟。你试握管，你能作得出否？"

贵保曰："两郎不嫌潦草，愿代捉刀。"二人正在苦思无策，闻言即推笔砚与贵保，曰："汝试为之。"贵保笔下生风，顷刻挥成二绝。二人一见十分欢喜，即呈上建中。

建中次第取看，章皆平平。看到英华、英发二人所作，不觉改目。英华诗云：

相舆久悔世情非，汗血尤来见亦稀。

阅尽三千无骏骨，如龙空取雪毛肥。

英发诗云：

　　九方去后无真识，老尽骅骝相赏稀。
　　多少驽马为上驷，世人争解论乘肥。

建中看罢，谓英华二人曰："此诗古音流丽，慨当以慷，作此诗者满腹牢骚，纯是借题写照。信是吟坛名宿，断非你二人所构，但诸亲戚在座，你二人何处觅捉刀？即非倩人，定必蓝本。"诸戚友闻说，齐起身披看，俱十分叹赏。英华犹欲置辩，英发已供出贵保代作。

　　建中闻言即呼贵保上前，问曰："此佳章是你倩笔否？"贵保曰："小子初学涂鸦，演成下里，老爷过誉，殊觉赧颜。"建中曰："珠玉在前，有目共睹，何须谦逊。索性拈题再考，吐露你锦绣雄才。"贵保曰："既获垂青，何妨献丑，还请颁题。"建中曰："就以壁间赵文敏所画《青藜照读图》为题，赋七律一章，不拘何韵。"

　　贵保闻命，拈毫拂纸，顷刻挥成，呈上建中。诗云：

　　映雪囊萤未足酬，何来仙杖把光投。
　　惊神学问于秋擅，焕斗文章片轴留。
　　天禄此宵传秘籍，石渠他日著新雠。
　　宣元校理标今古，犹有余辉炳后刘。

建中看罢，不禁拍案叫曰："言言金玉，字字珠玑。此翰苑才也！我建中有眼不识，久屈英才。"命家人取英华兄弟衣服与他换过，以侄礼待之，命英华二人以兄弟相称。贵保拜谢，自此称建中为叔父。众人将诗一看，各各称羡，聚谈一会儿，告辞散去。自此贵保在建中家中攻书不表。

　　却说贵保忆起家乡，转念母、姐不知怎样，父亲又远在天涯，设今日在家中，父母不知怎样欢喜。谁知今日天各一方，思想起来能不伤感！莫若告辞建中叔父，早到

京城，一则求取功名，二则访寻严父。思量已定，明早将此意告知建中。建中极力赞成，且曰："贤侄此举甚合吾意，一来努力功名，二来乘便打探令尊消息。恰好我有胞弟建良在京，待我修书带去，自有安身之所。况要纳监，他在京贸易多时，各部衙门都有熟识，贤侄托他料理，亦可省些钱文。后日黄道吉期，起程可也。"贵保曰："叔父说得是，愚侄遵命。"

次日英华兄弟与各书友备办离筵，与贵保饯别。饮次，建中举觞相属曰："此杯薄醑，愿贤侄进京早会尊君，但得致身青云，无忘今日。"贵保举觞谢曰："小侄饿莩余生，得叨再造，倘得侥幸，定必衔杯。"饮毕，复酌递与建中，各相坐下。次及各书友，亦轮杯举属，贵保一一酬还。后及英华、英发二人握手传觞，不禁哽咽而言曰："自接芳辉，常叨磋切，观摩已久，不啻同胞。兄倘奋迹云霄，愿无忘此酒。"

贵保含涕衔杯，声情激越，复觞二人曰："听二兄言使我心恻。昔人诗云：'桃花潭水深千尺，不及汪伦送我情。'二兄今日之谓矣。勿论晨夕观摩情难相舍，即此离筵数语，倍及销魂。倘腐草逢春，得沾雨露，断不为薄情之举。异日不论乘车戴笠，相逢不只为君揖而已也。"

建中曰："尔等叙话在此一宵，正宜畅饮欢呼，少尽昔谊，何复楚囚相对，使一座攒眉。"各人闻言，愁肠尽解，复纵酒畅谈，相与尽欢而散。

次日建中命仆李恩整顿行李，俟候用过早膳，贵保入内辞了苏氏出来，辞别建中，与英华等一众致别。李恩肩挑行李相随。建中向贵保说声："珍重。"向李恩嘱声："小心。"英华兄弟与各友直送至数里，洒泪而别。贵保上京如何，且听下回分解。

第十一回 巧相逢中途遇友
传消息旅店衔仇

诗曰：

　　他乡逢旧好，把臂话通宵。

　　恩怨虽劳念，天涯慰寂寥。

　　却说贵保与李恩一路水宿风餐，行迈靡靡，过了几处市镇、村圩，历了一番风尘雨雪。桃红柳绿，不尽异地繁华；燕语莺啼，触起他乡景况。

　　一日，天色向暮，在旅店投憩。李恩方外出，独坐无聊，步出房门闲望。忽外边来了两客，后面那人十分面善，但天时昏黑，认辩未真。俄而，店主引两人入隔房安歇。贵保有事在心，潜行探听，聆其声音甚熟，一时想象不出。愈听愈真，忍不住造房拜访。隔房二客起立想接，贵保一见，认是朱能，便叫一声："朱兄。"朱能吃惊，细认是贵保，两下相见坐下。

　　且说朱能在刘承恩店，因何到此？同行那客却是何人？原来刘承恩见朱能病愈在店，此日无事，带他各处催账，是晚一同入店，不期相遇。两相坐下，先与承恩各通名姓，次问朱能因何此时才到此地，讼事若何。

　　朱能见问，不禁潸潸泪下，曰："愚兄命蹇，不堪备述，言之痛心。自别尊在，来到山东，中途病剧，复遇流贼窃去黄金，昏愦荒郊，得家刘恩公救恤，扶归调好。因出门催帐，相随至此。但贤弟在家习读，因何到此？尊公可有同来？恳请一会，待愚兄陈明往迹，免使他挂心。"

　　贵保见问，亦下泪曰："小弟遭遇与兄亦同。自兄去后，家君出门贸易，讵被恶仆黄安串同忘恩铁贼，诓诱母、姐四人，胁逼姐姐成婚。幸得施恩公设计救脱。复遇铁贼追迫，孤身远走，母、姐不知存亡，拼命访寻父亲，来到浙省。幸遇李叔父收养，认为义侄。今春闱将近，如今进京一则求名，二来访父。岂期旅邸，得遇朱兄。但朱兄盘费既空，难道坐视三冤不报？还有朱伯父监牢受苦，亦当设计昭伸。"

朱能叹曰："愚兄岂不知雪冤救父刻不容迟，但两手拮据，焉能设策？惟有恨摧胸臆，泪流枕簟而已。他人岂能知耶？"贵保曰："不若相陪小弟到京，访着家君，自有资财相助，去部衙控告，若何？"朱能曰："贤弟金玉之论，自当听从，但某受刘恩公大恩，今日随他至此，岂忍半途相弃。不若贤弟逗留寓所，待事后来寻。"

承恩在旁止之曰："朱兄之言差矣。你大仇在身，老拙常恨力薄不能相助昭雪。今遇黄相公携带，正幸机会可乘，安可为老拙而阻雪仇乎！"朱能曰："报仇雪耻日夜在心，但病惫残躯得君再造，半途相弃，问心难安。是以宁愿先送恩公，后随弟驾。"

承恩曰："吾始视兄为豪杰，谁知兄乃是愚夫。古人有'身受千金，恬不为报'，岂区区供养，辄劳悬怀。大丈夫一遇知交，挚家相赠者有之，甚至头颅相赠者亦有之。老拙平生周急扶危，如朱兄者何止百十，总是事了心安，不留胸臆。遥忆以来何尝一一有报，亦何尝一一望报。朱兄今日拘拘于老拙谋者，乃一已之私恩，黄相公为朱兄谋者，实不共之大耻。急私恩而忘大耻，有志者不为。朱兄自顾为何如人？今日所处为何如事乎！"一席话说得朱能降心敬服，贵保击节称扬。三人谈论一番。俄而李恩相请归寝，贵保作别，回房安歇。

次日，用过早膳，贵保邀请朱能同行。朱能只得辞了承恩。承恩解囊以三百金相赠，曰："相聚已久，些须白物，充兄盘费。但大仇雪后，经过敝地，祈一相会，亦慰老夫之望。"朱能逊谢曰："久受隆恩，亦惭未报，复贻厚贶，何以克当。纵恩公看，倘来者甚轻，小子受之有愧，倘大冤获雪，定必踵府相酬。"说罢，把白金送回。承恩固辞不受，承恩曰："老拙主意已定，朱能勿作外人，些须白金，无劳固让。"朱能因逊谢不获，只得收下。承恩复谓贵保曰："黄相公他日身荣归里，千万同朱兄屈临。"贵保曰："异日乡旋，务必拜候。"两下道声："珍重。"一齐作别。承恩自去。

贵保与朱能、李恩三人就道，一路上赞叹承恩慷慨仗义，有古侠士之风。陆路问津，舟行泊水，同行有伴不觉透迟。行了数日，已抵京城。一到羊肉胡同，李恩先驱，贵保与朱能在后，入到李家酒楼。见了建良，呈上书函。建良拆看毕，与贵保、朱能相见坐下，各通姓名。旁有家人递茶。

茶罢，建良问曰："黄贤侄贵籍荆襄，因何在敝乡与家兄相会？"贵保曰："小侄因逃难寻亲，得蒙令兄周恤。今者到京，又来搅扰。两昆至真乃贵保天大恩人。"建良逊谢，复曰："此位朱兄，家兄书中不及备列，在何处得遇黄贤侄？"

朱能曰："小侄与黄贤弟世交，因欲进京雪仇，半途被病逗留。后随恩人催帐，恰好旅邸相会，被邀至此。靦颜叨扰，愚心甚惭。"

建良曰："朱兄言重，不嫌喧溷，屈驾无妨。"于是拣个洁净楼房，与贵保二人同住。修书打发李恩回去，贵保亦修书致谢建中。贵保将金银托建良与他援例纳监，数日一一停妥。由此贵保日夕在书房攻书，日日命朱能随店中伙伴周围寻访父亲消息，总无音耗。

一日，偶在房门散步，见有一汉子上楼饮酒，势色十分匆忙。贵保一见不禁大叫："施恩公！"那人闻言，举头把贵保一看，不禁跃然曰："你害我寻你得好苦，原来在此处。某沿途寻访总总不见。闻得尔父世荣在京，是以到京周围查访。"是日正跑得肚饥，急入酒楼，不期与贵保相会。两家不作别话，贵保惟问那晚踪迹，赛全一一缕述。贵保闻姐姐已死，不禁伤感，咬牙切齿深恨铁贼。

赛全亦问因何到此，得会尊君否？贵保把己身所历，从头细述。絮语一回，引他下楼与建良相见，把姓名踪迹陈说一番。建良敬他义侠，十分厚待。恰好朱能同伙伴回来，一见彼此同里识认，两家见礼，各各陈述，相与同至楼房细谈。

赛全在李家酒楼住了两日，即催贵保修书回家安置老母。朱能亦修书浼赛全到县牢安置父亲。二人赠金作费，赛全不受。经辞了酒楼，赛全领了两封书札直回襄州。先到水月村见了张氏，把遇贵保细说一番。张氏拆书一看，一喜一悲。喜者，贵保功名有靠；悲者，素娟殓殡无亲。触起铁贼凶恨、黄安狡狯，不禁伤感起来。赛全相劝一会，张氏留待酒饭。赛全食讫，辞了张氏，直到县牢访问梁玉，求见百容。梁玉启监，引他与百容相见。

　　百容请教赛全名姓。赛全直叙缘由，袖中取书奉上。百容拆开看罢，不禁泪滴衣襟，哽咽言曰："我只望吾儿进京告准，把冤伸雪，得脱牢笼。岂料命蹇如斯，复遭病贼。若非得遇恩人，险作异乡馁鬼。今日复劳施兄仗义，千里传书。老朽倘得脱危，定当衔谢。"赛全逊谢，坐了一会儿，告辞出来，复回贵保家安歇。

　　自此张氏念赛全恩深，把他长养在家。赛全无事，与她料理门户，买办各物，暂且安身，按下不表。却说朱能、贵保商议报仇如何，且听下回分解。

第十二回　小书生籧篨遇主　圣天子有意怜才

中国禁书文库

香舌缘

诗曰：

巷遇喜怜才，风尘辨骏骀。

禹门高跳处，平地一声雷。

话说朱能、贵保在李建良店中，大家商量伸冤雪仇。建良道："黄贤侄令姊之冤伸雪亦易，他日回乡，在本处官员控告便得。惟朱家一案事情重大，胡贼既为当今国戚，又晋爵为公，实难动摇。此事若不详慎，恐祸不旋踵。况且胡贼结交极广，朝中大臣多与他相厚。待我与二三知己朋友斟酌，务要计出万全，方可行事。"

朱能道："事皆确实，况有府尊何公作证，怕他怎的！又府尊有书教我向兵部衙门投递，自有照料。"

建良道："近来势利的世界，正系'贫不与富敌，富不与官争'。我劝贤侄不可心急，待等考过秋闱，等金榜题名，此时更易为力。"贵保道："叔父其老成练达之见，我们不可造次，待等考过秋闱之后再议可也。"朱能听了二人言语，遂安心读书习武，以为进取之计。

时光易过，到了秋闱之期，朱能随众应试。三场已毕，到了开榜之日，高高中了第二名武魁。报到店中，大家欢喜不尽。朱能即修家书，命人回家报喜。过数日，朱能即命家人持了名帖，雇轿直到兵部衙门传见。

兵部尚书何维柏见新科武经魁到拜，大开中门迎接，两下相见，直进大堂坐下。何维柏命家人递茶。茶罢，维柏问道："殿元公光临敝衙，有何见教？"朱能乞退左右，维柏遂命众家人回避。朱能上前拜道："晚生在家被权恶所害，欲告御状。又奉令弟府尊之

命，带书到来，求大人代为料理。"维柏道："书在何处？"朱能在怀中取出书函呈上。

维柏拆开一看，书中大意不过话胡豹纵儿子强逼民女，图奸不遂，连毙二女，该县贪赃，夹毙证人，监禁苦主，上下贪污，满城冤塞。自己官小难道昭雪，求兄长轸念民瘼，与他伸冤。末后又说胡贼近来踪迹诡异，蓄有不臣之心，宜早预防云云。维柏看罢说道："事关国戚，非同小可。殿元公何不考过秋闱，然后商议。"朱能道："大人之言有理，晚生从命就是。"说罢，告辞上轿而去。回到店中，对建良、贵保说知。于是安心习武，以待秋闱进取。

过了残冬，又是新岁。是时四方宁静，盗贼不兴，恰好又是正月中旬上元佳节。神宗皇帝预日敕命两位大臣，在承天门外建下天醮，酬答昊天。上帝鸿恩，大放烟花，与民同乐。宰相张居正在府前高搭彩楼，命素娟小姐于十五日午时，在楼上抛掷绣球招婿，不表。

话说神宗皇帝改妆微行，带了一个小宫监，周围游玩。只见士庶辐辏，商贾云集，到处不分日夜，箫鼓嗷嘈，笙歌嘹亮，十分热闹。说不尽粉白黛绿，览不尽公子王孙。真所谓一人元良，万民有庆。神宗皇帝游过了几处，行至张居正相府前，只见高搭彩楼，人多挤拥难近，又头门结一座王母宴瑶池，花瓣人物，俱是绉纱结成，十分精致。其次，陈兵部头门的一座郭子仪祝寿图，结构得十分工巧。

看过了几处，直行至羊肉街，不觉腹中饥渴，到了李家酒楼。上楼见铺设华美，又见酒客满座。神宗皇帝见无坐处，意欲回步，又见走得困倦，正在进退两难之际，恰好贵保因酒客喧填，不便读书；又朱能出外，独坐无聊，偶出房外站立。忽见神宗官家打扮，器宇不凡，随着一小仆欲进欲退，知他欲饮无坐，便上前拱手道："客官饮酒，此间无坐处，且到小弟书房，自有洁净座位。"

神宗闻言大喜，即相随入房坐下。贵保传呼伙伴摆上精洁肴馔、美酒，相与对酌。随行小监在旁执壶。两家坐下，各道姓名。饮次，二人谈今说古，议论风生，十分投机，相见恨晚。神宗见贵保年少英俊，对答如流，有心相试。说道："某触景生情，有联一比，请足下对之。"贵保道："请贵客说出来，倘不能对，休得见笑。"神宗遂把朕句说出：

"小危楼三杯两盏极好东西。"

贵保即时对道：

"大明国一统万方不分南北。"

神宗皇说道："某更有一联句，历来无人对得。今兄下有此捷才，必得确对：'天下之虫蚕第一。'"

贵保见是拆字，把蚕字拆天虫二字，遂把鳳字拆凡鸟二字对之：

凡间之鸟鳳无双。"

喜得神宗不住口赞道："足下有此仙才，且口气超群，又念念不忘君国，他日得志，定作国家柱石忠良，必能羽仪天下而为国家祥瑞也。"频命小监行酒，尽欢而罢。贵保命伙伴复洁香茶谈心。神宗问道："听黄兄声口不似本京人氏，有此大才，因何寓此喧嚣之地？"

贵保道："小弟原籍襄阳，同一友到京雪恨，与此店主相厚，是以暂寓此楼。一则借以温读，二则便于诉冤。"神宗问："此友何人，所仇何事？"贵保道："小弟与友雪冤，案情重大，说出来令人发指。今日相识之初，未便吐露，朱先生莫怪。"说罢攒眉愁叹。

神宗道："不用悲伤。我看黄兄印堂气色光润，日间必有喜事临身，何愁冤情不报。但三两日间，不宜出外，恐有贵人相临。"贵保道："朱先生精看相法么？"神宗道："非也。不过据理悬空揣度耳。"说罢，起身作别，袖中取出银一锭置桌上，道："承蒙厚赐，留此作为酒赀。"贵保道："这个可不必，薄酒粗菜亵渎尊长，何劳厚赐。"即纳还小监袖中。相送下楼，珍重而别。

建良问道："此贤侄相识么？"贵保道："非也。他说姓朱，是本京人氏。小侄见他博学，相与谈饮。他留下酒赀，小侄不曾受他。但用了多少酒钱，待小侄算还便是。"建良道："不须不须，叔侄间何用客套。以后贤侄倘有客到，但呼伙伴备馔就是。些须饮食，不必计较。我与贤侄及朱贤侄，情如骨肉，今贤侄如此，是见外了。"贵保道："搅扰叔父，不当了。"李建良打听张相府彩楼招赘如何，且听下回分解。

第十三回 大恩人报说彩楼
奇女子运筹帷幄

话说李建良打听张相府有一件奇事。朱能便问何事，答道："宰相张居正有一小姐，在彩楼招亲，已经出论，定期明年正月上元午时，抛球择婿。"朱能道："不知这位小姐才貌如何？"答道："闻人传说，貌比鲜花，若论才学，不独世间所无，更属古今少有。因她帮助父亲运筹帷幄，平服倭人，所有奇谋妙策，尽是小姐功劳。"朱能道："既然有此美事，有志事者不妨去走一遭。"

原来这位小姐非他人，就是当日投水的素娟。只因素娟当日投水时，在江中漂荡，耳边似闻有人说道："贵人有难，我们速宜救护。"于是身随浪涌，涌至江心，挂在一只大船舵上。这船系大学士张居正奉旨回京的官船。是时，张居正在船中打坐。闻舟人拾得水中被溺女子，气息奄奄，张居正急命灌救。须臾救醒，丫环把衣服与她穿换，引她到舱中叩谢相爷。素娟便问："这位相爷是谁？"家人答道："系当朝宰相张居正太师。快些上前叩谢。"素娟行至跟前下跪。

张居正问道："你这女子青春年少，有何冤苦，将身投水？抑或偶然失足被溺？"素娟便把前情逐一诉出，并问："大人因什到此，得救残生？"张居正道："本宦告假回乡，近因倭寇侵犯中原，奉旨回京策敌。在中途闻得贼入山东，欲移舟先往济南，商量军机大事，路经至此，舟人把你救醒的。据你说来是受屈含冤的，待我差人带你回家如何？"答道："目下父亲不在家中。我若回家，必再受奸人所害，求大人设处。"张居正道："既如此，待我带你回朝，自然与你伸冤就是了。"素娟叩头谢恩。张居正吩咐丫环好生服侍黄姑娘。随命家人解缆行船，向济南府进发。

是时，济南有倭寇之乱，倭人即系日本国，在东南大海中，中有一岛叫做倭岛，有一王占据。附近十八州地方，尽属倭王统管。其国风俗与中华不同：凡有职位的贵人，俱雕刻身面，用各颜色涂染斑痕，妇女牙齿用药染黑。衣服无缝折，俨然单被开心，将头穿出一般，形状半似雪衣，半似袈裟。与人行礼，但把手相搏，当作拜跪。自古以来，朝贡中国，自称大王，常与中国贸易。万历年间，倭王俺达自恃强盛，不来朝贡。朝廷命钦差赵全为大行人，周元为副使，带领骑尉二十人，到他国催贡。谁知赵、周二人是个叛逆之臣。出京之日，早携家眷逃遁。去到日本国，见倭王十分厚待，遂投降了日本国，并骑尉二十人永不回朝。赵全反教唆倭王兴兵入寇，残州破县，生民涂炭。倭王俺达统兵十万，屯扎青州，命王孙哪咭领兵二万攻打济南，被官兵杀得大败，把哪咭困在土山之上。参谋阿力哥劝哪咭投顺中国。山东总督王崇古准他归降，即欲奏闻朝廷。巡抚方金湖谏道："不可。现今倭王大兵未退，此事恐有变更，万一不善调停，恐获罪不浅。闻得张太师奉旨回京，不日经过此地，问他如何设处，然后奏闻，方为上策。"王崇古道："大人高见不差。"即命人打听张太师消息。

不数日，闻报张居正到来，于是大小官员出城迎接。张居正遂带素娟在公馆住下。次日，王崇古请张居正饮下马宴。张居正饮罢回来，坐下。素娟道："闻众家人说，倭寇攻城，官兵把他王孙拿下。不知官员将他如何处置？"

张居正道："只因朝内奸臣赵全及周元等投降他国，遂引倭王兴兵入寇，倭王俺达之孙哪咭兵败投降。闻得倭王不日举大兵到来，索取哪咭，人心惶惑不定，文武官员约明日齐到抚台衙门，商议处置哪咭的计策。"

素娟道："近来倭寇称强，屡犯中原。今日幸得哪咭在我国中作为当馘，此事十分关系，若要制伏倭人，尽在这一次了。"

张居正道："倘倭王举兵到来索取哪咭，将若之何？"

素娟道："众官怕俺达兵临城下，定要索取哪咭回国。在我愚见，正要他着急求取，但恐他挤丢弃王孙不顾，任杀任烹，总不来取。则我国留住哪咭毛无所用。纵然将他碎剐，枉与倭人结下难解的深仇，殊属无益。若得他举兵前来索取哪咭，这个紧要当馘是我国有益的，但要教督抚示谕各关将士，紧守城池，水陆营泛用心防御，以待他来。又令城厢内外及附近居民，早日搬迁，免被他抢劫。又宜差一个善言语的使者去到俺达营中，将好言好语安住他心。他若肯称臣入贡，或肯将我国投降的叛臣赵全等斩首级来献，当天盟誓，自后不敢侵犯边疆，然后将此情节奏闻皇上，请旨用优礼送哪咭归国。"

张居正道："倘若倭王亲提大兵逼近城池，又不焚抢百姓，又不明言索取哪咭，只

管日日骂战，在你话该与他战不战呢？"

　　素娟道："他若如此行为，官兵与他交战必然中计。"

　　张居正道："这是什么计？"

　　素娟道："必系我国叛臣赵全等教他设计诱敌，想生擒我国上将做个当馘，得来与哪咕相替换。必须提防他出我不意，攻我不备，千祈紧守营寨，切勿轻易与他交战。纵然他露出可攻可破的破绽出来与我看，都不可命将出马，免中他诡计。务要多义亲伍走入，时时窥探他虚实，或在山林隐密之地，多插旗帜，作为疑兵，令他心中惶惑不定。然后暗调精兵，从私路绕出，捣他巢穴，烧他粮道，使他粮草不敷，又野无抢掠。不出十日，他军中必然绝食。势穷力尽，自然逃走。何必杀兵斩将，乃为功劳。"

　　张公听她言语，不知心中合与不合，且听下回分解。

第十四回 获王孙众询首相 平倭寇女赛千军

话说张居正闻素娟之言，大惊道："不意你一个闺中幼女，有此等奇谋！揣情度势，言言合理，句句中窍。你有如此绝世聪明，想必是个张良复生，孔明再世。"

素娟道："邹莪之论，敢渎尊听。实以大人相度休容，故效铅刀一割之用，何须过誉。吾有一胞弟名贵保，有通彻三教九流之学，有经天纬地之才，武略文韬识见，胜吾十倍。"张居正便问："你弟在家作何事业？"答道："吾弟在家得一名师教习韬略，是以奴家亦学得些小。"居正大喜，随吩咐左右，凡遇京中有黄贵保其人，速来报之。众人应命。

明日，众官员请张居正到抚台衙门商议。张居正就把素娟的计策，教众官照式行事。住了数日，即别众官回京。

张居正去后，巡抚方金湖就差鲍德往倭王俺达大营，把哪咭之事对他说之，并用好言安慰他。过了数日，倭王即带兵到济南帝城十里下寨，攻打各城。督抚依张居正计策，闭门不战，暗在山林隐密之地，数处暗设旌旗，或三更或午后，一日数次鼓角齐鸣。倭王见各处有伏兵埋伏，不敢出战。督抚调精兵从私路抄出，剿他巢穴，烧他粮道。弄得俺达求战不得，守又不能。被他烧去粮草，劫去巢穴，进退两难，只得卑辞哀恳交回哪咭，自愿来朝入贡，求请天朝封爵，以压服邻邦，作为中国的附庸；照申准两国贸易，又愿把赵全等献出；倘若不肯，定必起了倾国之兵，攻破城池，寸草不留。王崇古即修书一封，差一心腹之将，把此情节入京报知相府，求张居正早设方略。

张居正把来书与素娟同看。看罢，对素娟道："据来书所说，你前言已验。今番宜用何计策？"

素娟道："倭王之言，虽未可尽信为实，但爱孙心切，想得他回归国中，似是个真

情。"张居正道："俺达既想王孙归国，为何不即把赵全等替换，其中或有奸诈。"

素娟道："他不肯即交赵全等叛臣一齐替换，实心中嫌将贱换贵，将轻换重，似觉羞辱一般，原不是爱惜这几个叛臣，不忍伤他性命也。哪咭这条番狗，留养他何用？不过想留下这个当嘅。今俺达着急，等他有求于我中国，使中国受益。为今之计，当差人对倭王说：'天朝恩典，极喜悦你王孙，甚是优礼相待。'令俺达心安。又叫哪咭穿戴起，赏赐蟒袍玉带登城楼，与俺达相见。俺达见哪咭得中国如此敬重，可以夸压邻邦，人人以为荣幸，想得哪咭回国的心更急。斯时俺达心头之宝在我掌扼揸拿，任我出什么难题，不怕他不依了。但如今倭王言辞虽然哀恳，不肯退兵犹恃强挟制，何曾是个真心输服呢？如果真心输服，必要责他先把赵全等罪官尽数送入我境内，把人马退去，然后差官以礼送他王孙归国。若仍旧屯兵逼勒阵前替换，只怕倭人反复难信，临时变局，或只把当日跟随赵全的手下无名小座缚来兑换，岂不大失天朝体统。至于封爵、贡市二事，都在可不可之间。至若边疆治乱，不重在哪咭的去留，重在倭人求和的真假。他若真心和好，何妨封他官爵，何妨准他贸易呢？战争暂息，我得闲暇，操练军马，修葺城池，烽火不惊，田禾成熟。倭肯依期朝贡，把他当作外臣看待；若他背盟抗逆，我即兴兵问罪。在我能操必胜之权，必享数世太平之福。他若肯先缚赵全等入境，预将哪咭移住界口，若赵全等一到，然后将哪咭送出，即将赵全等解京正法，把首级传示各处边关，令奸臣畏惧。若移徙哪咭之时，被他伏兵抢夺当嘅，就将哪咭斩首示众，紧闭关门，出兵与他大战。是他理偏，人心不服，我理直气壮，定必全胜。"

张居正道："阿力哥与哪咭一齐同降的，留他不留呢？"

素娟答道："阿力哥原系劝哪咭投降的，若送他回国，必遭俺达毒手。今他兼留周元，则阿力哥亦可羁留，以抵当断，不可无故交出。留住此人，将来亦有用处。"张居正听罢大喜，遂将这段议论对差官说知，叫督抚依计而行，必无败事。

这差官领命去济南，直情禀上。王崇古即命中军到倭营，檄他先交出赵全等入境。俺达不肯，只把掳掠的男妇八十余人交与中军带回，便要索取哪咭。王崇古不肯受。俺达大怒，遂提兵攻打石云堡。崇古见事势中变，急与守备范宗儒商议，宗儒无奈何，命长子范国囿、胞弟范宗伟、宗依，亲到倭营作当嘅，替换赵全等。俺达大喜，即擒住赵全，锁上囚车，命一员上将赤猛克，押入官军营中。不知赵全性命如何，且听下回分解。

第十五回　哪咭回国换奸臣
素娟让功拜义爻

　　话说倭王俺达命上将赤猛克，解赵全到官军营中。周元闻祸事发作，自知性命难保，遂自刎而亡。俺达命割取首级，一齐来献。

　　王崇古大喜，即把哪咭及阿力哥交与赤猛克带回，又命裨将康纶奉送王孙回国。哪咭与阿力哥泣别而去。临行，巡抚方金湖致嘱赤猛克，劝倭王不可伤害阿力哥性命。

　　却说哪咭回至大营，与俺达相见，祖孙二人抱头大哭，感谢天朝不杀之恩，同向北拜了五拜。俺达差行人哒儿汉等齐谢表到来。表内言："天朝赦我承重嫡孙回国，得他接承国嗣，真是莫大功德。恳天朝大皇帝恩准和好，愿年年贡献土产，作为外臣。并恳遍谕边省军民人等，依旧与我国贸易，誓无反叛。皇天后土，实鉴此心。"总督王崇古遂带哒儿汉进京朝见，并将张居正前后策划情节，一一奏闻。

　　神宗皇帝大喜，赞张居正道："张太师真正有王佐之才能，令日本国倭王称臣归服。昔年与日本议和，因开马市，两相交易。后来屡被倭人杀伤我中国百姓，两国遂起争端，兵连祸结，致令干戈不息。群臣见前朝南宋懦弱，其祸皆由与大金国和议，是以屡被外国欺凌，因此共劝孤家征剿立威，不与倭和。今张卿独主和议，乃得倭人臣服，太平无事，真莫大之功。"

　　张居正奏道："昔者马市起衅，满朝文武都话祸因中国与敌和好，失威示弱，致启兵端。殊不知今日之和，与前朝之和大不相同。如汉朝把昭君送出塞外，宋朝将金帛献与大金国，都是外国强盛，中国恳求他和好，本非他情愿。故贾谊有倒悬之譬喻，寇准不主和议。今日乃外国恳和，自愿称臣乞封，是制和者权操在中国，不是权操在外夷，比汉、宋懦弱求和，万万不同。昔年奏闻马市倭人带兵入境，恃强辖买，把无用的瘦马要求数倍之利，故贸易未久，遂致抢夺相杀，故先帝遂禁马市，不许交易。今日因他到来进贡，官开墟市，令他与边地百姓贸易，或三日一墟，或两日一市，设

兵弹压，毫无争斗，与前时马市不同。至于坚守边关，讲究武备，乃治国的常规，不因他朝贡不朝贡然后增减。若话倭人无信，反复不常，试看我中国父子、兄弟骨肉相约，都不能包管有始有终，何况夷狄之人，怎得万年和好？只要在我有钳制之法，应如此举行就行。无识之臣，动辄话夷狄之人最无信义，与他和好必有背盟之祸，难道近来数十年，屡被他攻劫，都因背盟之故么？即将来背盟之祸至，甚亦不过如此。朝臣动辄以杀戮贪功，不顾生民涂炭，只图私利，不计公害，外国愿和都不肯和，遂失此机会。此等臣子，不独不忠，兼之不智。"

神宗皇帝闻奏大喜，遂册封俺达为顺义王，年年进贡，岁岁来朝。又准他与边民贸易。行人叩谢领旨，欢喜回国。于是神宗皇帝设下太平宴，君臣庆饮，尽欢而退。

张居正蒙皇上赏赐许多金银宝物，大喜回府，对素娟道："日本息兵归顺，今日宴饮太平，蒙皇上优旨褒赏。这场功劳实出自你暗中摆布的。待我明日上朝，将此情节奏明，以免屈你之功。"

素娟道："倭人归顺，皆赖天地泰运之兴，君相燮理之德，奴家怎敢冒功？若将此事渎奏天庭，则堂堂宰相计谋，出自闺中。在奴家虽是甚荣，在相爷颇觉为辱。奴家前蒙相爷活命之恩，虽粉骨碎身未足云报，今略施小计以相帮，未足答鸿恩于万一。愿相爷将此事寝搁罢了。"

张居正大喜道："你立此大功，不矜不伐，不独有才，兼且有德。你既肯将这场大功相让，不愿奏明，待我明日上朝，单把铁威害你之事入奏，请旨拿京问罪罢了。"

素娟道："民间之事，自有地方官所理，不经该县先禀，大员依例尚有越诉之罪，况敢惊动君相。所以当日汉相丙吉，路见杀人命案，过而不问，以存宰相体统。况铁威虽陷害奴家，奴家现未曾死，又得与相爷相聚，若非铁威之力，奴家怎得到此，以受相爷知遇之恩。铁威虽有大罪，实有大功。况天网恢恢，小人必无幸免之理，不须出自我手。吾愿相爷不必把民间一件私事渎奏天廷。"

谁知素娟说出这段议论？不愿收除铁威，不是蒙耻忘仇，实有一段深意。自思婚姻乃终身一件大事，怎可误配愚夫？若屈处家乡，必真才难得，父母为我择婿，屡不合意，目中只有一个朱能。京师乃聚才之地，宰相有论才之权。我幸依附相门，或可藉此以择佳配，再得一个如朱能这样才貌者，亦未可知。若把铁威这宗冤仇奏明，例必委一钦差前去，必把我带回原藉，与铁威对质。虽把仇人定罪，何益自己终身？况

他图奸未成，谋杀未遂，不比朱能这个不共戴天之仇，何妨容忍于他，以待天诛。此是素娟的机权作用，张居正哪里得知？只赞她："有沧海之量，可称得做世间生佛、女中丈夫。我意欲收你为干女，暂居我膝下，替你择一贤贵佳婿，得以后日衣锦还乡，归谒父母，你意下如何？"

素娟道："若得如此栽培，真是恩深罔极了。干爹请上，受干女八拜。"张居正大喜，笑吟吟端坐，受了素娟八拜。自后父女相称，相府家人改口称素娟做小姐。

小姐即写家书对干父说知，差一个家人，带到家中报喜，张居正又自己加一封书，书内大约言："令素娟有功于我，我已经收她为干女，替她权作主婚，选择佳婿。"差官去后，却说张氏接到素娟之书，见她未死，又做了丞相干女，满怀欢喜，即修书回转。张居正得接回书，遂择定正月十五午时，高搭彩楼抛球招婿。后来不知招得谁人为婿，且听下回分解。

第十六回 张太师彩楼择婿
李建良劝友招婚

话说张居正择定正月十五午时，命素娟在彩楼抛绣球招婿，此事远近喧传。传到李建良酒店，建良对朱能说道："闻得相府小姐抛球择婿。贤侄尚未结亲，何不去走一遭。"

朱能道："小侄报仇念切，刻不能忘。今日宰相虽有彩楼招婿之事，但我仇未报，父在监中，固不宜图及婚姻之事。况向富贵中求淑女，犹如从科目中求真才，岂可得么？"又话："天下虽大，知心朋友除贵保一人之外，犹难再得一个。同心之人，谈何容易。只管从叔父之命，往走一遭。亦不过信步观场，稍散郁滞耳。"出店而去。

建良与贵保说道："据朱能所说之论知，他今日去观抛球容或有之，想招此婚恐未必。"

正在谈论之间，忽见朱能回到店中。建良、贵保问其许久不回，得毋彩楼招赘不成？朱能见问，遂将彩楼观场之事，从头说出。

原来朱能是日从早出门而去，随着众人直到相府门前。只见人山人海，塞遍通衢，真个连衽成帷，举袂成幕。但见彩楼搭得十分华美，楼下坐了数十个相府家人，个个锦帽皂袍，手执长棍藤鞭，在此弹压。

到了午时，相国小姐簇拥着十数个丫环、仆妇，登上彩楼，摆齐香案，禱告天地、月老。站起身来，旁有丫环捧过绣球。

楼下有个老家人，手执告示牌，高声向众宣道："太师有示，今日小姐抛球择配。你等少年未定亲者，站立楼下，待小姐抛球掷中，招他为婿，不论贫富仕宦。惟有仆隶优卒、道士僧人，及已婚者，俱不许乱进。倘球掷中此人，不许别人恃强争夺。如违，从重究治。"

众人闻谕，即挤身楼下。惟有朱能从远处站立，看众人待掷球，只见众人个个仰面争看。

小姐将绣球高抛半空中，有值日功曹送一阵轻风，把绣球远远送到朱能头上，落将下来，跌在朱能膊肩。朱能用手一摸，众人正欲争夺，被张府家人喝住，各人纷纷散去。小姐同丫环仆妇下楼去了。

张府家人族拥朱能入见。早有家人先入报喜。张居正与各官、诸亲友俱在厅前，闻报大喜，请朱能入见。朱能入厅先谒张居正，后与各官见礼。礼毕，站立。张居正赐坐，问及乡贯、姓名、家世、父母。

朱能道："晚生系顺天新科经魁朱能，湖广人氏，家父百容，母杜氏。现寓羊肉街李家酒楼。今闻太师彩楼择婿，晚生偶尔观场，却被彩球误中。"

张居正道："殿元公今日彩球掷中，与小女正是天缘，怎好说个误字？"

朱能道："某初进步书生，怎敢做相门之婿？一则恐辱没太师；二则无父母之命，无媒妁之言；三则某有大事羁身。婚姻之事，禀过父母，然后才定。晚生就此告退。"

张居正道："少年登科，他日前程定然远大，若谓有事羁身，我想婚姻乃人道之始，事之大者，还更有大得过此么？至谓父母之命，媒妁之言，乃大礼所在，自不待言。一面修书禀请父命，一面差媒备行小礼。今秋闱在即，更望大魁天下，然后荣谐花烛。难道绣球一掷，就草草成亲，与戏场一般么？"朱能见相爷谈吐镇定从容，不甚逼迫，遂放下心肠，不好当面峻拒。遂讲几句谦词套话，然后起身告别而去。

去到店中，见建良、贵保相问，遂把这段情由说出。又对贵保道："愚兄随众观场，不意彩球掷中。贤弟平日精通易理，烦与愚兄卜一婚姻之卦何如？"贵保排成一卦，说道："此卦大吉之兆，扳仇尽在此举。"朱能接了彩球，欲想报仇，不知如何，且听下回分解。

第十七回　黄贵保金殿对策
神宗皇御案考材

却说神宗皇帝自见贵保之后，心中喜他少年博学高才，想格外封赏于他。然心已定，是日坐朝，群臣朝罢，皇帝宣谕，纶音道："朕昨日微行观看景色，到羊肉街李家酒楼，见一幼年书生，十分博学高才，朕意欲宣他上殿，待卿等面试。如果真才实学，将以不次封他。卿等以为何如？"

众臣未及裁答，旁有丞相张居正出班奏道："既有高才，即当选用，业经万岁圣鉴，何用臣等面试。但不知此生姓名籍贯，在处可有戚属否？"神宗道："此人姓黄名贵保，本籍湖广，迁居襄阳，现寓李家酒楼。就命兵部尚书何维柏，明日带他上殿，待朕再试，将他选用。"

维柏领旨谢恩，退朝回府。用过早膳，即带了家人摆首直到羊肉待李家酒楼，命家人通报。贵保闻兵部尚书到来，不知何事，忙出迎接。维柏下轿，贵保上前打恭。维柏扶手问道："此位就是黄贵保先生么？"贵保道："不敢，小子就是黄贵保。"维柏见他容貌英俊，大喜，握手登楼与贵保重新见礼。建良、朱能上前参拜，一齐坐下进茶。

茶罢，维柏对贵保说："恭喜先生，福运到了。前日曾与谁人饮酒联对？"贵保道："同一朱先生饮酒。"维柏说道："你道他是何等人？"贵保道："实未曾问及。"维柏道："算足下头等福命。前日与饮者，非比别人，乃当今万岁。万岁爱你才学，今早临朝，命我召你明日上殿，不次封赏，岂不可喜？"

贵保闻言喜道："皆赖大人鸿福。"

维柏即起身辞道："足下好早些收拾，顷刻进敝衙，明日五更一同上朝陛见。"贵保遵命，相送下楼，何维柏上轿，打恭相送，退入店中。建良、朱能旋与贵保贺喜。贵保回房收拾书籍、琴剑，谓朱能道："兄暂寓此，待我面圣后，再来相聚。"朱能道：

"贤弟此番面圣，定必身荣。愚兄与你看守行囊，待弟实授何官，然后送到贵衙就是。倘得进身，祈为雪冤。"贵保道："这个自然。倘得侥幸，定必效力。"

俄顷，何夜家人随带一轿到店，相请贵保。贵保辞了建良、朱能，上轿直到兵部衙门，参谒维柏。维柏下座见礼，茶罢，历问行藏。贵保从头细述，维柏十分嗟叹。相谈未久，晚筵早备，两人入席畅饮高谈。贵保对答风生，言辞博雅。维柏十分爱敬，说道："足下有此高才，明日天廷面圣，务须大展鸿才，包管至尊不次擢用。"贵保逊谢不当。席散，命家人引贵保入书房安歇。

到了五更，维柏命贵保换过新洁衣服，相随上朝，命贵保暂在朝门候旨听复。净鞭三响，朝臣鹄立，天子登极，群臣俯伏朝参。参毕，各归班肃立。神宗皇帝宣动纶音道："众卿有何本章，当殿启奏。"兵部何维柏出班奏道："奉旨召黄贵保，现在午门，请旨定夺。"

神宗大喜，即命侍臣宣他上殿。贵保闻召，膝行至金阶，舞蹈山呼，俯伏在地。神宗传谕道："朕曩晚微行遇卿，见卿高才，欲破格擢用。今召卿到廷面试，尔其务展经纶。"即御笔亲拟题目，敕他对策三章。贵保领旨，脆在金阶，手不停书，顷刻写就三篇，交与内侍，进呈神宗皇帝御览。

第一题《拟汉王拜大将军谕将相大臣》

定天下之大乱者，必待天下之将才，有天下之将才，必当付之以天下之大任。今项羽背约毒民，诸侯王效尤，天下煽动，寡人欲安之而未能，虽良、平无所施其智。今丞相何言，治粟都尉信，国士无双，足当大任。故择日斋戒，设坛具礼，拜为大将。将责以覆楚下齐，平三秦、燕、赵、魏而一天下，如反手也。夫骏马逸群，孙阳乃识，国狗之瘈，见猎乃噬。将相大臣毋少信，当思寡人所以为信。屈者，奉其教令以济乃公事。

第二题，《拟汉高帝召故乡父老迁新丰诏》

朕经营天下，不得常与父老游久矣。父老其无恙，朕常念之，而皇上之念父老尤甚。盖桑梓故田，非富贵所能易好，人有同情也。而谓父老能忘我皇上哉！然安土重迁，父老徒有室远之叹，朕甚悉焉。兹遣胡宽作新丰。田园室庐，悉如故里，以休我父老。庶乎肯来，以为我皇上欢，毋以畴昔恃酒

谩骂薄朕而有退心，俾朕不能养志也。有司其备安车以迎，毋若故乡子弟。

第三题：《拟曹孟德下所司修弥衡墓教》

处士弥正平，俊才兀优，非世所识，诚如父举，所谓一鹗也。孤非不能容之，第欲容之诸侯，使天下知有此不羁之才，且自裁其狂耳。黄祖小人，置之大缪，有负孤怀。兹闻其蒙葬荒洲，当今所司修治墓田，置守冢数家，毋滋宿莽。异日或过其下，孤将有只鸡头酒之奠，岂忍弃此冢中枯骨，而俾千金买骏，擅美于前哉。

神宗皇帝览罢大喜，御笔加上圈批，赐与阁臣同阅，道："卿等试看三篇，方知朕赏鉴不谬。科目所取八股之士，哪得有此古致华墨？俨然两汉古文一样，不独才希，班马兼之；字敌钟王，可称得做天朝人端了。"众臣阅对，俱十分叹赏，同奏道："贵保天廷奇才，光辅陛下，伏乞格外褒封。"不知神宗准奏否，且看下回分解。

第十八回　施厚泽敕赐状元
　　　　　　雪深冤本奏叛逆

诗曰：

> 喜得身荣显，还思翦势奸。
> 玉堂频起草，金阙奏天颜。

　　话说神宗皇帝见群臣请封贵保，遂沉愁许久，对众臣说道："本朝二百年来，俱依洪武旧制，以春秋两科场取士。今朕欲破格褒封贵保，又恐坏祖宗成规，贻天下后世讥诮。卿等之意若何？"

　　丞相张居正奏道："科场取士虽是国家旧规，但历考前朝，亦有格外之典加。唐明皇之于李白，特赐翰林学士。臣看贵保之才不减李白，既为圣心所赏，又为廷臣所推，正当额外优封，以鼓励天下读书稽古之士。异日史臣载笔，应推陛下为圣明之君。"

　　神宗闻奏大喜，敕赐贵保状元及第，授翰林院修撰之职。旨下，内侍奉过冠带簪花，赐酒游街三日。黄贵保舞蹈谢恩。朝退，各朝臣向贵保道喜，贵保谦谢一番。

　　何维柏命家人送贵保到翰林公署。有长班投手本拜迎。贵保入到本衙，各长班一一拜叩。未几，何维柏又命家人送辅盖什物、金银到署，贵保拜受。次早上朝，叩谢圣恩后，即坐轿向阁臣拜候。次向六部、三司及同馆前辈一一拜候。即修书差长班到东昌李建中、刘承恩处问候报喜；又差人带书回家，报之父母。然后到羊肉街待拜谢李建良，又叫朱能收拾行李辎重，到署居住，同享荣华。朱能与贵保日夕谈心。

　　诸事已毕，明日游街。牌写着："钦赐状元。原籍湖广襄阳府，姓黄名贵保。父亲黄世荣，带绸绫上京贸易，两载未有音信。但有四方君子知其下落，到来报信，花红重赏。"是晚，将头牌之字抄了数张，沾在歇客行之街道。是日，黄世荣无事出街，看

见报单。"原是我儿子得钦赐状元！明日在行门口等他相会。"

是日，贵保游到此处，一见父亲，连忙下轿上前相会。朱能在旁，上前叩见。在路不便细问，即同世荣回公馆，将铁威被害并钦赐状元之事一一尽说。世荣闻言，一悲一喜。悲的是女儿投江，喜得是儿子荣贵。又问朱能讼事若何？朱能把己身所历从头缕述。世荣闻言，十分嗟叹。

贵保又问父亲生意若何，因何到此。世荣曰："为父出了山东，在旅店病了月余才得痊愈，复遇足痛，又逗留十余日，是以迟到春初，才得到京。寓在西城张家店。到了月余，恰好货物脱清，只因候帐无事闲行，一来到各衙门打探朱贤侄可曾到京，恰好与吾儿相遇。"吩咐朱能："可到西城张家店，与吾家人将存下之银并行李一总带来。公馆安歇。"

光阴似箭，转眼又是秋闱。朱能考取武进士第三名。乃至殿试，朱能中了武状元。上朝谢恩，出门拜客，寄书回家，又寄书往刘承恩与李建中报喜。

一日，贵保到朱能署中议事，忽报兵部尚书何维柏回拜。朱能出门接入，贵保上前见礼，三人坐下饮茶。茶罢，朱能便讲伸冤之事。何维柏道："我昨日已经将此事与张太师商量过了。"贵保便问："张太师有何主意？"维柏道："太师说此事各位大人不宜动本，只宜朱大人先奏自己冤情，倘圣上怒不测，某与太师自有调停。朱大人即宜写本，明早入奏。"朱能称善。正欲留宴，维柏告辞，朱能相送出门而别，转入后堂再与贵保商议。贵保道："张太师主意甚高，吾兄遵行无碍，纵有不测，可对得天下后世。"朱能遂留贵保过夜，灯下商量章本，到五更一同上朝。

神宗皇帝临朝，各官朝参已毕，朱能俯伏金阶奏道："微臣有冤本一道，上渎圣聪。"神宗道："卿有何奏章，且平身站立。"朱能遵旨。内侍将本章呈上御案，神宗再三披览，道："据卿所奏，冤情如果属实，不独胡豹父子国法难容，即该地方官亦应分别议处；倘诬告国戚，擅奏大臣，卿家亦有不便。此事究竟详细如何，卿宜据实详奏。"朱能遂将此事一一从头直奏，言词剀切，声泪欲进。

神宗听罢，拍案叹道："胁奸而致刺杀，毙证而辱平民。居官者以贪墨为心，恃势者以淫虐自肆。功令奚在，国法奚存？该县固属可诛，该抚尤殊可杀。通省官吏只有一个何象峰守正不阿。胡豹如此横行，目中岂有君长。即当召回质讯，按律严办。"

张居正出班奏道："臣闻镇国公不特居乡肆作威福，且素蓄不臣之心。陛下宜早提防，毋使祸延滋蔓。

神宗闻奏吃惊道："此事卿何处得闻？若果如此，便是国家大患了。卿若有所见闻，不妨直奏，朕断不见罪。"

张居正道："此事问兵部何维柏，及钦赐状元黄贵保二人便知。"神宗便问二臣道："二卿可把胡豹反迹据情直奏。如果得实，朕自有赏。"

何维柏奏道："镇国公反迹臣实未知，但臣弟何象峰现任襄阳府，有书到臣，言及此事。"神宗道："书在何处，呈上朕观。"维柏即在靴中取出此书呈上。神宗一看，不住摇头。

贵保随奏道："镇国公有一外甥唐玉龙，在大雁山为寇，因往胡府祝寿，中途与人打架，臣父见他说出欲与胡豹父子合兵造反。况臣在家稔闻他私造军器，阴养死士。据此数款，反迹显然，请万岁定夺。"

神宗听罢，便问群臣道："卿等公论若何？"

张居正奏道："以肃愚见，宜命钦差齐旨一道，召他父子回京，交大臣会审，按法治罪。不知圣心若何？"神宗闻奏，点头道："是。"

旁有胡豹相好大臣、都察院左都御史宋琼出班奏道："不可，不可！"群臣大惊，不知他所奏如何？且听下回分解。

第十九回　都察院暗地通书
镇国公襄阳造反

诗曰：

> 狐鼠凭陵日，彤廷盱食时。
> 殷勤论推毂，各副圣明知。

话说宋琼出班奏道："不可，不可！镇国公平日忠良，必无异志。反迹之说，俱属群下猜疑。且朱家命案，据奏亦是伊子所为，况未经面质，曲直不分。陛下不可轻信众议，恐皇姑见怪。"

张居正上前奏道："宋琼所奏甚差。此事迟疑，则机泄祸大，速发则祸小。但旨意只作平常召回供职，不可露出今日之议，并不可提及朱家之事。"神宗点首道："张卿所奏甚合孤意。"即草旨一道，交内侍吴恩带至湖广，召胡豹父子回朝供职。遂拂袖退朝，群臣各散回衙。宋琼着急，即修书命千里马星夜赶到湖广，道知胡豹。

却说胡豹自从见云福弄出事后，得通省官员替他回护，越发肆行无忌。霸占民田、纵容儿子强奸民间妻女，种种不法。襄阳百姓受他荼毒，无可告诉，真正冤气满城。又日日与心腹官巡抚李士林、淮安总镇莫如龙、襄阳知县雷象星等，饮酒取乐，阴蓄死士，制造军装器械，谋为不轨。

一日，正与各官计议欲图起义，忽探子回报，皇上差了内官带旨，不日就到湖广。各相疑讶，不知何故。忽家人报说，都察院宋大人差人下书。胡豹传入，打发来使回去，将书拆看，一见大惊，将书递与众看。各官惊道："事机泄了！公爷还要即刻打点，先发制人。"胡豹即修书十数封，分头命家人通知各处心腹、提镇、武弁，着他刻日带兵到省相会。又修书寄二子，嘱他暗运兵粮。——筹划已定，忽然触起外甥唐玉龙，又即修书往大雁山通知。于是，各路布置已完，俄而叠报圣旨已到省城。各官俱去迎接，胡豹总总不理。

且说钦差吴恩齐了圣旨，一到省城，各官跪接，请问圣安后各各与吴恩见礼。吴恩不见胡豹到来接旨，便向各官问道："因何镇国公还不到来指旨？如此怠慢岂是臣子所为？"巡抚李士林道："闻得公爷有病，未知真否。"即委雷知县去催。

少顷知县回报："公爷现有病，请钦差大人齐旨到府宣读。"吴恩怒道："如此无礼，不畏万岁见罪么！"无奈，即将圣旨直到胡府，各官随后一齐拥入。吴恩一到，见府门大开，并无一人迎接，心中含怒，直入大堂，见胡豹踞中而坐，并不起接，昂然不理。

吴恩大怒道："圣旨到省，胡大人推病不接到还罢了，今日咱家齐旨到府，仍复昂然不动，悖逆已极。皇上闻知，罪无可逃。"

胡豹喝道："圣旨岂压得本公么？今日独据一方，不受朝廷管辖，此道圣旨，只可带回朝罢。"吴恩不理，捧旨站在正中，朗朗宣读。胡豹下座，将圣旨扯碎掷地，对吴恩说道："本该杀你。姑留你回去说知昏君，叫他早早让位，不然本公不日提师到京！"骂罢，命家人将吴恩鞭出去。吴恩带怒星夜到京，把胡豹碎旨逐差之事奉闻。

却说胡豹碎旨逐差，各官在旁俱嘿嘿无言，当下恼了知府何象峰，离座斥之道："公爷不接圣旨，悖慢之极，况复碎旨逐差，与乱臣贼子何异？他日六师一到，恐祸及生灵。"胡豹怒道："小小官儿，在本公跟前肆言无忌，不怕死么？"何象峰大言道："本府官虽小，晓得尊君亲上，不似公爷位极人臣，且为国戚，反忘君负义。本府头可断，身可杀，而舌不可屈，怕什么生死！"胡豹大怒道："如此狗官，利口伤我。"喝命摘去冠带，发县监禁，待事平后再行杀却。何象峰不住口大骂。家丁将他带去寄监。

何象峰一到监中，禁子梁玉接入。问因始知胡豹造反，遂对知府说道："胡贼造反，满城百姓定遭涂炭。大老爷是朝廷命官，生死可置之度外，岂可连累家眷。小的爱敬大老爷是个忠臣，倘有用着小的之处，虽赴汤蹈火，万死不辞。"知府闻言大喜，就命梁玉到府衙，带家眷到兵部衙门逃避，并命放出朱百容，与家眷一齐到京。梁玉领命，遂约齐陈升等一班同学兄弟，保住各人家眷一同进京，以避胡豹之乱。

却说胡豹把知府发监之后，怒犹未息。李士林道："公爷碎旨逐差，钦差回奏，必有六师问罪，公爷还须早为之计。"胡豹道："不妨。本公筹算已定，兵权已在我手，

朝上并无能将，纵有师到，管教片甲不回。"

雷知县道："为今之计，急须正号为先，庶几师出有名，才得四方响应。"莫如龙道："县太爷所见甚高，公爷还须先正王号。"

胡豹喜道："若得众位同心，得了山河，誓当列土分封。"众官称谢。于是胡豹自立为吴王，建大吴旗号，将镇国公府改为王府。招募乡勇，收纳亡命，此是后话不表。

且说何知府家人见家爷被胡贼监候，忙走回衙报知主母恭人周氏。周氏闻报大哭，正欲到监会夫，恰好知府打发梁玉到衙，叮嘱恭人，叫她即速收拾家私，与各家眷星夜回京，到兵部柏爷处，求他上诉。恭人闻命，只得忍泪收拾细软，带了儿子同着家人逃走。梁玉引路，会齐朱百容及黄世荣家眷，命陈升等一班同学兄弟，前后护着女眷、辎重，不分日夜，赶到京中。百容与世荣家眷俱到儿子住所，两家父子相见。贵保又见赛西产下幼弟，不胜欢喜。次日，引着父母，拜见张太师，与姐姐素娟相见，悲喜交集，各诉前情，不在话下。

却说恭人周氏携眷入到兵部衙中。维柏一见婶氏象峰家眷到来，大惊，问。周氏哭诉前情，维柏劝慰一番。次日上朝，把此事奏明。不知旨意若何，且听下回分解。

第二十回 闻叛逆教场兴师 逆良言后堂拒谏

诗曰：

犁骍本同类，木异见蓬麻。

泾渭自分流，贤奸出一家。

话说何维柏上朝，正欲将胡豹造反、监禁知府之事奏明，恰好吴恩回朝，直奏胡豹碎旨逐差，反迹显然。神宗皇帝大怒，即与众臣计议。维柏奏道："臣弟何象峰，现任襄阳府，苦劝胡贼，被禁县监。昨臣弟妇到臣署中哭诉，恳万岁且发天兵征讨，免成大患。"

神宗闻奏道："进征之说固属宜然，卿等公议，何人尽堪挂帅？"

丞相张居正奏道："臣举唐坤为元帅。新科状元朱能，才兼文武，谋勇俱全，况与胡贼有不共戴天之仇，可当先锋大任，可保无虑。"

神宗闻奏点着道："准卿所奏。还须得一智谋之士，为军中参谋。卿等公议谁人？"

朱能奏道："钦赐状元黄贵保，韬略过人，陛下命他为参谋，此人足智多谋，可充参谋之职。"

神宗大喜，准奏。即谕唐坤道："朕付卿以军机，卿宜忠心戮力，务祈剿灭奸邪，报却国难私仇。有功回朝，重加官爵。即加封卿为靖逆将军、招讨元帅，拨雄兵六万，赐上方宝剑，得便宜行事。卿勿因皇姑在彼，便生疑畏。大军到彼，查实皇姑果不与谋，只将逆贼父子捉解回京，待朕处决。倘皇姑从逆，卿不妨一总擒拿。朕决不以骨肉而废国法。尔其钦哉。"唐坤领旨谢恩，归班站立。又谕朱能道："湖广是卿故里，地形必熟，朕封卿为指挥将军、讨逆先锋之职，同唐坤征讨逆贼，展尔经纶。回朝之

日另行升赏。尔其钦哉。"朱能谢恩，归班站立。又谕贵保道："封卿为兵部侍郎、军中参谋，辅佐元戎，捉擒叛逆。有功回朝，朕当重用。尔其钦哉。"贵保谢恩，归班站立。于是各赐美酒三杯。三人跪饮，谢恩退朝。

朱能、贵保各辞别了家眷，朱能又命梁玉、陈升等一班徒弟，跟随军中效力。唐坤择黄道吉日，在教场中点齐六万雄兵，祭旗兴师。唐坤全身披挂，统了大军，直出京城，浩浩荡荡，望湖广进发。

胡豹闻知，即集众商议。是时各路心腹之将，多有带兵到来，聚集各处兵马约三万有余。胡豹对众将说道："唐坤统兵而来。我兵虽少，用奇谋以御之，定获全胜。"即出示，命城外百姓尽迁入城中，在城边掘下坑堑，城外大河一概置毒，各路兵马有未到者，复发檄文催促。各城门俱发重兵把守，城楼架定大炮，城门出入搜检，提防奸细，但有异言、异服之人无城内军民保认者，不准入城。自此军容颇盛，准备俱齐。胡贼虽是个叛逆之臣，而才足济奸，果然调度有法，又能瞒过母、妻，毫无知觉。但庭帏密迩，怎能瞒得住呢？殊不知他治家极严，凡有机密，不许下人传扬，是以内外间隔，做出种种悖逆，皇姑与母亲如在梦中。

一日，胡豹同云福在教场操兵，阖府家人跟随，外庭无人，只有数十个小僮看守。刚遇皇姑别有差遣，着丫环出唤值日当差的。见外庭无人，丫环入后堂回报皇姑。即传小僮问话。小僮禀称："今日众家人俱跟王爷操兵。"

皇姑道："什么王爷，众家人俱跟随他去？"

小僮禀道："王爷即是公爷。"

皇姑惊疑道："为何王爷即是公爷？你须一直说。"小僮便把碎旨逐差、调兵征饷、立国称王之事说出，且言："闻朝廷大兵不日到了，皇姑犹尚未知么？"皇姑闻言大惊道："一向未曾出堂，谁知弄出灭门大祸，哀家如在梦中，这事怎了得！"遂急入佛堂，禀上陈氏太君道："婆婆不好了，公爷造出灭门大祸了！"

陈氏正在念佛，闻言大惊，问："何出此言？"皇姑便把小僮所述之言从头说出。说罢，泣道："公爷造此大逆，教媳妇有何面目见皇兄？待他回来，婆婆还须劝戒他才好。"

陈氏惊得声泪俱嘶，手足腾震，泣道："这畜生不知听谁唆摆，造此恶逆！叫丫环打听他回来否？"

姑媳正在相怨，到未牌时候报说公爷回府了。丫环相请入内。胡豹闻母呼召，即同云福入内拜见陈氏，复与皇姑见礼。云福拜见婆婆、母亲，各相坐下。胡豹见母亲面带泪痕，心中惊骇，欠身问道："母亲呼唤，有何教谕？"

陈氏道："我胡家世代忠良，勤劳王室。传及你身，贵为男戚，位极人臣。正宜矢忠矢慎，报答皇恩，岂期身作叛臣，僭王造反？为娘试问你：那日何故碎旨？何故逐差？不知被谁摆唆，丧心至此！不若早听娘言，束身朝廷，平门请罪，或者天恩转念，赦罪未知。纵或圣怒不容，亦免叛逆恶名，他日贻羞青史。吾儿还须三思。"

皇姑亦谏道："婆婆之言有理，公爷听从为是。"不知胡豹依与不依，且听下回分解。

第二十一回 兽畜臣弑母囚妻 犁牛子忠君逆父

话说陈氏姑媳劝胡豹改邪归正，胡豹道："母亲有所不知，那昏君不念旧恩，听信谗言，欲召我父子回京杀害。幸得宋琼大人通知。今又差唐坤提兵，不日将到。孩儿骑虎难下，不得已背城一战，侥幸胜则为君。"

陈氏怒道："不听良言，必有败亡之祸，当日宸濠之事，可为前车之鉴。老身年过九十，死不足惜，独惜皇姑与众孙媳死得无辜，为可怜悯。吾儿何苦累及满门。"胡豹昂然不听。皇姑与陈氏苦苦劝谏，多方开谕，总总不从。

皇姑忍不住大声说道："古云：灵禽尚知报恩，义犬犹能念主。公爷身为国戚，受两朝厚恩，不思尽忠报国，这还罢了，反不自度，妄图天位，真禽犬不如！哀家怕你天位未得，必致天诛。你自作自受，毋庸他怨，连累哀家，身作逆妇，得罪先皇，得罪主上，得罪天下万世。且四亲九族、祖宗坟墓，为你一人惨受诛锄。试问心头可过得去否？"

胡豹怒道："可恶逆妇，毒口伤人！孤正初举义旗，便说许多不利，不念结发情分，宝剑决不容情！"陈氏早已气倒在椅上，不住摇头。皇姑见丈夫昏迷不悟，复细语低言，反复顺谏。胡豹愈听愈怒。掩耳不闻。

云福母道："父亲此举，众心相辅，母亲不必谏阻。得了大位，母亲贵擅椒房，何须如此苦劝？"皇姑怒道："都是为你畜生行凶，得罪朝廷，激变老父造出弥天大祸。"命取荆条，即将云福痛打。

胡豹重重大怒道："可恶贱人，屡与孤家作对！"拔出佩剑，揪胸欲杀。云福连忙跪劝，胡豹只得放手。皇姑大骂不绝，激得胡豹推开云福，持剑追杀。皇姑急走，陈氏忙起身相劝，岂期胡豹措手不及，将母亲杀死，惊得抛剑不迭，跪倒在地。皇姑抚尸大恸，哭毕，大骂道："好逆贼！背君杀母，天地难容，愿早被天诛，免致祸延九族。"胡豹按捺不住，拾剑刺杀。云福上前拦阻，跪下哀求。胡豹怒犹未息，众丫环亦

一齐跪下哀求。胡豹道："且看吾儿讲情，将她锁禁香房，待孤事平后再行治罪。"即喝丫环上锁。丫环无奈，只得将皇姑拘禁房中。胡豹怒气冲冲，出堂而去，吩咐家人置备棺衾，开丧挂孝。各官闻知，齐来吊祭，不在话下。

且说胡豹长子云光，在广东藩署，连日心惊肉跳。心下惊疑，与夫人李氏在后堂谈论此事。忽报父亲差人到来，云光传见，家人参拜，呈上家书。云光吩咐下堂酒饭。将书拆看，大惊，气倒在地。夫人李氏忙上前扶起，众丫环递茶相救。少顷苏醒，把书示夫人，大哭道："父亲造反，有书到来，叫我暗助兵饷。我想，从父则不忠，逆父则不孝，事出两难。"

李夫人道："老爷出任朝廷，此身便非胡家所有，况库银乃国家军饷，丝粟不宜动支。莫道取来助逆谋，即取来作朝夕甘旨，亦属不得。妾闻'父有过，子当谏。'老爷还须以书止之。"云光即磨墨挥毫，在案头写书一封。其大意劝父改转邪心，回朝待罪，免至祸贻九族，遗臭万年，军饷决不能相助，云云。写毕，传来使谕道："回去上复公爷，求依书行事便是。"家人拜辞而去。

是晚，云光沐浴更衣，写告死辞帖，辞别上司下属，置在案上，嘱李夫人道："我父天性强悍，必不听谏。我不忍见其败亡，今晚尽忠。夫人千祈不可回乡，就居近地。抚养遗孤，隐姓埋名，以存胡氏一脉。愚夫受赐多了。"李夫人痛哭相劝不从。俄而，夫人睡熟，云光望北拜谢君恩，吞金而死。李夫人醒来不见丈夫，起身找寻，见他已死，抚尸痛哭。天明，报知上司，各官俱来相验，问他何故。夫人将遗书呈上。各官嗟叹回衙。有巡抚将情节并遗书拜本回京。李夫人遵夫遗嘱，命家人在近地僦居，抚孤守节。胡豹长子之事，已经了局。

再表他次子云彪，在广西梧州总兵官署，见家人胡成到来，把父亲书信呈上。云彪见书不胜气恼，对胡成道："父亲听谁唆摆，造此逆谋？难道吾母缄口不言，甘同作逆？"胡成道："父作事秘密，下人不敢传说，皇姑在内怎知？"云彪道："吾母不知，难道吾弟在家知犹不谏？"

胡成道："三公子不独不谏，且首作逆谋。据小人看来，这祸端皆因三公子而起。"云彪问其缘故，胡成把前事从头直说一番。云彪怒道："原来这畜生惹起祸端！父亲怎么这样昏蒙，不绑逆子上朝请罪，还听唆作逆，祸及满门？我是朝廷臣子，军兵是朝廷军兵，我宁作不孝，毋作不忠。我兵亦不发，书亦不修，你只回去代我传说，劝公爷把三公子解上朝廷请罪为是。不然祸贻九族，果及宗坟。你速回去罢。"胡成领命而去。云彪带怒进入后堂，不知后事如何，且听下回分解。

第二十二回　檄五路兵助胡豹
　　　　　　斩骁将先锋逞能

诗曰：

螳辕知不敌，邹楚漫争锋。

覆辙有宸濠，昧鉴笑胡公。

话说胡云彪带怒进入后堂，把情由说与莫夫人知道。莫夫人大惊道："这事如何了得，公公如果造反，老爷与妾身休想得活。莫若先行出首，或者圣上开恩。"云彪道："吾算计已定了。"

明日，云彪自行束缚，带父亲的手书在身，到提督衙门求请摘印。提督陈鹏不知其故，命家人解缚赐坐，问因。云彪泣诉其事，将书呈上。陈鹏踌躇道："此事我不能作主。"说毕即刻会齐督抚布按三司，将此事此书拜本，仍命云彪回衙理事，候旨下再行定夺。过了一月旨下，命该督抚将云彪监候，事后再行议处，妻子家产如故。陈鹏奉旨将云彪软禁，打听胡豹消息。

且说胡豹满望两个儿子帮兵助饷，谁知两处家人回报俱说不肯相助，心中大怒，骂了逆子一番。又闻朝廷命唐坤为帅，朱能为前部，不日大兵已到，急聚众商议应敌。果然唐坤到湖广，离城十里，把人马扎住，同着先锋朱能、参谋贵保，相度地势结下营寨。命士卒掘地取水，不许汲饮大河，恐防有毒。又禁止掳掠。传令五鼓造饭，天明出战。

到了次日，两军炮响，一齐出马。这边，唐坤头戴金盔，身穿金甲，手执银枪，座下乌骓马，杀气腾腾。手下战将数十员，个个盔甲鲜明，刀枪林立，把人马布成阵势。那边，胡豹头戴紫金盔，身穿绣龙袍，手执方天画戟，座下红鬃马。手下一班战

中国禁书文库

香舌缘

四〇二

将，个个扬威耀武，来到阵前。

唐坤在马上一见，更不打话，大声说道："哪位将军与我擒此逆贼？"旁有先锋朱能，应声出马，手持金铜跑到阵前大喝："反贼好来受死！"胡豹部下莫如龙，提枪对敌。两下各通姓名，枪铜交还，战了十数回合。莫如龙抵不住，措手不及，被朱能一铜打落马下，军士上前取了首级。胡豹见莫如龙已死，心中大怒，指挥众将上前，将朱能围住。唐坤一见，亦催动人马。官兵阵中个个争威逞勇，杀得胡军大败。胡豹督率败兵走入城中，朱能掌得胜鼓回营。命军政司记朱能头一功。

胡豹回城查点兵将，伤了士卒三千有余，杀死五名官将。心中大怒，与众官计议，再发檄文，催动五处人马。哪五处呢？

巴州城吴威。

绥江协王勇。

长沙游府陈隆。

巫峡都司李江。

大雁山唐玉龙。

雷象星对胡豹说道："朝兵不过六万。我军虽少，足以相当。惟先锋朱能，年纪虽小，英勇异常，莫将军被他杀死，挫了锐气，是以如此大败。王爷但当宁耐了一二日，养过锐气，待各路兵到，然后出城，可保全胜。但遥计五路人马，只有大雁山隔涉颇远，其余四路，卑职计之，不日必到。"说话未了，忽闻城外炮响连天。胡豹惊疑，命云福上城探望。见有两支兵马屯在东北，扯起巴州、绥江两处旗号，即下城回报。胡豹大喜，与各官商议，即点定人马，吩咐各将但听两军炮响，即出城迎敌，直冲唐坤大营，使他三面受敌，首尾不能相顾。各将得令，安排准备。

是时，唐坤正在大营，与朱能、贵保酌酒贺功。忽探马报到有两处人马，扯着巴州、绥江两处旗号，将近到营。唐坤闻报，正欲发兵拒敌，贵保道："且慢，不知两处兵马，果是助逆，抑或勤王。待他扎营听过消息，再作计较。"唐坤道："参谋之言甚善。"

到了次早，不见两营到来知会，知他是助逆无疑了。唐坤分兵两支，命梁玉、陈升各带精兵一万，在营前左右埋伏，预防城中人马冲营。唐坤点齐各将，准备与巴州、绥江两支兵交战。

且说巴州镇吴威，当日得了胡豹催檄，即点精兵一万五千，会同绥江协王勇，一齐带兵到荆州助战，两下合兵二万有余。到了荆州，见大兵屯扎，知朝兵已到，扎下营寨。歇了一日，然后两下点齐人马，与唐坤会战。不知两家胜负如何，且听下回分解。

第二十三回　唐帅征南风倒纛　胡兵败北夜劫营

　　话说唐坤闻得炮响，出营迎敌。两军相见，唐坤骂道："朝廷高官重禄相待你等，今日天兵讨逆，不来相助却从贼反戈，如此残臣，狗彘不若。"

　　吴、王二人见骂，回声喝道："你等谗臣，诬惑主上，加害王爷。本镇见事不平，特来问罪。劝你抛戈弃甲，下马投诚，本镇带你陪罪王爷，保你高官重爵。倘逞强不悟，管取死在目前。"

　　唐坤未及答应，朱能在阵前喝道："不必多言，好来受死。"吴威大怒，挺枪喝道："无名小子，如此称强，待本镇取你狗命!"朱能执锏相迎。王勇即催动各将与朱能各将应敌，两下混战。

　　两路人马被官兵杀得马仰人翻，抵敌不住。胡豹在城上望见，即点齐众将出城，直冲官营。梁玉、陈升两支伏兵从左右杀出，两下厮杀，战了许久。无奈胡家人马众多，梁玉、陈升看看抵敌不住，正欲败走，刚遇唐坤大军追杀巴州、绥江两路败兵，见梁玉、陈升与城中人马对敌，势似不支，即纠合大兵，两下夹攻。胡豹人马大败，混同吴威、王勇两处残兵，逃走入城。唐坤鸣金收兵回营，记了各将功劳。

　　此场大战，伤了吴威上将十员，士卒二千有余，王勇被朱能打伤左臂。王勇对胡豹说道："朝廷兵劲，先锋勇猛，难以取胜。"座中有参谋区通献计道："朝兵诚劲，日间难与交锋。依末将愚见，今晚三更，王爷亲率大军，劫他营寨。彼胜而骄，必不准备，大军掩袭，必能全胜，可雪连日之耻。"胡豹与众将商议已定，即传令各营将士，二鼓在辕门听令。

　　是晚，唐坤与朱能、贵保坐在大营，商议军务，忽有一阵狂风从东方震字位来，把军中帅旗吹倒。各人心中惊疑。贵保即排开八卦推算，道："此是警兆。元帅可传令各营将士，人不离甲，马不离鞍，提防胡贼今夜劫营。"唐闻言，即令中军官到各营宣谕，自己同贵保等在中军帐，秉烛谈论兵机。

江渚暮潮初落风
林霜叶滩稀倚杖
柴门闲倦懒人山
色依微 赞
玄宰傲雪林羊
癸亥七月廿二日识

中国禁书文库

香舌缘

到了三更，果然城中人马衔枚疾走，到了唐坤大营喊声杀入。各营官将俱有准备，直出厮杀。唐坤、朱能一闻人马嘶喊，飞身上马，督率将军奋勇争战。是时天昏月黑，胡豹见有准备，不敢恋战，两下呐喊，混战到天明，各抖精神再战。战了许久，胡兵大败，胡豹心慌，错走落荒，朱能紧紧追赶。唐坤见朱能追赶胡豹，遂挥动各将协力追擒。

正在紧急之时，急闻铃响马嘶，一队人马打着两支旗号。原来长沙陈隆、巫峡李江两路兵来。胡豹一见，心魂稍定，拍马喊救。陈隆、李江急上前接应。朱能与各将见两支人马救了胡豹，遂不敢向前，直回阵中。唐坤见他救兵已到，亦不敢追袭，收兵回营。

陈隆、李江将人马带齐入城。胡豹向二将致谢一番。令云福点过将士，杀伤踩踏士卒共计八千余，死了十名千总、两名都司、四名守备，参谋区通亦已阵亡。这场挫衄非小，胡豹十分忿恨。陈隆、李江劝道："王爷不须愁烦，待末将二人明日出马，务必将他杀得大败，报却王爷心头之恨。"胡豹道："若得二位将军如此，孤当重赏。但他先锋朱能十分英勇，我营将士多丧在他手，二位明日须要打点。"

李江道："王爷休长人之志气，灭自己威风。小将自出身以来，未逢敌手，任他勇如狼虎，小将不杀败他，誓不为人。"陈隆道："待明日同李都司会过一阵，得胜便罢，倘若不能取胜，待末将摆个阵图，务必将他六万大军困死沙场，若有一个得回，不算得末将手段。"胡豹与各官闻言大喜，设筵款待。

且说唐坤回营，记了诸将功劳。朱能道："今日真可惜，险些擒了逆贼，若非那两支军到，必然一战成功。"贵保道："成功只在迟早，谅他乌合之众，何足与我军对敌，兄其勉之。"唐坤道："且待明日出战，杀败了新来两支兵，则擒胡贼易如反掌了。"是晚酌酒贺功，欢谈畅饮，安排明日与陈、李二人交锋。

却说李隆、李江二人，次日领了部下二万人马，出城来到唐坤营前，胡豹与各官在城楼看敌。李江出阵大喝道："谁是朱能，好来受死。"朱能大怒，拍马出阵喝道："好逆贼！即闻先锋大名，还不下马受死。"李江大怒，举起双锤直打朱能。朱能把双铜一架。两人各逞生平伎俩，奋勇前驱，战了数十回合，不分胜败。陈隆指挥部下上前相助，唐坤一见，令各将出马迎敌。两下混战，互有杀伤。李江与朱能足战了二百余合，见不能取胜，虚闪一锤，拍马便走。朱能上前追赶，唐坤恐中计，鸣金收兵。

陈隆、李江入城，胡豹接见，相慰道："李都司真勇将也，能与朱能力战许久，彼军谅不敢轻觑了。"李江谦谢。陈隆道："彼军虽勇，待本将略施小计，包管他六万大军丧在我手。"胡豹问道："将军有何妙计，能破彼军?"陈隆道："末将得异人传授秘术，待明日摆下'落魂阵'，诱他大将困在阵中，王爷统率精兵踩他大营，必得全胜。"胡豹大喜，于是酌酒相庆，犒赏各将。

　　且说唐坤回营谓朱能道："不意先锋今日得遇劲敌。依本将看来，那贼将英勇不出先锋之下，今日阵前诈败，必有诡计，是以收军。"朱能道："若擒得此人，逆贼便易平复，但须智取，不可力敌。待明日交战，用一条妙计擒他。"不知朱能用什么计策，且听下回分解。

第二十四回　显神灵飞砂走石　落魂阵折将损兵

诗曰：

　　鸟兔谁逢掩，何伤日月明。

　　仙风薄邪秽，悠然见太清。

　　话说朱能在营中与唐坤谈论，忽有军士呈上胡贼射来一书。唐坤拆看，与众将商议道："贼人约三日再战，必有诡计。且待他三日，看他如何？"贵保道："还须传令各营将士，紧守营盘，不可乱动，恐防贼人乘懈掩击。"唐坤即令中军传谕各营，勤加守御，提防敌人劫营。

　　斯时陈隆果然设下计谋，仰雷知县办尼姑四十名，妓女四十名，限日解到阵中应用。不一日，知县办齐，带到军前。陈隆又命军士掘取古冢棺木、坟泥，又取柳枝、铜铃各四十。诸事停妥，即点八千军士，离城五里，向北布阵。阵有四门，俱用坟土、棺木筑成，每门发二千军士把守，俱戴白盔、穿白甲。每门又用妓妇十名，赤身手执柳枝，见人厮打。又用尼姑十名，手执铜铃，见人频摇。那铃名"摄魂铃"。大将一入其中，便手软魂离，困死阵内。又用灵符四道，安贴四门。布置已毕，准备来日擒敌。

　　翌日，遂领了军士到唐坤营搦战。唐坤闻报，即命朱能出马。李江一见朱能，更不打话，持锤直取朱能。两人拍马交战。陈隆对唐坤说道："公为元帅，当识兵机。今日不与你斗力，只与你斗智。现摆下阵图，你敢破否？"

　　唐坤道："本帅熟读兵书，深明韬略，曾经几番大战，何况你是无名小将，摆下无名小阵，本帅破之如利刀摧枯，迎手立碎，哪有不敢之理？"陈隆笑道："强出大言，亦终何用。"即将令旗一展，布成阵势。

唐坤与贵保阵前观看，看见阵上挂着一牌写"落魂阵"三个大字，阵内排得奇样，不解其意。细细再看，见内中并无埋伏。即命四员副将，带了二十员裨将，领了一万雄兵，分四门杀入。四将领命，带兵杀入阵中。谁知一到阵门，被四十个赤身妓妇，将手中柳枝向人乱打。各人正欲举枪相刺，忽一阵摄魂铃响，各兵将手瘫脚软，昏倒在地。可怜一万雄兵，二十四名将官，都被陈隆之军杀绝。

唐坤在阵前见诸将入阵不见动静，心中疑惑。须臾，陈隆军士把各尸抛去，唐坤大惊，即催动人马直取陈隆。忽炮响一声，城中胡豹引兵杀出。各兵将抵敌不住，纷纷败阵逃走。唐坤与贵保弹压不住，二人见势头不好，跨马急走，胡豹与陈隆驱兵直追。那边朱能与李江正在酣战，各不相下，忽见阵脚摇动，帅字旗已倒，大军溃散，心中大惊，无意恋战，遂抛了李江，拍马救护，不意被李江打着马尾。那马负痛颠蹄，把朱能掀翻在地。李江欲下马取朱能首级，却被朱能翻身逃脱，走入乱军中而去。李江把各军士杀得如剖瓜切菜，各军士四散逃生。唐坤与贵保离了战阵中，神魂稍定，四顾数万大兵早已失散，只有梁玉、陈升领着数员裨将、千余军士相护。

忽闻胡豹大兵紧紧追来，将近已到。唐坤遂领着众将亡命直奔。正在危急之时，忽一阵狂风，飞砂走石，将胡豹大军打得头崩额破。胡豹在马上，被石打伤颧额，陈隆、李江亦各有伤，胡军大乱，将人马带回城中。风起时，唐坤、朱能等亲见秀霞玉貌锦衣，在半空中把袍袖乱拂，但见袖拂处风起石飞，打退胡豹人马。须臾风止，秀霞不见，追兵亦无。唐坤、朱能等知是秀霞贞烈为神，显灵相救。众人一齐望空拜谢。

少顷，见各逃亡将士一一齐集，贵保亦到。唐坤招集残兵点过，连在阵中被杀共死士卒二万有余，偏裨副将死者五十余员，伤者不计其数。就在此处扎下营寨，商量破敌。唐坤道："敌人摆下这个'落魂阵'，十分厉害，是历来兵书所不载的。我们不晓破法，料难取胜了。"

贵保道："此阵摆得离奇鬼怪。恨我姐姐不在此间，阿姐好读奇书，好设奇计，若今日得她在此，必有一破阵之法。"朱能道："将之用兵，如医之用药，难执古道之方。岳武穆一生用兵，全不依古阵法，尝言运用之妙，存乎一心。可知人心之灵，若肯思之，思之必有鬼神通之妙用。在我愚见，只能理推测：一个阵图，自有一个破法，犹之一病，必有一药。"朱能道："这个'落魂阵'用什么道理推测，可以破得呢？"

贵保道："这个不难，愚已有破之的法。"不知贵保说出什么法子来，且听下回分解。

第二十五回　请救兵赛全自荐　破恶阵贵保立功

诗曰：

锥末未伸囊，犀锋久自藏。

一朝争脱颖，英利却难当。

话说朱能问贵保有什么法，可以破得他这个"落魂阵"。贵保答道："'落魂阵'用尼妓、柳铃、坟柩、白盔、白甲，乃一片纯阴之气，若论破法，须用一片纯阳之气以胜之。他用孤阴的尼姑，我用独阳的和尚；他用少阴的妓女，我用少阳的童男；他用阴柔的小铃、柳枝，我用阳刚的铁鞭、铜镜、桑枝、铙钹；他用属金的白色盔甲，我用属火的红色盔甲。用红胜白，用火克金，用男敌女，用阳胜阴。他用一片纯阴之气，我用一片纯阳之气，岂有不能破他的？"

朱能大喜道："此言确有至理。即黄贤弟上日所论，天下万事万物不离阴阳二字，又即用兵胜败，全赖人谋，一齐术数俱无所用之谓也。"贵保道："事不宜迟，元帅可速速依法行事。"

唐坤即命裨将下乡，选童男三十六名，男僧三十六名，铜镜、铁鞭各三十六。选办数日，命副将四员，带二千军士，红盔红甲，分四门杀入，每门男僧九名，左手执铜镜，右手执铙钹；童男九名，左手执桑枝，右手执铁鞭，随副将杀入"落魂阵"内。朱能带三千军士，务要生擒李江；唐坤自带一万雄兵，梁玉、陈升等十名裨将，预防胡豹冲营；单留二千军士镇守大营。点拨已定，响炮出营。

那边陈隆、李江亦点齐部下军兵，出城迎敌。来到阵前，朱能一见李江道："今日务要擒你，报昨日之辱。"李江大怒，拍马相迎。二人逞勇交锋。

陈隆见朱能在阵前，即出身喝道："敌人有勇者，请来会阵。"贵保把红旗一招，这四员副将带了红装军士，僧童杀入"落魂阵"中。陈隆见将士入阵，把白旗一展，那八千白衣军士，与那红衣军对敌，被红衣军士杀得大败。那四十名妓妇，被三十六个童男，将铁鞭打得东奔西走。把三十六个阳镜齐照阵内，阳光忽现，四门阴惨之气尽消。那四十个尼姑正摇紧摄魂铃，被三十六个僧人响动铙钹，吓得各尼姑抛铃乱走。四名副将砍倒阵门，杀出阵外。陈隆见阵已破，心中大惊，正欲逃走，被四名副将围住，乱刀斩死，割了首级。胡豹闻知即驱兵相救，被唐坤催动大军，杀他一个大败，胡豹走入城中，紧闭城门。

贵保见胡豹败走，朱能战李江不下，随把大旗一挥，众将合兵相助朱能，把李江围住。李江看见自己部下人马俱无，四面俱被唐坤兵将围住，心中大惊，却被朱能双铜打着金盔，倒撞马下。朱能下马割了首级，与诸将掌得胜鼓回营。唐元帅把各将功劳记簿，赏了众僧童，另打发回去，遂议进兵围城。

城内胡豹查点败军，陈隆、李江全军覆没，城中人马伤了三万有余。只剩军士五千、裨将十员，另王、吴二将部下共计兵不满万，心中大忧。又虑唐坤攻城，屡望唐玉龙救兵不到，聚集大小将官商议。各人束手无策，雷知县献计道："此去大雁山十日可到，若有人去催取救兵，往返不过廿日。荆州城池坚固，任他善于攻击，一月决不能破。王爷可命三公子带书催请唐玉龙，他必驰兵来救。但须得一勇敢之士，保着公子冲出重围便得。"

胡豹道："贤令所言亦善。但查城中兵将俱非朱能敌手，倘冲围不出，反为不美。"雷象星道："事势危急。重赏之下，必有勇夫。王爷可传令大小三军，有能保得三公子往大雁山取救者，加以重爵，愿往者上帐报名。"胡豹果依其言。

此令一下，果有一位英雄上帐报名，原来就系施赛全。前在大雁山做头目时，屡劝唐玉龙投顺朝廷，唐玉龙迟疑不决。后因告假下山寻妹子，进京寻黄贵保，从京回归之后，在世荣家中安歇，未曾回山。料知胡豹必然造反，一来想保护世荣家小，二来想做个官兵内应。他有此一片忠义之心，故不肯归山，意投淮安镇莫如龙部下。莫如龙爱他英勇，命他做个千总。今见官兵围城，正欲到官军营中通个消息，恰好闻胡豹传下此令，正中心怀，遂急上帐报名。胡豹见他器宇不凡，心中喜悦，又得雷象星保荐道："施总爷肯去，必能保得三公子去取救，王爷可以放心。"胡豹即升他做行军游击，就命他明日保护云福出城。是晚施赛全写书一封，绑在箭头射去。官营巡营军士拾得，呈上唐元帅。唐坤拆看，心中大喜，即传朱能上帐报知，命朱能带三千人马，离城十里埋伏，待胡云福到此，将他拿下，同施赛全回营。

是时，施赛全同着云福，领了三千人马，望前而去。胡豹在城上看见，十分欢喜，同众将下城，吩咐守城军士严加防护，回到王府，心中稍安。

谁知施赛全同云福出了唐坤营盘约有数里，远望一支人马屯扎路旁，心中暗喜。刚刚来到，忽一声炮响，人马摆开挡路。不知后事如何，且听下回分解。

话说施赛全带胡云福来到此地，忽见一支人马摆开挡路。赛全认得是朱能，挺枪拍马上前会战。朱能一见赛全，两家合意假战数合，赛全诈败而走。朱能不追，回马来捉云福。云福大惊，正欲逃走，被朱能赶到，揪住后心擒过马来，交与军士绑住。那三千军卒正欲脱逃，朱能把双铜摆开，喝道："降者免死。"众军齐声："愿降。"朱能命手下军士押了云福先驱，自己带住降兵。恰好赛全回马相遇，一路上，两人各叙情节。少顷，到了大营，朱能同赛全入见唐坤。唐坤道："多得将军用计擒贼，回朝奏闻天子，定赐高官。"赛全致谢。吩咐将云福押在后营，待捉了胡豹一齐解京。遂与诸将计议攻城。

赛全道："城中守御甚严，急切难破，况粮草足用，彼深沟高垒，以老我师，怎奈得他何？依末将愚见，不若假扮大雁山救兵，骗开城门，长驱直入，擒拿胡贼，易如反掌。"唐坤拍掌称善。

贵保道："此计虽妙，万一胡豹不见儿子同回，心中起疑，要亲见玉龙，然后开城，岂不露出破绽？在我愚见，不若命人往大雁山，说降唐玉龙。况他玉龙乃系元帅之侄，可修书前去，说他来降，教他假作救兵，赚开城门。一则免胡豹起疑，二则得玉龙相助，岂不一举两得？"朱能道："此计固高，但未知玉龙为人若何？"

赛全道："吾事玉龙许久，素知他为人十分义侠。我往时曾劝他归顺朝廷，他迟疑不决，实未得一个善言之人相劝。今元帅修书，责他叔侄之情，必来降矣。但他与胡豹虽属戚谊，到如今若有善言之人，料必劝他归顺。"

贵保道："他于胡豹虽属戚谊，看来志气未必相投。不然我兵到此已非一日，他若肯从逆，何以至今按兵不举？其为人可知。况我父亲当日在尖峰岭与他有半面之识，我与施将军同往，大事可成。"唐坤大喜，即修书交与贵保，命与赛全同往。于是二人扮作客商，十名军士扮作家人，一路望大雁山进发。唐坤见二人既去，即命中军副将带一支人马，在半路屯扎，打听唐玉龙消息。

却说玉龙自从在尖峰岭，得闻黄世荣一段议论和劝改邪归正。后来屡听头目施赛全劝降，便有意归顺朝廷，日日望朝廷招安。一日，忽接得胡豹书信，见他富贵已极，尚且贪心不足，妄图天位，心中十分着恼。是以连接他数次催兵之书，都置之案头不理。

一日，正在后山打坐，忽见施赛全回山拜见，禀称与黄世荣之子黄贵保同来拜候，现在门外。玉龙闻言，忙出山门迎接。进入寨中，分宾主坐下，各叙寒暄毕，玉龙对赛全道："将军为何许久不见回山？"

施赛全道："现奉令亲胡豹之命，有书拜候大王。"袖中取出书函上。玉龙接过一看，皱了双眉，随纳入袖中，便问赛全道："将军弃我不回，一向在舍亲帐下么？"赛全道："小将蒙令亲提拔，现充游府之职。但小将来时，朝兵攻城甚急，恳大王火速发兵相救。"

玉龙心中不悦，便不与赛全答话，转问贵保道："足下尊翁纳福？"又问因何与施将军同来。贵保道："外出回家，中途与施将军相遇，询知他来谒大王，不才忆起当日家君用情，并蒙施兄救护家眷，又属亲戚，故便道同来拜谢。"玉龙道："忆昔日在尖峰岭，得闻令君高论，不啻清夜闻钟，唤醒十年尘梦。"遂命头目治酒款待。二人称谢。

施赛全以言激之，道："令亲被困省城，命小将持书求救，大王且慢慢觞政，还宜速备征鞍。"玉龙不答。贵保复激之，道："既如此，不才不敢叨扰，恐逗挠军机。"遂起身告退。玉龙离座挽之，道："足下初到荒山，不知本山号令，慎勿多言。"即解佩剑付头目道："敢有言救兵者斩之。"赛全故作惊愕之状，嘿坐不语。

贵保道："不才有句不识进退之言，请大王勿怪。"玉龙道："足下乃仁人君子，吐词足以为经，某正敬服，又何敢怪？有何指教，当洗耳恭听。"贵保道："不才前时，家君相劝的言语，大王可复记忆否？"玉龙道："金石之论，铭记不忘。归顺之事甚协吾怀，但恨无机会耳。"贵保道："据不才看来，现有绝好机会，但恐大王迟

疑不决。"玉龙道："有何机会，请道其详。"贵保道："现在天兵围困荆州，唐元帅久攻不下，元帅说大王系他侄儿，故特修书，浼他帮助。如果有意归顺，先与元帅知会，假作救兵，赚开城门，先擒胡贼，以为进见之功。唐元帅必然喜悦，回朝奏闻天子，大王必得高官。此是绝好机会了，但恐大王不肯。"不知唐玉龙如何回答，且听下回分解。

第二十七回　赚城门胡豹被捉　敲金镫将士凯还

诗曰：

获丑庆归来，惮惮壮士回。

彤廷欢饮至，解甲赐香醅。

话说贵保劝唐玉龙投降，玉龙见施赛全在坐，频以目止之，从容说道："施将军在坐，足下勿乱道。"贵保道："施将军亦是忠义之士，言之无妨。但恐大王主意未定耳。"玉龙沉思半晌道："足下所言甚是。但外祖母现在，某安能出此忍心。"赛全道："大王不闻令外祖母之事么？"玉龙道："不闻。"赛全道："不闻不足怪，大王一闻，只怕不容令舅父了。"遂把胡豹拒谏杀母之事，粗述一番。玉龙闻言，不觉怒发冲冠，跳出座外，大骂："悖逆胡贼，某拿住你，务必碎尸万段。"即回座对贵保说道："足下高论，某即举行。但恨无人往见唐元帅，此事亦费踌躇。"

贵保察其心意真诚，便以实情告道："大王知我两人来意否？"玉龙道："足下来意，其实未知。"贵保道："不才忝在唐元帅帐下作参谋。我二人实奉元帅之命。来请大王归顺。不才亦颇知大王素怀忠顺，但恐大王念着甥舅之亲，故未敢据下说辞耳。"说罢，即怀中取出唐元帅手书奉上。

玉龙看罢大喜。玉龙复问赛全外祖母被杀之事。赛全道："此事的真，皇姑现被胡贼拘禁，大王他日入城，一问便知。但胡杀母甚秘此事，他的门公与末将相好，悄悄对我说出的。"玉龙叹道："这等人不早诛戮，有坏世教。"说话未完，头目摆上酒筵，玉龙挽二人入席，互相劝酬，尽欢而罢。二人在山寨中安歇一宵。次日，贵保催速玉龙起兵，玉龙即留下两员头目，一千喽罗看守山寨，其余扮作官军，直望荆州府城

中国禁书文库
香舌缘

进发。

　　一路登程，将到荆州，忽见前途有一支人马屯扎。赛全忙上前看视，原来是中军副将，即引他与玉龙相会。玉龙即托贵保知会元帅，叫他准备大军，候赚开城门一齐杀入，自同赛全带了喽兵，扯起大雁山旗号。

　　贵保即同中军副将见了唐坤，把情节细说一番。唐坤大喜，即传令撤去攻城将士，得令，各将士入城不许骚扰百姓，但捉住逆党，重重有赏。

　　且说胡豹在城中，满望唐玉龙救兵到来，望至廿日尚未见到，心中焦躁，正与各官谈及，忽守城将士回报，唐坤人马攻城。胡豹惊疑，同着各官上城观看。看见前途尘头大起，一支人马渐渐来到，扯着大雁山旗号，为首一将跃马飞奔，将近到城，认得是赛全，心中大喜。俄顷，赛全已到，大叫道："王爷快开城门迎接，唐大王救兵到了。"

　　胡豹传令开城，同各官下城迎接。胡豹匹马当先，见了赛全便问："云福因何未到？"赛全答以："在后。"俄而众军纷纷入城。胡豹在城门见唐玉龙银甲金枪，威风凛凛，不胜之喜，叫道："贤甥有劳了。"玉龙在马上拱手道："不敢。"玉龙一入城，来到胡豹身边大喝道："逆贼休走！"即将胡豹擒过马来，命军士绑了。即挥动金枪把城中各将乱杀，杀散守城兵将。吴威拔刀不及，被赛全双鞭打死。王勇奋力与赛全相斗，被玉龙斜枪刺死。

　　城中大乱，各官纷纷奔逃。后面唐坤、朱能追兵杀入，所有奸党一概擒拿，朱能直入县衙，把雷象星擒下。找开监牢，救出何象峰，即同何象峰去见唐坤。唐坤优礼相待。

　　这边朱能招集残兵，出示安民。那边唐玉龙杀入胡府，府内家人俱已走尽，剩下几个丫环、仆妇，一见玉龙即跪下讨饶。玉龙喝起，命引见皇姑。一见连忙下礼，命仆妇开了枷锁，相请出堂。唐坤率众上堂拜见，吩咐丫环小心服侍，即与众将退出。吩咐把所获各犯暂禁县监，拨两员裨将、一千军士把守。是时，城内大小官员皆为从逆，收禁县牢。唐坤恐各官有被胡贼威逼，勉强相从，不忍一概治罪，遂与知府商酌，审明真伪，谁为首从，谁为胁从，谁为伪从，一一分别重轻，将此情节入奏。省内官员怎样条办，抑或解京定罪，抑或在该处发放、处决，并请旨恳调官署理各缺。

　　却说贵保母子被铁威陷害，禀知元帅，唐坤命贵保将铁威全家捉获，暂禁县监，候旨发落。朱能带本上京奏达，唐坤将人马屯扎城内，候旨下再夺。过了月余，旨下说：“从逆诸员解京，其伪从者，免死革职留任，俟有新员到，再行交代。其首从与胁从，俱拿获解京，分别议处。该巡抚印篆，暂令何象峰署理。旨下之日，尔朱能、黄贵保、唐坤三人，即刻护送皇姑回朝，并押各犯到京。其有功将士，与新降将卒一齐到京受赏。”唐坤命唐玉龙着人焚了山寨，散了众喽罗，请皇姑上辇，点起大军，离了襄阳城。何象峰等送至城外，将士齐敲金镫，吹唱凯歌，直程到京。不知后事如何，且听下回分解。

中国禁书文库

香舌缘

话说唐坤等带得胜兵，解贼回京，神宗皇帝命各文武迎接。又命宫监、侍女迎接皇姑入宫，与娘娘相见。唐坤兵马一到京城，扎下营寨，与众将入朝面圣，戎装献捷。神宗御承天门受俘，慰劳诸将一番，命众将在承天门候旨。龙驾回宫，御大殿受群臣朝贺。命内宫赍金帛给赏得胜兵将，其新降者，编入京营。其偏裨各将，升赏有等差。阵亡将官，旌赠荫子。阵亡士卒，给赠金帛安家。令唐坤、朱能、贵保、玉龙、赛全五人上殿受封。

唐坤一一分拨已定，同着四人随内官上殿朝参，俯伏金阶，听候皇恩。神宗皇帝道："尔唐坤节制有方，削平叛逆，朕甚嘉焉。封卿为太子太保、护国公、兼九门提督，赐黄金千两、彩缎千端。"唐坤谢恩，归班站立。又谕朱能道："尔朱能武勇高强，军功第一，封卿为太子少傅、兵部尚书、两广总督。荣封三代，给假一年，然后赴任。"朱能谢恩，归班站立。又谕黄贵保道："尔黄贵保少年负略，妙策平胡，朕甚赖焉。封卿为兵部侍郎、陕西巡抚。荣封三代，给假一年，然后赴任。"贵保谢恩，归班站立。又谕唐玉龙道："尔唐玉龙少聚绿林，识时归命，计擒胡逆，厥功甚懋。朕封卿为河南提督，荣封三代。"玉龙谢恩，归班站立。又谕施赛全道："尔施赛全少年义侠，讨逆有功，封卿为阳州总兵，荣封三代，即行上任。"赛全谢恩，归班站立。其各逆犯暂禁天牢，明日御殿再行处决。

唐坤又奏湖广官员多缺，恳天恩简命各员到理，免使城内空虚。神宗皇帝谕吏部杨德芳，命他将候补各员择廉能者，即分发去湖广各缺。德芳领旨。命各内官赍旨，将原日襄阳知府何象峰实授湖广巡抚。又发各候补，分发湖广各缺。黄贵保又奏朱秀霞贞烈显灵，狂风飞石打败胡贼，恳天恩封赠。神宗皇帝准奏，即封赠朱秀霞为贞烈仙姑，钦赐该府建庙，命大员往祭。朱能出班代姐谢恩。诸事已毕，退朝。

各官回衙，神宗入宫与皇姑相会。皇姑上前请罪。神宗劝慰一番。皇姑因问："云光、云彪两个儿子怎样处决，曾经拿获否？"

神宗道："造逆之初，云光已先在官衙自尽。云彪自缚该省提督请罪。该省大员曾经上奏，朕命监候，未曾处决。若论国法，一人造反，九族当诛。朕看在皇姑面上，又念二人忠烈，将死者级回原官，命该处官员送他妻子上京，与皇姑相会。云彪赦免，着他回京，赐第供养皇姑便是。"皇姑含泪谢恩。

次早，神宗御偏殿，将各逆犯带上。一见胡豹，拍案骂道："朕待你可谓恩礼兼尽，且身受两朝恩典。不思报效，反图叛逆。母妻劝谏，杀母囚妻，天伦奚在？死有余辜！"又骂云福道："恃势逼奸，刺杀二命，肆恶已极。"又骂从逆各员道："朕赐尔等高官重禄，不思报效，贪生畏死，反助逆贼，抗拒天兵。朕问尔等，今日贪生果得生，畏死果免死否？"骂罢，将各犯押出，把胡豹父子凌迟、李巡抚、雷知县腰斩，其余各犯官发往极边充军。

处置已毕，赍旨两道：一命往广东，着该巡抚送原任布政云光妻子进京；一命往广西，着该提督押胡云彪连家属一并进京。两道旨意一到，该抚遵旨寻着云光妻子，该督押着云彪连家属前后进京。神宗恩宽赦免，令与皇姑相会，又给赐府第，令他母子、姑媳团聚，将籍没的家财给回安享。此番从逆各犯俱被诛戮。

却说唐坤在胡豹家中搜出宋琼走漏书信，上殿奏明，连书呈上。神宗一见大怒，遂骂宋琼："孤有何亏负于你，因何走书通息？留来何用，革职发配极边充军。"又说："襄阳铁威陷害贵保母子，下旨命何象峰将他斩首，以正国法。"欲知朱能得接绣球成亲，且听下回分解。

第二十九回　赐荣归恩仇两尽　封诰赠义烈满门

神宗皇帝见国患尽除，赐宴群臣，君臣畅饮。是时，神宗皇帝对张居正道："闻卿上元佳节，搭彩楼抛球招婿，不知择得何人为婿？"张居正奏道："臣女不是亲生，原系黄世荣之女，贵保之姐。前在家中，被铁威逼奸，尽贞投水，臣在舟中拾得的。臣前日所设平安倭寇计策，尽是此女暗中指点，至得成功。又将此功劳让与微臣，不肯表奏天听。臣爱她才德兼优，遂收她为义女，替她择婿，彩球掷中朱能。朱能见无父命，极力辞婚。后闻朱能之父百容，与世荣原有婚姻之约，但世荣有一女一子，长女其许配朱能的，名素娟，即臣江中拾得之义女也。其次子名贵保，即钦赐状元，加封兵部侍郎之黄贵保也。"

神宗闻奏，即召百容问他。百容奏道："臣当日只道世荣有一女，已经投水，寻尸未见，犹望士还。故臣寄书与儿子，叫他在京不可别婚负约。臣儿又不知太师之女即是世荣之女，故遵父命，误向相府辞婚，致有此欲合反离之奇事。"神宗笑道："这个不妨。朕今与尔子为媒，令他这段良缘离而复合。"遂宣谕道："世荣长女素娟，献策平倭，实有大功于国家，又能让功于义父，可谓才德兼备，忠孝两全。钦赐女中状元，荣封三代。移赠张居正，以报抚育之恩。"仍命张居正主婚，敕赐配合朱能。张居正、朱百容、黄世荣一齐跪下谢恩。退朝回府，各对儿女说之。

过数日，钦天监择定吉期，皇上命内监赐彩缎、宫袍、明珠、玉带等物，与素娟作妆仪。朱能先到张居正相府拜见岳丈，翁婿相见，十分欢喜。朝中众文武亦各到相府拜贺。次日，又去拜见世荣、贵保。

神宗命内监送花烛到朱府，朱能望阙谢恩，花烛摆列正中，穿起大红吉服，随摆新科状元、兵部尚书、两广总督执事，先到丞相府中亲迎。一边是公爷娶妇，一边是宰相嫁女，一边是越国夫人嫁夫。是日京城中鼓乐喧天，十分热闹。大小官员、王亲国戚，多到朱府恭贺，大排筵席庆饮。席散，众官辞去。朱能先入素娟房中成亲。此夕欢娱，曲尽人间乐事。怎见得昵，有赋为证：

烛影摇红，金屋告成。于吉日彤云耀彩，玉杌下降自苍穹。刘阮到天台，芳心飘泊；明皇游月府，醉眼朦胧。掀绣裙金莲小小，弹花盖芍药浓浓。乍卸霓裳，直拥子春之榻；潜开宝库，虚张阳货之弓。翡翠衿中，现出挂山明月；鸳鸯被底，飞来饮涧长虹。雪拥高山，玉女双峰，真白滑；花随流水，尾同一派，甚红溶。独眼将军攻打玉门关外，无牙寨主把守水帘洞中。鸿沟乍割，鸟道初通；莺声频唤，春兴无穷。弱柳春来摇嫩绿，娇花鸟宿落残红。半晌睡宫帘不卷，一时香汗湿酥。

次日，夫妇三人同拜祖宗、父母，到晚复排筵庆饮。饮罢众人散去。明早上朝谢恩不表。

却说神宗旨召杨聪回京，杨聪接旨即同女儿进京，在儿子衙门安歇。杨聪见张丞相女嫁朱能，十分热闹，看见贵保年少显达，十分精俊。吾有一女，欲将许配，明日上朝在圣上面前奏知，待他为主。次早上朝面圣，神宗优劳一番，赐坐与他，谈论一番朝政，却说胡贼作反，幸得唐坤、朱能、贵保平服。杨聪奏道："吾有一女，年已及笄，未曾许配。今见贵保年少英俊，欲将此女配他。恳主上作主。"

神宗见奏，宣世荣上殿，将杨太师之言说知。世荣奏上："既杨太师过爱，微臣允从。"神宗即命钦天监择定吉日良辰成亲。"朕作冰人，御赐花烛。"即赐绸缎、宫袍、明珠、玉带等物与杨聪、作为嫁饰。杨聪、世荣谢恩。

是日迎亲，朝中文武各官到两府恭贺。神宗皇帝命内监送花烛到黄府，贵保望阙谢恩，将花烛摆列正中。随摆兵部侍郎、陕西巡抚执事，到吏部衙门迎亲，鼓乐喧天。杨府摆列执事两道：一道柱国太师中极殿大学士，一道太子太傅、吏部尚书官衔，亲迎妹子到黄府成亲，真是热闹。是夜，夫妇和谐，极尽人间之乐。到了次日，贵保上朝谢恩。

过数日，朱能、贵保即会同玉龙、赛全及梁玉、陈升等一班徒弟，上疏告假回乡。御笔赐朱能"状元配合"匾额。众人同日一齐告假。朱能夫妻又辞了宰相及兵部，带齐家小，贵保辞别宰相官，带齐家小，与各人出京。朱能、贵保到羊肉街，把千金酬谢建良，然后与各人一齐起程。

陆路宿村，行舟泊水，到处各官员迎接，朱能俱令家人传见。到了东昌府驻扎，朱能、贵保传帖到拜李建中。预约同学、各生徒在村口迎接。朱能入到建中家下叩谢，随把千金酬谢。大家叙谈一回，然后拜别，同众登程，去到历城拜访刘秉恩。照式一样酬谢。在承恩家盘旋半日，然后同众一齐向湖广进发。

　　不数日，到了襄阳府城。各官出城迎接，一齐入城。时巡抚何象峰已经替朱能等建造府第。各人回府将家眷安顿，然后接见各官，拜候亲戚朋友。戚友齐来拜贺，酒筵相待，忙了十余日。然后拜谢各官，登山省墓。赛全、玉龙辞别赴任。朱能父子计当日曾经受过恩惠者，无不报答。又寻着张玉坟墓，培植树表，哭祭一番；又捐赀建祠，奉祀香火，请旨封赠七品官衔。是时钦赐贞烈仙姑庙宇建造已成，各官俱来致祭，朱能一一拜谢。

　　朱、黄两家所有恩仇尽报，富贵荣华，历代子孙往来不绝。那"状元配合"的御赐匾额，至今古迹尚存。

　　诗曰：

　　　　英年欢昼锦，恩怨了公私。
　　　　义侠曼千古，高谈百世师。

蜜蜂计

第一回 生亲子计害前妻子
念结发讨灯送丈夫

世界炎凉转瞬更，西风佩剑共长鸣。

黄金短尽英雄气，谁向床头哭不平。

话说汉高祖年间，河南府洛阳县城西麒麟村，村中有一家富户姓董名毓兰，人称为董员外。妻刘氏所生一子，名叫良才，乃是白虎星降生。年方二八，读尽五车之书，父母爱如珍宝，遂聘娶苗氏凤英为妻，贤惠无比。苗氏过门未及一载，刘氏安人病故。员外见儿媳年幼，家下无人料理，只得续娶吴氏为妻。吴氏年方二十一岁，颇有几分姿色，员外宠爱。一载有余，吴氏生下一子，员外欢喜，吴氏更得其宠，言无不听，计无不从。这吴氏自生了儿子，就把心肠改变，终日在员外面前上谗言，说良才好多不是，暗中要害良才一死，自己亲子好承受家业。

一日，良才去姥姥家拜寿回家，与他父亲捎来几个包子。见员外未在家，将包子交与吴氏。吴氏一见，陡然心生一计，遂取毒药暗下在肉包内。及至员外回家，吴氏将肉包付与员外道："这是良才儿与你捎来肉包。"员外说："这是我儿一片孝心。"伸手接来就吃。吴氏阻曰："员外慢食。我想食自外来，须要小心，为何员外这等粗心？"员外笑说："良才儿所捎来，岂有奸谋？"吴氏说："往日我也不疑惑，但今时不知所为何事，见他满面凶纠纠，气色不正，恐他心怀歹意。俗语说：'明枪好躲，暗箭难防'，恐那时悔之晚矣。"员外曰："焉有此理！你既狐疑，将看家犬唤来，一试便知。"

吴氏暗喜，以为中计，将犬唤进屋。员外把肉包丢在地，那犬一口吞入腹，待不多时，就上纵下跳，流血而死。只唬的员外口不能言。吴氏说："如何？良才这数日有些心神不安，令人疑惑。不料他竟作着灭伦之事。"员外恨曰："这样逆子要他何用？"遂怒气不息，要致死良才。心又回思："良才乃是读书明礼之子，岂肯作此逆伦之事？

中国禁书文库

蜜蜂计

四〇四九

再者包子已经夫人之手，其中不免有疑。"遂将怒气稍息，言道："且待我细查明白，再与逆子算账未迟。"吴氏闻言，就知员外有反思之意，柳眉一皱，计上心来。口呼："员外，你恐屈了良才儿。他所作的事可将奴羞杀，不但有弑父之心，还有戏母之意。昨日员外未在家，我独坐房中，良才从外进来，见屋中无人，他言三语四调戏妾身，是我将他骂出房去。我恐你生气，不敢对你言。"员外摇头说："此事我不信！"吴氏说："你若不信，明日我到书院去摘花，你躲在暗处窥看，就知是真是假。"员外说："只可依你之言，验其虚实，再作定度。"一宿无词。

次日，吴氏梳洗已毕，暗取蜂蜜涂在身上，遂向员外说道："我往书院摘花去了，你可暗中相窥。"言罢，走至书院门外扣门。这董良才正然读书，忽闻扣门之声，暗想："必是苗凤英前来摘花，待我躲在门后耍他一耍。"将身门后一闪，侧身开了门说："我到是你达来了！"吴氏喝道："好你不通情的畜生！你把我当作何人？"良才一见心慌，遂赔笑："儿不知母到，言语冒犯，望乞宽宥。"吴氏说："不知者不作罪。"遂走至月台以下停步。良才口尊："母亲来到书院有何事情？"吴氏说："你妻令我与他摘花来了。"良才说："待儿与娘摘来。"吴氏说："我自己挑选摘几朵罢。"

时当三月天气，百花开放，满院芳芬，那游蜂狂蝶来往不绝。这吴氏名为摘花，实是用计而来，遂在书院之花丛中走了一趟。引得那些蜜蜂见他身上之蜜，皆纷纷飞来戏蜜。吴氏说："这些游蜂螫了我生疼，良才快来护娘体，逐狂蜂！"良才跑前遮护吴氏身体，用手逐蜂，吴氏故意在前跑，良才在左右逐蜂。董员外在暗中见良才耍戏吴氏，不由大怒，又不敢声扬，恐外人知晓，丑名难却，恨恨而去。

这吴氏预料员外必然窥见了，停步喝道："蜜蜂已散，你还手之舞之。畜生，你要戏耍为娘吗？"良才说："为儿有天胆也不敢。"吴氏喝退良才，自己回转后堂，故意眼中落泪，见了员外含泪说："你养的好儿！见我摘花，他言我头上有蜂，近前抱我调戏，我舍命向他撕闹，险些被这畜生所辱。"员外闻言，长叹一声曰："我已看明。这逆子有不孝之心！今晚唤来，用绳把他勒死，以绝后患！"

二人讲话被苗凤英在窗外听去。凤英转回自己房，见良才进屋，口呼："相公，你是读书明理之人，为何竟作出逆伦之事？"遂言："从窗外所听摘花戏母，员外大怒。今晚要用绳把你勒死！"良才闻言一怔，遂曰："清晨母亲书院摘花，有群蜂绕身，命我去逐蜂。卑人并无欺母之心哪！是了，我赶蜂时，母亲身上粘手味甜，必是暗抹蜂

蜜，引蜂上身，定计诬我也是有的。"夫妻悲叹不已。

天色已晚，忽闻父亲呼唤。良才只得走来，口尊："父亲唤儿有何教训?"员外怒喝道："好畜生！竟有不子之心。毒药害父，书院戏母，罪不容诛也！"不容良才分辩皂白，手执绒绳向良才项上一套，吴氏帮着员外努力一勒，只勒的良才脚蹬手刨，目瞪口呆，堪堪气绝。

忽然头上现出一只白额虎，张牙舞爪，甚实凶恶。怎见的是：

发牙似铜锥，二目如金铃。

分明麒麟友，山下斗青龙。

这白虎乃是董良才的原神出窍，照定员外与吴氏。二人唬的昏倒在地，不省人事，白虎仍然归了窍。

这苗凤英在角门之外窃窥，见吴氏同员外勒死了自己的丈夫，堪堪致死之际，忽现一只白额虎将他二人扑倒。心知丈夫是上方白虎星降世。见员外、吴氏吓死，恐苏省过来仍然难为丈夫，急用石头把角门撞开走进，只见良才披头散发，面如金纸而亡。

急忙上前解去绒绳，将丈夫抱在怀内，含着泪唤道："相公醒来！"唤了一刻之久，并未苏省，暗想："丈夫一死，吴氏必不留我，必逼我改嫁。奴是名门之女，我丈夫已死，奴焉能落在这贱人之手?"想罢将心一横，在墙上摘下宝剑，拔剑自刎而死。

这董良才虽然气绝，真魂未散，阳气悠悠转来。睁目一看，只见父母躺卧在地，心中纳闷；又见苗氏妻倒在血泊之中，心中方明，"必是见我已死，拔剑自刎。"顾不的血泊，抱住凤英嚎啕痛哭："妻呀，苦了你了！"哭了一回，暗想："不好！父亲与吴氏母也打了顺风旗。若等父母醒来再无好处，我不如海角天涯逃我性命去罢！"遂站起身形向外而行，犹如丧家之犬，漏网之鱼。正是：

打开玉笼飞彩凤，顿断金索走蛟龙。

匆匆逃去。

这吴氏与员外苏省半晌而醒，说："好利害一只猛虎，吓死我也!"员外问："逆子良才往哪里去了?"吴氏说："或者那不孝之子，想必被虎吃了。那边是一血人吗?"员外近前一看，不由大惊失色："不好了，夫人快来，儿妻被人杀死了!"吴氏近前一看说："这小贱人，是何人将他杀死?"员外叹道："我家门遭此不幸，速派人备办棺木盛殓。"吴氏阻曰："不可，若备棺木不致紧要，万一苗姓向咱理论，员外以何言答对与他? 不如将尸骸掩在后园枯井之内，日后无人问他夫妻则可，如有人问及他夫妻二人，就说小畜生不顺家教，被我责打他几下，他夫妻就连夜逃走而去。"员外闻言说："好计!"遂把苗氏尸骸掩埋在后院枯井内。

再言苗氏自刎而亡，张灶君不敢承当，遂将苗凤英的灵魂送在当方土地处，土地又将魂送在城隍处。苗氏见了城隍，将夫妻二人的冤枉诉了一遍。城隍曰："本司送你去见阎君，诉你的冤枉。"苗氏跪禀道："冤魂启求尊神，现今俺夫妻含冤负屈，只求尊神赐下红灯，惟恐冤魂之夫逃难迷路，以红灯引之，以表我夫妻之情。"城隍闻言大悦曰："真乃贤良，至死不忘结发的恩情，吾神可敬! 也罢，赐你红罗纱灯一盏，速去快回，莫误卯期。"苗氏遵命而去。

且言董良才逃走，荒郊外黑暗暗，不辨路径，仰天叹道："天哪! 天! 我董良才往哪里存身?"正然为难之际，猛见前边现出灯光，心中暗喜："这就好了，我不免赶上，作伴同行。"遂紧走了数百步，看那灯光还是怎远，忙唤道："前边那位老兄台，等候我作伴而行!"连唤几声不见应声，遂停步往前细看，暗道："奇怪! 前边灯光明是一人，为何唤之不应? 我走灯也走，我停灯也停，莫非是鬼魅戏耍我?"不由毛发悚然。阴魂苗凤英见丈夫有些恐惧，遂应声曰："相公为何不往前行?"良才惊问："你是何人"苗氏魂曰："奴是你妻苗氏凤英。"良才闻言只吓的抖衣而战，颤哆嗦问曰："贤妻! 你已死在家中，为何在郊外缠我?"苗氏口呼："相公不必害怕，妾念夫妻情肠，在城隍面前求讨红罗纱灯，一则与你引路，二则同你作伴而行。"良才闻言痛不欲生。苗氏魂劝曰："相公不必啼哭，我想伤心之事越哭越悲，若哭的有些好歹，岂不将为妻一片好心枉费? 趁此夜静无人，随为妻送你逃命去罢。"良才口呼："贤妻前行，卑人随之。"苗氏魂把纱灯高举前行，良才紧走，纱灯紧走; 良才慢行，纱灯慢行，走了一夜，良才忽然不见纱灯，见迎面有一座古庙。心想："纱灯为何不见? 想必贤妻送我至此，他就回去了也是有的。我觉着困倦，莫若进庙歇息歇息，候至天明再走不迟。"

不言董良才宿在庙内，再表苗凤英阴魂引丈夫至古庙，天将五更，遂将纱灯一闪，杳无踪影。自觉阴风响处，已至城隍庙中。城隍老爷收了纱灯，遂即写了一角文书，差派几名青衣引领苗凤英阴魂竟往鬼门关而来。行走之间，一座大山阻路，一簇一簇许多穷饿之鬼围裹上来，向苗氏阴魂索讨钱食，苗氏魂只吓的往后倒退。不知后来如何，且看下回分解。

中国禁书文库

蜜蜂计

第二回　苗凤英魂游地府　惊梦兆拯救重生

终日忙忙直到黑，不知何事为的谁。

欲觅孔方全无见，委果昭酥竟未归。

话表众青衣大怒，喝退了一群饿鬼。苗氏魂口呼："二位公差，这是什么所在？有这些蓬头赤身鬼缠绕？"青衣说："此处名为黄花山，又名苦鬼山，又名鬼门关。这些赤身露体的皆是在阳世游手好闲、好吃喝穿戴、花尽钱财、不惜费用人。人说他有福，哪知死后折磨，身披芦花，饿食草子。"言罢，领定苗氏前行。又到一处，只见桩木上绑缚一个人，有两个鬼使手擎大锯，向那人头上就锯，锯的那人连声叫苦，血流满地。苗氏问："那人为何用锯解之？"青衣说："此人在阳世瞒心昧己，伤天害理，大斗小秤，欺负贫穷，以此刑报之。"苗氏赞叹，又往前行。只见那厢有几个鬼使把一个人向碓臼内填，又把一人向磨眼内塞，心中不解，又问青衣。青衣曰："碓内捣的是强梁汉，打街骂巷，欺压善良；磨研的是打天骂地、呵风咒雨之人。"苗氏嗟叹不已，复往前行。又见急脚鬼把女子绑在桩橛，以利刃剜女子眼，割女子舌。苗氏问："此女子因何割舌剜眼？"青衣说："此婆娘们皆是存心狠毒，心生嫉妒，打公骂婆，欺压夫主之报。"又往前行，只见迎面一棵大树，枝梢层层密密，犹如山岭。闪出牛头马面，手执三股钢叉，又上挑着一人，向树上一撩，听那人"哎哟"一声，皮开肉烂，五脏皆挂了一树。苗氏吓得抖衣而颤，不敢前进。青衣说："休要害怕，此人们罪该如此。此等人在阳世杀人放火、图财害命、理当在此茶牙树上受此惨刑。"苗氏只得随青衣前行。

过了金银桥，来到枉死城，进了鬼门关，阴风透体。迎面三条路径，遂走中路。面前有两杆大旗，左边旗写："至公无私"，右边旗写"赏善罚恶"。刚至辕门之外，青衣说："不可前行，此系森罗殿。你在此等候，待我二人去投文书再唤你进去。"言毕进去投了文。

苗氏站在外面向里观看，只见阎王坐在取魂台上。这森罗殿全是朱红格子，明三暗九，峨峨壮观，上罩黄登登一片金瓦。正看之间，见一鬼卒走出说："苗凤英即速进见。"苗氏随进，忽听两旁喝喊一声，走出两个狰狞恶鬼，抓住苗氏往里一攒，那牛头马面接住，便向丹墀一摔，摔在苗氏发昏。金童玉女近前唤醒凤英，苗氏跪倒，口尊："王爷，怨魂冤枉。"阎王说："看这详文，你是有志气女子。"命判官查他命簿。判官遵命，即刻展开卯簿一阅曰："红罗星苗凤英，阳寿七十二岁。因出嫁之日冲犯抹头鬼，一十八岁该刎颈而亡。因阳寿未尽，现有长官城南安郡御史之女，乳名邓红玉，年方二八，寿尽于本年五月十七日，坠鞭而亡；苗凤英借尸还魂，夜梦文曲，身通六经，天榜有名，妻荣夫贵。"阎王闻言，遂命金童玉女引苗氏魂魄，至逍遥亭权且存身，专候五月十七日巳时，送他至南安郡邓府借尸还魂。金童玉女遂引苗氏魂到逍遥亭存身，这且不表。

且言红石村中有一秦豹，他父现在灵帝驾下，官拜总镇之职，名秦承翰。同他母徐氏、妹子素梅，亲丁三口在家度日。这秦豹倚仗父势，无恶不作。素梅房中有一得力的侍女，名唤小玉，天生的俊俏。秦豹心怀调戏，不得下手。一日清晨，素梅小姐命小玉园中摘花，被秦豹遇见，陡起淫心。见花园无有二人，立逼小玉成亲。小玉不从，百般辱詈。秦豹羞恼成怒，亮出宝剑，将小玉杀死。暗暗前厅去了。这素梅小姐不见小玉回来，又派丫鬟春香花园去寻。春香在花园不见小玉，寻到葡萄架下，见小玉躺在血泊之中，被人杀死。急忙跑回报与老夫人并小姐知道。夫人、小姐闻言，急忙来至花园，见小玉横卧葡萄架下血泊之中，死于非命，不晓得被何人杀死。老夫人命丫鬟将秦豹唤来，问道："丫头小玉被杀，你可知否？"秦豹假意惊慌，说："家中人谁肯杀他？想必是外来贼子前来偷盗，被小玉撞见，杀之灭口也是有的。"老夫人说："想这贼走的不远，你急速差派家丁四处拿贼，与小玉抵命。"秦豹遵命而去，遂将小玉尸身掩埋花亭之旁。这秦豹自思小玉是我所杀，向何处拿凶手？若不差人去拿，又恐母亲见疑，只可差人四下追寻。

且言家人小喜带着两个佃户，竟扑南路追寻。行至古庙前，正逢董良才一觉睡醒，伸腰打哈欠，被小喜听见，说："庙内有人，进去看看。"遂进庙，一看见董良才浑身血迹，又面生可疑，大声喊道："杀人凶手竟在这里藏躲，你二人帮着我拿呀！"董生说："岂有此理。你说我杀人有何证见？"小喜说："你没看看你身上血迹么？你还嘴硬。"董生低头一看，暗想："这是我妻刎颈之血染在我身，被他看见。"正然发怔，说："我并无杀人。"小喜喝道："放屁邪侈，是何言也。岂不知今日之事君事也！我若将你放于四海，实必逮夫身。我今茫茫然归，须要你而后从之！你若是迟迟而行，我定要鸣鼓而攻之！"言罢把董良才推推拥拥，不多时来至府门首，命："二佃户在此守望相助，不可须臾离也。待我摄齐升堂将命比，出户入云则入。"言毕进府禀少爷知："小人获着杀人之贼。请少爷施行。"秦豹吩咐带上来。小喜立刻走出，向董良才说："我家少爷令我带你进去，须要你入公门鞠躬，如也见了我家少爷，须要你便言唯谨尔。你若是言不顾行，准备创业垂统，更兼那右传之八章，岂不亡之命矣夫。"遂将董良才带进客厅。后堂夫人并小姐闻听拿获杀人的凶手，遂在屏风后偷看窃听。

　　且言秦豹明知所获之人情屈，昧心问道："你这汉子浑身血迹，面生可疑。要你实说因何暗入花园，将丫鬟小玉杀死？"董生说："岂有此理！我非少名无姓之匪人，祖居不远，家住洛阳城西麒麟村，父名董毓兰，称为员外，我名良才，自幼读书。不幸生母亡故，继母不良，暗使蜜蜂计言我戏母，我父把我勒死。幸喜父母身乏倦睡，我已气转还阳。"秦豹问："你身上血迹从何而来？"董生说："我苏省过来，见我妻自刎而亡。是我抱尸而哭，身染血痕，急于逃命，并未暇及〔擦拭〕血痕。在古庙乏睡，被府上贵介捉来，诬我杀人。"屏风后秦素梅闻董良才之苦处，不由含泪口呼："母亲！听此人所言，非是杀人的凶手。令我哥哥将他释放去罢！"老夫人闻言点首说："女儿言之有理。"遂唤道："我儿秦豹，老身看此人不像杀人的凶手，放他去罢。"秦豹口呼："母亲请回，儿遵母命。"母女闻言，转身回后〔堂〕去了。

　　小喜悄悄走近秦豹身旁，低声下气口呼："少爷，此人放不得。"秦豹说："我看此人非是杀人之徒，放他去罢！"小喜说："不可。少爷言之差矣！从来杀人凶手那有善肯招认？况且他身有血迹为明证，怎见不是他行凶？倘然放了他，日后家中的家丁院公若作些私弊，哪个还肯服你所管？"秦豹闻言，心中暗想："小玉是我所杀，这人身上血迹从何而来？一定他在别处杀了什么人，逃在这里也是有的。杀人偿命，理之当然。我不免二命一抵，也可压众人口风。"遂问小喜："你所言是理，怎奈他无口供，也是枉然。"小喜口呼："少爷，人是贱虫，不打不成。将他吊起痛打，不怕他不招。"秦豹闻言点头，遂向董良才喝道："因何你杀死丫鬟？快实招。"董生说："杀人之事我实不知。我招何来？"秦豹闻言大怒，喝道："好强徒，料你不肯招认。小喜，将他吊

起拷打!"立刻把董良才吊起,小喜用皮鞭毒打,打的良才死去活来。忽见家人进客厅禀道:"现有堂尊名帖在此,请少爷一叙。"秦豹接帖看〔过遂〕道:"随后就随家人而去。"秦豹吩咐小喜:"堂尊请我议事,且将这人囚在花园。我回来再拷问,你随我进衙。"小喜遵命,把董良才锁在花园花亭上,随秦豹进衙去了。

　　这董良才被囚锁花亭内,浑身疼痛,哭一回叹息一回。堪堪天交一鼓,忽然一阵阴风,只见花前月下现出小玉冤魂暗道:"这白虎星官董良才与我家素梅小姐有姻缘之分,今日有难,必须救他得生。阴阳相隔,我如何可救?有了,我不如与素梅小姐警教小姐一梦,令他来救董生,可以与他二人作成这段姻缘,亦可报小姐待我的恩情。"想罢主意已定,一阵阴风来至绣楼之上。

　　秦素梅正在朦胧之间,忽见小玉立在面前,慌忙问道:"人人皆言你被贼人杀死,为何还在此间?"小玉笑说:"我未曾死,只恐你那心上的人待死。"小姐问:"我那心上的人是谁?"小玉笑说:"就是被打的洛阳人董良才,与你有姻缘之分,被秦豹锁在花园,堪堪性命难保。须当小姐去救。若是一步去迟,就误了你的终身大事。"小姐羞怒,举手去打小玉,小玉闪身一躲,素梅小姐闪了一跌,猛然惊醒,乃是南柯一梦。心中暗想:"曾在前厅央我母讲情,将董生释放,焉能锁在花园?此乃梦幻之言,不可信之。"遂翻身睡着。小玉之魂见小姐复又困睡,遂又近前警梦,口呼:"小姐呀,小姐!还不快去拯救董良才。你若不救,小姐你误了你今生终身美满的姻缘。"秦素梅猛然惊省,原来还是在梦境。暗想:"一连两梦俱是一样,真乃奇怪,令人可疑,其中必有缘故。想必我那不行正的狠毒哥哥假允母亲之情,暗把董生锁讫拷打也未可知。明明白白小玉在梦中口口声声要奴去救董生。咳,天哪!天!奴与董生非亲非故,素不识面,并且男女授受不亲,如何能救他?"自己踌躇多时,〔又想〕:"只可唤醒春香丫头,他又生的伶俐乖巧,令他同我前往花园方妥。"不知春香肯去否?且看下回分解。

第三回　花亭被救收双妻　邓府投窍秋千下

难中偏遇好姻缘，千里姻缘一线牵。

坦腹东床今是否，崔屏喜迎并头莲。

俚句叙过。谨接秦素梅小姐得了小玉两次梦境，欲令春香同往花园拯救董良才，可以令春香向董生提此一段姻缘。遂唤："春香速醒。"春香从梦中忽然醒来，坐起说："为何夜深之时小姐不眠，唤醒我作甚么？"小姐说："我有一事，欲向你说，恐你不尽心。"春香口呼："小姐只管向丫头言，若能办我必尽心。"小姐闻言，遂将小玉两次托梦之言对春香言了一遍。春香说："二梦相同，想来有因。小姐唤醒我有何事？"小姐说："奴有心命你同我进花园，一则拯救董生，二则烦你替奴讲。"小姐言至此，面上一阵飞红，低头不语。春香问："小姐为何行说行止？"小姐说："你明白就罢了，何须问长问短。"春香说："事在你心而不言，我焉能知？"小姐无奈，说："一则拯救董生，二则是成全奴的姻缘。"春香闻言，暗想："小姐有此意，我亦长成也，非木雕泥塑，何不我亦为个二房侧室，岂不是机会？"想罢口呼："小姐命我救董生则可，若去与小姐提亲事，倘若太太知觉，我必受责。我不能从命。"小姐说："你若肯去，奴赏你几两银。"春香说："我不要银子，又不会说话，又不会温存。"小姐说："既不要银，我赏你几疋好绸缎。"春香说："我不要绸缎，虽然做了衣服，穿在身也是无人看。"小姐心中明白，说："春香，你那心莫非也有配董生之意否？"春香说："丫头高攀了！"小姐说："你与奴说成这段姻缘，奴令董生收你为二房何如？"春香含笑问："此话当真？"小姐说："从来不会撒谎。"春香说："既是言必观典，我同小姐去。"遂手拿钥匙，不多时来至花园门首。

春香将门开放，主仆进花园，来至花亭之下。见亭上锁着一人，咳声叹气。春香

问："花亭上是什么人在此长吁短叹？我家小姐在此。"董良才说："我是洛阳董良才，被你家少爷诬我杀死你家丫鬟，将我苦打一顿，锁在此处。小姐若肯大发慈悲，放我出府，感小姐恩同再造！"小姐说："春香，你把他放了罢！"春香说："小姐你好呆，若开了他的锁，他不允亲事，岂不落场空？小姐若放我也不放！"遂转身问道："适才求俺主仆救你，可用何物谢俺？"良才说："我是离乡遭难之人，赤手空拳，那有谢礼？"春香说："既无谢礼，你可得依俺一件事。"良才口呼："丫鬟姐姐，若将我救下，莫说一件，就是十件、百件我皆依。"春香说："勿庸百件，一件就行。"良才问："是那一件？"春香说："有心放你，深夜男女授受不亲；如不放你，可惜你命难保。我家小姐生得不陋，你允下俺家小姐亲事，俺就放你逃生。"良才说："你家小姐乃是千金之体，当寻门当户对人家，轿中来马上去，方有风光。想我这落难之人，命且不保，小生不从命，恐误小姐终身大事。"春香说："拿着一块肥肉与你吃，你还嫌腥。你若不允，俺主婢不能救你。男女有嫌疑。"董良才闻言暗想："是呀，若不允此亲事，我命终须难保；不如暂且允下亲事，逃出他府再作区处。"主意已定，遂口呼："丫鬟姐姐，亲事小生允下了。"春香笑说："你今允下亲事，就是有造化的小伙。待我去向小姐说知，再解你的锁。"

春香回转身下了月台，见了小姐只是嘻嘻而笑。小姐见了这个光景，难以出口相问。春香观透其意，假装呆着脸一语不发。见小姐欲语不语，那种羞态令人可怜，只得口呼："小姐，婢子提到小姐婚姻之事，他不应允。"小姐闻言长叹一声："哎，天哪！奴清晨在屏风后看那人天庭饱满，地阁方圆，一表非凡，令人可爱，奴就起了怜才之心。夜间，小玉与奴连警二梦，只望配此良人，终身有托。不料成了镜中花，水中月。"不由泪倾腮边。春香遂含笑说："小姐不可愁烦。董生不允亲事，被我三寸不烂之舌言说利害，他才应允亲事。小姐呀，你的事我与你周全完了，我的事你还记得否？"小姐说："一言即出驷马难追。奴见了董生，必然说明。"春香说："这才是君子不食言。"小姐说："你可与他开了锁去。"春香说："且慢开锁。如今之人鬼头鬼脑，人心难测。我令他狠狠发一洪誓，再与他开锁也不迟。"言罢二次走进花亭。

董生即问："亲事小生已允，为何不开锁呢？"春香说："方才俺家小姐言道，恐怕你心不应口，无以为凭。欲令你狠狠的发下大誓，才与你开锁了。"良才口中不言，心中暗想："实指望假意允亲，作为脱身之计。孰料被他参透，逼我明誓。这秦府千金小姐也玷辱不了我的家门。"遂仰面对天发誓曰："我董良才与秦小姐若有三心二意，必受天诛。"春香闻誓心悦，曰："待我给你开锁，"良才拦曰："这锁你且慢开，我满口允亲，小姐不信，逼我对天明誓。小姐心事我还不知如何？小生也不令小姐明誓，只求小姐亲自给我开锁，小生方信小姐是真心实意。"春香说："我家小姐乃是千金之体，恐他不亲来开锁。"良才说："小姐若不亲自来与我开锁，我宁死在花亭之上也不令你开锁。"春香说："我看你这个人却不怎的，倒有好拿手。说不了，我去请小姐。"遂下了月台，将董生之言对小姐言了一遍。小姐说："羞羞答答的，怎好与他开锁？奴不去。"春香说："你又作怪！并且半夜三更到此所为何事？如今成了一家人了，你却害起羞来。这叫作地狱门口念弥陀，你修的晚了。"遂将小姐连搀带架着，二人来至花亭。

　　小姐无奈，伸玉腕把锁给董良才开开。良才满心欢喜，走近前深深一揖，口呼："小姐，小生既承见爱，事不宜迟，有何妙计放我出府？"

　　小姐还了一拜，问道："你出府去，可有一定去处否？"良才回答："水深从鱼跃，天高任鸟飞。小生此一出府，实无定向。"小姐闻言，口呼："相公，今逢大比之年，何不奔上长安，求取功名？倘若高中，相公身荣，不枉奴救你一场，也有光彩。"良才说："小生虽有此心，奈手中空虚，如何能赴考？"小姐说："这有何难？"遂吩咐春香回绣楼将皮箱内五十两白银取来。春香领命而去，小姐复向良才言道："日后相公得第，休忘了奴家一片血心。此一去莫负了小奴家，休要得新忘旧，辜负花亭救你之心！"良才慰曰："小生虽然年幼，凡那墙外花路旁柳我不爱贪，心上只有小姐一人。纵然有女如玉，我学生也不能再娶的。"小姐嘱咐曰："相公若得第，早报捷音。"良才说："小生若得第，必差轿马人夫前来搬你。"

　　正言间，只见春香走进花亭，将银交与小姐。小姐将银亲手递与董生，良才连忙作谢。春香说："还有一事不得明白。"小姐闻言，微然一笑，口称："相公，这姻缘成就，多蒙春香丫鬟周全。奴家有言在先，事成之后奴情愿许他为二房，不知相公心下如何？"良才说："小姐既然许过，小生无不从命。"春香闻言，喜形于色，说："既成一家人，莫说两家话。你还未用饭了。"良才说："用饭事小，救我出府事大。"春香说："你走之心急，在路上须加小心，早宿晚行，遇人莫言实话，仅防歹人。这有衣服

给你换着穿。"良才谢道："蒙娘子金石之言，小生敢不铭刻在心？只求娘子救我出府。"春香说："随我来。"三人下花亭，来至花墙下，春香用一条绒绳系在良才腰间，二人把良才托上花墙，慢慢松绳将董生坠在墙外。良才把绳解开，春香在墙内收回绳，一声"保重"，良才奔长安去了。这且慢表。

且言阎罗天子驾坐森罗殿，判官禀曰："今时正是五月十七日，将苗氏送到南安借尸还魂。"阎罗王闻奏，遂吩咐金童玉女带领强、恶二鬼，送苗凤英真魂南安郡借尸还魂。金童玉女领下批文，一同奔南安，一阵阴风已至南安，进了邓氏花园，拆开批文一看，方知该邓红玉身亡秋千下。时候到了，不见邓红玉来，若误时辰，上神见责难担。遂命强、恶二鬼速将邓红玉引至花园，违误者贬。强、恶二鬼不敢怠慢，一阵旋风去了。

再表这南安有位告老的御史，官讳邓文勋。夫人张氏年近六旬，膝下无子，所生一女乳名红玉，年方二八，闺中待字。这天五月十七日，红玉在绣楼刺绣，这强、恶二鬼在暗中扰混，连折了三个绣花细针，心中有些不自容，忙唤金花、玉瓶两个丫鬟。两个丫鬟闻唤一齐上楼，口呼："姑娘唤俺两个有何事？"红玉说："我今日有些烦闷，你二人同我到花园玩花散心。"二使女答应，红玉小姐重新梳洗已毕，遂带领两名丫鬟往花园而来。那强、恶二鬼见红玉已离绣楼，报与金童玉女知晓。金童、玉女齐言："邓红玉至花园不是玩花就是观鱼，必误时辰。不如趁早将花揉碎，将鱼撒了。园中无可为乐，红玉必然戏耍秋千。"二鬼遵命，遂将百花揉碎，池鱼撒去。

不一刻红玉来至花亭之上，抬头一看，心中惊疑，说道："这是何人将花揉碎？"金花、玉瓶二人说："小姐玩花，却不知百花被何人揉碎。姑娘不必烦闷，花既揉碎，不免池畔观鱼，也可散心。"红玉小姐闻言，随着两个丫鬟来到池边，连下了几次鱼食，连一个鱼影儿不见。小姐说："今日花园玩花无花，观鱼无鱼，是何缘故？"金花说："姑娘不须烦闷，咱主婢去打秋千去罢！"小姐说："我今懒怠打秋千，不如回去罢。"玉瓶说："回去也是闲着，不如少玩一会也是好的。"红玉小姐说："你二人既要打秋千，咱就悠一回再回去。"那强、恶二鬼并金童玉女领着苗凤英真魂，皆至秋千架下等候。这红玉小姐来至秋千架下，说道："往日至此不甚理会，今日来在秋千架下，奴家心中这等恐惧。"金花说："多时不打秋千，忽然见了秋千高悬，不免就有惊恐之心，猛一上去就不恐了。"小姐说："你不上去也不死心蹋地。玉瓶，你在下边，金花同我上去。"正是：

香扰牛皮绳，闯入鬼门关。

毕竟如何，且看下回分解。

第四回　苗凤英借尸还魂 董良才偶宿贼寺

芦苇萧萧阿渚秋，满天风雨独归舟。

莫嫌此处风波险，处处风波处处愁。

话接前回，小姐邓红玉与金花丫鬟一齐上了秋千坐稳，命玉瓶在下面悠起。只见二人在秋千上飞舞凌空，忽听"唳哎"一声，皮绳已断，"吧哎"一声，将二人摔下。两个勾死强、恶鬼把邓红玉魂魄拘去，金童玉女将苗凤英魂魄送入邓红玉尸身内，回去交差。玉瓶见秋千绳"咯嘣"一声，只见小姐同金花坠落尘埃，只吓的目瞪痴呆，一旁发愣。这金花命不该死，不多时苏省过来，折身爬起。见小姐躺卧在地，晕迷不省，手指玉瓶骂道："臭贼妻，你没见姑娘摔下来，你在一旁发的什么怔？"玉瓶被骂，方向前同金花呼唤："姑娘醒来。"唤了数声，见小姐面白唇紫，闭口无声。"金花说："我在此看守姑娘，你快去报与老爷、太太得知。"玉瓶闻言转身去。

不多时，只见老爷、太太忙忙一同走进花园，跑到秋千架下。见女儿红玉躺在尘埃，昏迷不省，慌忙抱在怀内唤了多时，不见红玉应声，只见女儿面如白纸。老夫妇痛哭不止，鲁听女儿"哎哟"一声，口言"冤枉哪！冤枉！"二老忙问："我儿有何冤枉，对父母言来。"又听红玉口呼："丈夫你在哪里？"邓公说："女儿未出阁，为何呼起丈夫来？"夫人说："想必跌迷糊了。"这苗凤英耳闻人声，闪秋波问道："你们都是什么人？围绕我呼儿唤女，所为何来？"邓公说："我是你父，那是你母。你为何不识认了？"凤英说："奴家三岁丧父，七岁丧母。呼奴为女儿没来由。奴名凤英，为何错认为你女儿？"邓公闻言，哈哈大笑："女儿跌迷了性了，连自己名字也忘了！"夫人口呼："老爷，你听女儿说话朦胧，其中必有缘故，待我问他。"遂问女儿："你方才所言，你家住哪里，何方人氏？要你细细讲明。"凤英见问，口呼："太太，奴名苗凤英，

家住洛阳县，父名苗悦。父母双亡，剩下兄妹，兄名苗青，贸易在外多年。奴家夫主董良才南学读书。兹因婆母下世，继母吴氏暗用毒计勒死奴的夫主。奴恐身落他人凌虐，自刎而亡。孰料奴的夫主死而复生，逃走天涯。"言毕不由的拭泪。邓公闻言大声曰："这就闷坏老夫了。明明是我女儿红玉，你自称是苗凤英，你竟是一派胡言。"夫人说："胡言不胡言，且由他罢。"苗凤英闻听，心中暗忆："阎王命我借尸还魂，今日必是借他女儿身体复生。他说我是他女儿邓红玉，奴不免将错就错，寄身于他家，再慢慢打听夫主下落亦不迟。"遂口尊："二老在上，我有一事，若说出口，恐二老不从。"夫人说："我儿有何事，只管讲在当面，为娘允从。"凤英说："我欲将苗凤英改为邓凤英，拜二老为义父、义母，可否？"邓公喝道："你是胡说！哪有亲父母改为义父母之理？"夫人说："你罢呦！必是女儿叫俗了，认为义父母，一来亲上加亲，二来女儿叫着也新鲜。"邓公说："女儿生生是你这老妻婆惯成了，你认我不认。"凤英闻言，不由的痛哭，夫人说："老天杀的，你快允从。哭坏了我的女儿，我这老命与你拚了。"邓公见此情形，也无可奈何，遂改嘴说："女儿不须哭，依你就是了。"凤英闻言说："义父，义母请上，受儿一拜。"言毕，伏身拜了八拜，随着同上堂楼而去。

再言董良才逃出秦府，望着长安大路而走。在路道也平安，一路行来。这日在路上遇一人，豹头环眼，肩负行李。这人将董良才上下打量了一番，问道："这小君子从哪里来？向何处去？"良才见问，暗思："我临出花园，春香嘱咐我在路莫与人讲话，以防歹人。我观此人非是善类。"正思虑，又听那人相问，良才只得顺口应道："我从来处来，往去处去。"将手一拱，竟紧步前行。那人在后复又打量一番，心中暗想："我观此人言语恍惚，足下带土，身必有银。不免赶上他以好言好语稳住他，待宿店时以刀将他杀死，将银得到我手，任意逍遥，再去天下访贤，有何不可？"想罢遂迈开虎步赶上董良才，口呼："小君子且慢行，我有好言相告。"良才说："你走你的路，我行我的程。素不识面，有何好言相告。"那人说："小君子莫要多心，我看你不像常出外的人，况且你又孤孤伶伶独自一人，路上无伴。恐你遇见歹人。我有心与你同路而行，不知你心下如何？"良才答道："岂不闻独行千里，同伴八百，我有紧事还要趱行。"那人笑说道："小君子，话不是这样说法。我看你未行过路，不知那是店头站尾。你看天色又阴，我见你言语慌张，身边必有行李。前面山路难行，歹人甚多，万一被歹人劫去，还恐亏命。到那时再想同伴之人，你亦悔之晚矣。同路作伴原是在下一番好意，

中国禁书文库

蜜蜂计

岂有歹心？"良才听那人说出山路难行，歹人又多，心中暗思："险些委屈了好人。想我那等言语待他，若非他是至诚君子，如何肯告诉我？他既然有好心，同我作伴，我就与他同伴偕行，亦免独行担惊受怕。"遂拱手，口呼："兄台既是好意，小弟怎敢不从？只是小弟年幼不知世事，一路行程还乞兄台担待一二。"那人说："小君子只管放心，白昼同行，夜晚同宿，料无妨碍。"二人正言话间，陡见狂风从地起，沉雷自天来，电光闪闪搬倒天河，倾盆大雨自空而降。那人说："不好，快找避雨之处。前面有庙宇，暂且避雨。"二人紧跑奔庙而来。

且表这座庙宇名罗山寺，这寺内长老法名法空，收有三个徒弟：大徒弟名悟真，二徒弟名悟修，三徒弟名悟性。庙内暗藏二三百行凶打手，每夜杀害夜深投宿、来往客商。这日夕之时，凶僧法空正在山门下望雨，只见二人冒雨而来，奔至庙前。董良才近前一揖，口尊："师傅，俺二人借重宝刹避一避雨，望祈容纳。"法空含笑，口呼："施主，这庵观寺院乃是客旅经商方便之所，有何不可？请二位施主庙内避雨。"令徒弟替施主扛着行李，送在静室安身。法空见二人行李沉重，心中暗喜，款待甚是周密。说话之间天已昏黑，小和尚送进灯烛退出，那人暗想："这事应了俗语了，'生有地，死有处'，这小辈不该死在店内，大雨阻路，该死在庙内。"那人遂向法空说道："天色昏黑，泥泞难行，欲借宝刹暂宿一宵，未知老和尚肯容留否？"法空恐怕他二人雨停走了，一闻此言正中心怀，遂应声说道："如不弃嫌，就在荒寺歇下无妨，就是未免屈尊些。"吩咐徒弟送二位施主小房安歇。悟性手秉灯烛将他二人送在小房安歇，暗将门上门环加锁，只候更深夜静，方可下手。这且不表。

且言二人进的房来，那人说："一路行来身上皆有些乏倦，你我就此安歇了罢。"董良才正是身体乏倦，一闻此言，将身便倒卧在床上，呼呼睡着。那人见董良才睡着，又恐他睡不实牢，故意近前问道："小君子，你在路上行程共有几日了？"连问数声，不见答话，遂悄悄下了床，手执牛耳刀一把，将环眼一瞪，恶狠狠举刀要杀，又把刀停住："且慢，我想这小辈犹如笼中之鸟，网内之鱼，难以逃生。我一杀他，寺内众僧人甚众，惟恐被众僧知觉，喊嚷起来，弄巧成拙，反为不美。我不免先出去探听众僧困睡否，再由我从那里脱身，作一稳稳当当，再杀他也不迟。"想罢走至门内，抽去插关，把门向怀中一扯，只听门外锁响，心中一怔，暗说："不好，大约寺内众僧皆是不良之辈，此庙必是贼庙。他若来时，我一人如何敌的了众僧？哎呀，我只知杀人，今遇此害，也知心慌。我何必起歹心而杀人？"遂转身走至床前，将良才拍了几把，连声叫道："小君子，快快醒来。"董良才正在睡梦之中，忽听有人呼唤，猛然惊醒，坐起问道："兄台这般时候还未安歇，将小弟唤醒，有何话说？"那人说："我将实言对你说了罢。在路途中见你身带银两，有心杀你劫银，不得其便。因此与你同行。今晚宿寺你休想活命。"良才闻言，只吓的面黄唇白，忙跪在地，口称："好汉哥哥，饶了我这苦命的董良才罢？"那人说："你休要高声，我且问你，你口称是董良才，你家住那里？娶妻谁氏？要你实说。"良才见问，遂说："祖居洛阳麒麟村子，不言父名，人称大户，小弟之妻苗氏凤英。"那人惊恐："哎哟，你原来是我妹丈，为何不在家中读书，竟出门在外？"董良才闻言问道："你莫非是我内兄苗青吗？"那人回答："正是我苗青。"良才"咳"了一声，遂言："父亲听信继母之言，将我勒死。我妻见我一死，遂自刎而亡。我苏醒过来，逃出在外，在红石村被秦豹诬我杀死他家丫鬟，吊打后锁在花亭。夜间多蒙秦小姐救我逃生，赠我白银五十两，赴京考取功名。在路途偶遇姻兄，幸甚幸甚。"苗青说："只恐你我弟兄二人性命难保！"良才问："这是何言？"苗青说："咱弟兄今日误入贼僧寺内。现时门上落锁，这凶僧必有谋害你我之意。"良才闻言惊问道："这可怎了？姻兄即速想一主意才好。"苗青说："妹丈且站一旁，待愚兄查看他的来路。"言罢手执牛耳钢刀，满屋寻了一遍，并无甚么破绽。猛然看见西北墙隅角下放着一领破席，下面盖着一口破锅，将锅移开一看，原是地道。只觉寒风上冲，口呼："妹丈，你来看这行景。"良才近前一看，原是地穴，不由的担惊害怕。苗青说："既看出贼僧的来路，咱二人且死不成。你且上床假睡打呼声，愚兄把住穴口，上来一个杀一个，上来两个杀一双。"二人定计已毕，堪堪已至三更。只听地道有了响动，又见破锅一动，钻上一人。苗青手执钢刀，闪在一旁，见一凶僧手执钢刀出了地道，脚未站稳，只闻"哎哟"一声。不知性命如何？且看下回分解。

蜜蜂计

第五回 杀贼僧误蹈陷阱 贪贿赂屈打成招

我笑君痴君我愚，愚人从不较锱铢。

他人撒手西归日，尚少多财一段虞。

话表凶僧悟真手执钢刀，奉师命从地道钻上小房西北角，停了一停，听屋内呼声震耳，移开破锅钻上来。脚未站稳，苗青给他个措手不及，照定顶上一刀，"唬嗳"一声把凶僧杀死，将尸移在一旁。苗青复在穴口等贼。这贼僧法空不见悟真回禅堂，口中恨怨他不中用，只得又派悟修、悟性二人同去。两个凶僧遵命，各执钢刀走入地道。悟修先钻上，被苗青又杀死。悟性暗说："我二师兄怎么跌倒了？"遂急趋一步，也钻出地道，也被苗青杀死。

这法空迟了一刻工夫，又不见他三人回来，心中诧异："往常一次就能成功。不好，必被那厮参透机关，我的三个徒弟必然性命休矣。"遂站起身形，甩去大袍，吩咐众僧："各执兵刃，一同杀上小房。"

不多时来至小房门外，将门一脚踢开。苗青说："妹丈不可离我，随我来。"将刀一晃，闯出小房，大喝："众多秃驴看刀。"众凶僧一闪，让出一条路。二人相依，且战且走，来至山门内。良才开放山门，一齐闯出门外。众凶僧往前围裹，良才着惊，往后一退步，跌落枯井之中。苗青与众贼僧斗杀多时，怎奈寡不敌众，只使的两膀酸疼，遍体生津，无奈败走。众凶僧追赶数里，方回至枯井旁。正要下手井中拿人，只见来了两个巡捕公差，走近前问道："你们聚伙成群作什么？"法空暗派两个僧人进庙，将小房穴口填实，用土遮掩。法空遂向公差打一问询，口呼："二位班长来的正好，昨晚不知从那里来的这两个歹人，我出家人因雨好意留他二人宿在寺内，谁料他二人心怀不良，抢夺小僧寺中财帛。众徒弟向他厮闹，反被他杀死我三个徒弟，故而我师徒等追出寺来，逃脱一个，这一个落在井中。因此师徒在此喧哗。"二公差闻言，遂同众

僧将董良才打捞上来。

公差问法空："他抢夺你的财物，现有何赃证？我且搜来。"二公差把董良才身上搜了一遍，搜出白银一封，问道："你这银子从何而来？"良才回答："这银原是我本身带来之物。"法空忙说："这正是我寺中财物，被他抢了去。"公差问："既是你的银，这是多少件？若干两？"法空说："这银乃是零星聚成，我未记几件几两。"二公差闻言点了点头，说："令徒被害，我二人必须亲自验过，方好报官。"法空等众遂领着二公差至小房，公差果见杀死三个和尚，遂说："狂徒行凶果然是实，人命关天。"遂一抖铁链，把董良才锁上，说："和尚，咱一同进县。"良才说："小生实屈，班长容我分诉一言。"公差说："屈你不屈，你不庸向俺分诉，见了县太爷自有公断。"言罢拉着就走。

不多时一同进了郾县城，正值知县曹春煦未退早堂，遂呈上报禀。曹知县看完报呈皱着眉说："混帐！混帐！本县到任未及三个月，就有这奇事！"吩咐："带上来！"公差遂把和尚、良才一同带上堂。知县问："你两个谁杀了谁？"法空说："是这狂徒杀死我的徒弟。"曹知县骂道："好狂徒，呆奴才，偷鸡摸狗，啥事做不的，一定为大盗杀人。"董良才口呼："青天在上，小生是洛阳董良才，上京赴考，因雨不能行程，同内兄苗青投宿罗山寺。贼僧不良，门上落锁。夜至三更，从地道进屋杀害我二人，被苗青看破，杀了他三人徒弟。杀人者是苗青，于我无干。"知县问："这银从何而来？"良才说："上京赴考，朋友馈赠我白银五十两。"知县说："法空你听见否？"法空说："贫僧知他一片谎言。"知县喝道："好秃驴！本县自到任，问了几案官司，不是驴吃田，就是马吃苗，本县未得一个钱。官宅太太想肉吃，连四两也买不起。你上堂来先说你贫，哪个王八羔子富！"法空说："老爷息怒。贫僧这贫非是贫富之贫，乃是贫贱之贫。"曹知县说："不问什么贫，这董良才不像杀人的凶手，为何诬他杀人？"法空说："昨晚这两个狂徒借宿寺中，见财起意，杀死贫僧之徒。"知县问："你眼见是他杀的么？"法空说："黑夜之间，贫僧看不清楚他俩是谁杀人。"知县喝道："你是混帐胡说！你未看清楚何人杀的，教本县怎么判断？"法空口呼："老爷，他抢去贫僧白银五十两为证。"知县说："他那五十两银是他朋友所赠，与你腿肚子相干？本县也明白了，想是你见他有银，你起意诬他是否？"法空说："贫僧未见他的银，这封银是僧的。原是老爷公差在他身上搜出来的。"知县遂问公差："可是你俩搜出来的么？"二人说："正是。"知县喝道："咢！他二人抢银，是亲眼得见？"二人说："小的未见。"知县说："你既未亲眼见证，怎敢诬他抢银？哦，是了。你二人图了和尚几个钱，来蒙哄本县，有钱你们享，无头案子教本县办！前者抄赌不曾给官半文，作官也要吃穿。可恨你这奴才无礼！"吩咐："拉下去，每人责打二十板子。"皂隶拖二人下堂，每人打了二十大板。知县说："理当每人打四十板，每人还欠二十。今折罚你们，每一板不向你们多要，有一板只折五两银，一共欠四十板，该折银二百两。"二公差说："二百两小人实不能醵办，就是倾家败产也办不齐。"知县喝道："我把你这呆奴才叫唤的什么？本县虽然罚你二百两银子，原出不到你们身上。本县出一张拿赌的票子，你们用心查夜，小心拿赌，一日弄十串，二十天就弄二百串。本县就限你二十天把这二百两银子照数交完，方可免责。"二人叩头说："一天十串，委不能交还，求老爷宽限。"曹知县怒道："那不能。越限必责！"立起身欲退堂。刑招房说："和尚的案老爷还未判断了。"知县说："本县如何与他推问？你们不如下去与他和处和处就结了。"法空忙禀道："老爷这是命案，焉能和的？"遂在袖中取出一分礼单说："贫僧有状上呈。"知县令人接过，放在公案上。知县睁眼一看，说道："既是实理，你且下去，本县就有明断。"遂问良才："你为何杀人？快快实招上来。"良才说："贼僧暗起不良，苗青看出行藏，将他凶徒杀死。老爷如若不认，他房隅现有地道可验。"法空闻言忙上堂说："贫僧房内并无地道，老爷公差也曾验过。"知县笑说："不用你言，本县就知没有地道。董良才，你休胡言，快实招罢。"良才说："杀人原是苗青，与小生无干。"知县说："这话本县已明，想是苗青杀人，你去盗财。常言：有利是大家的，有害也是大家的。快招实供。"良才说："小生未曾杀人作盗，我有何招？"知县大怒，吩咐拉下去重责四十。皂役不敢怠慢，把良才责了四十大板，只打的皮开肉绽，血流不止。知县问："还不招认，竟等动大刑吗？"良才受刑暗想："若不招认，赃官必动五刑之主。咳，招也是死，不招也活不成，何必受苦刑？"遂说："有招，图财害命是我。"曹知县令良才画了押，令禁卒将董良才寄监，赃银入库，申文上司。这且不题。

再表红石村东有一小乡绅，姓李名舒馨，家私巨万，骡马成群，不幸失偶。闻秦豹之胞妹贞淑秀美，遂央媒婆秦府提亲。母子商议，遂将素梅小姐许配李乡绅为妻，择定五月初一日纳聘，十六日迎娶。丫鬟春香一闻此信，急忙上楼，口呼："小姐喜事到了。现有咱这东庄李舒馨失偶，向咱府求亲，太太将小姐许字李乡绅。小姐岂不大喜？"素梅小姐闻言，说："咢！无知丫头，满口胡言。一言即许董生，难以食言。好

马不备双鞍，烈女不嫁二夫。事到其间，有死而已，以谢董郎。"春香见小姐一心无二，遂劝道："小姐不必烦恼，何用寻死？小姐乃武将女儿，兵法又纯熟，不如今晚暗将马匹盗出，去寻董生，岂不是好？"小姐说："奴想董生赴考，行踪无定。你我乃女流之辈，寻他不着，那时归落何处？"春香说："谋事在人，成事在天。这一出门，听天由命罢了。"小姐说："我母若知，岂能出府？亦是枉然。"春香说："小姐只管打点行囊，我有主意。"言罢下楼而去。小姐遂将金银、随身衣服并两口绣绒刀收拾已毕。

天交一更三点，春香见少爷酒醉回家，老夫人年迈，早领使女堂楼安歇，心中暗喜。来至马房，一声问道："谁在马房？快快开门。"小喜说："奇哉！此非我君也。为何昏暮扣人之门户！"遂穿上衣开门。见是春香，笑说："我正思君，见你到来，不觉巧舌情兮。"春香说："人不可无衡，休语淫词，你这硁硁然小人哉，未闻君子之大道也。"小喜说："前言戏之耳。你为何则怒？悻悻然见于其面。"春香说："少绕舌，速备两匹马，我同姑娘有事出府。"小喜问："何事？可得闻欤？"春香说："夫人得了痧症，少爷酒醉，老夫人命我同姑娘西村请刘婆子去。"小喜说："夜深姑娘怎去？有事弟子服其劳，不如我去请。"春香说："你是一男子，刘婆子他是一妇人，又在深夜，恐他不随你来，岂不误了大事？还是我主仆去妥当。"小喜闻言，遂备了两匹马，开了街门，将马牵出门外，在马台旁等候。春香回至绣楼说："马已备得，请小姐就此出府。"小姐闻言，遂在桌上留下一封书柬，主仆下了绣楼。不多时来至堂楼之下，不由的伤感："母亲哪，生女一场，恕女儿不孝之罪罢。"遂向堂楼上双膝跪倒，叩拜四拜，站起身形。

主仆二人走至街门之外，二人蹬石乘马，往西而行，顿辔加鞭，那马鬃尾乱扎。行了一夜，至太阳方出，离家已有六百余里。迎面有一座高山阴路，甚是险峻。春香说："逢山有寇，遇岭藏贼。象这样险恶之山，必有强盗栖身。小姐须要仔细留神。咱主仆不如且下马，在路旁林下歇息歇息，将马用青草喂饱，用水饮一饮马，人也有精神，马也强壮，再过此山也不迟。"不知后来如何，且看下回分解。

第六回 七星山素梅为王 救重生猛虎冲散

草木知春不久归，百般红紫斗芳菲。

杨花榆荚无才思，惟解满天作雪飞。

话表小姐秦素梅同春香丫鬟二人下马，将马拴在路旁树上啃草，主仆二人坐在招风树下歇息，养了一养精神。春香问："小姐，马上现带着干粮，小姐用些也好助力。"小姐说："你去取来，用些好过此山。"春香遂将干粮取了来，放在小姐面前，主仆二人分用。这且慢表。

且言这山名为七星山，山上有一家大王名唤金钱豹，手下共有千百喽罗兵，劫掠过往客商，此日有巡山喽罗望见山下林内二人喂马，慌忙报入山寨。金钱豹闻报，遂带领喽兵，一声锣鸣，杀下山来。春香口呼："姑娘，不好了！山寇下山来了。"素梅小姐说："无妨，春香休要害怕！这伙毛贼撂不在姑娘心里！"遂扣备鞍马，二人乘骑往山口而来。

只见门旗开处，闪出一员猛将：头戴鎝金盔，身披锁子连环甲，足蹬虎皮战靴。左弯弓，右带箭，手使两柄宣花斧，坐下骓骝马，面如蟹盖，颏下无须，正在壮年，十分凶恶。遂喝道："山寇少往前来，你姑奶奶从此过，缺少路费，莫非你送路费来了？"金钱豹闻言，勒马望面来瞧，原是一美貌女子，喝道："咄！好丫头，竟是胡言。某家占山为王，要行人买路金银，那有金银给你！"言罢，撒马抢斧砍来。秦素梅忙用绣绒双刀相迎，二马相撞，战了二三十回合，不见胜负。秦小姐虚砍一刀，佯下而败。金钱豹大喝："哪里走？把你擒上山与大王爷作一压寨夫人。"将马一磕，追至马之头尾相近，小姐一扭，用撒刀之法，只听"咣哧"一声，把金钱豹砍为两断，死尸栽落尘埃。众喽卒只唬的一齐跑倒，口呼："姑娘饶命，情愿保姑娘作寨主。"小姐秦素梅心中欢喜，遂带领喽卒上山，做了女大王。这且不表。

且言法空惟恐董良才坐监日久，露出自己的破绽。心生一计，用十两银子贿通禁卒薛林，三更天害死董良才。薛林得了十两银，心中甚喜首肯，遂携银回家。且表这薛林中年丧妻，膝下无子，只有一女，名唤晓云，年方一十六岁，生得眉清目秀，一表非凡。夜间偶得一梦，梦见从天降下一只白额猛虎，身披枷锁至前，自言是董良才："现有冤枉，身困牢笼，望祈救我得生。这有夜明珠一颗，你我有夫妻之分，以此为聘礼，异日献宝，必然夫贵妻荣，阖家团圆。"言罢枷锁"响亮"，忽然不见。晓云惊醒，乃是南柯一梦。只见满屋明亮，身畔乃有一颗夜明珠，遂将珠收讫，以为奇事。正思想梦中之事，见父回家。薛林进屋笑呼："女儿，你看这是何物？次的九四五，好的九七八，这是父女造化到了。"晓云问："这银从何而来？"薛林见问，遂道："法空和尚，他有个仇人在监受罪，令为父将他谋害一死，给我这十两银，岂不是造化咱？"晓云忙问："你可知那罪人那里人氏？姓甚何名？"薛林说："是洛阳人，姓董，他的名字叫做甚么董……"晓云接言说："莫非名唤董良才么？"薛林说："是，是，是，此人正是董良才。女儿何以知晓他的名字？"晓云说："适才女儿偶得一梦，梦见天上一声沉雷，降下一只白额虎，身披枷锁，口吐人言，报名是董良才，身遭冤枉，有人谋害。央女儿救他，赠我明珠一颗。他言与咱系亲。"薛林问："他与咱系何亲？"晓云见问，干张嘴说不出口，只羞的面红过耳，近前把他父脖子一勒，说："儿与他有姻缘之分，故赠珠作媒红。"薛林说："什么明珠？拿来我看。"晓云将珠递过，薛林接来一看，笑说："我只当是一个宝珠，原是一个琉璃蛋子，又不中吃，又不中瞧，要他何用？"晓云口呼："爹爹不晓，此珠乃是传国之宝，名为夜明珠。若将灯烛息灭，此屋中亮如白昼，故为宝物。"薛林说："此珠比那十两银子胜强百倍，还是救不了他，也是枉然。"晓云问："因何救不了他？"薛林说："他是定了案，老爷将他问成死罪，交与我在监看管。我若放他逃走最易，倘若四老爷查监，我以何回答？"晓云闻言，愁眉泪眼，不发一言。薛林说："女儿莫烦，我有一个法儿救他。现今监中还有三个死囚，一总与他誊了罢。"晓云问："甚么叫誊了罢？"薛林说："我救出董良才，暗暗领至家中。我再回狱放一把无情火，烧了牢狱，给他个死人口内无招对，这个法儿好不好？我舍了这两条腿，挨上四十大板以了其事。"晓云说："此计大妙，事不宜迟，急速进监办理。"

薛林闻言转身出门，急走如飞，来到监内，暗入死囚牢内，口呼："董相公莫要高声，我来救你出狱。"遂将脚镣、手拷解下，暗领出监，竟奔家门。忽闻迎面更夫问

道："深夜那是何人在街上行走？"薛林说："是我薛林。今有远方朋友前来投我，我领他家中安歇。"更夫说："原是老薛呀，请便。"薛林领着董良才穿街过巷，来到家门，进了小房。董生落坐，薛林口呼："相公，我救你出监，非为别事，皆因小女夜得一梦，梦你是什么白虎星，与小女有夫妻之分，将你救出，招你为婿。你心下愿否？"良才闻言暗想："他原是我救命恩人，不敢弗其意。"遂口呼："恩公招我为婿，乃是好意。小生已允。岳父请上，受小婿叩拜。"薛林受了两礼，就命女儿同良才拜了天地，说："女儿相陪姑爷少坐，我有点事。暂且失陪。"言罢徉徜而去。晓云见父已去，遂口呼："相公不在家下，因何来在郿县坐狱？"良才见问，口呼："娘子有所不知。"遂将一身苦处言了一遍。晓云闻言，叹息不已。

　　且言薛林来至监中，看见众人等安息，遂悄悄的在监中放了一把无情火，霎然通天红，如同昼天。禁卒慌忙报进内衙，曹知县大惊失色，忙忙跑至监门之外，就遇见薛林。薛林说："小人接大老爷，这是哪里的火？"知县骂道："你这该死的奴才，你所司何事？还来问我？是你自不小心，若烧死朝廷命犯，休说你的狗命，就是本县的头也保不住。我且查验明白，烧死一个囚犯定要你补上一名家口。"知县遂命人役暂且救火要紧。薛林闻知县要拿家眷顶充囚犯，遂暗中溜出，走到家门叫道："儿女开门。"这晓云正与良才讲话，闻听父亲扣门，遂将街门开放，薛林进屋说："不好了，祸事临头。我放火烧了监牢，烧了朝廷钦犯，知县言说要拿我家眷顶补囚犯，这般如何是好？"晓云说："只管放心，如今只用我与相公更换衣服，女扮男，男扮女。可喜爹爹嘴上无须，可扮作母亲，趁此黑夜越城逃走。若有人追上，也难分辨真假。"薛林说："如此甚好。"三人急忙改扮，晓云将良才靴子蹬上，用棉絮填塞靴内，又将他母遗下鞋子给他翁婿穿了，正可足。良才说："咱翁婿三人在路登程，若有人盘问，咱们怎样称呼？"薛林说："你二人是姐弟，我是你俩的娘。"良才说："不好！我想若是姐弟，面貌必然相同。俺二人面貌不同，恐人看破行藏，那还了得？"晓云说："有了。若无人盘问便罢，若有人盘问，就说你是我娘，俺二人是小俩口，岂不是好？"薛林说："好，好，好。这倒不错。"良才说："虽然遮掩的好，只恐城墙高大，难以出城，如何是好？"薛林说："这倒容易。这城东北角塌了一个豁子口，咱何不从那里出城？"良才说："极好。咱三人急速从那逃走便了。"翁婿三人忙忙出门，从无人之路而行。薛林头前引路，不多时三人出了郿县城东北豁口，行了数里，渐渐入了深山。忽闻一阵腥风，闪出一只猛虎，迎着他三人扑上前来，只唬的董良才抽身逃去，薛林父女躲闪不及，一同跌落涧沟之内。幸喜这涧沟浅而无水，父女二人并未跌伤，顺着涧沟出了山口，寻觅董良才，并无影响。父女二人无奈，就奔天干县而行。这且慢表。

且言董良才脱身逃命，出的山口，回头仰望不见他父女二人，又不敢入山寻觅他父女二人，恐遇猛虎。及至天明，来到一地，有小白河阻路。良才一声长叹："咳！苍天哪，苍天！想我董良才一生不得于亲，逃命在外，红石村又遇秦豹作对。幸蒙秦小姐救俺性命，逃出罗网。罗山寺又遇贼僧，曹知县贪赃渎法，诬良为盗，将我问成死罪。多蒙薛老父女救我出狱，黑夜偷出郿县城，只望一处相依，谁料行至山中，被虎冲散，也不晓他父女生死存亡，在于何处？只闪的我孤孤零零，无依无靠。秦小姐令我进京求取功名，又无盘费，如何进得京、赴的考？枉费小姐一片爱慕之心。天哪，天哪！如今我到了这般苦楚，我进退无门。罢，罢，罢，该我命尽路绝在此河中。"不由的把心一横，手撩罗裙遮面，方要投河，忽闻喊叫："那一女子且慢投河。"良才抬头一看，原来是官船上站立些个家丁，飘飘荡荡逆水而上。

再表这官船上乃是一家大臣，姓马名瑞祥，河北冀州人氏，现居丞相之职。只因山东告荒，奉旨山东放赈，济民已毕，回京复旨。路过小白河，见一美貌女子投河，令人喊阻。马丞相吩咐艄公将船拢岸，唤女子上船问话。艄公不敢怠慢，遂将女子领上船。丞相问："你这女子家乡何处？姓甚？因何投河？"董良才见问，叠膝跪倒，口呼："大人，小奴名苗凤英，父名苗悦，家住洛阳城南。只因父母下世，继母不贤，将奴终日打骂，逐出门外，只得投亲。不遇，无处存身，只得投河寻死。"马丞相问："你的足为何怎大？"良才说："父母因奴幼年常病，送在尼庵带发焚修十年，并未修足。"丞相遂收良才为义女，带上京都。这且不表。

再表苗凤英借尸还魂，寄姓邓府名凤英。虽然身安，终日惹念董生，朝思暮想，愁眉不展。一日偶取菱花自照，不觉一声叹道："哎哟！天哪，天哪！只因思想丈夫，竟将容颜瘦损了许多。"正然思念，不觉红轮西坠，丫鬟金花掌上银灯。不知后来如何，且看下回分解。

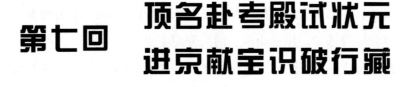

第七回 顶名赴考殿试状元 进京献宝识破行藏

欲别牵郎衣，郎今到何处。

不期归来迟，莫问临行路。

闲言少叙。话表邓凤英见金花丫鬟掌上银灯，用了晚餐，时已起更。金花问："小姐安寝还是再坐坐？"凤英说："再坐也无趣味，不如安歇罢。"金花遂将被褥展开，凤英倒卧在牙床，思前想后，翻来覆去，已交二更之后沉沉睡着。

且言文昌帝君领了玉皇大帝敕旨，前来度化凤英，天交三鼓，来至凤英绣楼。见凤英沉睡，文昌帝君将凤英魂魄提出，赠以才华，授以六经、诸子百家，吹了一口仙气，拨开他的七窍，换了玲珑之心，彻底皆明，满腹锦绣文章。文昌回天交旨不题。这凤英从梦中惊醒，心中豁然，较之往日大不相同，自觉别有天地。暗想："学问之道自来不晓，今一梦之间这些经典书籍豁然贯通，真乃奇事。俺夫妻若相逢聚守，朝夕论文，岂不是爽然大妙？但不知董生今在何处？好令人感慨。我想丈夫是一读书之人，别无所能，现今大比之年上京赴选也是有的。我上金花手内，将御史的靴帽蓝衫哄到手，就此上京找寻夫主，岂不妙哉！"遂候至天光大亮。

清晨起来，遂向金花说道："我今闷倦，你生个方法宜解其闷。"金花说："打蹴要罢。"凤英说："不好。"金花说："奕棋？"凤英说："不妙。"金花说："我可想不出法来。"凤英说："我有个新鲜法儿玩耍，就是缺一件东西。"金花说："缺何物？若是咱府中有，我一面承管拿来。"凤英说："这楼上并无别人，我要女扮男妆，咱主仆玩耍一回，方释闷倦。怎奈没有靴帽蓝衫。"金花说："这有何难？现在老爷的靴帽蓝衫在堂楼，我去偷来穿上玩耍一回，有何不可？"凤英说："恐太太知晓，大家受气。"金花说："不妨，我自有法偷来。"遂下绣楼。不多时将靴帽蓝衫拿上绣楼，凤英一见心欢喜，即穿在身，问道："你看我像一男子否？"金花拍手打掌，笑道："方才是一位大姑娘，霎然变为男子。你走几步，咳嗽一声。"凤英走了几步，咳嗽了一声，金花说："像，像，像！像一白面书生。"凤英闻言欢喜，暗想："我若上京寻找丈夫，一人难以行路，须有书童跟随。这金花生来伶俐，不如哄他随我前去。"遂说："我扮的好，却少一书童。我欲你扮一书童，同我顽耍，又无书童衣服。"金花说："有，有，有。前日与书童做的衣服，他未曾拿了去，现在堂楼存放，待我拿来。"遂将书童衣服取了来。金花穿在身上，凤英说："并无破绽，像一书童。咱到花园游玩去。"瞒着金花，暗取银两带在身边。

二人下了绣楼，来在花园内。金花说："先去玩花，后再观鱼罢。"凤英说："园景看的太俗了，我有心到郊外踏一回青，你随我去。"金花说："这可使不的，姑娘乃是千金之体，郊外踏青犹可，若有外人知晓，必嗤笑老爷家教不严。"凤英说："你忘了你我头上戴的啥！身上穿的啥！足下登的啥！既有人看见，也不怕他。"金花言："今扮是男，郊游无妨。"二人出了花园门，不多时来至郊外，往前奔走。堪堪日晡，金花口呼："姑娘，休上前游玩，咱若回去晚了，老爷太太知觉，必责奴领你胡行。"凤英说："这事难瞒老爷太太，咱若回家必挨家法责打。"金花说："怕打难道终不回家，是何了局？"凤英说："你若不怕打，你就回去，我是不能回去的了。"金花说："若不回去，又无落脚处。"凤英说："我有个主意，不如咱们上京赴考，求名得中时，也可保一身无事。"金花问："我未见你念书，焉能赴考？"凤英遂将梦中受文昌帝传授经典书籍述了一遍，金花说："中了则可，若不中，到弄的上不上、下不下，却怎了？"凤英见金花懒意去，说："你不愿去，我难顾你，我自己去。"言罢而行。金花无奈，说："令我进退两难，只可你走到哪里我随到哪里罢。"主仆二人竟奔京都，暂且不表。

再表苗青自己逃出罗山寺，欲赴长安。走在招风树下，见一武生面貌不俗，遂近前拱手，口呼："兄台上姓高名？欲往何方贵干？"那人说："在下姓秦名豹，家父在京，官居总兵。小弟进京，一则省亲，二则干办自己的前程。"苗青拱手曰："原来是公子，失敬了。"秦豹曰："岂敢。兄台尊姓大名？意欲何往？"苗青回答："小弟姓苗

名青，闻京都乃名胜之地，小弟进京一则逛景，二则访友。"秦豹曰："原是苗兄，久仰了！弟见兄台磊磊英才，何不与国家出力报效，竟漂流天下，岂不自误平生？"苗青答道："小弟虽有此意，曾奈无引荐之人。"秦豹说："小弟情愿与兄八拜为交，一同赴京，投在我父衙门效力，必有荐拔。未知兄意下如何？"苗青说："弟实情愿，只恐高攀了。"秦豹说："兄台不必过谦。"就此撮土焚香一拜，拜毕，秦豹牵着马，二人徒步赴京，不在话下。

再表邓凤英同金花非止一日至京，投在客寓，改名董良才投考。候有十余日，科场亦开。三场已毕，主考取了董良才为会元。殿试万岁皇爷钦点董良才状元及第，赐了三杯御酒游宫。娘娘亲自插花披彩。邓凤英谢恩出宫，赴了琼林宴，游街夸官三日，这且不表。

再言薛晓云同着丈夫董良才、父亲薛林在深山被虎冲散，父女流落在天干县。住了数日，薛林一病而亡。闪的晓云无依无靠，遂冒董良才之名赴京献宝。非止一日进了京，只见迎面来了一官员，遂近前跪倒，手擎夜明珠，口呼："大人，民人献宝与国家。"邓凤英问："尔献何宝？"晓云说："所献是夜明珠。"凤英接过一看，曰："真乃好宝，你家住那里？姓甚何名？本院好替你代奏。"晓云说："民人家住洛阳，名董良才。"凤英闻言一怔，暗想："好奇怪！此人姓名与我丈夫相同，其中必有缘故。"遂命从人将他带回府中。

不多时，凤英进府，书房落坐，命带进献宝之人。屏退左右，遂问："你名董良才，因何进京献宝？"薛晓云说："只因吴氏继母不贤，暗施蜜蜂之计，父信谗言，勒我以死。我妻苗凤英自刎而亡。我苏醒还阳，逃命在外。神人赠我宝珠，故而进京献宝。"凤英暗想："此人相貌与我夫主大异，他如何言我家事，一字不差，其中定有缘故！"遂问道："你要实说真名实姓，本院自有恩典。"晓云说："我并无虚言。"凤英喝道："骂，好奴才！这洛阳董良才与我有八拜之交，他家之事本院尽知。你所言一字不差，你的像貌与他迥别。或者你与他有一面之识，素晓他家之事，冒名献宝。本院要你实说。若再虚言，依律究处。讲来！"晓云闻言，只急的说："奴家本是董良才。"凤英忙问道："你口称奴家，莫非是一女流？"晓云自知失口，遂口呼："老爷，事到其间，奴亦不隐瞒。"遂言："董良才被害下狱，父女定计烧狱，救他出监，收奴为妻。

三人逃出了郿县，深山遇虎冲散。奴父病死店中，奴家无奈进京献宝。此系实言。"凤英方晓丈夫又收了一妻，遂说道："我与你丈夫至交，你乃女流，进京无依，且在我官宅存身。本院代你访查你丈夫下落可否？"晓云口呼："老爷虽是好意，奴乃女流，存身官宅，令人观之不雅。"凤英说："无妨。本院虽是男子，却与娘子一般。"晓云忙问："老爷莫非也是女流？"凤英自知失言，遂改口说："本院与娘子一般的老实人。"晓云暗想："这位老爷必是女流，只可留心查考，便知端的。"遂口尊："老爷，小妇人蒙老爷好意，敢不从命？叩求老爷官讳。"凤英笑说："勿庸问，我是新科状元公。你我虽不同姓名，亦同姓名，日久自知。"

不言晓云住在状元府，且言马丞相退朝回府，向夫人言："今科状元才貌双全，我有心招他为婿，夫人心下如何？"夫人说："此乃女儿终身大事，须向女儿计议。"遂命丫鬟请小姐至高楼。夫人说："女儿，你父与你议亲，是今科状元，才貌双全，未知女儿之意？"良才闻言，口呼："父母，为儿在家，从幼年奉爹娘之命，已许字洛阳董良才了。"丞相闻言，拍手笑道："妙，妙，妙，新科状元正是洛阳董良才。天假其便，可喜！可贺！"良才闻言，心中诧异："洛阳董良才就是我一人，必是冒我名前来赴考，岂有此理？"只见丞相以帖命人去请状元。

这邓凤英见帖即刻而来。丞相曰："请问状元公仙乡何地，曾聘妻否？"邓凤英说："学生董良才乃是洛阳麒麟村人氏，曾聘过薛晓云为妻，昨日新婚。"这董良才同丫鬟正在闪屏后探听，一闻此言，心中暗恨薛晓云水性杨花，改适他人，忽听丞相问："状元岂无前妻？"凤英说："学生并无前妻。"丞相曰："状元公不必瞒我，若有先定之妻，只管说明。"凤英说："只有薛氏一人。"良才在屏后闻言："我言良才是我夫主，他言无先聘之妻，显然我在丞相面前说了谎言。这人冒我名姓，又占我妻，我岂肯与你善罢干休！"遂命丫鬟去向老爷学说："洛阳并无两个董良才，姑娘亲事就是此人。"丫鬟走出，至丞相耳畔，将姑娘之言学说一遍，丞相闻言，又向状元追问前妻之事。凤英见丫鬟向丞相微语几句，忽闻丞相又追问，不由暴燥，说道："学生言过家中并未定下，丞相为何逼问？是何道理？"马丞相闻言也怒道："你有前妻。尔昧了心，竟唐突本阁。量你小小一个状元，只当奈何不了你么？"命家丁："把他暂送至东书院，我自有罚落。"家丁遂将状元送至东书院，丞相暗想："这小辈可恶，怎消了他官职方泄

我恨。"忽然想起："有了！昨日有详来之文书，言七星山草寇作乱，万岁皇爷正选挂印的元戎。老夫去奏一本，令他挂印剿贼，有死无生。"主意已定，遂命左右打道进朝，奏本去了。

这董良才见丞相面上带怒上朝，必有害状元之意，遂心内想道："为我就坏了一个状元，虽不知状元他是何人，既冒我名姓必非无由，须令状元将我定下，我好究出缘由，我心方明。"不知怎样定计，且看下回分解。

第八回 颠倒颠夫妻相认
害中害带罪征寇

春雨纷纷正及时，凌空洒落细如丝。

眼前已卜丰年兆，麦秀双歧预可期。

话表董良才暗想："此人即冒我之名，必然知晓我妻苗凤英。我顶我妻苗凤英之名，看他如何？"遂曰："丫鬟，命你到东书院去说亲。"丫鬟说："恐状元不允亲事。"良才说："他若不允，你就说洛阳苗凤英是你何人？"丫鬟领命来至东书院，凤英问："来此何事？"丫鬟说："特来提媒。"凤英说："我无前妻。可说，是哪一家亲事？"丫鬟问："状元即无前妻，洛阳苗凤英他是何人？"凤英闻言："哦，哦，哦。"连忙问道："凤英是我前妻，你如何得知？"丫鬟说："你妻适在相府。适才相爷问你有前妻否，正是此意。"凤英闻言一怔，暗想："我本自刎而死，尸腐借尸还阳，为何又有一个苗凤英呢？其中必有缘故。且假意允下，究问真情，定他个冒认官亲之罪。"遂向丫鬟说："我妻苗凤英既在相府，我认下就是了。"丫鬟闻言出了东书院，来至绣楼说："小姐恭喜了！"遂将状元认亲述说一遍，彼此欢喜，只候相爷回府，再学说此事。

不多时相爷回府，方坐厅中，良才同丫鬟至闪屏后，令丫鬟去禀相爷知。丫鬟领命走入厅中，口尊："相爷恭喜，状元允下亲事了。"丞相闻言道："呀，不好了。适才状元唐突我，本阁一怒，遂单奏了一本，令状元文职武调，带兵去扫七星山，这却怎好？"良才在闪屏后，口呼："相爷不可作难，不如请状元来议。"丞相只得命左右将状元请至客厅。丞相问："状元可允了亲事否？"凤英回答："实是学生嫡妻，一时忘却。唐突师相，望乞恕过。"丞相："咳！状元允迟了。适才状元顶撞老夫几句，一时难忍，遂奏一本。万岁准本。命你带兵七星山剿贼，这事怎了？"，凤英闻言，大惊失色，双膝跪倒，口呼："丞相超脱，学生焉知武事？"丞相低头思想多时，说："圣旨不久即下，煌煌天谕，谁敢违抗？不如在校军场立起招军旗，四方勇士必来投军，何愁贼寇

不平？"凤英曰："多谢丞相高才，学生告辞。"丞相说："老夫就备人马轿夫，送你夫妻一同回衙可否？"凤英闻言暗想："这假苗凤英必带回衙，究问明白。"遂即应允。

董良才同邓凤英拜别丞相，一同回衙。

良才头罩红袱，上了彩轿，鼓乐喧天，竟奔状元府。及至府第，状元下骑，有人将良才鹿车引手迎进府去。金花放下火盆，晓云去点胭脂，见新人仪表非凡出色，心疑："这金莲太长，面貌好像我夫董良才。"呆呆含泪发怔。这凤英在天前供桌拈香，傧相一旁赞礼，凤英同良才一同拜过天地，内外人等皆与状元老爷叩喜，领赏而退。凤英偕同良才进了洞房，凤英见薛晓云啼泣，问道："小娘子因何啼泪？"薛晓云说："这新嫁娘子不似相府小姐。他就是天杀的我夫董良才。"凤英闻言又惊又喜，忙问道："明明是一女，为何是你丈夫董良才？"晓云说："当日俺夫妻逃难，他扮一女，我故而认的他模样。"凤英说："原来如此。"

凤英走至良才面前，仔细一看，不错，正是夫主董良才模样，不由的微然一笑，故意的口呼："小姐，不必见疑，贱荆得罪，学生赔礼了。"遂深深一揖。良才见薛晓云被状元收留为妻，正在恼怒之间，一闻状元之话，不由怒从心上起，恶由胆中生，一伸手抓住状元之袍，喝问："你实说你是何人？不恼你冒名，只恼你霸占我妻。"凤英问："小姐口出此言，你是何人？"良才说："我实是董良才。"凤英问："你为何女装？"良才说："只因在郿县遭难，故而改装逃难。"凤英问："你言我占你妻，你妻是谁？"良才说："那薛晓云便是。"凤英笑说："一女二夫，这有何碍？相公你若不愿意，还将令夫人交与你何如？你既有苗氏妻，又收薛氏女，苗凤英若知晓，恐他不依你。"良才说："我妻凤英已自刎而亡，他焉能不依？"凤英问："相公，你看我是何人？"良才说："你不过是个状元，也不算出奇。"凤英说："我就是苗凤英。"良才喝道："你好无正经，为何要笑我？"凤英说："相公若不信，与你一个见证。"遂转身走至别室，脱却官服，换了女衣，走进洞房，笑问："你看我是谁？"薛晓云在旁一见，只是发怔。良才见此情形，心中狐疑，低头一瞧，见他一对小小金莲，是女非男，遂问道："你实系谁氏之女？从实讲来！"凤英说："为妻实是苗凤英。"良才说："我方才言过我妻自刎而亡，那有复生之理？"凤英说："奴若不是凤英，我这女状元何愁佳婿？认你为夫，占了你的什么相应。"良才说："虽如此讲，你的相貌与我妻凤英大不相同，难以凭信。你且将家中遭变之事始末缘由讲清，我方可信实。"凤英闻言，含泪说道:"家中遭变,皆因你继母吴氏暗用蜂蜜涂身,引诱蜜蜂临身,令你驱逐,在员外面前言你有戏母之意,将你勒死。是奴见此光景,自刎而亡。相公还阳逃走,是奴在城隍面前讨来红纱灯送你一程,略表结发之情。阎罗王言我阳寿未尽,送奴至南安,投入邓红玉之体。文昌帝君在梦中教奴五经六书、诸子百家,故而女扮男装进京,一则寻夫,二是赴考,幸喜中元。此是实言,非是谎语。这有邓红玉之丫鬟金花作证。"良才闻言,深深一揖,口呼:"娘子,今日可喜夫妻团圆,实乃两世姻缘,令人喜出望外。"晓云口尊:"姐姐借尸还魂,古今少有;金榜题名,乃是一位女中丈夫。"凤英说:"妹妹上京寻夫,誓不改嫁,乃是贞女之烈性。"良才口呼:"娘子,拙夫不如你,甘拜下风。"凤英说:"状元虽是我中,是冒相公之名。为妻将状元奉让与相公。"良才摇首曰:"我不能受。为男子不能荣妻荫子,反受娘子的官职,令人愧杀。"凤英说:"你罢哟,奴的状元就是你的状元,你的荣华就是奴的荣华,相公不必执拗。"遂将状元官诰给良才穿戴上。良才仰面一想,忽将纱帽摘下来说:"穿戴不得。你我面貌相异,万岁怪罪下来,其罪非轻。"凤英闻言,含笑口呼:"相公何必担忧,明日去求相爷保奏一本,夫受妻职,料也无妨。"金花见他姑娘现出女妆,自己也脱却书童衣服,这且不表。

且言状元府中有一人役邢明,乃是趋炎赴势之人。素日常行走总后衙门,闻知状元董良才前妻借尸还魂之事,又魁名高中,如今夫妻相会,将状元让与丈夫,以为奇事,遂至总兵衙门见了秦总兵,将此事一一说了一遍。正值秦豹在侧,一闻董良才受了状元之职,心慊良才报复前仇,遂口尊:"父亲,这董良才当初偷进家中花园,杀死丫鬟小玉。为儿把他拿获,锁在花园,不料春香小婢子传信,我妹素梅被他拐逃,直到如今杳无下落。现今他妻苗凤英混乱科场,他无职假充有职,依律他夫妻皆有欺君之罪。父亲何不参他一本,以泄前恨?"总兵秦承翰一闻此言,虎目圆翻,暴躁如雷,暗想:"我职虽小,有查访文武事疑之责。"遂即次晨上朝见驾,上了一道参劾之本。圣上见本参:"苗凤英混乱场规,董良才私受官职,夫妻作弊欺君。"览表已毕,龙心大怒,遂即下了一道怒旨,命都察院前去锁拿。王廷锐领旨,率领锦衣卫四人而去,奔状元府。

且言董良才夫妻二人正往马丞相府去,行至大街,忽闻迎面喊道:"新状元接旨。"良才不由心惊胆怕,凤英说:"相公休惧,只管接旨。"良才只得下马相见。都察院王

廷锐问道："你不像新科状元。"良才应道："下官董良才不瞒大人，新科状元原是贱荆苗凤英。"王廷锐说："速请状元相见。"苗凤英闻言，即向前口尊："大人有何见教?"王廷锐说："秦总镇本参恁夫妇混乱场规，私受官职。万岁动怒，钦命锁拿恁夫妇二人，依律定罪。"苗凤英口尊："王大人，俺夫妻虽有应得之罪，只求王大人给马丞相送一信息，可以替俺夫妻保本奏明，深感都察大人不尽之恩。"王廷锐点首应允，遂即差人往相府送信，一面带他夫妻金殿见驾。这跟随状元的家人，见状元夫妇犯罪，急忙跑回，报与薛晓云。晓云闻报，只唬的魂不附体，遂同金花急奔相府，诉说缘由。

马丞相闻状元夫妻犯罪，急忙整理朝衣，上殿见君。及至午门，状元夫妻已绑出午门外。马丞相遂吩咐"刀下留人"，直奔金殿而去。不多时，只见王都察走出午门，吩咐刽子手："将他夫妻解绑，随我金殿见驾。"夫妻二人金殿跪倒。万岁曰："恁夫妻欺君罔上，本当立斩。只因丞相保本，且将苗凤英寄监；董良才带罪剿平七星山草寇。如果立功，将功折罪；若或败师，恁夫妻依律处斩。朕今赐你帅印一颗，上方剑一口，中军官一员，马步兵五千，即日起兵。"良才拜谢天恩，退至更衣堂。中军捧过服制，良才更换结束齐整。马丞相走进更衣堂，见良才结束的甚实威武，满心欢喜。良才一见丞相，倒身下拜。丞相说："我儿平身。圣上命你带罪平贼，急速校场点兵。你妻虽然寄监，有老夫一面照应，料无妨碍。"

良才辞别丞相，同中军官上马，竟自回府。进官宅方知晓云已投相府，才放下心，遂命中军官先到校场，自己入监来探凤英小姐。见苗氏项系法绳，夫妻抱头痛哭。哭够多时，停住悲声，凤英长叹一声，口呼："夫主，秦贼害的你我夫妻好苦。若无恩相保本，你我夫妻已作刀头之鬼。钦命你征剿山贼，你要奋勇才是。"正然讲话，只见催牌到监，催促元帅速下校场点兵。良才遂吩咐："暂且头行，本帅就到。"凤英口呼："夫主，王命在身，不可久停。要你速下校场，点兵派将，但盼你旗开得胜，马到成功，以赎夫妻之罪，须要在三军身上赏罚分明，激励兵将奋勇争先。"话未说完，只见二道催牌至监，良才只得洒泪而别。若知后事，且看下回分解。

第九回 董良才带罪征寇 救春香怒杀知县

水冷乌江腥血流，龙争虎斗几时休。

可怜野哭多新鬼，白骨长怜满地愁。

却言丞相马凤冈就知董良才必到监中探望苗氏，惟恐他夫妻不忍分手，误了校场点兵，圣上怪罪下来。因此来到校场，一看果然不见良才。丞相忙发催牌一道，前去催促；又代他扯起一杆招军旗。等候多时，不见良才，丞相又发了一道催牌。去不多时，良才随牌而到。丞相说："圣上命你刻下兴兵剿贼，你为何延迟？倘圣上怪罪下来，何人可担？"良才闻言，不敢怠慢，遂即拔了一枝令箭，传与五营四哨，即刻点兵。这且慢表。

却言苗青随秦豹进京，在秦总镇衙内存身。耳闻妹妹借尸还魂，得中状元，妹夫受妻职，心中甚喜，欲去探望。见秦总兵父子陡起不良，本参状元夫妇午门处斩，心中大惊。方闻马丞相保本，妹妹寄监，妹夫带罪征贼。自己欲去投军，遂来辞秦豹道："现闻兴兵剿贼，校场招军。弟欲前去投军。"秦豹说："甚好！这本是大丈夫出头日子，愚兄也有此心。曾奈我与董帅不和，恐其他不容物耳。"苗青说："无妨。董帅是我妹丈，仁兄肯去，小弟保兄无险。"秦豹说："贤弟肯如此，兄禀过父亲，咱一同前往。"秦豹入内宅，向他父将此事禀明。秦总兵说："去不得。倘若董良才官报私仇，如何是好？"秦豹说："父亲请你宽心。苗青系他骨肉至亲，保儿无险，料无防碍。儿此去明是投军，暗中得便杀死董良才，以报仇恨，赖苗青所害。此为剪草除根之计。"秦总镇大悦。

秦豹随同苗青校场投军，中军官报上演武厅。良才吩咐："令他二人随令而进。"秦豹、苗青上演武厅，躬身口称："元帅，我二人情愿随营报效，与国家出力。"良才

四〇八七

见是苗青，遂立起身形问道："咱二人自从罗山寺一别，今日才相逢。不知兄长流落何处？"苗青回答："自从一别，途中遇见秦公子，八拜为交，现寓在总镇衙署内。"良才又望下问："这一汉子，你可认的我董良才否？秦豹！你素行不端，军中要你何用？"吩咐左右："给我逐出去。"苗青打躬，口称："元帅息怒。"马丞相说："元帅不可。须有容人之量，亦是用人之际，有功赎过。"苗青挂左先锋印，秦豹为右先锋，丞相告辞回府。良才传令响炮起营，竟奔七星山而去。

且言秦素梅小姐占了七星山，作了女大王。帐下有一小头目，名刘增泰，绰号山下虎。见春香美貌，有调戏之意。每见春香，他就言三语四，不止一次。春香参透其意，将此事禀于小姐知。小姐大怒，拿了山下虎一个错，捆打了他四十。山下虎明知是春香之计，因此怀恨在心。一日小姐向春香说："你我原是来找董生，至今未访出下落，奴有心令你女扮男装，下山侦访董生消息，你可愿去否？"春香答道："奴情愿前去侦访董生。"言毕遂更换军家之衣，乘骑下山，竟奔郧县而来。这山下虎知晓春香下山，遂随后追下山，从捷径而赶去。赶了一昼夜，赶过了头，就在芦林少歇。忽闻鸾铃所响，抬头已看见是春香来了。遂迎头把嚼环拉住，说："春香姐姐下马，我有好言与你说。"春香见是山下虎，遂问："你有何好言，我在马上你说罢。"山下虎说："大王见我办事中用，将姐姐许我为妻了。今日赶来，是与姐姐成亲来了，快快下马。"春香一闻此言，心中大怒，若不先下手，必被他害，遂拔出防身剑，照着山下虎砍去。山下虎将身一闪，削去左耳，见事不偕，逃命而去。春香也未追杀。

这山下虎逃走，心中暗想："好事未成，伤去一耳。此系郧县所属之地，不如我到县署投报，就说有七星山女寇下山，从此经过，知县必然拿他，一雪削耳之仇。"主意一定，忙忙奔到县署堂前，拾一块半头砖照着堂鼓连击数下。只见曹知县忙忙升了公堂，吩咐："把击鼓之人带上堂问话。"人役即把山下虎带至公案下，知县一声断喝："好大胆奴才，竟敢击大老爷的堂鼓。"山下虎说："小人名刘增泰，现有七星山女寇女扮男装，单人独骑下山，被小人识破，削去我左耳。今已临大老爷县境。"曹知县闻言大惊失色，忙差快役带刘增泰作眼线，前去捉拿女寇候审。

有数名快役带着山下虎刚出东门，只见春香一骑马到。山下虎令众人向前去拿，众快役近前，不由分说把春香拉下马，以绳索捆绑，推拥至县公堂。曹知县令人给他脱去男服，现出一个俊俏女子。知县不由的浑身酥麻："我不如宛转周折，收他为二房

妾小，有何不可？"因此也不问口供，言："今日已晚，令官媒将女寇且押在你家，用心伺候，明日再追口供。"官媒把春香带去，曹知县退堂，暗将官媒唤进内宅说："我欲收女寇为妾，你向女寇去提。若办成此事，日后必重待与你。"官媒闻言叩谢，遂来至家中，向春香提亲。春香坚志不允。官媒无可如何，只可慢慢的劝解，不敢十分威逼，只以好言相劝。

一日春香见官媒有一儿，名二憨子，年方二十余岁。见他情形原是痴呆，遂将唤来说："你叫什么名字？"二憨子说："我名二憨子。"春香问："银子中用不中用？"二憨子说道："是中用的。"春香说："有一地方你可知否？"二憨子说："南北二京东西两广，那里不知？"春香问："有一七星山，你可识路？"二憨子说："就是八星山，我也走的熟。"春香说："你既认的七星山，我有一封家书劳你送去，你愿去否？"二憨子问："我去送信，可给我多少钱？"春香说："给你两贯。"二憨子说："少，我不去。"春香问："你要多少呢？"二憨子说："两个没有十个多，我送信就与我十个钱。"春香笑说："我就给你十个钱。你将笔砚拿来，我写信你好送去。"二憨子遂将笔墨拿来，春香提笔写道：

> 春香百拜恩主秦小姐：婢自从女扮男装，下山侦访董郎，行至郿县，被山寨小头目山下虎首告，婢被缉获。知县逼亲，现囚在官媒家中。恩主见字速发人马以救婢子性命。书不尽述，顿首百拜。

将书写毕封好，二憨子接书问道："此书送交与何人？"春香说："交七星山我家大王。"二憨子问："大王有什么记号？"春香说："你见有若干人马就是我家大王。你把书字顶在头上，你说：'送家书的到了'，自有人接书。"二憨子说："这有何难？我就去了。"言罢出门，一直奔西而行。

走出西门之外，停步暗想："这七星山在于何处？有了，我只管往前走，走上两三日回来，就说送到了，岂不白得他十个钱，也是一个小富贵。"遂迈开大步往前行走。忽见前边有一哨人马，心中大喜："此必是他家大王了，我何不迎上前去，献上书信？"急急跑到军前，头顶书信，口中喊嚷："下书。"三军接过书信，往上传递。董良才拆封一看，不由的惊疑："原来七星山贼寇是秦府小姐，这春香为我在郿县受苦。为何在

中国禁书文库

蜜蜂计

七星山为寇呢？其中必有缘故。"遂传令兵发郿县。不多时蓝旗报道："兵至郿县西门外。"良才令人入城去提春香，只见偏将耿济瀛去不多时将春香领进营。秦豹观见大喝一声："好贱婢，坏我家教。今日你少爷焉能容你？"遂拔剑来砍。春香见大帐坐的是董郎，即躲入良才背后。董良才断喝："秦豹好小辈，在营中竟敢持剑行凶。若论军法，就该枭首示众。"秦豹说："他坏我家教，该当杀之。"良才说："若论家法，你这不仁不义之人，就该杀之。"秦豹问："我为何不仁不义？"良才说："当初你诬我杀你家丫鬟，你母见我非杀丫鬟之人，命你放我，你反吊打锁在花园。不遵母命，忍心害理，是你不仁；听信家人之言，不分皂白，诬我杀人。非蒙丫鬟同你妹妹释放我，焉有我命？是你不义。不仁不义，人道全无，你无异禽兽，反不知愧。不是本帅今在用人之际，就该把你狗头斩下。"秦豹被斥，退出大帐，暗想："受他一场羞辱，有何面目对众将？非害死他方泄心头之恨。"忽然想起："此处有座罗山寺，寺中僧人甚多。法空长老有万夫不当之勇。不如投在那里搬弄是非，杀此小辈，以泄此恨。"想毕乘骑去了。

这董良才见秦豹退出大帐，遂问春香："适才来人误将书信投在我处，小生故此特来相救。请问小娘子，秦府小姐因何在七星山为王，你在郿县受苦？"春香见问，含泪遂讲："老夫人主婚，小姐不欲生，逃出府赴京寻你。七星山遇寇杀贼，权占山寨。令奴下山访郎君，被山上小头目山下虎在郿县出首，小奴被擒。曹知县欲强婚，奴托人下书，误投大营。幸喜夫妻今日相逢。"细言了一遍。良才口呼："小娘子，这素梅小姐留落在高山，命你回山通知小姐，明日速到罗山寺相会。"春香领命，乘马回山。

且言董良才传下令箭，命中军熊兆姜把知县曹春煦提到营中，问了贪赃渎法之罪，推出营门斩首。良才修了一封家书，差人持信至家，搬请员外、吴氏母进京。忽见蓝旗报道："右先锋秦豹单人独骥，投奔罗山寺去了。"良才闻报大怒，遂命中军传令响炮，起营杀奔罗山寺，剿杀众凶僧，擒拿秦豹。不多时来至罗山寺，大小三军呐一声喊，把一座罗山寺围的水泄不通。这罗山寺贼僧法空料董良才必然领兵以报昔日之仇，遂与秦豹商议迎敌。忽闻炮声连天，官军呐喊前来，遂急忙撞钟聚将。只见五百多名恶僧，各执枪刀剑戟、斧钺钩杈、鞭铜锤抓、鎚棍槊棒、拐子流星十八般兵械，齐集大雄宝殿，站立两边。法空吩咐："众僧各护墙垣、前后山门，以防攻破。"遂领百十名僧兵同秦豹出寺迎敌。不知胜负如何，且看下回分解。

第十回 平凶僧夫妻团圆 秦总镇自罹法网

蟪蛄身世几春秋，转瞬蓬蒿共一邱。

试问当年守钱虏，至今黄土有金否。

狗苟蝇营无已时，旁观未免笑君痴。

邓通曾费千求力，今日铜山属阿谁。

话说法空手提禅杖，同秦豹并众多凶僧出山门来迎敌。只见官兵前来围寺；忽见军中闪出元帅，认的是董良才。良才用手一指，喝道："贼僧法空。不守清规，竟敢听秦豹之言，竟敢造反，抗阻天兵，还不知罪受绑！"法空闻言大怒，手擎禅杖竟奔良才而打。中军官熊兆姜手拧方天戟来战法空。秦豹来助战，被苗青拦阻厮杀。这熊中军与法空战了三四十回合，不分胜败。法空故意闪出一空，熊中军不知是计，拧戟分心就刺；法空侧身躲过，单臂抢杖，反身打去，熊中军招架不及，被杖打落马下，乱刃下而亡。法空率众僧闯大队，苗青大惊，遂撇了秦豹，来救良才，一同落荒而逃。法空紧追。苗青遂取弓箭望法空射来，正中法空左膀。秦豹鸣金，两下收兵。苗青保护良才回归大营。查点兵将，将官伤了十四员，兵卒伤百余人。良才闷闷不快，不表。

且言法空调理箭伤，两三日已愈。遂向秦豹说道："良才小辈只依苗青一人，咱明日用调虎离山计方可成功。"秦豹问："何为调虎离山计？"法空说："你去骂阵，苗青必然出马与你厮杀。要你杀一阵败一阵，调开苗青。我率领众僧一齐杀进他的营，捉拿董良才。再擒苗青易而不难。"计议已定，一夜无话。

次日饱餐战饭，秦豹提斧上马，法空督着众僧兵，出山门掠阵。苗青闻秦豹前来骂阵，禀明董帅，一马当先，前来与秦豹厮杀。战了一二十回合，秦豹往荒郊败走。苗青在后追随。法空乘此无备，率领僧兵一拥杀进官营，如虎入羊群一般，逢着死，遇着亡。三军心惊胆怯，四散奔逃。董良才见此光景，只吓的魂不附体，遂弃了营盘，

落荒而逃。后面法空紧紧追随。

正在为难之际，见迎面山林中闪出二位女将，坐下桃花马，手擎绣绒刀。良才此时惊魂千里："前后受敌，吾命休矣！"及至二马临近，认的是春香并素梅小姐，遂迎上前去，口呼："小姐救命，众凶僧追来。"秦素梅闻言，让过董帅，拦阻法空。二马盘旋，杀在一处。战有三五回合，法空被秦小姐一刀斩于马下。众凶僧见师傅一死，皆四散而逃。良才见杀散众多凶僧，心中大悦，遂近前致谢。忽见苗青手提人头，问道："姻兄所提何人首级？"苗青近前说："此系贼子秦豹首级，前来报功。"秦素梅闻言，定睛一看，正是胞兄之首，不由心头火起，手举绣绒刀向苗青杀来。良才拦曰："小姐息怒，令兄所作原有杀身之祸。"遂将苗凤英还阳，夫受妻职，秦总镇上本参劾，秦豹私投罗山寺一一说了一遍。素梅听毕，只落得长吁短叹，良才口呼："小姐若能随我进京，以救监中苗凤英可否？"素梅应允。良才下令拔营回兵。只见一人跪在马前，口呼："老爷，小人奉命搬请家眷，不知何故老太太自缢身亡，老太爷不肯进京。现有家书捎来。"遂呈上。良才拆封看毕，原来吴氏自愧自缢，所生之子被火烧死。父亲方明吴氏用计，无颜来京享荣。不由叹息，只得催趱人马回京不表。

且言秦总镇闻人报董良才收了小女素梅，杀了儿子秦豹，不由气填胸膛，大骂："董良才害了我儿，骗去我女。此仇如何不报？好一无耻丫头，你既无兄妹之义，我岂有父女之情？"遂修了一封假反书。带至金銮宝殿，单奏一本，言："董良才勾引臣女素梅在七星山作乱，扯旗招军，欲夺吾主江山，报逆妻寄监之恨。现有反书在此。"遂将反书呈上。灵帝览本大怒，秦总镇见帝怒，又奏："董良才谋反，他妻苗凤英必然知情。将苗凤英发到为臣衙门，究问真情，候董良才到来，再拿他定罪。"灵帝准奏，总镇秦承翰遂将苗凤英提至镇署。

秦承翰升了大堂，把苗凤英提至大堂喝道："小贱人，你丈夫谋反，你必知情，速速供来。"凤英回答："我丈夫乃守法明礼之人，并无谋反之意。"秦承翰喝道："你丈夫引诱我女素梅在七星山招军，今又兵合一处，不久就来就攻打长安。现有他反书作证，你速实招，免尔大罪。若再强口，休想你生。"凤英说："你女我不识认，董帅心如日月，怎有叛国？大人细访，自有水落石出。"这秦承翰一心想着报仇，要把苗凤英屈打成招，好拿董良才治罪。见凤英不招，遂吩咐左右："给我捹起来。"左右人役不敢怠慢，遂把苗凤英捹起，只疼的凤英死去活来，并无口供。秦承翰见无口供，命人役用炭火炮烙其足，只烧的凤英双足焦黑起火泡，大骂"老贼"不绝口。秦总镇见他无供，命从人在堂前撒下铁蒺藜，把他绳缚二背，令他滚堂。人役立刻撒下铁蒺藜，推倒凤英滚之。只闻凤英叫一声苦，人役禀道："苗氏气绝。"秦总镇离位一看，见凤英面白唇紫，绝气而亡。心中暗想："苗氏死也不屈，只是没有口供，如何复旨？"遂眉头一皱，计上心来："不如将狱婆唤来，给他十两银，将狱婆绳捆两膀，绑在监中。奏明圣上，只言苗氏畏罪惧审，把狱婆捆绑，连夜逃走。就把苗氏尸骸埋在花园，神不知鬼不觉，掩饰严密。"主意已定，遂与狱婆依计而行，又命家丁冯德花园掩埋苗氏尸身。

冯德遵命，背负尸身竟奔花园，暗想："严刑拷死苗氏，又与狱婆定计欺瞒圣上，倘若泄漏，必有杀身之祸。"来到花园放下尸身，正然掘坑，忽听一声叫苦，吓了一跳。回头观看，见苗氏坐起，只听问道："此系何处？你系何人？"冯德见苗氏苏醒已活，说道："我名冯德，实对你说，我家老爷假修反书，奏于圣上，将你提来苦打成招，把你夫妻致于死地。不料小娘子绝气而亡。我家老爷恐圣上见怪，不知与狱婆定了甚么计策，令我将你埋在此花园内。此系实言，并无捏造。"凤英口呼："大爷，我与秦总镇无仇无恨，要害我于死地。只求大爷看我屈情，救我出火坑，恩有重报。"冯德闻言，口呼："小娘子你含冤负屈，令我救你，我若救你，无处安身，如何是好？"凤英说："恩公将我送在我义父马丞相府方妥。"冯德闻言说："好，好，好。但只白昼不便行走。且到我房，黄昏再行。你意如何？"凤英说："若得如此，感恩不尽。"冯德遂将凤英藏匿房中，又向婆儿说明。候至日落黄昏，婆儿说："你在前引路，我背负小姐何如？"冯德首背。商议已定，冯德在前引路，悄悄一同出了花园后门，穿街越巷，不多时来至马丞相府门。

相府门上人拦阻问道："你是什么人？来此何事？"冯德拱手含笑说："借重一声，禀报相爷，就言冯德夫妇送凤英小姐来了。"门上人闻言，不敢怠慢，遂往内通报。正逢丞相思索秦承翰奏本，提凤英严刑审讯，放心不下，忽闻冯德夫妇送凤英来府，遂命丫鬟报于夫人并晓云知道。夫人命金花引路出来，命冯德之妻将凤英背到官宅，放在软榻。半刻工夫，凤英苏醒，方将二目闪开，见马丞相并老夫人、晓云、金花众人皆在身畔围绕，不由落泪，叹道："奴好命苦！秦贼私造反书，将俺夫妻陷于死地，现有恩人冯德可证。只求相爷替俺夫妻伸冤报仇。"丞相闻言，遂问冯德："秦贼因何一

心谋害元帅夫妇?"冯德跪禀:"我家主只因少爷秦豹私投罗山寺,董帅在阵前斩了秦豹,在七星山又收了他女秦素梅。他一怒,私造反书奏上。圣上准本,将小姐提到总兵府,以非刑严究。小姐命绝,令我埋尸花园。在花园小姐复生,故而救至相府。"丞相怒道:"老夫明晨走马上朝,辨明皂白。"遂留冯德夫妇在相府,这且不表。

次日清晨万岁登殿,秦总镇出班奏曰:"苗凤英惧罪,把狱婆绳缚两膀,竟自脱逃。"圣上降旨:"秦爱卿四路捉拿。"秦承翰领旨下殿,正遇丞相马凤冈带领凤英、冯德夫妇上殿辨本,只吓的心胆俱裂,忙忙出朝而去。丞相上殿,辨明秦承翰蒙君作弊,欺君罔上。又有凤英、冯德夫妇作证。龙心大怒,正要降旨锁拿秦承翰,只见黄门官上殿启奏:"董良才回朝,在午门候旨。"圣上降旨:"宣董良才见朕。"

良才闻宣,令春香在午门静候,遂带领秦素梅、苗青一同上殿。圣上问出征之事甚详细,良才就将秦素梅、知县曹春煦、秦豹、苗青、贼僧法空之事一一奏了一遍。圣上问道:"你可知秦承翰参你归叛造反否?"良才忙叩头泣奏道:"为臣赤心,惟天可表。"圣上降旨:"锁拿秦承翰,金殿对词。不多时回奏:"秦承翰自尽而亡。"秦素梅闻父死于臭名,自己欲寻无常。良才拦阻,灵帝问:"殿下何人自寻短见?"素梅忙跪奏:"罪女乃秦承翰之女。父兄罪犯天条,罪女情愿一死。"灵帝曰:"尔乃英烈之女,自有褒封。"遂封董良才为吏部天官,代理大将军之职;苗凤英封为纯贞一品夫人;秦素梅封为英烈夫人;封苗青为镇边总兵;赏冯德夫妇黄金白银各一百两。众人谢恩出朝,一同到相府,谢了相爷深恩。相爷喜之不尽,设宴款待。真正是:

夫妻团圆,兄妹相逢,喜从天降。

良才迭次接父来京享荣。日久之后凤英生了一子,中了探花;春香生一子一女;素梅生二子:一为翰林院侍读,一为驸马;晓云生一子;又收金花为妾,生一子,荣华一门。正是苦乐悲欢一段因由。

（清·黄丕烈）海盐西涧草堂丛书

第四篇

醒世第二奇书

［清］天然痴叟　撰

第一篇　郭挺之榜前认子

阴阳畀赋了无私，李不成桃兰不芝。

是虎方能生虎子，非麟安得产麟儿。

肉身纵使睽千里，气血何曾隔一丝。

试看根根还本本，岂容人类有差池。

从来父之生子，未有不知者。莫说夫妻交媾，有征有验。就是婢妾外遇，私己瞒人，然自家心里，亦未尝不明明白白。但恐忙中忽略，醉后糊涂，遂有已经生子，而竟茫然莫识的。

昔日有一人，年过六十，自汉无子，忽遇着一个相士，相他已经生子，想是忘记了。此人大笑说道："先生差矣。我朝夕望子，岂有已经生子，而得能忘记之理？"相士道："我断不差。你回家去细细一查，便自然要查出。"此人道："我家三四个小妾，日夜陪伴，难道生了儿子，瞒得人的？叫我那里去查？"相士道："你不必乱查。要查只消去查你四十五岁丙午这一年五月内，可曾与妇人交接，便自然要查着了。"此人见相士说得凿凿有据，只得低头回想。忽想起丙午这一年，过端午吃醉了，有一个丫头伏侍他，因一时高兴，遂春风了一度；恰恰被主母看见，不胜大怒，遂立逼着将这丫头卖与人，带到某处去了。要说生子，除非是此婢，此外并无别人。相士道："正是他，正是他。你相有子不孤，快快去找寻，自然要寻着。"此人忙依言到某处去找寻，果然寻着了，已是一十五岁，面貌与此人不差毫发。因赎取回来，承了宗嗣。你道奇也不奇？这事虽奇，却还有根有苗，想得起来。就寻回来，也只平平。还有一个全然绝望，忽想逢于金榜之下，岂不更奇？待小子慢慢说来。正是：

命里不无终是有，相中该有岂能无。

纵然迷失兼流落，到底团圆必不孤。

话说南直隶庐州府合肥县，有一秀才，姓郭名乔，表字挺之。生得体貌丰洁，宛然一美丈夫，只可恨当眉心生了一个大黑痣，做了美玉之瑕。这郭秀才家道也还完足，又自负有才，少年就拿稳必中。不期小考利，大考不利。到了三十以外，还是一个秀才，心下十分焦躁。有一班同学的朋友面前，往往取笑他道："郭兄不必着急，相书上说得好，龟头有痣终须发。就到五六十上，也要中的，你愁他怎么！"郭秀才听了，愈加不悦，就有个要弃书不读之意。喜得妻子武氏甚贤，再三宽慰道："功名迟早不一。你既有才学，年还不老，再候一科，或者中去，也不可知。"郭乔无奈，只得又安心诵读，捱到下科。不期到了下科，依然不中。自不中也罢了，谁知里中一个少年，才二十来岁，时时拿文字来请教郭秀才改削，转高高中在榜上。郭乔这一气，几乎气个小死。遂将笔砚经书，尽用火焚了，恨恨道："既命不做主，还读他何用？"

武氏再三劝他，那里劝得他住。一连在家困了数日，连饮食都减了。武氏道："你在家中纳闷，何不出门寻相知朋友，去散散心也好。"郭乔道："我终日在朋友面前，纵酒做文，高谈阔论，人人拱听。今到这样年纪，一个举人也弄不到手，转被后生小子轻轻夺去，叫我还有什么嘴脸去见人？只好躲在家里，闷死罢了。"

正尔无聊，忽母舅王衮，在广东韶州府乐昌县做知县，有书来与他。书中说："倘名场不利，家居寂寥，可到任上来消遣消遣。况沧湖泷水，亦古今名胜，不可不到。"郭乔得书大喜，因对武氏说道："我在家正闷不过，恰恰母舅来接我，我何不趁此到广东去一游？"武氏道："去游一游虽好，但恐路远，一时未能便归。宗师要岁考，却教谁去？"郭乔笑道："贤妻差矣！我既远游，便如高天之鹤，任意逍遥，终不成还恋恋这顶破头巾。明日宗师点不到，任他除名罢了。"武氏道："不是这等说。你既出了门，我一个妇人家，儿子又小，倘有些门头户脑的事情，留着这秀才的名色搪搪，也还强似没有。"郭乔道："既是这等说，我明日动一个游学的呈子在学中，便不妨了。"因又想道："母舅来接我，虽是他一段好意思，但闻他做官甚是清廉，我到广东，难道死死坐在他衙中？未免要东西览游，岂可尽取给于他？须自带些盘缠去方好。"武氏道："既要带盘缠去，何不叫郭福率性买三五百金货物跟你去，便伸缩自便。"郭乔听了，大喜道："如此更妙！"遂一面叫郭福去置货，一面到学中去动呈子。不半月，呈子也准了，货物又置了，郭乔就别了武氏，竟往广东而去。正是：

名场失意欲销忧，一叶扁舟事远游。

只道五湖随所适，谁知明月挂银钩。

郭乔到了广东，先叫郭福寻一个客店，将货物上好了发卖，然后自到县中，来见母舅王知县。王知县听见外甥到了，甚是欢喜，忙叫人接入内衙相见。各叙别来之事，就留在衙中住下。一连住了十数日，郭乔心下因要弃去秀才，故不欲重读诗书。坐在衙中，殊觉寂寞。又捱了两日，闷不过，只得与母舅说道："外甥此来，虽为问候母舅并舅母二大人之安，然亦因名场失利，借此来散散愤郁。故今禀知母舅大人，欲暂出衙，到各处去游览数日，再来侍奉何如？"王知县道："既是如此，你初到此，地方不熟，待我差一个衙役，跟随你去，方有次第。"郭乔道："差人跟随固好，但恐差人跟随，未免招摇，有碍母舅之官箴，反为不妙。还是容愚甥自去，仍作客游的相安于无事。"王知县道："贤甥既欲自游，我有道理了。"随入内取了十两银子，付与外甥道："你可带在身边作游资。"郭乔不敢拂母舅之意，只得受了。遂走出衙来，要到郭福的下处去看看。

不期才走离县前，不上一箭之远，只见两个差人，锁着一个老儿，往县里来。后面又跟着一个十七八岁的女子，啼啼哭哭。郭乔定睛将那女子一看，虽是荆钗布裙，却生得：

貌团团似一朵花，身袅袅如一枝柳。眉分画出的春山，眼横澄来的秋水。春笋般十指纤长，樱桃样一唇红绽。哭声细细莺娇，鬓影垂垂云乱。他见人，苦哀哀无限心伤；人见他，喜孜孜一时魂断。

郭乔见那女子，生得有几分颜色，却跟着老儿啼哭，像有大冤苦之事，心甚生怜。因上前问差人道："这老儿犯了甚事，你们拿他？这女子又是他甚人，为何跟着啼哭？"差人认得郭乔是老爷亲眷，忙答应道："郭相公，这老儿不是犯罪，是欠了朝廷的钱粮，没得抵偿，今日是限上该比，故带他去见老爷。这女子是他的女儿，舍不得父亲去受刑，情愿卖身偿还。却又一时遇不着主顾，故跟了来啼哭。"郭乔道："他欠多少

银子的钱粮?"差人道:"前日老爷当堂算,总共该一十六两。"郭乔道:"既只十六两,也还不多,我代他尝了罢。"因在袖中,将母舅与他作游资的十两,先付与老儿,道:"这十两,你可先交在柜上;那六两可跟我到店中取与你。"老儿接了银子,倒在地下就是一个头,说道:"相公救了我老朽一命,料无报答。只愿相公生个贵子,中举中进士,显扬后代罢。"那女子也就跟在老儿后面磕头。郭乔连忙扯他父女起来道:"甚么大事,不须如此。"差人见了,因说道:"郭相公既积阴鸷怜悯他,此时老爷出堂还早,何不先到郭相公寓处,领了那六两银来一同交纳,便率性完了一件公案。"郭乔道:"如此更好。"遂撒身先走,差人并老儿女子俱随后跟来。

郭乔到了客店,忙叫郭福,取出一封十两纹银,也递与老儿道:"你可将六两凑完了银粮,你遭此一番,也苦了,余下的可带回去,父女们将养将养。"老儿接了银子,遂同女儿跪在地下,千恩万谢的只是磕头。郭乔忙忙扯他起来道:"不要如此,反使我不安。"差人道:"既郭相公周济了你,且去完了官事,再慢慢的来谢也不迟。"遂带了老儿去了。

郭乔因问郭福货物卖的如何。郭福道:"托主人之福,带来的货物,行情甚好,不多时早都卖完了。原是五百两本银,如今除去盘费,还净存七百两,实得了加四的利钱,也算好了。"郭乔听了,欢喜道:"我初到此,王老爷留住,也还未就回去。你空守着许多银子,坐在此也无益。莫若多寡留下些盘缠与我,其余你可尽买了回头货去,卖了,再买货来接我,亦未为迟。就报个信与主母也好。"郭福领命,遂去置货不题。

郭乔分付完了,就要出门去游赏。因店主人苦苦要留下吃饭,只得又住下了。刚吃完酒饭,只见那老儿已纳完钱粮,消了牌票,欢欢喜喜,同着女儿,又来拜谢郭乔。因自陈道:"我老汉姓米,名字叫做米天禄。娶妻范氏,只生此女,叫做青姐。生他时,他母亲曾得一梦,梦见一神人对他说:'此女当嫁贵人,当生贵子,不得轻配下人。'故今年一十八岁,尚不舍得嫁与乡下人家。我老汉只靠着有一二十亩山田度日,不料连年荒旱,拖欠下许多钱粮。官府追比甚急,并无抵偿,急急要将女儿嫁人。人家恐怕钱粮遗累,俱不敢来娶。追比起来,老汉自然是死了。女儿见事急,情愿卖身救父,故跟上城来。又恨一时没个售主。今日幸遇大恩人,发恻隐之心,慨然周济,救了老汉一命。真是感恩无尽。再四思量,实实毫无报答。惟有将小女一身,虽是村野生身,尚不十分丑陋;又闻大恩人客居于此,故送来早晚伏侍大恩人,望大恩人鉴

老汉一点诚心，委曲留下。"郭乔听了，因正色说道："老丈说话就说差了，我郭挺之是个名教中人，决不做非理之事。就是方才这些小费，只不过见你年老拘挛，幼女哭泣，情甚可怜。一时不忍，故少为周济，也非大惠。怎么就思量得人爱女？这不是行义，转是为害了。断乎不可！"米老儿道："此乃老汉一点感恩报德之心，并非恩人之意，或亦无妨，还望恩人留下。"郭乔道："此客店中，如何留得妇人女子。你可快快领去，我要出门了，不得陪你。"说罢，竟起身出门去了。正是：

　　施恩原不望酬恩，何料丝萝暗结婚。

　　到得桃花桃子熟，方知桃叶出桃根。

　　米老儿见郭乔竟丢下他出门去了，一发敬重他是个好人。只得带了女儿回家，与范氏说知。大家感激不胜，遂立了一个牌位，写了他的姓名在上，供奉在佛前，朝夕礼拜。乡下有个李家，见他钱粮完了，又思量来与他结亲。米天禄夫妻倒也肯了，青姐因辞道："父亲前日钱粮事急，要将我嫁与李家，他再三苦辞。我见事急，情愿卖身救父，故父亲带我进城去卖身。幸遇着郭恩人，慨然周济。他虽不为买我，然得了他二十两银子，就与买我一样。况父亲又将我送到他下处，他恐涉嫌疑，有伤名义，故一时不好便受。然我既得了他的银子，又送过与他，他受与不受，我就是郭家的人了。如何好又嫁与别人？如若嫁与别人，则前番送与他，都是虚意了。我虽是乡下一个女子，不知甚的，却守节守义，也是一般，断没个任人去取的道理。郭恩人若不要我，我情愿跟随父母，终身不嫁，纺织度日，决不又到别人家去。"米天禄见女儿说得有理，便不强他，也就回了李家。但心下还想着要与郭乔说说，要他受了。不期进城几次，俱寻郭乔不见，只得因循下了。

　　不期一日，郭乔在山中游赏，忽遇了一阵暴雨，无处躲避。忽望见山坳里一带茅屋，遂一径望茅屋跑来。及跑到茅屋前，只见一家柴门半掩，雨越下得大了，便顾不得好歹，竟推开门，直跑到草堂之上。早看见一个老人，坐在那里低着头打草鞋，因说道："借躲躲雨，打搅休怪。"那老人家忽抬起头来一看，认得是郭乔，不胜大喜。因立起身来说道："恩人耶！我寻了恩人好几遍，皆遇不着，今日为何直走到这里？"郭乔再细看时，方认得这老儿正是米天禄，也自欢喜。因说道："原来老丈住在这里，我因信步游赏，不期遇雨。"米天禄因向内叫道："大恩人在此，老妈女儿，快来拜见！"

叫声未绝，范氏早同青姐跑了出来。看见果是郭乔，遂同天禄一齐拜倒在地，你说感恩，我说叨惠，拜个不了。郭乔连忙扶起。三人拜完，看见郭乔浑身雨淋的烂湿，青姐竟不避嫌疑，忙走上前，替郭乔将湿巾除了下来，湿衣脱了下来，一面取两件干布衣，与郭乔暂穿了，就一面生起些火来烘湿衣。范氏就一面去杀鸡炊煮。不一时，湿衣、湿巾烘干了，依旧与郭乔穿戴起来。范氏炊煮熟了，米天禄就放下一张桌子，又取一张椅子，放在上面，请郭乔坐了，自家下陪。范氏搬出肴来，青姐就执壶在旁斟酒。郭乔见他一家殷勤，甚不过意，连忙叫他放下。他那里肯听。米天禄又再三苦劝，只得放量而饮。饮到半酣之际，偷着将青姐一看，今日欢颜，却与前日愁容，不大相同。但：

> 如花貌添出娇羞，似柳腰忽多袅娜。春山眉青青非蹙恨，秋水眼淡淡别生春。纤指捧筋飞笋玉，朱唇低劝绽樱丹。笑色掩啼痕，更饶妩媚。巧梳无乱影，倍显容光。他见我已吐出热心，我见他又安忍装成冷面。

郭乔吃到半酣，已有些放荡。又见青姐在面前来往，更觉动情。心下想一想，恐怕只管留连，把持不定，弄出事来。又见雨住天晴，就要作谢入城。当不得米天禄夫妻，苦苦留住道："请也请恩人不容易到此，今邀天之幸，突然而来，就少也要住十日半月，方才放去。正刚刚到得，就想回去，这是断断不放。"郭乔无奈，只得住下。米天禄又请他到山前山后去游玩。游玩归来，过了一宿。到次日清晨，米天禄在佛前烧香，就指着供奉的牌位与郭乔看，道："这不是恩人的牌位么？"郭乔看了，就要毁去，道："多少恩惠，值得如此，使我不安。"米天禄道："怎说恩惠不多，若非有此，我老汉一死，是不消说的；就是老妻小女，无依无倚，也都是一死，怎能得团头聚面，复居于此？今得居此者，皆恩人之再生也。"郭乔听了，不胜感叹道："老丈原来是个好人！过去的事，怎还如此记念！"天禄道："感恩积恨，乃人生钻心切骨之事。不但老汉不敢忘恩人大德，就是小女，自拼卖身救父，今得恩人施济，不独救了老汉一命，又救了小女一身。他情愿为婢，伏侍恩人，又自揣村女，未必入恩人之眼，见恩人不

受，不敢苦强。然私心以为得了恩人的厚惠，虽不蒙恩人收用，就当卖与恩人一般，如何又敢将身子许与别子？故昨日李家见老汉钱粮完了，又要来议婚。小女坚执不从，已力辞回去了。"郭乔听了，着惊道："这事老丈在念，还说有因；令嫒妙龄，正是桃夭天子，宜室宜家，怎么守起我来！哪有此事！这话我不信。"米天禄道："我老汉从来不晓得说谎。恩人若不相信，待我叫他来，恩人自问他便知。"因叫道："青姐走来，恩人问你话。"

青姐听见父亲叫，连忙走到面前。郭乔就说道："前日这些小事，乃我见你父亲一时遭难无偿，我自出心赠他的。青姑娘卖身救父，自是青姑娘之孝，却与我赠银两不相干。青姑娘为何认做一事？若认做一事，岂不因此些小之事，倒误了青姑娘终身？"青姐道："事虽无干，人各有志，恩人虽赠银周济，不为买妾，然贱妾既有身可卖，怎叫父亲白白受恩人之惠？若父亲白白受恩人之惠，则恩人仁人，为义士，而贱妾卖身一番，依旧别嫁他人，岂非止博虚名，而不得实为孝女了？故恩人自周济于父亲，贱妾自卖身于恩人，各行各志，各成各是，原不消说得。若必欲借此求售于恩人，则贱妾何人，岂敢仰辱君子，以取罪戾？"郭乔听了，大喜道："原来青姑娘不独是个美女子，竟是一个贤女子。我郭挺之前日一见了青姑娘，非不动心，一来正在施济，恐碍了行义之心；二来年齿相悬，恐妨了好逑之路，故承高谊送来之时，急急避去，不敢以色徒自误。不期青姑娘倒在此一片眷恋之贞心，岂非人生之大快！但有一事，也要与青姑娘说过：家有荆妻，若蒙垂爱，只合屈于二座。"青姐道："卖身之婢，收备酒扫足矣，安敢争小星之位？"郭乔听了，愈加欢喜，道："青姑娘既有此美意，我郭挺之怎敢相轻，容归寓再请媒行聘。"青姐道："贱妾因已卖身与恩人，故见恩人而不避。若再请媒行聘，转属多事，非贱妾卖身之原意了。似乎不必！"郭乔说道："这是青姑娘说的，各行各志，不要管我。"说定，遂急急的辞了回寓。正是：

> 花有清香月有阴，淑人自具涉人心。
> 若非眼出寻常外，那得芳名留到今。

郭乔见青姐一个少年的美貌女子，情愿嫁他，怎么不喜。又想青姐是个知高识低的女子，他不争礼于我，自是他的高处；我若无礼于他，便是我的短处了。因回寓取了三十二两银子，竟走至县中。将前事一五一十，都与母舅说了，要他周全。王知县因见他客邸无聊，只得依允了。将三十二银子，封做两处，以十六两做聘金，以十六两做代礼。又替他添上一对金花，两匹彩缎，并鹅酒果盒之类。又叫六名鼓乐，又差一吏，两个皂隶，押了送去。分付他说："是本县为媒，替郭相公娶米天禄女儿为侧室。"吏人领命，竟送到种玉村米家来。恐米家不知，先叫两个皂隶报信。不期这两人皂隶，却正是前日催粮的差人。米老儿忽然看见，吃了一惊，道："钱粮已交完，二位又来做甚么？"二皂隶方笑说道："我们这番来，不是催粮钱。是县里老爷，替郭相公为媒，来聘你令嫒。聘礼随后就到了，故我二人先来报喜。"米老儿听了，还不信，道："郭相公来聘小女，为甚太爷肯替他做媒？"二皂隶道："你原来不知，郭相公就是我县里太爷的外甥。"米天禄听了，愈加欢喜，忙忙与女儿说知，叫老妈央人相帮打点。

早鼓乐吹吹打打，迎入村来了。不一时到了门前，米天禄接着。吏人将聘礼代礼，金花彩缎，鹅酒果盒，一齐送上。又将县尊分付的话，一一说与他知。米老儿听了，满口答应不及的道是道是。忙邀吏人并皂隶入中堂坐定，然后将礼物一一收了。鼓乐在门前吹打，早惊动了一村的男男女女，都来围看，皆羡道："不期米家女儿，前日没人要，如今倒嫁了这等一个好女婿。"范氏忙央亲邻来相帮，杀鸡宰鹅，收拾酒饭，款待来人。只闹了半日，方得打发去了。青姐见郭乔如此看重他，一发死心塌地。郭乔要另租屋娶青姐过去，米天禄恐客边不便，转商量择一吉日，将郭乔赘了入来。又热闹了一番，郭乔方与青姐成亲。正是：

游粤无非是偶然，何曾想娶鹊桥仙。

到头柱子兰孙长，方识姻缘看线牵。

二人成亲之后，青姐感郭乔不以卖身之事轻薄他，故凡事体心贴意的奉承。郭乔见青姐成亲之后，比女儿更加妍美，又一心顺从，甚是爱他。故二人如鱼似水，十分相得。每日相偎相依，郭乔连游兴也都减了。过了些时，虽也记挂着家里，却因有此牵绊，便因此循循过了。

忽一日，郭福又载了许多货来，报知家中主母平安。郭乔一发放下了心肠。时光易过，早不知不觉，在广东住了年半有余。王知县见他久不到衙，知他为此留恋，因差人接他到衙。戏戒他道："我接你来游粤的初念，原为你一时不曾中得，我恐你抑郁，故接你来散散。原未尝叫你在此抛弃家乡，另做人家。今你来此，已将及二载，明年又是场期，还该早早回去，温习书史，以图上进。若只管流落在此，一时贪新欢，误了终身大事，岂不是我做母舅的接你来倒害你！"郭乔口中虽答应道："母舅大人吩咐的是！外甥只等小价还有些货物一卖完，就起身回去了。"然心里实未尝打点归计。

不期又过不得几时，忽王知县报行取了，要进京，遂立逼着要郭乔同去。郭乔没法推辞，只得来与青姐说知。青姐因说道："相公故乡，原有家产，原有主母，原有功名，原该回去，是不消说得的。贱妾虽蒙相公收用，却是旁枝，不足重轻，焉敢以相公怜惜私情，苦苦牵缠，以妨相公之正业。但只是一事，要与相公说知，求相公留意，不可忘了。"郭乔道："你便说得好听，只是恩爱许久，一旦分离，如何舍得？你且说，更有何事，叫我留意？"青姐道："贱妾蒙相公怜爱，得侍枕席，已怀五月之孕了。倘侥幸生子，贱妾可弃，此子乃相公骨血，万不可弃，所以说望相公留意。"郭乔听了，惨然道："爱妻怎么就说到一个弃字！我郭乔纵使无情，也不至此。今之欲归，非轻舍爱妻，苦为母舅所迫耳！归后当谋再至，决不相负。"青姐道："相公之心，何尝愿弃。但恐道路远，事牵绊，不得已耳。"郭乔道："弃与不弃，在各人之习，此时也难讲。爱妻既念及生子，要我留名，我就预定一名于此，以为后日之征何如？"青姐道："如此更妙。"郭乔道："世称父子为乔梓，我既名乔，你若生子，就叫做郭梓罢了。"青姐听了，大喜道："谨遵相公之命。"又过了两日，王知县择了行期，速速着人来催。郭乔无可奈何，只得叫郭福留下二百金与米天禄，叫他置些产业，以供青姐之用。然后拜别，随母舅而去。正是：

> 东齐有路接西秦，驿路山如眉黛颦。
>
> 若论人情谁愿别，奈何行止不由人。

郭乔自别了青姐，随着母舅北归，心虽系念青姐，却也无可奈何。月余到了庐州家里。幸喜武氏平安，夫妻相见甚欢。武氏已知道娶了青姐之事，因问道："你娶了一妾，何不带了来家，与我作伴也好，为何竟丢在那里？"郭乔道："此不过一时客邸无

聊，适不凑巧，偶尔为之，当得甚么正景？远巴巴又带他来？”武氏道：“妻妾家之内助，倘生子息，便要嗣续宗祖，怎说不是正景？”郭乔笑道：“在那里也还正景。今见了娘子，如何还敢说正景。”说的夫妻笑了。过了两日，忽闻得又点出新宗师来科举。郭乔也还不在心上，倒是武氏再三说道：“你又不老，学中名字又还在，何不再出去考一考？”郭乔道：“旧时终日读书，也不能巴得一第。今弃了将近两年，荒疏之极，便去考，料也无用。”武氏道：“纵无用，也与闲在家里一般。”郭乔被武氏再三劝不过，只得又走到学中去销了假，重新寻出旧本头来又读起。读到宗师来考时，喜得天资高，依旧考了一个一等，只无奈入了大场，自夸文章锦绣，仍落孙山之外。一连两科，皆是如此。初时还恼，后来知道命中无科甲之分，连恼也不恼。

此时郭乔已是四十八岁，武氏也是四十五岁，虽然不中，却喜得家道从容，尽可度日。郭乔自家功名无望，便一味留心教子。不期儿子长到一十八岁，正打算与他求婚，不期得了暴疾，竟自死了。夫妻二人，痛哭不已，方觉人世有孤独之苦。急急再想生子，而夫妻俱是望五之人，那里还敢指望！虽武氏为人甚贤，买了两个丫头，在房中伏侍郭乔，却如水中捞月，全然不得。初时郭福在广东做生意，青姐处还有些消息，后来郭福不走广东，遂连消息都无了。郭乔虽时常在花前月下念及青姐，无奈年纪渐渐大了，那里能够到得广东。青姐之事，只当做了一场春梦，付之一叹。学中虽还挂名做个秀才，却连科举也不出来了，白白的混过了两科。

这年是五十六岁，又该乡试，郭乔照旧不出来赴考。不期这一科的宗师，姓秦名鉴，虽是西人，却自负知文，要在科场内拔识几个奇才；正案虽然定了，他犹恐遗下真才，却又另考遗才，不许一名不到。郭乔无奈，只得也随众去考，心下还暗暗想道：考一个六等，黜退了，倒干净，也免得年年奔来奔去。不期考过了，秦宗师当面发落第一名，就叫郭乔问道：“你文字做得渊涵醇正，大有学识，此乃必售之技，为何自弃，竟不赴考？”郭乔见宗师说话，打动他的心事，不觉惨然跪禀道：“生员自十六岁进学，在学中做过四十年生员，应举过十数次，皆不能侥幸。自知命中无分，故心成死灰，非自弃也。”秦宗师笑道：“俗语说得好：窗下休言命，场中莫论文。我本院偏不信此说。场中乃论文之地，若不论文，却将何为据。本院今送你入场，你如此文字，若再不中，我本院便情愿弃职回去，再不阅文了。”郭乔连连叩头，道：“多蒙大秦宗师如此作养，真天地再生，父母再养矣。”不多时，宗师发放完，忙退了出来。与武氏

说知，从新又兴兴头头到南场去科举。

这一番入场也是一般做文，只觉的精神猛勇。真是："贵人抬眼看，便是福星临。"三场完了，候到发榜之期，郭乔名字早高高中了第九名亚魁。忙忙去吃鹿鸣宴，谢座师，谢房师，俱随众一体行事。惟到谢宗师，又特特的大拜了四拜，说道："门生死灰，若非恩师作养，已成沟中弃物了。"秦宗师自负赏鉴不差，也不胜之喜，遂催他早早入京静养。郭乔回家，武氏见他中了举人，贺客填门，无任欢喜。只恨儿子死了，无人承接后代，甚是不快。

郭乔因奉宗师之命，择了十月初一日，便要长行。夫妻临别，武氏再三嘱咐道："你功名既已到手，后嗣一发要紧。妾闻古人还有八十生子之事，你今还未六十，不可懈怠。家中之婢，久已无用；你到京中，若遇燕赵得意佳人，不妨多觅一两个，以为广育之计。"郭乔听了，感激不尽，道："多蒙贤妻美意，只恐枯杨不能生稊了。"武氏道："你功名久已灰心，怎么今日又死灰复燃，天下事不能预料，人事可行，还须我尽。郭乔听了，连连点头道："领教，领教！"夫妻遂别了。正是：

> 贤妻字字是良言，岂独担当蘋与蘩。
>
> 倘能妇人皆若此，自然家茂子孙繁。

郭乔到了京中，赴部报过名，就在西山寻个冷寺住下，潜心读书，不会宾客。到了次年二月，随众入场，三场完毕。到了春榜放时，真是时来顽铁也生光，早又高中了三十三名进士。满心欢喜，以为完了一场读书之愿。只可恨死了儿子，终属空喜。忽报房刻成会试录，送了一本来看。郭乔要细细看明，好会同年。看见自家是第三十三名郭乔，庐州府合肥县生员；再看到第三十四名，就是一个郭梓，韶州府东昌县附学生。心下老大吃了一惊，暗想道："我记得广东米氏别我时，他曾说已有五月之孕，恐防生子，叫我先定一名，我还记得所定之名，恰恰正是郭梓。难道这郭梓，就是米氏所生之子？若说不是，为何恰恰又是韶州府乐昌县，正是米氏出身之地？但我离广东，屈指算来，只好二十年。若是米氏所生之子，今才二十岁，便连夜读书，也不能中举中进士如此之速。"心下狐疑不了，忙吩咐长班去访这中三十四名的郭爷，多大年纪了，寓在那里，我要去拜他。长班去访了来，报道："这位郭爷，听得人说他年纪甚小，只好二十来岁，原是贫家出身，盘缠不多，不曾入城，就住在城外一个冷饭店内。闻知这郭爷，也是李翰林老爷房里中的，与老爷正是同门。明日李老爷散生日，本房门生都要来拜贺。老爷到李老爷家，自然要会着。"郭乔听了大喜。

到了次日，日色才出，即具了贺礼，来与李翰林拜寿。李翰林出厅相见。拜完寿，李翰林就问道："本院闲散诞辰，不足为贺。贤契为何今日来得独早？"郭乔忙打一恭道："门生今日一来奉祝，二来还有一狐疑之事，要求老师台为门生问明。"李翰林道："有甚狐疑之事？"郭乔遂将随母舅之任，游广东并娶妾米氏，同住了二年有余，临行米氏有孕，预定子名之事，细细说了一遍。道："今此郭兄，姓同名同，年又相同，地方又相同，大有可疑。因系同年，不敢轻问。少顷来时，万望老师台细细一询，便知是否。"李翰林应允了。

不多时，众门生俱到，一面拜过寿，一面众同年相见了，各叙寒温。坐定，李翰林就开口先问郭梓道："郭贤契，贵庚多少了？"郭梓忙打一躬道："门生今年正交二十。"李翰林又问道，"贤契如此青年，自然具庆了，但不知令尊翁是何台讳？原习何业？"郭梓听见问他父亲名字，不觉面色一红，沉吟半晌，方又说道："家父乃庐州府生员，客游于广，以荫门生。门生生时，而家父已还，尚未及面，深负不孝罪。"李翰林道："据贤契说来，则令堂当是米氏了。"郭梓听了大惊道："家母果系米氏，不知老师台何以得知？"李翰林道："贤契既知令尊翁是庐州府生员，自然知其名字。"郭梓道："父名子不敢轻呼，但第三十三名的这位同年，贵姓尊名，以及郡县，皆与家父相同，不知何故。"李翰林道："你既知父亲是庐州生员，前日舟过庐州，为何不一访问？"郭梓道："门生年幼，初出门，不识道途，又无人指引，又因家寒，资斧不裕，又恐误了场期，故忙忙进京，未敢迁道。今蒙老师台提拔，侥幸及第，只俟廷试一过，即当请假到庐州访求。"李翰林笑道："贤契如今不消又去访求了，本院还你一个父亲罢！这三十三名的正是他。"郭梓道："家母说家父是生员，不曾说是举人进士。"李翰林又笑道："生员难道就中不得举人进士的么？"

郭乔此时，已看得明白，听得明白，知道确乎是他的儿子，满心狂喜，忍不住走上前说道："我儿，你不消疑惑了，你外祖父可叫做米天禄？外祖母可是范氏？你母亲可是三月十五日生日？你住的地方，可叫做种玉村？这还可以盗窃。你看你这当眉心的这一点黑痣，与我眉心这一点黑痣，可是假借来的？你心下便明白了。"郭梓忙抬头一看，见郭乔眉心一点黑痣，果与自家的相同。认真是实，方走上前一把扯着郭乔，拜伏于地，道："孩子生身二十年，尚不知木本水源，真不肖而又不孝矣！"郭乔连忙扶起他来，道："汝父在诗书中埋尘一生，今方少展，在宗祀中不曾广育，遂致无后。今无意中得汝，又赖汝母贤能，教汝成名，以掩饰汝父之不孝，可谓有功于祖父，诚厚幸也！"随又同郭梓拜谢李翰林，道："父子同出门墙，恩莫大矣。又蒙指点识认，德更加焉。虽效犬马衔结，亦不能补报万一！"李翰林道："父子暌离，认识的多矣。若父子乡会同科，相逢识认于金榜之下，则古今未之有也。大奇，大奇！可贺，可贺！"众同年俱齐声称庆道："果是希有之事。"李翰林留饭，师生欢然，直饮得尽醉方散。

郭梓遂不出城，竟随到父亲的寓所来同宿，便细细问广中之事。郭梓方一一说道："外祖父母，五六年前俱已相继而亡，所有田产为殡葬之计，已卖去许多，余下者又无人耕种，取租有限。孩儿从师读书之费，皆赖母亲日夜纺织以供。"郭乔听了，不觉涕泪交下，道："我郭乔真罪人也！临别曾许重来，二十年竟无音问，家尚有余，置之绝地，徒令汝母受苦，郭乔真罪人也！廷试一过，即当请告而归，接汝母来同居，以酬他这一番贞守之情，款子之德。"郭梓唯唯领命。到了廷试，郭乔止殿在二甲，选了部属。郭梓倒殿了探花，职授编修。父子一时荣耀。在京住不多时，因记挂着要接米氏，郭乔就告假祭祖，郭梓就告假省母。命下了，父子遂一同还乡。座师同年，皆以为荣，俱来饯送，享极一时之盛。正是：

> 来时父子尚暌违，不道相逢衣锦归。
>
> 若使人生皆到此，山中草木有光辉。

郭乔父子同至庐州，此时已有人报知武夫人。武夫人见丈夫中了进士，已喜不了，又见说广东妾生的儿子又中了探花，又让了父亲，一同回来，这喜也非常，忙使人报知母舅王衮。此时王衮因行取已在京做了六年御史，告病还家，闻知此信，大喜不胜，连忙走来相会。郭乔到家，先领郭梓到家堂里拜了祖宗，就到内庭拜了嫡母。拜完了，然后同出前厅，自先拜了母男，就叫郭梓拜见祖母舅。拜完，郭乔因对郭梓说："我娶你母亲时，还是祖母舅为媒，替我行的聘礼，当时为此，实实在有意无意之间。谁知生出汝到了次日，府县闻知郭乔中了进士，选了部郎，又见他儿子中了探花，尽来贺喜请酒。又是亲朋友作贺，直闹个不了。郭梓记挂着生母在家悬望，只得辞了父亲、嫡母回去。郭乔再三嘱咐道："外祖父母既已谢世，汝母独立无依，必须要接来同居，受享几年，聊以报他一番苦节。"郭梓领命，昼夜兼行赶到韶州，报知母亲说："父亲已连科中了进士，在榜上看出姓名籍贯，方才识认了父子。遂同告假归到庐州，拜见了嫡母。父亲与嫡母，因前面的儿子死了，正忧无后，忽得孩儿承续了宗祧。但父亲与嫡母，俱感激母亲不尽，再三吩咐孩儿，叫迎请了母亲去，同享富贵，以报母亲往前之苦。此乃骨肉团圆大喜之事，母亲须要打点速去为妙。"米氏听见郭乔也中了进士，恰应他母亲梦中神道"贵人之妻，贵人之母"之言，不胜大喜。因对儿子说道："你为母的，孤立于此，也是出于无奈。今既许归宗，怎么不去？"因将所有田产房屋，尽付与一个至诚的乡邻，托他看守父母之家，自家便轻身随儿子归宗。

此时府县见郭梓中了探花，尽来奉承。闻知起身归宗，水路送舟船，旱路送车马，赆仪程仪，络绎不绝。故母子二人，安安然不两月就到了庐州。郭乔闻报，遂亲自乘轿到舟中来迎接。见了米氏，早深深拜谢道："夫人临别时，虽说有孕，叫我定名，我名虽定了，还不深信。谁知夫人果然生子，果然苦守二十年，教子成名，续我郭氏浅浅之一脉。此恩此德，真虽杀身亦不能酬其万一，只好日日跪拜夫人，以明感激而已。"米氏道："贱妾一卖身之婢，得互君贵人，已荣于华衮，又受君之遗，生此贵子，其荣又为何如？至于守身教子，皆妾分内之事，又何劳何苦，而过蒙垂念？"郭乔听了，愈加感叹道："二夫人既能力行，而又不伐，即古贤淑女，亦皆不及，何况今人！我郭介何幸，得遇夫人，真天缘也！"遂请米氏乘了大轿，自与儿子骑马追随。

到了门前，早有鼓乐大吹大擂，迎接入去。抬到厅前歇下，闲人就都回避了。早有侍妾掀起轿帘，请他出轿。早看见武夫人立在厅上接他。他走入厅来，看见武夫人，当厅就是一跪，说道："贱妾米氏，禀拜见夫人！"武夫人见他如此小心，也忙跪将下去，扶他道："二夫人贵人之母也，如何过谦！快快请起。"米氏道："子虽不分嫡庶，妾却不能无大小之分。还求大夫人台座，容贱妾拜见。"武夫人道："从来母以子贵，妾无子之人，焉敢称尊！"此时郭乔、郭梓俱已走到。见他二人逊让不已，郭梓只得跪在旁边，扶定武夫人，让米氏拜了两拜，然后放开手，让武夫人还了两拜，方才请起。

武夫人又叫家中大小仆婢，俱来拜见二夫人。拜完，然后同入后堂，共饮骨肉团圆之酒。自此之后，彼此相敬相爱，一家和顺。郭乔后来只做了一任太守，便不愿出任。郭梓直做到侍郎，先封赠了嫡母，后又封赠了生母方已。后人有诗赞之道：

> 施恩只道济他人，报应谁知到自身。
>
> 秀色可餐前种玉，书香能续后生麟。
>
> 不曾说破终疑幻，看得分明始认真。
>
> 未产命名君莫笑，此中作合岂无因。

第二篇　卢梦仙江上寻妻

科第从来误后生，茫茫今古伴青灯。

一时名落孙山榜，六载人归杨素门。

志若自邀天地眷，身存复鼓瑟琴声。

落花流水情兼有，莫向风尘看此君。

话道人生百年之内，却有许多离合悲欢。这离合悲欢，非是人要如此，也非天要人如此，乃是各人命中注定，所以推不去，躲不过。随你英雄豪杰，跳不出这个圈子。然古今来离而复合，悲后重欢的事体尽多。

如今先把两桩极著名的来略言其概。一个是陈朝乐昌公主，下嫁太子舍人徐德言，夫妻正是一双两好。那知后主陈叔宝荒淫无道，被隋朝攻入金陵，国破家亡。乐昌夫妻，各自逃生，临别之时，破镜各执，希冀异日再合。到后天下平静，德言于正月十五元宵之夜，卖破镜为由，寻访妻子下落；这乐昌已落在越公杨素府中，深得爱宠。乐昌不忘旧日恩情，冒死禀知越公，也差人体访德言，恰他相值。越公召入府中，与乐昌公主相会。亏杨素不是重色之徒，将乐昌还与德言，重为夫妻。还有个余姚人黄昌，官也不小，曾为蜀郡太守。当年为书佐之时，妻子被山贼劫去，流落到四川地方，嫁个腐酒之人，已生下儿子。及黄昌到四川做太守时，其子犯事，娘儿两个同到公堂审问。黄昌听见这妇人口气，不像四川人。问其缘故，乃知当初被山贼劫去的妻子即是此人，从此再合。

看官，这两桩故事，人都晓得，你道为何又宣他一番？此因女子家是个玻璃盏，磕着些儿便碎；又像一匹素白练；染着皂煤便黑。这两个女人，虽则复合，却都是失节之人，分明是已破的玻璃盏，染皂煤的青白练，虽非点破海棠红，却也是风前杨柳，雨后桃花，许多袅娜胭脂，早已被人摇摆多时，冷淡了许多颜色，所以不足为奇。如今只把个已嫁人家，甘为下贱，守定这朵朝天莲、夜舒荷，交还当日的种花人，这方

是精金烈火，百炼不折，才为希罕。正是：

　　　　贞心耿耿三秋月，劲节铮铮百炼金。

　　话说成化年间，扬州江都地方，有一博雅老儒李月坡，妻室已丧，只有一女，年方九岁，生得容貌端妍，聪明无比。月坡自幼教他读书，真个闻一知十，因此月坡命名妙惠。邻里间多有要与月坡联姻。月坡以女儿这个体格，要觅一个会读书的子弟为配，不肯轻易许那寻常儿童。月坡自来无甚产业，只靠坐馆膳生。从古有砚田笔耒之号，虽为冷淡，原是圣贤路上人。这一年，在利津门龚家开馆，龚家有个女学生，年纪也方九岁。东家有个卢生，附来读书。那卢生学名梦仙，以昔日邯郸卢生，为吕洞宾幻梦点化，登了仙录，所以这卢生取名梦仙，字从吕。其父卢南村，是个富不好礼之人；其母姓骆，也不甚贤明大雅，却生得卢梦仙这个好儿子。自到龚家附学，本自聪明质地，又兼月坡教道有方，年纪才只十岁，书倒读了一腹，刚刚学做文字，却就会弄笔头，长言短句，信笔而成，因资性占了十分，未免带些轻薄。一日见龚家女学生，将出一柄白竹扇子，画着松竹花鸟，梦仙借来一观，就拈笔写着两行大字道：

　　　　一株松，一竿竹，一双凤凰独宿。有朝一日效于飞，这段姻缘真不俗。

　　写罢，送还女学生。女学生年小，不知其味。不想龚家主人出来看见，大怒起来，归怨先生教训不严。月坡没趣，罚卢梦仙跪下，将一方大石砚台，顶在头上。正在那里数说他放肆，不觉肩上被扇子一拍，叫道："月坡为甚事将学生子这样大难为？"月坡回头看时，却是最相契的朋友雷鸣夏，原是扬州府学秀才。月坡即转身作揖，龚主人也来施礼，宾主坐下又问道："这学生为甚受此重罚？"月坡将题扇的事说出。雷秀才笑道："虽则轻薄，却有才情。我说分上，就把顶石而跪为题，一样照前体制，若对偶精工，意思亲切，便放起来；若题得不好，然后重加责罚。"那卢梦仙又依前对上几句道：

　　　　一片石，一滴水，一个鲤鱼难摆尾。今朝幸遇一声雷，劈破红云飞万里。

雷秀才见了大喜，叫道："有这等奇才，定是黄阁名臣，青云伟器。我当作伐，就求龚家女生，与他配成两姓之好。"龚主人也是回嗔作喜，说道："果是奇才！但愧小女福薄，先已许字，不能从命。"雷秀才道："东家不成，便求西家。月坡有位令爱，想是年貌相等，何不就招他为婿！"月坡正有此意，谦逊道："我是儒素，他是富家，只怕乃尊不肯。"雷秀才道："或者合是天缘，也未可知。待我与贵东，同去作伐，料然他不好推托。"道罢别去。

雷秀才择个好日，约龚主人同到卢家去为媒。一则卢梦仙与李妙惠合该是夫妻；二来卢南村平昔极是算小，听说行聘省俭，聘金又不受，正凑其趣；三则又是秀才为媒，自觉荣耀，因此一说就成。选起吉期，行了聘礼，结为姻眷。到十九岁上，卢南村与梦仙完婚，郎才女貌，确是一对。更兼妙惠从小知书达礼，待公姑十分恭敬，举动各有礼节。又劝丈夫勤学，博取功名，显扬父母。梦仙感其言，发愤苦功。至二十一岁，案首入学，以儒士科举，中礼记经魁。那时喜倒了卢南村，乐杀了骆妈妈。人都道卢南村一字不识，却生这个好儿子，中了举人。因起了个诨名，叫卢从吕为卢伯骍，隐着犁牛之子骍且角的意思。这是个背后戏语，卢家原不晓得。

此时亲戚庆贺云集，门庭热闹。乡里间平昔与卢南村有些交往的，加倍奉承，凑起分金，设席请他父子。梦仙见房师去了，只有卢南村独自赴酌。饮至酒后，众人齐道："卢大伯，今日还是举人相公的令尊。明年此时，定是进士老爷的封君了。我们乡里间有甚事体，全要仗你看顾。"卢南村道："这个自然。只是我若做了封君，少不得要常去拜府县，不知帖子上该写甚么生。到了迎宾馆里，不知还是朝南坐，朝北坐。这些礼体，我一毫不晓。"内中一人道："我前见张侍郎老封君拜太爷，帖子上写治生。不知新进士封君，可该也是这般写。"卢南村道："一般封君，岂有两样，定然写治生了。你可曾见是朝南坐，朝北坐？"那人道："这到没有看得。"众人道："大伯不消费心，但问令郎相公，便明白了。"南村道："有理，有理。近处不走，却去转远路。"酒罢散去，这些话众人又都传开去。

有那轻薄的，便笑道："怪道人叫他儿子是卢伯骍，果然这样妙的。"又有个下第老儒说道："这样学生子，乳花还在嘴上，晓得什么文章。偷个举人到手也够了，还要想进士，真个是梦仙了。"这个话，又有人传入卢南村耳中。那老儿平日又不说起，直到梦仙会试起身之日，亲友毕集饯行，却说道："儿子，你须争气，挣了进士回来。莫要不用心，被人耻笑。"梦仙道："中不中，自有天命，谁人笑得。"卢南村道："你不晓得，有人在背后谈议，如此如此，又叫你是什么卢伯骅。"梦仙本是少年心性，听了这话，不觉面色俱变，道："原来惩地可恶，把我轻视也罢了，如何伤触我父亲，此恨如何消得。"众亲俱劝道："此乃小辈忌妒之言，不要听他。"丈人李月坡也说道："背后之语，何足介意。你只管自己功名便了。"梦仙道："若论文章，别个或者还抱不稳，我卢从吕不是自夸，信笔做来，定然高高前列。众高亲在此，若卢从吕不能中进士回来，将烟煤涂我个黑脸。"众亲道："恁这般说，此去定然高中。"为这上酒也不能尽欢，怏怏而别。这一番说话，分明似：

　　　　打开鸾凤东西去，拆散鸳鸯南北飞。

　　卢梦仙离了家乡，一路骤轿，直至京师。下了寓所，因愤气在心，足迹不出，终日温习本业。候到二月初九头场，进了贡院，打起精神，猛力的做成七篇文字。大抵乡会试所重只在头场，头场中了试官之意。二三场就不济也是中了。若头场试官看不眼，二三场总然言言经济，字字珠玑，也不来看你的了。这卢梦仙自道："这七篇文字从肥肠满脑中流出，一个进士，稳稳拿在手里了。"好不得意。过了十二二场，到十四夜，有个同年举人，到他寓所来商议策题。说："方今边疆多事，钱粮虚耗。欲暂停马市，又恐结怨夷人。欲复辟屯田，又恐反扰百姓。只此疑义，恐防明日要问，如何对答。"两人灯前商议，未免把酒留连。及至送别就寐，却已二鼓。方才着枕，得其一梦，梦见第三场策题，不问屯田马市，却是问盐场俱在扬州，盐客多在江西，移盐场分散江西，盐从何出；移盐客尽居扬州，法无所统，计将揆度两处地宜。方欲踌躇以对，家人来报，贡院已将关门，忽然警觉。忙忙收拾笔砚，赶到贡院前，却已无及。那知场中已看中头场，本房拟作首卷。看了二场，却没有三场，只得叹口气，将来抽掉。正是：

　　　　只因旧日邯郸路，梦里卢生误着鞭。

卢梦仙既不终场，即同下弟。思量起在众亲面前说了大话，有何颜回去相见。只这众亲也还不大紧，可不被这背后讥诮我的笑话。思想了一回，道："在家也是读书，在外也是读书，不如就此觅个僻静所在，下帷三年。等到后科，中了回去，还遮了这羞脸。"意欲寄封家信回去，又想一想："父亲是不耐静的，若写书回去，一定把与人看，可不一般笑话。索性断绝书信，到也泯然无迹。"大凡读书人最腐最执，毋论事之大小，若执定一念，任凭你苏秦张仪，也说他不动，金银宝贝，也买他不转。这卢梦仙只为出门时说了这几句愤气话，无颜归去，也该寄书安慰父母妻子，知个踪迹下落。他却执泥一见，连书信也绝了，岂非是一团腐气。

梦仙寻了西山一间静室，也不通知朋友，悄地搬去住下。这西山为燕都胜地，果然好景致。怎见得，但见：

> 西方净土，七宝庄严。莲花中幻出僧伽，不寒不暑；懈慢国转寻极乐，无古无今。燕子堂前，总是维摩故宅；婆罗树下，莫非长者新宫。息身香阜，悟得寿无量，愿无量，相好光明无量。怅别寒林，还思小乘禅，大乘禅，野狐说法乘禅。庐峰惠远和泉飞，莲社渊明辞酒到。广开十筊，遍置三田。如来丈六金身，士子三年铁砚。方知佛教通儒教，要识书堂即佛堂。

卢梦仙到了西山，在菩萨面前，设下誓愿，说："若卢梦仙不得金榜题名，决不再见江东父老。"自此闭关读书，绝不与人交往。同年中只道他久已还家，那里晓得却潜居于此，这也不在话下。

且说卢南村眼巴巴望这报录人来，及至各家报绝，竟不见到，眼见得是不曾中了。那时将巴中的念头，转又巴儿子还家。谁知下第的举人，尽都归了，偏是卢梦仙信也没有一封。南村差人到同年家去问，俱言三场后便不见在京，只道先已回了。南村心里疑惑，差人四处访问，并无消耗。有的猜摸道："多分到那处打秋风，羁留住了。须有些采头。然后归哩。"因这话说得近理，卢南村将信将疑。又过了几日，忽地有人传到一个凶信，说卢梦仙已死于京中了。这人原不是有意说谎，只因西安府商州，也有个举人卢梦仙，会试下第，在监中历事身死，错认了扬州卢梦仙。以讹传讹，直传到卢南村家来。论起卢南村若是有见识的，将事件详审个真伪才是。假如儿子虽死，随去的家人尚在，自然归报。纵或不然，少不得音信也有一封，方可据以为准。这卢南村是个不通文理的人，又正在疑惑之际，得了此信，更不访问的确，竟信以为真。那时哭倒了李妙惠，号杀了骆妈妈。卢南村痛哭，自不消说起。

连李月坡也长叹感伤，说："可惜少年英俊，有才无寿。"与南村商议，女婿既登乡榜，不可失了体面，合当招魂设祭，开丧受吊。料想随去的家人，必无力扶梓回乡，须另差人将盘缠至京，收拾归葬。卢南村依其言语，先挂孝开丧，扶梓且再从容。卢家已是认真，安有外人反不信之理。自此都道卢梦仙已死，把南村一团高兴，化做半杯雪水。情绪不好，做的事件件不如意，日渐消耗。更兼扬州一带地方，大水民饥，官府设法赈济，分派各大户，出米平粜。卢南村家事已是萧条，还列在大户之中。若儿子在时，还好去求免，官府或者让个情分。既说已故，便与民户一般。卢南村无可奈何，只得变卖，完这桩公事。哪知水灾之后，继以旱蝗疫疠，死者填街塞巷，惨不可言。自大江以北，淮河以南，地上无根青草，树上没一片嫩皮。飞禽走兽，尽皆饿死。各人要活性命，自己父母，且不能顾，别人儿女，谁肯收留。可惜这：

二十四桥明月夜，玉人何处去吹箫。

那时卢南村家私弄完，童仆走散。莫说当大户出米平粜，连自己也要吃官米了。李月坡本地没处教书，寻得个凤阳远馆，自去暂度荒年。尝言人贫智短，卢南村当时有家事时，虽则悭吝，也还要些体面。到今贫窘，渐渐做出穷相形状，连媳妇只管嫌他吃死饭起来。且又识见浅薄，夫妻商议道："儿子虽则举人，死人庇护活人不得。媳妇年纪尚小，又无所出，守寡在此，终须不了。闻得古来公主也有改嫁，命妇也有失节，何况举人妻子。不如把他转嫁，在我得些财礼，又省了一个吃死饭的。媳妇又有所归，完了终身，强似在此孤单独自，熬清守淡，岂非一举两得。且此荒歉之时，好端端夫妇，还有拆散转嫁，各自逃命。寡妇晚嫁，是正经道理，料道也没人笑得。"骆妈妈道："此正是救荒之计。但媳妇平昔虽则孝顺，看他性子，原有些执拗，这件事不知他心里若何。如今且莫说起，悄悄教媒人寻了对头。那时一手交钱，一手交货，送他转身，那时省了好些口舌。"卢南村连声道是，暗地与媒婆说知。那些媒婆中，平昔也有曾见过李妙惠的，晓得才貌贤德兼备，即日就说一个富家来成这亲事。

你道这富家是何等样人？此人姓谢名启，江西临川人。祖父世代扬州中盐，家私巨富，性子豪爽。年纪才三十有余。好饮喜色，四处访觅佳丽。后房上等姬妾三四十人，美婢六七十人，其他中等之婢百有余人。临川住宅，屋宇广大，拟于王侯。扬州又寻一所大房作寓。盐艘几百余号，不时带领姬妾，驾着臣舰，往来二地，是一个大挥霍的巨商，会帮衬的富翁。今番闻得李妙惠又美又贤，多才多艺，愿致白金百两，彩币十端，娶以为妾。

卢南村听说肯出许多东西，喜出望外。与骆妈妈商议了几句言语，去对李妙惠说道：“娘子，你自到我家，多感你孝顺贤惠，不致把我夫妻怠慢。我儿子中了举人，只指望再中个进士，大家兴头。那里说起，中又不中，连性命也不得归家。我两个老狗骨头命穷，自不消说起。却连累你小小年纪，一般受苦，心中甚不过意。因此商量，不如趁这青春年少，转嫁一人，生男育女，成家立业，岂不强似在此熬清受淡。恰好有个盐商，愿来结亲。今与娘子说明，明日便送礼来，后日过门。房户中有甚衣饰，你通收拾了去，我决不要你一件。”

李妙惠听了，分明青天中打下一霹雳，惊得魂魄俱丧，涕泪交流，说道：“媳妇自九岁结缡，十八于归。成婚虽则三载，誓盟已订百年。何期赋命不辰，中道捐弃，夫之不幸，即妾之不幸也。闻讣之日，即欲从殉。一则以公姑无人奉养，欲代夫以尽温凉；二则仆人未归，死信终疑，故忍死以俟确音。倘果不谬，媳妇当勉尽心力，承侍翁姑。百年之后，亦相从于地下，是则媳妇之志也。何公姑不谅素心，一旦忽生异议，不计膝下之无人，乃强媳妇以改适？然未亡人虽出寒微，幼承亲训，颇知书礼，宁甘玉碎，必不瓦全。再醮之言，请勿启齿。如必欲媳妇失节，有死而已。”说罢，号恸不止。

卢南村只知要这百金财礼，那里听他这些说话，乃道：“娘子，你有志气，肯与我儿子守节，看承我两人，岂不知是一片好意，一点孝心。但我今时家事已穷，口食渐渐不周，将什么与你吃了，好守孤孀。况且如此荒年，哪家不卖男鬻女来度命。没奈何也想出这个短见，劝你勉强曲从。待我受这几两财礼，度过荒年，此便是你大孝了。”妙惠听了，明白公姑只贪着银子，不顾甚么礼义，说也徒然。想了一想，收了泪痕，说道：“公婆主意已定，怎好违逆，只得忍耻再嫁便了。但明日受聘，后日成婚，通是吉日，哭泣不祥。媳妇有两件衣服，原是当时聘币，如今可将去，换些三牲祭礼，

就今日在丈夫灵前祭奠一番，以完夫妇之情。"卢南村见他应承，只道是真，好生喜欢。说道："祭礼我自来备办，不消你费心。"妙惠道："还是把衣服去换来，也表我做妻子的真念。"道罢，走回房中，取了两件衣服，交与骆妈妈。卢南村看了想道："这衣服急切换东西，须要作贱。把来藏过，另将钱钞去买办。"

此时妙惠已决意自尽，思量死路，无过三条。刀上死，伤了父母遗体；河里死，尸骸飘荡；不如缢死，倒得干净。算计已定，拈起笔来，写下一篇祝词。少顷，祭礼完备，摆列灵前，妙惠向灵前拜了四拜。上香陈酒已毕，又拜四拜。祝道："孝妇李妙惠，矢心守志，奈何公姑不听，强我改适。违命则不孝，顺颜则失节。无可奈何，谨陈絮酒，叩泣几筵。英灵不昧，鉴我微忱，芜词上祝，去格来歆。"取出祭文，读道：

惟灵夙慧，词坛擅名。弱冠鹊起，秋风鹿鸣。

奋翮南宫，铩羽北溟。文星昼殒，泉台夜扃。

彼苍胡毒，生我无禄。幼失恃怙，惟亲育鞠。

伉俪君子，琴瑟雍穆。中道永违，遗我茕独。

死生契阔，音容杳绝。雁此百忧，五内摧裂。

涕泗滂沱，泪枯继血。自失柏舟，荼苦甘啮。

高堂不怿，强以失德。之死靡他，我心匪石。

长恨无穷，铭腑刺骼。天地有终，捐躯何惜。

英魂对越，与君陈说。生则同衾，死则同穴。

来则冰清，去则玉洁。长辞尘世，徜徉泉阙。

呜呼哀哉，惟灵鉴彻。

读罢祭文，又拜四拜，焚化纸钱，放声号哭一场。哭罢，又请卢南村老夫妻坐下，也拜四拜，说道："自今之后，公婆须自家保重，媳妇已不能奉侍了。"卢南村道："娘子，这事我原不得已而为之。你到谢家，若念旧日情义，常来看顾我，也胜似看经念佛。"李妙惠含糊答应，自归房去。那骆妈妈比老儿又乖巧几分，心里独疑，道："媳妇这个举动，不像真心肯嫁的，莫不做出甚么把戏来？"暗自留心观看，见房门已是闭上。悄地张时，只见将过一个椅儿，放在床前，踏将上去，解下腰间麻。吊在床檐上，

做个圈儿套在颈上。惊得骆妈妈魂飞魄散，把房门乱打，叫道："娘子，你怎么上这条路，断使不得的！"又叫："老官快来，媳妇上吊哩！"那老儿听见，也吃了一吓，带奔带跌走来。打开房门，妙惠已是踢倒椅儿悬空挂下了。老夫妻连忙救下来，扯去麻经，卢南村叫阿妈安慰，自往外边。

李妙惠哭道："婆婆何不方便了媳妇，却又解放我下来。"骆妈妈也带着哭泣劝道："事体虽则公公不是，肯不肯还在于你，怎就这般短见。"李妙惠道："公公念媳妇年小无倚，叫我改嫁，原是好意。但媳妇自想，幼年丧母，早年丧夫，又遭此凶荒，孤穷之命，料想终身无好处。若一嫁去，又变出些甚么事故，岂不与今日一般吗？为此不如寻个自尽，倒得早生净土。"骆妈妈道："一朵花方才放，怎说这样尽头话。快不要如此，待我与老官儿商量，再从长计较。"李妙惠道："多谢婆婆，媳妇晓得了。"骆妈妈劝了一回，也走出房去。妙惠虽则一时听劝，到底寻死是真，救活是假。

南村夫妇恐怕三不知做出事来，反担着鬼胎，昼夜防守。背地商量道："这桩事倒弄得不好了，你我那里防备得许多。一时间弄假成真，上了这条道路，李亲家虽在凤阳处馆，少不得要把个信儿与他。倘或回来，翻转面皮，道你我逼勒改嫁不从而死，到官司告起状词，这样穷迫之时，可是当得起的。如今还是怎样处？"骆妈妈想了一想，说："有个道理在此。媳妇尝说姨娘方妈妈是个孤孀，就住在李亲家间壁。媳妇女工针指，俱是他所教，如嫡亲母子一般。前年儿子中了，也曾接来吃酒。你可去央他来劝谕媳妇，自然听从。"卢南村依了妈妈，即便到方姨娘家去。相见礼毕，将教媳妇改嫁不从寻死的话，实实告诉一番，说特来央求姨母到舍劝解。方姨娘听罢，沉吟了一回，答道："甥女是少年性子，但知夫妇恩深，那晓得守寡的苦楚。"南村因这句话投机，心里喜欢，随口道："可是守寡是个难事，娘子只道我是歹意，生起短见。姨母若劝得他转，自当奉谢。"方姨娘笑道："这倒不劳亲家费心。非义之物，老身自来不取的。况甥女是执性的，也未必肯听。亲家先请问，老身随后便来。"

南村归不多时，方姨娘已至。骆妈妈相迎，送入媳妇房里道："姨母请坐，待我取点茶来。"姨娘看妙惠斩衰重服，麻经拦腰，而愁容惨戚，泪眼未干。一见姨娘，向前万福，愈加悲切，哽哽噎噎，那里说得出一个字儿。方姨娘携住了手，把袖子与他拭泪道："贤甥，你怎哭得这个模样！休得过伤，苦坏了身子。"妙惠道："儿已不愿生了，还顾甚么身子？"方姨娘道："你休执性，夫妻恩情虽重，然死生各有命数。做姨娘的，当日姨夫去世，也愿以死相从，因死而无益，所以今日尚在。"妙惠道："姨娘当日无有意外之变，是以苦守清节，得至于今。甥女虽然愚昧，志愿岂不亦欲如此。无奈公婆错见，强我改嫁。苦口极言，弗能回听，故不得不以死为幸。"方姨娘道："我因闻知有这些缘故，为此特来看你。但死而有益，我也不劝你了。只可惜死而无益，可不枉了一死。"妙惠道："以身殉夫，妇人常事，有甚有益无益。"方姨娘道："你且从容，待我慢慢你讲与这道理。若说得是，你便听了。说得不是，一凭你自家主裁何如。"妙惠听了这话，便止住号哭。恰好骆妈妈送进茶来，彼此各叙寒温，说些闲话，茶罢，摆过酒肴款待，留住过夜。

到了晚间，妙惠请问死而有益无益的缘故。方姨娘道："女子以身殉夫，固是正理，然其间亦有权变，不可执泥一见。古来多少妇人，夫死之日，随亦自尽，这叫做烈妇。虽则视死如归，正气凛凛，然终比不得节妇。却是为何？这烈妇，乃一时愤激所致。怎如节妇，自少至老，阅历多少寒暑风霜，凄凉寂寞。自始至终，冰清玉洁，全节完名，可不胜于烈妇几倍。"妙惠道："甥女初意，原不欲死。止为公婆要我改嫁，才兴些念。"方姨娘道："你且慢着，待我说来听。自来妇人既失所天，唤做未亡人，言所欠似一死耳。做节妇的，岂不知以身殉夫，反得干净，却肯受这许多凄凉苦楚。其间或有公姑，别无兄弟。若夫妇俱亡，父母谁养。故不得不留此身，以代丈夫养亲。或无公姑，却有嗣。或在襁褓，或在稚年，若还随夫身死，儿孤谁育。又不得不留此身，为夫抚养成立，承绍宗祀。故节妇不似烈妇止全一身，所以为贵。像你虽无子嗣，却有公姑。理当代夫奉侍，养生送死。不幸遭此岁荒家窘，要你改嫁。为朝夕薪水之计，此或出于不得已，未可知也。倘若一旦自尽，公姑不惟不得嫁资，以膳余生，反使有逼嫁不义之名。烈则烈矣，但不能为丈夫始终父母，恐在九泉，亦有遗恨，此便是死而无益。"妙惠道："据姨娘所见，还当如何？"方姨娘道："依我所见，不若反经从权，顺从改适，以财礼为公姑养老之资。你到其家，从实告以年荒岁歉，公姑有命改嫁，实非本心。况是孝廉结发，义不受辱。仁人君子，何处无之。倘此人慷慨仗义，如冯商还妾故事，完璧仍归，也未可知。设或其人如登徒好色之流，强成伉俪，那时从容就死，下谢卢郎。如此则公姑又不失所望，在你孝义节烈之名兼得，这便是死而有益。"妙惠听了，倒身下拜道："姨娘高见，甥女一如所教便了。"方姨娘扶起，遂各就寝。

到次日，方姨娘与卢南村说："舍甥女已听老身劝谕，情愿改适，亲家只管受聘便了。"卢南村大喜道："多谢姨娘费心。"方姨娘又道："主婚改嫁，在亲家自是不差。但卢嫁媳妇，却是李宅女儿，舍亲李月坡又是执性的人，若不通知，后来埋怨不小。还该写书道达他才是，趁我在此，与你觅便寄去。"南村道："姨母说得有理。但要写书，却是难我了，这事又不好央人代身，只得胡乱写几句与他罢。"提起笔来，直是千斤之重。糊涂墨突，写出几个字来，写道：

　　南村拜字，月坡见字：年岁荒者，家里穷哉，无饭吃矣。娘子苦之，转身去也。现有方姨妈做保山，不是我与房下草毛白付。你亲家年前放学归来，可到晚女婿盐商谢客人处，问令爱便知焉。

写罢，交与方姨娘，姨娘看见大笑。南村道："想必姨母肚里通透，我书中许多学问，都解得出的。"方姨娘又笑道："亲家大才，那里便解得出，可将来封好。"妙惠道："甥女少不得也要写几个字儿与爹爹，待我一并封罢。"遂取过笔砚，写道：

　　儿妙惠百拜检衽上父亲电览；父之许配卢生，真如郭爱延明，郄怜逸少。乘龙未几，即赴春闱。岂期杏花马上郎，退三舍避之；不克沉船破釜，徒作李方叔抱恨重泉。虽曰命数有定，然亦与经沟渎者何异。讣音远来，虽非实有所据。然寒霜再易，岂真鳞绝网罗，鸿归矰缴。死者既已无知，生者愈多桎梏。忍将白锸，夺我青灯。夜哭既非，朝餐犹咽。愧远我父母兄弟，理宜主掌于他人。琵琶自抱，生死为邻。此未可以笔墨传，且不能以须臾决也。惟痛母骨早寒，父恩未报。此去或作鬼磷残焰，隐跃吾父床头。是耶非耶，见于无形，听于无声。名将铁马嘶风，作儿子梦中环佩。从此泣血，问寝永无期矣。

写罢，将南村书共做一封，付与姨娘。方姨娘收了，即作辞归家。妙惠送出堂前，牵衣说道："从此一别，永无相见之期，除非索我音笑于梦中耳。"道罢，涕泗交流。方姨娘也惨然洒泪而别。

卢南村就去教媒婆促谢家行礼。谢启即日纳聘。择吉过门。依然高灯花轿，笙箫鼓乐，迎到寓所。妙惠拜见谢启，送入房中。外边有众盐商及乡里亲戚，俱来闹新房庆喜，大吹大擂，直饮到三鼓方散。谢启已是烂醉如泥，扶入房中，和衣卧在床上，打鼾如雷。早有丫头报知谢启继母艾氏，传话吩咐众婢各自去睡。只留一人，在房伏侍。

原来谢启父亲，唤做谢能博。当先在扬州中盐，因丧了结发，就在扬州寻亲。这艾氏原是名门旧族，能博娶为继室。是时谢启年方三四岁，艾氏抚养，犹如亲生。谢启事之亦如嫡母，极其孝顺，一字也不敢违忤。这晚因是孤身，故此不出来受拜。当下众婢答应出去，伴婆多饮了几杯酒，也觉睡魔来到，说道："夜深了，请新娘安置。"妙惠道："你自稳便。"伴婆得了这话，赶着丫头们，去寻个宿处。这服侍的丫头，也请妙惠安寝，亦教他去睡了，独自秉烛而坐。

直至天明，伴婆婢妇俱起身进房，看见妙惠端坐着，尽皆惊讶。须臾谢启睡醒坐起，方知夜来大醉，不曾解脱衣服，却不知新人怎样睡的。唤过丫头问，说是坐至天明，自觉不韵，暗称惭愧，急起身向外边书房中梳洗。一会儿差丫头进来，吩咐伴婆服侍新娘，到堂中拜见婆婆。此时妙惠身不由主，只得出去。才步出房门，又有丫头来说："奶奶请新娘到房中相见罢。"遂引入房去。向艾氏行个四拜之礼。艾氏叫取过凳儿，坐于旁边，丫头方才进茶。见谢启进来作揖，礼毕也就坐下。艾氏以妙惠是同乡，分外觉亲热。及叙起家门来，却又与李月坡是表兄表妹，一发亲上加亲，欢喜不胜。

妙惠暗想，有此机会，不将真情说出，更待何时，遂双膝跪下，再拜道："李妙惠有苦衷上禀，望婆婆矜怜则个。"口中才说这两句话，不觉已是泪流满面。艾氏连忙扶起，道："有甚事，怎般苦楚？"妙惠含泪说道："妙惠幼许卢门，十八出嫁。成婚三载，夫中乡科。方以为家门庆幸，哪知会试北上，竟为长往。又值连岁凶荒，家业尽倾。公姑之食，计无所出，乃议嫁妾，以支朝夕。意欲不听，则两亲必难保全。故忍死顺命，蒙垢就婚。今已至此，又复何言！第妇人从一而终，人所皆知。岂妙惠幼承亲训，反不识此？实以救饥无策，姑就权宜。伏望仁慈，悯念素心，全我节操。则自今以往之年，皆出所赐。"艾氏听了说道："原来有这缘故。但在卢家，节操可全，既归谢门，如何全得。"妙惠见艾氏略无周全之意，不觉面色俱变。又告道："婆婆既系

老父雁行，若辱犹女于妾婢之类，不惟妙惠寒心，恐婆婆亦为不雅。况妙惠以儒家弱女，乡贡妻房，礼无再醮，义不受辱，矢志捐生，已决绝于出卢归谢之时矣。其所以不即死者，将谓昔时苏公有焚券之举，韩琦有还妾之事。仕人君子，何代无之。今谢郎门第素高，仁德久著。且闻后房佳丽如云，无需妙惠一人。何不效二公种此阴功，曲全孤穷大节。倘必不见舍，即当就义。言尽于此，一惟尊裁!"妙惠此时，辞色俱厉，有凛凛不可犯之状。

谢启本为妙惠才色，故不惜厚聘，哪知变出这个光景，大是骇异。因继母在前，不敢开口。艾氏听了，沉吟不语。举目看妙惠面色已如死灰，暗想此女若强以失身，必致丧命。彼则全名全节，反累吾子受不义之名。或有奸徒，假借公道，构衅生端，杀图攫利，在我家虽无大害，亦有小损。不如如此如此，两相保全。乃道："你志气虽则可敬，然既来我家，便是谢门人了，如何像得你意。"又对谢启道："新妇是我表侄女，其意尚是执迷。且暂留伴我，从容劝转，那时送他归房。"谢启只得唯唯而退。正是：

满腔拨雨撩云意，反作停歌罢舞人。

谢启已去，艾氏对妙惠道："总之我无嫡亲骨血，你无内外恩亲，姑媳是虚，母子亦假。目今将收拾西行，且暂时伴我，可保全你不破坏名节。"妙惠连忙下拜道："若得婆婆如此施仁，妙惠生则奉侍百年，永执巾栉，死则结草酬恩。"艾氏又问道："你既然读书识字，可晓得写算么?"妙惠道："写算从幼所习，极是谙练。"艾氏道："如此甚好。我子出入财货帐目，俱我掌管。故此往来，此必同行。你既能书算，可代我管理。"妙惠应诺。自此朝夕不离左右，情同母子。

又过数日，谢启起身归家，领着诸婢妾自在一船；艾氏与妙惠，又是一船。前后解缆开船，离了扬州，出瓜洲入江。艾氏要到金山游玩，维舟山下。与妙惠一齐上去，游遍了金鳌峰、蟒蛇洞、妙空岩、日照岩、裴公洞、晒经台、留去亭，转看郭璞墓、善财石、盘陀石、石排山。处处游之不迭，观之不尽。妙惠有事关心，勉强应承而已。转过方丈，见僧家笔墨在案，遂向壁上题诗一首。诗云：

一自当年折凤凰，至今消息两茫茫。

盖棺不作横金妇，入地还从折桂郎。

彭泽晓烟归宿梦，潇湘夜雨断愁肠。

新诗写向金山寺，高挂云帆过豫章。

题罢，后写扬州举人卢梦仙妻李妙惠题。书罢，艾氏看了，点头嗟叹。游玩一番，仍复下船，扬帆径往临川而去。

可怜节操冰霜妇，却做离乡背井人。

却说卢梦仙在西山读书，倏忽便是三年。又当会试之年，收拾行李书箱，来到京师。礼闱一战，春榜高登，中了成化丁未科进士。报录的打到卢家，把卢南村夫妇蓦地一惊，方知儿子尚在。连忙将灵位焚烧，又懊悔媳妇一段情由，然已悔之无及。别人家报进士，热闹不可胜言。惟卢家冷落如故。不过几时，梦仙家报也到，方晓得他在向西山读书。梦仙观政三月，除授行人之职。方才受职，宪宗皇帝驾崩，弘治爷登位，政令一新。凡新进之士，不许规避，旷废职业。梦仙因昔年为乡党讥诮，急欲衣锦荣归，以舒此气，为此不想迎接家眷入京。那知功令森严，不敢请假。欲寻便差回家，候了几月，恰好开馆纂修宪庙实录，分遣廷臣，往各省采访事迹。梦仙讨了江西差，回到家中，拜过父母，却不见了奶奶。询问何在，卢南村夫妇隐讳不得，从实说出许多缘故，再三招认不是。梦仙外貌佯言妻子如衣服，穿一层又一层，何足介意。心中却想："父母多大年纪，如何作事恁般苟且！这桩事件，贻笑乡里。"又想："妙惠妻子。他平素自负读书知礼，何一旦乃至于此？可见人常时夸说忠孝节烈，总属浮谈，直至临事，方见真假。"

因父母说当年曾央方姨娘幼妙惠改嫁，即便亲自往见，细问彼时情景。方姨娘将卢南村逼嫁，妙惠自缢，及央去劝谕，方始肯从的事说与。乃道："舍甥女心如铁石，断不受污。但去后不知死生若何耳。"又埋怨道："贤甥婿虽为功名，也该寄书安慰父母妻子。如何鳞鸿杳绝，致使误听凶信，变生意外，害了我甥女。"梦仙听了誓死不肯失节这一段，不觉眼中流下泪来，懊悔自己不通书的不是，然心中也还半信半疑。又问丈人李月坡踪迹。方姨娘道："连年久馆凤阳，从未归家。向日甥女去时，与令尊俱有书寄去，也无回信。近闻在彼，甚是安乐。"梦仙即向方姨娘讨纸笔，写书一封，央他有便寄去，遂作辞回家，心中十分郁郁不乐。

　　只见雷鸣夏秀才投帖相见，分宾坐下。鸣夏先行拜贺，后叙寒暄。却又恐触他心事，说记得当年凤凰独宿，一个鲤鱼之对，预卜奇才，今日果不失望。梦仙道："只因此对不祥，致李岳翁招了忘恩之婿，梦仙娶着再嫁之妻。"雷鸣夏道："此事闻之甚熟，大非尊夫人之意，但言之既碍于两位尊人，至若夫人踪迹，又不便于兄长。莫如隐而不发，方为两得。前日利津门龚家之女，望门久寡。倘兄长不弃，续此良缘，不揣特来作伐，未审尊意如何？"梦仙道："不才只因一念之差，致使家中大变，五内如焚，何心及此。且钦限紧急，即日起行，这还不敢奉命。"鸣夏道："既如此，且待兄长江西事竣回府，再来申议。"道罢便要起身，梦仙留住小饮，明日又送书仪一两。梦仙在家月余，起程前往江西。出了瓜洲闸口，舟过金山，吩咐船头泊船，登山游览。山僧远远相迎，陪侍遍游诸景。行过方丈，抬头忽见壁间妙惠所题之诗，又惊又恨，却如万箭攒心。细玩诗中意味，知妙惠立志无他，方姨娘之言，果然不谬。但已落在人手，无从问觅。怎生奈何。正是：

　　　　混浊不分鲢共鲤，水清方见两船鱼。

此时已无心玩景，急便下船。将诗句写出把玩，不忍释手，直至歔歔涕泣。虽则出使官府，威仪显赫，他心中却是丧家之狗，无投无奔一般。顺风相送，顺水相催，不觉早到江西。抬头望见，盐船停泊河下不止数百。猛然想起，初入京师，那年二月十四夜，梦答盐场积在扬州，盐客多在江西。今想诗中彭泽潇湘豫章之语，我妻子多因流落在此。从中探问，或有道理。舟至码头湾泊，早有馆驿差役，报知地方官。不多时，府县、司道、抚按，俱来相拜请酒，好不热闹。

最后一位官员来拜，乃是布政使徐某，其子却与梦仙是同榜进士。年伯年侄，与别位官府不同。相见之时，分外另有一种亲谊。徐方伯道："老先生以刘向之才，子长之笔，定使汗简有辉，石渠增色。"梦仙心事不宁，无有主意。因那徐方伯老成历练，必有高见，何不谋之于彼。乃答道："老年伯在上，实不敢瞒，年侄齐家有愧，报国未遑。"徐方伯愕然道："老先生何出此言？"梦仙将头一展，两家从人会意，尽皆回避。梦仙方伯，各把几儿掇近，四膝相对，低低说，当年会试去后，如此如此。梦仙袖中取出诗来，呈与徐方伯观看。徐方伯接诗在手，一头点头，一头计较。答道："据着此诗，尊阃保无他志，旧梦必有奇验。但未知可在舟中，且以出使尊官，访问嫁妻，既难于启齿，总或寻着，声名不雅。莫若用计取之。老夫门下有一干事苍头，极其巧黠，差他去探听，定有着落。"梦仙打恭道："全仗老年伯神力周全。"原来苍头是徐方伯贴身服事的，当下唤过来，将就里与他说知。苍头将诗细细读了几遍，低首想了一想，禀道："小人有个道理在此了。"梦仙欣然问道："有何计策？"苍头道："如今且慢说，待小人做出便见。"梦仙即唤家人先赏他三两银子。苍头遂叩谢而出，徐方伯也作别起身。这苍头真个是：

　　古押衙复出人间，昆仑奴再生人世。

且说苍头读熟了这八句诗，驾了一只小船，船中摆着几个酒坛，摇向盐船边。叫一声卖酒，随口就歌出这八句诗来，分明是唱山歌一般。在盐船帮中摇来摇去，一连穿了三四日，并没些动静。那盐船上人千人万，见他日日在此叫卖酒，酒又不见，歌甚么诗。都笑道："常言好曲子唱了三遍，也要口臭了。"苍头道："好曲子唱三遍，好诗唱三千遍何妨。"又有一船上叫道："你卖甚么酒？"苍头道："我卖状元红。"船上又问："可卖菜？"苍头道："我正卖蔡状元。"船上又问道："如何蔡状元？"苍头道："蔡状元寻赵五娘。"船上又笑道："满口胡柴。"苍头道："胡柴倒没有，只有柴胡，换些红娘子与我。"只此半真半假，似醉似痴。又转船摇过一盐船边，叫了一声卖酒，便停棹高歌这诗。船上又有人问："卖甚么酒？"苍头道："卖靠壁清。"船上道："若是浑的，便不要。"苍头道："也不浑。扬州新进士卢梦仙，初选行人，没有脏私，何浑之有。"

这两句话还未完，只见那边一只大船上，水窗开处，一个女人在舱门口，将手一招。苍头望见，飞也似摇近船旁。这女人便是卢梦仙的妻房李妙惠。原来谢启自前年回归临川，因酒色过度，得了个病症，在家中医疗，不能痊愈。后来亏一个医家与他炙了，养火半年，方得平复。这时才带领婢妾到扬州盘帐。妙惠也欲回乡访问父亲消息，随着艾氏一齐同行，依旧母子各舟。路经省城，众盐船大半是谢启的，为此也暂泊于此。不想凑巧，正遇卢梦仙到此寻觅。当下李妙惠低声问苍头："你是何人，来此讲这谜话？"苍头说："徐布政老爷差我打听卢进士妻子李妙惠消息的。"妙惠吃了一惊，说："卢梦仙已死京师久了，何得还在？"苍头应道："死的是商州卢梦仙，是举人，不是进士。今是扬州卢梦仙，是卢南村的儿子，李月坡的女婿，是进士不是举人。"妙惠道："如今卢进士在那里？"苍头将手一指道："远远那只大座船，行人司牌额便是。"妙惠道："我便是卢梦仙原配李氏。昨日听见你歌这首诗，只因船上耳目多，不得空隙问你。今幸商人入城，其母亦往邻舟，事在今宵，万勿迟误。"将手一挥，苍头转船，飞棹回报。卢梦仙又惊又喜，赏与酒饭。

毕竟读书人聪明，想起盐船高大，苍头船小，上下悬绝，却不好过船。自己座船移去相傍，必然惊动他船上人，俱是不妥。雇起一只八桨快船，又选四个便捷水手，在船相帮。捱至夜静更深，教苍头小船先行观探，桨船随后。苍头掉到船边，妙惠已在舱口等候。两下打个照会，桨船轻轻划近船旁，也还上下相悬。水手连忙搭上跳板，打起扶手。说时迟，那时快，妙惠一见船到，即跨出舱门，举足登跳，搭着扶手，跑下船中。水手收起跳板扶手，依旧轻轻荡开。到了河心中，方才一齐着力，望着座船飞也似划来。那盐船上人正当睡熟，更无一人知觉。这才是：

拆破玉笼飞彩凤，掣开金锁走蛟龙。

卢梦仙在座船中，秉灯以待。水手来报奶奶已到。梦仙大喜，即起身迎入舱中。夫妻相见，分明似梦里一样，悲喜交集，各诉衷情，自不消说起。梦仙赏苍头白金十两，作书报谢徐方伯。方伯前来慰庆，这也不在话下。

只有谢启失了妙惠，差人访察。才知他原夫未死，中了甲科，出差至此，令人寻探着了，暗地取去。方明白前日卖酒歌诗、诈痴不颠的老儿，正是他所差之人。谢启将这事述与艾氏，说："不道此妇后来还该是诰命夫人，看起来有福分的，骨气自是不同。彼时他不以死生易念，患难丧节。到今归去，白璧无瑕，好不与丈夫争气。"艾氏道："当日我见他言词激烈，故此曲为保全。那时若是死了，你的是非至今还不得干净。"又道："向来我托他管理这些财物账目，临去条分缕析，封识宛然，丝毫不苟，此亦常人所难。"谢启道："李氏在此已住三年，他自己说坚持节操，怕人还未信。儿子意欲去见卢进士，表白一番。一则显他矢志贞烈；二则表母亲保全恩义；三则也见儿子不坏他行止。再把当时伏侍的使女二人送与，更见母亲挂念之情，也博个仁厚之名。母亲以为何如？"艾氏点头道："这也使得。"

谢启随至卢梦仙船上来请见，从人将名帖送入舱中。梦仙看了，倒吃一惊，对妙惠道："谢启特来见我，是甚意思？"妙惠道："他是富商，你是进士，恐有芥蒂于心，故来修好。然此人亦有可敬之处，我初至其家，只见两次。能后遵母命，未尝再齿及于我。且废他三年衣食，亦可称仁孝矣。假使妙惠落于他人，安能得至今日。相见之间，莫把他怠慢。"梦仙听了此话，即出相见，分宾主而坐。谢启历叙妙惠矢志不辱，并其母保全这些原故，说："小子实陷于不知，望老大人矜恕。"这一篇话与妙惠自言一毫无二：愈见得金精百炼。梦仙谢他母子厚德。谢启又道其母忆念，送两个使女表情梦仙坚却不受。谢启不好相强，遂作别起身，仍旧领回。梦仙要去答拜，妙惠道："当年公公曾得其百金礼币，我既不从，受之无名。供我三年，亦宜补还。如此方见恩义分明，去来清白。"梦仙一如其言，备下礼物，妙惠又别具香帕玉花之类，写书一封致谢艾氏。梦仙到谢启船上，相见礼毕，略叙寒温，即唤从人将礼物陈上，道其所以。谢启如何肯受。梦仙不听，教从人连盒子放下而别。谢启又差人来，艾氏收受复书致谢，其余尽皆璧还。梦仙又差人送去，如此往覆几番。谢启推辞不过，只得收了，将

来舍与铁树宫中，修理庙宇。那时妙惠贞节之事，传布省城。抚按三司，都来拜问，欲要题请旌表。梦仙恐彰其父亲逼嫁之短，再三阻止。

话休烦絮。梦仙事完，起身复命。妙惠思念父亲久羁远馆，船到南京，写书差人到凤阳迎接归家。此时梦仙情怀舒畅，一路从容缓行，观玩景致。非止一日，已至扬州，泊船河下。他是饮差官，驿馆中自有执事轿车迎接。梦仙夫妻，一齐上轿。方欲起身，本府新任太守，却是同年，驿中传报了，即来相拜，已至船边。梦仙吩咐家眷先回，自己复下船迎见。

其时卢南村已知儿子回来，老父母都在门首观望。只见隶役前呵，族拥一乘大轿，来至门首。邻里并过往人都攒拢观看。皂隶喝道："奶奶在里边，还不闪开！"南村听了，不觉失惊，向骆妈妈说道："儿子却在江西娶亲了，这事怎么处？"原来卢南村因卖了媳妇，自觉惶愧。及雷秀才来说龚家姻事，梦仙未允。待到行后，也不管儿子肯不肯，竟自行聘，先娶来家。等儿子回来结婚，以赎昔年逼嫁媳妇之罪。那龚家巴不得招个进士女婿，所以一凭南村主张。今番见说轿内是奶奶，这件事可不又做错了，为此惊讶起来。正没做理会，只见轿中走出来的，不是新娶的奶奶，却是当年卖去的媳妇，一发惊讶不已。妙惠拜见，说："媳妇不能奉侍，朝夕在念。不知公公婆婆，一向安乐么？"南村夫妇满面羞惭，况兼心中有事，只说得一句："多谢你记挂，这一向也好。"更无暇问与儿子会合的事，连忙教人去寻雷秀才来商议。不多时，梦仙、雷鸣夏俱到。南村扯雷秀才到半边，说如此如此，如今还是怎样。雷鸣夏道："既李夫人已归，龚家的做二夫人便了，何难之有。"随对梦仙说知。梦仙因妙惠受了这番折挫，不忍负他，弗肯应承。雷鸣夏道："如今缙绅，那一个不广置姬妾。在兄长一妾不为之过，况李夫人是大贤，决无不容之事。还有一件，龚氏若未过门，还可解得。如今尊翁已先迎娶来家，可有送归另嫁之理？"梦仙说不过，只得应允，择日纳婚。

恰好李月坡也从中都到来。原来李月坡初时见了卢南村之字，说把女儿改嫁，心中渐愤，遂誓不还乡，以馆为家。书中又说是方姨娘做媒，所以并他也怪了，绝无音信寄与。后来梦仙书去，知女婿未死，一发懊恨。此番得女儿手书，见说守节重归，方才大喜，即与使人同归。梦仙大开家宴，李龚两位丈人，雷秀才媒人，连方姨娘都请来赴宴。内外两席，真个合家欢庆。席间李月坡对南村笑道："如今小女有了五花官诰，卖不得了。"南村老大羞愧，说："亲家，我曾闻得人说：不是一番寒彻骨，怎得

梅花扑鼻香。老汉虽则当时不合强令爱改嫁，如今远近都传她贞节，也好算是老汉作成的，大家扯直罢。"李月坡道："是便是，迎宾馆里去坐，只该朝北。"众人道："却是为何？"李月坡道："罚他不知礼！"众人听了，一笑而散。看官，这李妙惠完名全节，重归卢梦仙，比着徐德言、黄昌半残的义夫节妇，可不胜似万倍么？后人有六句口号，嘲笑卢南村云：

犁牛犁牛，南村养犊。伯骓梦仙，一雅一俗。迎宾馆中，坐当朝北。

又有人步李妙惠金山壁上元韵以颂其操，诗云：

一自当年拆凤凰，寻阳西畔水茫茫。
题残鱼素先将父，泣罢菱花未死郎。
异榜信传同姓字，卖盐人有淡心肠。
方知完璧人间少，彤管增辉第几章。

第三篇　王本立天涯求父

浩浩如天孰与伦，生身萱草及灵椿。

当思鞠育恩无极，还记劬劳苦更辛。

跪乳羔羊知有母，反哺乌鸟不忘亲。

至天犬马皆能养，人子缘何昧本因。

说话人当以孝道为根本，余下来都是小节。所以古昔圣贤，首先讲个孝字。比如今人，读得几句书，识得几个字，在人前卖弄，古人哪一个行孝，是好儿子，哪一个敬哥，是好兄弟。将日记故事所载王祥卧冰、孟宗哭竹、姜家一条布被、田氏一树荆花，长言短句，流水般说出来，恰像鹦哥学念阿弥陀佛一般，好不入耳。及至轮到身上，偏生照管下来。可见能言的，尽不能行。反不如不识字的到明白得养育深恩，不敢把父母轻慢。总之孝不孝，皆出自天性，原不在于读书不读书。

如今且先说一个忘根本的读书人，权做人话头。本朝洪武年间，钱塘人吴敬夫，有子吴愖，官至方面，远任蜀中。父子暌违，又无音耗。敬夫心中萦挂，乃作诗一首，寄与儿子。其诗云：

剑阁凌云鸟道边，路难闻说上青天。

山川万里身如寄，鸿雁三秋信不传。

落叶打窗风似雨，孤灯背壁夜如年。

老怀一掬钟情泪，几度沾衣独泫然。

此诗后四句，写出老年孤独，无人奉侍。这段思念光景，何等凄切！便是土木偶人，看到此处，也当感动。谁知吴愖贪恋禄位，全不以老亲为念，竟弗想归养，致使其父日夕悬望，郁郁而亡。愖始以丁忧还家，且作诗矜夸其妻之贤，并不念及于父。友人瞿祐闻之，正言诮责，羞得他置身无地，自此遂不齿于士林。此乃衣冠禽兽，名教罪人。奉劝为人子的，莫要学他。

待在下另说一个生来不识父面的人，却念着生身恩重，不惮万里程途，十年辛苦，到处访录，直至父子重逢，室家完聚。人只道是因缘未断，正不知乃：

孝心感恪神天助，好与人间做样看。

说这北直隶文安县，有一人姓王名珣，妻子张氏。夫妻两口，家住郭外广化乡中，守着祖父遗传田地山场，总来有百十余亩。这百亩田地，若在南方，自耕自种，也算做温饱之家了。那北方地高土瘠，雨水又少，田中栽不得稻禾，只好种些茄茄、小米、豆麦之类。山场陆地，也不过植些梨枣桃梅、桑麻蔬菜。此等人家，靠着天时，凭着人力，也尽好过活。怎奈文安县地近帝京，差役烦重，户口日渐贫耗。王珣因有这几亩薄产，报充了里役，民间从来唤做累穷病。何以谓之累穷病？假如常年管办本甲钱粮，甲内或有板荒田地，逃亡人丁，或有绝户，产去粮存，俱要里长赔补，这常流苦尚可支持。若轮到见年，地方中或遇失火失盗，人命干连，开浚盘剥，做夫当夜，事件多端，不胜数计，俱要烦累几年。然而一时风水紧急，事过即休，这也只算做零星苦，还不打紧；，惟挨着经催年分，便是神仙，也要皱眉。这经催乃是催办十甲钱粮，若十甲拖欠不完，责比经催，或存一甲未完，也还责比经催。其间有那奸猾乡霸，自己经催年分，逞凶肆恶，追逼各甲，依限输纳。及至别人经催，却恃凶不完，连累比限。一年不完，累比一年，一月不完，累比一月。轻则止于杖责，重则加以枷杻。若或功令森严，上官督责，有司参罚，那时三日一比，或锁押，或监追，分毫不完，却也不放。还有管粮衙官，要馈常例，县总粮书，歇家小甲，押差人等，各有旧规。催征牌票雪片交加，差人个个如狼似虎。莫说鸡犬不留，那怕你卖男鬻女，总是有田产的人，少不得直弄得灯尽油干，依旧做逍遥百姓，所以唤做累穷病。

要知里甲一役，立法之初，原要推择老成富厚人户充当，以为一乡表率，替国家催办钱粮。乡里敬重，遵依输纳，不敢后期。官府也优目委任，并不用差役下乡骚扰。或有事到于公庭，必降颜倾听，即有差误处，亦不过正言戒谕。为此百姓不苦于里役，官府不难于催科。那知相沿到后，日久弊生，将其祖宗良法美意，尽皆变坏。兼之吏胥为奸，生事科扰。一役未完，一役又兴，差人叠至，索诈无穷。官府之视里役，已如奴隶，动转便加杖责。佃户也日渐顽梗，输纳不肯向前。里甲之视当役，亦如坑阱，巴不能解脱。自此富贵大家，尽思规避，百计脱免。那下中户无能营为的，却金报充当，若一人力量不及，就令两人朋充。至于穷乡下里，尝有十人朋合，愿充者既少，奸徒遂得挨身就役。以致欺瞒良善，吞嚼乡愚，串通吏胥侵渔、隐匿、拖欠，无所不至。为此百姓日渐贫穷，钱粮日渐逋欠。良善若被报充里役，分明犯了不赦之罪。上受官府责扑，下受差役骚扰，若楚受累，千千万万，也说不尽。

　　这王珣却是老实头，没材干的人。虽在壮年，只晓得巴巴结结，经营过活，世务一些不晓。如何当得起这个苦役？初服役时，心里虽慌，并无门路摆脱，只得逆来顺受，却不知甚么头脑。且喜甲下赔粮赔了不多，又遇连年成熟，钱粮易完，全不费力。及轮到见年，又喜得地方太平，官府省事，差役稀少。虽用了些钱钞，却不曾受甚棒责，也弗见得苦处。他只道经催这役，也不过如此，遂不以为意。更有一件喜处，你道是甚喜？乃是娘子张氏，新生了一个儿子。分娩之先，王珣曾梦一人，手执黄纸一幅，上有太原两个大字，送入家来。想起莫非是个谶兆，何不就将来唤个乳名？但太字是祖父之名，为此遂名原儿。原来王珣子息宫见迟，在先招过几个女胎，又都不育。其年已是三十八岁，张氏三十五岁，才生得这个儿子，真个喜从天降。亲邻斗分作贺，到大大里费了好些欢喜钱。

　　一日三，三日九，这孩子顷刻便已七八个月了。恰值十月开征之际，这经催役事已到。大抵赋役，四方各别。假如江南苏、松、嘉、湖等府粮重，这徭役丁银等项便轻。其他粮少之地，徭役丁银稍重。至于北直隶山陕等省粮少，又不起运，徭役丁银等项最重。这文安县正是粮少役重的地方。那知王珣造化低，其年正逢年岁少收。各甲里长，一来道他朴实可欺，二来藉口荒歉。不但粮米告求蠲免，连徭役丁银等项，也希图拖赖，俱不肯上纳。官府只将经催严比，那粮官书役，催征差人，都认王珣是可扰之家，各色常例东道，无不勒诈双倍。况兼王珣生来未吃刑杖，不免雇人代比，每打一板，要钱若干，皂隶行杖钱若干。征比不多数限，总计各项使用，已去了一大注银钱雇替。王珣思算，这经催不知比到何时方才完结，怎得许多银钱。事到其间，也惜不得身命了，且自去比几限，再作区处。心中虽如此踌躇，还痴心望众人或者良心发现，肯完也未可知。谁想都是铁打的心肠，任你责比，毫不动念。可怜别人享了

田产之利，却害无辜人将爹娘皮肉，去捱那三寸阔半寸厚七八斤重的毛竹片，岂不罪过！王珣打了几限，熬不得痛苦，仍旧雇人代比。前限才过，后限又至。囊中几两本钱用尽，只得典当衣饰。衣饰尽了，没处出豁，未免变卖田产。费了若干钱财，这钱粮还完不及五分。

征比一日紧一日，别乡里甲中，也有枉的、拶的、枷的、监禁的，这般不堪之事。看看临到头上，好生着忙。左思右想，猛然动了一个念头，自嗟自叹道："常言有子万事足，我虽则养得一个儿子，尚在襁褓，干得甚事。又道是田者累之，我有多少田地，却当这般差役。况又不曾为非作歹，何辜受这般刑责，不如敝却故乡，别寻活计。只是割舍不得妻子，怎生是好？"又转一念头："罢罢！抛妻弃子，也是命中注定。事已如此，也顾他不得了。但是娘子知道这个缘故，必不容我出门。也罢，只说有个粮户，逃在京师，官差人同去捕缉，教行李收拾停当，明早起程。"张氏认做真话，急忙整理行囊，准备些干粮小菜。王珣又吩咐凡所有寒暑衣服，并鞋袜之类，尽都打叠在内。张氏道："你打帐去几时，却要这般全备？"王珣道："出路的买卖，那里论得定日子。万一路上风雨不测，冷暖不时，若不带得，将甚替换。宁可备而不用。"张氏见说得有理，就依着他，取出长衣短袄，冬服春衫，连着被褥等件，把一个被囊子装得满满的。

次日早起做饭，王珣饱食一餐。将存下几两田价，分一大半做盘缠，把一小半递与张氏，说道："娘子，实对你说，我也不是去寻甚么粮口。只因里役苦楚难当，暂避他乡，且去几时。待别人顶替了这役，然后回来。存剩这几亩田地，虽则不多，苦吃苦熬，还可将就过日。"又指着孩子道："我一生只有这点嫡血，你须着意看觑。若养得大，后来还有个指望。"张氏听了，大惊失色道："这是那里说起。常言出外一里，不如家里。你从来不曾出路，又没相识可以投奔，冒冒失失的往那里去？"王珣道："我岂不知，居家好似出外，肯舍了你，逃奔他方？一来受不过无穷官棒，二来也没这许多银钱使费。无可奈何，才想出这条路。"张氏道："据你说，钱粮已催完五分，那一半也易处了，如何生出来这个短见？"王珣道："娘子，你且想，催完这五分，打多少板子，用了多少东西。前边尚如此烦难，后面怎能够容易。况且比限日加严紧，那枷拶羁禁的，那一限没有几个。我还侥幸，不曾轮着。然而也只在目前目后了。为此只得背井离乡，方才身上轻松，眼前干净。"张氏道："你男子汉躲过，留下我女流之辈，拖着乳臭孩儿，反去撑立门户，当役承差，岂不是笑话？"王珣道："你不晓得大道理。自古家无男子汉，纵有子息，未到十六岁成丁，一应差徭俱免。况从来有例，若里长逃避，即拘甲首代役，这到不消过虑。只是早晚紧防门户，小心火烛。你平生勤苦做家，自然省吃俭用。纺织是你本等，自不消吩咐。我此去本无着落，虽说东海里船头有相会之日，毕竟是虚帐。从此夫妇之情，一笔都勾，你也不须记挂着我。或者天可怜见，保佑儿子成人，娶妻完聚，生男育女，接绍王门宗祀足矣。"又抱过儿子，遍体抚摩，说道："我的儿，指望养大了你，帮做人家，老年有靠。那知今日孩赤无知，便与你分离。此后你的寿夭穷通，我都不能知了。就是我的死活存亡，你也无由晓得。"说到此伤心之处，肝肠寸断，禁不住两行珠泪，扑簌簌乱下。张氏见丈夫说这许多断头话，不觉放声大恸，哭倒在地。王珣恐怕走漏了消息，急忙把那原儿放下，也不顾妻子，将行李背起。望外就走。张氏挣起身，随后赶来扯他。王珣放开脚步，抢出大门，飞奔前往。离了文安县，取路投东，望着青齐一带而去。真个是：

夫妻本是同林鸟，大难来时各自飞。

当下张氏，挽留不住丈夫，回身入内，哭得个不耐烦方止。想起丈夫一时恨气出门，难道真个撇得下我母子，飘然长往，或者待经催役事完后，仍复归来，也未可知。但只一件，若比限不到，必定差人来拿，怎生对付他便好。踌躇了一回，乃道："丈夫原说里长逃避，甲首代役。差人来时，只把这话与他讲说。拼得再打发个东道，攒在甲首身上便了。料想不是甚么侵匿钱粮，要拿妇女到官。"过了两日，果然差人来拘。张氏说起丈夫受比不过，远避的缘故，袖中摸出个纸包递与，说："些小酒钱送你当茶，有事只消去寻甲首，此后免劳下顾。这原是旧例，不是我家杜撰。你若不去，也弗干我事。"差人不见男子，女人出头，又且会说会话，奈何他不得，只得自去回官。官府唤邻舍来问，知道王珣果真在逃，即拿甲下人户顶当，自此遂脱了这役。亲戚们闻得王珣远出，都来问慰。张氏虽伤离别，却是辛勤，日夜纺织不停。又雇人及时耕种，这几亩田地，到盘运起好些钱财。更善怀中幼子灾晦少，才见行走，又会说话。只是挂念丈夫，终日盼望他归。那知绝无踪影。音信杳然。想道："看起这个光景，果然立意不还了。你好没志气，好没见识，既要避役，何不早与我商量？索性把田产尽都卖了，挈家而去，可不依旧夫妻完聚，父子团圆。却暗地里单身独往，不知飘零哪

处，安否若何。死生难定，教我怎生放心得下。"言念至此，心内酸辛，眼中泪落，呜呜而泣。原儿见了，也啼哭起来。张氏爱惜儿子，便止悲收泪，捧在怀中抚慰。又转一念道："幸得还生下此子，不然教我孤单独自。到后有甚结果。"自宽自解，嗟叹不已。有诗为证，诗云：

寒闺憔悴忆分离，惆帐风前黯自悲。
芳草天涯空极目，浮云夫婿没归期。

话分两头。且说王珣当日骤然起这一念，弃了故乡，奔投别地，原不曾定个处所。况避役不比逃罪，怕官府追捕，为此一路从容慢行。看不了山光水色，听不尽渔唱樵歌，甚觉心胸开爽，目旷神怡。暗自喜悦道："我枉度了许多年纪，终日忙忙碌碌，只在六尺地上回转，何曾见外边光景？今日却因避役，反得观玩一番，可不出于意外。"又想："我今脱了这苦累，乐得散诞几年，就死也做个逍遥鬼。难道不强似那苦恋妻子，混死在酒色财气内的几倍。"这点念头一起，万缘俱淡，哪里还有个故乡之想。因此随意穿州撞县，问着胜境，便留连两日。逢僧问讯，遇佛拜瞻，毫不觉有路途跋涉之苦。只有一件，兴致虽高，那身畔盘缠，却是有限。喜得断酒蔬食，还多延了几时，看看将竭，他也略不介意。一日行至一个地方，这地方属卫辉府，名曰辉县。此县带山映水，果是奇绝：

送不迭万井炊烟，观不尽满城阛阓。高阳里，那数裴王，京兆阡，不分娄郭。冬冬三鼓，县堂上政简刑清，宰官身说法无量。井井四门，牌额中盘诘固守，异乡客投缥重来。可知尊儒重道古来同，奉佛斋僧天下有。依县治，傍山根，访名园，寻古迹。百千亿兆，县治下紧列着申明亭；十百阿罗，山根前高建起梦觉寺。

这梦觉古刹，乃辉县一个大丛林。寺中法林上人，道行清高，僧徒学者甚众。王珣来到此地，寓在旅店，闻知有这胜境，即便到寺随喜。正值法林和尚升座讲经。你道所讲何经？讲的是大方广圆觉修多罗了义经。王珣虽不能深解文理，却原有些善根。

这经正讲到：寂静常乐，故曰涅槃。不浊不漏，故曰清净。不妄不变，故曰真如。离过绝非，故曰佛性。护善遮恶，故曰总持。隐覆含摄，故曰如来藏。超越玄闷，故曰密严国。统众德而大备，烁群昏而独照，故曰圆觉。其实皆一心也。王玘听到此处，心中若有所感，想道："经中意味无穷，若道实皆一心，这句却是显明。我从中只简出常乐清净四字，便是修行之本。我出门时，原要寻个安身之处，即佣工下贱，若得安乐，便足收成结果。不道今日听讲经中之语，正合着我之初愿。这是我的缘法，合当安身此地，乐此清净无疑矣。"遂倒身拜礼三宝，参见大和尚，及两班首座。

又到厨下，问管家是何人，要请来相见。又问都管是何人，库房是何人，饭头是何人，净头是何人。众僧看见远方人细问众执事，必定是要到此出家的了。俱走来问讯道："居士远来何意？"王玘答道："弟子情愿到此出家。"众僧道："居士要出家，所执何务？"王玘道："我弟子是文安县田庄小民，从不知佛法，不晓得所执事务。"众僧道："既不执务，你有多少田地，送入常住公用？"王玘道："寒家虽有薄田几亩，田不过县，不能送到上刹收租。"众僧道："然则随身带得几多银两，好到本寺陪堂？"王玘道："弟子为官私差役，家业荡尽，免劳和尚问及。"众僧道："既如此，只选定一日，备办一顿素斋小食，好与众师兄弟会面。"王玘道："弟子离家已久，手无半文，这也不能。"众僧齐道："呵哟，佛门虽则广大，那有白白里两个肩头，一双空手，到此投师问道的理。"内中又有一个道："只说做和尚的吃十方，看这人到是要吃甘四方的，莫要理他。"王玘本是质直的人，见话不投机，叹口气道："咳！从来人说炎凉起于僧道，果然不谬。大和尚在法堂上讲圆觉经，众沙弥只管在厨房下计论田产银钱，斋衬馒头，可不削了如来的面皮？"

众僧被王玘抢白，大家罗哄起来，扯他出去。王玘正与争论间，只听得法堂讲毕，钟鼓饶钱，长幡宝盖，接法林下座。走到香积厨前，见王玘喧嚷，问知缘故，法林举手摇一摇说："众僧开口便俗，居士火性未除。饶舌的不须饶舌，皈依的且自还宗。"王玘当下自知惭愧，急便五体投地，即首连连，说道："弟子只因避役离家，到此求一清净，并无他故。一时不知进退，语言唐突，望大和尚慈悲怜悯，宽恕姑容则个。"法林见他认罪悔过，将他来历盘问一番，知是个老实庄家，乃道："你既真心皈依，老僧怎好坚拒不纳，退人道心。但你一来不识文理，二来与大众们闹乱一番。若即列在师弟师兄，反不和睦。权且在寺暂执下役，打水烧火，待异日顿悟有门，另为剃度。佛

门固无贵贱，悟道却有后先。须自努力，勿错念头。"王珣领了老和尚法语，叩首而起。向旅店中取了行李，安身兰若，日供樵汲。从此：

割断世缘勤念佛，涤除俗虑学看经。

按下王珣。再说张氏，自从丈夫去后，不觉年来年往，又早四个年头。原儿已是六岁，一日忽地问着娘道："人家有了娘，定有爹。我家爹怎的不见？"突然说出这话，张氏大是惊异。说道："你这小厮，吃饭尚不知饥，晓得甚么爹，甚么娘，却来问我。这是谁教你的？"原儿道："难道我是没有爹的？"张氏喝道："畜生，你没有爹，身从何来？"原儿道："既有爹，今在何处？"张氏道："儿，我便说与你，你也未必省得。你爹只为差役苦楚，远避他方，今已四年不归矣。"口中便说，那泪珠儿早又掉下几点。原儿又问："娘可知爹几时归来？"张氏道："我的儿，娘住在家里，你爹在何处，何由晓得。"原儿把头点一点，又道："不知爹何时才归。"张氏此际，又悲又喜。悲的是丈夫流落远方，存亡未审；喜的是儿子小小年纪，却有孝心，想着不识面的父亲，后日必能成立。自此之后，原儿不常念着爹怎地还不见归。张氏听了，便动一番感伤，添几分惆怅。

话休烦絮。原儿长成到八岁上，张氏要教他去读书，凑巧邻近有个白秀才，开馆授徒。这白秀才原是饱学儒生，自道年逾五十，文字不时，遂告了衣巾，隐居训蒙。张氏亲送儿子到馆受业，白秀才要与他取个学名，张氏说："小犬乳名原儿，系拙夫所命，即此为名，以见不忘根本。"白秀才道："大娘高见最当。且原即本也，以今印昔，当日取义似有默契。"张氏道："小儿生时，拙夫曾梦见太原两字，因此遂以为名。"白秀才说："太原乃王姓郡名。太者大也，原者本也。论语上说'本立而道生'，以圣经合梦而言，贤胤他日必当昌大蕃盛。合宜名原，以应梦兆。表字本立，以符经旨。名义兼美，后来必有征验。"张氏听他详解出一番道理，虽不足信，也可暂解愁肠，说道："多谢先生指教，小犬苟能成立，使足勾了，何敢有他望。"从此到减了几分烦恼，只巴儿子读书上进。假如为母的这般辛勤，这般期望，若儿子不学好，不成器，也是枉然。喜得王原资性聪明，又肯读书，举止安详，言笑不苟。先生或有事他出，任你众学生跳跃顽嬉，他只是端坐不动，自开荒田。大学之道念起，不上三年，把四书读

完，已念到诗经小雅蓼莪篇，哀哀父母，生我劬劳了。

其年恰当红鸾星照命，蓦地有一个人，要聘他为婿。你道是何等样人？这人姓段名子木，家住崇山村中，就是王珣甲下人户。王珣去后，里役是他承当。彼时原不多田地，因连年秋成大熟，家事日长。此人虽则庄家出身，粗知文理，大有材干，为人却又强硬。见官府说公事，件件出尖。同役的倒都惧他几分，所以在役中还不吃亏。段子木既承了这里长，王珣本户丁粮，少不得是他催办。几遍到来，看见王原年纪尚幼，却是体貌端庄，礼度从容，不胜叹异。想道："不道王珣却生得这个好儿子，若我得有这一子，此生大事毕矣。"原来段子木家虽小康，人便伶俐。却不会做人，挣不出个芽儿，只有一女，为此这般欣羡。又向妻子夸奖，商量要赘他为婿。央白秀才做媒，问起年纪，两下正是同年，一发喜之不尽。白秀才将段子木之意，达知张氏。张氏道："家寒贫薄，何敢仰攀高门。既不弃嫌，有何不美。但只有此子，入赘却是不能。若肯出嫁，无不从命。"白秀才把此言回复段子木。本是宿世姻缘，慨然许允。张氏也不学世俗合婚问卜，择吉日行礼纳聘，缔结两姓之好。可见：

天缘有在毋烦卜，人事无愆不用疑。

且说王原，资质既美，更兼白秀才训导有方，一面教他诵读，一面就与他粗粗里讲些书义。此际还认做书馆中功课，尚不着意。到了十三四岁，学做文字，那时便留心学问。一日讲到子游问孝、子夏问孝，乃问先生道："子游、子夏，是孔门高弟，列在四科。难道不晓得孝字的文理，却又问于夫子？"先生道："孝者，人生百行之本，人人晓得，却人人行不得。何以见之？假如孝经上说：'身体发肤，受之父母，不敢毁伤。'乃有等庸愚之辈，不以父母遗体为重。嗜酒亡为，好勇斗狠，或至忘身丧命，这是无赖之徒，不足为孝。又有一等，贪财好色，但知顾恋妻子，反把父母落后，这也不足为孝。又有一等，日常奉养，虽则有酒有肉，只当做应答故事，心上全无一毫恭敬之意，故譬诸犬马，皆能有养，这也不足为孝。所以子游回这一端孝字。又有一等，饮食尽能供奉，心上也知恭敬，或小有他事关心，便露出几分不和顺的颜色，这也不足为孝。子夏所以问这一端孝字。又有一等，贪恋权位，不顾父母，生不能养，死不能葬，如吴起母死不奔丧之类，这也不足为孝。还有一等，早年家计贫薄，菽水藜藿，

犹或不周，虽欲厚养，力不从心。及至后来一旦富贵，食则珍羞罗列，衣则玉帛赢余，然而父母已丧，不能得享一丝一脔。所以说树欲静而风不宁，子欲养而亲不在。故昔皋鱼有感，至于自刎。孝之一字，其道甚大，如何解说得尽。"

王原听见先生讲解孝字许多道理，心中体会一番，默然感悟，想道："我今已一十四岁，吃饭也知饥饱，着衣也知寒暖。如何生身之父，尚未识面？母亲虽言因避役他方，也不曾说个详细。如今久不还家，未知是生是死，没个着落。我为子的于心何安？且我今读书，终日讲论着孝弟忠信。怎的一个父亲，却生不识其面，死不知其处，与那母死不奔丧的吴起何异？还读甚么书，讲甚么孝？那日记故事上，载汉时朱寿昌弃官寻母，誓不见母不复还，卒得其母而归。难道朱寿昌便寻得母，我王原却寻不得父。须向母亲问个明白，拼得穷遍天南地北，异域殊方，务要寻取回来，稍尽我为子的一点念头。"定了主意，也不与先生说知，急忙还家。张氏见他踉踉跄跄的归来，面带不乐之色，忙问道："你为何这般光景，莫非与那个学生合气吗？"王原道："儿子奉着母亲言语，怎敢与人争论。只为想着父亲久不还家，不知当时的实为甚缘故出去，特回来请问母亲，说个明白。"张氏道："我的儿，向来因你年幼，不曾与你细说。你爹只为有这个祖遗几亩田地，报充里役，轮当经催。如此如此，这般这般，因是受苦不过，蓦地子身远避。彼时只道他暂去便归，那知竟成永别！"王原道："既为田产当役，何不将田来卖了，却免受此分离之苦？"张氏道："初然也不料这役如此烦难，况没了田产，如何过活。"王原道："过活还是小事，天伦乃是大节。"张氏道："总是命合当然，如今说也无用，只索繇他罢了，你且安心去读书。"王原说："母亲怎说这话，天下没有无父的儿子。我又不是海上东方朔，空桑中大禹圣人，如何教我不知父亲生死下落。"张氏道："这是你爹短见，全不商量，抛了我出去，却与你无干。"

王原道："当年父亲撇下母亲，虽是短见，然自盘古开天，所重只得天地君亲师五个字。我今蒙师长讲得这孝字明白，若我为子的不去寻亲，即是不孝，岂非天地间大罪人！儿意已决，明早别了母亲就行。"张氏笑道："你到那里去，且慢言你没处去寻，就教当面遇见，你也认不出是生身老子。"王原道："正要请问母亲，我爹还是怎生个模样？"张氏道："你爹身材不长不短，紫黑面皮，微微里有几茎胡须。在颧骨上有痣，大如黑豆，有一寸长毫无两三根。左手小指曲折如钩，不能伸直。这便是你爹的模样。但今出去许多年，海阔天空，知在何处，却要去寻，可不是做梦？"王原道："既有此记认，便容易物色。不论天涯海角，到处寻去，必有个着落，寻不见誓不还家。"

张氏道："好孝心，好志气。只是你既晓得有爹，可晓得有娘么？"王原道："母亲十月怀胎之苦，三年乳哺之劳，以至今日，自顶及踵，无一非受之于母亲，如何不晓得有娘？"张氏道："可又来。且莫说怀胎乳哺的劳苦，只你父亲出门时，你才周岁，我一则要支持门户，二来要照管你这冤家。虽然脱卸差役，还恐坐吃山空。为此不惜身命，日夜辛勤。那寒暑风霜，晏眠早起的苦楚，尝了千千万万，才挣得住这些薄产，与你爹争了个体面。你道容易就这般长大么？你生来虽没甚大疾病，那小灾晦却不时侵缠。做娘的常常戴着个愁帽儿，请医问卜，赛愿求神，不知费了多少钱钞，担了多少鬼胎。巴得到学中读书，这束修尚是小事，又怕师长训责惊恐，同窗学生欺负，那一刻不挂在肝肠。你且想，做娘的如此担忧受苦，活孤孀守你到今。回头一看，连影子只得四人，好不凄惨。你却要弃我而去，只怕情理上也说不过。还有一句话，父母总是一般。我现在此，还你未曾孝养一日，反想去寻不识面的父亲。这些道理，尚不明白，还读甚么书，讲甚么孝？寻父两字，且须搁起，我自有主见在此。"

王原听娘说出许多苦楚，连忙跪下，眼中垂泪，说道："儿子不孝，母亲责备得极是。但父母等于天地，有母无父，便是缺陷。若父亲一日不归，儿子心上一日不安，望母亲曲允则个。"张氏道："罢，罢！龙生龙，凤生凤。有那不思家乞丐天涯的父亲，定然生这不顾母流落沟渠的儿子。你且起来，好歹待我与你娶妻圆娶。一则可完了我为母之事，二则我自有媳妇为伴。那时任凭你去，我也不来管你。"王原无可奈何，只得答应道："谨依慈命，后日别当理会。"起身走入书房中，闷坐了一回。随手取过一本书来，面上标着"汉书"二字，揭开看时，却是汉高祖杀田横，三十里挽歌，五百人蹈海的故事。大叹一声，说："为臣的死不忘君，为子的生不寻父，却不相反。"掩卷而起，双膝跪倒阶前，对于发誓道："我王原若终身寻父不着，情愿刎颈而死，漂沉海洋，与田横五百人精魂杳杳冥冥，结为知己。"设誓已毕，走起来，把墨磨饱，握笔蘸饱，向壁上题诗一首，诗云：

> 生来不识有灵椿，四海何方寄此身。
> 只道有用堪度日，谁知无父反伤神。
> 生憎吴起坟前草，死爱田横海上魂。

王原不过十三四岁，还是个儿童，何曾想到做亲。只为张氏有完婚之后，任凭出去的话，所以诗中两句结语如此。是时天色已暮，张氏点灯进来，与他读书。抬头看见壁上字迹淋漓，墨痕尚湿。即举灯照看。教儿子逐句念过，逐句解说。王原念到结尾两句，低声不语，满面通红。张氏道："我养你的身，难道不识你的心。你只要新妇过门，与我作伴，方好去寻父，可是么？但年纪还未，且耐心等到十六岁，出幼成丁，那时与你完亲。便是出外，我也放心得下，如今且莫提起。"王原见母意如此，不敢再言，唯唯而已。心里想，这两年怎能得过。

虽则如此说，毕竟光阴如白驹过隙，才看杨柳舒芽，又看梧桐落叶。倏忽间，春秋两度，王原已是十六岁。张氏果不失信，老早的央白先生到段家通达，吉期定于小春之月。段子木爱女爱婿，毫无阻难，备具妆奁嫁送。虽则田庄人家，依样安排筵席，邀请亲翁大媒，亲族邻舍，大吹大擂，花烛成婚。若是别个做新郎的，偏会篦头沐浴，剃发修眉，浑身上下，色色俱新，遍体薰香，打扮俏丽。见了新妇，眉花眼笑，妆出许多丑态。那王原虽则母亲一般有衣服与他穿着，一来年纪小，二来有事在心，惟求姑媳恩深，那在夫妻情重。当此喜事，只是眉头不展，面带忧容。酒席间全不照管，略无礼节。亲戚们无不动念，都道这孩子，怎地好似木雕偶人。他时金榜挂名，尚不见得，今夜洞房花烛，恐还未必。连丈人也道女婿光景大弗如昔。须臾席终客散，王原进房寝息。张氏巴不得儿子就种个花下子，传续后代。那知新人是黄花闺女，未便解衣。新郎又为孝心未尽，也只和衣而卧。虽然见得成双捉对，却还是月下笼灯，空挂虚明。

三朝庙见之后，即便收拾出门寻父。张氏打叠起行囊，将出一大包散碎银两，与他作盘费，说道："儿，我本不欲放你出去，恐负了你这点孝心，勉强依从。此去以一年为期，不论寻得着，寻不着，好歹回来。这盘缠也只够你一年之用。你纵不记我十六年鞠养之若，也须念媳妇三日夫妇之情，切莫学父亲飘零在外。"王原道："不瞒娘说，此行儿子尚顾不得母亲，岂能念到妻子。"回身吩咐段氏小娘子道："你年纪虽则幼小，却是王家新妇。母亲单生得我，别无姑娘小叔，自此婆婆把你当着女儿，你待婆当着母亲。两口儿同心合意，便好过日。我今出去寻父，若寻得着，归期有日。倘若寻不着，愿死天涯，决不归来。千斤担子，托付与你。好生替我侍奉，莫生怠慢，只此永诀，更无他话。"这小娘子才得三朝的媳妇，一些头脑不知，却做出别离的事来。比着赵五娘六十日夫妻，也还差五十来日。说又说不出，话又话不得。既承嘱咐，只得把头点了两点。张氏听了这些话，便啼哭起来说："你爹出去时，说着许多不吉利的话，以至如此。你今番也这般胡言，分明是他前身了。料必没甚好处，兀的不痛杀我也！"王原道："死生自有天数，母亲不必悲伤。"一头拜别，一头背上行囊便走。可怜张氏牵衣悲恸，说："你爹出去，今来一十五年，即使与我亲面相逢，犹恐不似当年面目，何况你生来不认得他面长面短？向来常与你说，左颧有痣，大如黑豆，上有毫毛，左手小指，曲折不伸。只有这两桩，便是的据，不知你可记得？然而也是有影无形，何从索摸？"王原道："此事时刻在念，岂敢有忘？母亲放手，儿子去矣，保重保重。"毅然就别，若不是生成这片寻父心肠：

险化做温峤绝裾，又安望吴起奔丧。

　　王原出门，行了几步，想着白先生是个师长，如何不与他说一声。重复转身到馆，将心事告知，求他早晚照顾家中，又央及致意丈人段子木。别过先生，徜徉上路。离了文安地方，去到涿鹿，转望东行。真正踏地不知高低，逢人不辩生熟。假如古人有赵岐，藏在孙嵩复壁之中，又有个夏馥，亡命剪须变形，逃入林虑山，都还有个着落。这王珣踪迹无方，分明大海一针，何从捞摸？那王原只望东行，却是何故？原来他平日留心，买了一本天下路程图，把东西南北的道路，都细细看熟，又博访了四方风土相宜。一来谅着父亲是田庄出身，北去京师一路，地土苦寒，更兼近来时有风警，决然不往；西去山西一路，道路间关，山川险阻，也未必到彼；惟东去山东一路，风气与故乡相仿，人情也都朴厚，多分避到这个所在。二来心里立个意见，以为东方日出，万象昭明，普天幽沉暗昧之地，都蒙照鉴，难道我一点思父的心迹，如昏如梦，没有豁然的道理？所以只望东行。看官，你道这个念头，叫不得真真孝子，实实痴人？直问到人尽天通，方得云开见日。后话慢题。

　　且说王原随地寻消问息，觅迹求踪，不则一日，来到平原县。正在城中访问。忽听得皂役吆呼，行人停步。王原也闪在旁边观看，只见仪仗鼓乐前导，中间抬着一座

龙亭，几位官员，都是朝衣朝冠，乘马后随。马步高低，摇动那佩声叮叮当当，如铁马战风。王原向人询问此是为何，有晓得说道："是知县相公，六年考满，朝廷给赐诰命，封其父母。"王原道："父母可还在么？"其人答言："那第一骑马上的不是太老爷？太夫人也在衙中。"王原听了，吹口气道："咳！孝经上说：'立身行道，扬名于后世，以显父母，孝之终也。'这官人读书成名，父母得受皇封，正与孝经之言相合，亦可无憾矣。像我王原，不要想有此一日，但求生见一面，也还不能，岂不痛哉！"伤感一番，又往他处。日历一方，时履一地，自出门来，已经两番寒暑，毫无踪影。

转到山东省城济南府，这区处左太行右沧海，乃南北都会，地方广大，人民蕃庶。王原先踏遍了城内，后至城外。行至城乐，见有一所庙宇，抬头看时，牌额上标着"闵子骞祠"四个大字。暗道："闵子乃圣门四科之首，大贤孝子。我今日寻父，正该拜求他一番。"遂步入祠中，叩了十数个头，把胸中之事，默祷一遍，垦求父亲早得相会。祷罢出祠，思想当年闵子为父御车，乃有"母在一子寒，母去三子单"之语，著孝名于千载。我王原求为父御车而不可得，真好恨也！

一日行至长清驿，只见驿前一簇轿马车辆，驿中走出一个白胖老妇人来上轿。随从人也各上马，簇拥而去。驿子们互相说道："这老妈妈真好个福相，可知生下这个穿莽腰玉的儿子，今番接去好不受用哩。"内中一个道："儿子抛别了三十多年，今方寻着，也不算做十分全福。"王原听了这话，近前把手拱一拱，说道："借问列位老爷，轿中是那一位官员的太奶奶？"驿子答道："小哥，俺们也不知他详细。据他跟随的说，是司礼监李太监的母亲。李太监是福建人，自幼割掉了那话儿，选入宫中。至今已有三十余年，做到司礼监秉笔太监，十分富贵。因想着母亲，特地遣人到福建寻访着了，迎接进京哩。"王原听罢，便放声号哭。众人齐问："你这人为甚啼哭，莫非与李太监也有甚瓜葛么？"王原含泪答道："小子与他并无瓜葛，只为心中有事，不觉悲痛。小子姓王名原，父亲名唤王珣，母亲张氏，家住顺天府文安县城外广化乡中。父亲当年生我才得周岁，因避役走出，一去不归，小子特来寻访。适来见说李太监母子隔绝三十余年，正与王原事体相同。他的母亲便寻着了，我的父亲不知还在那里。触类感伤，未免凄惨。我父亲左颧骨上有痣，大如黑豆，有毫毛两三根，右手小指曲折如钩，不能伸直，只此便是色认。列位老爹中，可有知得些踪影的么？即或不知，乞借金口，与我传播，使吾父闻知，前来识认。若得父子相逢，生死衔感！"一头说，还哭个不止。众人听了，有的便道："好个孝子，难得，难得！只是我这里不曾见这个人，你还往别处去寻。"有的便道："自来流落在外的，定然没结果。既出门年久不归，多分不在了，不如回去奉养母亲罢。"王原闻言，愈加悲泣，众人劝住，又往他处。

　　看官，你道这太监之母，是真是假？原来李监从幼被人拐骗到京师，卖与内官，便阉割了，教他读书识字起来，直做到司礼监秉笔。身既富贵，没个至亲。想念其母，遣人到故乡访问，虽然尚在，却是贫苦。使人接取入京，李监出迎，举眼一觑，见其母容颜憔悴，面目黧黑，形如饿莩，相似贫婆，自己不胜羞惭，向左右道："此非吾母，可另访求。"其母将他生年月日，其身上有疤痕，都说出来，也只是不信。为子的既不认母，手下人有甚好意，即忙扶出，撇在长安街上。可怜这老婆婆，流落异乡，沿门求乞，不久死于道途。李监醉后，道出真言，说："我这般一个人，不信有恁样个娘。"使人解意，复到福建，却寻这白胖老妇人，取入京去。这妇人是谁？此妇当年原是娼妓，年长色衰，择人从良。有人愿娶，他却不就。他若愿了，人又不要。再弗能偶凑。因向一个起六壬数的术士，问取终身。那术士许他年至六十，当享富贵之养。彼时老娼如何肯信？不道蹉跎岁月，到底从人不成，把昔年积攒下几两风流钱，慢慢的消磨将尽。其年恰好六十临头，遇巧李监所使，要觅个人材出众的老妇人，假充其母，正寻着了他。老娼想起术士之言有验，欣然愿往。行至杭州，有织造太监闻知，奉承李监，向军门讨个马牌与来使，一路驿递，起拔夫马相送，直至京都。李监见了便道："这才是我的母亲。"相向恸哭。奉养隆厚，十余年而殁。李监丧葬哀痛，极尽人子之道。后李监身死，手下人方才传说出来，遂做了笑话。有诗为证：

　　　　美仪假母甘供养，衰陋亲娘忍弃捐；

　　　　亲生儿子犹如此，何怪旁人势利看。

　　按下散文。再说王原，行求到兖州曲阜县，拜了孔陵，又寻至邹县。经过孟子庙前，一边是子思作中庸处，有座碑石；一边是孟母断机处，有个扁额，题着"三迁"两字，与子思作中庸碑，两相对峙。王原未免又转个念头，道："孟母当年三迁教子，得成大儒之名。我娘教养我成人长立，岂非一般苦心。那书上说，孟子葬母，备极衣衾棺椁之美，则其平日孝养可知。吾母吃了千万辛苦，为子的未曾奉养一日。为着寻

父远离，父又寻不得，母又不能养，可不两头不着！"思想到此，又是一场烦恼。从来孝思感动，天地可通。如古时丁公藤救父，井中老鼠得收母骨，皆历历有据。偏有王原，如此孝心寻父，却终不能遇。在山东地面，盘旋转折，经历之处，却也不少。怎见得？那山东乃：

奎娄分野，虚危别区。本为薛郡，在春秋鲁地之余；既属齐封，论土色少阳之下。滋阳曲阜，泗水夹邹滕；巨野东平，鱼台连汶上。固知河济之间，山川环带。若问青齐之境，地里广沃。博兴高苑，昌乐寿光。蒙阴沂水及临淄，朐益安诸过日照。东道诸雄，号称富衍。说不尽南北东西，数得来春秋冬夏。百年光景几多时，十载风尘霎地过。

王原在齐鲁地上，十年飘泊，井邑街衢，无不穿到，乡村丘落，尽数搜寻。本来所带零碎银两，早早用完。行囊也都卖讫，单单存得身上几件衣服。况且才离书馆，不要说农庄家锄头犁耙，本分生涯，全然不晓。就是医卜星相，江湖上说真卖假，捏李藏谜，一切赚钱本事，色色皆无。到此流落在他州别县，没奈何日则沿门乞食，夜则古庙栖身，或借宿人家檐下。不时对天祷告，求得见生父一面，即死填沟壑，亦所不惜。可怜这清清白白一个好后生，弄得乌不三，白不四，三分似人，七分像鬼。认得的，方信是孝子下稍；不认得的，只道是卑田院的宗支，真好苦也！又时值上冬天气，衣单食缺，梦寐不宁。朦胧合眼，恰像在家时书房中读书光景。取过一本书来，照旧是本汉书，揭开一看，却依先是田横被杀，三十里挽歌，五百人蹈海这段故事。醒来思想道："回横烈士，我何敢比他。难道不能像其生时富贵，只比他死时惨毒不成。且我又非谋王夺霸，强求富贵的人，定不到此结局。只是田横二字，不得不放在心上。"

何期事有凑巧，一日寻访到即墨县，这所在乃胶东乐土，三面距海。闻得人说，东北去百里，海中有一山，名曰田横岛，离岸止有二十五六里。王原听了这话，一喜一惧。所喜者田横二字，已符所梦，或者于此地遇着父亲也未可知。所惧者资费已完，进退两难，或该命尽于此。又想起昔年曾设誓道，寻父不着，情愿自尽，漂沉海洋，与田横五百人精魂相结。今日来到此处，已与前誓暗合，多分是我命尽之地了。好歹渡过岛去，访求一番，做个结局。遂下山竟至海滨，渡过田横岛。

原来隔岸看这山，觉得山势大。及至其地，却见奇峰秀麓，重重间出，颇是深邃。转了几处径道，不觉落日衔山，飓风大作。又抹过一个林子，显出一所神祠。就近观之，庙宇倾颓，松楸荒莽，也无榜额，不知是何神道。想来身子疲倦，且权就庙中栖息一宵，再作道理。步将入去，向神道拜了两拜。但见尘埃堆积，席地难容。无可奈何，只得将身卧在尘中，却当不过腹内空虚，好生难忍。复挣起身，欲待往村落中求觅些饮食。遥空一望，烟火断绝，鸟雀无声，也不见一个男女老少影子。方在彷徨之际，忽然现出一轮红日，正照当天，见殿庭廊下，一个头陀炊饭将熟。私喜道："不该命绝，天使这和尚在此煮饭。"便向前作揖，叫声："老师父！可怜我远方人氏，行路饥馁，给我一碗半碗充饥。"这和尚就把钵盂洗一洗，盛着饭递过来说："这是莎米饭，味苦不堪入口。我与你浇上些肉汁调和，方好下咽。"王原接饭在手，慌忙举箸。那和尚合掌念起咒来，高声道："如来如来，来得好，去得好。"忽地祠门轧的一声响，撒然惊觉，却是南柯一梦，天色已明。只见一个老人，头戴鹖冠，手携竹杖，走将进来，问道："你是何人，却卧在此？"王原道："小子远方人，寻父到此。昨因天晚，权借一宿。"老者道："远方还是那处，姓甚名谁，你父在外几时了？"王原仍将姓名家乡并访父缘故，一一说与。老者听了，点头道："好孝子，好孝子！但你父去向，没些影响，却从何处索摸。老汉善能详梦，你可有甚梦兆，待我与你详一详，看可还寻得着。"王原道："夜来刚得一梦，心里正是狐疑，望乞指教。"乃将所梦说出。老者道："贺喜，贺喜。日午者南方火位，莎草根药名附子，调以肉汁，肉汁者脍也，脍与会字，义分音叶，乃父子相会之兆。可急去南方山寺求之，不在此山也。"王原下拜道："多谢指教！若果能应梦，决不忘大德。"连叩了三四个头，抬起眼来，不见了老者，惊异道："原来是神明可怜我王原，显圣指迷。"复朝上叩了几个头，离却土祠，仍还旧路。

此时心里有几分喜欢，连饥馁都忘了。但想不知是何神明，如此灵感。行至村前，询问土人。土人答言此乃昔日齐王田横，汉王得了天下，齐王奔到此岛，岛中百姓深受其惠，后被汉王逼去，自尽于尸乡。岛中人因感其德，就名这岛为田横岛，奉为土神，极是灵应。王原道："原来神明就是田横"暗想一发与前梦相合，此去父亲必有着落。又问："既如此灵应，怎的庙宇惩样倾颓，地方上不为修茸？"土人道："客官有所不知。这庙宇当初原十分齐整，香火也最盛。连年为赋役烦重，人民四散避徙，地

方上存不多几户。又皆穷苦，无力整理，所以日就败坏。"王原听罢，别了土人。一头走一头叹道："只道止有我爹，避役远出，不想此处亦然。若论四海之大，幅员之广，不知可有不困于役的所在。噫！恐怕也未必。"自言自语，不顾脚步高低，奔出岛口，依原渡过对岸。因认定向南方山寺求之的话，自此转向南走，只问山岩寺院去跟寻。昼行夜祷，不觉又经月余。却由清源而上，渡过淇水。来到河南卫辉府辉县境内，访问得有个梦觉寺，是清净丛林，急忙就往。时入隆冬，行到半途，大雪纷飞，呵气成冰。王原冲寒冒雪，强捱前去。及赶至梦觉寺前，已过黄昏。其时初月停光，朔风卷地，古人有雪诗道得好：

　　千山鸟飞绝，万境人踪灭。
　　孤舟蓑笠翁，独钓寒江雪。

　　王原虽则来此，暮雪天寒，寺中晚堂功课已毕，钟磬寂然，约有定更天气。寺门紧闭，只得坐在门口盘陀石上，抱膝打盹。严寒彻骨，四肢都冻僵麻木。且莫说十余载的风霜苦楚，只这一夜露眠冰雪，也亏他熬忍，难道不是个孝子。捱到天晓，将双手从面上直至足下，细细揉摩一番，方得血气融通，回生起死。须臾和尚开门出来，王原便起身作个揖道："长老，有滚水相求一碗荡寒。"那和尚把他上下仔细一觑，衣服虽然褴褛，体貌却不像乞丐，问道："你是何人，清早到此？"王原道："小子文安人，前来寻访父亲。昨晚遇雪，权借山门下暂栖一宿。"和尚道："阿弥陀佛，这般寒天，身上又单薄，亏你捱这一夜。倘然冻死了，却怎么好？"王原道："为着父亲，便冻死也说不得。"和尚道："好个孝子，可敬可敬！敢问老居士离家几时了，却来寻觅？"王原道："老父避役出门，今经二十六年。彼时小子生才周岁，不曾识面。到十六岁，思念亲恩，方出门访求。在山东遍处走到，蒙神人托梦指点，说在南方山寺，故尔特寻至此。"和尚听了，说道："既有这片孝心，自然神天相助。且请入里面，待我与住持说知，用些斋食，等待雪霁去罢。"王原道："多谢长老，只是搅扰不当。"和尚道："佛门总是施主的钱粮，若供养你这个孝子，胜斋那若干不守戒律的僧人。"王原道："小子寻父不得，方窃有愧，怎敢当孝子二字。"原来法林老和尚，因王珣初来时，众僧计论钱财，剥了面皮。自此吩咐大众，凡四方贫难人来投斋，不可拒却。或

愿出家，便与披发，开此方便法门，胜于看经念佛。为此这管门僧，便专主留王原
入去。

当下引入了山门，一路直至香积厨中。饭头僧一眼望见，便道："米才下锅，讨饭的花子，早先到了。快走出去，住在山门口，待早斋时把你吃便了。"管门僧道："此位客官不是求乞之人，乃寻亲的孝子，莫要罗唣。"回头对王原道："客官且入此梳洗，待我去通知大和尚。"又叫道："王老佛，可将一盆热汤来，与这客官洗面。"灶前有人应声晓得，管门僧吩咐了，转身入内。只见灶前走出一个道人，舀了一盆热汤捧过来说："客官洗面。"王原举目一觑，看那道人发须皓然，左颧骨有黑痣如豆，两三茎毫毛坚起，正与母亲所言相同。急看右手小指，却又屈曲如钩。心里暗道："这不是我父亲是谁？"忙问道："老香公可是文安人姓王么？"老道人道："正是。客官从不相识，如何晓得？"王原听了，连忙跪倒，抱住放声哭道："爹爹，你怎地撇却母亲，出来了许多年数，竟不想还家，教我那一处不寻到。天幸今日在此相遇！"王珣倒吃了一惊道："客官放手，我没有什么儿子，你休认错了。"双手将他推开要走。惊动两廊僧众，都奔来观看。

法林老和尚听见管门僧报知此事，记得王珣是文安人，当年避役到此，计算年数，却又相同，多分是其儿子。正走来要教他识认，却见儿子早已抱住父亲不放，哭道："爹爹，如何便忘了，你出门时我还在襁褓，乳名原儿，亏杀母亲抚养成人，十六岁上娶了媳妇，即立誓前来寻访爹爹。到今十二个年头，走遍齐鲁地方。天教在田横岛得莎米饭之梦，神灵显圣，指点到此，方得父子相逢。怎说没有儿子的话？快同归去，重整门风，莫使张氏母亲悬悬挂念。"说罢又哭。王珣听了，却是梦中醒来一般，眼中泪珠直迸，抚着王原，念泪说道："若恁地话起来，你真个是我儿子。当年我出门时，你才过一周，有甚知识，却想着我为父的，不惮十余年辛苦，直寻到此地。"口中便说，心里却追想昔时。为避差役，幡地离家，既不得为好汉。撇下妻子，孤苦伶仃，抚养儿子成人，又累他东寻西觅，历尽饥寒，方得相会。纵然妻子思量我，我何颜再见江东父老。况我世缘久断，岂可反入热闹场中。不可，不可！揾住双泪，对王原道："你速速归去，多多拜上母亲，我实无颜相见。二来在此清净安乐，身心宽泰，已无意于尘俗。这几根老骨头，愿埋此辉山块土。我在九泉之下，当祝颂你母子双全，儿孙兴旺。"道罢，摆脱王原之便奔。王原向前扯住，高叫道："爹爹不归，辜负我十年访寻，我亦无颜再见母亲，并新娶三朝媳妇段氏。生不如死，要性命何用！"言讫，将头向地上乱搅，鲜血迸流。法林和尚对王珣道："昔年之出，既非丈夫。今日不归，尤为薄幸。你身不足惜，这孝顺儿子不可辜负。天作之合，非人力也。老僧久绝笔砚，今遇此孝顺之子，当口占一偈，送你急归，勿再留也！"随口念出偈道：

> 丰干岂是好饶舌，我佛如来非偶尔。
> 昔日首闻吕尚之，明时罕见王君子。
> 借留衣钵种前缘，但笑懒牛鞭不起。
> 归家日诵法华经，苦恼众生今有此。

王珣得了此偈，方肯回心。叩头领命，又拈香礼拜了如来，复与大众作别。随着儿子出了梦觉寺，离了辉县，取路归家。王原寻到此处，费了十二年功夫，今番归时，那消一月。王珣至家，见了张氏妻子，悲喜交集。段氏媳妇，参拜已毕，整治酒筵。夫妻子媳同饮，对照残缸，相逢如梦。二十六年我景，离合悲欢，着着是真。那时哄动了邻舍亲戚，亲家段子木、先生白秀才，齐来称贺。王珣自梦觉寺归文安县，年已六十四岁，那王本立年二十七岁。以后王本立生男六人，这六个儿子，又生十五个孙子。其十五个孙子，又生曾孙二十有二。王珣夫妇，齐登上寿，孙子孙孙，每来问安，也记不真排行数目，只是一笑而已。当初王珣避役，以后王本立寻父，都只道没甚好结果，谁承望到此地位。看官，你道王家恁般蕃盛，为甚缘故，那王本立：

> 只缘至孝通天地，赢得螽斯到子孙。

从此耕田读书，蝉联科甲。远近相传，说王孝子孝感天庭，多福多寿多男子，尧封三祝，萃在一家。好教普天下不顾父母的顽妻劣子，看个好样。后人有诗为证：

> 避役王珣见识微，天降孝子作佳儿。
> 田横岛上分明梦，梦觉庵中邂逅时。
> 在昔南方为乐地，到今莎草属庸医。
> 千秋万古文安县，子子孙孙世所奇。

第四篇　瞿凤奴一情愆死盖

一点灵光运百骸，经纶周虑任施裁。

休教放逐同奔马，要使收藏似芥荄。

举世尽函无相火，几人能作不燃灰。

请君细玩同心结，斩断情根莫浪猜。

话说人生血肉顽躯，自怀抱中直到盖棺事定，总是不灵之物。惟有这点心苗，居在胞隔之内。肺为华盖，大小肠为沟渠。两肾藏精蓄髓，葆育元和，所以又称命门，然皆听凭心灵指挥。有时退藏于密，方寸间现出四海八埏。到收罗在芥子窝中，依然没些影响，方知四肢百骸，不过借此虚守则，立于天地之间。臭皮囊不多光景，有何可爱。说到此处，人都不信，便道："无目将何为视，无耳将何为听，无鼻如何得闻香臭，无口如何得进饮食，养得此身，气完神足，向人前摇摆？总然有了眼耳口鼻，若不生这两道眉毛相配，光秃秃也不成模样。所以五官中说眉为保寿，少不得要他衬贴。何况手能举，脚能步，如何在人身上，只看心田一片？好没来历。"这篇话说，却像有理。然不知自朝官宰相，以及渔樵耕牧，那一个不具此五官手足。如何做高官的，谈到文章，便晓得古今来几人帝、几人王、几人圣贤愚不肖。谈到武略，便晓得如何行兵，如何破敌，怎生样可以按伏，怎生样可以截战。若问到渔樵耕牧以下一流人，除却刀斧犁锄，钓罾蓑笠，一毫通融不得。难道他是没有眼耳口鼻的？只为这片心灵彼此不同，所以分别下小人君子。还有一说，此心固是第一件为人根本。然辩贤愚，识贵贱，却原全仗这双眼睛运用。若没了这点神光，纵然心灵七窍，却便是有天无日，成何世界。但这双眼，若论在学士佳人，读书写字，刺绣描鸾，百工技艺，执作经营，何等有用，何等有益。单可惜趁副了浪子荡妇，轻佻慢引，许多风月工夫，都从兹而起。且莫说宋玉墙东女子，只这西厢月下佳期，皆因眼角留情，成就淫奔苟合勾当，做了千秋话柄。据这等人看来，反不如心眼俱蒙，到免得伤了风化。闲话休题，如今

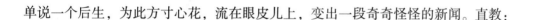

单说一个后生，为此方寸心花，流在眼皮儿上，变出一段奇奇怪怪的新闻。直教：

> 同心结绾就鸳鸯，死骷髅妆成夫妇。

话说嘉兴府，去城三十里外，有个村镇，唤做王江泾。这地方北通苏、松、常、镇，南通杭、绍、金、衢、宁、台、温、处，西南即福建、两广。南北往来，无有不从此经过。近镇村坊，都种桑养蚕织绸为业。四方商贾，俱至此收货。所以镇上做买做卖的挨挤不开，十分热闹。镇南小港去处，有一人姓瞿号滨吾，原在丝绸机户中经纪，做起千金家事。一向贩绸走汴梁生理，不期得病身殂，遗下结发妻子方氏，年近三十四五。一个女儿，小名凤奴，才只十二岁。又有十来岁一个使女，名唤春来。还有一房伴当，乘着丧中，偷了好些东西，逃往远方。单单存这三口过活，并无嫡亲叔伯尊长管束。

俗言道得好："孤孀容易做，难得四十五岁过。"方氏年不上四句，且是生得乌头黑鬓，粉面朱唇。曲弯弯两道细眉，水油油一双俏眼，身子不长不短，娉婷袅娜，体段十分妖娆。丈夫死去虽说倏忽三年，这被里情趣，从冷淡中生出热闹来，擒之不着，思之有味，全赖着眼无所见，耳无所闻，深闺内苑，牢笼此心。已槁之木，逢春不发，既寒之灰，点火不燃，才是真正守寡的行径。那知方氏所居，只有三进房屋。后一带是厨灶卧房，中一带是客座两厢，堆积些米谷柴草。第一带沿街，正中间两扇大门，门内一带遮堂门屏，旁屋做个杂房，堆些零星什物。方氏日逐三餐茶饭以外，不少穿，不少着，镇日里无聊无赖。前前后后，一日走下几十回，没情没绪，单单少一件东西。咳！少甚么来，不好说，不好说。只可恨有限的岁月，一年又是一年，青春不再，无边的烦恼，一种又是一种，野兴频来。一日时当三月，百花开放，可爱的是：

> 多情燕子成行，着意蜂儿作对。那燕子虽是羽毛种类，雌雄无定。只见
> 啾啾唧唧，一上一下，两尾相联，偏凑着门栏春色。那蜂儿不离虫蚁窠巢，
> 牝牡何分。只见咿咿唔唔，若重若叠，双腰交扑，描画就花底风光。

方氏正倚着门屏邪视，只见一个后生，撇地经过。头戴时新密结不长不短鬃帽，

中国禁书文库

醒世第二奇书

四一五七

身穿秋香夹软纱道袍，脚穿玄色浅面靴头鞋。白绫袜上，罩着水绿绉纱夹袄，并桃红绉纱裤子。手中拿一柄上赤真金川扇，挂着蜜蜡金扇坠，手指上亮晃晃露着金戒指。浑身轻薄，遍体离披，无风摇摆，回头掣脑的踱将过去。这后生是谁？这后生姓孙名谨，表字慎甫，排行第三，人都叫他为孙三郎。年纪二十以外，父母尽亡，娶妻刘氏，头胎生子，已是六岁。家住市中，专于贩卖米谷为业，家赀巨万。此人生来气质恂恂，文雅出众。幼年也曾读书写字，虽不会吟诗作赋，却也有些小聪明。学唱两套水磨腔曲子，弦索箫管，也晓得几分。只因家道饶裕，遍体绮罗，上下截齐。且又贴衬些沉速生香，薰得满身扑鼻。是一个行奸卖俏的小伙子，使钱撒漫的大老官。

不想这日打从方氏门首经过，这一双俊俏偷情眼，瞧见方氏倚着门屏而立，大有风韵，便有些着魂。所以走了过去，又复回头观望。这方氏本又是按捺不下这点春情的半老佳人，一见了孙三郎如此卖弄，正拨着他的痒处。暗想道："天地间那得有这碗闲饭，养着这不痴不呆，不老不少，不真不假，不长不短的闲汉子。这老婆配着他，却也是前缘有定。"心里是这等想，叹口气回身折转进去。又暗想道："不知这人可还转来？"才转这念，却有几个儿童叫道："看狗起，看狗起。"却是甚的来？时当三月，不特虫鸟知情，六畜里头，惟有狗子是人养着守宅的，所以沿阶倒巷，都是此种。遇着春见发作，便要成群。古人有俚言几句道得好：

> 东家狗，西家狗，二尾交联两头扭。中间线索不分明，漆练胶粘总难剖。
> 若前或后团团拖，八脚高低做一肘。这家倾上水几盆，那家过上灰半篓。人
> 固要知羞，狗自不嫌丑。平空一棒打将开，垂尾低头各乱走。

只可笑方氏既要进门，听此一句没正经说话，转身出头一看，若是街坊上有人，他也自然进去，只因是几个小孩子，站在那里看。方氏一点无名相火，直触起来，不知眼从心上，又不知心从眼上，蓦突突搅得一腔火热，酥麻了半个身体。那三郎又走不多远，也听得孩子们叫笑，正在方氏门前，故意折转身来，如顺风落叶，急水游鱼，刚刚正见方氏在那里观看。方氏招眼望见孙三郎，已在面前，自觉没趣，急急掩上遮堂门扇，进内去了。孙三郎随口笑道："再看一看何妨。还不曾用到陈妈妈哩！"只因这一看不打紧，顿使那些：

粜余粮贾小成掷果潘安，冰蘖娘半就偷香韩寿。

也是夙世冤孽，孙三郎自见方氏之后，魂梦颠倒，连米行生意，都不经心。又打听得是个孤孀，家里又无男人，大着胆日逐在他家门首摆来摆去。那方氏心里，也有了这个后生，只是不晓得他姓张姓李。这一点没着落的闲思想，无处发付，也不时走到门前张望，急切里又两不相值。

一日，方氏正在堂中，忽听得门首锣声当当的响，许多小儿女，嘈嘈杂杂。方氏唤春来同走出去觑看，原来是弄猢狲的花子，肩挑竹笼，手牵猢狲，打着锣，引得这些小儿女，跟着行走。这花子见方氏开门来看，便歇下笼子，把锣儿连敲几下，口里哩嗹罗嗹唱起来。这猢狲虽是畜类，善解人意，听了花子曲儿，便去开笼，取脸子戴上，扮一个李三娘挑水。方氏叫春来唤出女儿同看。那些左邻右舍，并过往的人，顷刻就聚上一堆。大凡缘有凑巧，事有偶然，正当戏耍之际，恰好孙三郎也撞过来。这猢狲又换了一出，安安送米，装模做样，引得众人齐笑。孙三郎分开众人，挤上一步，解开汗巾，拈出钱把一块银子，赏与花子。说："李三娘挑水，是女娘家没了丈夫；安安送米，是儿子不见了母亲，如此苦楚，扮他怎的。不如扮个张生月下跳墙，是男女同欢。再不然扮个采苹扶着无双小姐，同会王仙客，是尊卑同乐。"那花子得了采头，凭他饶舌。方氏举眼一觑，正是那可意人儿，此时心情飘荡，全无话说。那凤奴年已一十五岁，已解人事，见孙三郎花嘴花舌，说着浑话，把娘一扯说道："进去，进去。可恨这后生，在那里调嘴，我们原不该出来观看。"方氏一头走，说道："真金不怕火，凭他调嘴何妨。"口中便如此说，心里却舍不下这个俏丽后生，恨不得就搂抱过来，成其好事。这场猢狲扮戏，分明又做了佛殿奇逢。

方氏时时刻刻记挂那人，只是径路无媒，到底两情相隔。朝思暮想，无可奈何。一日，忽地转着一念道："除非如此如此，方可会合。"背着女儿，悄地叫过春来说道："你到我家来，却是几岁？"春来道："记得来时是七岁，今年十三岁，在娘子家，已六年了。"方氏道："你可晓得，这六年间，不少你穿，不少你吃，我平日又不曾打骂你，这养育之恩，却也不小。你也该知恩报恩。"春来道："我年纪小，不晓得怎恩，怎么报。但凭娘子吩咐。"方氏笑道："我也不好说得。"春来道："娘不好说，教我一发理会不来。"方氏道:"你可记得,前日首猢狲撮把戏,有一个小后生,解汗巾上银子,赏那花子么?"春来道:"前日娘同凤姐进来时,看撮戏的人,都说还亏了孙三官人,不然这叫化的白弄了半日。如此想就是这个人了。我常出去买东西,认得他住在市中大桥西堍下,向沿河黑直楞门内,是枭枭粮食小财主。"方氏道:"正是,正是。今后你可坐在门首,若见孙三官来,便报我得知。切不可漏此消息,与凤姐晓得。后来我备些衣饰物件,寻一个好对头嫁你。"这十三岁的丫头,有甚不理会,带着笑点点头儿,牢记在心。日逐到门首守候,见孙三郎走来,即忙报与方氏。方氏便出来半遮半掩,卖弄风情。渐渐面红,渐渐笑脸盈腮,秋波流动,把孙三郎一点精灵,都勾摄去了。

孙三郎想着:"这女娘如此光景,像十分留意的。我挤一会四顾无人之际,撞进门去,搂抱他一番。他顺从不消说起,他不顺从,撒手便出。他家又没别个男子,不怕他捉做强奸。"心上算计已定,这脚步儿愈觉勤了。一日走上四五六遭,挨到天色将暮,家家关门掩户,那方氏依然露出半个身躯,倚门而立。孙三郎瞻前顾后,见没有人,陡起精神,踏上阶头,屈身一揖,连称:"瞿大娘子,瞿大娘子。"叫声未了,随势抢向前,双手搂定。方氏便道:"孙三官好没正经。"口里便说,身却不动。忙将手去掩大门,一霎时弄出许多狂荡来。

一个虽则有家有室,才过二十以外,精神倍发,全不惧风月徐娘;一个既已无婿无夫,方当四十之前,滋味重投,尽弗辞颠狂张敞。

狂兴一番,两情难舍,紧紧抱住,接唇咂舌,恨不得并作一个。方氏低低叮咛道:"我守节三年,并没一丝半线差池。自从见你之后,不知怎地摄去了这点魂灵。时刻牵挂,今日方得遂愿。切莫泄漏与人,坏我名头。你得空时,就来走走,我叫丫头在门首守候。"孙三郎道:"多蒙错爱,怎敢泄漏。但得此地相叙,却是不妥。必得到你房中床上,粘皮着骨,恩恩爱爱的顽耍,才有些趣味。"方氏道:"房中有我女儿碍眼,却干不得。中堂左厢,止堆些柴草,待我收拾洁净。堂中有一张小榻,移来安设在内,锁着房门,钥匙倒留你处。你来时,竟开锁入去,拴着门守候,我便来相会。又省得丫头在门首探望,启人疑心。"孙三郎道:"如此甚妙。"方氏随引进去,认了厢房。又

到里边取了一把锁，将钥匙交与了孙三郎，然后开门。方氏先跨出阶头，左右打一望，见没人行走，把手一招，孙三郎急便闪出，摇摇摆摆的去了。

方氏到次日，同春来把左厢房柴草搬出外面空屋内堆置。将室中打扫得尘无半点，移小榻靠壁放下，点上安息香数十根，熏得满室香喷喷的。先把两个银戒指赏着春来，教他观风做脚，防守门户。自此孙三郎忙里偷闲，不论早晚，蹅来与方氏尽情欢会。又且做得即溜，出入并无一人知觉。更兼凤奴生性幽静，勤于女工，每日只在房中做些针指，外边事一毫不管，所以方氏得遂其欲。两下你贪我爱，眷恋缠绵，调弄得这婆娘如醉如痴，心窝里万千计较，痴心妄想，思量如何做得个长久夫妻。私忖道："他今年才二十三岁，再十年三十三岁，再十年四十三，还是个精壮男子。我今年三十八，再十年四十八，再十年五十八，可不是年老婆婆？自古道：男子所爱在容貌。倘我的颜色凋残，他的性情日变，却不把今日恩情，做了他年话柄，贻笑于人，终无结果。不若使女儿也与他勾上，方是永远之计。我女儿今方十五，再十年二十五，再十年三十五，还不及我今年的年纪。得此二十年往来，岂不遂我心愿。只是教孙郎去勾搭吾女容易，教吾女去勾搭孙郎倒难。自古道：女子偷郎隔重纸，男子偷女隔重山。如今却相反其事，怎生得个道理。"心上思之又思，没些把柄。等孙三郎来会时，到与他商议。

孙三郎听见情愿把女儿与他勾搭，喜出望外，谢道："多感恩情，教我怎生样报答。"方氏道："那个要你报答，只要一心到底，便足够了。"孙三郎就发誓道："孙谨后日倘有异心，天诛地灭，万劫戴角披毛。"方氏道："若有此真心，也不枉和你相交这场。但是我女儿性子执滞，急切里挑动他不得，如何设个法儿，使他心肯。"孙三郎想了一想，说："不难，不难！今晚你可如此如此，把话儿挑拨。他须是十五岁，男女勾当，量必也知觉了。况且你做娘的，能个教他觅些欢乐，万无不愿之理。"方氏道："是便是，教我羞答答，怎好启齿。"孙三郎道："自己儿女，有甚么羞。"方氏又沉吟了一回，笑道："事到其间，就是羞也说不得了。但我又是媒人，又是丈母，理数上须要着实周到。"孙三郎也笑道："若得成就好事，丈母面上，自当竭力孝顺。只是今日没有好东西奉敬大媒，先具一物，暂屈少叙何如？"两下说说笑笑，情浓意热，搂向榻上，欢乐一番，方才别去。

话休烦叙。当日晚间，方氏收拾睡卧，在床上故意翻来覆去，连声叹气。凤奴被娘扰搅，也睡不着，问道："母亲为何这般愁闷？"方氏道："我的儿，你那里晓得作娘的心上事。自从你爹抛弃，今已三年多了，教我孤单寂寞，如何过得。"凤奴只道他说逐日过活的事，答道："我想爹爹虽则去世，幸喜还挣得这些田产。比上不足，比下有余，将就度日子罢了，愁闷则甚。"方氏道："儿，若论日常过用，吃不少，穿不少，虽非十分富足，也算做清闲受用，这又何消愁闷。但日间忙碌碌混过，到也罢了，惟有晚间没有你爹相伴，觉得冷冷落落的，凄楚难捱，未免伤心思念。"凤奴听了这话，便不做声。方氏叫道："我儿莫要睡，我有话与你讲。"凤奴道："睡罢了，有甚么讲。"方氏道："大凡人世，百般乐事，都是假的。只有夫妻相处，才是真乐。"凤奴道："娘，你也许多年纪了，怎说这样没正经的话。"方氏道："我的儿，不是做娘的没正经。你且想人生一世，草生一秋，若不图些实在的快活，可不是枉投了这个人生。儿，你是黄花闺女，不晓得其中趣味。若是尝着甜头，定然回味思量。论起这点乐境，真个要入土方休。何况我现今尚在中年，如何忍得过！"那凤奴年将二八，情窦已开，虽知男女有交感之事，却不明个中意趣若何。听见做娘的说得津津有味，一挑动芳心，不觉三焦火旺，直攻得遍体如燃，眼红耳热，胸前像十来个槌头撞击，方寸已乱。对娘道："如今说也没用，不如睡休。"

　　方氏见话儿有些萌芽，慌忙坐起身来，说道："儿，我有一件事，几遍要对你说，自家没趣，又住了口。如今索性与你说知。儿，你莫要笑我。"凤奴道："娘有事只管说，做女儿的怎敢笑你。"方氏道："自从你爹死后，虽则思想，却也无可奈何。今年春间，没来由走出门前，看见两只烧剥皮交连一处，拖来拽去。儿，这样勾当，可是我人看得的么？一时间触物感伤，刚刚又凑着一个小后生走过，却是生得风流俊俏。自此一见，不知怎地，心上再割舍他不下。何期一缘一会，复遇猞狮撮把戏，这后生却又撞来。说起张生跳墙，采蘋无双小姐，两件成双作对的风话，一发引得我心情撩乱。"凤奴道："可就是那穿秋色儿直身掉嘴这人么？"方氏道："正是此人，原来他也有心与我，为此故意说这哑谜。不想春来却认得他唤做孙三官，开个粮食店，父母已无，家私巨富。做娘的当时拿不定主意，私下遂与他相交。且喜他做人乖巧，出入并无人知觉。但恐到后万一被邻舍晓得，出乖露丑，坏了体面。我欲从长算计，孙三官今才二十三岁，只长得你八年，不若你与他成了夫妇，我只当做个老丫头，情愿以大作小，服事你终身。拾些残头落脚，量不占住你正扇差徭，一举两得，可好么？"凤姐踌躇半晌，方说道："常言踏了爹床便是娘，这个人踏了娘床便是爹，只怕使不得。"方氏道："如今只好混账，那里辨得甚么爷，论得甚么娘。况且我只为舍你不下，所以苦守三年，原打账招赘女婿，来家靠老。今看这孙三官，又温柔，又俏丽，又有本钱，却不是你终身受用。"凤奴道："既恁地，只凭娘做主便了。但有一件，倘然他先有了妻子，我怎去做他的偏房别室？"方氏虽与孙三郎暗里偷情，只好说些私情的话，外防乡邻知觉，内防儿女看破，忙忙而合，忙忙而散，实不晓得他有妻子没妻子。一时急智，便道："他是头婚，并不曾有老婆。"凤奴道："如此却好。须要他先行茶礼，择个吉日，摆下花烛，拜了天地家堂。你便一来做娘，二来做媒人，这方是明媒正娶。若是偷情勾当，断使不得。"方氏连声应道："这个自然。"

隔了两日，孙三郎来问消息，方氏将女儿要行茶礼，花烛成亲的事说与。孙三郎欢喜不胜，即便买起两盒茶枣，并着白银二十两，红绿绸缎各一端，教人送来为聘。此外另有三两一封，备办花烛这费。送聘后三日，即是吉期。孙三郎从头至足，色色俱新，大模大样，踱来做新郎。也不用乐人吹手，也不整备筵席，媒人伴娘嫔相，都是丈母一人兼做。双双拜堂，花烛成婚。正是：

破瓜女被翻红浪，保山娘席卷寒霜。

看官，大抵人家女儿，全在为母的钤束。若或动止蹊跷，便要防闲训诲，不使玷辱门风，才是道理。可笑这方氏，自己不正气，做下没廉耻的勾当，自不消说起。反又教导女儿偷汉，岂不是人类的禽兽？还有一说，假如方氏诚恐色衰爱弛，要把女儿锢住孙三，索性挽出一个媒人，通知亲族，明明白白的行聘下财，赘入家来。这一床锦被，可不将自己丑行，尽皆遮盖？那知他与孙三郎，私欲昏迷，不明理法，只道送此茶枣之礼，使可掩人耳目，不怕傍人议论。以致弄得个生离活拆，有始无终。只这两个淫妇奸夫，自不足惜。单可怜连累这幼年女子，无端肮脏了性命，岂非是前冤凤孽。后话慢题。

且说孙三郎惯在花柳中行走，善会凑趣帮衬。见凤奴幼小，枕席之间，轻怜重惜，加意温存。这凤奴滋味初尝，果然浑身欢畅，情荡魂销，男贪女爱，十分美满。孙三眷恋新婚，一个月不在家中宿歇。便是日间，也间或归去走遭，把店中生意，尽都废

了。那方氏左邻右舍，见孙三郎公然出入，俱各不愤，几遍要寻事打他。自此沸沸扬扬，传说孙三郎奸占孤孀幼女。那瞿门虽无嫡亲叔伯，也还有远房宗族。一来道方氏败坏家门，二来希图要他产业。推出一个族长为头，一张连名呈词，将孙三方氏母女并春来，一齐呈告嘉兴府中。那太守姓洪名造，见事关风化，即便准了，差人拘拿诸犯到官听审。凤奴情知事已做差，恐官府严究春来，必致和盘托出。心里慌张，将若干衣饰，私与春来，叮嘱道："倘或官府问及，你须说我是明媒说合，花烛成亲的。若遮盖得我太平无事，即死在黄泉，亦不忘你恩德。"春来点头领命。

孙三郎央分上到太守处关说，也说是明媒说合，不是私情勾当，要免凤奴到官。怎奈邻里又是一张公呈，为此洪太守遂不肯免提，将一干人尽拘来审问。那孙三、方氏、凤奴，都称是明媒正娶。宗族邻里，坚执是母子卖奸。太守乃唤春来细问。这丫头年虽幼小，到也口舌利便，说道："主母孀居无主，凭媒说合，招赘孙谨为婿。宗族中因主母无子，欲分家私，故此造言生事，众邻舍也是乘机扎诈。"宗族邻舍，一齐哄然禀说："通是这丫头往来传递消息，成就奸情。只消夹他起来，便见真伪。"太守喝住了众人，问春来："既是明媒正娶，媒人是那个？"春来四顾一看，急切里对答不来。太守把案一拍，喝道："如今媒人在那里，快说来饶你一拶！"吓得这丫头战兢兢答应道："媒人就是主母。"太守不觉哑然大笑道："好个媒人就是主母，真情在此了。"欲待将孙三、方氏等一齐加责，因念着分上，心上一转道："中年寡妇，暗约是真；闺女年青，理或可贷。"随援笔判道：

> 方氏马齿未足，孙谨雄狐方绥，固不及媒约之言，遂订忘年之谊，事固有之。有女乍笄，颜甲未厚，亦岂能丑母之苟合，而为之间一言乎。瞿门无子，尚有生产可分。方不能选昭穆可继者为宗祧远念，讼端所以不免耳。至其家事，凭族长处分，并立嗣子以续香火。方氏、孙谨离异，姑杖警之。女以年幼不问。使女春来，固无妖红伎俩，而声问所通，亦不能无罪，并杖以息众喙。

太守判罢，又唤孙三郎，喝道："本该重责你一顿板子，看某爷分上，姑且饶你。今后须要学做好人，如若再犯，决不轻恕。"吓得孙三连连叩头而出。瞿家族党，遂议

立嗣子一人，承绍瞿滨吾宗祀。将家产三分均开：一股分授嗣子，一股与方氏自赡，身故之后，仍归嗣子，一股分析宗族，各沾微惠。凤奴择人另配。七张八嘴，乱了数日，方才停妥。不想族中有一人，浑名唤做瞿百舌，住在杭城唐栖地方，与本镇一个大富张监生相知。偶然饮酒中间，说及方氏不正，带累女儿出乖露丑的事。张监生问起女儿年纪，又问面貌生得如何。那凤奴本来有几分颜色，瞿百舌又加添了几分，一发形容得绝世无双。这张监生少年心性，一时高兴，就央他做媒，要娶来为妾。瞿百舌正要奉承大老官人，有何不可，满口应承，飞忙趁船来与方氏说亲。方氏要配个一夫一妇，不肯把与人做妾。瞿百舌心生一计，去寻族长商议，许其厚谢，财礼中还可抽分。那族长动了贪心，不容方氏主张，竟自主婚许与张监生为妾。议定聘礼百金，两人到分了一半，择日出嫁。

　　那凤奴虽凭官府断离，心里已打定不改嫁的主意。及至议将家产三分均开，指望母子相依，还图后日团圆。不道才过得两三月，却又生出这个枝叶，已知势不能留。每日闭着房门，默默的自嗟自叹自泣，取过针钱，将里衣密密缝固。方氏诚恐他做出短见事，不时敲门窥探他，也只是不开。方氏在门外好言安慰，也不答应，一味呜呜哭泣。将嫁前一日，备起酒肴，教春来去邀孙三郎诀别。孙三郎害怕，初时不肯来。凤奴大怒，再教春来去话，道："当日成亲，誓同生死，今日何背前盟。"孙三郎垂泪道："凤姐恩情，我安敢负。但恐耳目之地，又生事端，反为不美。"春来道："凤姐有言，如官人往一见，即当自到宅上。"孙三郎听了，叹口气道："罢，罢！凤姐如此厚情，何惜一死报之。"即随春来同往，时已抵暮，母女张筵秉烛以待。三人相见，各各悲咽。

　　孙三郎与凤奴并坐，方氏打横，春来执壶在旁。凤奴满斟一大觥，进与孙三，含泣而言道："薄柳贱姿，拟托终世。不料瞿门以分产借名，逼我改嫁。总系败残花柳，更不向东君重调颜色。今虽未能以死相从，而此衣誓非君手不解。如君不信，请开我衣，愿求彩线缝下左腋，连及腰裆，以为他日之证。君宜自爱，妾从此长别矣。"道罢，自己也进一大觥，放声长号。孙三、方氏俱掩面泣，春来亦欷歔不胜。孙三带泪执凤奴之手，又回顾方氏说道："愚庸过分，两获佳缘。原将谓偕老可期，半子半婿，你知我知。何意蓦起风波，遂至分剖。然由合数所遭，只索付之无奈而已。幸善事唐栖张贵人，勿更念王泾孙浪子。"凤奴听了，勃然变色道："君以我为弃旧怜新耶？我

闻妇人以贞一为德，今既事你，当守一而终。岂可冒耻包羞，如烟花下贱，朝张暮李乎？”言罢又泣。孙三见其悲哀恳切，抱置膝上，举袖拂拭泪痕，说道："我孙三不过是市井俗子，何德何能，乃蒙如此爱重，肯为我坚守节操，教我何以为报。但不知今生可有再见之期了。"口中便说，不觉涕泗交溢，哽咽不能出声。凤奴一发泪下如雨，向袖中取出白罗手帕一方，折成方胜，又将绣带一条，打做同心结，系着方胜，纳于孙三袖中。含泪说道："留此伴你，身则不能矣。三魂有灵，当相从于九泉之下可也。"

孙三听罢，将手中酒杯一掷，夺身而起，走出房门。约有半个时辰，不见进来。方氏道："儿，孙郎想不忍见你这般凄惨，竟自去了。"急教春来观看，外面门户尽闭，却未曾出去，母女以为奇怪。移烛到处照看，何意孙三走到厨房，取过尖刀，将这子孙桩谷蚌楦一刀割坏，半连不断，昏倒在地，血污满衣。吓得母女魂魄皆丧，急扶到床上卧下，半晌方苏。凤奴道："你行此短见，莫非恨我么？"孙三忍痛呻吟说道："我实误了你娘女两人，安得倒有怨恨。意欲自刎，以表此心。但恐死得不干净，反累你母子，故割绝此道，以见终身永无男女之事。况我原有妻室，已生一子，后代不绝，此心无所牵挂。惟要你母子知我此情，非薄幸男子足矣。"言罢，各相持哭。盘桓未久，不觉鸡声三唱，天色将明。孙三郎势难再留，只得熬着疼痛作别，三人搅做一团，直哭得个有气无声。正是：

世上万般哀苦事，无非死别与生离。

不题孙三郎归家养病。且说凤奴送别之后，泪眼不干，午牌方过，张家娶亲船只已到。一个做媒的瞿百舌，一个主婚的族长，主张管待来人，催促出门。娘女两人又相持大哭，各自分离。凤奴来到张家，那张监生大是温柔俊雅，比孙三郎却也相仿。看见凤奴颜色，果然美丽，大是欢喜。他本是富豪子弟，女婢满前，正室娘子，又宽和贤德，所以少年纳妾，全无慢意。张监生第一夜到新房中，摆下酒肴，要与凤奴饮几杯添兴。那知凤奴向隅而立，不肯相近。张监生走向前去扯他，凤奴挣脱，躲过那边。张监生折转身来，他又躲过这边。两下左旋右转，分明是小孩子扎盲盲光景。服侍丫头，都格格的笑个不止。张监生跑得气喘吁吁，扯他不着，只得坐下。他本来要取些欢乐，不道弄出这个嘴脸，好生没趣。心里也还道是娇怯怕羞，教丫头斟酒，连

饮十数大杯，先向床上睡下。打发丫头们出去，指望众人去后，自然来同睡。凤奴却将灯挑得亮亮的，倚着桌儿流泪。张监生酒量不济，到了床上，便昏昏熟睡。天明方醒，身边不见新人，睁眼看时，却端然而坐，大以为怪。起身入上房，与大娘子说夜来如此，连大娘子也不信。

少顷，凤奴来见礼，问其为甚如此，只是低头垂泪。大娘子见他可怜，倒劝丈夫从容爱护，莫要性急。张监生依了这话，是晚便不进房。恰又遇着城中有事，一去十余日方归。一夜乘着酒兴，步入房来。凤奴一见便要躲避。张监生横身拦住，笑道："你今番走向那里去。"凤奴转动不得，逼到一个壁角边，被他双关抱住，死挣不脱，直抱到床上按倒。凤奴将双袖紧紧掩住面庞。张监生此时，心忙意急，探手将衣服乱扯，左扯也扯不开，右扯也扯不断。仔细一看，原来贴肉小衣，上下缝联，所以分拆不开。气得他一团热火，化做半杯雪水，连道诧异。放下手走出堂前教家人寻瞿百舌来，与他说："如此如此，这是为甚缘故，他既不愿从我，可还了原聘，领了去罢。"瞿百舌听了，不慌不忙，带着笑道："大相公好没挞煞，既娶来家，是你的人了，怎说领了去的话。"张监生道："我娶妾不过要消遣作乐，像这个光景，要他何用。"瞿百舌道："大凡美人多有撒娇撒痴，大老官务加怜香惜玉，方为在行。若像你这猴急，放出霸王请客帮衬，原成不得。"张监生道："他把衣服上下缝联，难道也是我不在行？"瞿百舌道："这正是他作娇处。"张监生笑道："恐这样作娇，也不敢劳。"瞿百舌道："大相公不难，今已将满月，其母定来探望。待我与他说知，等他教导一番，包你如法。"张监生见说得有理，也就依了。

瞿百舌按住了张监生，飞风到王江泾，与方氏说这桩事。此时那嗣子已搬入来家，方氏只住得后边两间房子。他自从遭了那场耻辱，自觉无颜色，将向日这段风骚，尽都销磨，每日只教导春来做些针指。心里只牵挂着女儿，不时暗泪。瞿百舌一口气赶来，对方氏说："你女儿这般这般，触了主人之怒，要发还娘家，追讨聘礼，一倍要还三倍。我再三劝住，你可趁满月，快快去教女儿，不要作梗。财主是牛性，一时间真个翻过脸来，你可吃得这场官司。"方氏本是惊弓之鸟，听见官司两字，十分害怕，心里却明晓得凤奴为着孙三，决不肯从顺。左难右难，等到满月，只得买办几盒礼物，带着春来去看女儿。不想凤奴日遂忧郁，生起病来，本只有二三分病体，因怕张监生缠帐，故意卧床不起。张监生听了瞿百舌的话，做出在行帮衬，请医问卜，不时到床

前看觑。凤奴一见进来，便把被儿蒙在头上，不来招架。恰好方氏来到，母女相见，分外悲啼。且见女儿有病，不好就说那话。向着张监生夫妻，但称女儿年幼无知，凡事须要宽恕。那大娘子见方氏做人活动，甚是欢喜。背地问凤奴衣服缝联的缘故，方氏怎敢说出实情，一味含糊应答。

一日，大娘子请方氏吃茶，留下春来相伴凤奴，正当悄悄地问孙三郎信息。忽见门帘启处，张监生步将入来，凤奴即翻身向着里面。张监生坐在床前，低声哑气的问："今日身子还是如何，心里可想甚东西？"连问两声，凤奴竟不答应。春来在侧，反过意不去，接口道："今日略觉健旺，只是虚弱气短，懒得开口。"张监生见他应对伶俐，举目一观，那头发刚刚覆眉，水汪汪一双俏眼，鹅卵脸儿，白中映出红来，身子又生得苗条有样，大是可人。便问："你叫甚名字？"那丫头应言唤做春来。张监生立起身道："我方才买得拂手在外，你可随我去拿一只与凤姐。"春来只道是真，随着就走。引入一个小书房中，张监生将门闭上，搂住亲嘴。春来半推半就道："相公尊重，莫要取笑。"张监生那里听他，拥向醉翁榻上，扯开下衣，纵身相就。那丫头年纪虽小，已见孙三郎与方氏许多丑态，心里也巴不得尝尝滋味，也奈何轮他不着。今番遇这财主见爱，有何不可。只是芳心乍吐，经不得雨骤风狂，甚觉逡巡畏缩，苦乐相兼。须臾情极兴阑，但见落红满褥，张监生取出一枝凤玉簪，与他插戴。又将一只大佛手递与，勾着肩儿，开门送了，说道："留你在此，做个通房，可情愿么？"春来道："多谢相公抬举，只怕没福，还恐我家娘不肯放我。"张监生道："我开了口，怕他不肯。"春来点首，捧着佛手而去。看官，大抵遇合各自有缘分，一毫勉强不得。譬如张监生费了大注财礼聘妾，反不能沾一沾身子。这春来萍水相逢，未曾损半个纸钱，倒订下终身之约。世间事体，大率如此。所以说：

有意种花花不活，无心插柳柳成阴。

且说凤姐一卧二十余日，方氏细察他不是真病，再三譬喻，教他莫要如此。凤奴被娘逼不过，只得起身梳洗，尚兀妆做半睡半坐。方氏才将瞿百舌所言说与，苦劝勉强顺从，休要累我。凤奴忿然作色道："娘不见我与孙三郎所誓乎？言犹在耳，岂可变更。你自回去，莫要管我，我死生在此，决不相累。"方氏见话不投机，即时要归。大娘子那里肯放。张监生又为着春来，苦苦坚留。到另设一间房户，安顿方氏住下，自己来陪伴凤奴。他意中以为母子盘桓日久，自然教道妥当，必非前番光景。谁知照旧不容亲近，空自混了一夜，衣服总都扯碎，到底好事难成。张监生大恨，明知为着情人，所以如此。次日即将凤奴锁禁空楼，分付使女辈日进三餐薄粥，夜间就在楼板上睡卧。方氏心中不忍，却又敢怒而不敢言。无颜再住，连忙作辞归去。张监生另送白银三十两，要了春来，浑身做起新衣，就顶了凤奴这间房户。分付家中上下，称为新姐。这岂不是：

　　　打墙板儿翻上下，前人世界后人收。

　　张监生做出这个局面，本意要教凤奴知得，使他感动，生出悔心。奈何凤奴一意牵系孙三，心如铁石，毫无转念。说话的，假如凤奴既一心为着孙三，何不速寻个死路，到也留名后世。何必做这许多模样，忍辱苟延？看官有所不知，他还是卜六七岁的女子，与孙三情如胶漆，一时虽则分开，还指望风波定后，断弦重续。不料得生出这瞿百舌，贪图重利，强为张氏纳聘。虽然势不能违，私自心怀痴想，希意张监生求欲不遂，必有开笼放鹦鹉之事。那时主张自由，仍联旧好，谁能间阻。所以方氏述瞿百舌退还母家之说，倒有三分私喜。为此宁受折磨，不肯即死。有诗为凭：

　　　生死靡他已定盟，总教磨折不移情。
　　　傍人不解其中意，只道红颜欲市名。

　　话分两头。且说孙三郎在家医治伤口，怎奈日夜记挂凤奴，朝愁暮怨，长叹短吁，精神日减，疮口难合。捱到年余，渐成骨立，愈加腐烂，自知不保。将家事料理，与儿子取了个名字，唤做汉儒，叮咛妻子，好生抚养。刘氏啼啼哭哭，善言宽慰。看看病势日重，他向妻子说了几句断话，又教邀过方氏一见。刘氏不敢逆他，即差个老妪，唤乘轿子去接。方氏闻说孙三病已临危，想起当日恩情，心中凄切，也顾不得羞耻，即便乘轿而来。彼此相见，这番惨伤，自不必说。孙三郎向怀中取出同心结，交与方氏道："我今生再不能复见凤姐矣，烦你为我多多致意。"言讫，瞑目而逝。可怜刘氏哭得个天昏地暗，一面收拾衣衾棺木。

方氏索性送殡过了，方才归家。思量女儿被张郎锁禁空楼，绝无音耗，不知生死如何，须去看个下落，也放下了肠子。唤个小船，来到唐栖。张监生即教春来出来迎接，方氏举目一看，遍体绮罗，光彩倍常，背后倒有两个丫头随侍。问起女儿，却原来依旧锁禁楼上。方氏此时心如刀割，嗟叹不已。见过了张郎夫妇，即至楼上看凤奴时，容颜憔悴，非复旧时形状。母女抱头而泣，方氏将同心结付还，说孙三病死之故，凤奴不觉失声大恸。方氏看了女儿这个景状，分明似罪囚一般，终无了解。私地埋怨春来说："你今既得时，也须念旧日恩情，与他解冤释结，如何坐视他受苦。"春来道："我怎敢忘恩负义，不从中周全。怎奈相公必要他回心转意，凤姐执迷不允。每日我私自送些东西上楼，却又不要，教我左难右难。这几时我再三哀求，已有放归的念头，娘可趁此机会，与相公明白讲论一番。待我在后再撺耸几句，领回家去罢。"

　　方氏得了这个消息，到次日要与张监生讲话。正遇本图公正里甲，与张监生议丈量田地。方氏走到堂中，向各人前道上万福，开言道："列位尊官在座，我有不知进退的话，要与张相公说知，讨个方便。多承张相公不弃我女凤奴，聘来为妾。或是我儿到了你家，有甚皂丝麻线，落在你眼里，这便合应受打受骂受辱，便是斫头也该。然也须捉奸捉双，方才心服。若未入门时，先有些风声，你便不该娶了。或是误于不知，娶后方晓得平昔有甚不正气，到家却没甚过失，这叫做入门清净，要留便留。若不相容，就该退还娘家，何故无端锁禁楼中，如罪囚一般，此是何意？磨折已久，如今奄奄有病。万一有些山高水低，我必然也有话说。常言死人身边自有活鬼，你莫恃自家豪富，把人命当做儿戏。"众人听了此话，齐道："大娘言之有理。张相公你若用他，便放出来，与他个偏房体面。若不用他，就交还他去，但凭改嫁，省得后边有言。"张监生心里已有肯放去的念头，又见方氏伶牙俐齿，是个长舌妇人，恐怕真个弄出些事来，反为不美。遂把人情卖在众人面上，便教开了楼门，唤出凤奴，交还方氏领去。方氏即就来船，载归王江泾。

　　过了月余，方氏对凤奴道："儿，你今年纪尚小，去后日子正长。孙三郎若在，终身之事可毕。他今去世，已是绝望。我在此尚可相依，人世无常，倘若有甚不测，瞿门宗族，岂能容你。那时无投无奔，如之奈何。况春花秋月，何忍空过，趁此改图，犹不失少年夫妇。"凤奴闻言大怒，说道："娘，你好没志气！前既是你坏我之身，只谓随他是一马一鞍，所以虽死无悔。今孙三郎既死，难道又改嫁他人。既要改嫁，何

不即就张郎。我虽不指望竖节妇牌坊，实不愿做此苟且之事，学你下半截样子。"言罢，放声长号。倒使方氏老大没趣，走出房门。凤奴解下结胜同心带，自缢梁间。及至方氏进来看见解救时，已不知气断几时了。痛哭一场，买棺盛殓。欲待葬在瞿滨吾墓旁，嗣子不容。欲待另寻坟地，嗣子又不容久停在家。方氏无可奈何，只得将去火化。尽已焚过，单剩胸前一块未消，结成三四寸长一个男子。面貌衣摺，浑似孙三形像，认他是石，却又打不碎。认他是金，却又烧不烊。分明是：

  杨会之捏塑神工，张僧繇画描仙体。

  那化人的火工，以为希奇，悄地藏过，不使方氏得知。这也不在话下。自古道：不愿同年同月同日同时生，但愿同年同月同日同时死。可煞作怪，孙三郎先死多时，恰好也在那日烧化。他家积祖富足，岂无坟茔，也把来火化。原来孙三郎自从死后，无一日不在家中出现，吓得孤孀子母，并及家人伴当，无一人不怕。只得求签问卜，都说棺木作耗，发脱了出去，自然安静。刘氏算计要去安葬，孙三郎夜托一梦，说自己割坏人道，得罪祖宗，阴灵不容上坟，可将我火化便了。刘氏得了这梦，心中奇怪，也还半信半疑。不道连宵所梦相同，所以也将来焚化。胸前一般也有一块烧不过的，却是凤奴形状。送丧人等，无不骇然。刘氏将来收好，藏在家中。那送丧之人，三三两两，传说开去。焚化凤奴的火工闻知，袖着孙三小像，到来比看。刘氏一见，大是惊诧。孙三儿子汉儒，年虽幼小，孝出本心，劝娘破费钱钞，买了此像。做起一个小龛子，并坐于中，摆列香烛供奉。但见：

  孙三郎年未三十，遍体风情。手中扇点着香罗，却是调腔度曲，但是髭须脱落，浑如戴馄饨帽的中官。瞿凤奴不及两旬，通身娇媚。同心结系在当胸，半成遮奶藏阁，只见绣带垂肩，分明欲去悬梁的妃子。

  一时传遍了城内城外，南来的是唐栖镇上男女，北来的是平望村中老幼。填徒塞巷，挨挤不开。个个称奇，人人说怪。正当万目昭彰之际，忽然狂风一阵，卷入门来。只见两个形像，霎时化成血水，这方是同心结的下稍，真正万古希罕的新闻。嘉靖年初，孙汉儒学业将就，做一小传以记。后来有人作几句偈语忏悔，偈云：

是男莫邪淫，是女莫坏身。

欺人犹自可，天理原分明。

不信魔登伽，能摄阿难精。

地狱久已闭，金磬敲一声。

豁然红日起，万方光华生。

同心一带结，男女牵幽魂。

一为自宫汉，一为投缳人。

轮回总能转，何处认前因。

第五篇　莽书生强图鸳侣

秋月春花自古今，每逢佳景暗伤神。

墙边联句因何梦，叶上题诗为甚情。

带缺唾壶原不美，有瑕圭璧总非珍。

从来色胆如天大，留得风流作骂名。

这首诗，是一无名氏所题，奉劝世人收拾春心，莫去闲行浪走，坏他人的闺门，损自己的阴骘。要知人从天性中带下个喜怒哀乐，便生出许多离合悲欢。在下如今且放下哀怒悲离之处不讲，只把极快活燥脾胃的事试说几件。假如别人家堆柴囤米，积玉堆金，身上穿不尽绫罗锦绣，口里吃不了百味珍羞，偏是我愁柴愁米，半饥半饱，忍冻担寒，这等人要寻快活，也不可得。然又有一等有操守有志量的，蔨盐乐道，如颜子箪瓢陋巷，子夏百结鹑衣，不改其乐，便过贫穷日子，也依原快活。又假如别人家，文官做朝官宰相，武官做都督总兵，一般样前呼后拥，衣紫腰金，何等轩昂，何等尊贵。惟有我终身不得发达，落于人后，难道也生快活。然又有一等人，养得胸中才学饱满，志大言大，虽是名不得成，志不得遂，嚣嚣自得，眼底无人，依然是快活行径。所以富贵两途，不喜好的也有。惟有女色这条道路，便如采花蜂蝶，攒紧在花心这中，不肯暂舍。又如扑灯飞蛾，浸死在灯油之内，方才罢休。

从来不好色的，惟有个鲁国男子，独居一室，适当风雨之夕，邻家屋坏，有寡妇奔来相就，这鲁男子却闭户不纳。又有个窦仪秀才，月下读书，有女子前来引诱，窦仪也只是正言拒绝，并不相容。才是真正见色不迷，盘古到今，只有此二人。若是柳下惠坐怀不乱，就写不得包票了。其他钻穴逾墙，桑间濮上，不计其数。常言道：男子要偷妇人隔重山，女子要偷男子隔层纸。若是女人家没有空隙，不放些破绽，这男子总然用计千条，只做得一场春梦。当年有两个风流俊俏苟合成婚的，一个是司马相如，一个是韩寿。假若贾充的女儿，不在青锁中窥觑韩寿，寿虽或轻松矫捷，怎敢跳过东北角高墙，成就怀香之事。假如司马相如，虽则风流萧洒，衣服华丽，若卓王孙的女儿，不去听他弹那风求凰的琴曲，相如也不能够同他逃走，成就琴台卖酒之事。所以淫奔苟合，都是女人家做出来的。然则一味推到女子身上去，难道男子汉全然脱白得干净，又何以说色胆大如天。皆因男子汉本有行奸卖俏之意，得了女人家一毫俯就意思，或眉梢递意，眼角传情，或说话间勾搭一言半语，或哑谜中暗藏下没头没脑的机关。这男子便用着工夫，千算百计，今日挑，明日拨，久久成熟，做就两下私情。总然败坏了名节，丧失了性命，也却不管，所以叫做是色胆如天。那一个肯贤贤易色，诗云：

> 美色牵人情易惑，几人遇色不为迷；
> 纵是坐怀终不乱，怎如闭户鲁男儿。

话说国朝永乐年间，广东桂林府临桂县，有一举人，姓莫名可，表字谁何，原是旧家人物。其父莫考，考了一世童生，巴不得着一领蓝衫挂体。偏生到莫谁何，才出来应童子试，便得游痒入泮，年纪方得一十二岁。那时就有个姓王的富户，倒备着若干厚礼，聘他为婿。大抵资性聪明的，知觉亦最早。这莫谁何因是天生颖异，乖巧过人，十来岁时，男女情欲之事，便都晓得。到进学之后，空隙处遇着丫环婢子，就去扯手拽脚，亲嘴摸乳，讨干便宜。交了出幼之年，情窦大开，同着三朋四友，往花街柳巷去行踏。那妓女们爱他幼年美丽，风流知趣，都情愿赔着钱钞，与他相处。日渐日深，竟习成一身轻薄。父母愁他放荡坏了，忧虑成疾，双双并故。

有个族叔，主张乘凶婚配，何期吉辰将近，王家女儿忽得暴疾而亡。莫谁何初闻凶信，十分烦恼，及往送殓，见妻子形容丑陋，转以为侥幸。自此执意要亲知灼见，择个美妻为配。所以张家不就，李家不成，蹉跎过了。他也落得在花柳中着脚。不想到十九岁上，挣得一名遗才科举入场，高高中了第二名经魁。那时豪门富室，争来求他为婿。谁何这番得意，眼界愈高。自道此去会试，稳如拾芥，大言不惭的答道：

> 且待金榜挂名，方始洞房花烛。

因此把姻事阁起，忙忙收拾进京会试，将家事托族叔管理，相约了几个同年，作伴起身。正值冬天，一路雨雪冰霜，十分寒冷。莫谁何自中榜之后，恣情花酒，身子已是虚弱。风寒易入，途中患病起来。捱到扬州，上了客店，便卧床不起。同年们请医调治，耽搁了几日。谁何病势虽则稍减；料想非旦夕可愈，眼见得不够勾会试，众人各顾自己功名，只得留下谁何。分咐他家人来元，好生看觑调理，自往京师应试去了。正是：

相逢不下马，各自奔前程。

且说莫谁何一病月余，直到开春正月中旬，方才全愈。也还未敢劳动，只在寓所将息。因病中梦见观音大士，以杨枝水洒在面上，自此就热痕病祛，渐渐健旺。店主闻说，便道："本处琼花观，自来观音极是灵感，往往救人苦难，多分是这菩萨显圣。"谁何感菩萨佛力护佑，就许个香愿，定下二月初一，到殿了酬。至期买办了香烛纸马之类，教来元捧着，出了店门，从容缓步，径往琼花观来。看那街市上，衣寇文物，十分华丽。更兼四方商贾杂沓，车马纷纭，往来如织，果然是个繁华去处。谁何一路观玩，喜之不胜，自觉情怀快畅，想起古人"烟花三月下扬州"之句，非虚语也。不多时已到观中，先向观音殿完了香愿，然后往各庙拈香礼拜。广西土风，素尚鬼神，故此谁何十分敬信。礼神已毕，就去探访琼花的遗迹。这琼花在观内后土祠中，乃唐人所植。怎见得此花好处，昔人曾有诗云：

百葩天下多，琼花天上稀。
结根托灵祠，地着不可移。
八蓓冠群芳，一株攒万枝。
香分金粟韵，色夺玉花姿。
浥露疑凝粉，含霞似衬脂。
风来素娥舞，雨过水仙歓。
淡容烟缕织，碎影月波筛。
一朝厌凡俗，羽化脱尘涯。

空遗芳迹在，徒起后人思。

那琼花更无二种，惟有扬州独出。至于宋末元初，忽然朽坏，自是此花世上遂绝。后人却把八仙花补其地，实非琼花旧物。此观本名蕃厘，只因琼花著名，故此相传就唤做琼花观。古今名人过此者，都有题咏。谁何玩视一番，即回寓所。过了两日，又去访隋苑迷楼的遗址。遂把扬州胜处，尽都游遍。那时情怀大舒，元神尽复，打动旧时风流心性，转又到歌馆妓家，倚红偎翠，买笑追欢。转眼间已是二月中旬，原来扬州士女，每岁仲春，都到琼花观烧香祈福，就便郊外踏青游玩。谁何闻得了这个消息，每日早膳饭后，即往观中，东穿西走，希冀有个奇遇。那知撞了几日，并没一毫意味。却是为何？假如大家女眷出来烧香，轿后不知跟随多少男女仆从。一到殿门，先驱开游人，然后下轿。及至拈香礼拜，婢仆们又团团簇拥在后。纵有佳丽，不能得亲面一见，那里去讨甚便宜？就是中等人家，有些颜色的，恐怕被人轻薄，往往趁清晨游人未集时先到，也不容易使人看见。至若成群结队，凭人挨挤的，不过是小户人家，与那村庄妇女，料道没甚出色的在内。所以谁何又看不上眼了。

到二月十九，乃是观音菩萨成道之日。那些烧香的比寻常更多几倍，直挤到午后方止，游人也都散了。莫谁何自觉倦怠，走到梓潼楼上去坐地。这琼花观虽有若干殿宇，其实真武乃治世福神，是个主殿，观世音菩萨救人苦难，关圣帝君华夷共仰，这三处香火最盛。这梓潼只管得天下的文墨，三百六十行中惟有读书人少，所以文昌座前，香烟也不见一些，甚是冷落。莫谁何坐了一响，走下楼去。刚出庙门，方待回寓，只见一个美貌女子，后边随着一个丫鬟，入庙来烧香。举目一觑，不觉神魂飘荡，暗道："撞了这几日，才得遇个出色女子，真好侥幸也！"

你道这女子，是何等样人家？原来这女子，父亲复姓傁斯，曾官员外郎。他祖上原是色目人，入籍江都，因复姓不好称呼，把傁字除下，只以斯字为姓。这斯员外性子有些倔强，与世人不合，坏官在家。只生此女，小字紫英，生得有些绝色。员外夫人平氏，三年前有病。紫英小姐保佑母亲，许下观世音菩萨绣幡为一对。不想夫人禄命该终，一病不起。夫人虽则去世，紫英的愿心，终是要酬。到这时绣完了幡，告知父亲要乘这观音成道之日，到观里了愿。这斯员外平昔也敬奉菩萨，又道女儿才得卜五岁，年纪尚幼，为此许允。料到上午人众，吩咐莫要早去。只是斯员外平昔要做清

官，宦囊甚薄。及至居家，一毫闲事不管，门庭冷淡如冰。有几个能事家人，受不得这样清苦，都向热闹处去了。只存下几个走不动的村庄婢仆，教他跟随小姐去烧香上幡。那两个仆妇梳妆打扮起来，紫英小姐仔细一觑，分明是鬼婆婆出世，好生烦恼，说道："若教这婆娘随去，可不笑破人口。"因此只教贴身的丫头莲房，同着两个村仆，跟随轿子。

到了观中，服事小姐上了幡，又到正殿关帝阁烧了香。后至梓潼楼，见此处冷落，没有游人，两个仆人，各自走去顽耍了。不想落在莫谁何眼中，恨不得就赶近前去，与他亲热一番。因见行止举动，是个大人家气象，恐惹是非，不敢相近。想起文昌楼后是董仲舒读书台，这所在没人来往，或者这小姐偶然转到此处游玩，何不先往台下躲着，等候他来，饱看一回。因是终日在那观中串熟，路径无所不知，故此折转身来，先去隐在读书台下。这董仲舒当年为江都王相，江都王素性骄倨好勇，仲舒以礼去匡救，江都王遂改行从善。为此扬州建造起此台，塑起神像，就名董仲舒读书台。这一发不是俗人晓得的，所以人都不到，那知到成就了莫谁何的佛殿奇逢。

且说紫英小姐，到梓潼楼上拈香，见炉中全没些火气，终是大人家心性，分付莲房教伴当们取些火来。莲房答应下楼叫唤，一个也不见。心里正焦，不道小便又急起来，东张西望，要寻个方便之处。转过楼后，穿出一条小径，显出一所幽僻去处。只见竹木交映，有几块太湖假山石，玲珑巧妙，又大又高，石畔斜靠着一株大腊梅树。莲房道："我家花园中，倒没有许多好假山石，也没有这样大腊梅。"随向假山石畔，蹲下去小解。当初陶学士，曾有一首七言色句，却像为这丫头做的。诗云：

> 小小佳人体态柔，腊梅依石转湾幽。
> 石榴壳里红皮绽，迸出珍珠满地流。

解罢，急急回转，奔上楼来回覆。紫英正等得不耐烦，埋怨他去得久了。莲房道："伴当一个也不见，连轿夫通走开了，小姐将就拜拜罢。"紫英随向冷炉中拈了香，拜罢起来，莲房想着后边景致，要去玩耍，上前说道："小姐，这楼后有假山树木，十分幽雅，到好耍子。小姐何不去走走？"紫英道："你怎生见来？"莲房道："才因要小解，方寻到那里。"紫英道："不成人的东西，倘被人遇见，可不羞死。"莲房道："这所在甚是僻静，并不见个人影。望去又有个高台，想必台上还有甚景致。"紫英终是孩子家，见说所在好玩耍，又没有人往来，不合就听信了。随下楼穿出小径，步入读书台下，果然假山竹木，清幽可喜。转过太湖石，走上台去看时，却是小小一座殿宇，中间供着一尊神道。殿外左边是一座纸炉，右边设一个大石莲花盆。

莲房因起初小解了，走过来净手。把眼一觑，说道："小姐你来看这盆中的水，一清彻底，好不洁净。何不净净手儿？"紫英道："我手是洁净的，不消得。"莲房道："怎样好清水，就净一净手好。"紫英又不合听了丫头这话，便走来向盆中净手，莲房忙向袖中摸出一方白绸汗巾，递与小姐拭手。这里两人却正背着净手耍子，不想莫谁何却逐步儿闪上台来，仔细饱看。紫英拭了手。回过身，面前却见站着个少年，吃了一惊，暗自懊悔道："我是女儿家，不该听了这丫头，在此闲走。"低低向莲房说道："有人来了，去罢。"欲待移步，莲房见莫谁何正阻着去路，这丫头倒也活变，说道："小姐手已净了，烧了香去罢。"引着紫英倒走入殿里。紫英也不知董仲舒是甚菩萨，胡乱就拈香礼拜，拜罢转身出殿。

此时莫谁何意乱魂迷，无处起个话头。心生一计，说道："我也净一净手，好拈香。"将在盆中搅了一搅，就揭起褶子前幅来试手，里边露出大红衣服。原来莫谁何连日在观中闲游，妄想或有所遇，打扮得十分华丽。头上戴的时兴荷叶绉纱巾，帖肉穿的是白绢汗衫，衬着大红绉纱袄子，白绫背心，外盖着藕丝软纱褶子。这原是在家预先备下，打帐中了进士，去赴琼林宴，谢座师会观年时，卖弄少年风流。那知因病不能入试，却穿了在琼花观里卖俏。假如此时紫英烧香拜罢转身便走，这莫谁何只讨得眼皮上便宜，其实没账。那知斯员外平日处家省俭，凡衣服饮食，一味朴素，不尚奢华。因此小姐从幼习惯，也十分惜福。这时走出殿来，抬眼见莫谁何揭褶子拭手，不觉起了一点爱惜之意，暗道："这秀才好不罪过，如此新衣，便将来拭手，想必不会带着汗巾。"千不合万不合，回头叫莲房把这白绸汗巾，借与他拭手。谁何错认做小姐有意，一发魂不着体，接过来一头抹手，一头说道："烦姐姐致谢小姐，多蒙美情，承借汗巾了。"袖里摸出锭银子，递与莲房道："些微薄仪，奉酬大德。"莲房原有主意，不肯接受，转身要走。却被那莫谁何一把扯住，将来推在袖里，飞也似先奔下台，把梓潼楼后门顶上。

莲房急回身向小姐说，这秀才如此如此。小姐变起脸来喝道："贱丫头，怎的不对他说，我是斯员外家，那个希罕你的银子。"莲房见小姐发怒，赶下台把小姐所言，说与莫谁何，将银子递还。莫谁何却不来接，说道："你既是斯员外家，不希罕我这银子。可知我是会试举人，难道没有几件衣服，要你小姐替我爱惜，把汗巾儿与我揩手。"莲房见他说话不好，也不答应，将银子撇在地下，奔上台来，说道："银子撇还他了，这人又不是本处人，自称是会试举人，说话好生无理，我也不睬他。"紫英道："这便才是。至此已久，伴当们必然在外寻觅，快些去罢。"莲房随扶着小姐走下台阶，转过太湖石，只见莫谁何当道拦住，说道："小姐慢行，还有话讲。"惊得紫英倒退几步，转身隐在太湖石畔，吩咐莲房对他说："既称是会试举人，须是读书知礼，为甚阻我归路，是何道理？"莲房将话传说。莫谁何笑嘻嘻的道："小生家本广西，去此几千里，何意与小姐邂逅相遇，岂不是三生有缘。但求小姐亲面见个礼儿，说句话儿，就放小姐去了，别没甚道理。"莲房将这话回覆了。紫英大怒，又教莲房传话说："你是广西举人，只好在广西撒野，我这扬州却行不去。好好让我回去便罢，若还再无理，叫家人们进来，恐伤了你体面。况我家员外，性子不是好惹的，回去禀知，须与你干休不得。"

莫谁何听了，心生一计，说道："你小姐这话，只好吓乡里人，凭你斯员外利害，须奈何不得我远方举人。进来的门户，俱已塞断，就有家人伴当也飞不入来，也不怕你小姐飞了出去。还有一说，难道我央求了你小姐半日，白白就放了去，可不淡死了我。若不肯与我见礼讲话，卖路东西，也送些遮羞，才好让你去。不然就住上整年，也没处走。"莲房又把这话回覆了。紫英心中烦恼，埋怨莲房，便接口道："你哄我到此处，惹出这场是非。"那丫头嘴儿却又来得快，说道："先前说起，其实莲房不是。但教将汗巾与他拭手，这却是小姐的主意。"紫英被这句话撑住了口，懊悔不迭，又恐他用强逼迫，将如之何。心里慌张，没了主意。又不合向袖中，摸出一个红罗帕儿，教莲房送与莫谁何，传话道："相公是读书君子，须达道理。彼此非亲非故，万无相见之事。绫帕一方，算不得礼数，权当作开门钱罢。"

莫谁何接帕在手，笑道："我又不是琼花观里管门的人，为何要开门钱。汗巾是你的，如今罗帕是小姐的，都是真正表证。小姐容我相见便罢，不容时，将便将此表证对你家员外说知，大家弄得不清不楚，但凭你去与小姐算计。"莲房是个丫头家，胆子小，听了这话，吓得心头乱跳，飞奔来对小姐说："这事越弄得不好，好人如此如此撒野。小姐若不与他相见，倘若真个对员外说知，可不连累莲房，活活打死。胡乱见个礼儿，央告放归去罢。"紫英知道自家多事，一发悔之无及，踌躇一回，没奈何只得依了莲房，走出太湖石畔。莲房把手招道："我小姐肯了，与你相见。"莫谁何喜得满面生花，向前深深作揖。紫英背转身，还个万福。莫谁何作揖起来，叉手说道："小生本是广西桂林府临桂县新科举人，姓莫名可。因上京会试，路经贵府，闻小姐美貌无双，因此不愿入京，侨寓此地，欲求一见。不想天还人愿，今日得与小姐相会于此，真是凤缘前契。又蒙惠赠绫帕，小生当终身宝玩。但良缘难再，后会无期，小姐怎生发付小生则个。"

　　紫英听了这些话，涨得满脸通红，又恼又好笑，暗道这是那里说起，向莲房附耳低低道："你可对他说，方才说见个礼，便放我去。如今礼又见了，还要怎的。"莲房把这话说与，莫谁何道："小生别无他意，只要小姐安放得小生妥贴，不然就死也不放小姐去。"紫英此时进退两难，暗自叹道："罢，罢！这是我前世冤孽了。"就教莲房低低传说道："三月初一，是夫人忌辰修斋。初三圆满，黄昏时候，菩萨送焚化时，在门首相会，自有话说。"莫谁何得了这话，分明接了一道圣旨，满心欢喜，又道："小姐莫非说谎？"紫英又传话道："如若失信，那时任凭你对员外说便了。"莫谁何点点头儿，连忙又作个揖道："小姐金口玉言，小生镂刻五内了。"道罢，急忙去开了梓潼阁后门，仍闪入林木中藏躲。紫英此时看了这个风流人物，未免也种下三分怜爱。虽则如此，终是女儿家，蓦地遇这没头没脑的事体，面上红一回、白一回，心头上一回、下一回，跳一个不止，与莲房急急走出梓潼楼下。那伴当轿夫，因不见了小姐梅香，惊天动地的找寻，也不知有多少时候了。紫英不敢再复迟延，疾忙上轿还家。到了房里，还是恍恍惚惚的。诗云：

　　　火近煤兮始作灾，木先腐朽蠹方胎。
　　　桃花不向源流出，渔榇何缘得入来。

　　且说莫谁何，虽得了小姐口语，也还疑疑惑惑，不知是真是假。这几日一发难过，扳指头的到了三月初一，便到斯家门首打探，真个在家修斋。心里喜欢道："这小姐端的不说假话，此事多分有望。"心下又转一念，从前门走到后门，东边看到西边。前门

是官街，后门是小街，东边通哪一个城门，西边近哪条河路，都看在眼里。到初三傍晚，悄地把来元的青衣小帽穿起，闪出店门，径至斯家门首。等到了黄昏时候，还不见送佛，好生着忙。又想到总然送佛，又不知小姐果然出来否，惊疑不定。哪知是夜紫英小姐心上惊疑，比莫谁何更多几十倍。他与莲房商量，欲待出去，恐怕弄出事来。欲不出去，又恐执了绫帕为证，果然放刁撒泼，依然名声不好。莲房说道："我看这人行径，风流其实风流，刁泼其实刁泼，小姐思想也不差。以我看起来，还是送佛之时，出去走一遭。只要使他一见，你便掣身进来。既见得不失信，那众人瞩目之地，他也不敢扭住你。"事到其间，紫英只得依着莲房而行。

是夜是圆满之日，和尚家也有香火，亲族中都有来随喜的，俱有家僮小厮跟随迎候。莫谁何这打扮，也像跟随服役的一般。张家认道是李家，李家认道是张家，那里分辨得清。约莫黄昏将尽，和尚送佛出来焚化，紫英却闪在门旁，遮遮掩掩的张望。莫谁何在人群中，目不转睛，望着门里瞧。见小姐站在门旁，便趱过身来，踏上阶头，两下刚打个照回。莲房情知两边看见，即扯小姐进去。小姐转身便走。此时和尚祝颂未完，鼓钹声喧，人人都仰面看着和尚，那里管甚别事。说时迟，那时快，莫谁何见小姐转身，他却乘个空隙，飕的钻入门里。也是缘分应该，更无一人看见。谁何跟着小姐脚步，直到房里。彼时若有一人撞见，可不是黄夜入人家，非奸即盗，登时打死不论。怎当他拚着性命紧跟紧走，这才是色胆如天，便就杀一刀，也说不得了。

小姐看见莫谁何进房，魂也不在身上，又恐怕有人看见，怎生是了。不顾体面，只得同莲房横身推他出去。莫谁何是个后生男子汉，这两个女子，怎推得动。莫谁何开口道："小姐不要性急，不要着忙，待我说句话。"莲房将手掩住他口道："这所在岂是你讲得话的？"莫谁何道："就讲不得，只得容我讲一句。我本岭右举人，会试过此，因慕小姐才色，弃了功名，在此守候。不期天赐良缘，得见于董仲舒读书台下，蒙小姐赐以罗帕表记，约我今夜相会，故冒万死到此。我已拚这连科及第的身子，博个点额龙门，求凰到凤，难道你不肯？"说罢，就跪将下去。小姐道："谁要你跪，谁要你拜，快些出去！"莫谁何道："到此地位，怎生还好出去。我想出去也是死，小姐若还不肯，也是死。死在小姐房门外边中，不如死在小姐卧房之内。"说罢在袜中抽出一把解手刀，望喉下便刺。吓得小姐三魂六魄，都不在身上，用手来夺。谁何放下刀拦腰抱定，一只手早已穿入锦裆，摸着小姐海棠未破的蓓蕾。此时无可奈何，只得凭他舞弄。莲房紧守在房门外，察听风声。但见：

　　一个是南宫学士，一个是东阁佳人。南宫学士，慕色津津，不异渴龙见水；东阁佳人，怀羞怯怯，分明宿鸟逢泉。一个未知人道，那解握雨携云；一个老练风情，尽会怜香惜玉。直教逗破海棠红点点，颠翻玉树白霏霏。

　　是夜成就好事，总然未曾惯经，少不得瓜熟蒂落。到明夜，谁何又去勾搭莲房，莲房见小姐允从，有何推拒。自是上和下睦，打成一片。日里藏放床后影壁中，夜深人静，方才出来，因此家中并无知觉。只是丫头们送茶饭进房，却是一番干纪。小姐日夜忧心，惟恐败露。况兼莫谁何本是狂放，在床壁间，住了十数日，也觉昏闷。商议逃还桂林，计较已定，收拾细软，打起包裹。小姐、莲房与谁何一般打扮，乘夜开了后园门，从小街出去。这些路道，谁何已探认得烂熟，只是走步慌忙，遗失了一只鞋儿。出了后门，轻车熟马，直到关上，雇了船只，径归广西。连家人来元，不能相顾了。诗云：

　　桑间濮上事堪羞，却以鹑奔作好逑；
　　皂染素丝终不白，逝东流水几回头。

　　却说斯员外，不见了女儿及贴身的莲房，情知是私情勾当，不好沸沸扬扬，上下瞒得水泄不通。但恐怕胡通判家来讨亲，无以抵对。凑巧有个丫环兰香，感了伤寒病症，这丫头到有四五分颜色，斯员外心思一计，下了一服不按君臣的汤药，顷刻了帐。托言小姐病死，报与胡通判家。胡家差着女使来探丧，那女使从不曾认得小姐，那个晓得不是正身。斯员外从厚殡殓，极其痛哭七七诵经礼忏，大是破费，亲友都来慰唁。胡通判的孙子，虽不曾成亲，孝服来祭奠，胡通判也亲来门上。一场丑事，全亏这替死鬼掩饰过了。正是：

　　张公吃酒李公偿，鸩杀青衣作女亡。
　　泉台有恨无从诉，应指人间骂莫郎。

却说来元自三月初三傍晚，家主忽地出去，一夜不归，只道熬不得寂寞，又往妓家寻欢去了。吃了早晚，打点寻问去迎接，却不见了衣冠。心里奇怪，难道是家主穿了去不成？及至四面去迎接，竟没处去问。一连过了五六日，来元也寻够不耐烦了，只得听其自然。又过了一日，早起去登东厕，见地下有个黄布包袱。抬起看时，中间线绣着"永兴号"三字，暗道："造化，造化！好个大包袱。提来包衣服也好，包米也好，做被单盖也好。"欢欢喜喜，拿回下处。看看过了二十多日，家主终是不归，柴米吃完了，袋内又无银钱。想道："他不知在何处快乐，我却在此熬苦。如今连米也没得吃，难道忍饿不成？且把他两件衣服，去当两把银子，买些柴米动动劳腥，再作区处。"遂取出两件绸褶子来，恐怕典当中污坏了，就将拾的这个黄布包袱包起。锁了下处，走出店门。

心上想往那一家去当好，又想有货不愁无卖处，既有了东西，那家不可当，计较怎的。也是他合当晦气，有没要紧的，随着脚儿闯去，不想却穿到斯家。在那宅后小街里，见一带磺砂石墙，一座小门楼上，有一个匾额，写着"息机"二字，两扇园门，半开半掩。来元知是人家花园，挨身进去一看，正当三月下旬，绿阴乍浓，梅子累累，垂杨上流莺宛转，石栏边牡丹盛开。来元道："我家临桂县里，此时一般也有莺声柳色，只是不得归去。"方想之间，忽见柏屏下一只淡红鞋子，拾起一看，认得是家主穿的，为何落在此处。心上惊疑，口里自言自语，欲行不行的，在那里沉吟。那知斯员外因失了女儿，虽则托言病死，瞒过外人，心上终是郁郁不乐，又没趣，又气愤，正在后园闲步散闷。蓦见来元手执鞋子，在那里思想，员外喝道："你是何人，直撞入后门来，莫不是要做贼？"教家人拿住了，才唤一声，几个村庄仆人，赶出来不问情由，揪发乱踢，擂拳打嘴。来元道："莫打，莫打！我也是举人相公的管家。"众人听说这话，就住了手。

员外问道："扬州城里有数位举人相公，你到底是那一家？"来元道："我们不是本州地举人，是广西桂林府临桂县莫举人。"员外道："既是别处，那里查账，只问你在这时做甚？"来元道："我家相公，上京会试，自上年冬月间至此，今年三月初三出门，将及一月，不归下处。我因缺了柴米，只得将几件衣服，当钱使用，乘便寻问相公在何处快活。经过这里，看见是一座花园，进来看看。偶然在柏屏下，拾得这只鞋子，是我相公穿的，故此疑惑。"员外把鞋一看，心里暗想道："穿这样鞋子，便是轻薄人了。"又问："你相公既是举人，为何不去会试？"来元道："只为途中患病，就此住下，所以错过考期。"员外道："你相公多少年纪，平昔所好甚的？"来元道："我相公年纪才二十岁，生得长身白面，风流潇洒。琴棋诗画，无有不精，雪月风花，件件都爱。"员外听说，心下想道："原是个不循规矩的人。但为甚他的鞋子，倒遗在我家，莫非我女儿被他诱引去了？只是我女从来不出闺门，也无由看见。"又想到："二月十九，曾至琼花观上幡。除非是这日，私期相约的，事有可疑。只是既瞒了别人，况且家丑不可外扬，不能提起了。"对来元道："你既不是贼，去罢，不要在此多嘴。"

　　来元提了包袱，连这只鞋子，出了园门，走到一个典铺里来当银。这典铺是姓程的徽州人所开，正在斯员外间壁。店中主管，将包袱打开一看，见中间有"永兴号"三个绣字，便叫道："好了，我家失的东西，有着落了！"店中人闻言，一哄的都走来观看，齐道："不消说起是了。"取过一条练子，向来元颈项上便套。来元分诉时，劈嘴就是两个巴掌，骂道："你这强盗，赃证现在，还要强辩。"原来三月十九四更时分，这铺中有强盗打入，劫了若干金银，余下珠宝衣服，一件也不要。这包袱也是盗去之物，不知怎地弃下了。来元拾得，今日却包着衣服来当，撞在网中。不由分说，一索捆着，交与捕人，解到江都县中审问。来元口称是莫举人家人，包袱是三月二十日早间拾的。知县也忖度，既动其家，如何就把赃物到他铺中来当？此人必非真盗，发去监禁，着捕人再捕缉去候结。那知斯员外闻知此事，又只道女儿随了强盗去，无处出这口气，致书知县，说来元早晨，又潜入园中窥探，必是真盗无疑。知县听了，分付提出来元再审。来元只称是莫举人家人，知县问："今莫举人在何处？"来元实说道："三月初三出去了，至今不知何往。"知县笑道："岂有家主久出，家人不知去向之理，明是胡言了。"夹棍捼子，极刑拷问。来元熬不过痛苦，只得屈招，伙结同盗，分赃散去。知县终道是只一包袱，难入其罪，仍复发监，严限捕人缉获群盗，然后定夺。

　　来元监在江都狱中，因不曾定有罪名，身边无钱，又没亲人送饭，眼见得少活多死。亏了下处主人朱小桥，明知是莫举人的管家，平昔老成谨慎，何曾一夜离了下处，平白里遭此横祸，所以到做个亲人照管他。又到狱中安慰道："你相公还有许多衣服铺陈箱笼，事急可以变卖，等待他来时，自见明白。"来元含泪作谢。自此安心在监中，将息身子，眼巴巴的望着家人来搭救。正道：

烧龟欲烂浑无计，移祸枯桑不可言。

话分两头。再说莫谁何携了紫英、莲房，归到临桂县，只说下第回来，在扬州娶下一妻，买下一婢。三党朋友，都不知其中缘故。自古私情勾当，比结发夫妻恩爱，分外亲热。到家数月，生下一子。第二年又生下一子。莲房虽则讨得些残羹剩饭，不知是子宫寒冷，又不知是不生长的，并无男女胎气。又可笑莫谁何，自得紫英之后，尽收拾起胡行乱走，只在六尺地上，寻自家家里雄雌。其年二十二岁，又当会试之期，十月中收拾起身赴京。紫英临别时，含笑说道："此番上京，定过扬州，再不要到琼花观中担搁。"莲房道："琼花观中倒不妨担搁，只不要到董仲舒读书台石莲盆中洗手。"他两个原是戏话，却提醒了他二年前无赖事情，冷汗直流，默然无以为对。沉吟半晌，方说道："此番若便道再过扬州，只要问来元下落，其他儿女情事，我已灰心懒意了。不必过虑。"

两下分手，望京进发。一路饥餐渴饮，夜宿晓行，来到京城。三场已毕，一举成名，登了黄甲。观政三月，选了仪征县知县，领了官凭，即日赴任。经过扬州，便是邻县界内。先自私行，到旧时下处，三年光景，依稀差不得几分。主人朱小桥看见，一把扯住说道："莫相公，你一向在那里？害得人家被程徽州家陷作强盗，好不苦哩。"从头至尾，备细说出。莫谁何道："莫高声，我有道理。我前番一时赶不着会试，心上焦躁，暂时往别处散闷。不想一去三年，害了小价。我今得中进士，现选仪征知县，待到任之后，再作理会。"朱小桥见说已是邻近知县，就磕头跪下。莫谁何挽住，说："旧日相处，休行此礼。"又说："到任要紧，不得在此留连，你莫泄漏此事，也不要先对来元说知。倘日后小价出监，定来寻你，你悄地送到仪征来，自当重酬。"言罢，即下船到仪征上任去了。

过了数日，差家人到广西，迎接紫英、莲房到衙。其年新巡按案临，乃莫谁何的座主，两个得意师生，极其相契。莫谁何将来元被陷，实情诉上，到秋后巡按行部扬州，江都县解审。巡按审到来元一起，反覆无据，即于文卷上批道：

盗劫金宝，而委弃其包袱。道路之遗，来元拾之。此人弃我取，非楚得楚弓也。众盗既无所获，而独以来元为奇货，冤矣。仰江都县覆审开豁。

文到江都县，提出来元再审。其时程徽州已不在扬州开铺，知县开放来元，口里道："可恨失主不在，还该反坐他诬陷才是。"来无归到下处，见了朱小桥作谢。只道是天恩大赦，那知就里缘由，朱小桥一一与他说知了。连夜起身，送到仪征县，朱小桥在外歇宿。来元传梆入衙，见了家主，跪下磕头。将被陷受刑苦情，说了又哭，却哭得个黄河水清，海底迸裂。莫谁何道："虽则是家主抛弃，你也须认自家晦气。"来元哭罢，方才拜见紫英夫人。听了声音，说道："奶奶倒也是扬州人，老爷几时娶的？"莫谁何良心还在，满面通红，只说："娶久了。"当日先与大酒大饭，吃个醉饱。又发出了三十两银子，差人送与朱小桥酬劳。莫谁何从此改邪归正，功名上十分正气，风月场尽都冷冷淡淡。一日与紫英说："来元为我受了三年牢狱之灾，甚为可怜。他今年长了还没有妻子，莲房虽一向伏侍我，却喜不曾生育。我欲将伊配与来元，打发他两人回去管家。也得散诞过些快活日子，免得关在衙门里，不能转动。"此时莲房假意不肯，其实本性活动，一马一鞍，有何不可。紫英又落得做个人情，是夜即把两人婚配，一般拜堂，一般坐床，一般吃同罗杯。虽不是金榜题名，也算是洞房花烛。成亲之后，一般满月，然后打发起身。归到广西，一般是双回门，虽非衣锦还乡，也算荣归故里。正是：

不是一番寒彻骨，怎得梅花扑鼻香。

且说紫英在仪征县住了一年，对丈夫道："自从随你做此勾当，勉强教做夫妻，终身见不得父母。我母亲早死，今父亲想还在堂。我想仪征县到江都，不过百里之遥，怎生使我见父亲一面也好。"言罢暗暗流泪，自羞自苦。莫谁何道："奶奶莫性急，待我从容计较。"不一日，为公务来到扬州，就便至斯员外家来拜谒，传进名贴。员外见写着晚侍教生莫可顿首拜，只道是邻邦父母，出来迎接，那知道是通家女婿。莫谁何久坐不起，斯员外只得具小饭款待。席间偶然问道："老父母是具庆否？"大凡登科甲的，父母在便谓之具庆。若父在母丧，谓之严侍；母在父丧，谓之慈侍；父母双亡，即谓之永感。莫谁何听得此语，流下泪来道："赋性不辰，两亲早背，至今徒怀风木之感。"斯员外道："老父母早伤父母，学生老无男女，一般凄楚。"言罢，也不觉垂泪。

这一席饭，吃得个不欢而罢。临别时，莫谁何道："从此别去，又不知何日相缝。倘不弃敝县荒陋，晚生当扫门相待。"员外道："寒家祖茔，在栖霞山下。每到春日祭扫，道经贵县，今后当来进谒。"言罢即别。

明年三月间，员外果来仪征答拜。莫谁何知道，报与紫英，说："你父亲今日来到，还是相见或不相见？"紫英道："我念生身养育之恩，只得老着面皮去见他。"莫谁何听罢，一面分付整酒，一面迎接斯员外到衙中饮宴。饮到中间，莫谁何道："晚生有句不识进退之语相恳。"斯员外道："有甚见教？"莫谁何道："忝在通家之末，今而后当守子婿之礼，敝房要出来拜见。"斯员外道："这怎敢？"说未了，只见紫英出来，扑地就拜。斯员外老人家，眼不甚明，一时也跪下去。起来一看，大声嚷道："为何，为何？怎么，怎么？可怪花园中，遗下桃红鞋子，说是莫举人的，到此方见明白。"说罢，恨恨不绝。几年不见，并非喜自天来，只见怒从心起。已而叹道："生女不长进，怨不得别人。"乃对莫谁何道："当初我不肖之女，被坏廉耻，伤风化，没脊骨，落地狱，真正强盗拐去的日子。我只得托言不肖女死，瞒过胡通判家了。今后若泄漏此情，我羞你羞，从此死生无期，切勿相见。"言罢，拂衣而出。把一个无天无地的莫谁何，骂得口不喷声，含着羞惭，送斯员外出去。紫英回到卧房，也害了三个月说不出问不明的病症。

从此秋去春来，莫谁何满了三年之任，次第升官，直做到福建布政使。追咎少年孟浪，损了自家行止，坏了别人闺门，着实严训二子，规矩准绳，一步不苟。大的取名莫我如，小的名叫莫我似。一举连科，同榜少年进士。并做京官。何期大限到来，莫谁何在福建衙门得病。此病生得古怪，不是七情六欲，不是湿然风寒，不是内伤外感。只是昏沉焦躁，常时嘻笑狂歌，槌胸跌背，持刀弄剑，刺臂剜肉，称有鬼有贼有奸细。紫英早暮伏侍，不敢远离。一日睡在床上，倏然坐起说道："我非别神，乃是琼花观伽蓝。当初紫英前身，是江都大财主，莫可是桂林一娼妇。财主许了娼妇赎身，定下夫妻之约。不期财主变了此盟，径自归了扬州。妇人愤恨自尽。故此男托女胎，女转男身，有此今生之事。莫可今生富贵，两子连登，是前生做娼妓时，救难周贫，修桥造路，所以受此果报。临终时恶病缠身，乃因平白地强逼紫英使他不得不从，坏此心术，所以有此花报。果报在于后世，花报即在目前，奉劝世人早早行善。"言罢又复睡倒，仍然还莫谁何本色，霎时间呕血数升而死，呜呼哀哉！

紫英听见伽蓝神显圣，又是一番惊异。殡殓莫谁何，扶枢归广西。来元夫妇迎接，莲房感念旧情，也十分惨戚。却遇二子奔丧也到，刚刚三年孝满，紫英亦病，呼二子在床前吩付道："父生临桂，母出江都，魂梦各有所归，缘牵偶成今世，即此便是遗嘱。"言罢，就绝了气。二子见说得不明不白，只道是临终乱命，不去推详。那知紫英心上，倒是个至死不昏之人，亦是琼花观伽蓝点化之言也。后人有诗道得好，诗云：

男女冤牵各有因，风情里面说风情。

今生不斩冤牵债，只恐来生又火坑。

第六篇　乞丐妇重配鸾俦

天地茫茫一局棋，输赢黑白听人移。

石崇豪富休教羡，潘安姿容不足奇。

万事到头方结局，半生行径莫先知。

请君眼底留青白，勿乱人前定是非。

话说人世百年，总不脱贫富穷达四字。然富的一生富到底，穷的一生穷到底，却像动摇不得。无怪享荣华的受人多少奉承，受艰难的被人多少厌贱。那受人奉承厌贱的，虽一毫无羞耻恼怒之意，那奉承厌贱人的，却自以为是。撺出锦上添花，井中下石，掉那三寸舌，不管人消受得起，磨灭不过。这是怎的说？只因眼里无珠，把一切当面风光，撇抹了许多豪杰，岂不可惜！岂不可恨！昔是有个王播，未遇之时，读书木兰寺中，每日向和尚处投斋。丛林中规矩，小食以后，日色中天，火头饭熟，执事者撞钟三声，众僧齐到斋堂吃饭。那木兰寺和尚，十分势利，看见王播，读书未就，头巾四角不全，衣襟遍身破碎，总然有豪气三千，吐不出光芒一寸。终日随着众僧，听了钟声，上堂吃饭，众僧无不厌贱。更可恨那执事的和尚，使下尖酸小计，直待众僧饭毕，然后撞钟。王播听得钟声，跄踉走到，箩内饭无余粒，盆中菜无半茎，受此奚落，只得忍耐。未免含愠归心，泪随羞下，题诗两句于壁上道：

上堂已了各西东，惭愧阇黎饭后钟。

写罢拂袖而出。后来一举登科，出镇扬州，重游木兰寺。众和尚将碧纱笼罩着所题诗句，各各执香，跪伏在地，叩头而言，说望老爷宽洪海量，恕我辈贼秃有眼无珠，不识好人。那王播微微笑道："君子不念旧恶，何足介意。"见此碧纱笼盖之处，乃揭开一看，不觉世事关心，长叹一声。随唤左右，取过笔砚，又题两句于后道：

三十年来尘扑面，今朝方得碧纱笼。

世情冷暖，人面高低，大率如此。后人做传奇的，却借来装在吕蒙正身上，这也不在话下。如今且说一个先时狼狈，后来富贵的女子。莫说旁人不料他有这段荣华了，便是他引镜自照，也想不起当年面目。正是：

时运未来君莫笑，困龙终有上天时。

话说淮安府盐城县，有一村庄人姓周，排行第六。此人原有名有表，因做人没挞熬，不曾立得品地，所以人只叫他是周六。那周六生长射阳湖边，朦胧村中。所居只有茅屋三间，却又并无墙壁，不过编些篱槿，涂些泥土，便比别人家高堂大厦一般。这朦胧村地本荒凉，左边去是水，右边去也是水。若前若后，无非荆榛草泽，并无一片闲田，可以种麦种菜。就遇农忙插苗之时，也只看得。周六又是阒冗不学好的人，总或有搭空地，也未必肯去及时耕种。人便不肯向上，这日逐三餐养命之根，却不可少。你道他做甚生涯度日？专靠在泽中芟割芦路虽小，尽有卖处。即此便是他一生衣食根本，却比富家大户南庄田北庄库，取之不竭用之有余，一般作用。但是天性贪杯好饮，每日村醪浊酒，却少不得。趁得少，吃得多，手头没有一日宽转。

更可怜老婆先已死过，单有一个女儿，小名长寿。那长寿女年一十八岁，只因丧了母亲，女工刺绣，一些不晓。虽如此说，就是其母在日，也不过是村庄的阿妈，原不晓得描鸾刺凤，织绣缝裳。所以这长寿女只好帮着周六劈芦做席。你想习熟这样生活，总然臂如莲藕，少不得装添上一层蛇腹断纹，任你指似笋尖，也弄做个擂鼓槌头。更可惜生得一头好发，足有四五尺长，且又青细和柔。若此发生在贵家富室深闺女娘头上，日日加上香油，三六九篦去尘垢，这乌云绿鬓，好不称副粉容娇面。可怜生在此女头上，镇日尘封灰裹，急忙忙直到天暗更深，没有一刻清闲。巴到天明，舀些冷水，胡乱把脸上抹一抹。将一个半爿梳子，三梳两挽，挽成三寸长，歪不歪，正不正，一个擂槌，岂非埋没了一天风韵！又可惜生得一口牙齿，齐如蝤蛴，细如鱼鳞，虽不曾经灌香刷，擦牙散，天生得粉花雪白，又不露出齿龈。还有一桩好处，眉分两道春山，眼注一泓秋水。虽则面黄肌瘦，却是鼻直口方，身材端正，骨肉停匀。这等样一个女儿，若是对镜晓妆，搽脂傅粉，穿上一身鲜衣华服，缓步轻行，可不令少年浪荡子弟，步步回头！单嫌两只金莲，从来不曾束缚，兼之蓬头垢面，满身破碎，东缀西联，针线参差。把他弄得分明似个烟薰柳树精，怎能得遇吕纯阳一朝超度。更有一件，年虽及笄，好像泥神木偶，闭着嘴，金口难开。除却劈芦做席，只晓得着衣吃饭，此外一毫人事不懂。

常言男大当婚，女大当嫁，到了这般年纪，少不配个老公。婚姻虽则是天缘，须是要门当户对。这周六行径，有什么高门大户与他成亲？恰好有个渔翁刘五，生长北神堰中，正与大儿子寻头亲事。凭着堰中胥老人做媒，两家遂为姻眷。男家捕鱼，女家织席，那有大盘大盒，问名纳采，凑成六礼之事。不过几贯铜钱作聘，拳鸡块肉，请胥老人吃杯白酒。袖里来，袖里去，绝不费半个闲钱。那周六独有这桩事十分正经，送来钱钞，分文不敢妄用，将来都置办在女儿身上。荆钗布裙，就比大大妆奁。拣了一日子，便好过门，这方是田庄小家礼数，有何不可。正是：

> 花对花，柳对柳，破畚箕，对折茹帚。编席女儿捕鱼郎，配搭无差堪匹偶。你莫嫌，我不丑，草草成婚礼数有。新郎新妇拜双亲，阿翁阿妈同点首。忙请亲家快上船，冰人推逊前头走。女婿当前拜丈人，两亲相见文绉绉。做亲筵席即摆开，奉陪广请诸亲友。乌盆糙碗乱纵横，鸡肉鱼是兼菜韭。满斟村醪敬岳翁，赶月流星不离口。大家畅饮尽忘怀，连叫艄头飞烫酒。风卷残云顷刻间，杯盘狼籍无余薮。红轮西堕月将升，丈人醉倒如颠狗。邻船儿女笑喧天，一阵荟荟齐拍手。

周六送女儿成亲，吃得烂醉，刘五转央邻船，直送归家，这也不在话下。大凡妇女缝联补缀，原为本事。长寿女自小不曾学得，动不得手。至于捕鱼道路，原要一般做作。怎奈此女乃旱地上生长，扳不得罾，撒不得网，又摇不得橹，已是不对腔板。况兼渔船底尖，又小又活，东歪西荡，失手错脚，跌在水中，满身沾湿。又无别件衣裳替换，坐待日色，好方晒干。又遇天阴雨下，束手忍冻。刘五不是善良主顾，倘若媳妇有些差失，这场大口舌，如何当得他起。一日偶同儿子入市卖鱼，一路说此一件关心要事。假如刘五虽说如此，儿子若怜爱老婆，还有个商量。那知夫妻缘分浅薄，刘大已先嫌妻子没用，心下早怀着离异之念。听了他父亲这话，分明火上添油，便道："常言龙配龙，凤配凤，鹁鸪对鹁鸪，乌鸦对乌鸦。我是打渔人，应该寻个渔户。没来由，听着胥老人，说合这头亲事。他是编芦席的人，怎受得我们水面上风波。且又十个指头并作一夹，单吃死饭，要他何用？不如请着原媒并丈人一同到来，费些酒饭，明白与他说知：你女儿船上站不惯，恐有错误，反为不便，情愿送还，但凭改嫁也得，依然帮着丈人做活养家也得。我家总是不来管你，如此可好么？"刘五点头，称言有理。教儿子先归船上，自己到胥老人家，计议此事。

却值老人正在村中，沿门摇铎说道："孝顺父母，尊敬长上。"还不曾念到第三第四句，被刘五一扯，说道："胥太公，一向久违失望，今日有多少米了？"胥老人把袖子一提，说："尽在其中，尚不满一升之数。"刘五道："一升米值不得好些钱文，我看天色晚了，到我船上去，吃杯水酒何如？"胥老人道："通得，通得。"就犹未了，只见前边一伙人，鸦飞鹊乱的看相打。走过仔细一看，却是周六卖芦席与人，有做豆腐后生，说了淡话，几乎不成。为此两相口角，遂至拳手相交。旁边一个老儿解劝，就是后生之父。胥老人从中挨身强劝，把竹片横一横，对那老者说："你平昔不曾领导令郎，所以令郎无端尚气，这是你老人家不是。"又对那后生说："周六就住在射阳湖边，与这北神堰原是乡党一样，又不是他州外府来历不明之人，可以吃得亏的。况且他是卖席子，你是做豆腐，各人做自家生理，何苦掉嘴弄舌，以至相争，便是非为勾当，不可，不可！"后生与周六听罢，两家撒手。胥老人就摇起铎来高声念道："和睦乡里，教训子孙，各安生理，毋作非为。"众人听了一笑而散。

刘五见机缘凑巧，说道："周亲家恼怒既解，不如同到小舟，同胥阿公闲坐几时，饮杯淡酒。"周六重新拱手道："那日厚情，竟忘记谢得，怎好又来相扰？"刘五道："亲家莫谈笑话，只因小人家做事，不合礼节，就是令爱过门之后，三朝满月，不曾屈亲家少叙，实为有罪。"周六听了此言，满面通红，说："刘亲家，说也没用，自小女出嫁到今，已过一月，就是碗大盘盒，也没一个。若如此说来，一发教我置身无地！"胥老人摇手道："莫说此话，两省，两省！"说话之间，不觉已到船边，上船坐下。

长寿女见了父亲，掉下两行眼泪。刘大见了丈人，在船舱板上作个撒网揖。刘五妻子，也向船头道个万福，说："亲家公，甚么好风，吹得到此。我船上芦席已破，又

中国禁书文库

藏书家藏禁书

被媳妇错脚踏穿，堕下水中。亲家公有紧密些的，可带几扇与我。”刘五道：“闲话莫说，且去烫酒煮鱼，与亲家荡风。”那刘五已与儿子商量，定要把媳妇退回。所以饮酒之间，只管说媳妇生长岸上，在船上不便的话。向着胥老人，丢个眼色，又附耳低言如此如此。长寿女听说到落水一节，想从前无衣少着，没替换受了寒冻，不觉放声大哭。周六还未开口，胥老人终是个作媒的，善于说开说合，便道：“不难，不难！我却有个两便之策在此，只是各要依我。”刘五道：“胥老公说的话，怎好不依的。”

胥老人道：“从来岸上人做不得水上人的道路，水上人却做得岸上人的经纪，此乃自然之理。周六官丧偶之后，止有长寿姐一人，嫁到你家，时时牵挂。今日已满月，何不且送媳妇还家，只算做个归宁。刘小官也到丈人家去，学做芦席，一来可以帮扶丈人，尽个半子之孝；二来你家船上应用芦席，尽取足于周六官，又不消刘阿妈费心。二令郎年纪也不小了，依我就寻个船上姐儿，朝晨种树，到夜乘凉。娶了这房媳妇，早晚间原自帮衬，不两便么？”那刘五道：“此说甚妙。但我大儿子到亲家处，少不得还凑几串钱，与他做芦席本钱才是。为今之计，不若亲家同令爱先归。隔两日，待我计较了钱钞，亲送儿子上门来何如？”周六听见肯教女婿来相帮，又带得有本钱，喜上心来，暗自跨踌道：“自从女儿嫁后，没有帮手，越觉手头急促。如若女婿同来，大有利益。”乃扯个谎道：“我又无第二个儿女，做得人家，总来传授女婿，便在我家去住也无妨。但芦席生意微细。比不得亲家船上网网见钱，还宜斟酌，莫要后悔。”胥老人道：“阿呀！我老人家道话弗差个。若是有时运，船上趁得钱，岸上也趁得钱。若没时运，莫说网船这业，就是开典铺，也要折本。趁我在此，令爱今日就一齐同去。”刘五道：“胥阿公说得有理。况我现有两个儿子，就作过继一个与亲家公，也未为不可。”胥老人拍手笑道：“说得妙，说得妙，快拿热酒来！”周六道：“既如此，只得领命了。”

刘五即教儿子，去备只小船相候。这周六见了酒杯，分明就是性命，一壶不罢，两壶不休。看看斜阳下山，水面霞光万顷，兼之月上东隅，渔歌四起，欸乃声传。胥老人忙叫天色晚了，快些去罢。周六携着女儿过船，胥老人一同送归。行至射阳湖边，风色渐高，周六已有九分醉意，要坐要立，指东话西，险些撞入河去。何期已到屋下，系船上岸，船头一歪，周六翻个筋斗，滚不水中。长寿姐见父亲落水，急叫救人。那船家与胥老人，自道手迟脚慢，谁肯向前。及至喊起地邻，打捞起来，已是三魂归地，六魄朝天，叫唤不转了。可怜：

泉下忽添贪酒鬼，人间已少织苇人。

长寿姐抚尸恸哭了一番，到家中观看，米粒全无，空空如也。自己身边又没分文，乃央婿老人报知公姑丈夫，指望前来资助殡殓。正不知刘五父子，已不要他，只虑周六做人无赖，撒费口舌，闻知溺死，正中下怀。那里肯把钱钞来收拾？胥老人原与刘家一路，也竟没回音。长寿姐悬望他两三日不至，已知不相干了。告左邻右舍，在屋角掘个土坑，将父亲埋了。寻问至北神堰中，仍要到丈夫船上。那刘五望见他来，将船移往别处。路中遇见胥老人，央求寻觅丈夫船只，胥老人将不要他的话，明明回绝，倒又痛哭一场。可怜单身独自，如何过得日子？只得求乞于市。自射阳湖边，以及北神堰地方，村户相连炊烟不断之处，无所不到。到处亦无有不舍粥舍饭与他吃的。可怪天生是富贵人的格相，福至心灵，当初在父亲身边织席时候，面黄肌瘦，十分蒙懂。一从乞食以来，反觉身心宽泰。虽不免残羹剩饭，到反比美酒羊羔，眼目开霁，说话聪明。觅了一副鼓板，沿门叫唱莲花落，出口成章，三棒鼓随心换样。

一日叫化到一个村中，这村名为垫角村，人居稠密，十分热闹。听见他当街叫唱，男男女女，拥做一堆观看。内中一人说道："叫化丫头，唱一个六言歌上第一句与我听。"长寿姐随口唱道：

我的爹，我的娘，爹娘养我要风光。命里无缘弗带得，若恼子，沿街求讨好凄凉。孝顺，没思量。

又有一人说："再唱个六言第二句。"胡口唱道：

我个公，我个婆，做别人新妇无奈何。上子小船身一旺，立勿定，落汤鸡子浴风波。尊敬，也无多。

又问："丫头，和睦乡里怎么唱？"又随口换出腔来道：

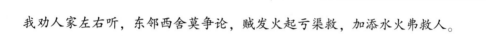

我劝人家左右听，东邻西舍莫争论，贼发火起亏渠救，加添水火弗救人。

又有人问说："丫头，你叫化的，可晓得子孙怎么样教？"又随口换出一调道：

　　生下儿来又有孙。呀，热闹门庭！呀，热闹门庭！贤愚贵贱，门与庭，
庭与门，两相公。呀，热闹的门庭！
　　贵贱贤愚无定准。呀，热闹门庭！呀，热闹门庭！还须你去，门与庭，
庭与门，教成人。呀，热闹门庭！

有的问说："各安生理怎的唱，唱得好，我与你一百净钱，买双膝裤穿穿，遮下这两只大脚。"却又随口换出腔来唱道：

　　大小个生涯没虽弗子不同，只弗要朝朝困到日头红。有个没弗来顾你个
无个苦，阿呀，各人自己巴个镬底热烘烘。

又有人问道："毋作非为怎么唱？"长寿姐道："唱了半日，不觉口干，我且说一只西江月词，与你众客官听着。"

　　本分须教本分，为非切莫为非。倘然一着有差池，祸患从此做起。大则
钳锤到颈，大则竹木敲皮。爹生娘养要思之，从此回嗔作喜。

　　说罢，蹾地而坐，收却鼓板，闭目无言。众人喝彩道："好个聪明叫化丫头，六言歌化作许多套数，胥老人是精迟货了。"一时间也有投下铜钱的，也有解开银包，拈一块零碎银子丢下的，也有盛饭递与他的，也有取一瓯茶与他润喉的。正当喧闹之际，人丛中一个老者，挤将入来，将长寿姐仔细一看，大声叫道："此是射阳湖边周第六女儿耶，何为至此？"长寿姐听得此声，开眼一看，面貌甚熟，却想不起。你道此老者是谁？原来此老，也住在射阳湖阴，姓严号几希，深通相法，善鉴渊微。以为麻衣道人善相，他的相法可与相并，麻衣道人别号希夷，故此严老遂号几希，自负近于希夷先

生也。当初常与周六买芦席，盖一草庵，故认得长寿女儿。相他发髻玄、眉目郎、齿牙细、身材端雅、内有正骨，只是女儿家，不好揣得。所以脚有天根，背有三甲，腹有三壬，皆不见得。至于额有主骨，眼有守精，鼻有梁柱，女人俱此男相。据此面部三种，以卜他具体三种，定然是个富贵女子。只嫌泪堂黑气，插入耳根，面上浮尘，亘于发际，合受贫苦一番，方得受享荣华。当时周六只道他是混说，语言间戏侮了几句，严老大怒而去，自此绝不往来，竟不知此女下落。

这日偶过此村，看见众人攒聚，拨开一看，正见此女默坐街心，认得昔年颜面，不觉高声叹息。此时长寿姐时运将到，气宇开扬，严老又复仔细一看，说道："周大姐不要愁，不要愁，造化到也。"旁边一人说道："正是造化到了，卑田院司长要娶他去做掌家娘子哩。"众人听了齐笑起来。严老道："你莫小觑了他！此女骨头里贵当有诰封之分。若这百日内仍复求乞，可将我这两只不辨那玉石的眼珠刺瞎了。"从人笑道："倘然不准，那里来寻你？"严老道："我不是无名少姓的。若是不验，径到射阳湖阴，问来知庵严几希便是。"道罢，分开众人，大踏步走了。众人方知此老是神相严几希，自此互相传说，远近皆知。

不想北神堰边，有个富人，姓朱名从龙，听得这些缘故，他平昔晓得严老相法神妙，必非妄言，有心要提拔此女。一日于途中遇见，遂问道："你终日求乞于市，须无了局。何不到我家供给薪水，吃些现成安乐茶饭，也免得出头露面。"长寿女道："尊官若肯见怜，可知好么。"即便弃去鼓板，随朱从龙归家。入厨下汲水执爨，送饭担茶，辛勤服役。他在市叫乞时，虽则口食不缺，却也风雨寒暑，朝暮奔驰。今到朱家，日晒不到，雨淋不着，虽有薪水之劳，却无风寒之苦。顿觉面上尘埃都净，丰彩渐生。一日，朱从龙坐于书房中，见长寿女捧茶而至，放在桌上，回身便走。从龙道："何不少住须臾？"语言虽则如此，然颜色风魔，却有邪淫之念。长寿女变色说道："洒扫有书帏之童仆，衾裯有巾栉之女奴。越石父愿辞晏相而归缧绁者，恨不知已也。谨谢高门，复为丐妇。"朱从龙被此数言，不觉惭赧退避，改颜说道："我怜汝是良家女子，暂落卑田。今在我厨下，原非长策，欲为汝择一良匹，非相戏也。"长寿女不答，掩面而出。正是：

花枝无主任西东，羞共群芳斗艳红。

纵菱枝头甘自老，肯教零乱逐春风。

话分两头。却说有一书生，姓吴名公佐，本贯湖广广济人氏。这广济旧名蕲春，在淮楚之交，负山倚江，本多富家大族。公佐家世簪缨，倚才狂放，落拓不羁。击剑走马，好酒使气，至于一掷樗薄，不惜黄金千两。又雅好名山胜水，背父远游，来至盐城地方。浪荡天涯，资斧尽竭，日穷一日，无可聊生，乃投入本城延寿寺内，权为香火之为人。可笑他：

> 本来是豪华公子，怎做得香积行童。打斋饭，请月米，懒得奔驰；挑佛像，背钟鼓，强为努力。铺灯地狱，急忙忙折倒残油；请佛行香，生察察收藏衬布。监斋长寿线，礼所当应；书押小香钱，例难缺少。道场未散，镇坛米先入磬笼；昼食才过，浴佛钱已归缠袋。算来不是孙悟空，何苦甘为郭捧剑！

吴公佐在延寿寺混了数月，一日在外吃得烂醉归来，当家和尚说了他几句。公佐大怒，使出当年性气，与和尚大闹一场，走出寺门。想一想，我吴公佐也是条汉子，暂时落魄，怎受这秃驴之气，不如且归故里，再作道理。将身上所有衣服变卖，做个盘缠，一脚直走到广济。亲友们都闻得他在盐城延寿寺，做过香火道人，俱笑道："这个挑圣像背斋饭桶的，不知放不下本处那里伽蓝，何方檀越，复流回来。想必积得些道场使用，斋衬铜钱，要在本乡本土置几亩香火田，奉礼祖先祭享。再不然，是要讨个香火婆，与和尚合养个佛子佛孙哩。"你也笑，我也笑，把他做了话柄。父母叔伯，也都道他不肖，并无一人瞅睬。吴公佐原是会读书有血性的男子，那里当得起这般嘲笑，心中又羞又怒，却又自解道："苏秦下第，妻不下机，嫂不为炊。骨肉冰炭，自古皆然，岂独我吴公佐！况男儿四海尽堪家，何必故乡生处好。"立下这念，遂复翻身仍到盐城。

常言好马不吃回头草，料想延寿寺自然不肯相留，决无再入之理。却到何处去好，难道吴公佐便这样结果？且随意闯去。也是天使其然，却遇着延寿寺东房借读书的一个秀才，复姓司空名浩。曾见公佐在寺，做过香火，颇是面善。询其来历，公佐道出

醒世第二奇书

几句文人话语，司空浩大以为奇。自想不知果是何等样人，便留到读书处坐下，盘问一番。公佐谈吐渊博，应答如流，司空浩不觉惊异起敬，说道："足下本是我辈中人，如何失身此寺执役？"公佐笑道："抱关击柝，赁春灌园，古人之常，何足为怪。"于是尽以实情相告。司空诰留他住下，乃与众斋长说："我辈虽忝列黉序，今见广济吴兄，腹笥舌阵，不觉敛手退步。此兄客途寥落，何不留他居于学宫旁舍。凡一应书柬往来，府县公移委到本库者，悉托此兄代笔，免费我等心思，兼省学师之委谕，可不两便？"众人尽以为然。遂引公佐见了学师，拣一斋房与他居住。自此时共诸友盘桓，日亲日近，凡文翰之期，花月之会，若吴公佐不在，满座为之不欢。

一日中秋佳节，众友醵金，叙于前街刘孝廉罗亭赏月。酒设在驯鸯沼上。鸯，文禽也，左右其翼，原系野性，非人家沼池中可畜。那刘孝廉园池，时有此鸟飞集，遂起一馆于沼上，取名驯鸯。是夜对月饮酒，适见两只鸳鸯，从空飞下。司空浩道："月光明净，文鸟嘤鸣，正好入咏。吾辈可取古人诗一句，中间要鸟月两字，作一酒尾。"众友俱称最妙。司空浩遂把盏说道："叫月杜鹃喉舌冷。"一友姓邓名元龙，就接口道："子规枝上月三更。"一友姓冉名雍非，沉吟再四，乃言："鸳鸯湖上烟雨楼。"司空浩道："请问冉兄，此句出在何诗？"雍非道："小弟岂不知，二兄所咏，一出苏子瞻，一出苏子美。但只言鸟月，并不及鸳鸯，所以特造此句，虽非古作，却有根据。鸳鸯湖，在嘉兴府南门外，烟雨楼，即在鸳鸯湖上，自我作古，却不好耶？"三人各相告罚，哄堂不已。

轮到顺公佐，微微冷笑说道："大略词家要顾名思义，今夕在驯鸯沼上咏诗，并无鸯字入题，所以该罚，此名不称其义之一征也。若我吴公佐，生来年已三十，孟浪游踪，至今倘未有家。倘奉令咏及鸳鸯，却与此身名义乖谬，情甘先罚巨觥，后来再咏一诗见志。万物共为耻笑，以增词坛话柄。"众友道："何敢，何敢！就请吟来。"公佐持杯望月，吟出一诗，却是七言八句。诗云：

> 十载淮阴浪荡游，射阳湖水碧于秋。
> 虽逢飘母频投饭，却愧王孙未罢钧。
> 燕子楼前新月冷，鸳鸯冢上野禽啾。
> 临波虽有双鱼佩，只恐冰人话不投。

吟罢，众友齐声称赏。司空浩道："吾兄有此捷才，撰成妙句。才子在此，安得无佳人哉！"邓元龙忽然叫道："有，有，有，吾当为吾兄作伐。"冉雍非道："兄有何门，以作朱陈配郭！"元龙附耳低言如此如此。冉雍非笑道："妙，妙！聘财尽是我三友承当，并不消吴兄挂念。只是择日取吉，专待尊命。"司空浩道："两兄所言，诚为盛念，何独不会小弟知之？"邓元龙道："六耳不传道。吾兄若知，定先要挨一脚媒人，吴兄客边冷淡，便不好与他节省一些矣。"三人大笑。正当欢笑之际，适赣榆县送中秋节礼与本县，县公有帖到学，要作回启。差人立候，公佐遂先辞去。

去后司空浩问道："适间两兄所言，戏耶，真耶？"邓元龙道："兄不闻北神堰朱从龙收得一丐妇乎？此妇乃射阳湖阴周六之女，出嫁与渔户刘五之子。周女不谙渔家生业，兼之夫妇无缘，退还周六。何期周六身死，此女无靠，流落街衢求乞。有严几希相士，相他骨头里贵，后来有好日。因此朱从龙收于厨下，供薪水之役，日渐改头换面。从龙前与我言，欲待为之择配，虽不比洪皓赎刘光世豢豕煨子，却胜于曹孟德再嫁文姬。今吴生客中离索，吾辈为渠安顿一所门户，为他治些礼物，办些酒筵，令彼鳏夫旷女，得遂于飞，也是好事。倘吴生廉得此情，知道乞丐根苗，恐成笑话，或弃之而去，在吴生不免薄幸之名，我辈不失好义之举。适才老兄摘三问四，未免先成笑端，故此秘而不语。以意度之，或可或否，正须老兄一决。"司空浩道："此事固无不可，但须先与吴兄说知，方为全美。"邓冉二人皆道："不可，不可！若说知，定然不谐。这吴生是说大话的人，亦有三分侠气。昔年在延寿寺中，若为奴仆，及归故里，厌疾不容。到此无依，也是一精光赤汉，并无依食。我等既拔他苦难之事，又完配怨旷之际，勿论感恩深处，量必为家，燕好之私，尽盖全丑。况乞丐之中，胜于淫奔；说合为亲，并非野合。吴生成亲之后，和好胶漆固不必言。即或有改悔之心，我辈当以大义折之。只要破些钱钞，教朱从龙厚些汝衾，闻那女子饮食已久，渐成模样。吴生见财自喜，不费一钱，得却一房家小，有何不乐？"司空浩道："既如此，我们同去朱家走一遭，与他去斟酌。"元龙称言有理，当晚席散。

次日，三人步到朱家。那朱从龙家虽丰裕，却少文士往来，近时方与邓元龙相交，今见又同两个秀才来拜，不胜殷勤管待。延坐已毕，叩问来意，三人俱以前情相告。朱从龙欣然道："在下收留此女，见他有些志气，爱护胜于亲生。方欲与他择配，不道三位先生，有此义举。自古道，见义不为，无勇也。在下当薄治妆奁，以嫁此女，其外房户酒馔之类，三先生分为治办，决不食言也。共襄厥事，以成士林一段佳话。"三人闻言大喜，即欲相别。从龙留住，大设酒席，尽欢而散。明日三人来对吴公佐说道："佳人有在，佳期不远，但求老兄择一聘日，并定婚期，弟辈当与吾兄速成此事。"吴公佐道："天下那有不费一钱，倩人成婚之事？"邓元龙道："昔阮宣子四十无家，王大将军敛钱为婚，古来曾有行之者，吾兄亦何必多让。"公佐道："且说是何等样人家，有多少年纪，人物若何，使小弟知道，也好放心。"元龙笑道："老兄不必细问，临期便知。我三人必不相误，包你绝妙便了。但求成婚后，当以天缘自安，笃好终身。新妇不作朱买臣之妻，老兄勿效黄允重婚之事，伤害天理，灭绝人伦，则我辈弟兄永永有光矣。"吴公佐道："三兄既有此等美情，小弟若负义忘恩，誓生生世世永堕猪狗胎中。"言罢，叩头向天设此誓愿。

　　三人见他如此赌誓，料无他意，即来回复朱从龙。从龙唤过长寿女，说知就里。长寿女脸色涨红，俯首不言。从龙道："汝既为夫家所弃，在此亦非终身可了。若此良姻不就，严几希之言反不验矣。"长寿女听了，才点头拜谢。从龙吩咐家人，勿得预先走漏消息。邓元龙三人各出资财，赁起房舍，买办床帏家伙，一面叫公佐选择日期。正是凶事不厌迟，吉事不厌近，选定九月初二行聘，十三日天德黄道不将日成亲。这聘礼也不过邓元龙三人袖里来袖里去，所以外人并不知得。到成婚这晚，三友已治县酒席，朱从龙亲送此女来至，大家欢呼畅饮，夜阑方别。三友复珍重吴生好作新郎，公佐唯唯微笑。这段姻缘果出意外：

　　　　周氏女，自渔蓑卧月，海棠红抛在江滨，犹留却半分颜色。吴家儿，向画里呼真，白元君染成被褥，尽挤着一泻波涛。

　　大抵豪迈之人，当富足时，掷千金而不顾。及至窘迫，便是一文钱也是好的。譬如吴公佐，本来是富豪公子，昔年何等挥霍！此时飘零异乡，穷愁落寞，骤然得了这房妻室，且又姿容端丽，动止安祥，又有好些资妆，喜出望外。初意只道是朱从家养女，并不知此女昔时行径。及至成婚之后，那堰中人当做一件新闻，三三两两的传说。公佐闻得大以为怪，细细访问，方知就里。因想自己是个男子汉，到没奈何时，只得权借僧寺栖止。何况此女，为夫家所弃，无所归依，至于沦落，亦不足异。转了这念，毫无介意。那司空、邓、冉三友打听消息，并无片言，喜之不胜。吴公佐本来资性通达，文章诗赋以外，酷好的是呼卢局博。只因一向穷苦，谋食不暇，那有银钱下场赌博。到此得了这些妆奁，资用有余，更兼家有贤妻，又是吃过辛苦的，自会作家，不劳内顾。不觉旧时豪态复发，逢场作戏，掷骰扯牌，无有不去。

不想却遇着一个大大赌客，这赌客是何等样人？乃是钤辖葛玥之子，小名尊哥。那尊哥生来不读半行书，只把黄金买身贵。见了文人秀士，便如仇敌，遇着吴公佐这般好赌之人，却是如鱼得水。尊哥自恃稍粗壮，与公佐对博，千钱一注。也是吴公佐运该发财，尊哥无梁不成，反输一帖。到公佐手中，呼么便么，呼六便六，分明神输鬼运一般，到手擒来。尊哥今日不胜，再约明日。明日不性，再约后日。不数日间，接连输下几千万缗。尊哥世袭官衔，虽不加贫，公佐白手得钱，积累巨万，从此开起典库。那典库生理，取息二分，还且有限。惟称贷军装，买放月粮，利上加利，取赀无算。不五年间，遂成盐城大户，声达广济故乡。

当初公佐落魄归家之日，亲族中那个不把他嘲笑。至于父母，虽是亲生儿子，惟恐逐之不去。今番广济县中，是亲非亲，是友非友，惟恐招之不来。那吴公佐叶落归根，思还广济。长寿姐又无三党之亲，在射阳湖滨无有眷恋。只有父亲尚埋浅土，备起衣衾棺椁，重新殡葬，营筑坟墓，并迁其母，一齐合葬。又买下几亩田产，给与坟丁，以供祭扫。葬事已完，收拾起身，同归广济。可敬那吴公佐非薄幸之人，大张筵席，请司空浩、邓元龙、冉雍非三友痛饮一日，各赠银两，以酬昔日成婚之用。又同妻子到朱从龙家，拜谢养育转嫁之恩。惟有严几希已死，到其坟墓，沃酒祭奠而别。

诸事既毕，归到广济。喜得双亲未老，渐思一举登科。埋头两年，便游广济学宫，三入棘闱，两预贡籍。科贡原是正途，藉此资格，出为云南楚雄府南安州知州。政简讼清，一州大治。可见家道富饶的人，免得贪酷，致损名节。三年考满，父母受封。周氏女封为孺人，衣锦还乡，并不以旧时行径被人谈笑。

那吴公佐出身富贵之家，容易革去延寿寺香火面目。像周氏从父亲织席起身，至于渔户退归，沿门乞食，衣裳褴褛。既无一寸光鲜，面目灰颓，那见半分精采。无端身入朱家，饱食暖衣，及至出配吴生，资财充裕，女工针指，无有不精，身体发肤，倍增柔腻。坐一坐如花植雕栏，步一步似柳翻绣阁，却是为何？从来衣食养人，胜于

庄严佛相。至若身居闺阃，封出朝廷，从头一想，总成一梦。奉劝世人，大开眼界，莫要一味趋炎附势，不肯济难扶危。倘后来人定胜天，可不惭赧无地？说便是这等说，恐怕跳不出炎凉腔子。怪苏秦不第而归，王播闻钟而食，不为妻嫂所笑，阇黎所唾哉！自古道："未归三尺土，难保百年身。"百年之内，饥寒夭折，也不可知。就是百年之内，荣华寿考，也不可定。只要人晓得难过的是眼前光景，未定的是将来结局，在自己不可轻易放过，在他人莫要轻易看人。若不信时，但看周氏女始初乞丐市中，后来官封紫诰，即是榜样。诗云：

　　湛湛青天黯黯云，从头到底百年身。
　　也难富贵将君许，且莫贫穷把目瞋。
　　冬尽梅花须着蕊，雪消杨柳自逢春。
　　丢开男子他家事，且看周娘一女人。

第七篇　感恩鬼三古传题旨

十里松音蒋子山，暮烟收尽梵宫宽。

夜深更向紫薇宿，坐久始知凡骨寒。

一派石泉流沆瀣，数廷霜竹颤琅玕。

大鹏洵有抟风便，还许鹍鹏附羽翰。

此诗乃郏正夫教儿子就学于王荆公，把这诗引见，并勉儿子奋志读书的意思。然读书不过为着功名两字，却不知读书是尽其在我，功名自有天命。假如人根器浅薄，禀性又懒惰，动不动想到某年上登科，某年上发甲，满口胡柴，不知分量。此等妄人，自不必说起。还有一等天生好资性，又好才学，准准的十年窗下，铁砚磨穿。若问到一举登科，尽付与东流之水，此是为何？大抵发达之人，一来是祖宗阴德，二来要自己功夫。有德者天必有报，有学者天又惜其苦心，报以今生富贵。总之有个定数，一毫勉强不得。写得出手，才见学问，到得已身，才是功名。决不可画饼充饥，徒成话柄。正是：

富贵未来休妄觊，功名到手始为真。

鹍鹏欲奋图南翮，徒被时人笑破唇。

话说宋孝宗淳熙年间，有一书生，姓仰名邻瞻。父亲仰望，是富阳县中户人家，妈妈曹氏，两口儿生平好善。在今人说好善，不过是造佛斋僧。但不知佛生于西天竺，那要人旃檀妆塑？若是云游僧道，龙蛇浑杂，还有饮酒贪淫，劫财害命，胜于强盗十倍者，一般结伙游方。难道斋了这样和尚，便叫做行善？所以会修行者，救人饥寒，解人仇怨，隐讳人过失。遇穷人死不能殓者，舍棺木，或见荒郊野水，死骸暴露，收捞埋葬。又次一等，修建桥梁，补葺道路，这都是现在好事。仰家两口老头，行了三

十年善事，家计日渐贫寒。只这一个读书儿子，早暮攻书，年到三四十岁，依然一领青衿。赖有结发妻子姚氏，绩麻织布，克尽女功。然除了读书的吃死饭，一家之中，出气多进气少。单靠着书包翻身，博一日甘来苦尽。那知时运不到，日穷一日。虽不懊悔几十年空行方便，然到得事体艰难，未免生出许多聒噪。

仰邻瞻从此厌苦家中冗杂，寄居报恩寺中读书。古来佛在西天懈慢国之极边极际，国名安乐，本与中国不通。汉明帝时，西僧二人，以白马驮经四十二章来进。明帝缄于兰台石室，自此广兴佛法。至于梁武帝，尤极尊崇，遍处都是招提兰若。梁武帝姓萧，所以凡有佛有僧之处，皆名萧寺。仰邻瞻本是善门子弟，见此清净法门，朝钟暮鼓，诵经念佛，分明离却火坑，来到清凉世界，深喜其幽寂。又与主僧听虚和尚，甚说得来，因此也绝戒劳膻，随僧茶饭。只多了几茎头发，却便是一个不剃头的大知客。

自早春到寺，倏忽便是六月。一日正当赤日当空，流火铄金之际，仰邻瞻自觉得圣贤对面，彻骨清凉。偶闲空些，便纵笔题下古风一篇，题曰六月吟，古风云：

> 曦轮猎野拓杉松，火焚泰华云如峰。
> 天地炉中赤烟起，江湖煎沫烹鱼龙。
> 狰狞渴兽唇焦断，峻翮无声落晴汉。
> 饥民逃生不逃热，血迸背皮流若汗。
> 玉宇清宫彻罗绮，渴嚼冰壶森贝齿。
> 炎风隔断珍珠帘，池口金龙吐寒水。
> 象床珍簟凝流波，琼楼待月微酣歌。
> 王孙昼夜纵娱乐，不知苦热还如何。

吟罢，恰当月逢三五，分外清光。夜气既升，炎威稍减，忽然墙外有女人声音，说道："热犹自可，只过世的人不见天日，真好苦也！"随又吟道：

> 淮右东瓯路渺茫，游魂依旧各他方。
> 此中十载身前梓，何处三生梦里香。
> 腋气欲除荒草破，麦舟将去夜台凉。

莫言伴读无磷火，泣断啼鹃刻漏长。

邻瞻听了大惊道："这语言诗句，分明是鬼，真好奇怪！"话声未了，听虚和尚叩门送茶，说："官人今日热否？"邻瞻道："热自不消说起，还有一桩奇事。"和尚道："有何奇事？"邻瞻道："适来玩月就凉，忽听得墙外有一女人声音，说热犹自可，只过世的人，不见天日，真好苦也。说罢又吟诗八句，这可不是个怪事！"因将鬼诗，念与他听，和尚道："此乃西廊下棺中鬼魂所作也。此鬼时有声响，然不作祟祸人，官人休得惊慌。"邻瞻道："这棺中还是何人？"和尚道："先年淮安进士伊尔耕，往温州赴任，路经富阳，何期小姐暴死舟中，权将此棺寄于本寺西廊之下。及伊尔耕历官东瓯，全家疫病而死，致此女十年无人收葬。每到风清月白之夜，或吟诗，或怨叹，凄惨异常。但不曾有成篇诗句，想必见官人是才子，故此特地出头。今细详诗中之意，却是求人埋葬，官人是善门子弟，何不发此心愿，以慰旅魂？"邻瞻道："此愿亦易。我若得寸进，便当营一窆，以妥其灵。只是我这功名心愿，何时尝得？"和尚道："人有善念，天必从之。贤乔梓积德累仁，前程自然远大，但在迟速之间耳，何悉此愿不遂。"两人茶罢，各自就寝。诗云：

梵钟声断野烟空，旅魄哀吟啸暮风。

肯惜佳城藏玉骨，不教重泣月明中。

是年正当贡举，那知贡举官乃龙图阁学士汪藻起。这汪藻起昔年未发迹时，与瑞州高安人郑无同在国学相好，两人结为八拜之交，约定日后有个好处，同享富贵。何期双双同进试场，起登科，无同落第。虽则故人情重，终须位隔云泥，各人干各人的事。藻起颇有文名，得授馆职，一日对郑无同道："以兄之才，必非小就。我虽叨在宦途，要举荐你广游大人门下，不过顺风吹火，不为难事。但良材淉用，甚是可惜。兄但放心入山读书，一应盘费，俱在于我。且待宾兴之日，或我执掌文衡，或在文场提调，或内帘总裁，凡可用力之处，便来相约，自有话说。"郑无同道："一贵一贱，交情乃见。吾兄垂念故人，足征高谊，但愿此日兄弟，他年转为师生，这便弟的侥幸了。"自此郑无同归高安读书，汪藻起在仕途作宦，历官至龙图学士。

那时南北请和，藻起充使臣往贺金主千秋，还朝便道归家，召知贡举。藻起要践那二十年朋情宿约，密遣人约郑无同至富阳报恩寺相会。原来藻起当初也曾寓在报恩寺看书，有愿后日登科，或有幸典选文衡，当于寺中建立文昌帝君宝阁，今日果遂其愿，于贡举命下之前，先到报恩寺来，开疏建阁。郑无同得了消息，即从高安来候见藻起。可知宋朝关防尚宽，一个应举秀才，与大座师两相宾主，全无回避。郑无同星夜赶至报恩寺，见了汪藻起，藻起留住小饮。听虚和尚原是旧日相知，亦得预坐。酒罢，藻起令听虚暂避，携了无同之手，各处观看。自殿上走到西郎，正是伊小姐停丧之处，四顾一看，并无耳目，藻起低声对无同道："二十年陈话，不觉始遂初心。可将程文易义冒中，选用三个古字，以此为眼，切勿差误！"无同领诺作谢，随即相别，都各起身。藻起开船，望上江驿起发。无同另将小船。前后而行。即此同学弟兄，一个官到主文，一个尚为科举应试，真正学无前后，达者为先。后人曾有诗说汪藻起郑无同故事，诗云：

二十年前比弟兄，一般灯火一般红。

凭将明远楼头月，照彼麻衣侍至公。

当时仰邻瞻，因汪藻起停邮于此，人从喧闹，暂归家中。待到去后，方才至寺，笑一声道："我家老座师，将到临安矣。不知可有福分，招得我这好门生。"到了晚间，点灯观书，须臾神思昏倦，便思起来散步。只见一座院子，却像闺阁一般，中有一少年女子，淡妆靓服，举手对邻瞻道："妾与君子，忝辱比邻。君攻书史，妾事女红。但君子不晓得我闺房中针指，我却晓得君子文案间翰墨。大抵礼别君臣，春秋辩夷重夏；经首二典，终八浩；毛诗遵四始，分六义。周易上无论八封中分出六十四卦，只要题冒中，守定三个古字作眼，此是通场举子不能想到，须切记之！妾生在淮南，长游东越。钱塘一滴水，永断归帆；萧寺十年秋，全无鱼腹。虽龙眼居士，荒芜南北山头；奈西土文王，未掩羽毛残骸。倘先君有再返之魂，自当结草，即贱妾有通灵之路，更胜衔环。言之痛心，不觉泪下。"方在凄惨之时，只见一青衣人报道："老爷老夫人，从兰溪下来，将次船到桐庐。"邻瞻回头一看，不觉惊醒，却是南柯一梦。思想梦中之意，分明是西廊下棺中女子显灵，只是其中意味，好生难解。诗云：

一坏方许安玄魄，三古先从梦里传。

始信积金输积德，阴功端的可通天。

　　且说郑无同领了汪藻起密语，未曾考试，先把一个省元，瘗在荷包里。到得临安，帝乡风土，十分富贵。兼且名山胜水，天下所无，酒楼妓馆，随地皆是。无同意气洋洋，迷恋花酒。今日游湖，明日看潮，弄得形销气弱。家僮阻劝，反加打骂。有几个同笔砚的朋友，见他淫纵无度，亦苦口谏，也只是不听。从来忠告善道，不可则止，自此再没一个睬他，恣意放肆。及到临场，以宿酒过度，兼冒早寒，霎时头疼身热，霍乱吐泻，百病攒身，口发谵语。吓得家人们，手忙脚乱，求神问卜，延医服药，眼见得不能入试了。挫过头场，到二场三场，纵然身子健旺，也是无用。可惜汪座师二十年一点热肠，不觉冰消瓦解。却不知场中倒有程文易义中，连连下三个古字的人在那里了。这方是：

　　　　状元瘗在荷包里，又被京师剪绺多。

　　却说仰邻瞻，得了西廊女鬼之梦，牢记于心。看看试期将近，也收拾书囊至临安候试。到二月初九头场，有"地势坤，君子以厚德载物"一易题。仰邻瞻悟到梦中所言，周易上无论八卦中分出六十四卦，只要题冒中守定三个古字作眼，乃直挥道：

　　　　阴数为一，偶也；阴性为坤，顺也。以地道明坤义而首言元，以阳刚先阴顺而继言象。求其地类，而以行地之物当之，则北马之卢。求其阴不兼阳，而以减乾之半应之，则朋得西南之得。古伏羲以所画之奇偶，俾之文王；古文王以元亨利贞所系之词为象者，俾之周公；古周公以所系词断吉凶者为爻，以足伏羲文王之义。固知乾非坤德不彰，而厚德载物，此所以为地势也。

　　汪藻起阅到此卷，见连用三古字为冒，通场未见，而文势亦开爽简劲，定然是郑无同无疑，随批上上卷，放于前列。及至临期拆号一看，乃富阳仰邻瞻，并非是高安

郑无同。汪藻起以为奇怪，此时各经房分考官，及大提调内外监场官，众目咸在，一时改换不得。是科状元，乃昆山卫泾，放榜之后，大宴琼林。六街三市，争看新进士游街。喧阗道路，挨挤不上。单单剩这个有关节无福分的郑元同，独在下处纳闷，与别个下第不同。琼林宴罢，各进士除了公参，还有私谒。仰邻瞻会过诸同年之后，独自来拜见座师。汪藻起因这三个古字，疑惑在心，便问道："功名虽有定数，文义出自心胸。易义地势坤，君子以厚德载物，只言坤义可也，何必并及乾封？"邻瞻道："无乾不成坤，亦非支语。"藻起又道："然则从古到今，并无两个伏羲、文王、周公，但言伏羲、文王、周公可矣，何必迭用三个古字？我只要问这意思明白。"邻瞻道："曲终人不见，江上数峰青，钱起之语，原出自梦中。这问门生三古字，正与相同。"因将富阳萧寺梦中之事，述了一遍。藻起大是惊骇，方叹幽明异路，感通如此，无怪乎人间私语，天闻若雷也。方在聚话间，忽地人来报：高安下第秀才郑无同要见。说声未了，早已直走到厅上。一个是下第故人，一个是新中门生。乡贯不同，炎凉各判。当时汪藻起，只该三言两语而散，不合停留聚话，惹出一场大是非来：

　　方知语是针和线，从头钓出是非来。

　　此时汪藻起只因事体怪异，既叹仰邻瞻得此奇梦，又怪郑无同这等命穷，到手功名，却被人平白取去。说便如此，也只该在自己心上转个念头罢了，又不合附着郑无同耳上说如此如此。若是郑无同是有意思的人，只合付之于命。他生性本来躁急，又遇着失意时，眼红心热，一闻此言，愈加肝经火旺，愤气真胸，说道："如此说来，老座师中了个梦鳅门生了。想必当初，乃尊乃堂梦中感交，得了胎元。梦年梦月梦日时生下，即交梦运。生平又读得好梦书，做得好梦文章，梦策论。如今中得好梦进士，他年直做到梦尚书，梦知制诰。日后梦致仕归田，少不得黄粱一梦，梦中游过了十八重地狱，这方是梦鳅结果。"

　　仰邻瞻听得他胡言乱道，又好笑，又好恼。欲待抵对他几句，又碍着座主面皮，想一想只是我得时人该让失时人，佯作一笑而别。其时汪藻起也怪郑无同出言狂妄，无奈自己关防不密，叹一声道："恶人做不得，好人更做不得。"把个郑无同冷淡了出去。郑无同一发大恨道："世情如此恶薄，有了得意门生，就急慢下第故人。气恼不

过，偏要与这梦鳅歪厮缠，弄他个不利市。"打听得仰邻瞻释褐之后，即告假归家，无同也就赶到富阳。

邻瞻衣锦还乡，见过父母，就到报恩寺，备起祭礼，至西廊下伊小姐柩前祭奠过了。与听虚和尚商量，即于寺前，筑定坟茔安葬，以报其德。选下吉日良辰，请堪舆先生定方向，开金井，将小姐棺木，抬到坟前。邻瞻身主葬事，暂服素衣，执绋引道。听虚邀请众僧，诵经度亡。郑无同察听着了，买起纸钱祭品，吃个半醉，嘻笑而来。恰好柩方入土，无同设下祭礼，焚起纸钱，又不礼拜，只哭一声："伊小姐！你何不扶持我郑无同，三个古字，中了进士，情愿替你题请钦赐谕葬？戴三年粗麻重孝。怎如今日这般冷淡，可惜你寻错了人也！"说罢，又呵呵大笑。众人认他是痴，却又衣冠济济；认他是不痴，却又言语不伦，正不知甚么缘故。只有仰邻瞻心里明白，晓得故意来寻闹，走过一边，不去睬他。郑无同见没人招待，便问道："吊客远来，如何不见陪宾的相接？今日何人主丧，何人为孝人，何人为义夫？"

玉楝挺香天气晴
秋来曾访长官清
萍花百里快烟水
菱棹一枝摇进城

此时真正是仇人相见，分外眼睁。连仰邻瞻没了主意，听虚只得上前问讯道："尊相面善，可是向日与汪座主，在小房同饮酒的郑相公么？"郑无同道："然也。若没汪座主，怎中得仰梦鳅？"听虚道："尊相出言略少次序。"郑无同道："次序次序，我就与你比个拳势！"言未了，擎拳望仰邻瞻面上打去。听虚向前拦住，说："尊相此是何意？"郑无同道："我偏怪他主丧不挂孝。"听虚道："仰爷原无挂孝之理。"郑无同道："无有挂孝之理，便不该主丧。"听虚道："若如此，反觉尊相欠通了。这伊小姐的尸棺，十年暴露，无人收葬。仰爷在小房读书，问知其故，发愿若得成名，即便茎葬。此不过是阴功善事，原不该着孝服。在先文王泽及枯骨，遇死尸就埋，那里挂得许多孝！"郑无同听了这话，怒气愈加，便骂道："贼秃！谁要你攀今吊古，弄嘴掉舌，偏护梦鳅进士。"劈面一个巴掌，打得这和尚耳鸣眼暗。听虚也怒从心起，说："你是外方下第秀才，却到这里撒泼放肆，乱打平人！"随手一把，就揪住郑无同巾发，放出少林帮衬，攒着大拳，当心便捶。仰邻瞻恐弄出事来，只得横身解劝拆开，带着笑对郑无同道："主丧的固不成礼，送葬的也觉多事，大家认一不是何如？"无同本要来寻恼仰邻瞻，不期反受了这场侮慢，自觉乏趣，整一整衣冠，大骂道："贼秃有了大帮手，敢欺负我下第举子，难道轻轻放过你不成？若不弄你发配到远恶军州，我也不姓做郑。"一头说，摇摇摆摆，大踏步而去。

唤只船复往临安，想着仰邻瞻是个进士，别事也扳他不倒，就把科场关节，上他一疏。只是汪藻起一片美情，我自命薄，不能入场，如何反去连累他？又想仰邻瞻若不用三古得中，到也罢了，偏是你偷了关节，公然登第，何等荣耀。我虽命穷，怎生气得过，又想这关节却是鬼魂所传，如何做得干证？千思万想，难以措词。欲待歇手，又放不落听虚和尚。寻思几遍，恨一声道："欲加之罪，何患无词。"就在灯下，吃了几杯闷酒，磨起墨来，草上一疏，疏云：

陛下龙飞蕃邸，先知稼穑之艰难。鉴照重瞳，更切文衡之郑重。第春秋为腐烂朝报，科目非凑集俚言。窃有新科进士仰邻瞻，幼称伪学，长附明经。题本全牛，学疏半豹；支言累句，大玷圣书。即其易冒中所云，古伏羲、古文王、古周公，有古是必有今。请求其对，假如阴有数，阴有性，阴有义，言阴复又言阳，何辩于题？况当皇上中兴隆业，平定乾坤，离照当阳，正万魅消亡之日。乃言旨出萧寺女鬼，显受胪唱之传宣。阴瘵成祟之旅榇，凿破先陵，有伤国脉。兼信妖僧听虚左道邪术，结为死堂，妄谈祸福。诬艺祖取国于小儿，致有陈桥之变，谤太宗传疑于斧影，托身兀术之灾。上讪祖宗，下乱国事，关系匪轻，臣何敢隐！

疏上。批下圣旨道："据下第举人郑无同所奏仰邻瞻易义，着礼部核勘文理，有无穿凿悖戾；及所凿破山地，究属何陵；妖僧所传谤诬，有何实据。会同法司，严提诸犯，及主文官，鞫审奏报。"当时本下，法司行文拘仰邻瞻、郑无同听虚和尚一干人到案。任你汪藻起是南省老座师，少不得青衣小帽，同在秋曹衙门，丹墀跪下。问官一一详审，郑无同只将仰邻瞻易义中辩，并不敢说到汪藻起富阳寺中私嘱的言语。可知事无根据，辩端自多。审到听虚和尚，听虚将那仰瞻读书时，鬼魂吟诗，发心许其葬埋，前后之事，从实细说一遍。其他妖惑诬谤等事，无影无踪。所葬之地，又非先朝陵寝，郑无同理亏词遁，硬赖不过。问官已知虚词诳奏，随从实定了审词。汪藻起终念无同昔年交谊，反与他极力周全，问官乃从轻拟罪。礼部已将易义中评阅，并无有碍，即会稿合议覆奏。疏云：

郑无同以下第怏心，致怨已进之仰邻瞻，此未中而妒，本理外之所无。其于易义三古字，文理通达无悖，何得借以发端。阴统于阳，而本于乾，亦非题外生枝。以此而加指摘，则一榜尽关吏议矣。又堪得邻瞻读书僧庑，偶见无主暴棺，许以进身为之窀穸，亦善果也。不食其言，果于第后妥之，斯诚仁者之事，似于风俗有裨。乃诬人者执此为通报节目，尤可异也。果如无同之言，必起枯骨而质于庭，亦圣世法曹之所不及者。况昔吕蒙尝于孙策之坐，梦伏羲、文王、周公与论世祚兴亡之事，日月贞明之道，以梦合梦，自古有之。富阳向无陵寝，凿伤国脉，何人见之。先朝典故，金匮未开，听虚以乞食僧伽，何从见解。执以为论，诬妄可知。而乃敢以无根传谤，耸动圣听，下及主文臣汪藻起，囚首讼庭，则无同欺罔朝廷，累辱大臣，罪奚逭哉！姑念下第负惭，小嫌致衅，流徙薄谴，警戒将来。听虚以不平之愤，为邻瞻

助一臂力，菩提大戒，乃若此乎，亦宜杖儆。其汪藻起照旧供职，仰邻瞻以次选用，庶善者劝而恶者惩，国法伸而群情服。臣未敢擅便，伏候圣裁！

圣旨一如所奏，郑无同流徙边方，汪藻起复为大理卿之官，听虚纳镪赎杖。仰邻瞻除授庐陵县令，领了凭诰，回到家中，收拾起身。仰望老夫妻，一生好善，得此儿子成名，心满意足。又对邻瞻道："你今科名，全亏伊小姐托梦。既葬其身，虽足报之，我还念他的父母一家，死在官所，如何无一些音信。想来十年前，故官灵柩，定有着落，今为之计，你自同媳妇往庐陵上任，我便到温州访求。倘得其实，愿与他家扶柩，归之淮安，方尽我一生为善之念。"邻瞻道："儿子向来为此几本毛头书，抛撇了父母。今幸得一官，当正奉侍任所，少尽子情，怎的反要餐风宿雨，跋涉远道？况儿子得中进士，做了县令，已自有人使唤，只消差一役人前往，足办此事。我与爹妈同到庐陵，却不两便？"仰望道："恐使人未必尽心，还须亲去。"

商量未决，恰好凑巧有一淮安伊姓人，到报恩寺中，寻问伊小姐之柩。原来淮安连岁水灾旱荒，以致人民飘散。到此十年之后，田禾丰稔，百姓渐渐复业。那来的是伊尔耕嫡亲侄儿，名唤伊蒲，虽知叔父合家死于任所，彼时年幼，饥荒出门不得。今幸长成，勉强支吾盘费，一路直至东瓯地方，访问得叔婶棺材，俱埋在西郭浅土。根寻的实，赴府县告一纸，请故官尸柩还乡。府县官不胜乐助，申文上司，各各助丧，方得扶柩上道，转到富阳，来载小姐棺木，故有此信。仰邻瞻闻知大喜，便请伊蒲到家，叙其缘故，说道："足下念叔父母远棺，不惮劳苦，犹子比儿，于今见之。寺中所停令姐之柩，暴露十年，学生有愿埋葬，今已松柏成列矣。不揣欲将令叔父母灵柩同葬于此，弗特父子骨肉同在一处，即在兄长完此一念，轻身回归，可不又省多少盘费？"伊蒲听说，磕头拜下去，道："难得先生这片好心，伏愿得寿享千秋，官居台阁。"邻瞻扶起，留入书房小饭。同到小姐坟上相视，果然松柏满茔，即请起地理先生开土砌圹，邻瞻依旧白衣冠躬身吊送。安葬已毕，伊蒲复到邻瞻家中，请仰望老夫妻出来拜见。又留住了一日，作别而去。仰望遂了所愿，不胜喜欢。

那时邻瞻奉着父母妻子，前往江西到任。从此政简刑清，一廉如水，各上司荐举，擢为御史之职，一路官星高照，直做得枢密使。生有二子，俱弱冠登科。邻瞻致政归乡，仰望夫妇，各百岁上寿，无疾而逝。方信自来作善作恶，必有报应，只是来早来迟，到头方见。奉劝作恶的，不要使过念头；作善的，不要错过善因；须知头顶上这个大算盘，真算得滴水不漏，各宜猛省。后人闻此故事，曾题一诗劝世，诗云：

富阳萧寺晚烟中，记得当年到梵宫。

一夜青灯怜白骨，千秋黄土盖残红。

用情易义传三古，属耳垣墙别一通。

只此善根叨甲第，却教羞杀郑无同。

第八篇　贪婪汉六院卖风流

> 志士不敢道，贮之成祸胎；
>
> 小人无事艺，假尔作梯媒。
>
> 解释愁肠结，能分睡眼开；
>
> 朱门狼虎性，一半逐君回。

　　这首诗，乃罗隐秀才咏孔方兄之作。末联专指着坐公堂的官人而言，说道任你凶如狼虎，若孔方兄到了面前，便可回得他的怒气，博得他的喜颜，解祸脱罪，荐植嘘扬，无不应效。所以贪酷之辈，涂面丧心，高张虐焰，使人惧怕，然后恣其攫取，遭之者无不鱼烂，触之者无不齑粉。此乃古今通病，上下皆然，你也笑不得我，我也说不得你。间有廉洁自好之人，反为众忌，不说是饰情矫行，定指是吊誉沽名，群口挤排，每每是非颠倒，沉沦不显。故俗谚说："大官不要钱，不如早归田，小官不索钱，儿女无姻缘。"可见贪婪的人落得富贵，清廉的枉受贫穷。因有这些榜样，所以见了钱财，性命不顾，总然被人耻笑鄙薄，也略无惭色。笑骂由他笑骂，好官我自为之，这两句便是行实。

　　虽然如此，财乃养命之源，原不可少。若一味横着肠子，嚼骨吸髓，果然不可。若如古时范史云，曾官莱芜令，甘自受着尘甑釜鱼。又如任彦升，位至侍中，身死之日，其子即衣不蔽体，这又觉得太苦。依在下所见，也不禁人贪，只是取之有道，莫要丧了廉耻。也不禁人酷，只要打之有方，莫要伤了天理。书上说"放于利而行"，这是不贪的好话。"爱人者，人恒爱之"，这是不酷的好话。又道是："留有余不尽之财，以还造化，留有余不尽之福，以还子孙。"先圣先贤，那一个不劝人为善，那一个不劝人行些方便。但好笑者，世间识得行不得的毛病，偏坐在上一等人。任你说得舌敝唇穿，也只当做飘风过耳。若不是果报分明，这使一帆风的正好望前奔去，如何得个转头日子？在下如今把一桩贪财的故事，试说一回，也尽可唤醒迷人。诗云：

财帛人人所爱，风流个个相贪。

只是勾销廉耻，千秋笑柄难言。

话说宋时有个官人，姓吾名爱陶，本贯西和人氏。爱陶原名爱鼎，因见了陶朱公致富奇书，心中喜悦。自道陶朱公即是范蠡，当年辅越灭吴，功成名就，载着西子，扁舟五湖，更名陶朱公，经营货殖，复为富人。此乃古今来第一流人物。我的才学智术，颇觉与他相仿，后日功名成就，也学他风流潇洒，做个陶朱公的事业，有何不可？因此遂改名爱陶。这西和在古雍州界内，天文井鬼分野，本西羌地面。秦时属临洮，魏改为岷州，至宋又改名西和。真正山川险阻，西陲要害之地。古诗说："山东宰相山西将。"这西和果是人文稀少，惟有吾爱陶从小出人头地，读书过目不忘。见了人的东西，却也过目不忘，不想法到手不止。自幼在书馆中，墨头纸角，取得一些也是好的。至自己的东西，却又分毫不舍得与人。更兼秉性又狠又躁，同窗中一言不合，怒气相加，揪发扯胸，挥砖掷瓦，不占得一分便宜，不肯罢休。这是胞胎中带来的凶恶贪鄙的心性，便是天也奈何他不得。

吾爱陶出身之地，名曰九家村，村中只有九姓人家，因此取名。这九姓人丁甚众，从来不曾出一个秀才。到吾爱陶破天荒做了此村的开山秀才，不久补廪食粮。这地方去处没甚科目，做了一个秀才，分明似状元及第，好不放肆。在闾里间，兜揽公事，武断乡曲，理上取不得的财，他偏生要取，理上做不得的事，他偏生要做。合村大受其害，却又无处诉告。吾爱陶自恃文才，联科及第，分明是瓮中取鳖。那知他在西和便推为第一，若论关西各郡县的高才，正不知有多多少少，却又数他不着了。所以一连走过十数科，这领蓝衫还辞他不得。这九家村中人，每逢吾爱陶乡试入场之时，都到土谷祠、城隍庙、文昌帝君座前祝告，求他榜上无名。到挂榜之后，不见报录的人到村中，大家欢喜，各自就近凑出分金，买猪头三牲，拜谢神道。

吾爱陶不能得中，把这般英锐之气，销磨尽了。那时只把本分岁贡前程，也当春风一度。他自髫年入泮，直至五十之外，方才得贡。出了学门，府县俱送旗扁，门庭好生热闹。吾爱陶便阖门增色，村中人却个个不喜，惟恐他来骚扰。吾爱陶倒也公道，将满村大小人家，分为上中下三等，编成簿籍，遍投名帖。使人传话道："一则侥幸贡

举，拜一拜乡党，二则上京缺少盘缠，每家要借些银两，等待做官时，加利奉还。有不愿者，可于簿上注一'不与'二字。"村农怕事，只要买静求安，那个敢与他硬。大家小户，都来馈送。内中或有戥秤轻重，银色高低不一，尽要补足。

吾爱陶先在乡里之中，白采了一大注银子，意气洋洋，带了仆人，进京廷试。将缙绅便览细细一查，凡关中人现任京官的，不论爵位大小，俱写个眷门生的帖儿拜谒，请求荐扬看觑，希冀廷试拔在前列。从来人心不同，有等怪人奔兢，又有等爱人奉承。吾爱陶广种薄收，少不得种着几个要爱名誉收门生的相知，互相推引。廷试果然高等，得授江浙儒学训导。做了年余，适值开科取士，吾爱陶遂应善治财赋公私俱便科中式。改官荆湖路条列司临税提举，前去赴任，一面迎取家小。原来他的正室无出，有个通房，生育儿女两人。儿子取名吾省，年已十岁，女儿才只八岁。这提举衙门，驻扎荆州城外。吾爱陶三朝行香后，便自己起草，写下一通告示，张挂衙门前。其示云：

> 本司生长西邮，偶因承乏分榷重地。虫负之耻，固切于心，但职司国课，其所以不遗尺寸者，亦将以尽瘁济其成法，不得不与商民更新之。况律之所在，既设大意，不论人情，货之所在，既核寻丈，安弃锱铢。除不由官路私自偷关者，将一半入官外，其余凡属船载步担，大小等货，尽行报官，从十抽一。如有不奉明示者，列单议罚。特示。

出了这张告示，又唤各铺家分付道："自来关津弊窦最多，本司尽皆晓得。你们各要小心奉公，不许与客商通同隐匿，以多报少，欺罔官府。若察访出来，定当尽法处治。"那铺家见了这张告示，又听了这番说话，知道是个苛刻生事的官府，果然不敢作弊。凡客商投单，从实看报，还要复看查点。若遇大货商人，吹毛求疵，寻出事端，额外加罚。纳下锐银，每日送入私衙，逐封亲自验拆，丝毫没得零落。旧例吏书门皂，都有赏赐，一概革除，连工食也不肯给发。又想各处河港空船，多从此转关，必有遗漏。乃将河港口桥梁，尽行塞断，皆要打从关前经过。

一日早堂放关，见几只小猪船，随着众货船过去，吾爱陶喝道："这是漏税的，拿过来！"铺家票说："贩小猪的，原不起税。"吾爱陶道："胡说！若俱如此不起税，国课何来。"贩猪的再三票称："此是旧例蠲免，衙前立碑可据，请老爷查看，便知明

白。”吾爱陶道：“我今新例，倒不作准，看甚么旧碑？”吩咐每猪十口，抽一口送入公廨，恃顽者倍罚。贩猪的无可奈何，忍气吞声，照数输纳。刚刚放过小猪船，背后一只小船，摇将过来。吾爱陶叫闸官看是何船。闸官看了一看，禀复是本地民船，船中只有两个妇女，几盒礼物，并无别货。吾爱陶道：“妇女便与货物相同，如何不投税？”铺家禀道：“自来人载船，没有此例。”吾爱陶道：“小猪船也抽分了，如何人载船不纳税，难道人倒不如畜生么？况且四处掠贩人口的甚多，本司势不能细细觉察。自今人载船，不论男女，每人要纳银五分。十五岁以下，小厮丫头，只纳三分，若近地乡农，装载谷米豆麦，不论还租完粮，尽要报税。其余贩卖鸡鸭、鱼鲜、果品、小菜，并山柴稻草之类，俱十抽其一。市中肩担步荷，诸色食物牲畜者，悉如此例。过往人有行李的，除夹带货物，不先报税，搜出一半入官外，无余货者，每人亦纳银五分。衙役铺家，或有容隐，访出重责三十，枷号一月，仍倍罚抵补。”

这主意一出，远近喧传，无不骇异。做买卖的，那一个不叫苦连天。有几位老乡绅，见其行事可笑，一齐来教训他几句，说：“抽分自有旧制，不宜率意增改。倘商民传之四方，有骇观听，这还犹可，若闻之京师，恐在老先生亦有妨碍。”吾爱陶听罢，打一躬道：“承教了，领命。”及至送别后，却笑道：“一个做官，一个立法，论甚么旧制新制？况乡绅也官不得地方官之事。”故愈加苛刻，弗论乡宦举监生员船只过往，除却当今要紧之人，余外都一例施行。任你送名帖讨关，全然不睬。亲自请见也不相接，便是骂他几句，也只当不听见。气得乡绅们，奈何他不得，只把肚子揉一揉罢了。

一日正出衙门放关，见乡里人挑着一担水草，叫皂隶唤过来问道：“这水草一担，有多少斤数，可曾投税？”乡里人禀说：“水草是猪料，自来无税。”吾爱陶道：“同是物料，怎地无税？”即唤铺家将秤来，每一百斤抽十斤，送入衙中喂猪。一日坐在堂上，望见一人背着木桶过去，只道是挑绸帛箱子的。急叫拿进来，看时，乃是讨盏饭的道人，背着一只斋饭桶。也叫十碗中抽一碗，送私衙与小厮门做点心。便是打鱼的网船经过，少不得也要抽些虾鱼鳅鳝来嘎饭咽酒。只有乞丐讨来的浑酒浑浆，残羹剩饭，不好抽分来受用。真个算及秋毫，点水不漏。外边商民，水陆两道，已算无遗利。那时却算到本衙门铺家，及书役人等，积年盘踞，俱做下上万家事。思量此皆侵蚀国课，落得取些收用。先从吏书，搜索过失，杖责监禁，或拶夹枷号。这班人平昔锦衣玉食，娇养得嫩森森的皮肉，如何吃得惩般痛苦？晓得本官专为孔方兄上起见，急送

金银买命。若不满意，也还不饶。不但在监税衙门讨衣饭的不能脱白，便是附近居民，在本司稍有干涉的，也都不免。

为此地方上将吾爱陶改做吾爱钱，又唤做吾剥皮。又有好事的投下匿民帖，要聚集商民，放火驱逐。吾爱陶得知，心中有几分害怕，一面察访倡首之人，一面招募几十名士兵防护，每名日与工食五分。这工食原不出自己财，凡商人投税验放，少不得给单执照，吾爱陶将这单发与士发，看单上货之多寡，要发单钱若干，以抵工食。那班人执了这个把柄，勒诈商人，满意方休。合分司的役从，只有这士兵，沾其恩惠，做了吾爱陶的心腹耳目，在地方上生事害民。没造化的，撞着吾爱陶，胜遭瘟遭劫。那怨声载道，传遍四方。江湖上客商，赌誓发愿便说："若有欺心，必定遭遇吾剥皮。"发这个誓愿，分明比说天雷殛死翻江落海，一般重大，好不怕人，不但路当冲要，货物出入川海的，定由此经过。没处躲闪，只得要受他荼毒。诗云：

> 竭泽焚山刮地搜，丧心蒙面不知羞。
> 肥家利己销元气，流毒苍生是此俦。

却说有个徽州姓汪的富商，在苏杭收买了几千金绫罗绸缎，前往川中去发卖。来到荆州，如例纳税。那班民壮，见货物盛多，要汪商发单银十两。从来做客的，一个钱也要算计，只有钞锐，是朝廷设立，没奈何忍痛输纳。听说要甚发单银十两，分明是要他性命，如何肯出。说道："莫说我做客老了，便是近日从北新浒墅各税司经过，也从无此例。"众民壮道："这是我家老爷的新例，除非不过关便罢，要是过关，少一毫也不放。"旁边一个客人道："若说浒墅新任提举，比着此处，真个天差地远。前日有个客人一只小船，装了些布匹，一时贪小，不去投税，径从张家桥转关。被这班吃白食的光棍，上船搜出，一窝蜂赶上来，打的打，抢的抢，顷刻搬个罄空。连身上衣服，也剥干净。那客人情急叫苦叫冤，要死要活。何期提举在郡中拜客回来，座船正打从桥边经过，听见叫冤，差人拿进衙门审问道：'小船偷过港门，虽所载有限，但漏税也该责罚。'将客人打了十五个板子。向众光棍说：'既然捉获有据，如何不禀官惩治？私自打抢，其罪甚于漏税。一概五十个大毛板，大枷枷号三月。'又对众人说：'做客商的，怎不知法度，知取罪戾。姑念货物不多，既已受责，尽行追还，此后再不可如此行险侥幸了。'这样好话，分明父母教训子孙，何等仁慈！为此客商们，那一个不称颂他廉明。倘若在此处犯出，少不得要打个臭死，剩还你性命，便是造化了。"旁边客商们听见，齐道："果然，果然，正是若无高山，怎显平地。"那班士兵，睁起眼向说的道："据你恁般比方，我家爷是不好的了。"那客人自悔失言，也不答应，转身急走，脱了是非。

汪商合该晦气，接口道："常言钟在寺里，声在外边。又道路上行人口是碑，好歹少不得有人传说，如何禁得人口嘴呢。"这话一发激恼了士兵，劈脸就打骂道："贼蛮，发单钱又不兑出来，放甚么冷屁！"汪商是大本钱的富翁，从不曾受这般羞辱，一时怒起，也骂道："砍头的奴才！我正项税银已完，如何又勒住照单，索诈钱财，反又打人？有这样没天理的事，罢罢，我拼这几两本钱，与你做一场。"回身便走，欲待奔回船去。那士兵揪转来，又是两拳，骂道："蛮囚，你骂那个，且见我们爷去。"汪商叫喊地方救命，众人见是士兵行凶，谁敢近前。被这班人拖入衙门，吾爱陶方出堂放关，众人跪倒禀说："汪商船中货物甚多，所报尚有隐匿，且又指称老爷新例苛刻，百般詈骂。"吾爱陶闻言，拍案大怒道："有这等事，快发他货物起来查验。"汪商再三禀说勒索打骂情由，谁来听你。须臾之间，货物尽都抬到堂上，逐一验看，不道果然少报了两箱。吾爱陶喝道："拿下打了五十毛板，连原报铺家，也打二十板罢。"吾爱陶又道："漏税，例该一半入官，教左右取出剪子来分取。"从来入官货物，每十件官取五件，这叫做一半入官。吾爱陶新例，不论绫罗绸缎布匹绒竭，每匹平分，半匹入官，半匹归商。可惜几千金货物，尽都剪破，虽然织锦回文，也只当做半片残霞。

汪商扶痛而出，始初恨，后来付之一笑，叹口气道："罢罢，天成天败，时也，运也，命也，数也！"遂将此一半残缎破绸，在衙门前，买几担稻草，周回围住，放了一把火，烧得烟尘飞起，火焰冲天。此时吾爱陶已是退堂，只道衙门前失火，急忙升堂，知得是汪商将残货烧毁，气得怒发冲冠，说道："这厮故意羞辱咱家么？"即差士兵，快些拿来。一面吩咐地方扑灭了火，烧不尽的绸缎，任凭取去。众人贪着小利，顷刻间大桶小杓，担着水，泼得烟销火熄。吾爱陶又唤地方，吩咐众人不许乱取，可送入堂上，亲自分给。这句话传出来时，那烬余之物，已抢干净。及去擒拿汪商，那知他放了火，即便登舟，复回旧路。顺风扬帆，向着下流直溜，也不知去多少路了。差人票复，吾爱陶反觉没趣，恨恨而退。当时汪商若肯吃亏这十两银子，何至断送了万金货物，岂非为小失大？所以说：

吃一分亏无量福，失便宜处是便宜。

其时有个王大郎，所居与税课衙门只隔一垣，以杀猪造酒为业。家事富饶，生有二子。长子招儿，年十七岁，次子留儿，十三岁。家人伴当三四人，一家安居乐业。只是王大郎秉性粗直刚暴，出言无忌。地方乡里亲戚间，怪他的多，喜他的少。当日看见汪商之事，怀抱不平，趁口说道："我若遇此屈事，那里忍得过，只消一把快刀，搠他几个窟窿。"这话不期又被士兵们听闻。也是合当有事，王大郎适与儿子定亲，请着亲戚们吃喜酒，夜深未散。不想有个摸黑的小人，闪入屋里，却下不得手。便从空处，打个壁洞，钻过分司衙门，撬开门户，直入卧室，吾爱陶朦胧中，听得开箱笼之声，一时惊觉，叫声："不好了！有贼在此。"其时只为钱财，那顾性命，精赤的跳下床捉贼。夫人在后房也惊醒了，呼叫家人起来。吾爱陶追贼出房，见门户尽开，口中大叫小厮快来拿贼。这贼被赶得急，掣转身挺刀就刺。吾爱陶命不当死，恰像看见的，将身望后一仰，那刀尖已斫着额角，削去了一片皮肉，便不敢近前。一时家人们，点起灯烛火把，齐到四面追寻。原来从间壁打洞过来的，急出堂，问了王大郎姓名，差士兵到其家拿贼。

这王大郎合家，刚刚睡卧，虽闻分司喊叫促贼，却不知在自家屋里过去的，为此不管他闲账。直到士兵敲门，方才起身开门。前前后后搜寻，并不见贼的影子。士兵回报说："王大郎家门户不开，贼却不见。"吾爱陶道："门户既闭，贼却从那里去？"便疑心即是此人。就教唤王大郎来见，在烛光下仔细一认，仿佛与适来贼人相似。问道："你家门户未开，如何贼却不见了，这是怎么说？"王大郎禀道："今日小人家里，有些事体，夜深方睡。及至老爷差人来寻贼，才知从小人家里掘入衙中，贼之去来，却不晓得。"吾爱陶道："贼从你家来去，门户不开，怎说不晓得？所偷东西，还是小事。但持刀搠伤本司，其意不良，所关非小，这贼须要在你身上捕还。"王大郎道："小人那里去追寻，还是老爷着捕人挨缉。"吾爱陶道："胡说！出入由你家中，尚推不知，教捕人何处捕缉。"吩咐士兵押着，在他身儿上要人来。原来那贼当时心慌意急，错走入后园，见一株大银杏树，绿阴稠密，狠命爬上去，直到树顶，缩做一堆，分明

像个鹊巢。家人执火，到处搜寻，但只照下，却不照上，为此寻他不着。等到两边搜索已过，然后下树，仍钻到王家。其中王大郎已被拿去，前后门户洞开，悄悄的溜出大门，所以不知贼的来踪去迹，反害了王大郎一家性命。正是：

> 枰龟烹不烂，贻祸到枯桑。

吾爱陶查点了所失银物，写下一单。清晨出衙，唤地方人问王大郎有甚家事，平日所为若何，家中还有何人。地方人回说："有千金家私，做人则强梗，原守本分。有二子年纪尚小，家人倒有三四个。"吾爱陶闻说家事富饶，就动了贪心，乃道："看他不是个良善之人，大有可疑。"随唤士兵问："可曾获贼？"那知这班士兵，晓得王大郎是个小财主，要赚他钱钞。王大郎从来臭硬，只自道于心无愧，一文钱，一滴酒，也不肯破悭。众人心中怀恨，想起前日为汪商的事，他曾说，只消一把快刀，搠几个窟隆的话，如今本官被伤额上，正与其言相合，不是他做贼是谁？为此竟带入衙内，将前情禀知。王大郎这两句话，众耳共闻，却赖不得，虽然有口难辩。吾爱陶听了，正是火上添油，更无疑惑，大叫道："我道门又不开，贼从何处去，自然就是他了。且问你，我在此又不曾难为地方百姓，有甚冤仇，你却来行刺？"王大郎高声称冤诉辩，那里作准。只叫做贼、行刺两款，但凭认那一件罪，喝教夹起来。皂役一声答应，向前拖翻，套上夹棍，两边尽力一收，王大郎便昏了去。皂隶一把头发揪起，渐渐醒转。吾爱陶道："赃物藏在何处，快些招来！"王大郎睁圆双眼，叫道："你诬陷平人做贼，招甚么？"吾爱陶怒骂道："贼奴这般狠，我便饶你不成。"喝叫敲一百棒头。皂隶一五一十打罢，又问如今可招。王大郎嚷道："就夹死也决不屈招。"吾爱陶道："你这贼子熬得刑起，不肯招么？"教且放了夹棍，唤士兵吩咐道："我想赃物，必还在家，可押他去跟同搜捕。"又回顾吏书，讨过一册白簿，十数张封皮，交与士兵说："他家中所有，不论粗重什物，钱财细软，一一明白登记封好。虽一丝一粟，不许擅动。并带他妻儿家人来见。"王大郎两脚已是夹伤，身不由主，士兵扶将出去。妻子家人，都在衙前接着，背至家里，合门叫冤叫屈。士兵将前后门锁起，从内至外，掀天揭地，倒箱翻笼的搜寻。便是老鼠洞、粪坑中、猪圈里，没一处不到，并无赃物。只把他家中所有，尽行点验登簿。封锁停当，一条索子，将王大郎妻子杨氏，长子招儿，并三个家

人，一个大酒工，一个帮做生意姓王的伙计，尽都缚去。只空了一个丫头，两个家人妇。将子留儿，因去寻亲戚商议，先不在家，亦得脱免。

此时天已抵暮，吾爱陶晚衙未退，堂上堂下，灯烛火把，照耀如同白日。士兵带一干人进见，回覆说赃物搜寻不出，将簿子呈上。吾爱陶揭开一看，所载财帛衣饰，器皿酒米之类甚多，说道："他不过是个屠户，怎有许多东西，必是大盗窝家。"将簿子阁过，唤杨氏等问道："你丈夫盗我的银物，藏在何处，快些招了，免受刑苦。"杨氏等齐声俱称："并不曾做贼，那得有赃？"吾爱陶道："如此说来，到是图赖你了。"喝叫将杨氏拶起。王大郎父子家人等，一齐尽上夹棍，夹的夹，拶的拶，号冤痛楚这声，震彻内外，好不凄惨。招儿和家人们，都苦痛不过，随口乱指，寄在邻家的，藏在亲戚家的，说着那处，便押去起赃。可怜将几家良善平民，都搜干净，那里有甚赃物。严刑拷问了几日，终无着落。王大郎已知不免一死，大声喊叫道："吾爱陶你在此虐害商民，也无数了，今日又诬陷我一家。我生前决争你不过，少不得到阴司里，和你辩论是非。"吾爱陶大怒，拍案道："贼子，你窃入公堂，盗了东西，反刺了我一刀，又说诬陷，要到阴司对证。难道阴司例律，许容你做贼杀人的么？你且在阳间里招了赃物，然后送你到阴司诉冤。"唤士兵吩咐道："我晓得贼骨头不怕夹拶，你明日到府中，唤几名积年老捕盗来，他们自有猴狲献果、驴儿拔撅，许多吊法，务要究出真赃，好定他的罪名。"这才是：

　　前生结下此生冤，今世追偿前世债。

这捕人乃森罗殿前的追命鬼，心肠比钢铁还硬。奉了这个差使，将八个人带到空闲公所，分做四处吊拷，看所招相似的，便是实情。王大郎夫妻在一处，招儿、王伙计在一处，三个家人和酒大王，又分做两处。大凡捕人绷吊盗贼，初上吊即招，倒还落得便宜。若不招时，从上至下，遍身这一顿棍棒，打得好不苦怜。任你铜筋铁骨的汉子，到此也打做一个糍粑。所以无辜冤屈的人，不背招承，往往送了性命。当下招儿，连日已被夹伤，怎还经得起这般毒打，一口气收不来，却便寂然无声。捕人连忙放下，教唤不醒了。飞至衙门，传梆报知，吾爱陶发出一幅朱单道：

王招儿虽死，众犯还着严拷，毋得借此玩法取罪。特谕。

捕人接这单看了，将各般吊法，逐件施行。王大郎任凭吊打，只是叫着吾爱陶名字，骂不绝口。捕人虽明白是冤枉，怎奈官府主意，不得不如此。惟念杨氏是女人，略略用情，其余一毫不肯放松。到第二日夜间，三个家人，并王伙计、酒大工，五命齐休。这些事不待捕人去票，自有士兵察听传报。吾爱陶晓得王大郎詈骂，一发切齿痛恨。第三日出堂，唤捕人吩咐道："可晓得么，王大郎今日已不在阳世了，你们好与我用情。"捕人答应晓得，来对王大郎道："大郎你须紧记着，明年今日今时，是你的死忌，此乃上命差遣，莫怨我们。"王大郎道："咳！我自去寻吾爱陶，怎怨着列位。总是要死的了，劳你们快些罢。"又叫声道："娘子，我今去了，你须挣扎着。"杨氏听见，放声号哭说："大郎，此乃前世冤孽，我少不得即刻也来了。"王大郎又叫道："招儿，招儿！不能见你一面，未知可留得性命，只怕在黄泉相会是大分了。"想到此不觉落下几点眼泪。捕人道："大郎好教你知道，令郎前晚已在前路相候，尊使五个人，昨夜也赶上去了。你只管放心，和他们人作伴同行。"王大郎听得儿子和众人俱先死了，一时眼内血泪泉涌，咽喉气塞，强要吐半个字也不能。众人急忙下手，将绳子套在颈项，紧紧扣住，须臾了账。可怜三日之间，无辜七命，死得不如狗彘：

曾闻暴政同于虎，不道严刑却为钱。

三日无辜伤七命，游魂何处诉奇冤。

当下捕人即去禀说，王大郎已死。吾爱陶道："果然死了？"捕人道："实是死了。"吾爱陶这士兵道："可将这贼埋于关南，他儿子埋于关北，使他在阴司也父南子北。这五个尸首，总埋在五里之外，也教他不相望见。"士兵票说："王大郎自有家财，可要买具棺木？"吾爱陶道："此等凶贼，不把他喂猪狗足矣，那许他棺木。"又向捕人道："那婆娘还要用心拷打，必要赃物着落。"捕人道："这妇人还宜容缓处。"吾爱陶道："盗情如何缓得？"捕人道："他一家男子，三日俱死。若再严追，这妇人倘亦有不测，上司闻知，恐或不便。"吾爱陶道："他来盗窃国课，行刺职官，难道不要究治的？就上司知得何妨。"捕人道："老爷自然无妨，只是小人们有甚缘故，这却当不起。"吾

爱陶怒道："我晓得捕人都与盗贼相通，今不肯追问这妇人，必定知情，所以推托。"喝教将捕人羁禁，带杨氏审问，待究出真情，一并治罪。把杨氏重又捞起，击过千余，手指尽断，只是不招。吾爱陶又唤过士兵道："我料这赃物，还藏在家，只是你们不肯用心，待我亲自去搜，必有分晓。"即出衙门，到王大郎家来。

此时两个家人妇和丫头看守家里，闻知丈夫已死，正当啼啼哭哭。忽听见官府亲来起赃，吓得后门逃避。吾爱陶带了士兵，唤起地方人同入其家，又复前前后后搜寻。寻至一间屋中，见停着七口棺木，便叫士兵打开来。士兵禀说："这棺木久了，前已验过，不消开看。"吾爱陶道，"你们那里晓得，从来盗贼，把东西藏棺木中，使人不疑。他家本是大盗窝主，历年打劫的财物，必藏在内。不然，岂有好人家停下许多棺木。"地方人禀说："这棺木乃是王大郎的父祖伯叔两代，并结发妻子，所以共有七口。因他平日悭吝，不舍得银钱殡葬，以致久停在家，人所共知，其中决无赃物。"吾爱陶不信，必要开看。地方邻里苦苦哀求，方才止了。搜索一番，依然无迹。吾爱陶立在堂中说道："这贼子，你便善藏，我今也有善处。"吩咐士兵，把封下的箱笼，点验明白，尽发去附库。又唤各铺家，将酒米牲畜家伙之类，分领前去变卖。限三日内，易银上库登册，待等追出杨氏真赃，然后一并给还。又道："这房子逼近私衙，藏奸聚盗，日后尚有可虞。着地方将棺木即刻发去荒郊野地，此屋改为营房，与士兵居住，防护衙门。"处置停当，仍带杨氏去研审。又问他次子潜躲何处，要去拘拿，此是他斩草除根之计。

可怜王大郎好端端一个家业，遇着官府作对，几日间弄得瓦解冰消，全家破灭，岂不是宿世冤仇！商民闻见者，个个愤恨。一时远近传播，乡绅尽皆不平，向府县上司，为之称枉。有置制使行文与吾爱陶说："罪人不孥，一家既死七人，已尽厥辜，其妻理宜释放。"吾爱陶察听得公论风声不好，只得将杨氏并捕人，俱责令招保。杨氏寻见了小儿子，亲戚们商量说，如今上司尽知冤枉，何不去告理报仇。即刻便起冤揭遍送，向各衙门投词早冤。适值新巡按铁御史案临，察访得吾爱陶在任贪酷无比，杀王大郎一家七命，委实冤枉，乃上疏奏闻朝廷。其疏云：

> 臣闻理财之任，上不病国，下不病商，斯为称职。乃有吾爱陶者，典榷上游，分司重地，不思体恤黎元，培养国脉；擅敢变乱旧章，税及行人，专

为刑虐，惟务贪婪。是以商民交怨，男妇兴嗟。吸髓之谣，久著于汉江；剥皮之号，已闻诸辇毂。昔刘晏桑弘羊，利尽锱铢，而未尝病国病民，后世犹说其聚敛。今爱陶兴商民作仇，为国有敛怨，其罪当如何哉！尤可异者，诬良民为盗，捏乌有为赃，不逾三日，立杀七人。掷遗骸于水滨，弃停榇于郊野；夺其室以居爪牙，攫其资以归囊橐。冤鬼昼号，幽魂夜泣，行路伤心，神人共愤。夫官守各有职责，不容紊乱。商税榷曹之任，狱讼有司之事，即使盗情果确，亦当归之执法。而乃酷刑肆虐，致使阖门殒毙，天理何在，国法奚存！臣衔命巡方，职在祛除残暴，申理枉屈。目击奇冤，宁能忍默？谨据实奏闻，伏乞将吾爱陶下诸法司，案其秽滥之迹，究其虐杀之状，正以三尺，肆诸两观。庶国法申而民冤亦申，刑狱平而王道亦平矣。

圣旨批下所司，着确查究治。吾爱陶闻知这个消息，好生着忙。自料立脚不住，先差人回家，葺理房屋；一面也修个辩疏上奏，多赍金银到京，托相知官员，寻门户挽回。其疏云：

　　臣谬以樗材，滥司榷务；固知蚍负难胜，奚敢鼹饮自饱。莅任以来，矢心矢日，冰蘗宁甘，虽尺寸未尝少逾。以故商旅称为平衡，地方亦不以为不肖。而忌者的指臣为贪酷，捏以吸髓之谣，加以剥皮之号。无风而波，同于梦呓，岂不冤乎？犹未已也，若乃借盗窃之事，砌情胪列，中以危法，是何心哉当盗入臣署攫金，觉而遂之，遂投刃以刺，幸中臣额，乃得不死。及追贼踪，潜穴署左，执付捕役，惧罪自尽。穷究党羽，法所宜然。此而不治，是谓失刑。忌者乃指臣为酷刑肆虐，不亦谬乎？岂必欲盗杀臣，而尽劫国课，始以为快欤？夫地方有盗，而有司不能问，反责臣执盗而不与，抑何倒行逆施之若是也。虽然，臣不敢言也，不敢辨也。何则？诚不敢撄忌者之怒也。惟皇上悯臣孤危孑立，早赐罢黜，以塞忌者之口，使全首领于牖下，是则臣之幸也。

自来巧言乱听，吾爱陶上这辩疏，朝廷看到被贼刺伤，及有司不能清盗，反责其

执盗不与，这段颇是有理。亦批下所司，看明具覆。其时乃中书门下侍郎蔡确当国，大权尽在其手，吾爱陶的相知，打着这个关节。蔡确授意所司，所司碍着他面皮，乃覆奏道：

> 看得吾爱陶贪秽之迹，彰彰耳目。虽强词涂饰，公论难掩。此不可一日仍居地方者矣。惟王大郎一案，窃帑伤官，事必有因，死不为枉。有司弭盗无方，相应罚俸。未敢擅便，伏惟圣裁。

奏上，圣旨依拟将吾爱陶削职为民，速令去任，有司罚俸三月。他的打干家人得了此信，星夜兼程，赶回报知。吾爱陶急打发家小起身，分一半士兵护送。王大郎箱笼，尚在库上，欲待取去，踌躇未妥，只得割舍下来。

数日之后，邸报已到。铁御史行牌，将附库资财，尽给还杨氏，一面拿几个首恶士兵到官，刑责问遣。那时杨氏领着儿子和两个家人妇，到衙门上与丈夫索命。哭的哭，骂的骂，不容他转身。吾爱陶诚恐打将入去，吩咐把仪门头门紧拴牢闭了。地方人见他惧怕，向日曾受害的，齐来叫骂。便是没干涉的，也乘着兴喧喧嚷嚷，声言要放火焚烧，乱了六七日。吾爱陶正无可奈何，恰好署摄税务的官员来到。从来说官官相护，见百姓拥在衙门，体面不好看，再三善言劝谕，方才散解。放吾爱陶出衙下船，吩咐即便开去。岸上人预先聚下砖瓦土石，乱掷下去，叫道："吾剥皮，你各色俱不放空，难道这砖瓦不装一船，回去造房子。"有的叫道："吾剥皮，我们还送你些土仪回家，好做人事。"拾起大泥块，又打下去。这一阵砖瓦土石，分明下了一天冰雹。吾爱陶躲在舱中，只叫快些起篷。那知关下拥塞的货船又多，急切不能快行。商船上又拍手高叫道："吾剥皮，小猪船，人载船在此，何不来抽税？"又叫道："吾剥皮，岸上有好些背包裹的过去了，也该差人拿住。"叫一阵笑一阵，又打一阵荟荟。吾爱陶听了，又恼又羞，又出不得声答他们一句，此时好生难过。正是：

> 饶君掬尽三江水，难洗今朝一面羞。

后来新提举到任，访得王大郎果然冤死。怜其无辜，乃收他的空房入衙，改为书斋，给银五百两与杨氏，以作房价。叫他买棺盛殓这七个尸骸，安葬弃下的这七口停榇。商民见造此阴德之事，无不称念，比着吾剥皮，岂非天渊之隔。这也不在话下。

再说吾爱陶离了荆州，由建阳荆门州一路水程前去。他的家小船，原期停于襄阳，等候同行。吾爱陶赶来会着，方待开船，只见向日差回去的家人来到，报说："家里去不得了。"吾爱陶惊问："为何"？家中人道："村人道老爷向日做秀才，尚然百般诈害。如今做官，赚过大钱，村中人些小产业，尽都取了，只怕也还嫌少。为此鸣锣聚众，一把火将我家房屋，烧做白地。等候老爷到时，便要抢劫。"吾爱陶听罢，吓得面如土色道："如此却怎么好？"他的奶奶，颇是贤明，日常劝丈夫做些好事，积此阴德，吾爱陶那里肯听。此时闻得此信，叹口气道："别人做官任满，乡绅送锦屏奉贺，地方官设席钱行，百姓攀辕卧辙，执香脱靴，建生祠，立下去思碑，等光彩！及至衣锦还乡，亲戚远迎，官府恭贺，祭一祭祖宗，会一会乡党，何等荣耀！偏有你做官离任时，被人登门辱骂，不容转身。及至登舟，又受纳了若干断砖破瓦，碎石残泥。忙忙如丧家狗，汲汲如漏网鱼，亡命奔逃，如遭兵燹。及问家乡，却又聚党呼号，焚庐荡舍，摈弃不容，祖宗茔墓，不能再见。你若信吾言，何至有家难奔，有国难投？这样做官结果，千古来只好你一人而已。如今进退两难，怎生是好？"

吾爱陶心里正是烦恼，又被妻子这场数落，愈加没趣，乃强笑道："大丈夫四海为家，何必故土。况吾乡远在西邮，地土瘠薄，人又粗鄙，有甚好处。久闻金陵建康，乃六朝建都之地，衣冠文物，十分蕃盛。从不曾到，如今竟往此处寓居。若土俗相宜，便入籍在彼，亦无不可。"定了主意，回船出江，直至建康。先讨个寓所安下，将士兵从役船只，打发回去，从容寻觅住居。因见四方商贾丛集，恐怕有人闻得姓名，前来物色戏侮，将吾下口字除去，改姓为五，号湖泉，即是爱陶的意思。又想从来没有姓五的，又添上个人字傍为伍。吩咐家人只称员外，再莫提起吾字。自此人都叫他是伍员外。买了一所大房屋住下，整顿得十分次第。不想这奶奶因前一气成疾，不久身亡。吾爱陶舍不得钱财，衣衾棺椁，都从减省。不过几时，那生儿女的通房，也患病而死。吾爱陶买起坟地，一齐葬讫。

那吾爱陶做秀才时，寻趁闲事，常有活钱到手。及至做官，大锭小锞，只搬进来，不搬出去，好不快活。到今日日摸出囊中物使费，如同割肉，想道："常言家有千贯，不如日进分文。我今虽有些资橐，若不寻个活计，生些利息，到底是坐吃山空。但做买卖，从来未谙，托家人恐有走失。置田产我是罢闲官，且又移名易姓，改头换面，免不得点役当差，却做甚的好？"忽地想着一件道路，自己得意，不觉拍手欢喜。你道是甚道路？原来他想着，如今优游无事，正好寻声色之乐。但当年结发，自甘淡泊，不过裙布荆钗。虽说做了奶奶，也不曾奢华富丽。今若娶讨姬妾，先要去一大注身价。讨来时，教他穿粗布衣裳，便不成模样，吃这口粗茶淡饭，也不成体面。若还日逐锦衣玉食，必要大费钱财，又非算计。不如拚几千金，娶几个上好妓女，开设一院，做门户生涯，自己乘间便可取乐，捉空就教陪睡。日常吃的美酒佳肴，是子弟东道，穿的锦绣绫罗，少不得也有子弟相赠，衣食两项，已不费己财。且又本钱不动，夜夜生利，日日见钱，落得风流快活。便是陶朱公，也算不到这项经营。况他只有一个西子，还吃死饭，我今多讨几妓，又赚活钱，看来还胜他一筹。

思想着古时姑藏大守张宪，有美妓六人：奏书者号传芳妓，酌酒者号龙津女，传食者号仙盘使，代书札者号墨娥，按香者号麝姬，掌诗稿者号双清子。我今照依他，也讨六妓。张老只为自家独乐，所以费衣费食。我却要生利生财，不妨与众共乐。自此遂讨了极美的粉头六个，另寻一所园亭，安顿在内。分立六个房户，称为六院。也仿张太守所取名号：第一院名芳姬，第二院名龙姬，第三院名仙姬，第四院名墨姬，第五院名香姬，第六院名双姬。每一院各有使唤丫环四人，又讨一个老成妓女，管束这六院姊妹。此妓姓李名小涛，出身钱塘，转到此地，年纪虽有二十七八，风韵犹佳，技艺精妙。又会凑趣奉承，因此甚得吾爱陶的欢心，托他做个烟花寨主。这六个姊妹，人品又美又雅，房帏铺设又精，因此伍家六院之名，远近著名，吾爱陶大得风流利息。

一日有个富翁，到院中来买笑追欢，这富翁是谁？便是当年被吾爱陶责罚烧毁残货的汪商。他原曾读诗书，颇通文理。为受了这场荼毒，遂誓不为商，竟到京师纳个上舍，也要弄个官职。到关西地面，寻吾爱陶报雪这口怨气。因逢不着机会，未能到手，仍又出京。因有两个伙计，领他本钱，在金陵开了个典当，前来盘账。闻说伍家六院姊妹出色，客中寂寞，闻知有此乐地，即来访寻。也不用帮闲子弟，只带着一个小厮。问至伍家院中，正遇着李小涛。原来却是杭州旧婊子，向前相见，他乡故知，分外亲热，彼此叙些间阔的闲话。茶毕，就教小涛引去，会一会六院姊妹。果然人物美艳，铺设富丽。汪商看了暗暗喝彩，因问小涛："伍家乐户，是何处人，有此大本钱，觅得这几个丽人，聚在一处？"小涛说："这乐户不比寻常，原是有名目的人。即使京师六院教坊会着，也须让他坐个首席。"汪商笑道："不信有这个大来头的龟子。"小涛附耳低言道："这六院主人，名虽姓伍，本实姓吾。三年前曾在荆州做监税提举，因贪酷削职，故乡人又不容归去，为此改姓名为伍湖泉，侨居金陵。拿出大本钱，买此六个佳人，做这门户生涯。又娶我来，指教管束。家中尽称员外，所以人只晓得是伍家六院。这话是他家人私对我说的，切莫泄漏。"汪商听了，不胜欢喜道："原来却是吾剥皮在此开门头赚钱，好，好，好。这小闸上钱财，一发趁得稳。但不知偷关过的，可要抽一半入官？罢罢，他已一日不如一日，前恨一笔勾销。倒再上些料银与他，待我把这六院姐妹，软玉窝中滋味尝遍了，也胜似斩这眼圈金线、衣织回文、藏头缩尾、遗臭万年的东西一刀。"

小涛见他絮絮叨叨说这许多话，不知为甚，忙问何故。汪商但笑不答，就封白金十两，烦小涛送到第一院去嫖芳姬。欢乐一宵，题诗一绝于壁，云：

　　　　昔日传芳事已奇，今朝名号好相齐。

　　　　若还不遇东风便，安得官家老奏书。

又封白金十两，送到第二院去嫖了龙姬。也题诗一绝于壁，云：

　　　　酌酒从来金叵罗，龙津女子夜如何。

　　　　如今识破吾堪伍，渗齿清甜快乐多。

又封白金十两，送到第三院去嫖了仙姬。也题诗一绝于壁，云：

　　　　百味何如此味膻，腰间仗剑斩奇男。

　　　　和盘托出随君饱，善饭先生第几餐。

又封白金十两，送到第四院去嫖了墨姬。也题诗一绝于壁，云：

　　　　相思两字写来真，墨饱诗枯半夜情。

传说九家村里汉，阿翁原是点筹人。

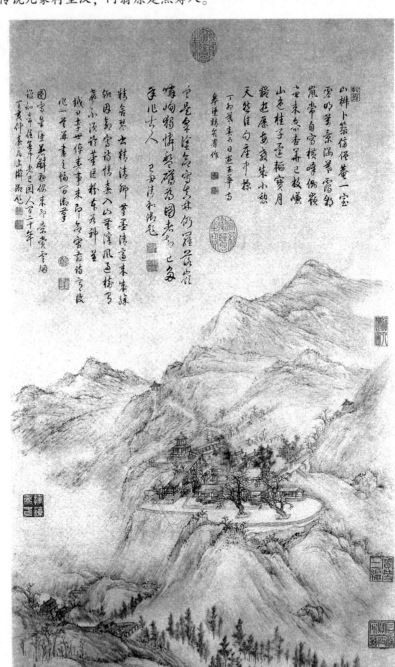

又封白金十两，送到第五院去嫖了香姬。也题诗一绝于壁，云：

> 爱尔芳香出肚脐，满身柔滑胜凝脂。
> 朝来好热湖泉水，洗去人间老面皮。

又封白金十两，送到第六院去嫖了双姬。也题诗一绝于壁，云：

> 不会题诗强再三，杨妃捧砚指尖尖。
> 莫羞五十黄荆杖，买得风流六院传。

汪商撒漫六十金，将伍家院子六个粉头尽都睡到。至第七日，心中暗想，仇不可深，乐不可极。此番报复，已堪雪恨，我该去矣。另取五两银子，送与小涛。方待相辞，忽然传说员外来了。只见吾爱陶摇摆进来，小涛和六院姊妹，齐向前迎接。原来吾爱陶定下规矩，院中嫖账，逐日李小涛掌记。每十日亲来对账，算收夜钱。即到各院，点简一遭，看见各房壁中，俱题一诗，寻思其意，大有关心，及走到外堂，却见汪商与六院姊妹作别。汪商见了爱陶，以真为假。爱陶见了汪商，认假非真，举手问尊客何来。汪商道："小子是徽商水客，向在荆州。遇了吾剥皮，断送了我万金货物。因没了本钱，跟着云游道人，学得些剑术，要图报仇。那知他为贪酷坏官，乡里又不容归去。闻说躲在金陵，特寻至此。却听得伍家六院，姊妹风流标致，身边还存下几两余资，譬如当日一并被吾剥皮取去，将来送与众姊妹，尽兴快活了六夜。如今别去，还要寻吾剥皮算账，可晓得他住在哪里么？"这几句诨话，惊得吾爱陶将手乱摇道："不晓得，不晓得。"即回过身叫道："丫头们快把茶来吃。"口内便叫，两只脚急忙忙的走入里面去了。汪商看了说道："若吾剥皮也是这样缩入洞里，便没处寻了。"大笑出门。又在院门上，题诗一首而去，诗云：

> 冠盖今何用，风流尚昔人。
> 五湖追故亦，六院步芳尘。
> 笑骂甘承受，贪污自率真。

中国禁书文库

醒世第二奇书

因忘一字耻，遗臭万年新。

他人便这般嘲笑，那知吾爱陶得趣其中，全不以为异。分明是粪缸里的蛆虫，竟不觉有臭秽。看看一日又一日，一年又一年，吾爱陶儿女渐渐长成，未免央媒寻觅亲事。人虽晓得他家富饶，一来是外方人，二来有伍家六院之名，那个肯把儿女与他为婚。其子原名吾省，因托了姓伍，将姓名倒转来，叫做伍省吾。爱陶平日虽教他读书，常对儿子说："我侨居于此，并没田产，全亏这六院生长利息。这是个摇钱树，一摇一斗，十摇成石，其实胜置南庄田，北庄地。你后日若得上进，不消说起。如无出身日子，只守着这项生涯，一生吃着不尽了。"每到院中，算收夜钱，常带着儿子同走。他家里动用极是淡薄，院中尽有酒肴，每至必醉饱而归。这吾省生来嗜酒贪嘴，得了这甜头，不时私地前去。便遇着嫖客吃剩下的东西，也就啖些，方才转身。更有一件，却又好赌。摸着了爱陶藏下的钱财，背着他眼，不论家人小厮、乞丐花子，随地跌钱，掷骰打牌，件件皆来，赢了不歇，输着便走。吾爱陶除却去点简六院姊妹，终日督率家人，种竹养鱼，栽葱种菜，挑灰担粪喂猪，做那陶朱公事业。照管儿子读书，到还是末务，所以吾省乐得逍遥。

一日吾爱陶正往院中去，出门行不多几步，忽然望空作揖，连叫："大郎大郎，是我不是了，饶了我罢！"跟随的家人，到吃了一惊，叫道："员外，怎的如此？"连忙用手扶时，已跌倒在地。发起谵语道："吾剥皮，你无端诬陷，杀了我一家七命，却躲在此快乐受用，教我们那一处不寻到。今日才得遇着，快还我们命来！"家人听了，晓得便是向年王大郎来索命，吓得冷汗淋身，奔到家中，唤起众仆抬归，放在床上。寻问小官人时，又不知那里赌钱去了，只有女儿在旁看觑。吾爱陶口中乱语道："你前日将我们夹拶吊打，诸般毒刑拷逼，如今一件件也要偿还，先把他夹起来。"才说出这话，口中便叫疼叫痛。百般哀求，苦苦讨饶，喊了一会，又说一发把拶子上起。两支手就合着叫痛。一回儿，又说："且吊打一番。"话声未了，手足即翻过背后，攒做一簇，头项也仰转，紧靠在手足上。这哀号痛楚，惨不可言。一会儿又说："夹起来！"夹过又拶，拶过又吊，如此三日，遍身紫黑，都是绳索棍棒捶击之痕。十指两足，一齐堕落。家人们备下三牲祭礼，摆在床前，拜求宽恕。他却哈哈冷笑，末后又说："当时我们，只不曾上脑箍，今把他来尝一尝，算作利钱。"顷刻涨得头大如斗，两眼突出，从额上回转一条肉痕直嵌入去。一会儿又说："且取他心肝肠子来看，是怎样生的这般狠毒。"须臾间，心胸直至小腹下，尽皆溃烂，五脏六腑，显出在外，方才气断身绝。正是：

　　劝人休作恶，作恶必有报。

　　一朝毒发时，苦恼无从告。

　　爱陶既死，少不得衣棺盛殓。但是皮肉臭腐，难以举动，只得将衣服覆在身上，连衾褥卷入棺中，停丧在家。此时吾省，身松快活，不在院中吃酒食，定去寻人赌博。地方光棍又多，见他有钱，闻香嗅气的，挨身为伴，取他的钱财。又哄他院中姊妹，年长色衰，把来脱去，另讨了六个年纪小的，一入一出，于中打骗手，倒去了一半。那家人们见小主人不是成家之子，都起异心，陆续各偷了些东西，向他方去过活。不勾几时，走得一个也无，单单只剩一个妹子。此时也有十四五岁，守这一所大房，岂不害怕。吾省计算，院中房屋尽多，竟搬入去住下，收夜钱又便。大房空下，货卖与人，把父亲棺木，抬在其母坟上。这房子才脱，房价便已赌完。两年之间，将吾爱陶这些囊橐家私，弄个罄尽。院中粉头，也有赎身的，也有随着孤老逃的，倒去了四个，

那妹子年长知味，又不得婚配，又在院中看这些好样，悄地也接个嫖客。初时怕羞，还瞒着了哥子。渐渐熟落，便明明的迎张送李，吾省也恬不为怪，到喜补了一房空缺。

再过几时，就连这两个粉头，也都走了，单单只剩一个妹子，答应门头。一个人的夜合钱，如何供得吾省所需？只得把这院子卖去，燥皮几日，另租两间小房来住。居室既卑，妹子的夜钱也减，越觉急促。看看衣服不时，好客便没得上门，妹子想起哥哥这样赌法，贴他不富，连我也穷。不如自寻去路，为此跟着一个相识孤老，一溜烟也是逃之夭夭。吾省这番，一发是花子走了猴狲，没甚弄了。口内没得吃，手内没得用，无可奈何，便去撬墙掘壁掏摸过日。做个几遍，被捕人缉访着了，拿去一吊，锦绣包裹起来的肢骨，如何受得这般苦痛？才上吊，就一一招承。送到当官，一顿板子，问成徒罪，刺了金印，发去摆站，遂死于路途。吾爱陶那口棺木，在坟不能入土，竟风化了。这便是贪酷的下梢结果。有古语为证：

行藏虚实自家知，祸福因由更问谁。

善恶到头终有报，只争来早与来迟。

第九篇　玉箫女再世玉环缘

花色妍，月色妍，花月常妍人未圆，芳华几度看。　　生自怜，死自怜，生死因情天也怜，红丝再世牵。

此阕小词，名曰长相思，单题这玉环缘故事的。大概从来儿女情深，欢爱正浓之际，每每生出事端，两相分拆。闪下那红闺艳质，离群索影，寂寞无聊，盼不到天涯海角，望断了雁字鱼书。捱白昼，守黄昏，幽愁思怨，悒郁感伤，不知断送了多少青春年少。岂不可惜！岂不可怜！相传古来有个女子，登山望夫，身化为石；又有个情女，不舍得分离，身子痴卧床寝，神魂儿却赶上丈夫同行；韩朋夫妇，死为比翼鸟。此皆到情浮感，精诚凝结所致，所以论者说，情之一字，生可以死，死复可以生，故虽天地不能违，鬼神不能间。如今这玉环缘，正为以情而死，精灵不泯，再世里寻着了赠环人，方偿足了前生愿。此段话头，说出来时，直教：

有恨女郎须释恨，无情男子也伤情。

话说唐代宗时，京兆县有个官人，姓韦名皋，表字武侯。其母分娩时，是梦非梦，见一族人，推着一轮车儿，车上坐一丈夫，纶巾鹤氅，手执羽扇，称是蜀汉卧龙，直入家中。惊觉来，便生下韦皋。其父猜详梦意，分明是诸葛孔明样子，因此乳名就唤做武侯，从幼聘张延赏秀才之女芳淑为婚。何期那延赏一旦风云际会，不上十余年，官至西川节度使。夫人苗氏，只生此女，不舍得远离，反迎女婿，到任所成亲。韦皋本孔明转生，自与凡人不同，生得英伟倜傥，意气超迈。虽然读书，要应制科，却不效儒生以章句为工，落落拓拓的，志大言大，出语伤时骇俗。张延赏以自己位高爵尊，颇自矜重。看了女婿这般行径，心里好生不喜，语言间未免有些规训，礼节上也多有怠慢。韦皋正是少年心性，怎肯甘心承受，见丈人恁般相待，愈加放肆。因此翁婿渐

成嫌隙，遂至两不相见。

那苗夫人眼内却识好人，认定了女婿是个未发迹的贵人，十分爱重。常劝丈夫道："韦郎终非池中物，莫小觑了他。"延赏笑道："狂妄小子，必非远大之器，可惜吾女错配其人。"苗夫人劝他不转，恐翁婿伤了情面，从中委曲周全。又喜得芳淑小姐知书达理，四德兼备，夫妻偕好，鱼水和同。以下童仆婢妾，通是小人见识，但知趋奉家主，那里分别贤愚。见主人轻慢女婿，一般也把他奚落。韦皋眼里看不得，心里气不过，叹口气道："古人有诗云：'醴酒不设穆生去，绨袍不解范叔寒。'我韦皋乃顶天立地的男子，如何受他的轻薄？不若别了妻子，图取进步。偏要别口气，夺这西川节度使的爵位，与他交代，那时看有何颜面见我！"遂私自收拾行装，打叠停当，方与妻子相辞。也不去相辞丈人，单请苗夫人拜别。可怜芳淑小姐，涕泣牵衣，挽留不住，好生凄惨。作丈夫的却捵手不顾，并不要一个仆人相随。自己背上行李，奔出节度使衙门，大踏步而去，头也不转一转。正是：

　　仰天大笑出门去，白眼看他得意人。

韦皋一时愤气出门，原不曾定往何地，离了成都，欲待还家，却又想道："大丈夫局促乡里，有甚出息。不如往别处行走，广些识见，只是投奔兀谁好？"又转一念道："想四海之大，何所不容，且随意行去，得止便止。"遂信步的穿州撞府，问水寻山，游了几处，却不曾遇见一个相知。看看盘缠将尽，猛然想起江夏姜使君与父亲有旧，竟取路直至江夏城中，修刺通候。原来这姜使君，双名齐胤，官居郡守。为与同僚不合，挂冠而归，年已五旬之外。夫人马氏，花多实少，单单留得一位公子，名曰荆宝，年方一十五岁，合家称为荆宝官。姜使君因为儿子幼小，又见时事多艰，遂绝意仕宦，优游林下，课子读书。当下问说是京兆韦郎拜访，知是故人之子，忙出迎接，叙问起居，随唤荆宝出来相见。使君分付儿子道："年长以倍，则父事之，十年以长，则兄事之；裁在古礼，理合如此。今韦郎长你十来岁，当以兄事之。"荆宝领命，自此遂称为韦家哥哥。韦皋也请拜见夫人，以展通家之谊。姜使君整治酒席洗尘，馆于后园书室，礼待十分亲热。更兼公子荆宝，平日抱束书堂，深居简出，没甚朋友来往。今番韦皋来至，恰是得了一个相知，不胜欢喜，朝夕相陪，殷勤款洽，惟恐不能久留。

韦皋念其父子多情，不忍就别，盘桓月余，欲待辞去。不道是时朝廷乏才任使，下诏推举遗逸。却有个谏议大夫，昔年曾为姜使君属吏，深得荫庇，因感念旧恩，特荐其有经济之才，可堪重任。圣旨准奏，即起用。姜使君久罢在家，梦里不想有人荐举，若还晓得些风声，也好遣人赶到京师，向当道通个关节，择个善地。那清水生活，谁肯把美缺送你呢？竟铨除了洮州刺史。这所在乃边要地，又限期走马上任，兵部差人赍诰身，直送至家中。亲戚们都道复起了显官，齐来庆贺。那知姜使君反添了一倍烦恼。韦皋知其心绪不佳，即使作别。姜使君哪里肯放，说道："老夫年齿渐衰，已无意用世，不想忽有此命。圣旨严急，势不容辞，只得单骑到任，勉支一年半载，便当请告。儿子年纪尚小，恐我去后，无人拘管，必然荒废。更兼家中诸事，老妻是个女流，只得屈留贤侄在此，一则与荆宝读书，成其学业，二来家间事体，有甚不到处，也乞指点教导。尊大人处可作一书，老夫入关便道，遣人送去，量不见责。"韦皋见其诚恳，只得领命。此时正是八月末旬，姜使君也不便择吉，即日带领几个童仆起程。韦皋同了荆宝，送至十里长亭而别。正是：

　　别酒莫辞今日醉，故乡知在几时回。

　　姜使君去后，马夫人综理家政，荆宝与韦皋相资读书。但年幼学识尚浅，见韦皋学问广博，文才出众，心中折服。名虽相资，实以师长相待，至敬尽礼，不敢丝毫怠慢，所以韦皋心上也极相爱。荆宝虽与韦皋同读书，只三六九会文，来至园中，余日自在宅内书房。时值十月朔旦，韦皋到马夫人处请安，荆宝留入一个书房待茶。大抵大家书房，不止一处，这所在乃荆宝的内书房，外人不到之地。以韦皋是通家至友，故留在此。走过回廊，步入室中，只见一个青衣小鬟，年可十余岁，独自个倚栏看花，见有人入来，即往屏后急走。荆宝笑道："此是韦家哥哥，不是外人，可见一礼便了，不消避得。"小鬟依言，向前深深道个万福。荆宝说："韦家哥哥在此，你可烹一壶香茶送来。"小鬟低低应声晓得而去。韦皋听了想道："若论是个婢子，却不该教他向我行礼；若是亲族中之女，又不该教他烹茶送来，毕竟此女是谁？"虽则怀疑，却不好问得。不多时小鬟将茶送到，取过磁瓯斟起，恭恭敬敬的，先递与韦皋，后送荆宝。韦皋举目仔细一觑，眉目清秀，姿容端丽，暗地称羡道："此女长成起来，虽非绝色，却

也是个名姝。"小鬟送茶毕，荆宝道："你去唤小厮们来答应。"小鬟领命回身。

韦皋又看他行动从容飘逸，体段婷婷，耐不住，只问道："小婢何名？"荆宝道："此非婢也，乃乳母之女。小字玉箫，年纪小我四岁，从幼陪伴学中读书，他也粗粗的识得几字。前年父母并亡，宗族疏远，惟依我为亲。我亦喜他性格温柔，聪明敏慧，又好洁爱清，喜香嗜茗。至于整理文房书集，并不烦我分付，所以弟入内室，便少他不得。"韦皋道："原来如此。贤弟于飞后，定当在小星之列矣。"荆宝道："乳母临终时，倒有此意，小弟却无是心。"韦皋道："这又何故？"荆宝道："乳娘列在八母。他的女儿，虽当不得兄妹，何忍将他做通房下贱之人。等待长成，备些妆奁，觅个对头，成就他一夫一妇，少报乳母怀哺之情，这便是小弟本念。"韦皋道："贤弟此念甚好。然既系乳母之女，又要一夫一妇，上一辈人，料必不来娶他。倘所托非人，如邯郸才人，下嫁厮养卒，便肮脏此女一生，岂不可惜？贤弟名虽爱之，实是害他了。况看此女，姿态体格，必非风尘中人，贤弟还宜三思斟酌。"这番话，本是就事论事，原出无心。那知荆宝倒存了个念头，口中便谢道："哥哥高见，小弟愚昧，虑不及此。"心里想道："韦家哥莫非有意此女么？乳娘原欲与我为通房，若托付与韦家哥哥，便如我一般了，有何不可？"又转念道："我虽如此猜，却不知韦家哥果否若何，休要轻率便去唐突他。且再从容试探，另作道理。"

自此之后，荆宝每到园中，即呼玉箫捧书随去。日常又教玉箫烹茶，送与韦皋，习以为常，往来无间。这女子一来年纪尚小，二来奉荆宝之命，三来见荆宝将韦皋相待如嫡亲哥子，他也便当做自家人，为此日亲日近，略无嫌避。常言不见所欲，使心不乱。韦皋本是个好男子，平日原不在女色上做工夫。初见玉箫，不过羡其姿态，他日定是个丽人。分明马上看花，但过眼即忘，何尝在意。及至常在眼前行走，日渐长成，趋承应对之间，又不轻佻，却自有韵度。韦皋此时这点心花，未免被其牵动。每在语言之中、使唤之际，窥探他的情窦如何。这般个聪明智慧的女子，有甚不理会？心里虽渐渐明白，却不露一毫儿圭角。荆宝从闲中着意，冷眼傍观，已晓得韦家哥留恋此女，意欲再待几年，等玉箫长大，送与他为妾。又虑着张小姐嫉妒不容，反而误此女终身，以此心上复又不决。那知：

落花有意随流水，流水多情恋落花。

韦皋在姜使君家里，早又过了两个年头，时当暮春天气，姜荆宝偶染小病，连日不至园中，独坐无聊，不觉往事猛上心来，想着丈人把我如此轻慢，真好恨也。叹口气道："人生在世，若非出将入相，这文经武略，从何处发挥？然而英雄无用武之地，纵有纬地经天的手段，终付一场春梦。怎得使这班眼孔浅的小人，做出那前倨后恭的丑态？"又想："岳母苗夫人，这般看待，何日得扬眉吐气，拜将封侯，教他亲见我富贵，在丈人面前，还话一声。"又想："淑芳小姐贤惠和柔，工容兼美。没来由成婚未久，一时间赌气出门，抛别下他，孤单悬望，我在此又挂肚牵肠。若功名终不到手，知道何日相见，夫妻重聚。"想到此地，这被窝中恩爱，未免在念头上经过一番。正当思念之际，抬头忽见玉箫，一手执素白纨扇，一手提一大壶酒，背后跟着一个十来岁的小童，双手捧一盒子，走将入来。韦皋见了，急忙起身迎住，问道："荆宝哥身子若何了？"玉箫道："多谢记念，今日觉得健旺，已梳头了。想着韦家哥，书房中牡丹盛开，欲要来同赏，因初愈不敢走动，教送壶酒来，自己消遣。"口中便说，将纨扇放下，忙揭开盒子，将酒肴摆在桌上。韦皋笑道："我正想要杯酒儿赏花，不道荆宝哥早知我意，又劳玉姐送来，教我怎生消受。"玉箫道："今早老夫人到鹦鹉洲去看麦，家中男女大小，去了大半。其余的又乘夫人不在家，荆宝官放假，都到城外踏青。只存门上人和这小厮在家，为此教玉箫送来。"韦皋说："可知道两个书童说，已禀过荆宝官，往郊外去烧香，教看园老儿在此答应。如今连这老头儿不知向那处打瞌睡了。"看那按酒的，乃是鹿脯、鹅鲜、火肉、腊鹅、青梅，绿笋、瓜子、莲心，共是八碟。玉箫将过一只大银杯斟起，递至面前说："韦家哥哥请酒。"韦皋道："怎好又劳玉姐斟酒，你且放下，待我自斟自饮，从容细酌。"玉箫道："也须乘热，莫待寒了再暖。"韦皋笑道："只要壶中不空，就冷些也耐得。"玉箫遂把酒壶放在桌上，取了执扇，和着小厮走出庭前。

此时玉箫年方一十三岁，年纪稍长，身子越觉苗条，颜色愈加娇艳，唇红齿白，眉目如画。韦皋数杯落肚，春意满腔，心里便有三分不老实念头。欲待说几句风流话，去拨动他春心，又念荆宝这般的美情，且是他乳娘之女，平日如兄若妹，怎好妄想，勉强遏住无名相火。一头饮酒，冷眼瞧玉箫，在牡丹台畔，和着小厮，举纨扇赶扑花上碟儿。回身慢步，转折蹁跹，好不轻盈袅娜！韦皋心虽按定，那两脚却拿不住，不

觉早离了坐位，也走到花边，说道："玉姐，蝶儿便扑，莫要扑坏了花心。"玉箫听了，心头暗解，未免笑了笑，面上顷刻点上两片胭脂。遂收步敛衣，向花停立，微微吁喘。韦皋此际，神魂摇动，方寸紊乱，狂念顿起，便欲邀来同吃杯酒儿。又想情款未通，不好急遽；且又有小厮在旁碍眼，却使不得。那一点邪焰，高了千百丈，发又发不出，遏又遏不住，反觉无聊无赖，仍复走去坐下，暗叹道："这段没奈何的春情，教我怎生发付他。"踌躇一番，乃道："除非如此如此，探个消耗，事或可谐。倘若不能，索性割断了这个痴念，也省得恼人肠肚。"手中把酒连饮，口中即咿咿唔唔的吟诗。玉箫喘息已止，说道："韦家哥哥，慢慢的饮，我先去也。"韦皋道："且住。我方作赏花诗，要送荆宝官看，却乏笺纸，欲用玉姐纨扇，写在上面，不知肯否？"玉箫道："这把粗扇，得韦家哥的翰墨在上，顿生光彩了，有何不肯。"即将纨扇递上，韦皋接来举笔就写。临下笔，又把玉箫一看，才写出几行不真不草的行书。前边先写诗柄道："春暮客馆，牡丹盛开。姜伯子遣侍玉姬送酒，对花把盏，偶尔记兴。"后写诗云：

冉冉年华已暮春，花光人面转伤神。
多情蝴蝶魂何在，无语流莺意自真。
千里有怀烹伏妇，五湖须载苎萝人。
月明此夜虚孤馆，好比桃源一问津。

写罢，递与玉箫说："烦玉姐送上荆宝官，有兴时，可也和一首。"玉箫细看这诗，虽然识得字，却解不出意思，更兼有几个带草字儿不识，逐一细问。韦皋一面教，一面取过大茶瓯，将酒连饮。须臾间，吃得个壶无余滴，大笑道："我兴未阑，壶中已空。玉姐可与荆宝官，再取一壶送来，以尽余兴。"玉箫应诺，留下果菜，教小童拿着空壶，回见荆宝，说："韦家哥见送酒去，分外欢喜，只是气象略狂荡了些，比不得旧时老成了。"荆宝问怎样狂荡，玉箫乃将扑蝶的冷话说出。荆宝笑道："读书人生就这般潇洒，有甚不老成。"玉箫又道："他又做甚牡丹诗，写在我扇上，教送荆宝官看，若有兴，也和一首。"即将扇儿递与。又道："他写罢把大瓯子顷刻饮个干净，道尚未尽兴，还要一壶。"荆宝道："兴致既高，便饮百壶也何妨。"看罢扇上所题，点头微笑道："韦家哥风情动矣。"暗想："我向有此心，一则玉箫年幼，二来未知张小姐心性若何。故迟疑未决。看这诗，分明是求亲文启，我不免与他一个回帖。"吟哦一回，拈笔就扇上依韵题诗八句，也是不真不草的行书。写毕又想："若把此情与玉箫说明，定不肯去。我且含糊，只教他送酒，其间就里，等两人自去理会。"遂把扇递与玉箫道："你可再暖五壶酒，连这扇和小厮同去，送与韦家哥哥，须劝他开怀畅饮，方才有兴。"玉箫道："天色将晚，园中冷静，我不去罢。"荆宝道："今夜是三月十六，团圆好日。天气清朗，月色定佳，便晚何妨，若怕冷静，就住在彼。"玉萧听了便道："荆宝官，这是甚么话？"荆宝笑道："你道怕冷静，所以我是这般说。你莫心慌，此际家人们将次回来，少不得还送夜饭来哩。"玉箫领命，忙去暖酒，荆宝又悄地分付小童先还。

　　不一时，玉箫将酒暖得滚热，把与小童，捧着同往。临行，荆宝又叮咛道："韦家郎君，便是我嫡亲哥哥一般，你服事他即如服事我，莫生怠慢。"玉箫不知就里，只得答应声晓得了。一头走，一头思想："荆宝官这些话，没头没脑，不知是甚意思？"心头方想，脚尘已早到园中。韦皋正在牡丹花下，背着手团团的走来走去的，想着玉箫，恨不能一时到手。又想荆宝情况甚厚，恐看出诗句意味，恼我轻狂无赖。又怕玉箫，嗔怪挑拨他，在荆宝面前，增添几句没根基的话。这场没趣，虽不致当面抢白，我却无比颜脸见他。正当胡思乱想，蓦地背后叫声："韦家哥哥，又送酒来了。"这娇滴滴声音，正是可意冤家。喜得满面生花，急转身来迎，已知荆宝无有愠意，一发放胆说道："玉姐如何去了这一会，教我眼都望穿了。"玉箫笑道："怎地这般喉急？"韦皋道："花意正好，酒兴方来，急切不能到口，把我弄得个不醉不醒，不上不下，可不要死了么？如今你来便好，救命的到了。"玉箫笑道："难道酒是韦家哥哥的性命？"韦皋笑道："我原是以酒为命的，但救命还须玉姐。"玉箫听了，脸色顿改，说道："韦家哥哥，如何这般罗唣起来，莫非醉了。"韦皋陪着笑脸，作个揖道："一时戏言，得罪休怪。"玉箫道："韦家哥放尊重些。倘小厮进去，说与荆宝官并夫人知道，成甚体面。"韦皋此际方寸着迷，已忘怀有小童在旁，被这一言点醒，直回转头来，喜得小童已是不在。原来这小厮奉着主命，放下酒就回，所以连玉箫也不觉得。

　　当下玉箫道："只管闲讲，却忘了正事。"将纨扇递与韦皋说："荆宝官已和一诗在上，教送你观看。"韦皋接扇看毕，不觉乱跳乱叫道："妙，妙！好知己，好知己！"玉箫道："为何这般乱叫起来？"韦皋不答应，连连把书房门掩上，扯过一张椅儿，即便来携玉箫手道："请坐了，我好与你吃同罗杯。"玉箫将衣袖一摆，涨红面皮说："你从来不曾这般轻薄，今日怎地做出许多丑态，捏手捏脚，像甚规矩?"韦皋道："我若要轻薄，也不到今日了。你荆宝官，写下回聘帖子，将你送与我为侍妾，乃明媒正娶的，并非暗里偷情。请小娘子回嗔作喜，莫错了吉日良时。"玉箫道："有甚回聘贴子在那里，说这样瞒天谎话。"韦皋将起纨扇，指着荆宝那首诗，说道："这不是回聘贴子，待我念与你听。"遂喜孜孜的朗诵荆宝这诗。诗云：

> 剑南知别几经春，寂寞居停谅损神。
> 梦着雨云原是幻，月为花烛想来真。
> 小星后日安卑位，素扇今宵是老人。
> 分付桃花莫相笑，渔郎从此不迷津。

玉箫听了道："虽有这诗，不晓得其中是甚意思，如何就当着甚么回聘贴子。"韦皋道："不难，待我解说与你听。第一句是说我离成都久了；第二句说住在此园，冷淡寂寞；第三句说我一向思想你，还是虚帐；第四句说今夜月明，就当花烛，正好成婚；第五句说教你安守侍妾之分；第六句说这扇和诗句便是媒人；第七句八句说，我与你成就亲事，就比渔郎入了桃源洞，此是古话。"玉箫听了解说，方才理会，说："怪道来时荆宝官分付这些没头没脑的话，原来一句句藏着哑谜，教我猜详。"方在沉吟，只听得阁阁的敲门，韦皋问是那个，外边答应："书童送夜饭在此。"韦皋不免开门，两个书童，捧着桌榼果子，几色菜饭，两枝大绛烛，送将入来，说："荆宝官传话，玉姐好生伏侍韦官人。这桌榼送来送来做喜筵。蜡烛好做花烛，明早荆宝官亲来贺喜。"玉箫听说这话，转身背立。韦皋便道："多谢荆宝官盛情厚意，明日容当叩谢。"书童连忙将绛烛点起，自往外边。韦皋仍将门闭上，回身说道："何如，韦家哥哥可是说瞒天话的么?"又走出庭内，折一枝牡丹花，插入瓶中，摆在桌上道："这才是真正花烛成亲。"玉箫道："既然是主人之命，怎敢有违。请韦君上坐，受玉箫一拜，以尽侍妾之礼。从此后称呼韦家郎君，再不叫韦家哥哥了。"道罢便倒身下拜，韦皋连忙扶他起来，自己不觉倒拜下去。这个拜，那个起，一上一下，全无数目。若有掌礼人在旁，可不错乱了兴拜两字。虽然草草姻缘，果然明媒正娶。此夜光景，玉箫姐少不得：

含苞豆蔻香初剖，漏泄春光到海棠。

迷离春睡，日高才起。韦皋开出门来，不道荆宝已着书童，把玉箫镜奁妆具，拿在门首等候了。梳洗未完，荆宝已到，见了韦皋只是笑。韦皋见了荆宝，也只是笑。玉箫满面羞涩，低着头也微微含笑。妆罢，同荆宝见个礼儿，荆宝少坐即起，玉箫仍复后随。荆宝道："你今后在此服事韦家哥哥，不必随我了。"玉箫方住了足步。过了两日，马夫人从庄上回来，玉箫入室拜见。荆宝告说："韦家哥独居寂寞思家，儿子已将玉箫送与为妾。"夫人闻言大喜。却是为何？向年乳母临终，求告夫人，有把玉箫荆宝为通房的话。目今俱各年长，时刻不离，疑惑暗里已成就好事。后日娶来媳妇，未知心性若何，倘若猜疑妒忌，夫妻大小间费嘴费舌，像甚么样？今将伊送与了韦皋，岂不省了他时淘气，所以甚喜，又与若干衣饰。荆宝另有所赠，自不消说。韦皋既得玉箫，已遂所愿，更喜小心卑顺，朝夕陪伴读书，焚香瀹茗，无一些俗气，彼此相怜相爱，两情缱绻。

那知欢娱未久，离别早到。原来韦皋父母记念儿子，曾差人到西川张节度处探问，此时已不在彼，使人空回。后来姜使君送到书信，方知反在江夏。书中说，不过年余便归，何期姜使君洮州之任，急切不能卸肩，所以连韦皋也不得还家。及至有了玉箫绊住，归期一发难定。其父一则思忆，二则时近科举，即遣人持书到江夏接他回去。韦皋见书中语意迫切，自悔孟浪，久违定省。此时思亲念重，恨不得一刻飞到家中，把这片惜玉怜香的心情，便看得轻了。且不与玉箫说知，先请姜荆宝出来，告其缘故，说："老父老母，悬望已极，不才更不能少淹，明日即当就道。玉箫势难同往，只得留下，待有寸进，便来接取。但是烦累贤弟，于心不安。"荆宝道："兄长何出此言，小弟承蒙教益，报效尚未知在于何日，此等细事，何足挂怀。再欲留兄住几时，因见老伯书中，如此谆切，强留反似不情。兄长只管放心回府，不消萦虑。"

韦皋谢了荆宝。然后来对玉箫说："我离家已久，老亲想念，特地差人来接。怎奈各镇跋扈，互相侵凌，兵戈满地，途中难行。不能携你同归，暂留在此，你须索耐心。"玉箫闻言，暗自惊心，说道："郎君省亲大事，怎敢阻挡。但去后不知何日才来，须有个定期，教奴也好放心。"韦皋道："我此去若功名唾手，不出二三年即来。倘若命运蹭蹬，再俟后科，须得五年。"玉箫道："妾幼失父母，惟以荆宝官为亲。今归郎君，将谓终身有托，何期未及半载，又成离别。妾之薄命，一至于此！"心中伤感，不觉泪随言下。韦皋也自凄然，再三安慰。正言间，荆宝携着酒肴，入来送行。三人对坐饮酒间，玉箫愁容惨切，泪流不止。荆宝道："韦家哥暂去就来了，不必如此悲伤。"玉箫道："世间离别，亦是常事，原不足悲，玉箫自伤薄命，不知此后更当何如，所以悲耳。"言罢愈加啼泣。荆宝、韦皋，亦各欷歔，不欢而止。这一宵枕上泪痕，足足有了千万滴。次早韦皋收拾行装，拜辞马夫人，荆宝馈送下程路费，自不必言。临行之际，玉箫含泪执手道："郎君去则去矣，未审三年五年之约，可是实话？"韦皋道："留你在此，实出不得已，岂是虚语。即使有甚担搁，更迟二年，再没去处了。"玉箫道："既恁的说，妾当谨记七年之约了，郎君幸勿忘之。"韦皋道："神明共鉴，七年之后，若是不来，以死相报。"玉箫道："七年不至，郎君安得死，或妾当死耳。"语毕，泪如雨下，哽咽不能出声。荆宝执酒饯行，也黯然洒泪。韦皋向书囊中寻出玉环一枚，套在玉箫左手中指上，吩咐道："这环是我幼时在东岳庙烧香，见神座旁遗下此环，拾得还家。"晚间，随梦东岳帝君吩咐道："这环有两重姻眷，莫轻弃了。我想入赘张节度，又得你为妾，岂不合着梦兆。今留与你为记，到七年后，再来相聚。"口儿里如此说，心中也自惨然。斟过一杯，回敬荆宝作谢，再斟一杯送与玉箫。又道："你好生收藏此环，留为他年之证验。"情不能已吟诗一首道：

> 黄雀衔来已数春，别时留解赠佳人。
>
> 长江不见鱼书至，为遣相思梦入秦。

吟罢，道声："我去矣，休得伤怀。"玉箫道："妾身何足惜，郎君须自何重。"双袖掩面大恸，韦拜亦洒泪而行，荆宝又送一程方还。

且说韦皋，一路饥餐渴饮，夜宿晓行，非只一日，回到家中，拜见双亲。父子相逢，喜从天降。问及新妇若何，丈人怎生相待，却转游江夏。韦皋将丈人怠慢，不合忿气相别的事，一一细述。父亲道："虽则丈人见浅，你为婿的也不该如此轻妄。今既来家，可用心温习，以待科试。须挣得换了头角，方争得这口气。"韦皋听了父亲言语，闭户发愤诵读，等到黄榜动，选场开，指望一举成名，怎知依然落第。那时不但无颜去见夫人，连故里也自羞归。想着姜使君在洮州，离此不远，且到彼暂游，再作道理。遂写书打发仆人，归报父母，只留一人跟随，轻装直至洮州。不道姜使君已升岭南节度，去任好些时了。韦皋走了一个空，心里烦恼，思想如今却投谁好。偶闻陇右节度使李抱玉好贤礼士，遂取路到凤翔幕府投见。那李抱玉果然收罗四方英彦，即便延接。谈论之间，见韦皋器识宏远，才学广博，极口赞羡，欲留于幕府。韦皋志在科名，初时不愿。李抱玉劝道：“以足下之才，他日功名，当在老夫之上。本朝出将入相，位极人臣，如郭汾阳、李西平之辈，何尝从科目中来。方今王室多故，四方不静，正丈夫建树之秋，何必沾沾于章句求伸耶？”韦皋见说得有理，方才允从，遂署为记室参军。不久，改为陇右营田判官。从此：

抛却诗书亲簿籍，撇开笔砚理兵农。

话分两头。且说姜荆宝送别韦皋之后，将玉箫留入内宅，陪侍马夫人。过了两三月，姜使君升任还家，问知韦皋近归，玉箫已送为姜，尚留在此，嘱咐夫人好生看待。使君见荆宝年已长，即日与他完了婚事，然后带领婢姜仆人，往岭南赴任。马夫人也把家事交与荆宝管理，自引着玉箫，到鹦鹉洲东庄居住。原来夫人以玉箫是乳娘之女，又生性聪慧，从小极是爱惜。今既归了韦皋，一发是别家的人了，越加礼貌。玉箫因夫人礼貌，也越加小心。外面虽伏侍夫人，心中却只想韦郎，暗暗祷告天地，愿他科名早遂。待至春榜放后，教人买过题名小录来看，却没有韦皋姓字。不觉捶胸流泪道：“韦郎不第，眼见得三年相会之期，已成虚话了。”嗟叹一会，又自宽解一番，指望后科必中。谁知眼巴巴，盼到这时，小录上依然不见，险些把三寸三分凤头鞋儿，都跌绽了，哭道：“五年来会的话，又不能矣。罢，罢！我也莫管他中不中，只守这七年之约便了。”又想道：“韦郎虽不中，如何音信也不寄一封与我？亏他撇得我下。难道这两三年间，觅不得一个便人。真好狠心也，真好狠心也！”

似此朝愁幕泣，春思秋怀，不觉已过第七个年头。看看秋末，还不见到。玉箫道：“韦郎此际不至，莫非不来矣。”这时盼望转深。想一回，怨一回，又哭一回，真个一刻不曾放下心头。马夫人看他这个光景，甚是可怜。须臾腊尽春回，已交第八年元旦。马夫人生平奉佛，清晨起来拜过了家庙，即到鹦鹉洲毗庐观烧香。那毗庐观中，有一土地庙，灵签极有应验。玉箫随着夫人，先在大殿上拈香，礼拜了如来，转下土地庙

求签。夫人一问田宅人口，二问老使君在任安否若何，三问荆宝终身事业。三答问毕。玉箫也跪倒求签。他心上并无别事，只问韦郎如何过了七年不到，有负前约。插烛般拜了几拜，祷告道："失主韦皋，若还有来的日子，乞求上上之签。若永无来的日子，前话都成画饼，即降个下下之签。"祷告已毕，将签筒在手摇上几摇，扑的跳出一签，乃是第十八签，上注"中平"二字，又讨个圣筶，知用此签，看那签诀道：

归信如何竟渺茫，紫袍金带老他方。
若存阴德还天地，保佐来生结凤凰。

玉箫将签诀意思推详，愀然不乐，垂泪道："神人有灵，分明说韦郎负义忘恩，不来的话了。"心中一阵酸辛，不觉放声大哭。夫人见人，暗想今日是个大年朝，万事求一吉祥，没来由啼啼哭哭，好生不悦，即上轿还庄。玉箫收泪随归，请夫人上坐，拜将下去，说道："方才毗庐观土地签诀，思量其中意味，韦郎必负前约，决然不来。即婢子禄命，也不长远。今日此拜，一来拜年，二来拜谢夫人养育之恩，三来拜别之后，生死异路，从此永辞矣。"夫人见他说得凄惨，宽慰道："后生家花也还未曾开，怎说这没志气的话。且放开怀抱，生些欢喜，休要如此烦恼。"言未毕，外边荆宝夫妇到来拜年，双双拜过了夫人，然后与玉箫相见。玉箫道："荆宝官请上，受奴一拜。"便跪下去。荆宝一把拖住，说道："从来不曾行此礼，今日为甚颠倒怎般起来？"玉箫道："奴自幼多蒙看觑，如嫡亲姊妹一般，此恩无以为报，今当永诀，怎不拜谢。"荆宝惊异道："这是那里说起？"马夫人把适来毗庐观烧香求签的事说出。荆宝道："签诀中话，如何便信得真。莫要胡猜，且吃杯屠苏酒遣闷则个。"玉箫道："这屠苏酒如何便解得我闷来？"一头吁叹，便走入卧房。休说酒不饮一滴，便是粥饭也不沾半粒，一味涕泣。又恐夫人听得见嫌，低声饮泣。

次日荆宝入城，又来安慰几句。玉箫也不答应，点首而已。一连三日，绝了谷食，只饮几口清茶，声音渐渐微弱。夫人心甚惊慌，亲自来看，再三苦劝，莫要短见。玉箫道："多谢夫人美意，但婢子如此薄命，已不愿生矣。"又道："闻说凡人饿到七日方死，我今三日不食，到初七日准死。我今年二十一岁，正月初七日生辰，人日而生，人日而死。自今以后，不敢再劳夫人来看了。左手中指上玉环，是韦郎之物，我死之后，吩咐殡殓人，切勿取去，要留到阴司，与他对证。"言罢，便合着眼，此后再问，竟不应声，准准到初七日身亡。原来相传说正月初一为鸡日，初二为猪，初三为羊，初四为狗，初五为牛，初六为马，初七为人。这便是人日而生，人日而死。夫人大是哀痛，差人报知荆宝，荆宝前来看了，放声恸哭，置办衣棺殡殓，权寄毗庐观土地庙傍，以待韦皋来埋葬。可怜：

生怀玩玉终教带，死愿欢衾得再联。

再说韦皋，在李抱玉幕下，做营田判官。抱玉迁任，有卢龙节度使朱泚，带领幽州兵，出镇凤翔防秋，兼陇右节度使。见韦皋才能超众，令领陇右留后，与其将牛云光同守陇州。这留后职分，也不小了。但当时臣强主弱，天子威令，不能制驭其下，各镇俱得自署官职。故韦皋官已专制一方，尚未沾朝廷恩命。是时韦皋，迎父母到陇州奉养。其父说道："你今做这留守官，虽非出自朝命，也不叫做落薄了。可差人通知丈人，接取媳妇到来，夫妻完聚，以图子息。"韦皋道："当年有愿，必要做西川节度使，与他交代。如今为这幕府微职，即去通知，岂不反被他耻笑。宁可终身夫妻间隔，没有子息，也就罢了。"你且想他的志念，只在功名，连结发妻子尚不相顾，何况玉箫是个婢妾，一发看得轻了。所以七年之约，竟付之流水。古书有云："有志者，事竟成。"韦皋有了这股志气，在陇州九年，果然除授西川节度使，去代张延赏的职位。

你道一具幕府下僚，如何骤然便到这个地位？原来是时代宗晏驾，德宗在位，朱泚兄弟范阳节度使朱滔谋反的事，被朝廷征取入朝，留住京师，使宰相张镒出镇凤翔，命泾原节度使姚令言，征讨朱滔。姚令言领兵过京入朝，所部士卒，因赏薄作乱，烧劫库藏，杀入朝内。德宗出奔奉天，姚令言就迎请朱泚为主。凤翔将官史楚琳，本朱泚心腹，闻得朱泚做了天子，杀了张镒，据城相应。陇州守将牛云光也要谋杀韦皋，事露，率领所部去投朱泚。不想朱泚以当年识拔韦皋，自道必为其用，遣中官苏玉赍诏书，加韦皋官为中丞。苏玉途遇牛云光，各道其故，苏玉道："将军何不引兵与我同往。韦皋受命不消说，若不受命，即以兵杀之，如取狐豚耳。"牛云光依计复回陇州。韦皋早已整兵守城，在城上问云光道："向者不告而去，今又复来何也？"云光答道："前因不知公意向，故尔别去。今公有新命，方知是一家人，为此复来，愿与公协心共力。"韦皋乃即开门,先请苏玉入城,受其诏书。复对云光说道:"足下既无异心,先纳兵仗,以释众疑,然后可入。"云光欺韦皋是个书生,不以为意,慨然将兵器尽都交纳,韦皋才放他入城。次日设宴公堂款待,二人随从,俱引出外舍犒劳。韦皋喝声:"拿下!"两壁厢伏兵突出,擒苏玉、牛云光下座,刀斧齐下,死于非命。韦皋传令,苏玉、朱云光,逆贼心腹,今已伏诛,余众无罪。云光所部,人人丧胆,谁敢轻动。韦皋即日筑坛,申誓将士道:"史楚琳戕杀本官,甘从反叛,神人共愤,合当诛讨。如有不用命者,军法无赦。"三军齐声奉令,震动天地。

　　韦皋一面整练兵马,一面遣人至奉天奏报。德宗大悦,即以陇州为奉义军,授韦皋为节度使。及至朱泚破灭,史楚琳等诸贼俱受诛戮,德宗车驾还京,又加韦皋金吾大将军职衔。有吏部尚书萧复,出使复命,闻知韦皋仗义讨贼之事,奏言:"韦皋以幕府下僚,独建忠义,宜加显擢,以鼓人心。"德宗准奏,为此特加仆射,领西川节度使,代张延赏镇守蜀地,延赏加同平章事致仕。韦皋接了这道诏书,喜不自胜,以手加额道:"今日方遂平生。"又想丈人知得我前去,必不等交代,乃选轻骑,兼程赶去上任。父母辎装,从容后来。一路登山涉水,过县穿州,早至蜀中。那所属地方,才闻报新节度是甚韦皋,还不曾打听着实,是何出身,不道已至境上。急得这些官员,好不忙迫。韦皋正行间,前导报称:"此去成都,止有三十里了,合该先投名帖,通报张爷,方好出郭交代。"韦皋道:"不但名帖,还要写书。"分付随地暂停修书,准于明日辰时上任。前导禀说:"前去十里有大回驿,可以停止。"韦皋道:"既有官驿,竟到彼便了。"十里之程,不多时就到。韦皋进入驿中,取过文房四宝,拈笔在手,心中一想,不觉暗笑道:"天下节镇不少,偏偏镇守西川,岂非天遂人愿。我韦皋有此一日,不枉了老岳母苗夫人眼中识人,也不负芳淑小姐这几年盼望。只看张老头儿,怎生与我交代。"又想:"我且耍他一耍,看他可解。"乃写书两封,一封达于丈人,一封寄到芳淑小姐。内封各分二函,一写老相公开览,一写小姐亲拆。外边护封上,只标个张老爷。书封缄停当,差人到府投递。驿夫也自入城,遍报文武各衙门知道。

　　差人赍书到镇府时,已是黄昏,辕门封闭。门役闻说是新任节度使的书启,又在明日上任,事体紧急,火速传鼓送进。一面传知本衙门役从,出城迎接。原来张延赏加平章致仕之命,两日前才知,虽说后任节度使姓韦名皋,也还未知是何处人。况且眼中认定女婿决不能够发达,只道与他同名同姓,所以全不动念,也不曾在妻女面前说起。又因罢官，心绪不佳，连日不出理事，惟以酒遣闷。这一日多了几杯酒，已先寝息。书入私衙，苗夫人接得，问道："新任节度使，可知姓甚名谁？"家人答言："闻说姓韦，但不晓得何名。"夫人听说一个韦字，便想道："莫非是我家这个韦皋。"又叹口气道："呸，我好痴也！他怎生得有这日，且看这书，是甚名字。"即便拆开，内中却有两封，一封是与小姐的，惊怪道："奇哉！新官的书，为何达与小姐？"急忙走到女儿房中说知其事。小姐也吃一惊。夫人放下第一封，先就将寄小姐这封书，拆开看时，上写：

> 劣婿韦皋顿首，启上贤德小姐夫人妆阁下：贤卿出自侯门，归于寒素。仆不肖，以豪宕性情，不入时人耳目。幸岳母俯怜半子，曲赐提携，而泰山翁之鄙薄，且不若池中物也。荷蒙圣主隆恩，甄录微劳，命代尊大人节钺。诚恐当年冰炭，不堪此日寒暄，相见厚颜，彼此无二。姑暂秘之，勿先秽听。别后情怀，容当面罄，不便多渎。

夫人看罢，不胜欢喜，说："谢天地，韦郎今日才与我争得这口气也。"将信递与女儿，小姐看了说："韦郎书中意思，还不忘父亲当年怠慢之情。倘相见时，翁婿话不投机，怎生是好？"夫人摇一摇手，笑道："这到不必愁，你爹是肯在热灶里烧火，不肯在冷灶里添柴的。但见韦郎今日富贵，又是接代的官，自然以大做小，但凭女婿妆模作样，自会对付。自看韦郎与丈人的书上，写些甚么来。"拆开观看，其书云：

> 老相公威镇全蜀，名播华夷，不肖翱钦仰久矣。翱忆旧游锦城，越今寒暑迭更，士风大变，将来者进，而成功者退。意者天道消长，时物适与之会耶。翱早岁明经，因进士未第，浪游湖海，勉就幕僚。偶当啸沸之秋，少效涓埃之报，乃荷圣明眷念，不次超擢，拨置崇阶。此托庇老相公之余荫，而鲰生过遇多矣。不揣老相公何以教我，使斗筲小器，不至覆悚，抑籍有荣施也。身迟郭外，先此代布，不宣。通家眷晚生韩翱顿首拜。

夫人看到通家眷晚生韩翱这几个字，又惊怪道："小姐，你看这书，又是怎的说？"小

姐看了笑道：“笔迹原是韦郎的，他故意要如此唐突老丈人，也不见得忠厚，也不见得是不念旧恶。如今且只把这一封与爹爹看，看他怎的说。”

明早夫人对延赏道：“新官昨夜书到，因你睡熟，不好惊动。”延赏道：“书在何处？”夫人袖里，拿出第一封来。延赏看罢，呵呵大笑道：“只管说是韦皋，原来是韩翱。”夫人道：“甚么韦皋，韩翱？”延赏道：“前日报事的说，新节度使姓韦名皋，我道怎的与我不成器没下落的女婿同名同姓，原来是韩翱，误传错了。”苗夫人道：“莫非真是我家女婿？”延赏道：“好没志气，女婿可是乱认得的，见有书在此。”夫人道：“莫非你的目力不济，须再仔细看他个真切。”延赏道：“我目力尽不差，只是你的痴念头，倒该撇开了。若论我家不成器没下落的韦皋，千百个也饿死在野田荒草中了。”夫人笑道：“且休只管薄他，新节度使还有一封书在此，你且认认，是韩翱，还是韦皋？”袖中取出那第二封，递与延赏。延赏看罢道：“是，是，是。”将书一扯，扯得粉碎。即出私衙升堂，讨了一乘暖轿，唤几名心腹牙兵跟随，不用执事，径从成都府西门出去。

衙役飞奔大回驿，报说：“张爷已从西门去了，不肯交代，未知何意。”韦皋笑道：“君民重务，如何不肯交代，但吉时已到，且先上任，再作道理。”二十里程途，不多时便到。进了成都城，直至节度使府中，升堂公座，文武百官，各各参谒已毕，径自退堂。苗夫人与芳淑小姐，俱是凤冠霞帔，在私衙门口迎接。衙门人都惊怪道：“旧官家小，也怎迎接新官？”那里知得其中缘故。韦皋入进私宅，先参拜了丈母，然后与芳淑小姐交拜。礼毕，说道：“丈人女婿，原无回避之例。岳父虽不交代，然女婿参拜丈人，却是正理，还请出拜见。”苗夫人道：“往事休提，只言今日，莫记前情。”须臾摆下筵宴，苗夫人一席向南，韦皋一席向西，芳淑小姐一席向东，衙中自有家乐迭奏，直饮到月转花梢，方才席散。正是：

　　早知不入时人眼，多买胭脂画牡丹。

次早，苗夫人对韦皋说道：“贤婿夫贵妻荣，老身已是心满意足。但老相公单身独往，我却放心不下，只得也要回去。”韦皋道：“本合留岳母在此奉养，少尽半子之情才是。但是岳丈愠然而去，子婿心上，也是不安，怎好强留，便当金发夫马相送。”老

中国禁书文库

醒世第二奇书

夫人也有主意，将资橐奴仆，各分一半带归，留一半与女婿，即日起程。韦皋夫妇，直送至十里长亭方回。张延赏料道夫人必来，停住在百里外等候，一齐同行。朝中大臣奏言：“昔年车驾幸奉天时，延赏馈饷不绝，六军得以无饥，其功不小，况年力尚壮，不宜摈弃。”德宗准奏，遂拜左仆射同平章事，入朝辅相。延赏行至半途，接了这道诏旨，喜从天降，归家展墓后，即进京为相。芳淑小姐闻知，劝丈夫修书致候，韦皋羞过了丈人一番面皮，旧嫌冰释，依然遣人候贺。张延赏也不开看，连封扯碎，驱出使人。老夫人过意不去，倒写书覆谢了女婿。其时韦皋父母已至，一家团聚安乐，自不必言。

单说这节度使，镇守一方，上管军，下管民，文官三品以下，武官二品以下，皆听节制。一应仓库狱囚，事事俱要关白。新节度案临，各属兵马钱粮，都造册送验；狱中罪囚，也要解赴审录。韦皋一日升堂理事，眉州差人投文，解到罪囚听审。韦皋即传带进，约有百余人，齐齐跪在丹墀。内中一个少年，高声喊将起来，叫道：“仆射，仆射，你可想江夏姜使君儿子姜荆宝么？”吓得两边上下役从并解人，都手忙脚乱，齐声止喝，不得喧嚷。那知恩人相见，分外眼明。韦皋在上，听见“姜荆宝”三字，也自骇然，即便唤至案前，问道：“你为何自江夏来到此地，因何事犯着重罪，可细细说来。”荆宝道：“自仆射别后，老父升任岭南，官有八年，请告还家。正值天子讨灭朱泚，还京开科取士，荆宝侥幸一第，得选青神县令。到任未及半年，何期家僮漏火，延烧公厅廨宇，印章文卷，尽归一烬。依律合问死罪，幸得本县乡绅士民，怜我为官清正，到上司具保去任。张令公批令监禁本州，具奏朝廷，听候发落。前在狱中，闻说新节度使姓名，我道必是韦家哥哥了。今日得见，果然不谬，望乞拯救则个。”韦皋听罢，说道：“原来为此缘故，此系家人过误，情有可原。”即教左右除去刑具，引入客馆。香汤淋浴，换了巾帻衣裳，送入私衙，分付整酒伺候。

堂事毕，退归衙中，与荆宝重新叙礼，又请出父亲相见。礼罢，入席饮酒，从容细询姜使君夫妇起居，又问宝夫人何在。荆宝道：“老父老母，以年迈不曾随弟赴任，近日书来，颇是康健。敝房自遭变后，即打发还家，止留一僮，在此伏侍。”韦皋又问玉箫向来安否。荆宝闻言，颜色惆然，说道：“仆射自分别时，原约定七年为期。那知逾时不至，玉箫短见，愤恨悲啼，不食七日而死。临死泣告老母，说指上玉环乃韦郎所赠，要留作幽冥后会之证，切戒殡殓者不可取去。为此入殓时，弟素自简视，不使遗失。其棺权寄鹦鹉洲毗庐观土地庙傍，以待仆射到来葬埋，至今尚在。"韦皋听罢，禁不住情泪交流，说道："我当年止为落魄，见侮于内父，故归家后，锐志功名，道路不通，所以不能践约。今幸得遂素愿，少抒宿愤，已与山妻道知贤弟赠妾美情，正欲遣人迎娶，不道此女已愤恨而亡，此真韦皋之薄幸也！"言讫唏嘘不已，为此不欢而罢。明日即修奏章，替荆宝开罪。大略言家人误犯失火，罪及家长，当在八议之例，况姜荆宝年少政清，圣明在上，不忍禁锢贤人，合宜宥其小过，策以后效。一面奏闻朝廷，一面又作书通达执政大臣，并刑部官员。此时陇右未靖，德宗皇帝方将西川半壁，依靠韦皋作万里长城，这些小事，安有不听之理。真个朝上夕下，一一如议，圣旨批下，以过误原释，照旧供职。荆宝脱了死罪，又得复官，向韦皋叩头，拜谢再生之恩。韦皋治酒饯行，差人护送至青神上任。分明正是：

久滞幽魂仍复活，已寒灰烬又重燃。

再说韦皋，思念玉箫，无可为情。乃于所属州县，选择十七众戒行名僧，于成都府昭应祠中，礼拜梁皇宝忏，荐度幽灵。每日早晚，韦皋亲至焚香礼拜，意甚哀苦。这十七众名僧，道行高强，韦皋也十分敬重。礼佛之暇，与众僧茶话，分宾主而坐，众僧启口道："大居士哀苦虔诚，贫僧辈也庄诵法宝，尊宠必然早离地狱，超升净土矣。"韦皋道："幽冥之事，不可尽求报应，也只我尽我心耳。"首座老僧高声道："檀越既不信佛法果报，连这礼忏，也是多事了。"韦皋谢道："弟子失言有罪。"到第五日，完满回衙，礼送诸僧去讫。韦皋还府，是夜朦胧睡中，见一金甲神，称是护法天尊，说："节度礼忏虔诚，特来传你一信。"韦皋忙问何信，金甲神腾空而起，抛下玉束，上有十二个字，写道：

姓甚么，父的父，名甚么，仙分破。

韦皋得此一梦，即时惊醒，梦中意思，全然不解。想着玉箫，愈生惨恻，一连三日，不出衙理事。芳淑夫人见他忧愁满面，问其缘故。韦皋将姜荆宝相待始终，玉箫死生缘由说出。夫人劝道："死者不可复生，若思念过情，反生疾病。何不分付官媒，各处简选一美貌女子，依旧取名玉箫，这便是孔融思想蔡伯喈，以虎贲贱人相代。"此

乃夫人真意，韦皋只怕是戏谑，也无言相对。

军府事体多端，第四日勉强升堂，可是三日不曾开门，投下文书，堆积如山。方在分剖之间，忽听门外喧嚷，问是何故。中军官飞奔出去，看了进来，禀覆道："辕门口有一老翁，手执空中帖，自称为祖山人，要入来相见。门上人不容，所以喧嚷。"韦皋听了，恍然有悟，想起前夜梦中十二字哑谜，姓甚么，父的父，这不是祖字，仙分破，这不是山人二字。此梦正应其人，必有缘故。即便请入宾馆相见，韦皋下阶礼迎。祖山人长揖不拜，宾主坐下。韦皋问道："公翁下顾，有何见教？"祖山人道："野人知尊宠思感而殁，幽灵不昧，睇念无忘。幽冥怜其至情，已许转生再合，但去期尚远。昨闻节度使亦悼亡哀痛，礼忏拜祷，已感幽审，上达天听，并牵动野人婆心，愿效微力，令尊宠返魂现形，先与节度相见顷刻，何如？"韦皋连忙下拜道："若得如此，终身感佩大德，但不知何时可至？"山人道："节度暂停公务，于昭应祠斋戒七日，自有应验。"言罢，又长揖相别。韦皋再欲问时，山人摇手道："不用多言。"竟飘然而去。韦皋此时半信半疑，退入私衙，与夫人说其缘故。夫人道："鬼神之事，虽则渺茫，宁何信其有。"韦皋点头称是，随即出堂，分付一应公事，俱于第八日理行。

当晚即往昭应祠斋宿，夜间不用鸣锣击柝，恐惊阻了神鬼来路。到了第七夜，大小从役尽都遣开，独自秉烛而坐。约莫二更之后，果然有人轻轻敲门，韦皋急开门看时，只见玉箫飘飘而来，如腾云驾雾一般。见了韦皋，行个小礼，说道："蒙仆射礼忏虔诚，感动阎罗天子，十日之内，便往托生。十二年后，再为侍妾，以续前缘。"韦皋此时，明知是鬼，全无畏惧，说道："我只为功名羁滞，有爽前约，致卿长往，懊悔无及，不道今宵复得相会。"一头说，一头将手去拽他衣袖。倏见祖山人从外走来，说道："幽明异路，可相见，不可相近。"举袖一挥，玉箫就飘飘而去，微闻笑语道："丈夫薄幸，致令有死生之隔。"须臾影灭，连祖山人也不见了。韦皋叹道："李少翁返魂之术，信不谬也。"正是：

香魄已随春梦杳，芳魂空向月明过。

韦皋在镇，屡破吐蕃，建立大功，泸僰归心，西南向附。天子大加褒赏，累迁中书令，久镇西蜀。他自德宗贞元之年莅任，至贞元十三年，八月十六，适当五十初度。

各镇遣人贺寿，送下金珠异物，不计其数。独东川卢八坐，送一歌女，年方一十三岁，亦以玉箫为名。韦皋见了书贴，大以为异。即便唤进，仔细一视，与当年姜荆宝所赠玉箫，面庞举动，分毫不差。其左手中指上，有肉环隐出，分明与玉箫留别带在指上的玉环相似。韦皋看了叹道："存殁定分，一来一往。十二年后，再续前缘之言，确然无爽。谁谓影响之事，无足凭哉？"为此各镇所馈，一概返还，单单收这一个美人。送入衙内，拜见太翁老夫妇，并芳淑夫人，言其缘故，无不骇异。夫人念其年幼，大加怜惜，韦皋相爱，也与昔日姜氏园中一般。

正当欢乐之际，天子降下一封诏书，说淮西彰义节度使吴少诚，背叛为逆，掠临颍，围许州，十分猖獗。诏使四镇兵征讨，俱为所败，特命韦皋帅领川兵，由荆楚进攻蔡州，捣其巢穴。韦皋遵奉敕书，即便部署兵马，择日起程。以军中寂寞，携带玉箫同往。正欲出兵，苗夫人差人赍书，前来报讣，说老相公已故。韦皋叹道："岳父虽然炎凉，何至死生不能相见。"为之流泪。芳淑夫人，伤心痛哭，自不必说。韦皋即便遣得力家人前去，代苗夫人治丧，安葬事毕，就迎苗夫人到任所奉养。打发使人去后，亲提精兵一万，出巴峡，直抵荆襄。此时姜荆宝已升任太守，因姜使君夫妇双亡，丁忧在家。韦皋以去路不远，方待遣人吊唁，忽然又有一道诏书来到，说吴少诚因闻调发各镇大兵会剿，心中畏惧，悔过归诚，上表纳贡谢罪。朝廷赦宥，复其官爵，令诸道罢兵还镇。韦皋暗想："昔年姜使君相待之厚，此去水路甚近，今已罢兵，何不亲往一拜？况玉箫停柩未葬，就便又完此心事，一举两得，甚是有理。"即遣心腹将官，率兵先回。止带玉箫，并亲随人等，与地方官讨了一只大船，顺流而下。到了江夏，差人报知荆宝。

原来荆宝感韦皋救死复官之德，沉檀雕塑生像，随身供养，朝夕礼拜。此番听得特来祭吊，飞奔到船迎接。韦皋请进船中。礼毕，随唤过玉箫来相见。笑道："贤弟，你看这女子，与向日玉箫何如？"荆宝仔细一觑，但见形容笑貌，宛然无二，心中骇异，请问此女来历。韦皋将祖山人返魂相见，及卢八坐生辰送礼的事，细述一遍，不由人不啧啧称奇。其时韦皋，已备下祭文香帛牲礼，拜奠了姜使君夫妇。带着玉箫，同到鹦鹉洲毗庐观停柩之处，也备有牲酒，向棺前烧奠一番。因现在玉箫，即是其后身，所以全无哀楚。又想埋葬在此，后来无人看管，反没结果，不如焚化，倒得干净。及至开棺，只见一阵清风，从空飞散，衣裳环佩，件件鲜明。骸骨全无，止有一玉环

在内。众人看了，摇头吐舌，齐称奇怪。韦皋拈起这玉环，与玉箫指上玉环一比，确似一样。那指上现出肉环，即时隐下。便半环套在指上，不宽不紧，刚刚正好。韦皋猛然想起，对荆宝说道："当年梦东岳帝君，说此环有两重姻眷。我只道先赘张府，后得玉箫，已是应矣，那知却在他一人身上。前生后世，做两重姻眷，方知玉环会合，生死灵通，真正今古奇事。"

当下韦皋辞别荆宝，登舟回归成都。不久苗夫人丧葬事毕，也迎请来到。韦皋在镇共二十一年，进爵为南康王，父母俱登耄耋，诰封加其官。芳淑夫人与玉箫俱生有儿子，克绍家声。川中人均感其恩惠，家家画像，奉祀香火。看官，须晓得韦皋是孔明后身，当年有功蜀地，未享而卒，所以转生食报。至于姜荆宝施恩末遇，后得救生；玉箫钟情深至，再世续缘；此正种花得花，种果得果。花报果报，皆见实事，不是说话的打诳语也。诗云：

> 举世何人识俊髦，眼前冷暖算分毫。
> 施恩得报惟荆宝，再世奇缘只玉箫。
> 蜀镇令公真葛亮，张家女婿假韩翱。
> 请君略略胸襟旷，莫把文章笑尔曹。

第十篇　王孺人离合团鱼梦

　　门外山青水绿，道路茫茫驰逐。行路不知难，顷刻夫妻南北。莫哭莫哭，不断姻缘终续。

　　这阕如梦令词，单说世人夫妇，似漆如胶，原指望百年相守。其中命运不齐，或是男子命硬，克了妻子，或是女子命刚，克了丈夫。命书上说，男逢羊刃必伤妻，女犯伤官须再嫁。既是命中犯定，自逃不过。其间还有丈夫也不是克妻的，女人也不是伤夫的，蓦地里遭着变故，将好端端一对和同水蜜，半步不厮离的夫妻，一朝拆散。这何尝是夫妻本是同林鸟，大难来时各自飞？还有一说，或者分离之后，恩断义绝，再无完聚日子，到也是个平常之事，不足为奇。惟有姻缘未断，后来还依旧成双的，可不是个新闻？

　　在下如今先将一个比方说起，昔日唐朝有个宁王，乃玄宗皇帝之弟，恃着亲王势头，骄纵横行，贪淫好色。那王府门前，有个卖饼人的妻子，生得不长不短，又娇又嫩，修眉细眼，粉面朱唇，两手滑似柔荑，一双小脚，却似潘妃行步，处处生莲。宁王一着魂，即差人唤进府中。那妇人虽则割舍不得丈夫，无奈迫于威势，勉强从事。这一桩事，若是平民犯了，重则论做强奸，轻则只算拐占，定然问他大大一个罪名。他是亲王，谁人敢问？若论王子王孙犯法与庶民同罪这句话看起来，不过是设而不行的虚套子，有甚相干。宁王自得此妇，朝夕淫乐，专宠无比。回头一看，满府中妖妖娆娆，娇娇媚媚，尽成灰土。这才是人眼里西施，别个急他不过。如此春花秋月，不觉过了一年余，欢爱既到处极，滋味渐觉平常。

　　一日遇着三月天气，海棠花盛开，宁王对花饮酒，饼妇在旁，看着海棠，暗自流泪。宁王瞧着，便问道："你在我府中，这般受宠，比着随了卖饼的，朝巴暮结，难道不胜千倍。有甚牵挂在心，还自背地流泪？"饼妇便跪下去说苦道："贱妾生长在大王府中，便没牵挂，既先为卖饼之妻，这便是牵挂之根了，故不免堕泪。"宁王将手扶起

道：“你为何一向不牵挂，今日却牵挂起来？”饼妇道：“这也有个缘故。贱妾生长田舍之家，只晓得桃花李花杏花梅花，并不晓得有甚么海棠花。昔年同丈夫在门前卖饼，见府中亲随人，担之海棠花过来，妾生平不曾看见此花，教丈夫去采一朵戴。”丈夫方走上采这海棠，被府中人将红棍拦肩一棍，说道：“普天下海棠花，俱有色无香，惟有昌州海棠，有色有香。奉大王命，直到昌州取来的，你却这样大胆，擅敢来采取？”贱妾此时就怨自己不是，害丈夫被打这一棍。今日在大王府中，见此海棠，所以想起丈夫，不由人不下泪。”宁王听此说话，也不觉酸心起来，说道：“你今还想丈夫，也是好处。我就传令，着你丈夫进府，与你相见何如？”饼妇即跪下道：“若得丈夫再见一面，死亦瞑目。”宁王听了，点点头儿，扰扶了起来，即传令旨出去呼唤。不须臾唤到，直至花前跪下。卖饼的虽俯伏在地，冷眼却瞧着妻子，又不敢哭，又不敢仰视。谁知妻子见了丈夫，放声号哭起来，也不怕宁王嗔怪。宁王虽则性情风流，心却慈喜，见此光景，暗想道：“我为何贪了美色，拆散他人的夫妻，也是罪过。”即时随赏百金，与妇人遮羞，就着卖饼的领将出来，复为夫妇。当时王维曾赋一诗，以纪此事。诗云：

> 莫以今时宠，难忘旧日恩。
> 看花两眼泪，不共楚王言。

这段离而复合之事，一则是卖饼妻子貌美，又近了王府，终日在门前卖俏，慢藏海盗，冶容海淫，合该有此变故。如今单说一个赴选的官人，蓦地里失了妻子，比宁王强夺的尤惨，后来无意中仍复会合，比饼妇重圆的更奇。这事出在那个朝代？出在南宋高宗年间。这官人姓王名从事，汴梁人氏。幼年做了秀才，就贡入太学。娘子乔氏，旧家女儿，读书知礼。夫妻二人，一双两好。只是家道贫寒，单单惟有夫妻，并无婢仆，也未生儿女。其时高宗初在临安建都，四方盗寇正盛，王从事捱着年资，合当受职，与乔氏商议道：“我今年纪止得二十四五，论来还该科举，博个上进功名，才是正理。但只家私不足，更兼之盗贼又狠，这汴梁一带，原是他口里食，倘或复来，你我纵然不死，万一被他驱归他去，终身沦为异域之人了。意欲收拾资装，与你同至临安，且就个小小前程，暂图安乐。等待官满，干戈宁静，仍归故乡。如若兵火未息，就入籍临安，未为不可。你道何如？”乔氏道：“我是女流，晓得甚么，但凭官人自家

主张。"王从事道："我的主意已定，更无疑惑。"即便打叠行装，择日上道。把房屋家伙，托与亲戚照管。一路水程，毫不费力，直至临安。看那临安地方，真个好景致，但见：

> 凤皇牟汉，秦晋连云。慧日如屏多怪石，孤山幽僻遍梅花。天竺峰，飞来峰，峰峰相对，谁云灵鹫移来？万松岭，凤篁岭，岭岭分排，总是仙源发出。湖开潋滟，六桥桃柳尽知春；城拱崔巍，百雉楼台应入画。数不尽过溪亭、放鹤亭、翠薇亭、梦儿亭，步到赏心知胜览。看不迭夫差墓、杜牧墓、林逋墓，行来吊古见名贤。须知十塔九无头，不信清官留不住。

王从事到了临安，仓卒间要寻下处。临安地方广阔，踏地不知高低，下处正做在抱剑营前。那抱剑营前后左右都是妓家，每日间穿红着绿，站立门首接客。有了妓家，便有这班闲游浪荡子弟，着了大袖阔带的华服，往来摇摆。可怪这班子弟，若是嫖的，不消说要到此地；就是没有钱钞不去嫖的，也要到此闯寡门，吃空茶。所以这抱剑营前，十分热闹。既有这些妓家，又有了这些闲游子弟，男女混杂，便有了卖酒卖肉、卖诗画、卖古董、卖玉石、卖绫罗手帕、荷包香袋、卖春药、卖梳头油、卖胭脂搽面粉的。有了这般做买卖的，便有偷鸡、剪绺、撮空、撇白、托袖拐带有夫妇女。一班小人，丛杂其地。王从事一时不知，赁在此处，雇着轿子，抬乔氏到下处。原来临安风俗，无论民家官家，都用凉轿。就是布帏轿子，也不用帘儿遮掩；就有帘儿，也要揭起凭人观看，并不介意。今番王从事娘子，少不得也是一乘没帘儿的凉轿，那乔氏生得十分美貌，坐在轿上，便到下处。人人看见，谁不喝彩道："这是那里来的女娘，生得这样标致！"怎知为了这十分颜色，反惹出天样的一场大祸事来。正是：

> 兔死因毛贵，龟亡为壳灵。

却说王从事夫妻，到了下处，一见地方落得不好，心上已是不乐。到着晚来，各妓家接了客时，你家饮酒，我家唱曲，东边猜拳，西边掷骰。那边楼上，提琴弦子；这边郎下，吹笛弄箫。嘈嘈杂杂，喧喧攘攘，直至深夜，方才歇息。从事夫妻，住在其间，又不安稳，又不雅相。商议要搬下处，又可怪临安人家房屋，只要门面好看，里边只用芦苇隔断，涂些烂泥，刷些石灰白水，应当做装摺，所以间壁紧邻，不要说说一句话便听得，就是撒屁小解，也无有不知。王从事的下处，紧夹壁也是一个妓家，那妓家姓刘名赛。那刘赛与一个屠户赵成往来，这人有气力，有贼智，久惯打官司，赌场中抽头放囊，衙门里买差造访。又结交一班无赖，一呼百应，打抢扎诈，拐骗掠贩，养贼窝赃，告春状，做硬证，陷人为盗，无所不为。这刘赛也是畏其声势，不敢不与他往来，全非真心情愿。乔成到下处时，赵成已是看见。便起下欺心念头。为此连日只在刘赛家饮酒歇宿，打听他家举动。那知王从事与妻子商量搬移下处，说话虽低，赵成却听得十之二三，心上想道："这蛮子，你是别处人，便在这里住住何妨，却又分甚么皂白，又要搬向他处，好生可恶！我且看他搬到那一个所在，再作区处。"及至从事去寻房子，赵成暗地里跟随。王从事因起初仓卒，寻错了地方，此番要觅个僻静之处，直寻到钱塘门里边，看中了一所房子。又仔细问着邻家，都是做生意的，遂租赁下了。与妻子说知，择好日搬去。这些事体，赵成一一尽知。

王从事又无仆从，每日俱要亲身。到了是日，乔氏收拾起箱笼，王从事道："我先同扛夫抬去，即便唤轿子来接你。"道罢，竟护送箱笼去了。乔氏在寓所等候，不上半个时辰，只见两个汉子，走入来说："王官人着小的来接娘子，到钱塘门新下处去，轿子已在门首。"乔氏听了，即步出来上轿。看时，却是一乘布帏轿子，乔氏上了轿，轿夫即放下帘儿，抬起就走。也不知走了多少路，到一个门首，轿夫停下轿。轿夫停下轿子，揭起帘儿，乔氏出轿。走入门去，却不见丈夫，只见站着一伙面生歹人。原来赵成在间壁，听见王从事分付妻子先押箱笼去的话，将计就计，如飞教两个人抬乘轿子来，将乔氏骗去。临安自来风俗，不下轿帘，赵成恐王从事一时转来遇着，事体败露，为此把帘儿下了，直抬至家中。乔氏见了这一班人，情知有变，吓得面如土色，即回身向轿夫道："你说是我官人教你来接我到新下处，如何抬到这个所在，还不快送我去。"那轿夫也不答应，竟自走开。

赵成又招一个后生，赶近前来，左右各挟着一只胳膊，扶他进去，说："你官人央我们在此看下处，即刻就来。"乔氏娇怯怯的身子，如何强得过这两个后生，被他直揎至内室。乔氏喝道："你们这班是何等人，如此无理！我官人乃不是低下之人，他是河南贡士，到此选官的。快送我去，万事皆休，若还迟延，决不与你干休！"赵成笑道：

"娘子弗要性急，权且住两日，就送去便了。"乔氏道："胡说！我是良人妻子，怎住在你家里。"赵成带着笑，侧着头，直走到面前去说道："娘子，你家河南，我住临安，天凑良缘，怎说此话。"乔氏大怒，劈面一个把掌，骂道："你这砍头贼，如此清平世界，敢设计诓骗良家妇女在家，该得何罪。"赵成被打了这一下，也大怒道："你这贼妇，好不受人抬举。不是我夸口说，任你夫人小姐，落到我手，不怕飞上天去，那希罕你这酸丁的婆娘？要你死就死，活就活，看那一个敢来与我讲话。"乔氏听了想道："既落贼人之手，丈夫又不知道，如何脱得虎口？罢，罢！不如死休！"乃道："你原来是杀人强盗，索性杀了我罢。"赵成道："若要死偏不容你死。"众人道："我实对你说，已到这里，料然脱不得身，好好须从，自有好处。"

乔氏此时，要投河奔井，没个去处；欲待悬梁自尽，又被这班人看守。真个求生不能生，求死不得死，无可奈何，放声大哭。哭了又骂，骂了又哭，捶胸跌足，磕头撞脑，弄得个头蓬发松，就是三寸三分的红绣鞋，也跳落了。赵成被他打了一掌，又如此骂，如此哭，难道行不得凶？只因贪他貌美，奸他的心肠有十分，卖他的心肠更有十分，故所以不放出虎势，只得缓缓的计较。乃道："众弟兄莫理他，等再放肆，少不得与他一顿好皮鞭，自然妥当。"一会儿搬出些酒饭，众人便吃，乔氏便哭。众人吃完，赵成打发去了，叫妻子花氏与婢妾都来作伴防备。原来赵成有一妻两妾，三四个丫头，走过来轮流相劝，将铜盆盛了热水，与他洗脸，乔氏哭犹未止。花氏道："铁怕落炉，人怕落圈。你如今生不出两翅，飞不到天上，到不如从了我老爹罢。"乔氏嚷道："从甚么，从甚么？"那娘道："陪老爹睡几夜，若服侍得中意，收你做个小娘子，也叫做从；或把与别人做通房，或是卖与门户人家做小娘，站门接客，也叫做从。但凭你心上从那一件。"

乔氏听了，一发乱跌乱哭，头髻也跌散了，有只金簪子掉将下来，乔氏急忙拾在手中。原来这只金簪，是王从事初年行聘礼物，上有"王乔百年"四字，乔氏所以极其爱惜，如此受辱受亏之际，不忍弃舍。此时赵成又添了几杯酒，欲火愈炽，乔氏虽则泪容惨淡，他看了转加娇媚，按捺不住，赶近前双手抱住，便要亲嘴。乔氏愤怒，拈起手中簪子，望着赵成面上便刺，正中右眼，刺入约有一寸多深。赵成疼痛难忍，急将手搭住乔氏手腕，向外一扯，这簪子随手而出，鲜血直冒，昏倒在地。可惜一团高兴，弄得冰消瓦解。连这一妻两妾，三四个丫头，把香灰糁的，把帕子扎的，把乔氏骂的揪打的，乱得大缸水浑。赵成昏去了一大会，方才忍痛开言说："好，好，不从我也罢了，反搣坏我一目。你这泼贱歪货，还不晓得损人一目，家私平分的律法哩。"叫丫头扶入内室睡下，去请眼科先生医治。又吩咐妻妾们轮流防守乔氏，不容他自寻死路。诗云：

> 双双鹣鸟在河洲，矰缴遥惊两地投。
> 自系樊笼难解脱，霜天叫彻不成俦。

且说王从事押了箱笼，到了新居，复身转来，叫下轿子，到旧寓时，只见内外门户洞开，妻子不知那里去了。问及邻家，都说不晓得。惟有刘赛家说："方才有一乘轿子接了去，这不是官人是那个？"王从事听了这话，没主意，一则是异乡人，初到临安，无有好友；二则孤身独自，何处找寻去。走了两三日，没些踪影，心中愤恨，无处发泄，却到临安府中，去告起一张状词，连紧壁两邻，都告在状上。这两邻一边是刘赛，一边是做豆腐的，南浔人，姓蓝，年纪约莫六十七八岁，人都叫做蓝老儿，又叫做蓝豆腐。临安府尹，拘唤刘赛及蓝豆腐到官审问，俱无踪迹。一面出广捕查访，一面将刘赛、蓝豆腐招保。赵成在家养眼，得知刘赛被告，暗暗使同伴保了刘赛，又因刘赛保了蓝豆腐。王从事告了这张状词，指望有个着落，那知反用了好些钱钞，依旧是捕风捉影。自此无聊无赖，只得退了钱塘门下处，权时侨寓客店，守候选期，且好打探妻子消息。分明是：

> 石沉海底无从见，浪打浮沤那得圆。

再说赵成虽损了一目，心性只是照旧。又想这婆娘烈性，料然与我无缘的了，不如早早寻个好主顾卖去罢。恰有一新进士，也姓王，名从古，平江府吴县人，新选衢州府西安县知县。年及五旬，尚未有子。因在临安帝都中，要买一妾，不论室女再嫁，只要容貌出众，德性纯良，就是身价高，也不计较。那赵成惯做这掠贩买卖，便有惯做掠贩的中媒，被打听着了，飞风来报与他知。赵成便要卖与此人，心上踌躇，怕乔氏又不肯从，教妻子探问他口气。这婆娘扯个谎，口说："新任西安知县，结发已故，名虽娶妾，实同正室。你既不肯从我老爹，若嫁得此人，依旧去做奶奶，可不是好。"乔氏听了细想道："此话到有三分可听。我今在此，死又不得死，丈夫又不得见面，何日是了。况我好端端的夫妻，被这强贼活拆生分，受他这般毒辱，此等冤仇，若不能报，虽死亦不瞑目。"又想道："到此地位，只得忍耻偷生，将机就计，嫁这客人，先脱离了此处，方好作报仇的地步。闻得西安与临安相去不远，我丈夫少不得做一官半职，天若可怜无辜受难，日后有个机会，知些踪迹，那时把被掠真情告诉，或者读书人念着斯文一脉，夫妻重逢，也不可知，报得冤仇，也不可知。但此身圈留在此，不知是甚地方，又不晓得这贼姓张姓李，全没把柄。"想了一回，又怕羞一回，不好应承，汪汪眼泪，掉将下来，就靠在桌儿上，呜呜咽咽的悲泣。

花氏因他不应，垂头而哭，一眼觑见他头上，露出金簪子，就伸手去轻轻拔他来。乔氏知觉，抬起头来，簪子已在那婆娘手中。乔氏急忙抢时，那婆娘掣身飞奔去了。乔氏失了此簪，放声大哭，暗思道："这是我丈夫行聘之物，刺贼救身之宝，今落在他人之手，眼见得要夫妻重会，不能够了。"自此寻死的念头多，嫁人的念头少。哭得个天昏地暗，朦胧睡去，梦见一个大团鱼，爬到身边。乔氏平昔善会烹治团鱼，见了这个大团鱼，便拿把刀将手去捉他来杀。这团鱼抬头直伸起来，乔氏畏怕，又缩了手。乔氏心记头上金簪，不知怎的这簪子却已在手，就向团鱼身上一丢，又舍不得，连忙去拾这簪子，却又不见。四面寻觅，只见那团鱼伸长了颈，说起话来，叫道："乔大娘，乔大娘，你不要爱惜我，杀我也早，烧我也早。你不要怀念着金簪子，寻得着也好，寻不着也好。你不要想着丈夫，这个王也不了，那个王也不了。"乔氏见团鱼说话，连叫奇怪，举把刀去砍他，却被团鱼一口咬住手腕，疼痛难忍，霎然惊醒。想道："我丈夫平时爱吃团鱼，我常时为他烹煮，莫非杀生害命，至有今日夫妻拆散之报？"

正想之间，花氏又来问："愿与不愿，早些说出来，莫要耽误人。"乔氏无可奈何，勉强应承。赵成又想："这婆娘利害，倘到那边，一五一十，说出这些缘故，他们官官相护，一时翻转脸来，寻我的不是，可不老大利害，莫把家里与他认得。"又分付媒人，只说姓胡。这一班通是会中人，俱各会意，到王知县船上去说，期定明日亲自来相看。赵成另向隐僻处，借下一个所在，把乔氏抬到那边住下。赵成妻子，一同齐去。到午牌前后，王从古同媒人来，将乔氏仔细一看，姿容美丽，体态妖娆，十分中意，即便去了。不多时，媒人领了十多人来，行下了三十贯钱聘礼。乔氏事到此间，只得梳妆，含羞上轿，虽非守一而终，还喜明媒正娶，强如埋没在赵成家里。要知乔氏嫁人，原是失节，但赵成家紧紧防守，寻死不得，至此又还想要报仇，假若果然寻了死路，后来那得夫妇重逢，报仇雪耻。当时有人作绝句一首，单道乔氏被掠从权，未为不是。诗云：

> 草草临安住几时，无端风雨唤离居。
> 东天不养西天养，及到东天月又西。

乔氏上了轿，出了临安城，王从古船泊江口，即舟中成其夫妇。王从古本来要娶妾养子，因见乔氏美艳，枕席之间，未免过度。那乔氏从来知诗知礼，一时被掠，做下出乖露丑，每有所问，勉强支吾，心实不乐。王从古只道是初婚的怕羞，那知有事关心，各不相照。王从古既已娶妾，即便开船，过了富阳桐庐，望三衢进发。为甚叫做三衢？因洪水暴出，分为三道，故名三衢。这衢州地方，上属牛女分野，春秋为越西鄙姑蔑地，秦时名太末，东汉名新安，隋时名三衢，唐时名衢州，至宋朝相因为衢州府。负郭的便是西安首县。王从古到了西安上任，参谒各上司之后，亲理民事，无非是兵刑钱谷，户婚田土，务在伸屈锄强，除奸剔蠹，为此万民感仰，有神明之称。又一清如水，秋毫不取，西安县中，寂然无事。真个：

> 雨后有人耕绿野，月明无犬吠花村。

这王从古是中年发迹的人，在苏州起身时，欲同结发夫人安氏赴任。夫人道："你我俱是五旬上边的人，没有儿女。医家说，妇人家至四十九岁，绝了天癸，便没有养育之事。你的日子还长，不如娶了偏房，养个儿子，接代香火。你自去做官，我情愿在家吃斋念佛。"故此王从古到临安娶妾至任。衙中随身伴当夫妻两人，亲丁只有乔氏。谁知乔氏怀念前夫，心中只是怏怏。光阴迅速，早又二年。一日正值中秋，一轮明月当窗，清光皎洁。王从古在衙斋对月焚香啜茗，乔氏在旁侍坐。但见高梧疏影，正照在太湖石畔，清清冷冷，光景甚是萧瑟。兼之鹤唳一声，蟋蟀络绎，间为相应，虽然是个官衙，恰是僧房道院，也没有这般寂寞。王从古乘间问着乔氏道："你相从我，不觉又是两年，从不见你一日眉开，毕竟为甚？"乔氏道："大凡人悲喜各有缘故，若本来快活，做不出忧愁；若本来悲苦的，要做出喜欢，一发不能够。"王从古见他说话含糊，又道："我见你德性又好，才调又好，并不曾把偏房体面待你，为何不向我说句实话？"乔氏道："失节妇人，有何好处，多烦官人，这般看待。"王从古道："你是汴梁人，重婚再嫁，不消说起。毕竟你前夫是死是活，为甚的到了临安住在胡家？"乔氏道："原来这贩卖人家姓胡么？"王从古听说，一发惊异道："你住在他家，为何还不晓得他姓胡，然则你丈夫是甚么样人？"乔氏道："妻子既被人贩卖，说出来一发把他人玷辱，不如不说。况今离别二年有余，死也没用，活也没用。"言罢，双泪交流，欷歔叹息。王从古听他说话又苦，光景又惨，连自家讨个贩卖来的做偏房，也没意思，闷闷不名而睡。乔氏见他已睡，乃题一诗于书房壁上。诗云：

> 蜗角蝇头有甚堪，无端造次说临安。
>
> 因知不是亲兄弟，名姓凭君次第看。

题罢就寝。明早王从古到书房中，见了此诗，知道是乔氏所作。把诗中之意一想："蜗角蝇头，他丈夫定是求名求利的，到临安失散，不消说起。后边两句，想是将丈夫姓名，做个谜话，教我详察，我一时如何便省得其意。"王从古方在此自言自语，只见乔氏送茶进来。王从古道："你诗中之意，我都晓得，若后来访得你前夫消息，定然使月缺重圆。"乔氏听见此话，双膝就跪下，说道："愿官人百年富贵，子孙满堂。"此时笑容可掬，真是这两年间，只有这个时辰笑得一笑，眉头开得一开。王从古看了，点头嗟叹其不忘前夫。

自此又过年余。一日正当理事，阴阳生报道："府学新到的教授来拜。"王知县先看他脚色，乃是汴梁人，年二十八岁，由贡士出身，初授湖州训导，转升今职，姓王名从事。王从古见名姓与己相去不远，就想着乔氏诗中有因，知不是亲兄弟之句，沉吟半晌，莫非正是此君，且从容看是如何。遂出至宾馆中相见，答拜已毕，从此往来，也有公事，也有私事，日渐亲密。一来彼此主宾，原无拘碍；二来是读书人遇读书人，说话投机，杯酒流连，习为常事。倏忽便二年。那衢州府城之南，有一烂柯山，相传是青霞第八洞天。晋时樵夫王质入山砍樵，见二童子相对下棋，王质停了斧柯，观看一局，棋还未完，王质的斧柯，尽已朽烂，故名为烂柯山。有此神山圣迹，所以官民士宦，都要到此山观玩。

一日早春天气，王从事治下肴榼，差驰夫持书束到县，请王从古至烂柯山看梅花。王从古即时散衙，乘小轿前来。王从事又请训导叶先生，同来陪酒。这叶先生双名春林，就是乐清县人，三位官人，都是角巾便服，素鞋净袜，携手相扶，缓步登山，藉地而坐，饮酒观花。是日天气晴和，微风拂拂，每遇风过，这些花瓣如鱼鳞飞将下来，也有点在衣上，也有飞入酒杯。王知县道："这般良辰美景，不可辜负。我三人各分一韵，即景题诗，以志一时逸兴。"王教授道："如此最妙。"就将诗韵递与王知县，知县接韵在手，随手揭开一韵，乃是壶字。知县又递与王教授，教授又送叶训导。那叶训导揭出仙字。然后教授揭着一韵，却是一个妻字，不觉惝然起来。况且游山看花的题目，用不着妻字，难道不是个险韵？又因他是无妻子的人，蓦地感怀，自思自叹。知县训导，那里晓得。王知县把酒在手，咿咿唔唔的吟将出来，诗云：

> 梅发春山兴莫孤，枝头好鸟唤提壶。
> 若无佳句酬金谷，却是高阳旧酒徒。

叶训导诗云：

> 买得山光不用钱，梅花清逸自嫣然。
> 折来不寄江南客，赠与孤山病里仙。

王教授拈韵在手，诗倒未成，两泪垂垂欲滴。王知县道："老先生见招，为何先自没兴，对酒不乐，是甚意思？"王教授道："偶感寒疾，腹痛如刺，故此诗兴不凑，例当罚迟。"自把巨杯斟上。这杯酒却有十来两，王教授平昔酒量，原是平常，却要强进此杯，咽下千千万万的苦情，不觉一饮而尽。红着两眼，吟诗云：

> 景物相将兴不齐，断肠行路各东西。
> 谁教梦逐沙吒利，漫学斑鸠唤旧妻。

吟罢，大叹一声。王知县道："老先生兴致不高，诗情散乱，又该罚一杯。"王教授只是垂头不语。叶训导唤从人，将过云母笺一幅，递与王知县，录出所题诗句。知县写诗已毕，后题姑苏王从古五字。因知县留名，叶训导后边也写乐清叶林春漫录七字。两人既已留名，王教授也写个汴梁王从事书，只是诗柄上增："春日邀王令公、叶广文同游烂柯山看梅，限韵得妻字。"书罢，递与王知县。知县反覆再看，猛然想起，就将云母笺一卷，藏入袖里。说道："待学生仔细玩味一番，容日奉到。"是日天色已晚，各自回衙。

王从古故意将这诗笺，就放在案头。乔氏一日走入书房，见了这卷云母笺，就展开观看，看到后边这诗，认得笔迹是丈夫的，又写着汴梁王从事。"这不是我丈夫是谁，难道汴梁城有两个王从事不成？"又想道："我丈夫出身贡士，今已五年，就做衢州教授，也不甚差。难道一缘一会，真正是他在此做官？"又想道："他既做官，也应该重娶了。今看诗中情况，又怨又苦，还不像有家小。假若他还不曾娶了家小，我却已嫁了王知县，可不羞死？总然后来有相见日子，我有甚颜面见他。"心里想，口里恨，手里将胸乱捶。恰好王从古早堂退衙，走入书房，见乔氏那番光景，问道："为甚如此模样？"乔氏道："我见王教授姓名，与我前夫相同，又是汴梁人，故此烦恼。"王从古情知事有七八分，反说道："你莫认差了，王教授说，祖籍汴梁，其实三代住在润州。"乔氏道："这笔迹是我前夫的，那个假得。"王从古道："这是他书手代写的，休认错了。"乔氏道："他是教授，到有书手代写。你是一县之主，难道反没个书手，却又是自家亲笔？"王从古见他说话来得快捷，又答道："这又有个缘故的，那王教授右手害疮，写不得字，故此教书手代写。我手上又不害疮，何妨自家动笔。"乔氏见说，没了主意，半疑半信。王从古外面如此谈话，心上却见他一念不忘前夫，倒有十分敬爱。又说道："事且从容，我再与你寻访。"

又过了几日，县治后堂工字厅两边庭中，千叶桃花盛开，一边红，一边白，十分烂熳。王从古邀请王教授叶训导玩赏桃花，先差人投下请帖，分付厨下，整治肴馔。对乔氏道："今日请王教授，他是斯文清越的人，酒馔须是精洁些。"乔氏听说请王教授，反觉愕然，忙应道："不知可用团鱼？"王从古道："你平日不煮团鱼，今日少了这一味也罢。"乔氏道："恐怕王教授或者喜吃团鱼，故此相问。"王从古笑道："这也但凭你罢了。"原来王从古，旧有肠风下血之病，到西安又患了痔疮，曾请官医调治，官医又写一海上丹方，云团鱼滋阴降火凉血，每日烹调下饭，将其元煮白汁薰洗，无不神效。王从古自得此方，日常着买办差役，买团鱼进衙。乔氏本为王从事食团鱼，见了团鱼，就思想前夫。又向在赵成家，得此一梦，所以不吃团鱼，也不去烹调。今番听说请王教授，因前日诗笺上姓名字迹，疑怀未释，故欲整治此味，探其是否。王从古冷眼旁观，先已窥破他的底蕴，故意把话来挑引。此乃各人心事，是说不出的话。

当下王从古正与乔氏说长话短，外边传梆道："学里两位师爷都已请到。"王从古即出衙迎接，引入后堂。茶罢清谈，又分咏红白二种桃花诗，即好诗也做完，酒席已备。那日是知县做主人，少不得王教授是坐第一位，叶训导是第二位。席间宾主款洽，杯觥交错。大抵官府宴饮，不掷骰，不猜拳，只是行令。这三位官人，因是莫逆相知，行令猜拳，放怀大酗。王教授也甚快活，并不比烂柯山赏梅花的光景。正当欢乐之际，门子供上一品肴馔，不是别味，却是一品好团鱼。各请举筷，王知县道："今日团鱼，为何异常有味？"那叶训导自来戒食团鱼，教门子送到知县席上。惟王教授一见供上团鱼，忽然不乐，再一眼看觑，又有惊疑之色。及举筷细细一拨，俯首沉吟，出了神去。两只牙筷，在碗中拨上拨下，看一看，想一想，汪汪的两行珠泪，掉下来了。比适才猜拳行令光景，大不相同。王知县看了，情知有故，便道："一人向隅，满座不乐。王老先生每次悲哭败兴，大煞风景，收了筵席罢。"叶训导听见此语，早已起身，打恭作谢。王教授也要告辞，王知县道："叶老先生先请回衙，王老先生暂留，还有说话。"

遂送叶训导出堂，上轿去后，复身转来，屏退左右，两人接席而坐。王知县低声问王教授道："老先生适才不吃团鱼，反增凄惨，此是何故，小弟当为老先生解闷。"王教授道："晚生一向抱此心事，只因言之污耳，所以不敢告诉。晚生原配荆妻乔氏平生善治烹团鱼，先把团鱼裙子括去黑皮，切胬亦必方正。今见贵衙中，整治此品，与先妻一般，触景感怀，所以堕泪。"王知县道："原来尊阃早已去世，小弟久失动问。"王教授道："何曾是死别，却是生离。"王知县道："为甚乃至于此？"王教授乃将临安就居一段情由，说了一遍。王知县听了此话，即令开了私宅门，请王教授进去，便教乔氏出房相认。乔氏一见了王从事，王从事一见了妻子，彼此并无一言，惟有相抱大哭。连王知县也凄惨垂泪，直待两人哭罢，方对王教授道："我与老先生同在地方做官，就把尊阃送到贵衙，体面不好。小弟以同官妻为妾，其过大矣，然实陷不知。今幸未有儿女，甚为干净，小弟如今宦情已淡，即日告病归田。待小弟出衙之后，离了府城，老先生将一小船相候，彼此不觉，方为美算。"王教授道："然则当年老先生买妾，用多少身价，自当补还。"王知县道："开口便俗，莫题，莫题。"说罢，王教授别了知县，乔氏自还衙斋。王从古即日申文上司告病，各衙门俱已批允，收拾行装离任，出城登舟，望北而行。打发护送人役转去，王教授船泊冷静去处，将乔氏过载，复为夫妇。一床锦被遮羞，万事尽勾一笔，只将临安被人劫掠始终，并团鱼一梦，从头至尾，上床时说到天明，还是不了。正是：

今宵胜把银缸照，犹恐相逢是梦中。

乔氏说道："我今夫妻重合，虽是天意，实出王知县大德，自不消说起。但大仇未报，死不甘心，怎生访获得强盗，须把他碎骨粉身，方才雪此仇耻。"王从事道："我虽则做官，却是寒毡冷局。且又不知这贼姓名居处，又在隔府别县，急切里如何就访得着。"乔氏道："此贼姓胡。已是晓得，但不知其住处。"王从事道："此事只索放下，再作区处。"

话休烦絮。王从事作官一年，任满当迁。各上司俱荐他学行优长，才猷宏茂，堪任烦剧，遂升任临安府钱塘县知县。乔氏闻报大喜，对丈夫道："今任钱塘，便是当年拆散之地，县令一邑之长，当与百姓伸冤理枉。何况自己身负奇冤，不为报雪，到彼首当留心此事。"王从事道："不消叮咛，但事不可定，事不可知，且待到任之后，自有道理。"随择日起程，从金华一路，到钱塘上任。三朝行香之后，参谒上司。京县与外县不同，自中书政府，以及两台各衙门，那一处不要去参见。通谒之后，刊布规条，投文放告，征比钱粮。新知县第一日放告，那告状的也无算，王从事只拣情重的方准。中有一词，上写道：

告状人周绍，告为劫赌杀命事。绍系经商生理，设铺扬州。有子周玄，在家读书。祸遭嘉兴三犯盐徒丁奇，遁居临安，开赌诱子宿娼刘赛，朋扛赌搏，劫去血资五十余两，金簪一只。绍归往理，触凶毒打垂毙，赵成救证，诱赌劫财，逞凶杀命。告。

原告　　周绍

被犯　　丁奇　　刘塞　　周玄

干证　　赵成

　　王从事看这词，事体虽小，引诱人家子弟嫖赌，情实可恶，也就准了，仰本图里老拘审。原来这张状词，却是赵成阴唆周绍告儿子的。赵成便贪淫作恶，妻子婢妾，却肯舍身延寿。凡在他家走动的，无有不相知，好似癫痫头上拍苍蝇，来一个着一个，总来瞒着赵成一人。有晓得的，在背后颠唇簸嘴说道："赵瞎子做尽人，那得无此现世报。"赵成近时，忽地道女人滋味平常，要寻小官人味道尝尝，正括着周绍的儿子周玄。这周玄排行第一，人都叫他是周一官，年纪十七八岁。一向原是附名读书，近被赵成设计哄诱，做了男风朋友。引到家中，穿房入户，老婆婢妾，见他年纪小，又标致，个个把他当性命活宝。赵成大老婆花氏，已是三十四五，年纪是他长，名分是他大，风骚又是他为最。周玄单单供应这老婆娘，还嫌弗够，所以一心倒在周玄身上。平日积下的私房，尽数与他，连向日抢乔氏这只金簪，也送与他做表记。两个小老婆，也要学样，手中却少东西，只有几件衣服，将来表情，丫头们只送得汗巾香袋。周玄分明是瞎仓官收粮，无有不纳。赵成一生占尽便宜，只有这场交易，吃了暗亏。

　　周玄跟着赵成，到处酒楼妓馆，赌博场中，无不串熟。小官家生性，着处生根，那时嫖也来，赌也来，把赵成老婆所赠，着实撒漫。那抱剑营前刘赛，手内积趱得东西，买起粉头接客，自己做鸨儿管家，又开赌场。嫖客到来，乘便就除红捉绿。周玄常在他家走动。这丁奇是嘉兴贩绵绸客人，到刘赛家来嫖，与周玄相遇。刘赛牵头赌钱，丁奇却是久掷药骰的，周玄初出小伙子，那堪几掷，身边所有，尽都折倒，连赵成老婆与他这只金簪也输了。是时五月天气，不戴巾帽，丁奇接来，就插在角儿上。赌罢，周玄败兴，先自去了。丁奇就与粉头饮酒，却好赵成撞至，刘赛就邀来与丁奇同坐吃酒。赵成见丁奇头上金簪，却像妻子戴的一般，借来一看，吃了一惊。刘赛道："方才周一官，将来做梢，输与丁客人的。"赵成情知妻子与周玄必有私情事了，心里想了一想，自己引诱周玄的不是，不如隐了家丑，借景摆布周玄罢。算计已定，即便去寻周玄。他本意原只要寻周绍，不想恰好遇着在家。

　　那周绍原是清客，又是好动不好静的，衙门人认得的也多，各样道路中人，略略晓得几个。见了赵成，两下攀谈。赵成即把他儿子与丁奇赌钱，输下金簪子的事说出。周绍道："可知家中一向失去几多物件，原来都是不长进的东西，偷出去输与别人。"又说道："只是我儿子没有这金簪，这又是那里来的？"赵成道："赌博场中，梢挽梢，管他来历怎的。如今钱塘县新任太爷到，何不告他一状，一则追这丁奇的东西，二则也警戒令郎下次。"周绍听信了他，因此告这张状词。也是赵成恶贯满盈，几百张状词，偏偏这一张却在准数之中，又批个亲提，差本图里老拘审。新下马的官府，谁敢怠慢。不过数日，将人犯拘齐，投文解到。王从事令午衙听审，到未牌时分，王从事出衙升堂，唤进诸犯，跪于月台之上。

王从事先叫原告周绍上去，问道："你有几个儿子？"周绍道："只有一个儿子。"知县道："你既在扬州开缎铺，是个有身家的了，又且只一子，何不在家教训他，却出外做客，至使学出不好？"周绍道："业在其中，一时如何改得。"知县又叫周玄上来，看了一看，问道："你小小年纪，怎不学好，却去宿娼赌钱，花费父亲资本。"周玄道："小人实不曾花费父亲东西。"知县道："胡说，既不曾花费，你父亲岂肯告你。在我面前，尚这般抵赖，可知在外所为了。"喝叫："拿下去打！"皂隶一声答应，鹰拿燕雀，扯将出去。那个小伙子，魂多吓掉。赵成本意借题发挥，要打周玄，报雪奸他妻子这口怨气，今番知县责治，好不快活，伸头望颈的对皂隶打暗号，教下毒手打他。早又被知县瞧见，却认错是教皂隶卖法用情，心里已明白这人是衙门情熟的，又见周玄哀哀哭泣，心里又怜他年纪小。喝道："且住了。"周玄得免，分明死去还魂。

知县叫丁奇问道："你引诱周玄嫖赌，又劫了他财物，又打坏周绍，况又是个盐徒，若依律该问个徒罪。"丁奇道："老爷，小人到此贩卖绵绸，并非卖盐之人。与周玄只会得一次，怎说是引诱他嫖赌，劫他财物，通是虚情诳告，希图捏诈。"知县道："周绍也是有家业的人，你没有引诱之情，怎舍得爱子到官？"周绍叩头道："爷爷是青天。"丁奇道："周玄嫖赌，或者自有别人引诱，其实与小人无干。"周绍道："儿子正是他引诱的，更无别人，劫去的财物，有细账在此。"袖里摸出一纸呈上。赵成随接口直叫道："还有金簪子一只。"知县大怒道："你是干证，又不问你，你何要你抢嘴？"叫左右掌嘴，皂隶执起竹掌，一连打上二十，才教住了。赵成脸上，打得红肿不堪。知县问："金簪今在何处？"丁奇不敢隐瞒，说："金簪在小人处。"知县道："既有金簪，这引诱劫赌的情是真了。"丁奇道："小人在客边，到刘赛家宿歇，与周玄偶然相

遇，一时作耍赌东道。周玄输了，将这金簪当梢是实，其余银两，都是假的。只问娼妇刘赛，便见明白。"一头说，一头在袖摸出金簪。皂隶递与门子，呈到案上。知县拿起簪子一看，即看见上有"王乔百年"四字，正是当年行聘的东西，故物重逢，不觉大惊，暗道："此簪周玄所输，定是其母之物，看起来昔日掠贩的是周绍了。但奶奶说是姓胡，右眼已被刺瞎，今却姓周，双目不损，此是为何？"沉吟一回，心中兀突，分付且带出去，明日再审，即便退堂。衙门上下人，都道："这样小事，重则枷责，轻则扯开，有甚难处？怎样没决断，又要进去问后司。"众人只认做知县才短，那里晓得他心中缘故。

王从事袖了簪子进衙，递与乔氏道："我正要访拿仇人，不想事有凑巧，却有一件赌博词讼，审出这根簪子。"乔氏道："这人可是姓胡，右眼可是瞎的？"知县道："只因其人不姓胡，又非瞎眼，所以狐疑，进来问你。"乔氏也惊异道："这又怎么说？"知县又问道："他可有儿子弟兄么？"乔氏道："俱没有。"知县委决不下，想来想去，乃道："我有道理了。只把这周绍，盘问他从何得来，便有着落。"次日早堂，也不投文，也不理别事，就唤来审问。当下知县即呼周绍问道："这簪子可是你家的么？"周绍应道："是。"又问道："还是自己打造的，别人兑换的，有多少重？"周绍支吾不过。知县喝教夹起来，皂隶连忙讨过夹棍。周绍着了忙，叫道："其实不干小人的，不知儿子从何处得来。"知县便叫周玄："你从那里得来的？"这小伙子，昨日吃了一吓，今日又见动夹棍。心惊胆战，只得实说："是赵成妻子与我的。"知县道："想必你与他妻子有奸么？"周玄不敢答应。

知县即叫赵成来问，赵成跪到案前，知县仔细一看，右眼却是瞎的，忽然大悟道："当日掠贩的，定是这个了。他说姓胡，亦恐有后患，假托鬼名耳。"遂问道："可是你恨周玄与妻子有奸，借丁奇赌钱事，阴唆周绍告状，结果周玄么？"赵成被道着心事，老大惊骇，硬赖道："其实周玄在刘赛家赌钱，小人看见了报与他父亲，所以周玄怀恨，故意污赖，说是小人妻子与他簪子。"知县道："这也或者有之，你可晓得，这簪子是那里来的？"赵成道："这个小人不晓得。"知县又问道："你妻子之处，可还有婢妾么？"赵成道："还有二妾四婢。"知县暗道："此话与乔氏所言相合，一发不消说起是了。"又道："你是何等样人，乃有二妾四婢，想必都是强占人的么？"赵成道："小人是极守法度的，怎敢作这样没天理的事。"知县道："我细看你，定是个恶人。"又道："你这眼睛，为甚瞎了？"赵成听了这话，正是青天里打一个霹雳，却答应不来。知县情知正是此人，更无疑惑，乃道："你这奴才，不知做下多少恶事，快些招来，饶你的死。"赵成供道："小人实不曾做甚歹事。"知县喝叫："快夹起来。"三四个皂隶，赶向前扯去鞋袜，套上夹棍，赵成杀猪一般喊叫，只是不肯招承。

知县即写一朱票，唤过两个能事的皂隶，低低分付，如此如此。皂隶领命，飞也似去了。不多时，将赵成一妻两妾，四个老丫头，一串儿都缚来，跪在丹墀。皂隶回覆："赵成妻子通拿到了。"此时赵成，已是三夹棍，半个字也吐不出实情，正在昏迷之际。这班婆娘见了，一个个吓得魂飞魄散。知县单唤花氏近前，将簪子与他看，问道："这可是你与周玄的么？"那婆娘见老公夹得是死人一般，又见知县这个威势，分明是一尊活神道，怎敢不认，忙应道："正是小妇人与他的。"知县道："你与周玄通奸几时了？"花氏道："将及一年了。家中大小，皆与周玄有奸，不独小妇人一个。"又问："怎样起的？"花氏道："原是丈夫引诱周玄到家宿歇，因而成奸。"知县道："原来如此。"又问道："你这簪子，从何得来？丈夫眼睛为何瞎了？他平日怎生为恶？须一一实招，饶你的刑罚。"那婆娘惟恐夹棍也到脚上，从头至尾，将他平日所为恶端，并劫乔氏贩卖等情，一一说出，知县道："我已晓得，不消说了。"就教放了赵成夹棍，选头号大板，打上一百。两腿血肉，片片飞起，眼见赵成性命在霎时间了。

知县又唤花氏道："你这贱妇，助夫为恶，又明犯奸情，亦打四十。众妇人又次一等，各打二十。"即援笔判道：

　　审得赵成，豺狼成性，蛇虺为心。拐人妻，掠人妇，奸谋奚止百出，攫人物，劫人财，凶恶不啻万端。诱娈童以入幕，乃恶贯之将盈；启妻妾以朋淫，何天道之好还。花氏夺簪而转赠所欢，赵成构讼而欲申私耻，丁奇适遭其衅，周绍偶受其唆，虽头绪各有所自，而造孽独出赵成。案其恶款，诚罄竹之难书；据其罪迹，岂擢发所能数。加以寸磔，庶尽厥罪。第往事难稽，阴谋无证。坐之城旦，实有余辜。刘赛烟花而复作囊家，杖以示儆。丁奇商贩而肆行赌博，惩之使戒。周玄被诱生情，薄惩拟杖，律照和奸。花氏妻妾宣淫，重笞示辱，法当官卖。金簪附库，周绍免供。

判罢，诸犯俱押去召保。赵成发下狱中，当晚即讨过病状。可怜做了一世恶人，到此身死牢狱，妻妾尽归他人。这才是：

善恶到头终有报，只争来早与来迟。

且说王从事，退入私衙，将前项事说与乔氏。乔氏得报了宿昔冤仇，心满意足，合掌谢天。这只金簪，教库上缴进，另造一只存库。临安百姓，只道断明了一桩公事，怎知其中缘故，知县原为着自己。那时无不称颂钱塘王知县，因赌博小事，审出教唆之人，除了个积恶，名声大振。三年满任，升绍兴府通判。又以卓异，升嘉兴府太守。到任年余，乔氏夫人，力劝致仕，归汴梁祖业。王从事依允，即日申文上司，引病乞休，各衙门批详准允。收拾起程，船到苏州，想起王知县恩德，泊船阊门，访问王知县居处，住在灵岩山剪香泾。王从事备下礼物，放船到渎村停泊，同乔氏各乘一肩小轿，直到剪香泾来。先差人投递名帖，王知县即时出门迎接。原来王知县，因还妾一事，阴德感天，夫人年已五十以外，却生下一子，取名德兴。此时已有七岁，读书甚是聪明。当下在门首迎接，王从古见有两乘小轿，便问：“为何有两乘轿子？”跟随的启道：“太守夫人，一同在此。”王知县心上不安，传话说：“我与太守公是故人，方好相接，夫人那有相见之礼？”跟随的只道王知县不肯与故人夫人相见，实不知其中却有一个缘故，为此乔氏随转轿归船。王从事与王知县，留连两日而别。一路无话，直至汴梁。

是时天下平静，从事在汴梁城中，觅了小小一所居第，一座花园，与乔氏日夕徜徉其间。乔氏终身无子，从事乃立从堂兄弟之子为嗣，取名灵复，暗藏螟蛉之义。王从事居家数年而故，乔氏亦守寡十五年才终。临终时分付灵复道：“我少年得罪你父亲，我死之后，不得与你父亲合葬。父亲之柩，该葬祖墓，我的棺木，另埋一处。”灵复暗道：“我父亲生前与母亲极为恩爱，何故说得罪两字。”欲待再问，乔氏早已瞑目而去。灵复只道一时乱命，那里晓得从前这些缘故。乔氏当日在赵成家，梦见团鱼说话，后来若不煮团鱼与王教授吃。怎得教授见鞍思马，吐真情与王知县。所谓“杀我也早，烧我也早”，在梦验矣。若当时这簪子不被赵成妻子抢去，后来怎报得这赵成劫抢之仇，所谓“寻得着也好，寻不着也好”，其梦又验。当时嫁了王从事，却被赵成拐

去，所谓"这个王也不了"。后来又得王知县送还从事，所谓"那个王也不了"，团鱼一梦，无不奇验。后人单作一诗，赞王知县不好色忘义，就成了王从事夫妻重合，编出一段美谈。诗云：

见色如何不动情，可怜美少遇强人。
五年月色西安县，满树桃花客馆春。
墨迹可知新翰墨，烹鱼乃信旧调人。
若非仗义王从古，完璧如何返赵君。

后人又因王知县夫人五旬外生下德兴儿子，后日得中进士，接绍书香，方见王知县阴德之报，作一绝句赞之。诗云：

当年娶妾为宁馨，妾去桃花又几春。
不是广文缘不断，为教阴德显王君。

中国禁书文库

醒世第二奇书

第十一篇　江都市孝妇屠身

　　百行先尊孝道，闺闱尤重贞恭。古来今往事无穷，谩把新词翻弄。青史日星并耀，芳名宇宙同终。堪夸孝妇格苍穹，留与人间传诵。

　　这阕俚词，单说人生百行，以孝为先。这句话，分明是秀才家一块打门砖，道学家一宗大公案。师长传授弟子，弟子佩服先生，直教治国平天下，总来脱不得这个大题目，自不消说起。就是平常不读书的人，略略明白三分道理，少不得也要学个好样子。惟有那女人家，性子又偏，性子以偏，见识又小，呆呆的坐在家中，平日间只与姊妹姑嫂妯娌们说些你家做甚衣服，我家置甚首饰，你家到那里去扳亲，那里去望眷，我家到何处去烧香，何处去还愿；便是极贤慧的，也不过说了些柴米油盐酱醋茶的家常话，何曾晓得甚么缇萦女救亲，赵五娘行孝。所以说："三尺布，抹了胸，不知西与东。"

　　说便是这等说，尽有几个能行孝道的。昔日汉时，越中上虞县有个曹盱，性子轻滑，惯会弄潮。原来钱塘江上风俗，每年端午，轻薄弟子，都去习水弄潮，迎伍子胥神道。那曹盱乘兴跳入江心，一时潮涌身没，将曹盱的尸骸，不知飘到那一个龙宫藏府去了。所以当年官府，张挂榜文，戒人弄潮，上写道：

　　斗牛之分，吴越之中，惟江涛之最雄，乘秋风而益怒，乃其习俗，于此观游。厥有善泅之徒，竟作弄潮之戏，以父母所生之遗体，投鱼龙不测之深渊，自为矜夸。时或沉溺，精魄永沦于泉下，妻孥望哭于水滨。生也有涯，盍终于天命；死而不吊，重弃于人伦。推予不忍之心，伸尔无穷之戒。如有无知，违怗不悛，仍蹈前辙，必行科罚。

　　当时曹盱有女，年方一十四岁，闻父亲溺死，赶到江边，求觅尸首。哭泣了三日

三夜，不得其尸，直哭得喉咙已哑，肝肠要断。却去寻了一个大西瓜，拜告江神道："我父亲尸首，若是沉在何处，只愿此瓜，永沉到底。"祝罢，将瓜投在江中。只见瓜儿一滚两滚，直沉下去。曹娥便随着瓜向江心一跳，也丧于波涛之内。沉了七日，却抱着父亲尸首而出。你道这个瓜，缘何便沉？只因孝女报父心坚，拚着性命哀求，所以感动天地。至今立庙曹溪，春秋二祭，这乃是一个真孝闺女。

　　然女人家孝父母的还有，孝公姑的却是难得。常言道："隔重肚皮隔重山。"做公姑的不肯把媳妇当做亲生儿女，做媳妇的也不肯把公姑当做生身父母。只有当初崔家娘子，因阿婆落尽牙齿，吃不得饭，嚼不得肉，单单饮得些汤水，如何得性命存活。崔娘子想一想："孩儿家吃了乳便长大；老人家难道便吃不得乳？"直想到一个慈乌反哺的地位，日逐将那眼睛又瞎、耳朵又聋、牙齿又落、头发又秃，一个七死八活的婆婆，坐在怀中吃乳。看看一月又是一月，一年又是一年，那老婆婆得了乳食，渐渐精神复生，眼睛也开，耳朵也听得，口里也生出盘牙，头上又长几茎绒毛出来，活到一百来岁。感激媳妇这般孝心，便双膝跪下，向天连拜几拜，祝告道："我年纪又老，料今生报不得媳妇深恩，只愿子子孙孙，都像他孝顺便了。"后来崔家男女，个个孝顺，十代登科，三朝拜相，这是古来第一个孝妇。然毕竟崔家的孝妇，还是留了自己身子，方好去乳养婆婆，这也还不希罕。在下如今只把一个为了婆婆，反将自己身子卖与屠户人家，换些钱钞，教丈夫归养母亲，然后粉骨碎身于肉台盘上，此方是千古奇闻。这桩故事，若说出来呵：

　　　　石人听见应流泪，铁汉闻知也断肠。

　　话说唐僖宗时，洪州府有一人，姓周名迪，表字元吉，早年丧父，止有母亲乐氏在堂。到十八岁上，娶得妻子宗氏。这宗氏是儒家之女，自幼读书知礼，比元吉只小一岁，因排行第二，遂唤做宗二娘。夫妻两人十分和睦，奉侍老娘，无不尽心竭力。当年乐氏生周迪时，已是三旬之上，到圆亲时，又是二十年光景，乐氏已是五旬的人了。周迪父亲，原在湖广荆襄生理。自从成婚之后，依旧习了父业，也在湖广荆襄地方走走。每年在外日多，在家日少，全亏宗二娘在家，供养母亲，故此放心得下。不竟经商数载，把本钱都消折了。却是为何？原来唐朝玄宗时，安禄山、史思明叛乱，后来藩镇跋扈，兵火相寻，干戈不息。到僖宗时，一发盗贼丛起，更兼连年荒歉，只苦得百姓们父子分离，夫妻拆散，好生苦楚。这周迪因是四方三荒四乱，拆尽了本钱，止留得些微残帐目。在襄阳府中经纪人家，奔回家来，等待天下太平，再作道理。此时年将四十，不曾生下一男半女。夫妻两口儿承奉一个老娘，虽只家中尴尬，却情愿苦守。无奈中户人家，久无生理，日渐消耗。常言道："开了大门七件事，柴米油盐酱醋茶。"那一件少得。却又要行人情礼数，又要当官私门户，弄得像雪落里挑盐包，一步重一步。

一日，乐氏对儿子媳妇说道："我家从来没有甚田庄，生长利息，只靠着在外经商营运。如若呆守在家，坐吃箱空，终非常法。目今虽则有些后荒撩乱，却还有安静的地方，你一向在荆襄生理，还有些帐目在人头上，也该就去清讨。我老人家，还藏下五十两银，指望备些衣衾棺椁送终。我想家道艰难，日苦一日，难道丢了饮食茶饭，只照管衣衾棺椁不成。依我起来，还是将此五十两送终本钱，急急收拾行李，再往襄阳走走，讨些帐目，相时度势，这方是腰间有货不愁穷，东天不养西天养。"周迪听了，还犹豫未决；那宗二娘听了婆婆这番说话，便对丈夫说："婆婆所见极是。但这五十两银子，是婆婆送终的老本钱，今做了我三口养命的根本，你须是做家的，量不花费一两二两，却要仔细着眼力买货，务求利钱八分九分，也须要记得。只为今日这般穷苦，没奈何将七十岁的老娘撇下，虽不要你早去早回，实指望紧关紧闭，留下婆婆在家，且自放心。万一家道艰难，我情愿粉骨碎身奉养他，决不使你老娘饥饿。"周迪手里接了银子，眼儿里汪汪的掉下泪来，说道："我自有道理，不须分付。只是我此番一去，生意不知如何，道路不知如何，但好定出去的日子，定不得归来日子。只是母亲年纪高大，我又不在家里，你又不曾生育得一男半女，且要在你身上，替我做儿子，照管他寒寒冷冷，又要在你身上，代作孙孙儿女，早晚与老人家打伙作乐。"那知这两句话，又打动老娘心上事来，便开口道："阿哟！正是。你年近四十，还没有儿女，此番出去，定不得几时归家，那里得接代香火的种子。我如今有个算计，莫若你夫妻二人，同去经商，却当伙伴一般。一来好看管行李货物，二来天可见怜，生下个儿子，接续后嗣，也未可知。"周迪听了，答道："母亲，这却使不得。我今出去，留下媳妇奉侍，也还可放心；倘若我夫妻同去，撇下你老人家孤单独自，却靠傍着那一个。"老婆婆道："你若愁我单身在家，你的舅母冯氏妈妈，他也是孀居，年将六十，并无男女，你可接他来，同我作伴。"又道："我也原舍不得你夫妻同去，只愁你做生意的日子长，养儿子的日子短，千算万算，方算到此。"宗二娘却格格的笑道："婆婆，你好没见识！你若愁家计日渐凋零，少不得营生过活，还有道理。若愁你儿子年纪长大，没有孙子，却教我同伴出去，我想你儿子媳妇，都是四十边年纪的人，尚不曾奉承你吃一碗安乐茶饭，我们连夜生育，今日三朝，明朝满月，巴到他十岁五岁，好一口气哩！总然巴到成房立户，怕如你儿子媳妇一般样子，依旧养不着父母，却不是空帐。若如今依了婆婆说话，同了丈夫出去，他乡外府，音信不通，老人家看不见儿子媳妇，儿子媳妇看不见老人家，可不是橄榄核子落地，两头不着实！不如叫丈夫独自出去，倘或生意活动，就在别处地方，寻一偏房家小，就是生得成儿子，生不成儿子，听之天命，这方是两头着实的计较。"老婆婆听罢，说道："不要愁我，我死也死得着了。你夫妻两口，从来有恩有爱。况自成婚到今，只因年时荒乱，生意淡薄，累你挨了多少风霜，受了多少磨折。假若留下媳妇在家，儿子反在他州外府，娶下偏房家小，却不是后边的受用，结发的倒丢过一边，这断然使不得。常言道：恭敬不如从命。你若再三不听我老人家说话，我便寻个死路，也免得儿子牵挂娘，媳妇牵挂婆婆。"说也还说不了，急赶到厨房下，拿把菜刀在手。若不是宗二娘眼快手急，急赶去抱住，周迪夺下菜刀，险些把一个老人家，荡了三魂，走了六魄。当时周迪夫妻劝住了老婆婆，便说道："儿子便同媳妇出去。"闹吵吵的嚷了两个时辰，那知道因这老人家舍不得儿子媳妇分离，却教端端正正，巴家做活，撇得下老公，放不开婆婆的一个周大娘子，走到江都绝命之处，卖身杀身，受屠受割。正是：

只因一着不到处，致使满盘都是空。

这还是后话不提。

却说宗二娘虽则爱婆婆这般好意，却也不忍，又见婆婆这般执性，只得收拾行李，与丈夫行路。口里呜呜咽咽，暗暗啼哭，又自言自语道："我的婆婆，你为着儿子，割舍了媳妇，恐怕你媳妇为婆婆，又割舍了丈夫。"拓了眼泪，又欢欢喜喜对婆婆道："我媳妇如今只得同丈夫前去。"周迪即到冯妈妈家，搬他一家来同住。等得冯妈妈来到，二人作别。宗二娘又对周母拜了两拜，说道："只愿你百年长寿，子媳同归。"又转身拜冯妈妈两拜，说道："可怜老人家年老无依，全仗舅母照管，从此一去，或者时运不通，道路有变，丈夫带不及妻子，妻子赶不上丈夫，双双出去，单单一个回来，也是天命。"周迪听到此地，泪如雨下。老母也自觉惨伤。宗二娘不忍看着婆婆，反抽身先走，背地流泪。正是：

世上万般哀苦事，无非死别与生离。

周迪夫妇，离了洪州，取路望襄阳而去，免不得饥餐渴饮，夜宿晓行。非止一日，来至襄阳，周迪将了行李，夫妻双双径到旧日主人家里。不道主人已是死了，主人妻子，却认得是旧主顾，招留歇住。周迪取些土仪相送，两下叙了几句久阔的说话。周迪问主人死几时了，答道："死有五年了。"周迪又问："有位令郎，如何不见？"那老妪便告诉儿子终日赌钱，不好学，把门头都弄坏了的话。周迪问旧日放下的帐目，却说一毫不晓得。及至他儿子归来问时，也只推不知。周迪心里烦恼，瞒着主人家，独自到各处走一遍，那知死的死了，穷的穷了，走的走了，有好些说主人以往去用了，可不又是死无对证。转了两日，并讨不得分文，对着妻子，只叫得苦。夫妻正当闷纳，只见那老妪一盘儿托着几色嗄饭，一大壶酒送来，说道："老客到了，因手中干燥，还不曾洗尘，胡乱沽一壶水酒在此当茶，老身不敢相陪了。"宗二娘道："我们在此搅扰，已是不当，怎又劳妈妈费钞。"那老妪道："不成礼数，休要笑话。"道罢自去。夫妻二人把这酒肴吃了，周迪向妻子道："如今帐目又没处讨，不如作速买了货去罢，还是买甚货便好？"正说间，那老妪又走过来，夫妻作谢了。老妪开言道："周客人，连日出去，想必是讨帐，可曾讨得些？"周迪道："说起也羞杀人，并没处讨得一文。"老妪道："如今的世界，不比当初了。现在该还的，尚有许多推托，那远年的冷帐，只好休罢。如今买回头货去，多趁些罢。"周迪道："妈妈说得是。方在此商议，还是买甚货好。"宗二娘听了，便剪上一句道："妈妈休听他说浑话，我们特来讨帐，那里有本钱收货。"那老妪道："若说讨帐，只管早回。如今盘缠又贵，莫要两相担搁。"宗二娘道："多谢妈妈指教。"讲了一回，老妪收了酒壶碗碟出去。

宗二娘埋怨丈夫，低低道："如何恁不谨慎，可见他说儿子是个不长进的，只管直说要买货，倘被他听见，暗地算计，那时却怎处！"周迪道："娘子见的是，我却想不到此。"何期他们说话时，主人儿子，果然在外悄地窃听，晓得身边有物。到夜半时候，乘他夫妻熟睡，掘个壁洞，钻进去，把这五十两命根，并着两件衣服，一包儿捞去。他夫妻次早起身，方才晓得。那老妪明知是儿子所为，也假意说失了若干东西，背地却捏着两把汗，只愁弄出事来。气得他夫妻面面相觑，跌足叫屈，虽猜摸主人家儿子有些蹊跷，他无赃证，不好说他是贼，只得忍气吞声，自家怨命。周迪对妻子道："我两人若还苦守在家，也可将就过活。如今弄到此地，帐目已都落空，本儿又被偷去，眼见得夫妻死他乡，这分明是我老娘造下的冤债。"宗二娘听了，便变着脸说道："这是自不小心，怎埋怨得母亲。此就是忤逆不孝的心地了。常言道：天无绝人之路。且得一日度一日，再寻出一个甚么道理，收拾回去，这便万幸了。万一时势穷蹙，你死了还存得我，我死了还存得你，好歹留一人归去，奉养婆婆，这才不枉叫做亲生儿子亲媳妇。今日却愁他怎的!"这一班话，说得个周迪无言可答，沉吟了一晌，眼中流下泪道："罢罢，事已至此，只可听之天命。我且出去走走看，或者寻得个生路也好。"宗二娘道："这才是正经道理。"

周迪在襄阳府中闯了几日，并不曾遇见一个熟人。正当气闷，那老妪因儿子做了这事，诚恐败露，只管催逼他夫妻起身。两个斗口起来，在门首争嚷，宗二娘在旁劝解。不想绝处逢生，有个徽州富商汪朝奉，也在襄阳收讨帐目，这日正从门首经过，见周迪与这老婆子争论，立住了观看。听得是江右声音，问其缘故。周迪心中苦楚，正没处出豁，一把扯汪朝奉坐下，将母亲逼迫出门，及被偷去银子，前后事情，细细告诉一遍。说道："如今又没盘缠归去，又遇不得一个好人搭救，却只管催逼起身，教我进退无门，可不是个死路!"说到伤心之处，泪珠儿乱落，痛哭起来。那汪朝奉一般做客，看了这个光景，正是兔死狐悲，物伤其类，也不觉惨然。说道："莫要哭，且问你，可晓得写算么?"周迪道："我从幼读书，摹过法帖，书札之类，尽可写得，那算法一掌金，九九数，无不精熟，凭你整万整千，也不差一丝一忽。"汪朝奉道："既晓写算就易处了。小弟原是徽州姓汪，在扬州开店做盐，四方多有行帐，也因取讨帐目到此。如今将次完了，两三日间，便要起身，正要寻一个能写能算的管帐。老哥若不嫌淡泊，同到扬州，权与我照管数目，胡乱住一二年，然后送归洪州何如?"周迪听了，连忙作揖道："多谢朝奉提携，便是恩星相照了!请坐着，待我与山妻商议则个。"随向妻子说道："承这朝奉一片好心，可该去么?"宗二娘道："我看这人，是个忠厚长

者，且将机就机，随到扬州，再作区处。"周迪道："我意正欲如此。"夫妻算计定了，宗二娘即走出来相见，说道："蒙朝奉矜怜贫难，愚夫妇感戴不尽。但不知贵寓何处，何日起程，好来相候。"汪朝奉道："起程只在目前。尊处在此，既不相安，不如就移到小寓住下，早晚动身，更觉便易。"周迪依言，即收拾行李，夫妇同到他寓所。住了三四日，方才起身，取路径到扬州。汪朝奉留住在店，好生管待，他本是见周迪异乡落难，起这点矜怜之念，那写算原不过是个名色，这也不在话下。

县说那扬州，枕江臂淮，滨海跨徐，乃南北要区，东南都会，真好景致。但见：

> 蜀岗绵亘，昆仑插云。九曲池，渊渊春水，养成就笋壑蛟龙。凿邗沟，滴滴清波，容不得栖尘蝼蚁。芍药栏前四美女，琼花台下八仙人。凋残隋花，知他是那一朝那一代遗下的碎瓦颓垣；选胜迷楼，都不许千年调万年存没用的朱甍画栋。盘古冢，炀帝坟，圣主昏君，总在土馒头一堆包裹。玉钩斜，孔融墓，佳人才子，无非草铺盖十里蒙茸。说不到木兰寺里钟声，何人乞食；但只看二十四桥月影，那个销魂。正是何逊梅花知在否，仲舒礼药竟安归。

是时镇守扬州的节度使，姓高名骈，先为四川节度，颇有威名，为此移镇广陵。御笔亲除为诸道行营都统，征剿黄巢。这高骈因位高权重，志气骄盈，功业渐不如前。却又酷好神仙，信用吕用之、诸葛殷一班小人，逢迎蛊惑，伪刻青石为奇字，曰"玉皇授白云先生高骈"，暗置道院香案。高骈得之大喜。吕用之说："上帝即日当降鸾鹤迎接，让位仙班。"弄得个高骈如醉如梦，深居道院，不出理事，军府一应兵马钱粮，尽听吕用之处分。用之广树牙爪，招权纳贿，颠倒是非。若不附他的，便寻事故，置于死地。高骈又累假军功，奏荐吕用之，也加到岭南东道节度使职衔。

这贼子心犹未足，欲图谋高骈职位，因畏忌一个将官，未敢动手。这将官是谁？姓毕名师铎，原是黄巢手下一员猛将，后来归附高骈，收在部下，十分倚任，委他统兵驻扎高邮，以为犄角之势。吕用之欲杀高骈，恐怕毕师铎兴师问罪，乃假令旨，遣心腹赍兵符召毕师铎亲身到扬议事。先除后患，然后举事。那知毕师铎平昔也恨吕用之假术蛊惑，谗害忠良，几遍要起兵剪除奸党，因碍着高骈，却又中止。今番见传令旨，召去议事，明知是吕用之使计谋害，齐集谋士将校商议："去则定遭毒手，不去必发兵问抗违之罪。兵法云：先发制人。不如起兵直抵扬州，索取妖党，明正其罪。"计议已定，将使人斩了，榜列吕用之罪恶，布告四方，又传檄各部，请兵共讨其罪。毕师铎亲自统兵十万，望扬州杀来。早有吕用之所差使者的仆从，连夜逃回报知，吕用之惊得手足无惜，只得告知高骈，假说毕师铎贼性不改，仍复背叛。高骈久已昏瞆，全无主张，但教传令，齐集将士应敌。一面发帑藏，备办军需。出入指麾，一听吕用之便宜行事。城中百姓，一闻高邮兵来，料道吕用之决敌他不过，恐怕打破城池，玉石俱焚，各想出城躲避。

那汪朝奉也连忙收拾回家，向周迪说道："本意留贤夫妇相住几时，从容送归。谁料变生不测，满城百姓，都各逃生，我也只得回乡，势不能相顾了，白金二十两，聊作路费。即今一同出城，速还洪州，后日太平，再图相会。"可怜周迪夫妇，才住得两月有余，又遭此变，接了银两，一齐拜谢道："深蒙恩人救济真同天地，今生若不能补报，来世定当结草衔环，以报大德。"汪朝奉双手扯起道："莫要谢，速走为上。若稍迟延，恐不能出城了。"宗二娘依言，即去收拾行李。汪朝奉止将细软打叠，粗重的便弃下了，家里原有两头生口，牵来驼上，余下的家人伴当们，分开背负，把大门锁上。周迪夫妻，随着他主仆，一齐行走。他们都惯走长路的，脚步快，便飞也似向前出城去了。宗二娘是个女流，如何赶得上！更兼街坊上携男挈女，推车骑马的，挨挨挤挤，都要抢前，把他夫妻直挤在后。行了多时，方得到城门口。只听得銮铃震响，一骑飞马跑来，行人都闪过半边，让他过去。马上人中军官打扮，手执令箭，高叫："把门官，军门有令。"把门官即迎前接了旨。中军官传了令旨，仍回马跑去了。原来吕用之闻得百姓俱迁移出城，恐城中空虚，为此传下将令，把门官不许放百姓出城，进城的须要严加盘诘，如或私放轻纳，定行枭斩，先出城的，不必追究，遗下房屋家私，尽行入官，把门官得了令旨，分付门卒，闭上城门，后来的一个也不容走动。当时周迪夫妻，若快行了一刻，可不出去了？恰恰里刚至门边，这令箭也到，不肯放行。正是：

> 总饶走尽天边路，运不通时到底难。

当下无可奈何，只得随着众人，依旧回转。一路上但见搬去的空房，吕用之发下封皮，着里甲封锁。及走到汪朝奉居处，门上早已两条封皮，十字花封好了。周迪见了，叫苦不迭，向妻子说道："我两人来此扬州，并没一个亲识，单靠得汪朝奉是个重生父母，何期遭此大变，不能相顾。如今回又回不成，转来又无住处，可不是该死的了。"不觉两眼掉下泪来。宗二娘正色说道："凡事有经有权，须要随机生变，死中求活，这才是个男子汉大丈夫。假如目前事起仓卒，是奔稳便处，借来住下，身边已有汪朝奉所赠之物，胡乱省俭度去。若守得个太平无事，那时即作归计。设或兵来城破，难道满城人都是死数，少不得也存下些。焉知你我不在生数之中？万一有甚不测，这也是命中所招，你就哭上几年也没用。"周迪听了答道："娘子说得是。僧道庵院终不稳便，况也未必肯留，还是客店中罢。"当下夫妻去寻旅店，闹市上又不敢住，恐防兵马到来，必然不免，却向冷落处赁了半间房屋住下。诗云：

遭时不幸厄干戈，遥望家乡泪眼枯。

回首那禁肠断处，残霞落日共啼乌。

且说吕用之差人打听毕师铎兵马已离高邮，传令将城门紧闭，分遣将士守城，又驱百姓搬运砖石，上城协守。料想敌兵势大，急切难退，行文所部，征兵救援。各路将官，都恨吕用之平日索求贿赂，一个个拥兵观望。吕用之无计可施，想起庐州刺史杨行密，兵强将勇，若得这枝兵来，便可退得毕师铎。即假着高骈牒文，召他星夜前来救援。那杨行密，原是高骈部将，久知高骈昏悖信谗，不亲正事，因此亦怀着异心，日夜整治兵甲，不想凑巧有此机会。即起兵赴援，遣来使先赍文还报。那知毕师铎的兵马，已抵扬州城下，使人正遇着游兵，生擒活捉，绑入中军，问了底细，即时斩首。毕师铎恐怕杨行密兵来，内外夹攻，反受其困，亲冒矢石，指麾三军，并力攻破罗城。吕用之越城奔杨行密去了。毕师铎纵兵大掠。高骈开门出见，与师铎交拜如宾主。师铎搜捕吕用之党羽，剐于市曹。有宣州观察使秦彦，率兵来助毕师铎，亦入扬州。师铎尊为主帅，将高骈软监在道院。不过数日，杨行密亲领军马已到，两军大战一场。秦彦、毕师铎大败，损兵折将，收拾残兵，退入城中守御。杨行密中军屯于甘泉山七斗峰下，分遣诸军，把扬州城围得如铁桶一般，游兵四散掳掠，百姓各自逃生，几十里没有人烟。城中粮草又少，围困既久，渐至缺乏，民间斗米千钱。高邮发兵来救援，被杨兵扼住要道，不能前进，纵有粮草，也飞不进城。困了八个月余，军中杀马来食，死下的人，也就吃了。到后马吃尽了，便杀伤残没用的士卒来吃。城外围急，秦彦等恐怕高骈为内应，合门杀死。杨行密闻得，令三军挂孝，向城大哭三日。秦彦、毕师铎料守不住，领着残兵出城，负命血战，杀出重围，自回宣州城中。百姓开门迎接杨行密入城，下令抚谕远近，开通行旅，士农工商，照旧生业。一时兵戈虽则宁戢，把那田土抛荒，粒米不登，人民依然乏食，莫说罗雀掘鼠的方法做尽，便是草根树皮，也剥个干净。那些穷人，饿得荒了，没奈何收拾那道路上弃下的儿女，煮熟了救命。有的便盗人子女来食。富人晓得了，悄地转又买来充饥。初时犹以为怪，不过几日，就公然杀食，也论不得父子弟兄夫妻，互相鬻卖，更无人说个不行。就是杨行密军中，粮饷不断，也都把人来当饭，为此禁止不得。那时就有人开起行市，凡要卖的，都去上行。有的开店的，贩去杀了，零星发卖，分明与猪羊无异，老少肥瘦，价钱不等，各有名色，老人家叫做烧把火，孩儿家叫做和骨烂，男女白瘦的，道是味苦，名为淡菜，黑壮的以为味甜，号曰羔羊，上好的可值三贯四贯，下等的不过千文。满城人十分中足去了五分，那被杀的止忍得一刀，任你煮蒸煎炒，总是无知无觉；这未卖的，只恐早晚轮到身上，那种忧愁凄惨，反觉难过难熬。把一个花锦般的扬州城，弄得个愁云凝结，惨雾迷空。生长此地的，或者这一方合该有此灾难。

只可怜周迪夫妻，是洪州人，平白地走来，凑在数中。还亏宗二娘有些见识，毕师铎初围城时，料得兵连祸结，必非半月十日可定，米粮必至缺乏，把汪朝奉所赠银两，预备五六个月口粮藏着，所以后来城中米粮尽绝，他夫妻还可有一餐没一餐的度过。等到平静时，藏下的粮也吃完了，存下的银两也用完了，单单剩得两个光身子，腹中饥馁，手内空虚了，欲待回家，怎能走动！周迪说道："母亲只指望我夫妻在外经营一年两载，挣得些利息，生一个儿子。那知今日倒死在这个地方，可不是老娘陷害了我两口儿的性命！"说罢大哭。宗二娘却冷笑道："随你今日哭到明日，明日哭到后日，也不能够夫妇双还了。我想古人左伯桃、羊角哀，到冻饿极处，毕竟死了一个，救了一个。如今市上杀人卖肉，好歹也值两串钱。或是你卖了我，将钱作路费，归养母亲；或是我卖了你，将儿作路费，归养婆婆。只此便从长计较，但凭你自家主张。"周迪见说要杀身卖钱，满身肉都跳起来，摇手道："这个使不得。"宗二娘笑道："你若不情愿，只怕双双饿死，白白送与人饱了肚皮。不如卖了一个，得了两串钱，还留了一个归去。"周迪吟沉不答。宗二娘见他贪生怕死，催促道："或长或短，快定出个主

意来。"周迪道:"教我也没奈何。"宗二娘道:"你怎生便去得!"周迪会了此意,叹一声道:"我便死,我便死!"说罢,身子要走不走,终是舍不得性命。宗二娘看了这个模样,将手一把扯住他袖子道:"你自在这里收拾行李,待我到市上讲价。"说罢,往外就走。看官,你看周迪说到死地,便有许多恐怖;宗二娘说道杀身,恬不介意。可见烈性女子,反胜似柔弱男子。

当下宗二娘走出店门首,向店主人说道:"我夫妻家本洪州,今欲归乡,手中没有分文,我情愿卖身市上,换钱与丈夫盘缠回去,二来把你房钱清理,相烦主人同去讲一讲价钱。"此时卖人杀食,习为常套,全为为异。店主人就应道:"这个当得效劳。"随引宗二娘到江都市上,走到一个相熟屠家。这店中此日刚卖完了,正当缺货,看宗二娘虽不甚肥,却也不瘦,一口就许三贯钱。宗二娘嫌少,争了四贯。屠户将出钱来,交与主人家,便叫宗二娘到里边去。宗二娘道:"实不相瞒,我丈夫不忍同我到此,住在下处,我把这钱去交付与他就来。你若不信,可教人押我同去。"屠户心里不愿,那主人家一力担当,方才允许。宗二娘将这四贯钱回到下处,放在桌上,指着说道:"这是你老娘卖儿子的钱,好歹你到市上走一遭,你便将此做了盘缠归去,探望婆婆。"周迪此时魂不附体,脸色就如纸灰一般,欲待应答一句,怎奈喉间气结住了,把颈伸了三四伸,却吐不得一个字,黄豆大的泪珠流水淌出来。宗二娘看一看,又笑一笑,说:"这桩买卖做不成,待我去回覆了他罢。"转身急走到屠家,对屠户道:"我杀身只在须臾,但要借些水来,净一净身子,拜谢父母养育,公姑婚配之恩,然后死于刀下未迟。"屠户见他说得迂阔,好笑起来道:"倒好个爱洁净的行货子。"随引入里面,打起一缸清水,净了浴,穿起衣服,走出店中,讨了一幅白纸,取过柜中写帐的秃笔,写下一篇自祭的祝文。写罢,走出当街,望着洪州,拜了四拜,跪在地上,展开这幅纸,读那祭文。屠户左右邻家,及过往行人,都丛住了观看。宗二娘不慌不忙,高声朗诵道:

> 惟天不吊,生我孤辰,早事夫婿,归于周门。翁既先逝,惟姑是承。妇道孔愧,勉尔晨昏。不期世乱,干戈日寻,外苦国坏,内苦家倾。姑命商贩,利乏蜗蝇。侨寓维扬,寇兵围城,兵火相继,禾黍勿登。罗雀掘鼠,玉粒桂薪,残命顷刻,何惜捐生。得资路费,千里寻亲,子既见母,媳死可暝!惟

祈天佑，赫赫照临，姑寿无算，夫禄永臻。重谐伉丽，克生宁馨。呜呼哀哉！吾命如斯，何恐何憎。天惟鉴此，干戈戢宁。凡遭乱死，同超回轮。

读罢，又拜了四拜，方才走起。他念的是江右土音，人都听他不出，不知为甚缘故。宗二娘步入店中，把这幅纸递与屠户道："我丈夫必然到此来问，相烦交与，教他作速归家，莫把我为念。"屠户道："这个当得。"接来放过一边。众人听了，方道："原来是丈夫卖来杀的。"遂各自散去。宗二娘即脱衣就戮，面不改色。屠户心中虽然不忍，只是出了这四贯钱，那里顾得甚么，忍住念头，硬着手将来杀倒，划开胸膛，刳出脏腑，拖过来如斫猪羊一般。须臾间，将一个孝烈的宗二娘，剁碎在肉台上。后人有诗云：

> 夫妇行商只为姑，时逢阳九待如何。
>
> 可怜玉碎江都市，魂到洪州去也无。

原来杨行密兵马未到扬州，先有神仙题诗于利津门上道：

> 劫火飞灰本姓杨，屠人作脍亦堪伤。
>
> 杯羹若染洪州妇，赤县神州草尽荒。

及至宗二娘鬻身宰杀之后，天地震雷掣电，狂风怒号，江海啸沸，凡买宗二娘肉吃者，七窍流血而死。扬州城内城外，草木尽都枯死，到此地位，只见：

> 长江水涸水清，昆仑山掩无色。芍药栏前红叶坠，琼花观里草痕歇。芳华隋苑，一霎离披；选胜迷楼，须臾灰烬。古墓都教山鬼啸，画桥空有月华明。

这也不在话下。

且说周迪在下处不见妻子回来，将房门锁了，走出店门首张望，口里自言自语道：

"如何只管不来了。"店主人看见问道:"你望那个?"周迪道:"是我娘子。"店主人道:"啊呀!你娘子方才说,情愿卖身市上,换钱与你盘缠归家,央我同到屠户家,讲了价钱,将钱回来,交付与你,便去受杀了。难道你不曾收这四贯钱么?"周迪听了话,吓得面如土色,身子不动自摇,说道:"不,不,不,不信有这事!"店主人说:"难道哄你不成?若不信时,你走到市上第几家屠户,去问就是了。"周迪真个一步一跌的赶去,挨门数到这个屠家,睁眼仔细一望,果然宗二娘已剁断在肉台盘上,目睁口张,面色不改。周迪叫声:"好苦也!"一交跌翻地在,口儿里是老鸹弹牙,身儿上是寒鸦抖雪,放声恸哭道:"我那妻吓!你怎生不与我说个明白,却葫芦提做出这个事来。"屠户听了,便取出这幅祭文付与道:"这是令正留付与你的,教道作速归去,真把他为念。"周迪接来看了,一发痛哭不止,行路的人,见哭得惨切,都立停住了脚问其缘故。周迪带着哭,将前情告知了众人又讨这幅祭文来看,内中有通文理的赞叹道:"好个孝烈女娘,真个是杀身成仁。"有的对屠户道:"既然是这样一个烈妇,你就不该下手了。"众人又幼周迪道:"你娘子杀身成就你母子,自然升天去了,你也不消哭得,可依他遗言,急急归去,休辜负他这片好念。"周迪依言谢了众人,把这纸祭文藏好,走转下处,见了店主人,一句话也说不出,只管哭。主人劝住了,走入房中,和衣卧倒。这一夜眼也不合,寻思归计,只是怎的好把实情告诉母亲。

次日将房钱算还主人。主人说道:"你娘子杀身东西,是苦恼钱,我若要你的,也不是个人了。"周迪谢了他美意,胡乱买了些点心吃了,打个包裹;作别主人,离了扬州城,取路前去。怎奈腹中又饥,脚步又懒,行了一日,只行得五六十里。看看天色已晚,路上行人,渐渐稀少,前不着村,向不着店,心里好生慌张,那时只得挣扎精神,不顾高低,向前急走。远远望见一簇房屋,只道是个村落,及至走近,却是一所败落古庙,门窗墙壁俱无,心里踌蹰道:"前去不知还有多少路方有人家,倘或遇着个歹人,这性命定然断送,不如且躲在庙中,过了这宵,再作区处。"走进山门,直到大殿,放下包裹,跪在地上,磕头道:"尊神不知是何神道,我周迪逃难归家,错过宿处,权借庙中安歇,望神道阴空庇佑则个。"祝罢,又磕个头,走起来,四面打一望,只见一张破供桌在神柜傍边,暗道:"这上面到好睡卧。"走出殿外,扯些乱草,将来抹个干净,爬上去,把包裹枕着头儿,因昨晚不曾睡得,又忍着饿走了这一日,神思困倦,放倒头就熟睡了。一觉醒来,却有二更天气,那时翻来覆去,想着妻子杀身的苦楚，眼中流泪，暗道："我夫妻当日双双的出门，那知弄出这场把戏，撇下我孤身回，盘缠又少，道路又难行，不知几时才到，又不知母亲在家安否何如。生死存亡，还未可必。万一有甚山高水低，单单留我一身，有何着落，终须也是死数。"愈想愈惨，不觉放声大哭。正哭之间，忽听得殿后有人叫将出来。周迪吃了一惊，暗道："半夜三更，荒村古庙，那得人来？此必是劫财谋命的，我这番决然是个死了。"心里便想，坐起身来。暗中张望，只见一个人，身长面瘦，角巾野服，隐士打扮，从殿后走出，他说："半夜三更，这荒村破庙，甚么人在此哭哭啼啼。"周迪不敢答应。那人道："想必是个歹人了，叫小厮们快来绑去送官。"周迪着了急，说道："我是过往客人，因贪走路，错了宿处，权在此歇息，并非歹人，方便则个！"那人道："既是行客，为甚号哭？"周迪道："实不相瞒，有极不堪的惨事在心，因此悲伤。不想惊动阁下，望乞恕罪！"那人道："你有甚伤心之事，可实实说来，或者可以效得力的，当助一臂。"周迪听了这些话，料意不是歹人了，把前后事细诉一遍。说罢，又痛哭起来。那人道："原来有这些缘故，难得你妻子这般孝义，肯杀身周全你母子。只是目今盗贼遍地，道涂硬阻，甚是难行。你孤身独行，性命难保，我看孝妇分上，家中有一头牲口，遇水可涉，遇险可登，日行数百里，借你乘坐，送到洪州，使你母子早早相见何如？"周迪听了，连忙跳下供桌，拜谢道："若得如此，你就是我的恩人了。但不知恩人高姓大名，住于何处，你为甚深夜到此？"那人道："这个庙乃三闾大夫屈原之祠，我就是他的后裔，世居于此，奉侍香火。适来闻得哭声，所以到此看觑。你住着，待我去带马来。"道罢，自殿外去了。

不一时，只听见那人在外边叫道："牲口已在此，快来上路。"随闻得马嘶之声，周迪拿起包裹，奔至山门，见一匹高头白马，横立门口。周迪不胜欢喜道："多承厚情，自不消说起。只是没有人随去，这马如何得回？"那人道："这马自能回转，不劳挂怀。"周迪跳上马，将包袱挂在鞍鞯，接过丝缰，那人把马一拍，喝声"走"，那马纵身就跑，四只蹄，分明撒钹相似。周迪回头看时，离庙已远，那人也不见了，耳根前如狂风骤雨之声。心中害怕，伏在鞍上，合眼假寐。也不知行了多少路，只闻得晓钟声响，鸡犬吠鸣，抬头看时，约莫五更天气，远望见一座城池，如在马足之下。暗想道："前面不知是何州县。"霎时间已至城下，举目观看，仿佛是洪州风景，心中奇怪。此时城门未启，把马带住，等候开门。须臾间，要入城做买卖的，渐渐来至，人

声嘈杂，仔细听时，正是家乡声口，惊讶道："原来已到家了，马真乃龙驹也。"一回儿城门开了，那马望内便走，转弯抹角，这路径分明是走熟的一般。行到一个所在，忽已立住了。此时天色将明，周迪仔细一觑，却便是自家门首，心中甚喜。跳下马来敲门，只见母亲乐氏，同着舅母冯氏，一齐开门出来，看见说道："呀！儿子你回来了。"再举眼看了一看，问道："媳妇在那里，如何不见？"周迪听说媳妇二字，心中苦楚，勉强忍住，拿着包裹，说道："且到里面去细说。"

走到中堂，放下行李，先拜了冯氏，然后来拜母亲。周母又问："媳妇怎不同归？"周迪一头拜，一头应道："你媳妇已去世了。"这句话还未完，已忍不住放声恸哭。周母道："且莫哭，且说媳妇为甚死了？"周迪把从前事诉与母亲，又取出钱来道："这就是媳妇卖命之物。"周母哭倒在地，冯氏也不觉涕泪交流。周迪扶起母亲，周母跌足哭道："我那孝顺的媳妇儿，原来你为着我送了性命，却来报知道。"周迪惊讶道："他怎地来报母亲？"，周母停了哭，说道："昨日午间，因身子疲倦，靠在桌上，恍恍惚惚，似梦非梦的见媳妇走来，对我拜了两拜，说：'婆婆，媳妇归来了。你儿子娶了一个不长不短，不粗不细，粉骨碎身的偏房，只是原来的子舍。你儿子生了一个孩子，又大又小，又真又假，蓬头垢面，更不异去日的周郎。'说罢，霎时间清风一阵，有影无形。要认道是梦，我却不曾睡着；要不认是梦，难道白日里见了鬼。心中疑惑，一夜不曾合眼。不想却是他阴灵来报我！"周迪道："原来娘子这般显灵。"冯氏道："常言生前正直，死后为神。现在虽受苦恼，死后自然往好处去了。"周母又懊悔昔日逼他出去，弄做一场没结果，将头在壁上乱撞，把拳在胸前乱捶，哭道："媳妇的儿，通是我害了你也。"周迪抱住道："母亲，你就死也报不得媳妇，可怜媳妇死又救不得母亲，却不辜负了媳妇屠身报姑一片苦心。"冯氏也再三苦劝。

　　此时天已大明，里边只顾啼啼哭哭，竟忘了门外骑来马匹。只听门前人声鼎沸，嚷道："这是何处庙堂中的泥马，却在这里，还是人去抬来的，还是年久成精走来的！"惊动周迪出来观看，吓得伸出了舌头缩不去，说道："原来昨夜乘的是个神马。可知道三个时辰，扬州就到了洪州。那说话的，正是那三闾大夫显圣了。"即向空拜道："多谢神明怜悯我妻孝烈，现身而渝，送我还家养母。后日干戈宁静，世道昌明，当赴殿庭叩谢呵护之恩。"拜罢起来。众人问其缘故，周迪先说宗二娘杀身，后说三闾大夫显圣，将神马送归的事，细述一遍。众人齐称奇异，有的道："只是这个泥马，如何得去？"周迪道："不打紧，待我抬入家中供养，等后日道路太平时，亲送到庙便了。"即央了几个有力后生来扛抬，这马恰像似生下根的，却摇不得。又添了若干的人，依然不动。内中一人说道：此必神明要把孝妇的奇绩昭报世人，所以不肯把这马到家里去。如今只该先寻席篷，暂蔽日色，然后建个小停供养，可不好么？"众人齐声称是。有好善的，连忙将席篷送来遮盖。这件事顷刻就传遍了洪州城。不想过了一夜，到次早周迪起来看时，这匹泥马已不见了，那席篷旁边，遗下一幅黄纸，急取来看，上面写了两行字道：

　　　孝妇精诚贯日明，靡躯碎首羽鸿轻。

　　　神驹送子承甘旨，知古应留不朽名。

看罢，又向空拜了两拜，即忙装塑起三闾大夫神像，并着神马，供养在家，朝夕祀拜，尽心侍奉母亲，亦不复娶后妻。

　　常言道："圣诚可以感格天地。"这宗二娘立心行孝，感动天庭，上帝以为为姑杀身，古今特见，敕封为上善金仙，专察人间男妇孝顺忤逆之事。那孝顺的幢幡宝盖迎来，生于中华善地；忤的罚他沉埋在黑暗刀山，无间地狱。这一派公案，都是上善金仙掌管。上善金仙追念婆婆恩深义大，护佑他年到一百三十岁。周迪亦活至一百十岁。母子两人，无疾而逝。临终之时，五星灿烂，祥云满室，异香遍城，合洪州的人，无不称道这是宗二娘至孝格天之报。诗云：

孝道曾闻百行先，孝姑千古更名传。
若还看得周家妇，泻倒黄河泪未干。

第十二篇　侯官县烈女歼仇

梁山感把妻，痛哭为之倾。

金石忽暂开，都繇激深情。

东海有勇妇，何惭苏子卿。

学剑越处子，超然若流星。

捐躯报夫仇，万死不顾生。

白刃耀素雪，苍天感精诚。

十步两蹒跃，三呼一交兵。

斩首掉国门，蹴踏五藏行。

豁此伉俪愤，灿然大义明。

北海李使君，飞章奏天庭。

舍罪警风俗，流芳播沧瀛。

名在列女籍，竹帛已光荣。

淳于免诏狱，汉王为缇萦。

津妾一棹歌，脱父于严刑。

十子若不肖，不如一女英。

豫让斩空衣，有心竟无成。

要离杀庆忌，壮夫所素轻。

妻子亦何辜，焚之买虚声。

岂如东海妇，事立独扬名。

中国禁书文库

醒世第二奇书

这首诗，乃李太白学士，因当时东海有妇人，为夫报仇，白昼杀人都市，羡其勇烈而作。其间引着缇萦豫让等几个古人的事迹，分明说男子不如妇女的意思。此言虽非定论，然形容此妇，十步两蹒跃，三呼一交兵之句，无异楚霸王喑哑叱咤，千人自废的景状，令人毛骨竦然。比着斩空衣的豫让，真不可同日而语。但称东海有勇妇，又说学剑越处子，可见此妇素有勇力，又会武艺，故敢与男子格斗。大凡人有了勇力武艺，胆气精壮，若又逼着忿怒，这杀人的事，常要做出来，所以还未足为奇。如今在下说一个娇娇怯怯，香闺弱质，平日只会读书写字，刺绣描花，手无缚鸡之力，一般也与丈夫报仇，连杀十数余人。比东海勇妇，岂不更胜一筹？这桩故事说出来时，直教：

> 贞娘添正气，淫汉退邪心。

说话宋朝靖康年间，威武州侯官县，有个士人，姓董名昌，表字文枢。生得风姿美好，才学超群。早年丧母，其父董梁秀才，复娶继母徐氏。董昌到十四岁上，父亲又一病去世。本来没甚大家私，薄薄有几亩田产，止堪供稠粥膏火。争奈徐氏贪食性懒，不肯勤苦作家，因此董昌外貌虽以继母看待，心中却不和睦。徐氏只倚着晚娘名分，做出许多恶状。董昌无可奈何，远而敬之，一味苦功读书。却好服满，遇着岁考，应去童子试，便得领案入泮。那时豪家富室争来要他为婿。董昌自想是个穷儒，继母又不贤慧，富家女子，习成骄傲，倘或两不相下，争论是非，反为不美，为此都不肯就。只情愿觅诗礼人家为婚，方是门当户对。这也不在话下。

大凡初进学的秀才，广文先生每月要月考，课其文艺，申报宗师，这也是个旧例。其时侯官教谕姓彭名祖寿，号古朋，乃是仙浪人，虽则贡士出身，为人却是大雅。新生贽仪，听其厚薄，不肯分别超超上上等户，如钱粮一般征索，因此人人敬爱。其年彭教谕六十八岁，众新生道，已近古稀，各凑小分奉贺。彭教谕乘着月考之期，治具一酌，答其雅情。到晚文完，方要入席，恰好有个故人来相访。此人是谁？覆姓申屠，名虔，别号退翁，长乐人氏。原是个有意思的秀才，指望上进，因累试不第，又见六贼乱政，百姓受苦，四方盗贼丛生，干戈侵扰，无有虚日。知得时事不可为，遂绝意取进，寄性山水，做个散人。与彭教谕通家相好，特来访问。相见已毕，就请登筵。申屠虔年纪又长，且是远客，遂坐了首席。佳宾贤主，杯觥酬酢，十分欢洽。

饮酒中间，申屠虔偏将少年秀才来看，看到董昌一貌非凡，便向彭教谕取他月考文字来看。你道他为何要看董昌文字？原来申屠虔当年结发生下一儿一女，儿名希尹，

女名希光。中年妻丧，也不续娶，自己抚育这两个子女。此时女儿年已一十六岁，天生得柳叶眉，樱桃口，粉捏就两颊桃花，云结成半弯新月；缕金裙下，步步生莲，红罗袖中，丝线带藕。且自幼聪伶俐，真正学富五车，才通二酉。若是应试文场，对策便殿，稳稳的一举登科，状元及第。只可惜戴不得巾帻，穿不得道袍，埋没在粉黛丛中，胭脂队里。希尹一般也有才学，只是颖悟反不及妹子。这希光名字，本取希孟光之意。然孟光虽有德行，却生得又黑又肥，怎比得此女才色兼全，世上无双，人间绝少。申屠虔酷爱女儿才学，所以亲朋中来求婚的，一概不许，直要亲眼选个好对头，方许议婚。不道来访彭教谕，凑巧遇着款待众秀才，从中看中了董昌，为此讨他文字来看。他本来原是高才，眼中识宝，看见董昌才称其貌，欲将希光许嫁与他。当晚剪烛再酌，忽然明伦堂上一声鹊噪，又一声鸦鸣。彭教谕道："黄昏时候，那有鸦鸣鹊噪之事，甚是可怪！"申屠虔笑道："从来鹊噪非喜，鸦鸣不凶，凶吉事情，这禽鸟声音，何足计较。不揣口吟一对联，若这新秀才中，接口对出者，决定他年连中三元。"彭教谕点头应道："如此极妙。"申屠虔即出一联道：

鹊噪鸦鸣，凶非凶，吉非吉。总不若岐山威凤，凤舞鸾翔。

众秀才一个也对不出，独有董昌对道：

牛神蛇鬼，瑞不瑞，妖不妖。却何如洛水灵龟，龟登龙扰。

众秀才一齐称快，彭教谕也道他才调高捷，他人莫及。申屠虔虽则称赏，细味其中意思，言神言鬼，其实不祥。龟至于登，龙至于扰，俱不是佳兆。但喜此子有才有貌，与希光果是一对，不信阴阳，不取谶语，便也不妨。若错过此姻缘，总然门当户对，龟鹤夫妻，决非双璧。便于席上请教谕作伐，成就两家之好。董昌听见教谕称其女才貌兼全，又是诗礼之家，满口应允。申屠虔性子古怪，但要得个好婿，并不要纳聘下礼，只教选定吉日良时，竟来迎娶便了。董秀才一钱不费，白白里应定了一房亲事，这场喜事，岂非从天降下。正是：

只凭一对作良媒，不用千金为厚聘。

当夜宴席散了，明早申屠虔即归长乐，整备嫁女妆奁。那知儿子希伊，年纪才得二十来岁，志念比乃翁更是古怪恬淡。他料天下必要大乱，不思读书求进，情愿出居海上，捕鱼活计，做个烟波主人。申屠虔正要了却向平之愿，自去效司马遨游，为此一凭儿子作主，毫不阻当。希尹置办了渔家器具船只，择日迁移。希光乃作一诗与哥哥送行，诗云：

生计持竿二十年，茫茫此去水连天。

往来潇洒临江庙，昼夜灯明过海船。

雾里鸣螺分港钓，浪中抛缆枕霜眠。

莫辞一棹风波险，平地风波更可怜。

希尹看了赞道："好诗，好诗！但我已弃去笔砚，不敢奉和了。"他也不管妹子嫁与不嫁，竟携妻子迁居海上去了。看看希光佳期已近，申屠虔有个侄女，年纪止长希光两岁，嫁与古田医士刘成为继室。平日与希光两相亲爱，胜如同胞，闻知出嫁，特来相送。至期董秀才准备花花轿子，高灯鼓吹，唤起江船，至长乐迎娶。他家原临江而居，舟船直至河下。那申屠虔家传有口宝剑，挂在床上，希光平日时时把玩拂拭。及至娶亲人已到，尚是取来观看，恋恋不舍。申屠虔见女儿心爱，即解来与他佩在腰间，说道："你从来未出闺门，此去有百里之遥，可佩此压邪。"希光喜之不胜，即拜别登轿下舟。申屠虔亲自送女上门。希光下了船，作留别诗一首云：

女伴门前望，风帆不可留。

岸鸣楸叶雨，江醉蓼花秋。

百岁身为累，孤云世共浮。

泪随流水去，一夜到闽州。

虽吟了此诗，舟中却无纸笔，不曾写出。到了郡中，离舟登轿，一路鼓乐喧天，迎至董家。教谕彭先生是大媒，纱帽圆领，来赴喜筵。新人进门，迎龙接宝，交拜天地祖宗，三党诸亲，一一见礼。独有继母徐氏，是个孤身，不好出来受礼。董秀才理合先行道达一声，因怀了个次日少不得拜见的见识，竟不去致意，自成礼数。徐氏心中大是不悦，也不管外边事体，闭着房门，先自睡了。堂中大吹大擂，直饮至夜阑方散。申屠虔又入内房，与女儿说道："今晚我借宿彭广文斋中，明日即归，收拾行装，去游天台雁岩，有兴时，直到泰山而返。或遇可止之处，便留在彼，也未可知。为妇之道，你自晓得，谅不消我分付，但须劝官人读书为上。"希光见父亲说要弃家远去，不觉楸然说道："他乡虽好，终不如故里，爹爹还宜早回。"申屠虔笑道"此非你儿女子所知。"道罢相别。董昌送客之后，进入洞房。一个女貌兼了郎才，一个郎才又兼女貌。董官人弱冠之年，初晓得撩云拨雨；申屠姐及笄之后，还未谙蝶浪蜂狂。这起头一宵之乐，真正：

占尽天下风流，抹倒人间夫妇。

到次早请徐氏拜见，便托身子有病，不肯出来。大抵嫡亲父母，自无嫌鄙。徐氏既系晚娘，心性多刻，虽则托病，也该再三去请。那董昌是个落拓人，说了有病，便就罢了，却像全然不作准他一般。徐氏心中一发痛恨，自此日逐寻事聒噪，捉鸡骂狗。申屠娘子，一来是新媳妇，二来是知书达礼的人，随他乱闹，只是和颜悦色，好言劝解，不与他一般见识。这徐氏初年，原不甚老成，结拜几个十姊妹，花朝月夕，女伴们一般也开筵设席。遇着三月上巳，四月初八浴佛，七夕穿针，重九登高，妆饰打扮，到处去摇摆。当日董梁在日，诸事凭他，手中活动，所以行人情，赶分子，及时景的寻快活。轮到董昌当了家，件件自己主张，银钱不经他手，便没得使费，只得省缩。十姊妹中，请了几遍不去，他又做不起主人，日远日疏，渐渐冷淡。过了几年，却不相往来，间或有个把极相厚的，隔几时走来望望。及至董昌毕婚之后，看见他夫妻有商有量，他却单单独自没瞅没睬，想着昔年热闹光景，便号天号地的大哭一场。董昌颇是厌恶，只不好说得。

时光迅速，董昌成亲早又年余，申屠娘子，已是身怀六甲，到得十月满足，产下一儿。少年夫妇，头胎便生个儿子，爱如珍宝，惟徐氏转加不喜。一日清早，便寻事

与董昌嚷闹，董昌避了出去。没对头相骂，气忿忿坐在房中。只见一个女人走将入来，举眼看时，不是别个，乃是结拜姐姐姚二妈。尝言恩人相见，分外眼青。徐氏一见知心人，回嗔作喜，起身迎迓道："姐姐，亏你撇得下，足足里两个年头不来看我了，今日甚么好风吹得到此。"姚二妈道："你还不知道，我好苦哩。害脚痛了年余，才医得好。因勉强走动了，还常常发作。近时方始全愈，为此不能够来看你，莫怪，莫怪！"徐氏道："原来如此，这却错怪你了。"取过椅儿请他坐下。

姚二妈袖中摸出两个饼饵递与道："昨日我孙儿周岁，特地送拿鸡团与你尝尝。"徐氏接来放过，说道："好造化，又有孙儿周岁了。"又叹口气道："你与我差不多年纪，却是儿孙满堂，夫妻安乐。像我这鳏寡孤独，冰清水冷，真是天悬地隔。"说还未了，两泪双垂。姚二妈道："阿呀！我闻得昌官人已娶了娘子，你现成做婆，正好自在受用。巴得昌官人一朝发达，怕继母不封赠做老夫人，老奶奶，还有甚不足意，自讨烦恼。"徐氏道："不说不知，当初我进董家门来，昌官还只得三四岁，也亏我抚养成人。如今成人长大，不看我在眼里。就是做亲大礼，也不请我拜见。每日间夫妻打伙作乐，丢我在半边，全然不睬。不要说别样，就是饮食小事，他夫妻两口，大鱼大肉，我做娘的，只是一碗苋菜汤，勉强下饭。间或事忙，连这粗茶淡饭，常至缺少。真个是前人田地，后生世界，孤孀寡妇，好不苦恼！"言罢拍台拍凳，放声大哭。惊得申屠娘子，走将出来劝解，却也不知缘故。见姚二妈在坐，又偷忙叙话，问姓张姓李，与昌官人家何亲何眷。姚二妈一头答应，两眼私瞧，骨碌碌看上看下。私忖道："世间乍有这般女子，若非天仙织女转世，定是月里嫦娥降生。不知董秀才前世里怎生样修得到，今世受用如此绝色，只怕他没福消受，到要折了寿算。"

这婆子方在惊讶，那知冤家凑巧，适当董昌从外直走进来。见姚二妈与徐氏及申屠娘子三人搅作一堆，哭的哭，笑的笑，因早间这场闷气在肚，正没处消豁，又见如此模样，不觉大怒，骂道："好人好家，三婆不入门。你是何人，在我家说长道短，若得不和睦。可知有你这歪老货搬弄，致使我家娘一向使心别气，如今一发啼啼哭哭的，成甚么规矩。"姚二妈也变色说道："你做秀才的好不达道理，凡事也须要问个来历，却如何便破口骂人。我好意来此望望他，因平日受苦不过，故此啼哭，与我甚么相干。你不说自己轻慢晚娘，反说别人搬弄不睦。"董秀才听了，激得怒从心上起，骂道："老贱人，这个话难道不是挑斗我家不和？"劈脸两个漏风巴掌。徐氏连忙来劝，董昌失手一推，跌倒在地。申屠娘子急向前扶起徐氏，劝解姚二妈出门，又劝解丈夫在徐氏面前，陪个不是，方得息了一场闹吵。这一番口舌，不打紧，正是：

　　　　饱学书生垂命日，红颜侠女断头时。

　　这姚二妈原是走千门踏万户，惯做宝山的喜虫儿。乘便卖些花朵，兑些金珠首饰，忙里偷闲，又捱身与人做马泊六，是个极不端正的老泼贼。被董秀才打了两个巴掌，一来疼痛，二来没趣，心中恼道："无端受这酸丁一场打骂，须寻个花头摆布他，方销得此恨。"一头走，一头想，正行之间，远远望见一个熟人走来。这婆子心里忽然拨动一个恶念，说："若把那人奉承了这人，定然与我出这一口气。"打定主意，走上一步，去迎这人。你道此人是何等样人物？原来此人唤做方六一，家私巨万，谋干如神，专一交结上下衙门人役，线索相通。又纠连闽浙两广亡命，及海洋大盗，出没彭湖，杀人劫财，不知坏了多少人的性命。却又贩卖违禁货物，泛海通番，凡犯法事体，无一不为。更兼还有一桩可恨之处，若见了一个美貌妇女，不论高门富室，千方百计，去谋来奸宿。至于小家小户，略施微计，便占夺来家。奸淫得厌烦了，又卖与他人，也不知破坏了多少良人妻女的行止。因是爪牙四布，一呼百应，远近闻名，人人畏惧，是一个公行大盗，通天神棍。姚二妈平日常在他家走动，也曾做过几遍牵头，赚了好些钱财，把他奉做家堂香火。这时受了董秀才的气，正想要寻事害他，不期恰遇了方六一这个杀星，可不是董昌的晦气到了。

　　当下方六一见了姚二妈，满面撮起笑来，问道："二妈，何故两日不到我家来走走？今日为何红了半边面皮，气忿忿，骨笃了嘴，不言不语，莫非与那个合口嘴么？"这婆子正要与他计较，却好被他道着经脉，便扯到一个僻静处，把适来董秀才殴辱缘故，细细告诉一遍。方六一带着笑道："如此说来，你却吃了亏哩。"姚二妈道："便是无端受了这酸丁一场呕气，又还幸得他娘子极力解劝，不曾十分吃亏。"方六一道："这样不通道理的秀才，却有恁般贤慧老婆。"姚二妈道："贤慧还是小事，只这标致人物，却是天下少的。"方六一惊道："你且说他是如何模样？"姚二妈道："那颜色美丽，令人一见销魂，自不消说。只这一种娉婷风韵，教我也形容他不出。六一官，你虽在风月场中走动，只怕眼睛里从不曾见这样绝色的少年妇人。"方六一道："不道我侯官县有恁般绝色，可惜埋没在酸丁手里。二妈，可有甚法儿，教我见他一面，也叫作眼见希奇物，寿年一千岁。"姚二妈笑道："见他也没用，空自动了虚火。你若有本事弄倒了这酸丁，收拾这娘子，供养在家，亲亲热热的受用，这便才是好汉。"方六一听罢，合掌念一声阿弥陀佛："谋人性命，夺人妻子，岂是我良善人做的。你也不消气得，且到我家吃杯红酒，散一散怀抱罢。"姚二妈道："原来六一官如今吃斋念佛了，老身却失言也。"六一笑道："你这婆子，心忒性急。大凡作事，自有次序，又要秘密，怎便恁般乱叫。况他又是个秀才，须寻个大题目，方能扳得他倒。"遂附耳低言道："这桩事，除非先如此如此，种下根基，等待他落了我套中，再与你商量后事。做得成时，不要说出了你的气，少不得我还要重重相酬。"这婆子听了，连声喝采道："如此妙计，管教一箭上垛。"方六一道："我今要去完一小事，归时即便布置起来。明日你早到我家来，再细细商议。"姚二妈应诺，各自分手。正是：

> 继母生猜恨礼疏，虔婆怀怨构风波。
>
> 阴谋欲攘红颜妇，断送书生入网罗。

且说董秀才，一日方要出门到学中会文，只见一人捧着拜匣走入来，取出两个柬贴递上。董昌看时，却是一个拜贴，一个礼贴，中写着："通家眷弟方春顿首拜。"礼贴开具四羹四果，绉纱二端，白金五两，金扇四柄，玉章二方，松萝茶二瓶，金华酒四坛。董昌不认得这个名字，只道是送错了，方以为讶。外面三四个人，担礼捧盒，一齐送入，随后一人头顶万字头巾，身穿宽袖道袍，干鞋净袜，扩而充之，踱将进来。董昌不免降阶相迎，施礼看坐。这人不是别人，便是方六一这厮。可知六一原是排行，他平生欣羡睦州豪杰方腊以妖术诱众，反于帮源洞，僭号建元。既与同姓，妄意认为一宗，取名方春，见腊后逢春之意，欲待相时行事，大有不轨之念。当下坐定，董昌开言道："小弟从不曾与台丈有交亲，为甚将此厚礼见赐，莫非有误？"方六一道："春虽不才，同与先生土著三山城中，何谓不是交亲。弟此来一为敬仰高才绝学，庠序闻名，定然高攀仙桂，联捷龙门。自今相拜以后，即为故交，日后便好提拔。二则前日姚二妈闹宅，唐突先生，实为有罪。姚二妈乃不消姨娘，瓜葛相联，方春代为负荆，敢具此薄礼请罪，万祈海涵。"说未了跪将下去。董昌慌忙扶起道："一时小言，何足介意，这厚礼断不敢受。"方六一道："先生不受，是见弃小弟了。"董昌推让再四，方六一坚意不肯收回，叫小厮连盒放下，起身作辞竟去。董昌年少智浅，见他这般勤殷，只道是好意。更兼寒儒家，绝少盘盒进门，见此羹果银纱等物，件件适用，想来受之亦无害于理。即唤转使人，也写个通家眷弟的谢帖，打发去了。

　　申屠娘子问道："适来何人，是何相知，却送如此厚礼？"董昌将名帖送与观看，说道："此人从无一面，据他说，姚二妈是其姨娘，因前日费口一番，特来代他请罪，二则慕我文才，要结识做个相知，为此送这些儿礼物。"申屠娘子听了，摇首道："此事来得蹊跷，不可不察。"董昌道："娘子何以见知？"申屠娘子道："当今世情，何人不趋炎附势，见兔放鹰，谁肯结交穷秀才。且又素不识面，骤致厚礼，可疑者一；前日姚二妈不过小言，又无深怨，此人即系两姨之子，也何消他来代为请罪，可疑者二。况君子不饮盗泉这水，岂可轻易受人之物？"董昌笑道："娘子忒过虑了，自来有意思的人，尝物色英雄于尘埃中，岂可以世情起见，一概抹杀好人。我看此人情辞诚笃，料无他意，不必疑心。"申屠娘子道："我虽过虑，官人也休过信。"董昌道："这个我自理会得。"到次日，也备几件礼物去答拜。秀才人情，少不得是书文手卷诗扇之类。方六一尽都收了，留住便饭。董昌力辞，那里肯放，只得领情。名虽便饭，实则酒筵，方六一殷勤相劝，尽醉方散。至明日，姚二妈又到董家陪小心，称不是，一笑释然。

　　自来读书人最好奉承，董昌见方六一恁般小心克己，认定是个好人，交无猜虑，日亲日近，竟为莫逆之交。方六一不时馈礼请酒，自己也常来寻问董昌。他的念头，希翼撞见申屠娘子一面，看其姿色果是如何。那知这娘子无事不出中堂，再无由遇见。那姚二妈既揸身入门，也不尝来攀谈闲话，卖些花朵，趋奉申屠娘子，博他欢喜。及至背后向着徐氏，却又冷言冷语的挑唆，徐氏一发痛恨儿子，巴不得即刻死了，方才快活。

　　方六一与董秀才往还数月，却没个机会下手害他。一日闻得泉州获了大伙海盗，那为头的浑名扳倒天，与方六一原是一党。六一知得这个消息，带了若干银子，星夜赶到泉州，寻相知衙役，到监门上用了些钱钞，进去探问。那班强盗见方六一来看觑，喜出望外，求他挽回搭救。六一道："我专为此而来，但不知招稿，可曾定否？"众盗道："初解到时，太爷因事忙，即下了狱，随后又为有病，至今不出堂，所以尚未审问。"六一道："如此就有生路了。"向扳倒天附耳低言道："侯官学中，有个董秀才，久有异志，也结交四方豪杰，乘时欲图大事，官府渐渐也多晓得了。到审问时，众口一辞，竟招称董昌是谋主，纠结闽浙两广亡命，阴谋不轨。我等皆其庄佃，因威逼为非。拼些银两，买上告下，求当案孔目，将董昌装了头，众兄弟只做胁从。招中字眼放活了，待我再到京师，营谋个恤刑御史前来，开招释放，可不好么?"扳倒天道："若得如此，便是再生父母了。"方六一又留银两与他们使费，急回威武来布置。扳倒天把这话通知众盗，及至审问，一口咬定董昌主谋，阴图叛逆。

　　泉州府尹，大是明察，思想做秀才的，决无此事，定是仇口陷害。但既系众盗招扳，须拿来面质，才见真伪。又恐差捕役前去，必先破家，乃行文至威武州关提，州中转行侯官县拘解。这知县相公，是蔡京门下人，又贪又酷又昏，耳又是棉花做的。方六一自泉州归时，先使人吹风到大尹耳内，说道董秀才素行不端，结纳匪人。又假捏地方邻里人，具个公呈，说董昌日与异言异服外方人往来，行踪诡秘，举动叵测。大尹见此呈与前言暗合，大是惊骇。方待拘问，恰好州中帖文又下，三处相符，更无疑惑，即差人密拿董昌。不道这差役正是方六一的心腹，飞来报知，六一分付："连妇女都要到官，待我来解劝，方才释放。"差人受了嘱托，竟奔董昌家来，分一半人将前后把住，其余尽赶入去，将夫妻子母，并两个童仆，俱是一条索子扣住。这场大祸，分明青天打下一霹雳，不知从何而起。问着差人所犯何事，却又不肯说，只言到县便知。扯扯拽拽，拥出门去。申屠娘子虽有智识，一时迅雷不及掩耳，也生不出甚计较。无可奈何，抱着儿子，只得随行。徐氏大哭大骂道："这个逆贼，平日不把做娘的看在眼里，如今不知做下甚么犯法事体，连累我出乖露丑，引动邻里间都来观看。"

　　差人方待带着董昌等要行，只见远远一个人走来。董昌望去，认得是方六一，即高叫道："六一兄，快来救我!"方六一赶近前看了，假意失惊道："为甚事体，怎般模样?"董昌道："连我也不知是什么缘故，叩问公差又不肯说。"方六一道："是甚事如此秘密，真奇怪。"董昌道："六一兄，你怎地救得我，决不忘恩。"六一道："莫忙，待我作了揖，从容商议。"遂向徐氏、申屠娘子深深施礼，偷眼觑看，果然天姿国色。暗想便拼用几万两银子，与他同睡一宿，就死也甘心。礼罢，对差人道："列位差公，且入家里来，在下有一言相恳。"差人嚷道："去罢了，有甚话说。"方六一道："列位何消性急。我若说得有理，你便听了，说得没理，去也未迟。"众人依言，复带入家中。方六一道："董相公是读书人，纵有词讼，不过是户婚田土，料必不是甚么谋叛大

逆，连家属都要到官。待我送个薄东，与列位买杯酒吃，求做个方便，且慢带家属同去，全了斯文体面。"遂向袖中摸出一锭银子，约有三四两重。差人俱乱嚷道："这使不得，知县相公分付来的，我们难道到担个得钱卖放的罪名。况且事体重大，你若从中打干，恐怕也不得干净。"方六一又道："谁无患难，谁无朋友，便累及我，也说不得了。"又向袖中将出二两多银子，并作一包，送与说："我晓得东道少，所以列位不肯。但我身边只有这些，胡乱收了，后日再补。"差人还假意不肯，方六一道："我有个道理在此，如今先带董相公去见，若不提起要家属，大家混过。如或必要，再来带去，也未为迟。"众人方才做好做歹，将他姑媳家人放了，只牵着董昌到县里去。看官，你道方六一为甚教差人又做出这番局面？他因不曾看见申屠娘子，果是怎样姿色，乘着这个机会，逼迫来相见一面。二则假意于中出力周全，显见他好处，使人不疑，以为后日图妻地步，此乃最深最险的奸计。在方六一自道神机妙算，鬼神莫测，正不知上面这空空洞洞不言不语的却瞒不过。所以俗语说：

> 湛湛青天不可欺，未曾举意早先知。
> 善恶到头终有报，只争来早与来迟。

当下差人解至当堂。县尹说道："好秀才，不去读书，却想做恁般大事。"董昌道："生员从来自爱，并不曾做甚为非之事。"县尹道："你的所行所为，谁不知道，还要抵赖。我也不与你计较，且暂到狱中坐坐，备文申解。"董昌闻说下监，不服道："生员得何罪，却要下狱。老父母莫误信风闻之言，妄害无辜。"秀才家不会说话，只这一言，触恼了县尹性子，大怒道："自己做下大逆之事，反说我妄害无辜，这样可恶，拿下去打。"董昌乱嚷道："秀才无罪，如何打得。"县尹愈怒道："你道是秀才打不得，我偏要打。"喝教："还不拿下。"众皂隶如狼虎般，赶近前拖翻在地，三十个大毛板，打得皮开肉绽，鲜血进流。县尹尚兀是气忿忿的，教发下去监禁。许多差役簇拥做一堆，推入牢中。董昌家人那里能够近身，急忙归报。把申屠娘子惊呆半晌，自想这桩事没头没脑，若不得个真实缘由，也无处寻觅对头，出词辨雪。一面教家人央挽亲族中人去查问，一面又教到狱中看觑丈夫。惟有徐氏合掌向天道："阿弥陀佛，这逆贼今日天报了。"心中大是欢喜。这也不在话下。

且说董昌本是个文弱书生，如何经得这般捶扑，入到牢中，晕去几遍。睁眼见方六一在旁，两泪交垂，一句话也说不出。方六一将好言安慰，监中使费饮食之类，都一力担承。暗地却叮咛禁子，莫放董昌家人出入，通递消息。又使差人执假票，扬言访缉董昌党羽，吓得亲族中个个潜踪匿影，两个仆人也惊走了一个。方六一托着董昌名头，传言送语，假效殷勤。姚二妈又不时来偎伴，说话中便称方六一家资巨富，做人仁厚，又有义气，欲待打动申屠娘子。怎知申屠娘子一心只想要救丈夫，这样话分明似飘风过耳，那在他心上，但也不猜料六一下这个毒计。

申屠娘子想起董门宗族，已没个着力人，肯出来打听谋干；自己父亲，又远游他处，哥哥避居海上，急切不能通他知道。且自来不历世故，总然知得，也没相干，自己却又不好出头露面。左思右想，猛然想着古田刘家姐夫，素闻他任侠好义，胸中极为谋略。我今写书一封寄与，教刘姐夫打探谁人陷害，何人主谋，也好寻个机会辨头，或者再生有路，也不可知。又想向年留别诗尚未写出，一并也录示姐姐，遂取讨纸笔写书云：

忆出阁判袂，忽焉两易风霜。老父阿兄，远游渔海，鳞鸿杳绝。吾姊复限此襟带，不得一叙首以申间阔，积怀徒劳梦寐耳。良人佳士，韫椟未售，满图奋翮秋风，问月中仙索桂子。何期恶海风波，陡从天降。陷身坑阱，肢体摧伤，死生未保，九阍远隔，天日无光，岂曾参果杀人耶？董门宗族寥落，更鲜血气人，无敢向圄扉通问者。想风鹤魂惊，皆鼠潜龟伏矣。熟知姊婿热肠侠骨，有古烈士风，敢气奋被发缨冠之谊，飞舸入郡，密察谁氏张罗，所坐何辜。倘神力可挽，使覆盆回昭，死灰更燃，从此再生之年，皆贤夫妇所赐也。颙望旌旌，好音祈慰。外有出阁别言，久未请政，并录呈览。

书罢，又录了留别诗，后书难妇女弟希光检衽拜寄。封缄固密，差了仆人星夜前往古田。不道那仆人途中遇了个亲戚，问起董家事体，说道："一个秀才，官府就用刑监禁，又要访拿党羽，必然做下没天理的事情，你是他家人，恐怕也不能脱白。"那仆人害怕，也不往古田，复身转来，一溜烟竟是逃了。申屠娘子，眼巴巴望着回音，那里见个踪影。正是：

时来风送滕王阁，运退雷轰荐福碑。

话分两头。却说彭教谕因有公事他出，归来闻得董昌被责下狱，吃了一惊，却不知为甚事故。即来见县尹，询问详细，力言董生少年新进，文弱书生，必无此事。这县尹那里肯听，反将他奚落了几句，气得彭教谕拂衣而出，遂挂冠归去。同袍中出来具公呈，与他辩白，县尹说：“上司已知董生党众为逆，尚要连治。诸兄若有此呈，倘究诘起来，恐也要涉在其中。”众秀才被这话一吓，唯唯而退，谁个再敢出头。方六一见学官秀才，都出来分辨，怕有变故，又向当案处，用了钱钞，急急申解本州，转送泉州。文中备言邻里先行举首，把造谋之事证实。方六一布置停当，然后来通知申屠娘子，安慰道：“董官人之事，已探访的实，是被泉州一伙强盗，招扳在案，行文在本县缉获，即今解往彼处审问。闻得泉州太爷极是廉明，定然审豁。我亲自陪他同去，一应盘费使用，俱已准备，不必挂念。”申屠娘子一时被感，也甚感其情意。

不想董昌命数合休，解到泉州时，府尹已丁母忧。署印判官看来文，与众盗所扳暗合，也信以为实，乃吊出扳倒天一干人犯，发堂面质。董昌极口称冤说：“生平读书知礼，与众人从不曾识面，不知何人仇恨，指使劈空扳害。”再三苦苦析辨，怎当得众盗一口咬定，不肯放松。判官听了一面之词，喝教夹起来。这一个瘦怯书生，柔嫩的皮肉，如何经得这般刑罚，只得屈招。又是一顿板子，送下死囚牢里。方六一随入看视，假意呼天叫屈。董昌奄奄一息，向六一呜呜的哭道：“我家世代习儒，从不曾作一恶事。就是我少年落拓，也未尝交一匪人，不知得罪那个，下此毒手，陷我于死地。这是前生冤孽，自不消说起。但承吾兄患难相扶，始终周旋，此恩此德，何时能报。”方六一道：“怎说这话。你我虽非同气，实则异姓骨肉，恨不能以身相代，区区微劳，何足言德。”董昌又哭道：“我的性命，断然不保。但我死后，妻子少幼，家私贫薄，恐不能存活，望乞吾兄照拂一二。”六一道：“吉人自有天相，谅不至于丧身。万一有甚不测，后事俱在我身上，决不有负所托。”董昌道：“若得如此，来世定当作犬马答报。”道罢，又借过纸笔，挣起来写书，与申屠娘子诀别。怎奈头晕手颤，一笔也画不动，只得把笔撇下，叮嘱方六一寄语，说：“今生夫妻，料不能聚首了，须是好好抚育儿子，若得长大成立，也接绍了董氏宗祀。”一头说，一头哭，好生凄惨。方六一又假

意宽慰一番，相别出狱，又回威武。临行又至当案孔目处，嘱付早申行文定案。当案孔目，已受了六一大注钱财，一一如其所嘱，以董昌为首谋，众盗胁从，叠成文卷，申报上司，转详刑部。这判官道是谋逆大事，又教行文到侯官县，拘禁其妻孥亲属，候旨定夺。这件事，岂非乌天黑地的冤狱！正是：

　　鬼城弥天障网罗，书生薄命足风波。

　　可怜负屈无门控，千古令人恨不磨。

　　再说方六一归家后，即来回覆申屠娘子，单言被强盗咬实，已问成罪名的话，其余董昌叮咛之言，一字不题。申屠娘子初时还想有昭雪之日，闻知此信，已是绝望。思量也顾不得甚么体面，须亲自见丈夫一面，讨个真实缘由。但从未出门，不识道路，怎生是好。方在踌躇，那知泉州拘禁家属的文书已到，侯官县差人拘拿。方六一晓得风声，恐怕难为了申屠娘子，央人与知县相公说方便，免其到官，止责令地邻，具结看守。那时前后门都有人守定，分明似软监一般，如何肯容申屠娘子出外。方六一叫姚二妈不时来走动，自不消说。六一一面向各上司衙门打点，勿行驳勘；一面又差人到京师重贿刑部司房，求速速转详，约于秋决期中结案。果然钱可通神，无不效验。刑部据了招文，遂上札子，奏闻朝廷，其略云：

　　董昌以少年文学，妄结匪人，潜有异图。虽反形未显，而盗证可征。况今海内多事，圣帝蒙尘，乱世法应从重，爰服上刑，用警反侧。妻孥族属，从坐为苛，相应矜宥。群盗劫杀拒捕，历有确据，岂得借口胁从，宽其文法，流配曷尽所辜，骈斩庶当其罪。未敢擅便，伏候圣裁。

　　奏上，奉圣旨，定董昌等秋后处决，族属免坐。刑部详转，泉州府移文侯官县，释放董昌妻孥归家，地邻方才脱了干系。这一宗招详才下，恰已时迫冬至，决囚御史案临威武各郡县，应决罪犯，一齐解至。方六一又广用钱财，将董昌一案也列在应决数内。申屠娘子知得这个消息，将衣饰变卖，要买归尸首埋葬。正无人可托，凑巧古田刘家姐姐，闻知董郎吃了屈官司，夫妇同来探问。申屠娘子就留住在家，央刘姐夫

备办衣棺，预先买嘱刽子人等。徐氏听说儿子受刑，也不觉惨然。到冬至前二日，处决众囚，将一个无辜的董秀才，也断送于刀下。其时乃靖康二年十一月初三日也。正是：

可怜廊庙经纶手，化作飞磷草木冤。

董昌被刑之后，申屠娘子买得尸首，亲自设祭盛殓，却没有一滴眼泪。但祝道："董郎，董郎，如此黑冤，不知何时何日，方能报雪！"正当祭殓之际，只见方六一使人赍纸钱来吊慰。刘成暗自惊讶道："方六一是此中神棍大盗，如何却与他交往？"欲待问其来历，又想或者也是亲戚，遂撇过不题。殓毕，将灵柩送到乌泽山祖茔坟堂中停置，择日筑圹埋葬。安厝之后，刘成夫妇辞归。申屠娘子留下姐姐，暂住为伴。

此时姚二妈妈往来愈勤。一日，姊妹正在房说起父兄远游僻处，音信不通的话，只见姚二妈走将入来。申屠娘子请他坐下，那婆子笑嘻嘻的道："老身有一句不知进退的话相劝，大娘子休要见怪。"申屠娘子道："妈妈有甚话，但说无妨，怎好怪你。"姚二妈道："董官人无端遭此横祸，撇下你孤儿寡妇，上边还有婆婆，家事又淡薄，如何过活？"申屠娘子道："多谢你老人家记念，只是教我也无可奈何。"姚二妈道："我到与大娘子踌躇个道理在此。"申屠娘子道："妈妈若有甚道理教我，可知好么。"那婆子道："目今有个财主，要娶继室，娘子若肯依着老身，趁此青春年少，不如转嫁此人，管教丰衣足食，受用一世。"申屠娘子闻言，心中大怒，暗道："这老乞婆，不知把我当做甚样人，敢来胡言乱语。"便要抢白几声，又想："这婆子日常颇是小心，今忽发此议论，莫非婆婆有甚异念，故意教他奚落我么，且莫与他计较，看还有甚话。"遂按住忿气，说道："妈妈所见甚好，但官人方才去世，即便嫁人，心里觉得不安，须过一二年才好。"那婆子道："阿呀！一年二年，日子好不长远哩。这冰清水冷的苦楚，如何捱得过？况且错过这好头脑，后日那能够如此凑巧。"申屠娘子道："你且说那个财主，要娶继室？"婆子笑道："不瞒娘子说，这财主不是别个，便是我外甥方六一官。他的结发身故，要觅一个才貌兼全的娘子掌家，托老身寻觅，急切里没个像得他意的，因此蹉跎过两年了。我想娘子这个美貌，又值寡居，可不是天假良缘。今日是结姻上吉日，所以特来说合。"

申屠娘子听了，猛然打上心来道："原来就是方六一！他一向与我家殷勤效力，今官人死后，便来说亲，此事大有可疑，莫非倒是他设计谋害我官人么？且探他口气，便知端的。"乃道："方六一官，是大财主，怕没有名门闺女为配，却要娶我这二婚人。"也是天理合该发现，这婆子说出两句真话道："热油苦菜，各随心爱。我外甥想慕花容月貌多时了，若得娘子共枕同衾，心满意足，怎说二婚的话。"申屠娘子细味其言，多分是其奸谋。暗道："方六一，我一向只道你是好人，原来是兽心人面。我只叫你阖门受戮，方伸得我官人这口怨气。"心中定了主意，笑道："我是穷秀才妻子，有甚好处，却劳他恁般错爱。虽然，我不好自家主张，须请问我婆婆才是。"婆子道："你婆婆已先说知了。"

言还未毕，布帘起处，徐氏早步入房，说道："娘子，二妈与我说过几遍了。一来不知你心里若何，二则我是个晚婆，怕得多嘴取厌，为此教二妈与你面讲。论起来，你年纪又小，又没甚大家事，其实难守。这方六一官，做人又好，一向在我家面上，大有恩惠。莫说别的，只当日差人要你我到官，若不是他将出银两，买求解脱，还不知怎地出乖露丑，这一件上，我至今时刻感念。你嫁了他，连我日后也有些靠傍。"姚二妈道："我外甥已曾说来，成了这亲，便有晚儿子之分，定来看顾。"徐氏又道："还有一件，我的孙儿，须要带去抚养的。"姚二妈道："这个何消说得。况他至亲止有一子，今方八岁，娘子过去，天大家资，都是他掌管。家中偏房婢仆，那个不听使唤。哥儿带去，怕没有人服事。"申屠娘子又道："果然我家道穷乏，难过日子，便重新嫁人，也说不得了，只是要依我三件事。"姚二妈道："莫说三件，就是三十件，也当得奉命。"申屠娘子道："第一件，要与我官人筑砌坟圹，待安葬后，方才过门；第二件，房户要铺设整齐洁净，止用使女二人，守管房门；三来家人老小房户，各要远隔，不许逼近上房。依得这三件，也不消行财下聘，我便嫁他。"姚二妈笑道："这三件都是小事，待老身去说，定然遵依，不消虑得。"即便起身别去，徐氏随后相送出房。诗云：

狂且渔色谋何毒，孤嫠怀仇志不移。
奋勇捐躯伸大义，刚肠端的胜男儿。

不题姚二妈去覆方六一。且说刘家姐姐，当下见妹子慨然愿嫁方六一，暗自惊讶道："妹子自来读书知礼，素负志节，不道一旦改变至此。"心下大是不乐。姚婆去后，即就作辞，要归古田。申屠娘子已解其意，笑道："为何这般忙迫，向日妹子出嫁董门，姐姐特来送我出阁，如今妹子再嫁方家，也该在此送我上轿。"刘氏姐听了，忍耐不住，说道："妹子，你说是甚么话？尝言一夜夫妻百夜恩，董郎与你相处二年，谅来恩情也不薄。今不幸受此惨祸，只宜苦守这点嫡血成人，与董郎争气，才是正理。今骨肉未寒，一旦为邪言所惑，顿欲改适，莫说被外人谈议，只自己肉心上也过不去哩。"申屠娘子听了，也不答言，揭起房帘，向外一望，见徐氏不在，方低低说道："姐姐，你道妹子果然为此狗彘之行么？我为董郎受冤，日夜痛心，无处寻觅冤家债主。今日天教这老虔婆，一口供出，为此将计就机，前去报仇雪怨，岂是真心改嫁耶？"刘氏姐姐骇异道："他讲的是甚么话，我却不省得。"申屠娘子道："姐姐你不听见说，慕娘子花容月貌，若得同衾共枕，便心满意足，这话便是供状。"刘氏姐道："不可造次，尝言媒婆口，没量斗，他只要说合亲事，随口胡言，何足为据。"申屠娘子见此话说得有理，心中复又踌躇。

只听耳根边嚄刺刺一声响，分明似裂帛之声。姐妹急回头观看，并无别物，其声却从床头所挂宝剑鞘中而出。刘氏姐大惊，连称奇怪。申屠娘子道："宝剑长啸，欲报不平耳。此事更无疑惑矣。"即向前将剑拔出，敲作两段，下半截连靶，只好一尺五寸。刘氏姐道："可惜好宝剑，如何将来坏了。"申屠娘子道："姐姐有所不知，大凡刀长便于远砍，刀短便于近刺，且有力，又便于收藏。我今去杀方六一，只消此下半截足矣。"刘氏姐道："杀人非女子家事，贤妹还宜三思，勿可逞一时之忿。"申屠娘子道："吾志已决，姐姐不须相劝。"随取水石，磨得这剑锋利如雪，光芒射人，紧藏在身畔。又写下一书，和这上半截断剑，交付姐姐说："待父亲归时，为我致与他。"又道："妹子已拼此躯，下报董郎，遗下孤儿，望乞姐夫姐姐替我抚育。倘得长大，可名嗣兴，以延董门一脉，我夫妇来世定当衔结相报。"正言之际，刘成自古田来到，妻子把这些缘故，道与他知。刘成道："方六一是当今大盗，奸诡百出，造恶万端，董姨丈被他谋害，确然无疑。但小姨要去报仇，恐力气怯弱，不能了事，反成话柄。"申屠娘子笑道："我视杀此贼子，有如几上肉耳，不消虑得。"

不题申屠姐妹筹画。且说姚二妈回覆了方六一，次日即来传话，说娘子所言之事。

一一如命。明日就教工匠到坟上，开金井砌圹，听凭娘子选日安葬。葬后，即来迎娶。申屠娘子道："入土为安，但圹完即葬，不必选日。"方六一做亲性急，多唤匠人，并力趱工。那消数日，俱已完备。申屠娘子姑媳姊妹并刘成，俱到坟头，送董昌入土。方六一又备下祭筵，到坟前展拜。葬毕回家，申屠娘子往还路径，一一牢记在心。又博访了方六一住居前后巷陌街道之路，将所有衣饰，尽付刘成，抚养儿子。其余田产房业，都留与徐氏供膳。诸事料理停当，待候方六一来娶。方六一机谋成就，欢喜不胜，果然将家中收拾得内外各不相关，银屏锦帐，别成洞天，择定十二月甘四，灶神归天之日，娶个灶王娘子。免不得花花轿子，乐人鼓手，高灯火把，流星爆杖，到董家娶亲。姚二妈本是大媒，又做伴娘，一刻不离。当夜迎亲，乐人在门吹打几通，掌礼邀请三遍。申屠娘子抱着孩子，请刘家姐夫姐姐，及徐氏晚婆告别，对姐姐道："我指望同你原归长乐，只是终身不了。今到方家，是重婚再嫁的人了，此后也无颜再与姐姐相见，只索从今相别。"随将孩子递与道："可怜这无爹娘的孩子，烦姐姐好好看管，待三朝后，即便来取。"又对徐氏道："不道婆婆命犯孤辰寡宿，一个晚儿子也招不起，媳妇总之外人，今又别嫁，一发没帐了，你须要自家保重。"徐氏听了这话，想起日后无倚靠的苦楚，不觉放声大哭。刘氏姐已知此番是永别了，也不由不伤心痛哭。更兼这个孩子，要娘怀抱，死命的啼号，这凄惨光景，便是铁石心肠，也要下泪。惟有申屠娘子，并无一点眼泪，毅然上轿，略不回顾。

一路笙箫鼓乐，迎到方家，依样拜堂行礼。方六一张眼再看，魂飞天外。只道是到口馒头，谁知是冲天霹雳。拜堂已毕，方六一唤过八岁的儿子，拜见晚娘。又唤家中上下，俱来磕头。申屠娘子说："且待明日见罢。"方六一得了此话，分明是奉着圣旨，即便止住，鼓乐前导，引入洞房。花烛已毕，摆筵席款待新人。原来方六一生性贪淫，不论宗族亲眷妇女，略有几分颜色，便要图谋奸宿。因此人人切齿，俱不相往来。所以今日喜筵，并无一个女亲，单单只有姚二妈相陪。堂中自有一班狐朋狗党，叫喜称贺。方六一分付姚婆好生陪侍，自己向外边饮酒去了。申屠娘子且不入席，携着姚二妈，将房中前后左右，细细一看。笑道："果然铺设得齐整，比读书人家，大是不同。"又叫丫环执烛，向房外四面观看。见傍边有一小房，开门入看，中间箱笼什物甚多，侧边一张床榻，帐帏被褥，色色完备。问说："此是何人卧所？"丫环答言："是小官人睡处。"姚二妈便道："六一官教我今晚就相伴小官人，睡在这里。"申屠娘子道："这也甚好。"遂走出门，仍复闭上。

回至房中，与姚婆饮酒。三杯已过，申屠娘子道："多谢妈妈作成这头好亲事，日后定当厚报，如今先奉一杯，权表微意。"将过一只大茶瓯，斟得满满的，亲自送到面前。婆子道："承娘子美意，只是量窄，饮不得这一大瓯。"申屠娘子道："天气寒冷，吃一杯也无防。"婆子不好推托，只得接来饮了。申屠娘子，又斟过一瓯道："妈妈再请一杯。"婆子道："这却来不得。"申屠娘子笑道："妈妈你做媒的，岂不晓得喜筵是不饮单杯的，须要成双才好。"婆子又只得饮了。申屠娘子又笑道："妈妈，常言三杯和万事，再奉一瓯。"婆子道："奶奶饶了我罢。"申屠娘子道："你若不吃，我就恼杀你。"婆子没奈何，攒眉皱脸，一口气吸下。他的酒量原不济，三瓯落肚，渐觉头重脚轻，天旋地转，存坐不住。申屠娘子又道："妈妈还吃个四方平稳。"那婆子听说，起身要躲，两脚写字，只管望后要倒。申屠娘子笑道："不像做大媒的，三四杯酒，就是这个模样。"教丫环扶到小房睡卧。分付收过酒席，只留两个丫环伺候，其余女使都教出去，然后自己上床先睡。

时及在鼓，堂中客散。方六一打发了各色人等，诸事停当，将儿子送入小房中，同姚婆睡。一走进房来，先叫两个丫环先睡，须要小心火烛。口中便说，走至床前，揭开红绫帐子，低低调戏两声。将手一摸，见申屠娘子衣裳未脱，笑道："不是头缸汤，只要添把火，待我热烘烘的，打个筋斗儿。"申屠娘子道："便是二缸汤，难道你不赤膊，好打筋斗么？"方六一忙解衣裳，挺身扑上来。申屠娘子右手把紧剑靶，正对小腹上直搠，六一创痛难忍，只叫得一声不好了，身子一闪，向着外床跌翻。申屠娘子，随势用力，向上一透，直至心窝，须臾五脏崩流，血污枕席。两个丫环，初听见主人忽地大叫，不知何故，侧耳再听，分明气喘一般。心中疑惑，急忙近前看去。申屠娘子已抽身坐起，在帐中望见丫头走来，怕走漏了消息，便叫道："这样酒徒，呕得脏巴巴，还不快来收拾。"丫头不知是计，一个趔上一步，方才揭开帐子，申屠娘子道："没用的东西，火也不将些来照看。"口内便说，探在手一把揪住，挺剑向咽喉就搠，即时了帐。那一个丫头，只道真个要火，方转身去携灯，申屠娘子跳出帐来，从背后劈头揪翻，按到在地。那丫头口中才叫阿呀，刃已到喉下，眼见也不能够活了。申屠娘子即点灯去杀姚婆，那房门紧紧拴住，急切推摇不动。方六一儿子，还未睡着，听见门上声响，问道："那个？"申屠娘子应道："你参要一件东西，可起来开门。"这小厮那知就里，披衣而起。门开处，申屠娘子劈面便搠，这小厮应手而倒，再复一下，送归泉下。跨过尸首，挺身竟奔床前，那婆子烂醉如泥，打鼾如雷，一发不知甚么好歹，一连搠下数十个透明血孔，末后向咽下一勒，直挺挺的浸在血泊里了。申屠娘子，本意欲屠戮他一门，一来连杀了五人，气力用尽，气喘吁吁；二来忽转一念，想此事大半衅由姚婆，毒谋出于方贼，今已父子并诛，斩草除根，大仇已报，余人无罪，不可妄及。遂复身回房，将门闭上，枭了方六一首级，盛在囊中。收了短剑，秉烛而坐，坐候人静方行。这一场报仇，分明是：

　　狭巷短兵相接处，杀人如草不闻声。

　　看官，你想世上三绺梳头，两截穿衣，叫院君称娘子的，也不计其数，谁似申屠娘子，与夫报仇，立杀五命，如同摧枯拉朽，便是须眉男子，也没如此刚勇，真乃世间罕有。当下静听谯楼鼓打四更，料得合家奴婢皆睡熟，乘着天色未明，背了方六一的首级，点灯寻着后门出去。这路径久已访问在心，更兼杀神正旺，勇往直前，若有神助。挨出城门，径奔到乌泽山祖坟下，将方六一首级，摆在董昌墓前，叫声："董郎，董郎，亏你阴灵扶助，报你深仇，保我节操。从来不曾下泪，今日万事俱完，正好为君一哭！"于是放声一号，泪如泉涌，万木铮铮，众山环响。哭罢，解下红罗，即悬挂于坟前大荣木之上。待得三魂既去，七魄无依，腰间短剑，一声吼响，如虎啸咙吟，飞入空中，不知其所向。

　　方家婢仆，次日起身，只见后门洞开，满地血污，都是女人脚迹，合家惊骇，声张起来。寻看血迹，直到上房。方知家主父子，并姚婆等俱被新人杀死，砍下首级，不知去向。唤起地方邻里，呈报到官。县尹亲自相验，差人捕申屠氏。其时刘成放心不下，清早便在方六一门首打听，得了这个消息，飞忙报知妻子。徐氏听见媳妇杀了许多人，只怕祸事连及，吓得一交跌去，即便气绝。刘成夫妇正当忙乱，乌泽山坟丁来报，申屠娘子，缢死在荣木之上，墓前有人头一颗。刘成叫坟丁呈报县中，大尹以地方人命重情，一面申报上司，一面拘申屠氏家属，审问情由。那衙门人役，并方六一党羽，晓得从前谋害董昌这些缘由的，互相传说开去。郡中衿绅耆老，邻里公书公呈，一齐并进，公道大明。各上司以申屠氏杀仇报夫，文武全才，智勇盖世，命候官且备衣棺葬于昌墓下，具奏朝廷，封为侠烈夫人，立庙祭享。方六一姚婆等，责令家属收殓。刘成夫妻殡葬了徐氏，将房产托付董氏族人，等待遗孤长大交还。料理停妥，引着此子，自回古田。

又过半年，申屠虔方从天台山采药归来，闻知女婿家遭许多变故，到古田来问侄女。申屠氏将董方两家生死，希光杀人报仇始末，朝廷封赠，从头至尾说了一遍。又将希光封固书笺，及半截宝剑递与。申屠虔将剑在手，展书细看，其书云：

不孝女希光，检衽百拜父亲大人尊前：儿嫁董郎，忽遭飞祸。夫禁图圄，女锢私室。九阍谁控，五辟奚宽。冤哉董郎，奄逝刀锯。东海三年之旱，应当后威武矣。未亡人蜉蝣余息，去鬼无几，所以不即死者，仇人未获，大冤未白耳。何意图藉奸谋，一朝显露。始悟此日乞婚之方六一，即当时造计之凶贼。彼以委禽相诱，女以完璧自坚。再嫁之时，即是断头之夕。幸昆吾剑气有灵，谅么魔残魄，无能潜匿。于此下报董郎，庶亦无愧。董郎龟登龙扰，雅称鹊噪鸦鸣，兆见于前，事亦非偶，所余残剑半截，留报父恩。父守其头，儿守其尾。申屠家之古玩，头尾有光；延平津之卧龙，雌雄绝望。生平不解愁眉，今始为之泣血。

中国禁书文库

醒世第二奇书

申屠虔看罢，大笑道："非申屠虔不能生此女，非申屠虔不能生此女！"说犹未罢，只听豁刺一声，手中半截断剑，飞入云霄。那申屠娘子下半截剑，从南飞来，合而为一。蜿蜒成龙，渐渐而去，见者皆以为奇。刘成夫妇，抚养董嗣兴到十八岁上，登了进士，官至侍郎，封赠父母，接了一脉书香。后人有诗云：

　　　　从来间气有奇人，洛浦珠还更陆沉。
　　　　片玉董昌埋碧草，阖门方六断残魂。

第十三篇　唐玄宗恩赐纩衣缘

长安回望绣城堆，山顶千门次第开。

一骑红尘妃子笑，无人知是荔枝来。

这首绝句，是唐朝紫薇舍人杜牧所作。单说着大唐第七帝玄宗，谓之明皇，在位四十四年，又做了太上皇四年。前二十年用着两个贤相，姚崇，宋璟，治得天下五谷丰登，斗米三钱，夜不闭户，路不拾遗。后来到开元末年，二相俱亡，换上两个奸臣，一个是李林甫，一个是杨国忠，便弄坏了天下，搬调得天子不理朝纲，每日听音玩乐，赏花饮酒。宠幸的贵妃杨太真，信用的是胡人安禄山，身边又宠着几个小人。那小人是谁？乃是：

高力士，李龟年，朱念奴，黄番绰。

这朝官家最是聪明伶俐，知音晓律。每日教这几个奏乐，天子自家按节，把祖宗辛苦创来的基业，一旦翻成升平之祸。后来禄山与杨贵妃乱政，直教：

哥舒翰失守潼关，唐天子翠华西幸。

却说玄宗天宝年间，时遇三月下旬，春光明媚，宿雨初晴，玄宗同杨妃于兴庆池赏玩牡丹。果然开得好，有几般颜色，是那几般？乃是：

大红，浅红，魏紫，姚黄，一捻红。

缘何叫做一捻红？原来昔年也是玄宗赏玩牡丹时，杨妃偶在花瓣上掐了一个指甲痕，后来每年花瓣上都有指甲痕，因此，就唤做杨妃一捻红。诗云：

> 御爱雕栏宝槛春，粉香一捻暗销魂。
>
> 东君也爱吾皇意，每岁花容应指纹。

是日天气暴喧，玄宗觉得热渴。近侍进上金盆水浸樱桃劝酒，玄宗视之，连称妙哉，问筵前李白学士，何不作诗。李白口占道：

> 灵山会上涅盘空，费尽如来九转功。
>
> 八万四千红舍利，龙王收入水晶官。

玄宗看前二句，不见得好处，看后二句，大喜道："真天才也!"不想一个宫娥，把这盘樱桃，尽打翻在金阶之上，众宫娥都向前拾取。杨妃看了，带笑说道："学士何不也作一诗?"李白随口应道：

> 玉仙慌献红玛瑙，金阶乱撒紫珊瑚。
>
> 昆仑顶上猿猴戏，攀倒神仙炼药炉。

玄宗龙情大喜，尽醉方休。

是年时入深冬，雨雪下降，玄宗偶思先年武后于腊月游玩御苑，恰遇明日立春，传旨道：

> 明朝游上苑，火急报春知；
>
> 花须连夜发，莫待晓风吹。

到次日，果然百花尽开，惟有槿树花不开。武后大怒，将槿树杖了二十，罚编管为篱。玄宗想武后是个女主，能使百花借春而开，今朕欲求些瑞雪，未知天意肯从否？遂命近侍，取过一幅龙文笺来，磨得墨浓，蘸得毛饱，写下四句道：

雪兆丰年瑞，三冬信尚遥；

天公如有意，顷刻降琼瑶。

写罢，教焚起一炉好香，向天祝祷，拜了四拜，将诗化于金炉之内。可熬作怪。初时旭日曈曈，晴光澹澹，须臾间朔风陡发，冻云围合，变作一天寒气。这才是：

圣天子百灵相助，大将军八面威风。

近侍宫娥来报，天将下雪了。玄宗大喜，即传旨百司，各赋瑞雪诗词以献。又命近侍去宣八姨虢国夫人来，与贵妃三人，于御园便殿筵宴候雪。当时杜甫曾有诗云：

虢国夫人承主恩，平明骑马入金门；

恐将脂粉污颜色，淡扫蛾眉见至尊。

筵前有黄番绰祗应，会汝阳王花奴打羯鼓一曲才终，戏向八姨道："今日乐籍有幸，供应夫人，何不当头赏赐？"八姨笑道："岂有唐天子富贵，阿姨无钱赏赐乎？"命赏三千贯，教官库内支领。黄番绰见说，遂作口号道：

君王动羯鼓，国姨喝赏赐；

天子库内支，恰是自苦自。

满殿之人听了无不大笑。那时朔风甚急，彤云密布，只是不见六花飘动，黄番绰又作一首雪词呈上，词云：

凛冽严风起四帷，彤云密布江天，空中待下又留连。有心通客路，无意湿茶烟。不敢旗亭增酒价，尽教梅发春前，偏好凝望眼儿穿。慢擎宫女袖，空缆子猷船。

酒至半酣，还不见雪下。玄宗乃行一令，各做催雪诗一首，做得好饮酒，做得不好，罚水一瓯。玄宗先吟道：

> 宝殿花常在，金杯酒不干；
> 六花飞也未，时卷珠帘看。

玄宗题罢，八姨吟道：

> 宫娥齐卷袖，金铃彩索宜；
> 等他祥瑞下，争塑雪狮猊。

八姨题毕，杨妃吟道：

> 羯鼓频频击，银筝款款调；
> 御前齐整备，只待雪花飘。

杨妃题毕，黄番绰奏道："臣作一诗，必然雪下。"口中吟道：

> 催雪诗题趱，六花飞太晚；
> 传语六丁神，今年忒煞懒。

黄番绰吟罢，三宫皆大笑。只见内宫女，争先来报道："这满天瑞雪滚滚飞下也！"玄宗喜之不胜，命卷起珠帘观看，但见空中：

> 一片蜂儿，二片蛾儿，三是攒三，四是聚四，五是梅花，六是六出；团团以滚珠，粒粒似撒盐；纷纷似坠锦，簇簇似飞絮；似琼花片，似梅花莹，似梨花白，似玉花润，似杨花舞。

当下龙心大喜，命宫娥斟酒，畅饮一回。黄番绰奏道："臣有庆雪口号，伏望吾主听闻。"其诗云：

> 瑶天雪下满长安，兽灰金炉不觉寒；
> 凤阁龙楼催雪下，沙场战士怯衣单。

玄宗听了，龙颜怆然道："军士卧雪眠霜，熬寒忍冻，为朕戍守御贼。朕每日宫中饮宴，那知边塞之苦，今若非卿言，何繇知之。"遂问高力士，即今何处紧要。力士回奏潼关最为紧要。玄宗问："是那个把守，有多少军士？"力士奏道："是哥舒翰把守，共有三千军士。"玄宗就令高力士于官库中，关取丝绵绢线，造三千领战袍。休要科扰民间，宫中有宫女三知，食厌珍羞，衣嫌罗绮，端坐深宫，岂知边塞之苦；每人着他做战袄一领，限十日内完备，须要针线精工，不许苟且塞责；每领各标姓名于上，做得好有赏，做得不好当罚。力士领旨。关支衣料，于宫中分散，着令星夜做造，不可迟延。

分到第三十六阁，乃是会乐器宫女，专吹象管的桃夫人。接了绵绢，取过剪刀尺来裁剪，因旨意严急，到晚来，未免在灯下勤趣。一边缝纫，一边思想道："官家好没来由，边关军士，自有妻子，置办衣服，如何却教宫中制造，这军汉怎生消受得起？"又想起诗人所作军妇寄征衣诗来，诗云：

> 夫戍萧关妾在吴，西风吹妾妾忧夫；
> 一封书寄千行泪，寒到君边衣到无。

我想那军妇，因夫妻之情，故寄此征衣，有许多愁情远思。我又无丈夫在边，也去做这征衣，可不扯淡？却又想道，我自幼入宫，指望遭际，怎知正当杨妃专宠，冷落宫门，不沾雨露，曾闻有长门怨云：

> 学扫蛾眉独出群，宫中指望便承恩；

一生不识君王面，花落黄昏空掩门。

就我今日看来，此言信非虚也。假如我在民间，若嫁着个文人才子，巴得一朝发迹，博个夫妻荣耀。或者无此福分，只嫁个村郎田汉，也得夫耕妻耨，白头相守。纵使如寄征衣的军妇，少不得相别几年，还有团圆之日。像我今日埋没深宫，永无出头日子，如花容貌，恰与衰草同腐，岂不痛哉！思想至此，不觉扑簌簌两泪交流，欷歔而泣。正是：

几多怀恨含情泪，尽在停针不语中。

在灯前转思转怨，愈想愈恨，无心去做这征衣，对灯脉脉自语。忽然高力士奔入宫来说道：“天子驾幸翠微阁，召夫人承御。”桃夫人即便起身随去，须臾已到阁前。众嫔娥迎着，齐声道：“官人回家特宣夫人，好且喜也。”桃夫人微笑不答。又有个内侍出来催道：“官家专等夫人同宴，快些去承恩。”桃夫人暗道：“不想今日却有恁般侥幸也。”急到阁中朝见。玄宗用手扶起道：“朕知卿深宫寂寞，故瞒着贵妃娘娘，特来此地与卿一会，明日当册卿为才人。”桃夫人谢恩道：“贱妾蒲柳陋姿，列在下陈，今蒙陛下垂怜，实出三生之幸。”玄宗命近侍取锦墩，赐坐于傍。桃夫人又谢了恩，方欲就坐，忽报贵妃娘娘驾到。桃夫人听见贵妃到来，惊得没做理会，连玄宗天子也顿然变色道：“卿且往阁后暂避，待哄他去了，然后与卿开怀宴叙。”桃夫人依言，踉踉跄跄，奔向阁后躲避。侧耳听着外面，只听得贵妃乱嚷道：“陛下如何瞒着我，私与宫人宴乐？”玄宗说道：“独自闲游到此，并无宫人随侍，卿家莫要疑心。”贵妃道：“陛下还要瞒我，待我还你个证据。”分付宫女道：“这贱人料必躲在阁后，快与我去搜寻。”桃夫人听了这话，暗地叫苦道：“如今躲到何处去好？”心忙意急的，欲待走动，两双脚恰像被钉钉住一般，那里移得半步。只见一群宫娥，赶将进来喊道：“原来你躲在此。”扯扯拽拽，拥至前边。贵妃喝道：“你这贱人，如何违我法度，私自在此引诱官家？”教宫娥取过白练，推去勒死了。吓得桃夫人魂不附体，叫道：“陛下救命！”玄宗答道：“娘娘发怒，教我也没奈何，是朕害了你也。”众宫娥道：“适来好快活，如今且吃些苦去。”推至阁外，将白练向项下便扣。桃夫人叫声“我好苦也”，将身一闪，一

个脚错，跌翻在地，霎后惊觉，却是一梦。满身冷汗，心头还跳一个不止。原来思怨之极，隐几而卧，遂做了这个痴梦。及至醒来，但见灯烛辉煌，泪痕满袖，却又恨道："杨妃你好狠心也，便是梦中这点恩爱，尚不容人沾染，怎不教人恨着你。"此时愁情万种，无聊无赖，只得收拾安息。及就枕衾，反不成眠。正合着古人宫怨诗云：

> 日暮裁缝歇，深嫌气力微。
> 才能收箧笥，懒起下帘帷。
> 怨坐空燃烛，愁眠不解衣。
> 昨来频梦见，天子莫应知。

到次日，尚兀自痴痴呆坐，有心寻梦，无意拈针，连茶饭也都荒废了。过了几日，高力士传旨催索，勉强趱完。却又思量，我便千针万线做这征衣，知道付与谁人。又道："我今深居宫内。这军士远戍边庭，相去悬绝，有甚相干，我却做这衣服与他穿着，岂不也是缘分？"又想道："不知穿我这衣服的那人，还是何处人氏，又不知是个后生，是个中年，怎生见得他一面也好！"又转过一念道："我好痴也！见今官家，日逐相随，也无缘亲傍，却想要见千里外不知姓名的军士，可不是个春梦？"又想道："我今闲思闲闷，总是徒然。不若题诗一首，藏于衣内，使那人见之，与他结个后世姻缘，有何不可。"遂取过一幅彩鸾笺，拈起笔来写道：

> 沙场征戍客，寒苦若为眠。
> 战袍经手制，知落阿谁边。
> 留意多添线，含情更着棉。
> 今生已过也，愿结后生缘。

题罢，把来折做一个方胜，又向头上拔下一股金钗，取出一方小蜀锦，包做一处，对天祷告道："天天，可怜我桃氏今世孤单，老死掖庭，但愿后世得嫁这受衣军士，也便趁心足意了。"祝罢，向空插烛也似拜了几拜，将来缝在衣领之内。整顿停当，恰好高力士来取，把笔标下第三十六阁象管桃夫人造，教小内宫捧着去了。自此桃夫人在

宫，朝思暮怨，短叹长吁，日渐低恹瘦损，害下个不明不白，没影想思症候。各宫女伴都来相同，夫人心事，怎好说得，惟默默吁气而已。诗云：

> 冷落长门思悄然，羊车无望意如燃。
> 心头有恨难相诉，搔首长吁但恨天。

不题桃夫人在宫害病。且说高力士催趱完了这三千纩衣，奏呈玄宗。玄宗遣金吾左卫上将军陈玄礼，起夫监送，迤逦直至潼关。镇守节度使哥舒翰，远远来迎。至帅府开读诏书，各军俱望阙谢恩。哥舒翰令军政司，给散战袍，就请天使在后堂筵宴。

且说有个军人，名唤王好勇，领了战袄，回到营中把来穿起，只觉脖项上有些刺搠。连忙脱下看时，并不见些甚的。重复穿起，起颈项上又连搠几下。王好勇叫道："好作怪，这衣服上有鬼，我没福受用他。"脱下来撇在半边，惊动行伍中，走来相问。王好勇说出这个缘故，有的不信，把来穿着一过，一般如此。有的疑是遗下针线在内，将手支撤，却撤不着甚的，也不刺搠着手掌。内中有一人说："待我试穿着，看道何如？"这人姓甚名谁？这人姓李名光普，闻喜人氏，年纪二十四五，向投在哥舒翰帐下，戍守潼关。生得人才出众，相貌魁伟，弓马熟娴，武艺精通，是一个未侵女色的儿郎，能征善战的壮士。

当下取过这件衣服，且不就穿，仔细把来一觑，见上面写着第三十六阁象管桃夫人造，那针线做得十分精细，棉也分外加厚，心里先有三分欢喜。遂卸下身上袄子，将来穿起，恰像量着他身子作的，也不长，也不短，颈颈又不刺搠。众人多称奇异道："这件衣服，莫非合该是你穿的么？"王好勇便道："李家哥，我和你兑换了罢。"李光普因爱这件袄子趁身，已是情愿，故意说道："须贴我些东西才与你兑换。"王好勇道："一般的衣服，怎要我吃亏？"李光普道："你的因穿得不稳，已是弃下了，如今换我这件不刺搠的，就贴我，也还是你便宜。"众人道："果然王家哥贴东西换了，还有便宜。"王好勇只是不肯。李光普又戏言道："也罢，我也不要入己，就沽一壶，请众位哥吃个合事酒如何？"众人道："作成我众弟兄吃三杯，一发妙，王家哥快取出钞来。"王好勇被众人打诨，料脱白不得，摸出钱把银子道："我只出得这些，但凭入己也得，买酒吃也得。"众人嫌少，还要他增些。李光普道："我不过取笑，难道真个独教王家

哥坏钞，待我出些，打个平壶罢。"也遂取出钱把银子，众人都来吃他公道，随把袄子换了，沽了两斛酒，并些案酒之物，大家吃了一回，各归本营。

原来李光普，酒量不济，吃了几杯，觉得面红耳热，回到营中存坐不住，倒头去睡。不想势头猛了些，那脖项上着实的锥了一下，惊着光普直跳起来，心里奇怪，静坐思想。一则是他性灵机巧，二则是缘分到来，料道领中必然有物，即卸下来，细细简看。只见衣领上丝缕中露出针头大一点金脚，光普取过一把小刀，拆开看时，原来棉中裹着一个蜀锦包儿，里面包着一股凤穿牡丹的金钗，一个方胜。看那钗子，造得好生精巧，暗暗喝彩道："我李光普生长贫贱，何曾看见这样好东西？"想了一回，才把方胜展开，乃是一幅彩鸾笺，上面有一首诗句。光普原粗通文理，看了诗中之意，笑道："这女子好痴心，你虽有心题这诗句，如何便能结得后世姻缘？"仍将袄子穿好，又把笺钗来细细展玩。看那字迹端楷可爱，却又叹口气道："可惜这女子有此妙才，却幽闭深宫。我李光普有一身武艺，埋没风尘。若朝廷肯布旷荡之恩，将这女子赐与我为妻，成就了怨女旷夫，也是圣朝一桩仁政。我光普在边塞，也情愿赤心报效。"又想道："这事关宫闱，后日倘或露出来，须连累我，不如先去禀知主帅。"又想道："这女子自家心事，量无他人知得，我若把来发觉，不但负他这点美情，却又豁了他性命，不如藏好了，倒也泯然无迹。"

方欲藏过，忽地背后有人将肢膊一攀，叫道："李大哥看甚么？"李光普急切收藏不迭，回头看时，却是同伍的军人。那人道："不要着忙，我已见之久矣，可借我看个仔细。"光普被他说破，只得递与。那人把钗子看了又看，不忍释手，只叫："好东西，好造化！"光普恐怕被人撞见，讨过来仍旧包好，藏在身边，叮嘱那人道："此事关系不小，只可你知我知，莫要泄漏。"那人满口应承，说："不消嘱咐，我自理会得。"谁知是个乌鸦嘴，忍不住口，随地去报新闻，顷刻就嚷遍了满营。有那痴心的，悄地也拆开衣领来看，可不是癞虾蟆想天鹅肉吃。王好勇听见有一股金钗，动了火，懊悔道："好晦气，口内食倒让与别人受用。如今与他歪厮缠，仍要换回，就凭众人酌中处，好道也各分一半。"算计停当，走来对李光普道："李家哥，我想这袄子，是军政司分给的，必定摘着字号，倘后日查点，号数不对，只道有甚情弊，你我都不干净，不如依旧换转罢。"光普知其来意，笑一笑，答道："这也使得。"王好勇道："不要笑，那衣领内东西，也要还我的。"李光普道："可是你藏在里边的吗？"王好勇道："虽非我所藏，原是这袄子内之物，如今转换，自然一并归还。"李光普指着道："你这歪人，好不欺心。你既晓得有东西在内，就不该与我换了。"两下你一言，我一句，争论不止。众人齐说王好勇不是道："王家哥一言既出，驷马难追。起初是你要与他换，纵有东西，也是李家哥造化，怎好要得他的？"把李光普推过一边道："你莫与他一般见识。"王好勇钗子又要不得到，受了一场没趣，发起喉急道："砖儿能厚，瓦儿能薄。一般都是弟兄，怎的先前兑换时，帮着他强要我吃亏，如今又假公道抢白我。我拚做个大家羞，只去报知主帅，追来入宫，看道可帮得他不将出来。"一头说，一头走，竟奔辕门。李光普同众人随后跟上。此时天色将晚，哥舒翰与天使筵宴未完，不敢惊动，仍各回营。

　　至次日，哥舒翰升帐。将士参谒已毕，李光普不等王好勇出首，先向前禀明就里，双手将战袄笺献上。王好勇见他已先自首，便不敢搀越多事。哥舒翰见了笺上这诗，暗暗称奇，又道："事干宫禁，摇惑军心，非同小可。必须奏闻，请旨定夺。"遂分付光普在营听候发落，一面来与天使陈玄礼说知，欲待连光普解进。陈玄礼道："事出内宫，与本军无与，且又先行出首，自可无责。令公可将纩衣给还本人，修一首表文，连这笺钗，待下官带回进上，听凭朝廷主张便了。"哥舒翰依其所议，即便修起表文。次日长亭送别，玄礼登程。不到一日，来到长安。入朝复命，后将纩衣诗句之事奏知，把哥舒翰表文，并笺钗一齐献上。玄宗看了大怒道："朕宫中焉有此事？"遂问这征衣是谁人所制，陈玄礼回奏，上有第三十六阁象管桃夫人姓名。玄宗将笺钗付与高力士，教唤桃氏来，亲自审问。力士领旨自去了。朝事已毕，圣驾回宫，与杨妃同临翠微阁游玩不题。

　　且说桃夫人在宫，正害着不尴不尬，或痒或疼的痛症。方倚阑长叹，忽见高力士步入宫门，说道："夫人，你做得好事也！"桃夫人道："奴家不曾做甚事来。"高力士笑道："你把心上事来想一想，便有了。"桃夫人道："奴家也没有心上事，也不消想得。"高力士道："夫人虽没有心上事，只不知结后世缘的诗句，可是夫人题的？"遂向袖中取出鸾笺钗子，把与他看。桃夫人一见，惊得哑口无言，脸上一回红，一回白，没做理会。暗想："这战袄闻已解向边塞去矣，如何这笺钗却落在他手？"高力士见他沉吟不语，乃道："夫人不消思索，此事边帅已奏知官家，特命我来唤你去亲问，请即便走动。"桃夫人听了此言，方明就里，又想道："受衣那人，好无情也！奴家赠你一

股钗子，有甚不美，却教边帅奏闻天子，害我受苦。红颜薄命，一至于此！"心中苦楚，眼中泪珠乱下。正是：

自是桃花贪结子，错教人恨五更风。

桃夫人无可奈何，只得随着高力士前去。出了阁门，行过几重宫巷，遇见穿宫内使。力士问："天子驾在何处？"答言："万岁爷同贵妃娘娘，已临翠微阁游玩宴饮。"桃夫人听了这话，一发惊得魂魄俱飞，想道："今日性命，定然休矣。"你道为何？他想起昨日梦中，高力士召往翠微阁见驾，杨妃赐死，今番力士来唤，驾已在翠微阁，正与梦兆相符，必然凶多吉少。须臾已到阁中，玄宗方共杨妃宴乐，桃夫人俯伏阶前，不敢仰视。高力士近前奏道："桃氏唤到。"玄宗闻言，勃然色变。杨妃问道："陛下适来正当喜悦，因何闻到唤至桃氏，圣情顿尔不悦？"玄宗遂将纩衣诗句之事说出。杨妃道："原来如此缘故，如今这诗句何在？"高力士即忙献上。杨妃看了这诗句，忽生个可怜之念，又见这字体写得妩媚，便有心周全他。乃问道："陛下今将如何？"玄宗道："这贱人无心向主，有意寻私，朕欲审问明白，赐之自尽。"杨妃道："陛下息怒！待梓童问其详细，然后明正其罪。"遂唤桃夫人上前问道："你这婢子，身居宫禁，承受天家衣禄，如何不遵法度，做出恁般勾当？"桃夫人泣诉道："贱妾一念痴迷，有犯王章，乞赐纸笔，少申一言，万死无辞。"杨妃令宫娥将文房四宝与之，桃夫人在阶前举笔，写下一张供状，呈上贵妃，贵妃看那供状写道：

孤念臣妾，幼处深宫，身居密禁。长门夜月，独照愁人；幽阁春花，每萦离梦。怨怀无托，闺思难禁。敕令裁制征衣，致妾顿生狂念。岂期上渎天主，实乃自干朝典。哀哉旷女，甘膺斧钺之诛；敢冀明君，少息雷霆之怒。事今已矣，死亦何辞。

贵妃看了，愈觉可怜，令高力士送上玄宗。玄宗本是风流天子，看见情辞凄婉，不觉亦有矜怜之意，向贵妃问道："此事卿家还是如何处之？"杨妃道："妾闻先朝曾有宫人韩氏，题诗红叶，流出御沟，为文人于祐为妻。后来事闻朝廷，即以韩氏赐祐为

妻，陛下何不仿此故事，成就怨女旷夫，以作千秋佳话。使边庭将士，知陛下轻色好贤，必为效力。"玄宗闻言大喜道："爱卿既肯曲成其美，朕自当广大其恩。"即传旨将鸾笺钗子，还了桃氏，仍赐香车一辆，遣内官赍诏，领羽林军五十名，护送潼关，赐军士李光普，配为夫妇。宫中所有，赐作妆奁之资，后人不得援例。杨妃又赐花粉钱三千贯。桃夫人再拜谢恩，回宫收拾，择日就道。这事传遍了长安，无不称颂天子仁德。诗云：

> 痴情欲结未来缘，几度临风泪不干。
> 幸赖圣明怜槛凤，天风遥送配表鸾。

桃夫人登程去后，不想哥舒翰飞章奏捷，言："吐蕃侵犯潼关，得健卒李光普，冲锋破敌，馘斩酋首，番兵大败远遁，夺获牛畜器械无算。"玄宗大喜，即加哥舒翰司空职衔，超擢李光普为兵马司使，遣使臣赍官诰驰驿赐之成婚。那时潼关已传闻，天子送题诗纩衣的宫女，与军士为妻。哥舒翰初时不信，此为讹传。那李光普认做军中戏谑，他一发道是乱话。看看诏使已至，哥舒翰出郭迎接，果然见簇拥着一辆车轮，连称奇异。迎入城中，请问内使，始知就里。李光普做梦也不想有这段奇缘，恰好赍官诰的使臣也到，一齐开读。李光普一时冠带加身，桃夫人凤冠霞帔，双双望阙谢恩，三军尽呼万岁。只有王好勇馋眼空热，气得个头昏眼暗，自恨到手姻缘，白白送与他人。这才是：

> 有缘千里来相会，无缘对面不相逢。

当下哥舒翰将一公署，与李光普做个私宅，旌旗鼓乐送入，夫妻交拜成亲。

> 一个是天上神仙，远离宫阙降瑶阶；一个是下界凡夫，平步青云登碧汉。鸳鸯牒注就意外姻缘，氤氲使撮合无心夫妇。蓝桥驿不用乞浆，天台路何须采药。只疑误入武陵溪，不道亲临巫峡梦。

花烛之后，桃夫人向李光普说道："妾幼处深宫，自分永老长门，无望于飞，故因制征衣，感怀题句，欲冀后缘。何君独无情，致闻天子，使妾几有性命之忧，若非贵妃娘娘曲为斡旋，安得与君为配？"光普遂将王好勇先领战袄，后来交换首始末，细细陈说一遍，又道："卑人少历戎行，荷戈边塞，本欲少立功名，然后徐图家室。不道朝迁恩赍纩衣，得获贵人佳什，情虽怀感，忧悃奚通。初意后缘尚属虚渺，不图今世即谐连理。虽或姻缘有在，亦由天子仁德。光普何能，值此异数，虽竭尽犬马，未足以报圣恩。"桃夫人听了这些言语，方释了一段疑惑，乃取出鸾笺钗子，递与光普道："赖此为媒，得有今日，君善藏之。"光普用手接过看时，钗子已成一寸，愈加欢喜，将来供在案上，与夫人同拜了四拜，珍藏箧中。次日拜谢主帅。哥舒翰又安排筵席，款待天使，与哥舒翰各修表文谢恩。桃夫人也修笺申谢杨妃，自此光普感激朝廷，每有边警，奋身杀贼，屡立功勋。后来安禄山作乱，玄宗幸蜀，杨妃缢死马嵬，桃夫人念其恩义，招魂遥祭，又延高僧，建水陆道场荐度。光普夫妻谐好，偕老百年，生有二子，俱建节封侯。后人有诗云：

九重轸念征夫苦，敕造征衣送军伍。

长门怨女擒情悰，绝塞愁人怀莫吐。

君心怜悯赐成婚，凤阙遥辞下西土。

恰同连理共称奇，史册垂传耀千古。

第十四篇　潘文子契合鸳鸯冢

红叶红丝说有缘，朱颜绿鬓好相怜。

情痴似亦三生债，色种从教两地牟。

入内不疑真冶葛，联交先为小潘安。

留将浪荡风流话，输与旁人作笑端。

话说自有天地，便有阴阳配合，夫妇五伦之始，此乃正经道理，自不必说。就是纳妾置婢，也还古礼所有，亦是常事。至若爱风月的，秦楼楚馆，买笑追欢；坏行止的，桑间濮上，暗约私期。虽然是个邪淫，毕竟还是男女情欲，也未足为怪。独好笑有一等人，偏好后廷花的滋味，将男作女，一般样交欢淫乐，意乱心迷，岂非一件异事。说便是这般说，那男色一道，从来原有这事。读书人的总题，叫做翰林风月；若各处乡语，又是不同，北方人叫炒茹茹，南方人叫打篷篷，徽州人叫塌豆腐，江西人叫铸火盆，宁波人叫善善，龙游人叫弄苦葱，慈溪人叫戏虾蟆，苏州人叫竭先生。话虽不同，光景则一。至若福建有几处民家孩子，若生得清秀，十二三岁，便有人下聘。漳州词讼，十件事倒有九件是为鸡奸一事，可不是个大笑话。

如今且说两个好男色的头儿，做个入话。当年有个楚共王，酷好男色，有安陵君第一专宠。安陵君颜色虽美，年纪却已大了，恐怕共王爱衰，请教于江乙。江乙对安陵道："你可晓得嬖色不敝席，宠臣不敝轩么？"这两句文话，安陵怎么晓得？江乙解说道："嬖色就是宫女一般，睡卧的席也未破，皇帝就不喜欢了。宠臣就是你一般人，皇帝赐你的车子不曾坏，也就疏失了。甚言光景不多时也。"安陵君从此愈做出百般丑媚之态。楚共王越加宠爱，至老不衰。还有一个龙阳君，也有美色。魏王也专好男色，三宫六院，不比得龙阳君的下乘。一日，魏王与龙阳共坐了一只小舟，名曰青鼌，在宫中海子里游戏，见水中金鱼，红的红似火，白的白如玉。龙阳讨过一根钓竿，粘上香喷喷的鱼饵，漾下水去。一钓一个，一连钓了十来个，最后来得了一个大鱼，龙阳汪汪的哭将起来。魏王大骇，问其缘故。龙阳道："小臣得了大鱼，便要弃却前边小鱼。大王明日得一个胜似小臣的，自然把小臣遗落。触物比类，不繇人不哭。"魏王笑道："只要你颜色常存，不愁后来人夺你门户。"这正是：

重远岂能渐治鹊，弃前方见泣船鱼。

如此说来，方见安陵、龙阳，是男色行中魁首；楚王、魏王，乃男风队里都头。虽然如此，毕竟楚、魏二臣，把安陵、龙阳做个弄臣，并不是有老婆的不要老婆，反去讨一房不剃眉、不扎脚、不穿耳的家小。在当时叫做风流，到后来总成笑话。这人毕竟是谁？原来姓潘名章，字文子，晋陵人氏。其父潘度，结发身丧。娶妾蕙娘。蕙娘生得容貌端秀，嫁潘度时，年方十九岁。潘度晚年娶他，本为生男育女，不一年间，有了身孕，生下潘章，九分像母，一分像父，所以他的美貌，是在娘胎上带得来的。邻里乡党见潘章这样标致，都说道："潘老儿若生得这样一个女儿，不要说选妃子点宫女，他日便是正宫皇后，一定司天台上也照着他。"潘章到五六岁，就上学读书。到了十二三岁，通晓书义，便会作文。十七岁上，在晋陵也算做是有名的童生。更兼庞儿越发长得白里放出红来，真正吹弹得破。蕙娘且喜儿子读书，又把他打扮得妖模娇样，梳的头如光似漆，便是苍蝇停上去，也打脚错。身上常穿青莲色直身，里边银红袄子，白绫背心，大红裤子，脚上大红绉纱时样履鞋，白绫袜子，走到街上，风风流流。分明是善财转世，金童降生。那些读书人，都是老渴子，看见潘文子这个标致人物，个个眼出火，闻香嗅气，年纪大些的要招他拜从门下，中年的拉去入社会考，富贵的又要请来相资。还有一等中年妇人，有女儿的，巴不得招他做个女婿。有一等少年女子未嫁人的，巴不得招他做个老公。还有和尚道士，巴不得他做个徒弟。还有一等老白赏要勾搭去奉承好男风的大老官。所以人人都道他生得好，便是潘安出世一般，就起一绰号，叫他是小潘安。当时有人做一只挂枝儿，夸奖他道：

少年郎，真个千金难换。这等样生得好，不枉他姓了潘，小潘安委实的

中国禁书文库

醒世第二奇书

四三三二

堪钦美。褪下了红裤子，露出他白漫漫。虽不是当面的丢番，也好叫他背心儿上去照管。

那知潘文子虽则生得标致风流，却是不走邪路，也不轻易与人交往。因此朋友们纵然爱慕，急切不能纳交。及至听见这只曲儿，心中大恨，立志上进，以雪此耻。为这上父母要与他完亲，执意不肯。原来潘度从幼聘定甥女，与他为配。这时因妹子身故，不曾生得儿子，单单止有此女，妹子又没人照管，要倚傍到哥子身边，反来催促择日成亲，两得其便。怎奈潘文子只是不要。其母惠娘，又再三劝道："男大当婚，女大须嫁，古之常礼。看你父亲，当年无子，不知求了多少神，拜了许多佛，许了多少香愿，积了多少阴德，方才生得你这冤家。如今十六七岁，正好及早婚配，生育男女，接绍香烟。你若执性不娶，且莫说绝了潘门后代，万一你父亲三长两短，枉积下数万家私，不曾讨下一房媳妇，要不被人谈笑。"潘文子听母亲说了这话，便对道："古人三十而娶。我今年方十七，一娶了妻子，便分乱读书功夫。况今学问未成，不是成房立户的日子。近日闻得龙丘先生设教杭州湖南净寺，教下生待有二三百人，儿子也欲去拜从。母亲可对父亲说知，发些盘费，往杭州读书一二年，等才学充足，遇着大比之年，侥幸得中，那时归来娶妻未迟。今日断不要提这话。"

惠娘见潘老是晚年爱子，自小娇养，诸事随其心性，并不曾违拗，只得把婚事搁起，反将儿子要游学的话说与老儿。那潘度本不舍得儿子出门，怎当他啼啼哭哭，要死要活。老儿没奈何，将出五十两银子，与他做盘费。文子嫌少，争了一百二十两，又有许多礼物。惠娘又打叠四季衣服铺程，并着书箱，教家僮勤学跟随。买舟往杭州游学，下了船。那消五日，已到杭州，泊船松毛场下。打发船家，唤乘小轿，着两个脚夫桃了行李，一径到西湖上寻访湖南净寺。那龙丘先生设帐在大雄殿西首一个净室里，屋宇宽绰，竹木交映，墙门上有个匾额，翠书粉地，写着"巢云馆"三字。潘文子已备下门生拜帖，传将进去。龙丘先生令人请进，文子请先生居中坐下，拜了四拜，送上赞见礼物。龙丘先生就留小饭。当晚权宿一宵，明日另觅僧房寓下。写起帖子，去拜同门朋友，年长的写个晚弟，年齿相同称个小弟，长不多年的称侍教弟。那龙丘先生学徒众多，四散各僧房作寓，约有几十处。文子教勤学棒了贴子，处处拜到。次日众朋友都来答拜，先后俱到，把文子书房中挤得气不通风，好像送王粮的，一进一出。这些朋友都是少年，又在外游学，久旷女色。其中还有挂名读书，专意拐小伙子不三不四的，一见了小潘安这般美貌，个个摇唇吐舌，你张我看，暗暗里道："莫非善财童子出现么？"又有说："莫非梓童帝君降临凡世。"又有说："多分是观世音菩萨化身。"又有说："当年祝英台女扮男妆，也曾到杭州讲学。莫非就是此人？"也有说："我们在此，若得这样朋友同床合被，就是一世不讨老婆，也自甘心。"这班朋友答拜，虽则正经道理，其实个个都怀了一个契兄契弟念头。也有问："潘兄所治何经？"也有问："潘兄仙乡何处？"也有问："曾娶令正夫人？"也有问："尊翁尊堂俱在否？"也有问："贤昆仲几人？"也有问："排行是第一第二？"也有问："见教尊表尊号，下次却好称呼。"也有没得开口的，把手来一拱，说道："久仰，久仰！"也有张鬼熟桠相知的道："我辈幸与老兄同学，有缘，有缘！"你一声，我一句，把潘文子接待得一个不耐烦，就是勤学在旁边送茶，却似酒店上卖货，担送不来。还好笑这班朋友两只眼谷碌碌的看着他面庞，并不转睛。谈了半日，方才别去。文子依了先生学规，三六九作文，二五八讲书，每夜读到三更方睡。果然是：

> 朝耕二典，夜耨三漠。尧舜禹汤文共武，总不出一卷尚书。冠婚丧祭与威仪，尽载在百篇礼记。乱臣贼子，从天王记月以下，只定春秋。才子佳人，自关雎好逑以来，莫非郑卫。先天开一画，分了元亨利贞。随乐定音声，不乱宫商角徵。方知有益须开卷，不信消闲是读书。

按下潘文子从龙丘先生门下读书不题。却说长沙府湘潭县有一秀士，姓王名仲先，其父王善闻，原是乡里人家，有田有地。生有二子，长子名唤伯远，完婚之后，即替父亲掌管田事。仲先却生得清秀聪明，自小会读书。王善闻对妈妈宋氏道："两个儿子，大的教他管家，第二个体貌生得好，抑且又资质聪明，可以读书。我家世代虽是种田，却世代是个善门积阴德的。若仲先儿子读书得成，改换门庭，荣亲耀祖，不枉了我祖宗的行善，教湘潭人晓得田户庄家也出个儿子做官，可不是教学好人的做个榜样？"宋氏道："大的种田，小的读书，这方是耕读之家。"从此王善闻决意教仲先读书，虽聘下前村张三老的女儿为配，却不肯与他做亲，要儿子登了科甲，纱帽圆领亲迎。为此仲先年已一十九岁，尚未曾洞房花烛。这老儿又道："家中冗杂，向山中寻幽静处，做个书室。"仲先果然闭户苦读，手不释卷。从来读书人干了正经功课，余下功夫，或是摹临法帖，或学画些枯木竹石，或学做些诗词，极不聪明的，也要看闲书杂剧。一日，仲先看到丽情集上，有四句说话云：

> 淇水上宫，不知有几；分桃断袖，亦复云多。

那淇水上宫，乃男女野合故事，与桑间濮上，文义相同。这分桃断袖，却是好男色的故事。当初有个国君偏好男风。一日，幸臣正吃桃子，国君却向他手内夺过这个咬残桃子来吃，觉得王母瑶池会上蟠桃，也没这样的滋味，故叫作分桃。又有一日，白昼里淫乐了一番，双双同睡。国君先醒欲起，衣袖被幸臣压住，恐怕惊醒了，低低唤内侍取过剪刀，剪断衣袖而起。少顷幸臣醒来知得，感国君宠爱，就留这个袖做个表记，故叫做断袖。仲先看到此处，不觉春兴勃然，心里想道："淇水七宫，乃是男女会合之诗。这偷妇人极损阴德。分桃断袖，却不伤天理。况我今年方十九，未知人道，父亲要我成名之后，方许做亲。从来前程暗漆，巴到几时，成名上进，方有做亲的日子。偷妇人既怕损了阴骘，阓小娘又乡城远隔，就阓一两夜，也未得其趣。不若寻他一个亲亲热热的小朋友，做个契兄契弟，可以常久相处，也免得今日的寂寞。说便是这等说，却怎得这般凑巧，就有个知音标致小官到手？"心上想了又想，这书也不用心读了。

其年湘潭县考试，仲先空受一日辛苦，不曾考得个名字，叹口气道：

> 不愿文章高天下，只愿文章中试官。

方在家中纳闷，不想张三老却来拜望他父亲。仲先劈面撞见，躲避不及，只得迎住施礼，一来是新丈人，二来因考试无名，心上惶恐。三老再三寒温。仲先涨得一个面皮通红，口里或吞或吐，不曾答应一句。话犹未了，王善闻出来相见，陪着笑说道：

"张亲家，今日来还是看我，还是问小儿考试的事？"张三老道："学生正有一句话，要对亲家说。我湘潭县虽则是上映星宿，却古来熊绎之国，文教不通。亲家苦苦要令郎读书，又限他功名成就，方许成婚。功名固是大事，婚姻却也不小。今小女年方二九，既已长成，若为了功名，迟误了婚姻，为了婚姻，又怕延误了功名。亲家高见，有何指教？"王善闻想了一想，对张三老道："我本庄户人家，并无读书传授。今看起来，儿子的文学，一定是不济，不如废了书卷，完了婚姻，省得亲家把儿女事牵挂在心。"张三老道："读书是上等道路，怎好废得，也不可辜负了亲家盛心。我学生到有两便之策：闻得龙丘先生设教在杭州湖南净寺，四方学者，多去相从，他的门人，遇了试期，必有高中的，想真是有些来历启发。为今之计，莫若备办盘川，着令郎到杭州去，相从读书，待他学问成就，好歹去考试一番。成得名不消说起，连小女也有光辉。若依旧没效验，亲家也有了这念头，完就儿女之事，却不致两下耽误。"王善闻听了此言，不胜之喜。当日送别了张三老，即打点盘费，收拾行装，令家童牛儿，跟随仲先到杭州从学。只因张三老这一着算计，有分教：

少年郎在巢馆结了一对雄鸳，青春女到罗浮山配着一双雌凤。

王仲先带了牛儿，从长沙搭了下水船只，直到润州换船，来到杭州湖南净云寺。一般修贽礼，写名帖，参拜了龙丘先生。遍拜同窗诸友，寻觅书房作寓。原来龙丘先生名望高远，四方来的生徒众多，僧房甚少，房价增贵。因此一间房，都有三四个朋友合住，惟有潘文子独住一房，不肯与人作伴。王仲先到此，再没有别个空处。众朋友俱以潘文子一人一室，且平日清奇古怪，遂故意送仲先到他房里来，说道："王兄到此，诸友房中都满，没有空处，惟潘兄独自一房，尽可相容，这却推托不得。"说便如此说，只道他不肯。那知一缘一会，文子见了王仲先，一见如故，欢然相接，便道："四海之内，皆兄弟也，同住何妨？日用器皿，一应俱全，吾兄不消买得，但只置一榻便了。"仲先初见文子这个人物，已经魂飞，怀下欺心念头，惟恐不肯应承。及见慨然允诺，喜之不胜，拱手道："承兄高雅，只是吵扰不当。"即教牛儿去发行李来此。众友不道文子一诺无辞，一发不忿。毕竟按牛头吃不得草，无可奈何。这才是：

有缘千里来相会，无缘对面不相逢。

且说王、潘两人，日则各坐，夜则各寝，情孚意契，如同兄弟。然毕竟读书君子，还有些体面，虽则王仲先有心要勾搭潘文子，见他文质彬彬，言笑不苟，无门可入。这段私情，口里又说不出，只好心上空思空想，外边依旧假道学，谈些古今。相处了半年，彼此恭恭敬敬，无处起个话头。一日，同在馆中会讲，讲到哀公问政一章。讲完了，龙丘先生对众学徒道："中庸一部，惟这章书中，有三达德，五达道，乃是教化根本，须要细心体会。"当下众人散去，仲先、文子独后，又向先生问了些疑义。返寓时，天色已暮，点起灯，又观了一回书，方才就寝。睡不多时，仲先叫道："潘兄睡着了么？"文子道："还在此寻想中庸道理。"仲先说："小弟也在这里寻想。"其实王仲先并不想甚么书义，只因文子应了这句，便接口问他道："夫妇也，朋友之交也，这两句是一个意思，是两个意思？"文子道："夫妇是夫唱妇随，朋友是切磋琢磨，还是两个意思。"仲先笑道："这书旨兄长还未看得透，毕竟是一个意思。"文子道："夫妇朋友，迥然两截，如何合得一个意思？"仲先道："若夫妇箴规相劝，就是好朋好友；朋友如胶如漆，就是好夫好妻，岂非一个意思么？"文子听了，明知王仲先有意试探，因回言道："读书当体会圣贤旨趣，如何发此邪说？"仲先道："小弟一时狂言，兄勿见罪。"口里便说，心里却热痒不过，准准痴想了两个更次，方才睡去。

一日，正遇深秋天气，夜间衾枕生凉，王仲先睡不着，叹了一口气。潘文子道："兄长有何心事？"王仲先道："实不相瞒，小弟聘室多年了，因家父决要成名之后，方得完娶。又道湘潭地方，从来没有文学的师父，所以令小弟到杭州游学。到了此处，虽得先生这般教训，又蒙老兄这样抬举，那知心里散乱，学问反觉荒疏，料难有出头日子，成不得功名，可不枉耽误了妻子，所以愁叹。"文子道："一向未曾问得，却不知老兄也还未娶，正与小弟一般。"仲先道："原来兄长也未曾毕婚，还是未有佳偶，还是聘过未婚？"文子道："已有所聘，倒是小弟自家不肯婚配。恐怕有了妻子，不能专心读书。若老兄令尊主意，怪不得有此愁叹。"仲先道："老兄有此志向，非小弟所能及也。然据小弟看起来，人生贵适意耳，何必功名方以为快！古人云：情之所钟。

正在吾辈。当此少年行乐之秋，反为黑暗功名所扼。倘终身蹭蹬，岂不两相耽误？纵使成名，或当迟暮之年，然已错过前半世这段乐境，也是可惜。假如当此深秋永夜，幸得与兄作伴闲谈，还可消遣。若使孤馆独眠，寒衾寂寞，这样凄凉情况，好不难过！"文子笑道："我只道兄是悲秋，却原来倒是伤春。既恁地，何不星夜回府成亲，今冬尽好受用。"仲先道："远水救不得近火。须是目前得这样一个可意种，来慰我饥渴方好。"文子道："若论目前，除非到妓家去暂时释兴。"仲先道："小弟平生极重情之一字，那花柳中最是薄情，又小弟所不喜。"文子道："青楼薄幸，自不必说，即夫妇但有恩义，而不可言情。若论情之一字，一发是难题目了。"仲先又叹口气道："兄之此言，真可谓深于情也者。"遂嘿然而睡。

到了次日，仲先心生一计，向文子道："夜来被兄一言，拨动归思，只得要还家矣。但与兄相处数月，情如骨肉，不忍恝然相别。且兄锐志功名，必当大发，恐异日云泥相隔，便不能像今日情谊，意欲仰攀，盟结兄弟，患难相扶，贵贱不忘，未知吾兄肯俯从否？"文子欣然道："此弟之至愿，敢不如命！但弟至此处，同门虽众，惟与兄情投意合，正欲相资教益。不道一旦言别，情何以堪！"仲先道："弟暂归两三月，便当复来。"当下两人八拜为交，仲先年长为兄，文子年小为弟。仲先将出银两，买办酒肴，两人对酌，直至夜深方止，彼此各已半酣。仲先原多买下酒，赏这两个家僮，都吃个烂醉，先自去睡了。仲先对文子道："向来止与贤弟联床，从未抵足。今晚同榻如何？"文子酒醉忘怀，便道："这也使得。"解衣就寝。文子欲要各被。仲先道："既同榻，何又要各被耶？"文子也就听了，遂合被而卧。文子靠着床里，侧身向外，放下头就合眼打鼾。仲先留心，未便睡去，伸手到他腿上扶摩。文子惊醒，说道："二哥如何不睡，反来搅人。"仲先道："与贤弟说句要紧话。"文子道："有话明日讲。"仲先道："此话不是明日讲的。"文子问："甚话如此要紧？"仲先道："实不相瞒，自会贤弟以来，日夕爱慕丰标，欲求缔结肺腑之谊，诚恐唐突，未敢启齿。前日胶漆朋友，即是夫妻之语，实是有为而发。望贤弟矜怜愚兄一点爱慕至情，曲赐容纳。"一头说，一头便坐起来搂抱文子。文子推住，也坐起道："二哥，我与你道义之交，如何怀此邪念？莫说众朋友知得，在背后谈议，就是两家家僮，并和尚们知觉，也做了话靶。这个决使不得。"仲先此时神魂狂荡，那里肯听，说道："你我日常亲密，人都知道，那

中国禁书文库

醒世第二奇书

里便凝惑到此？纵或谈议，也做不听见便了。"双手乱来扯搜。文子将一闪，跳下地来，将衣服穿起来，说道："我虽不才，尚要图个出身。若今日与你做此无耻之事，后日倘有寸进，回想到此，可不羞死！"仲先也下床来，笑道："读书人果然一团腐气。昔日弥子瑕见爱于卫灵公，董贤专宠于汉哀帝，这两个通是戴纱帽的，全然不以为耻，何况你我未成名，年纪才得十五六七，只算做儿戏，有什么羞？你若再不从时，只得磕头哀求了。"道罢，扑的双膝跪下，如捣蒜一般，磕一个不止。文子又好笑，又好恼，说道："二哥怎地恁般没正经，想是真个醉了，还不起来！"仲先道："若不许我，就磕到来年，也不起身。"文子道："二哥你即日回去娶妻，自有于飞之乐，何苦要丧我的廉耻？"仲先道："贤弟如肯俯就，终身不娶，亦所甘心。"文子道："这样话只好哄三岁孩子，如何哄得我过？"仲先道："你若不信，我就设个誓吧！"推开窗子，对天跪下，磕了两个头，祝道："皇天在上，如王仲先与潘文子定交之后，若又婚配妻子，山行当为虎食，舟行定喂鱼鳖。或遭天殇，身不能归土；或遇兵戈，碎尸万段。如王仲先立誓之后，潘文子仍复推阻，亦遭此恶报。"文子道："呸！你自发誓，与我何干，也牵扯在内。"仲先跳起来，便去勾住文子道："我设了这个誓愿，难道你还要推托不成？"大凡事最当不过歪厮缠。一个极正气的潘文子，却被王仲先苦苦哀求，又做出许多丑态，把铁一般硬的心肠，化作绵一般软，说道："人非铁石，兄既为我情愿不娶，我若坚执不从，亦非人情也。慎厥终，惟其始，须择个好日子，治些酒席，权当合欢筵宴，那时方谐缱绻。"仲先笑道："不消贤弟费心，阿兄预先选定今日，是会亲友结婚姻的天喜上吉期。日间与贤弟八拜为交，如今成就良缘，会亲结婚，都已应验，更没有好是今日。适来小酌，原是合卺怀的筵席，但到后日做三朝便了。"文子笑道："原来你使这般欺心远计，我却愚昧，落在套中。"仲先道："我居楚，你居吴，会合于越，此皆天意，岂出人谋？"说罢，二人就同床而卧。自此之后，把读书上进之念尽灰，日则同坐，夜则同眠，比向日光景，大不相同。他两个全不觉得，被人看出了破绽，这班同窗朋友，俱怀妒意，编出一只挂枝儿来，唱道：

　　王仲先，你真是天生的造化。这一个小朋友似玉如花，没来由被你牵缠下。他夜里陪伴着你，你日里还饶不过他，好一对不生产的夫妻也，辨什么

真和假。

王仲先、潘文子初时听见，虽觉没趣，还老着脸只做不知。到后来众友当面讥诮，做鬼脸，连两个家僮也看不过许多肉麻，在背后议论没体面。只落得本房和尚，眼红心热，干咽涎唾。两人看看存身不住。那知这只挂枝儿，吹入了龙丘先生耳中，访问众学徒，此事是真是假，众学生把这些影响光景，一五一十说知。先生大怒，唤过二人，大骂了一顿没廉耻，逐他回去，不许潜住于此，玷辱门墙。王仲先还有是可，独羞得潘文子没处藏身，面上分明削脱了几层皮肉，此时地上若有一个孔儿，便钻了下去。正是：

饶君掬尽钱塘水，难洗今朝满面羞。

王仲先、潘文子既为先生所逐，只得同回寓中。这些朋友，晓得先生逐退，故意来探问。文子叮咛了和尚，只回说不在。文子跌足恨道："通是这班嚼舌根的，弄嘴弄舌，挑斗先生，将我们羞辱这场。如今还是怎地处？"仲先道："此处断然住不得了。我想贤弟家中，离此不远，不若同到府上，寻个幽僻所在，相资读书，倒也是一策。"文子道："使不得，两个家僮尽晓得这些光景，回去定然报与父母知道。或者再传说于外，教小弟何颜见人！我想那功名富贵，总是浮云，况且渺茫难求。今兄既为我不娶，我又羞归故乡，不若寻个深山穷谷，隐避尘嚣，逍遥物外，以毕此生。设或饮食不继，一同寻个自尽，做个生死之交，何如？"仲先大喜道："若是如此，生平志愿足矣。只是往何处去好？"文子道："向日有个罗浮山老僧至此，说永嘉山水绝妙，罗浮山隔绝东瓯江外，是个神仙世界，海外丹台。我曾与老僧说，异日我至永嘉，当来相访。老僧欣然领诺，说来时但问般若庙无碍和尚，人都晓得。当时原是戏言，如今想起，这所在尽好避世，且有此熟人，可以倚傍。"计议已定，将平日所穿华丽衣服、铺程之类，尽都变卖，制办了两套布衣，并着粗布铺盖，整备停当。仲先、文子先打发勤学、牛儿，各赍书回家，辞绝父母，教妻子自去转嫁。然后打叠行装，别了主僧，渡过钱塘江，从富阳永康一路，先到处州，后至永嘉，出了双门，繇江心寺口渡船，径往罗

原来这老和尚，两月前已回首去了。师弟无障，见说是老和尚相知，便留在庵中。文子就央他寻觅个住处，凑巧山下有三间房屋，连着十数亩田，许多山地，一齐要卖。文子与仲先商议，田亩可以膳生，山地可以做坟墓，余下砍柴供用，一举两得。遂将五十金买了这三间房屋，正中是个客坐，左一间为卧室，右一间是厨灶，不用仆人，两个自家炊爨，终日吟风弄月，遣兴调情。随又造起坟墓，打下两个生扩，就教佃户兼做坟丁。不过月间，事事完备。可惜一对少年子弟，为着后庭花的恩爱，弃了父母，退了妻子，却到空山中，做这收成结果的勾当。岂非天地间大罪人，人类中大异事，古今来大笑话！诗云：

从来儿女说深情，几见双雄订死盟。

忍绝天伦同草腐，倚间人尚望归旌。

话分两头。且说勤学、牛儿两个仆人，奉了主人之命，各赍书回家。牛儿本是村庄蠢人，连夜搭船去了。勤学却是乖巧精细，晓得被龙丘先生斥逐这段情由，却又不想回家，倾倒将衣服变卖。制办布衣，像要远去的模样。正不知要往何处，心里踌躇道："须暗随他去，看个着落，方好归家。"因此悄地叮咛了和尚，别了牛几，潜住在寺里。又想起身上虽平日刻剥了些银钱，往来盘川不够，就把几件衣服，卖与香公凑用。等到文子、仲先起身过江，勤学远远随在后面，下在别只渡船，一路不问水陆，紧紧跟定，直至罗浮山下。打听两个买下住处，方才转身，连夜赶到家中。不想半月前，潘度与文子丈母，都是疫病身亡。其母惠娘，因媳妇年纪已长，又无弟兄亲族，孤身独自，急急收拾来家，使人到杭州唤儿子回来支持丧事，要乘凶做亲。仆人往回十来日，回报："一月以前，和着同读书襄阳姓王的，不知去向。"急得个惠娘分外悲伤，终日在啼啼哭哭。正没做理会，恰好勤学到家，只道喜从天降，及至拆书一看，却是辞绝父母，弃家学道，教妻子转嫁的话语。惠娘又气又苦，叫地呼天的号哭了一回，方才细问勤学的缘故。勤学在主母面上，不好说得小官人许多丑态，只说起初几个月着实用功读书，后来都被襄阳姓王这个天杀的引诱坏了，被先生一场发作，然后起了这个念头，径到罗浮山居住。并说自己暗地随去，看了下落，方才回转许多话，一一尽言。蕙娘听罢，咬牙切齿，把王仲先千刀万剐的咒骂一场。心里没个主意，请过几位亲戚商议，要去寻他归家。又说："这样不成器的东西，便依他教媳妇转嫁人去，我也削发为尼，到也干净。"内中有老成的说道："不消性急，学生子家，吃饭还不知饥饱，修什么道，再过几时，手内东西用完了，口内没有饭吃，少不得望着家里一溜烟跑来。如今在正高兴之时，便去接他，也未必肯来，白白折了盘川。"蕙娘见说得有理，安心等他自归不题。

且说牛儿一路水宿风餐，不辞苦辛，非止一日，到了湘潭家里，取出书来，递与家主。王善闻未及开看，先问牛儿："二哥这一向好吗？"牛儿道："不但二哥好，连别人也着实快活。"善闻道："这怎地说？"牛儿将勾搭文子的事，絮絮叨叨，学一个不止。善闻叹口气道："都是张三老断送了这个儿子也。"拆开书来看时，上写道：

　　　　男仲先百拜：自别父母大人，来至杭州，无奈天性庸愚，学业终无成就。今已结拜窗友潘文子，遍访中山胜景，学道修仙。父母年老，自有长兄奉侍，男不肖是可放心，父母亦不必以男为念。所聘张氏，听凭早早改嫁，勿得错过青春。外书一封，奉达张三老来，乞即致之。

　　　　　　　　　　　　　　　　　学道男仲先顿首百

善闻看罢，顿足叫苦。惊动妈妈，问了这个消息，哭倒在地，说道："好端端住在家里，通是张三老说什么龙丘先生，弄出这个话靶。如今不知在那个天涯海角，好歹这几根嫩骨头，断送他州外府了。"善闻即叫牛儿，去请张三老，把书与他看了。你怨我，我怨你，哭哭啼啼，没个主意。长子伯达走过来劝道："自是兄弟不长进，勿得归怨张三老。倘张亲家令爱肯转嫁，不消说道，若还立志不从，父亲只得同着张亲家，载了媳妇，寻到潘家，要在他们身上寻还这不肖子，那时把媳妇交付与他，看走到那里去。"张三老连声称是。作别归家，与女儿说知，讨个肯嫁不肯嫁的口语。女儿害羞，背转身来，不答应。张三老道："这事关系你终身，肯与不肯，明白说出，莫要爱口识羞，两相耽误。"女儿被逼不过，方才开口，低低说道："我女子家也不晓得甚么大道理，尝闻说忠臣不事二君，烈女不嫁二夫，女儿只守着这个话，此外都不愿闻。"
张三老道："恁样不消说起，明日即去与王亲家商量，同往寻王二哥便了。"女儿道：
"王郎不归，孩儿情愿苦守。若说远去跟寻，万无此理，恐传说出去了，被人耻笑。"
张三老道："守不守由得你，去不去却要由我。倘若王郎不归，你的终身，父母养不
了，公姑养不了，将如之何！纵然有人耻笑，也说不得了。"女儿便不敢言，垂泪
而已。

到次日，张三老来与王善闻说知，即日准备盘缠行李，央埠头择便船写了一个稳
便舱口，张三老叫女儿收拾下船。这女子无可奈何，只得从着父命。王善闻原带着牛
儿同去，翁媳反在舟中见礼，倒是一件新闻。从襄阳开船，一路下水，那消二十日，
已至京口换船，一日便到晋陵。王善闻同牛儿先上岸访问了潘文子家里，然后同张三
老引着媳妇，并行李一齐到他家里。蕙娘蓦地见三个别处人领个女子进来，正不知甚
么缘故，吃这一惊大小。及至问时，襄阳乡里人声口，一句也听不出。恰好勤学从外
边入来，认得牛儿，方才明白是王仲先父亲、丈人、妻子，与他家要儿子，闹攘攘乱
做一屋。文子媳妇在里边听得，奔出来观看，见了张三老女儿，两下各道个万福。问
道："你们是那里，为甚事到此喧闹？"张三老上前作个揖，打起官话，说出许多缘故。
蕙娘问王善闻道："你我总是陌路相逢，水米无交。你儿子与我不肖子流落在外，说起
来，你儿子年长，明明是引诱我不肖子为非，我不埋怨你就罢了，你反来问我要人，
可有这理么？如今现住在甚么水嘉罗浮山，你们何不到彼处去寻觅？若并我这不肖子
领得归来，情愿拜你两拜。"张三老只管点头道："说得是。既有着落所在，便易处
了。"又问道："潘大嫂，此位小娘子是甚人？"蕙娘道："这便是不肖子的妻子，尚未
成婚。"张三老道："原来令郎也还不曾完姻。据老夫愚见，令郎既同小婿皆在罗浮山
中，潘大嫂又无第二位令邻，何不领着令媳妇，同我们一齐到那里，好歹交还他两个
媳妇，完了我们父母之情。他两个存住不得，自然只得回家了。此计可好么？"蕙娘听
了，说道："这也有理。"遂留住在家，王善闻、张三老于外厢管待，三老女儿，款留
于内室。一是可待婚的媳妇，一个是未嫁的女儿，年纪仿佛，情境又同，因此两下甚
是相得。当晚同房各榻，说了一夜的话。只是乡音各别，彼此不能尽懂。

次日，蕙娘收拾上路，自己有个嫡亲哥嫂，央来看管家里。姑媳两人，又带一个

服侍的婆娘，连勤学也是四人。唤了两个船只，男女分开，各坐一船，直至杭州过江。水陆劳苦，自不消说起。非止一日，来到罗浮山。不道王仲先与潘文子，乐极悲生，自从打了生圹之后，一齐随得异症，或歌或唱，或笑或啼，有时登山狂啸，有时入般若庵与无碍和尚讲说佛法，论摩登迦的因果，似痴非痴，似颠非颠，给了十数日饮食。一日，忽地请过无碍和尚，将田房都送与庵中，所有衣资，亦尽交与，央他照管身后墓坟之事。老和尚只道他痴颠乱话，暂时应允。那知是晚双双同逝。正是：

> 不愿同年同月同日同时生，
>
> 但愿同年同月同日同时死。

明日无碍和尚来看时，果然并故，却是面目如生，即叫道人买办香烛纸马蔬菜之类，各静室请了几众僧人，择于次日诵经盛殓。这里正做送终功果，恰好勤学引着蕙娘、王善闻一干人来到，见满室僧众，灯烛辉煌。问说是二子前夜已死。那时哭倒了王善闻，号杀了蕙娘，张三老从旁也哭着女婿，只有两个未婚的媳妇，背着脸暗暗流泪。盛殓已毕，即便埋葬。

且说张氏女子，暗自思想："迫于父命，来此寻夫，已非正理。若是同归，也还罢了，但如今一场虚话，岂不笑破人口。况且去后日长，父亲所言，父亲养不了，公姑养不了，到后没有终局。不如今日一死，到得干净，也省得人谈议。"定了主意，等至夜深，人尽熟睡，悄地起来，悬梁高挂。直至天明，方才晓得，把个张三老哭得个天暗地，道是自己起这议头，害了女儿，懊悔不尽。王善闻、蕙娘俱觉惨然，勉强劝住了，收拾买棺殡殓。谁知文子的媳妇，也动了个念头，想道："一样至此寻夫，他却有志气，情愿相从于地下。我若腼颜苟活，一生一死，岂不被人议论！红颜薄命，自古皆然。与其碌碌偷生，何若烈烈一死。"到夜半时候，寻条绳子，也自缢而死。蕙娘知觉了，急起救时，已是气绝。这番哭泣，更自惨切，引动张三老、王善闻，一齐悲恸，哭儿哭媳哭婿，振天地动，也辨别不清。惊动罗浮山下几处村落人家，并着山中各静室的和尚，都来探问，无不称叹是件异事。又买具棺材，一齐盛殓。又请无碍和尚为主，做个水陆道声超度，附葬于王仲先、潘文子墓下。又送数十金与无碍，托他挑土增泥，栽松种树。诸事停当，收拾起身，又向墓前大哭一场，辞别还乡。

后人见二女墓上，各挺孤松，亭亭峙立，那仲先、文子墓中，生出连理大木，势若合抱，常有比翼鸟栖在树上。那比翼鸟同声相应而歌，歌道：

比翼鸟，各有妻，有妻不相识，墓傍青草徒离离。比翼鸟，有父母，父母不能顾，墓旁青草如行路。比翼鸟，各有家，有家不复返，墓傍青草空年华。

至今罗浮山中，相传有个鸳鸯冢、比翼鸟，乃王仲先、潘文子故事也。诗云：

比翼何堪一对雄，朝朝暮暮泣西风。
可知烈女无他伎，输却双雄合墓中。

钟情丽集

〔明〕邱浚 撰

钟情丽集 （上）

时有辜生者，辂其名。本贯广东琼州人氏，丰姿冠玉，标格魁梧，涉猎经史，吞吐云烟，其士林之翘楚者也。一日，父母呼而命之曰："尔有祖姑，适临高黎氏，乃子奉朝廷命而为土官，即尔之表叔也。经今数载，音问杳然，疏间之甚也。孔子云：'亲者毋失其为亲，故者毋失其为故。'此人道之当然。即辰春风和气，景物熙明，聊备微货，代我探访一度，以将意耳。"生唯唯听命，收拾琴书，命仆僮佑哥从行。

生既至，入谒表叔，见之尽礼。乃引赴中堂，进拜祖姑暨婶并诸兄弟，皆相见毕。于是诸亲劳苦，再三询及故旧，生一答之，尽恭且详。乃馆生于西庑清桂西轩之下。

明日侵晨，踵春晖堂，揖祖姑，适瑜侍焉，将趋屏后避生，祖姑止之，曰："四哥，即兄妹也，何避嫌之有？"瑜得命，即下阶与生叙礼。生窃视之，颜色绝世，光彩动人，真所谓入眼平生未曾有者也。

厥后，祖姑甚钟爱生，晨昏命生与瑜侍食左右。一日，谓生曰："诸生久失训诲，汝叔屡求西宾无可意者。幸子之来，姑舍此发蒙，一二年间回，不晚矣。"复顾瑜曰："四哥寒暑早晚但有所求，汝一切与之，勿以吝啬。"女唯唯听命。生亦拜谢。然生虽慕瑜娘之容色，及察其动静有常，言词简约，生心知，不敢有犯，又以亲情之故，不敢少肆也。

表叔择日设帐，生徒日至。虽注意于书翰之间，而眷恋之心则不能遏也，累累行诸吟咏，不下二三十首。不克尽述，特揭其尤者，以传诸好事者焉。是夜，坐舒怀二律，诗曰：

"连城韫匮已多时，耻效荆人抱璞悲。白璧几双无地种，灵台一点有天知。青灯挑尽难成梦，红叶飘来不见诗。寂寂小窗无个事，娟娟斜月射书帏"

又：

"多愁多病不胜情，怅味萧然似野僧。绿绮有心知者寡，箜篌无字梦难凭。带宽顿觉诗腰减，身重应知别恨增。独坐小窗春寂寂，感怀伤遇思匆匆。"

一日，生命侍僮佑哥问瑜娘取槟榔，遂以蜡纸封蜜酿者十颗馈生，并标书于其上曰："进御之余，敬以五双奉兄，伏乞垂纳。"生但谓其有容色，不意其亦识字也，见之，大悦曰："西厢之事，可得而谐矣。"乃制《西江月》一词，命佑哥持以谢云：

"蜡纸重重包裹，彩毫一一题封。谓言已进大明宫，特取余甜相奉。口嚼槟榔味美，心怀玉女情浓。物虽有尽意无穷，感德海深山重。"

生情不能已，复继之以诗曰：

"有美兰房秀，嫣然迥不群。清才谢道韫，美貌卓文君。秋水娟娟月，春空蔼蔼云。何当阶下拜，珍重谢深思。"

女见之，微微而哂，就以云笺裁成小简以复云："感承佳作，负荷良多，第以白雪阳春，难为和耳。"生得此简，欢喜欲狂，不觉经史之心顿放，花月之思愈兴，他无所愿也，惟属意瑜娘而已。朝夕求间寻便，欲以感动于瑜。然瑜驯谨稳实，生挑之，不答；问之，不应，莫得而图之。

一夕，月初出，叔婶会饮于漱玉亭上，命使女召生。生以手挥之，使先行。生徐徐后至兰房东轩之隅碧桃树下，遇瑜独归。生曰："五姐何归之速耶？"瑜曰："倦矣，故归。"生曰："久怀一事，欲以相闻，不识可乎？"女以他辞拒之，曰："昨承佳作，健羡，健羡！"生曰："不为是也。"女不答而去。生大惭，悒悒而赴宴，半酣而回。自是桃下之遇，不果所怀，遂制平韵《忆秦娥》以泄悒怏之意云。

"忆秦娥，忆秦娥，无意奈渠何！一场好事，从此磋跎。茫茫日月如梭，悠悠光景逐流波。花天月地，毕竟闲过。"

一日，生在外馆，女潜入其所居之轩，发其书笥，见所作之诗词，知生之意有在也，默记归录，至"白璧""灵台"之句，感叹移时。及察见生之容色变常，饮食减少，颇怜之焉。

一夕，女晚绣绿纱窗下。生行过窗外，偶念周美成词"些小事，恼人肠"之句，瑜隔窗问曰："四哥何事恼愁肠也？盖为我言之？"生曰："子自思之。"女曰："兄欲

归乎？"生曰："不然。"女又曰："兄思兄之情人乎？"生又曰："非也。"女又曰："春寒逼兄耶？"生曰："非寒也，愁也。"女曰："何不拨之乎？"生曰："谁肯与我拨之？"女笑而不答。生欲进而与之语，自度不可，于是退居轩间，思向者窗前之言，乃作《花心动》词以识其事：

"万绪千端，恼人肠肚事，有谁共说？多丽多娇，有意有情，特地为人撩拨。绿纱窗晚珠帘卷，绣床上描花模月。如簧语，一声才歇，千愁顿雪。惟恨衷肠未竭。空惘怅，归来又成间绝。一片乍灭，千种仍生，拥就心头如结。琴心未必君知否，何日也，山盟同设？休猜讶，不是狂蜂浪蝶。"

生命侍僮持以示女。女览之，掷地曰："我本无此意，四哥何诬人也！"僮归以告。生殆无以为怀，乃于轩之西壁墨一莺，后题一绝于上云：

"迁乔公于汇金衣，独自飞来独自归。可惜上林如许树，何缘借得一枝栖？"

见者谓其题莺，殊不知其托意于其中也。

一日，瑜之侍妾碧桃偶过生轩，归谓瑜娘曰："向来见西边轩里琼州官人画一鸟于壁上，甚是可爱。"瑜因伺生出，遂抵生轩，玩索良久，知其意也，乃作一词，书于片纸之上，置于几间而归。诗曰：

"金衣今已换人衣，开口如啼却不啼。自是傍墙飞不起，休悲无树借君栖。"

生归，见瑜所和之诗，正想象间，忽见绛桃持一简至。生视之，乃《喜迁莺》之词也。

"娇痴倦极，御柳困花柔，东风无力。桃锦才舒，杏花又褪，种种恼人春色。不恨佳期难遇，惟恨芳年易。不堪据处，有东流游水，西沉斜日。记得此意，早筑盟坛，共定风流策。也不难，愁更休烦梦，务要身亲经历。欲使情如胶漆，先使心同金石。相期也，在西厢待月，蓝田种壁"

生得此词，大喜过望，愿得之心逾于平昔，每寻间，便思与女一致款曲，终不可得。

后二日，表叔赴县，婶又宁归，女乃潜出，直抵生轩。生偶辍讲而归，适瑜在焉，揖而谢曰："往日之词诚能践之，虽死无憾。"瑜曰："前词聊以宽兄之意耳，岂有他哉？"生曰："所为'身亲经历'者，果历何事耶？"女不答，遂欲引去。生掩窗扉而

阻之，因谓瑜曰："辂自二月来抵仙乡，今则箕莢已三更矣。自从见卿之后，顿觉魂飞魄散，废寝忘餐，奈何无间可乘。今蒙下顾寒窗，而辂偶出适归，抑且不先不后，岂非天意乎？而卿又欲见拒，此辂之所深不识也。"瑜曰："兄言良是，妾岂不知而为是沽娇哉？抑以人之耳目长也。"生曰："为之奈何？"瑜曰："俗言心坚石也穿，但迟之岁月而已。"生曰："青春易掷，若迟之以岁月，岂不错过了时节哉！"瑜曰："妾，女子也，局量偏浅，无有深谋远虑，在兄之图之，则善矣。"言未已，忽闻众声喧哗，遂遁去，不得再语。生乃制《浣溪沙》以记其事云。歌曰：

"云淡风轻午漏迟，昼余乘兴乍归时，忽惊仙子下瑶池。有意鸰鹏窗下语，无端百舌树梢啼，教人如梦又如痴。"

一日，生陪叔婶宴于漱玉亭中，生辞倦先归。和乐堂侧闻有讽诵声，生趋视之，见瑜独立蔷薇架下，拂拭落花。生曰："花已谢落，何故惜之？"女曰"兄何薄幸之甚耶！宁不念其轻香嫩色之时也？"生曰："轻香嫩色时不能仁赏，及其已落而后拂之而惜，虽有惜花之心，而无爱花之实，与薄幸何异？"女不答。生曰："往日'图之'一言何如？"女曰："在兄主之，非妾所能也。"忽觉人声稍近，遂隐去。生作《减字木兰花》以思其实焉。

"小亭宴罢，偶到蔷薇花架下。忽惊兰香，独立花阴纳晚凉。手拈花瓣，轻轻整顿频频看。花落花开，厚薄之情何异哉！"

又一夕，叔婶俱赴邻家饮宴，生独视轩中，怅怅然若有所失。正忧闷间，忽见瑜娘掀扉而入，谓生曰："兄何忧之多耶？"生曰："愁何足惜，但肠断为可惜耳。"女曰："何事肠断？"生曰："尽在不言中。"女曰："妾试为兄谋之。"生曰："卿言既许矣，不可只作一场话柄，恐断送人性命。惟子图之。"女曰："兄尚不念图，况妾乎？"生曰："辂图之熟矣。"女指墙，谓生曰："奈此何？"生曰："事至如此，虽千仞之山，尚不足畏，数仞之墙，何足道哉！"女曰："所能图者，其计安出？"生乃以扇指示所达之路。女曰："是不言也，妾之一心，惟兄是从而已。事若不遂，当以死相谢。第恐兄之不能践言耳。"生以手抱瑜，欲求合欢，女不从。正反覆间，忽闻叔婶回，进出迎接。次日，生乃作《凤凰台上忆吹箫》之句以示女云：

"水月精神，乾坤清气，天生才貌无双。算来十洲三岛，无此娇娘。堪笑兰台公子，虚想像，赋咏《高堂》。何如花解语，玉又生香。茫茫！今宵何夕，亲曾见姮娥，降下纱窗。又以将合，风雨来访。记得何时，约言难践，空愁断肠。肠断处，无可奈何，数仞危墙！"

生念瑜娘之言，欲实其心，奈何无路可达。因自思之："惟有得向春晖堂安寝，则身可通矣。"遂称病不起。表叔省之，生诈之曰："近来数夜卧此轩间，才瞑目，便见鬼魅或牛头马面等来相击闹，心甚怖焉。但以精神恍惚所至，不以为意。昨夜又梦一长牙者，语余曰：'明日大王来请你，你勿复起。'不觉今日身体沉重，不能起也。"叔闻此语，大惊，进移之东轩，命其小子名铭者伴生寝焉。生思念："本欲设计寻入中堂，只得移向东轩，无以异于西轩也。"至夜半，佯狂大叫。举家惊视，生良久始言曰："向见一人冠黄巾，同昨所见长牙者坐，骂余曰：'我叫你莫起，你强要起。'黄巾者曰：'大王请先生去作平贼露布耳，无他也。'言未已，又见一红发尖嘴者至，曰：'连忙去，无羁滞。'将促余出，我与勃敌良久，喜诸人起来，散去，不然，被伊捉去矣。"祖姑闻言大惊，令请良巫祈禳。生乃厚赂巫者，命伊言曰："若在此宿卧，恐性命难保。除非移入中堂，则无事矣。"彼时即移生入中堂。生病渐安，日则肄业于轩间，夜则归宿于堂上。

一日，夜静，生步入兰房西室之前，正见瑜于月桂丛边焚香拜月，生立墙阴以听之。吟：

"炉烟袅袅夜沉沉，独立花间拜太阴。心事不须重跪诉，姮娥委是我知心。"

瑜吟讫，突见生至，且惊且喜曰："闻兄被魅，今安能到此耶？"生曰："若非被魅，安能得此会乎？"乃相与携手入室，明灯并坐。生熟视之，容貌愈娇，肌肤愈莹，情不能忍，乃曰："我肠断尽矣。"欲挽女以就枕。女坚意不从，曰："妾与兄深盟密约，惟在乎情坚意固而已，不在乎朝朝暮暮之间也。苟以此为念，则淫荡之女者也。淫荡之女，兄何取焉！"生曰："卿虽不从，辂之至此，设使他人知之，宁信无他事也？"女曰："但秉吾心而已。"生虽不能自持，然见其议论，生亦喜其秉心坚确，不得已而从，进相与坐谈。女曰："妾尝读《莺莺传》《娇红记》，未尝不掩卷叹息，但自恨无娇、莺之姿色，又不遇张生之才貌。见兄之后，密察其气概文才，固无减于张生，第妾鄙陋，无二女之才也。"生曰："卿知其一，未知其二。且当时莺莺有自选佳期之

美，娇红有血渍其衣之验，思惟今日之遇，固不异于当时也。而卿之见拒，何耶？抑亦以愚陋之迹，不足以当清雅之意耳，将欲深藏固蔽，以待善价之沽焉？"女正色而言曰："妾岂不近人情者，但以情欲相期美满于百年也。假使今日苟图片时之乐，玉壶一缺，不可复补，合卺之际，将何以为质耶？"生曰："此事辄任之，勿虑也。但不如此不足以大情之交孚，卿请勿疑。"女曰："谚语有云：'但得五湖明月在，不愁无处下金钩。'正此之谓也。兄自此勿复举矣。"生兴稍阑，乃口念《菩萨蛮》以赠之：

"不缘色胆如天大，何缘得入天台界？辜负阮郎来，桃花不肯开。芳心空一寸，柔肠千万束。从此问花神。何常苦逼人。"

女亦口念《西江月》以答生云：

"借问朝云暮雨，何如地久天长？殷勤致语示才郎，且把芳心顿放。苦恋片时欢乐，轻飘一点沉香。那时三万六千场，乐汝无灾无障。"

生自后每遇瑜娘，委道百端，略不经意。一见生有异志，则正言厉色以拒之。又作《望江南》词以示生焉。

"堪叹宝到碧纱厨。一寸柔肠千寸断，十回密约九回孤，夜夜相支吾。驹过隙，借问子知乎？弱草轻尘能几许，痴云阁雨待何如，后会恐难图。"

生情不能已，复继之以诗一绝云：

"青驾无计入红楼，入到红楼休又休。争似当初不相识，也无欢喜也无愁。"

女见此诗，笑曰："兄岂不喻往夜之言乎？"生曰："余岂不喻？但以兴逸难当，姑排遣之耳。"暨晚，生归独坐，自思："费尽心机，得达女室，终不见从，必无意于己也。"

至夜，复思："不如与女作别。"至，则长吁短叹，凭几而卧，终不与女一言，问之亦不答。百般开喻，逼勒再三，始一启口曰："我今夜被你断送了也。"女大悟，谓生曰："兄果坚心乎？"生曰："若不坚心，早回去矣。"因呼碧桃添香，呼生共拜于月下，祝曰。"妾瑜，生居深闺，一十七岁于兹矣。今夕以情牵意绊，不得已，以千金之体许之于情人辄辄者，非惟有愧于心，亦且有愧于月也。敬以月下共设深盟；期以死生不忘，存亡如一，无负斯心，永远无也。苟有违者，天其诛之。"祝罢，挽生就寝，因谓生曰："妾年殊幼，枕席之上，漠然无知，正昔人所谓'娇姿未惯风和雨，分付东君好护持'。望兄见怜，则大幸矣。"生笑曰："彼此皆然。"遂相与并枕同衾，贴胸交股。春风生绣帐，溶溶露滴牡丹开；檀口揾香腮，淡淡云生芳草温。曲尽人间之乐，不啻若天上之降也。虽鸳鸯之交颈，鸾凤之和鸣，亦不足形容其万一矣。辗转之际，不觉血渍生裙，乃起而剪之，谓生曰："留此以为他日之验。"生笑而从之。女以口念《虞美人》词以赠生云：

"平生恩爱知多少，尽在今宵了。此情之外更无加，顿觉明珠减价工生瑕。霎时丧却千金节，生死从今决。祝君千万莫忘情，坚着一钩新月带三星。"

生亦口念《菩萨蛮》以赠女云：

"春风桃李花开夜，烛烧风蜡香燃麝。鱼水喜相逢，犹疑是梦中。感情良不少，报德何时厂。细君问莺莺，何人解此情？"

瑜得生词，谢曰："妾今溺于兄之情爱中，故至丧身失节，殊乖礼法，非缘兄亦不至此也。幸为后日之图，则妾之所托亦至此矣。"生曰："五姐千金之身为我而丧，犹当铭肝镂骨以报子之深恩矣，岂肯负月下之盟耶？"

自后生夜必至。一夕，谓女曰："我以亲托于门下，人皆罔知，诚恐他日此事彰闻，亲庭谴责，何颜重上春晖堂乎？"瑜曰："妾虽女流，亦颇知礼，岂不知韫椟之可嘉，失节之可丑乎！以子之情牵意绊，以至于斯，倘他日事情彰明，寻奉巾栉于房帏之中。事若不果，当索我于黄泉之下矣。"遂相与泣下数行。又一夕，生复赴约，女目生良久，曰："观子之容色辞气，决非常人，他日得侍房帏，则虽不得为命妇，亦不失为士夫之妻耳。苟流落俗子手中，纵使金玉堆山，田连阡陌，非所愿也，惟兄之是从而已。"生感其节义，作诗以赠之：

"水月精神冰雪肌，连城美璧夜光珠。玉颜偏是嫦宫有，国色应言世上无。翡翠衾深春窈窕，芙蓉褥软绣模糊。何当唤起王摩诘，写出和鸣鸾凤图。"

女亦吟一律以答生云：

"深感阳和一气嘘，吹开玉砌未生枝。合欢幸得逢青史，快睹曾应失紫芝。碧沼鸳鸯交颈处，妆台鸾凤下来时。此情共誓成终始，莫把平生雅志亏。"

初，瑜父选民间女之艳色者以为媵，得八人焉。分四与瑜：曰碧桃，曰绛桃，曰仙桃，曰小桃；分四与琼：曰腊梅，曰月梅，曰红梅，曰素梅。父命母诲之。自瑜交

钟情丽集

通生后，四桃心怀忧惧，惟恐事泄，罪及于已，四桃上书谏曰：

"娘子生长名门，深居幽闺，世荣封袭，家极华腴。况兄神态芳菲，懿德清淑，才华充赡，妙手精工，芳名洋溢乎三洲，美誉昭彰于十邑。尚不保身律己，却乃失节丧身，理义有亏，彝伦败。倘或闺中事露，门外风闻，非惟有损于已身，抑且玷辱于父母。亲庭谴责，他人笑讥，名节荡然，性命难保。诚恐楚国亡猿，祸延林木，城门失火，殃及池鱼。后悔难追，噬脐莫及。苟能先事改过自新，勿蹈前非，待时而动，则娘子幸甚，妾辈亦幸甚！"

瑜得书，览毕，喟然叹曰："尔言良是，但余以死许辜生。背之不祥。今日之事，其咎在余，谅必不相累也。"碧桃曰："其然，岂其然乎！娘子若不自新，我辈终当去突。"瑜泣而谕之曰："余与辜生牵情溺已而成痼症，身可死而情不可解也。虽苏张更生，不能移吾之初志耳。汝欲去之则去。"四桃同泣而应之曰："妾辈侍奉闺帏，已非一日。娘子开心见诚，推恩均惠，感戴不已，补报无由。倘若事露，娘子捐身，妾辈安能独存哉？誓必不相负也。"乃相抱唏嘘而泣。人之，拭泪吟诗一首，以释闷云。至暮，生至，女乃出所吟诗并四桃所谏书以示。生读之赧然。诗曰：

"一轮明月本团圆，才被云遮便觉残。欲把相思从此绝，别君容易望君难。"

良后，暮聚晓散九月余，温存缱绻之情，益以加矣。不觉大火西流，金风又起。父母以生久别，遣仆持书促归甚急。生得书，言之叔姊，治装行为归计。生至夜复抵女室，告以将别之由。二人不忍相别，悲不能已。女泣久之，拭泪曰："第无伤感，且尽绸缪，未知后会何时也。"生曰："我去三两月，必至再来，子毋劳苦构思成疾，此时暂别而已。"女吟诗二绝以别生云：

"乌啼月落满天霜，执手相看泪满眶。明月相如归去也，文君从此倍凄凉。"

又诗：

"秋雨梧桐叶落时，悲秋怀抱正凄凄。多情自古伤离别，莫笑莺莺减玉肌。"

生乃以玉耳环馈女，并留题一绝云：

"黄雀衔来已数年，别时留取赠婵娟。莫将闲事劳心曲，常把佳音在耳边。"

暨晚，生以他事不果行。至夜，女命侍女以白金十锭、青布四端、花巾二十条、裙带二十双并词一阕以赆生。词名《柳梢青》：

"南陌花残，西厢月暗，风雨凄凄。见说君归，顿松金钏，暗减玉肌。吁嗟后会难期，将何物，表人别离。万斛离愁，千行情泪，两地相思。"

生亦立缀排十韵，以赠女别云：

"驱驰来戚里，特地探仙乡。推馆开纱帐，拦阶随雁行。二天恩不断，一德感难忘。况复兼葭质，亲陪兰蕙旁。尘埃沾洁节，襟袖染余香。月下深盟固，花边思语长。绝胜鱼得水，何异凤求凰。只谓欢娱永，谁知归思忙。百年终有在，一旦不须伤。若问重来日，花黄与菊香。"

生别，至家后，行止坐卧，无非为女记忆也；经书、家事，略不介意，终日昏昏而已。先是，城之西北隅有林曰"迈游"，山明水秀，多生佳丽。有名小馥者，字微香，亦美丽超群。其俗有纺纱场之习，生尝游畋其间，与之亦相好也。生有诗以赠之曰：

"生长茅茨在迈游，微香两字动炎舟。玉般温润千般馥，花样娇妍柳样柔。巧笑千金苏氏小，清歌一曲杜家秋。也知好事人人爱，不可明知但暗求。"

微香缉知生归，意其必访己也，日日候待，杳无消息；疑其必有他遇而忘己也，仍效温飞卿体作《懊恨曲》以怨之云：

"莲藕抽丝哪得长？萤火作灯哪得光？薄幸相思无实意，可怜蝶粉与蜂黄。君何不学鸳鸯鸟，双去双飞碧纱沼。兰房白玉尚缥缈，何况风流云雨了。大堤男女抹翠娥，贵财贱德君知么？夭桃浓李虽然好，何似南山老桂柯。悠悠万事回头别，堪叹人生不如月。月轮无古亦无今，至今长照丁香结。"

微香亲书于鸾笺之上以寄生。适生之友王仲显与生检阅诗书，得此曲，问："谁之笔也？"生以实告。遂与王生共探之。微香以生久别，见生大喜，而生忧闷之心凄然可掬。微香以王生在彼，亦不敢诘生。

至夜，王生倦而寝矣。微香谓生曰："自从君之别妾也，不觉乌兔沉东西矣，而妾思君之心不啻若大旱之望云霓也，深藏固蔽以待君久矣。近闻君归，喜动颜色，思得一见而无由。今夜既蒙垂顾，正当缱绻以偿契阔之情，而君之短叹长吁、愁然不乐，何也？岂非疑妾有外意，抑亦君有外遇乎？"生曰："感子之情，亦已多矣。奈何以新变故易，以故变新难。"微香笑曰："妾之言果不差矣。君盍均而惠乎？"生不答。微香

曰："君寓临邑，所寓者得非临邑之人乎？"生曰："然。"复问；"女为谁名？何氏之女也？"生不肯言。再三逼勒。良久，始言曰："子亦我之情人也，语之何害。子宜秘之，勿言其姓名于人，斯可矣。"微香指灯而言曰："我若违子之祝，有如此灯。请言之，勿虑也。"生乃曰："黎氏，名瑜娘，字玉真。"微香叹息而言曰："此女无双也。其面圆而光，其质富而温，其目淡而澄，其声清而婉，果然乎？"生曰："子之言，若亲见也。何以知之？"微香曰："妾之表亲有善穿珠者，前日往临高，知黎士官宅有此人也。且闻其善诗，有作赠君否？"生乃诵其《柳梢青》与微香，微香击节叹曰："才貌兼全，真天上之人也。子之视我如土芥，宜乎！"乃缀《满庭芳》一阕以赠生：

"月下歌声，风前愈觉，遥思当日风流。枕边言语，尤记在心头。玉佩玎珰，别后空惆怅，永巷闲幽。行云去，才离楚岫，却又入瀛洲。仙境里，奇逢姝丽，端好绸缪羡金桃玉李，凤偶鸾涛。一个文章清雅，一个体态娇柔。谁念我，雕栏独倚，一日似三秋。"

生观讫，答谢曰："余受卿之情不为不多，负卿之罪不为不少。"立缀《木兰花》一阕以答之：

"念当时行乐，乌乍落，兔乍生。向花下重门，柳边深巷，弄笛三声。毕声断，柴门启，见花颜玉脸笑相迎。喜气春风习习，歌喉山溜泠泠。自从别后阻归程，非是我无情。奈故思漫漫，新欢款款，誓下深盟。情已固，心意谁评？从今长揖谢芳卿。肠断纺纱场上，月轮依旧光明。"

明日，生与王仲显回归。抵家后，因念微香之语，乃赋长歌一篇以贻之云：

"我生幸值升平时，春风和气长熙熙。幸今喜在繁华地，山水清佳人秀丽。此生此世岂徒然，好展情怀乐所天。不须贪富贵，何必求神仙。万岁虚生耳，纵有千金亦须死。世间万事非所图，惟慕娇娆而已矣。君不见卓文君，至今千载芳名传。古人今人同一致，有能逢之亦如是。人生年少不再来，人生年少早开怀。黄金买笑何足吝，白璧偷期休更猜。我曹不是风流客，懒向金门献长策。脚跟踏遍海天涯，久慕倾城求未得。亲家有貌倾长城，养在闺门十八龄。蕙性芳心真慧默，玉颜花貌最娇婷。春山远

远秋波浅，嫩笋纤纤红玉软。暗麝芬芬百合香，绿云绕绕双乌绾。上迫能字卫夫人，下视工诗朱淑真。柳絮才华应绝世，梅花标格更超群。云闺雾阃深深处，罗帏锦帐重

重贮。绝似嫦娥住广寒，世人有恨无由睹。记得春光三月天，曾寻流水到桃源。春晖堂上分明见，晚绣窗前款语言。僮仆往来传意绪，诗词络绎通情素。数向花前密约时，同于月下深盟处。烛摇红影照兰房，香喷清烟袭象床。一线枕痕生玉晕，碧梧枝上风求凰。芳情百纽丁香结，真心一点蔷薇血。个中顿觉两心知，妙处偏难向人说。朝朝暮暮恋高唐，忘却人间日月忙。回首白云归思切，金刀寸寸断人肠。美满恩情呻吟绝，消魂怕唱阳关叠。依依牛女隔星河，杳杳行云归楚峡。香罗玉带又何时，惆怅西风泪湿衣。旧摺牵连推不去，新愁构结有谁知？惟有多情旧知己，每把甘言慰愁耳。素承佳惠感难忘，自觉违心惭不已。徐徐思后更思前，回首西风一怅然。应是前生曾结种，今生偏得美人怜。"

微香得此歌，以示其同伴，众口称夸，乃作手卷以赠生焉，名《双美》，请画图于其首。微香又摅妙思，作《并美序》一篇以冠其端，复继之以长歌一篇，以传好事者：

"琼南人物倾天下，才子佳人两无价。吴门越里何足数，蓬岛瑶池此其亚。画堂重重闭广寒，青骢白马跃金鞍。奇才美貌皆潘岳，腻体香肌尽弱兰。弱兰潘岳今何许，听说琼林鸾凤侣。凤友鸾朋绝世无，一双两好真无比。天与风流年少郎，声名籍甚动炎荒。风流骥子麒麟种，绘句文章锦绣肠。生来洒落起尘俗，绣虎雕龙总入目。万卷诗书千首词，儒林声价金推独。"

"清风明月四清香，胜景名山足遍经。曾向朱崖开绛帐，忽从戚里遇娇婷。娇婷自是豪家子，长养绮罗丛队里。天上丽质自超群，百媚千娇谁与比。水月精神冰雪肌，芙蓉如面柳如眉。春山淡淡横蛾黛，戛玉铿金满箱帙。光风溜溜泛崇兰，碧涧溶溶淄皓月。久擅芳名荡海天，风流年少总夸妍。笑他有眼何曾见，羡子相逢岂偶然。偶然相逢真奇遇，时人哪得知幽趣。红叶飘时传丽情，绯花泛水知山路。直入蓬莱第一层，云轩谒拜许飞琼。鲛绡帕上题佳句，鹊尾炉前结好盟。黄莺唤友迁乔木，丹凤求凰栖翠竹。醉风芍药暗生香，着雨夭桃红杏肉。绝似姮娥降月宫，宛如神女下巫峰。翻嫌月殿非人世，却笑巫山是梦中。何似相逢明盛世，早能偿此风流债。负兹通古通今才，遇此倾国倾城态。倾国倾城世无多，通古通今谁复过。绝胜兰香伴张硕，宛然萧史共秦娥。秦娥萧史虽无比，不过如斯而已矣。天香国色产南方，不让中州独专美。嗟予与子素相知，记纺纱场夜月时。求作狂歌赞并美，聊传盛事记佳期。"

生自别瑜娘之后，倏尔斗柄三移，而相思之心常在目也。奈鳞鸿杳绝，后会无期。是月某日，适值祖姑生旦，乃托所亲于父母曰："某日祖姑诞辰，理当往贺。何吝四哥一行，而不使之往庆之耶？"父从之。次日，遂命生起行。

既至，表叔一家喜生再至，莫不欣然。于是复馆生于清桂西轩之下。生遍视窗轩如故，诗画若新，惟庭前花木有异耳。不胜旧游之感，遂吟近体一律以寓意云。诗曰：

"一年两度谒仙门，前值春风后值冬。草木已非前度色，轩窗还是旧游踪。重临桃柳三三径，专忆高唐六六峰。知是盟言应不负，虚言万事转头空。"

生至数日，不能与瑜一语。因设卧中之计，尚未克果，而祖之寿日届矣。乃制《千秋岁令》一首以庆寿云：

"菊迟梅早，报道阳春小。坡老说，斯时好。北堂萱草茂，南极箕星皎。人尽道，群仙此日离蓬岛。

宝日红光耀，金兽祥烟袅。丝竹嫩，蟠桃老。永随王母寿，却笑鑯铿夭。画堂年年，膝下斑衣绕。"

后一日，生侍祖姑于春晖堂上，忽见堂侧新开一池，趋往视之，正见瑜倚墙而观画焉。生笑而言曰："不期而遇，天耶？人耶？"瑜娘曰："天也，岂人之所能也。不期然而然，非天而何？"遂挽生共坐于石砌之上，且曰："此地僻陋，人迹罕到，姑坐此，徐徐而入可也。"遂相与诉其间阔之情、梦想之苦，自未及酉，双双不离。辄闻婢唤之声，女遂辞去，复顾生云："自此路可以达妾室，兄其图之。"生颔而归馆。

至更深夜静，生遂逾垣而入，直抵女室。时女已睡熟矣。生扣窗良久，女始惊觉，欣然启扉相迓，谓生曰："待兄久不至，聊集古句一绝，方凭几而卧，不觉酣矣。"生问："诗安在？"乃出以示生。诗曰：

"月娥霜宿夜漫漫，鬓乱钗横特地寒。有约不来过夜半，月移花影上栏杆。"

生览毕，亦口占律诗一首云：

"再到天台访玉真，入门一笑满门春。罗帏绣被虽依旧，璧月琼枝又是新。可喜可嘉还可异，相恰相爱更相亲。何当推广今宵事，永作天长地久人。"

女亦和云：

"洞房今夜降仙真，软玉温香满被春。慢说别离情最苦，且夸欢会事重新。意中有

四三五八

意无他意，亲上加亲愈见亲，欲得此情常不断，早寻月下检书人。"

自是，二人眷恋之情，逾于平昔。一日，生携微香手卷示瑜。看未毕，怒曰："祝兄勿多言，却又多言！妻之名节扫地矣！"生解说百端，女终不与一言。后夜复往，坚闭重门，无复启矣。女方悔已前非，咎生薄幸，终日闭门愁坐，对镜悲吟，一二日间才与生相见。见之，亦不交半语。凡半月间，生不能申其情，悒怏满怀，大失所望，乃述近体一律以示之。诗曰：

"巧语言成拙语言，好姻缘作恶姻缘。回头恨攦章台柳，赧面惭看大华莲。只谓玉盟轻荡泄，遂教铀誓等闲迁。谁人为挽天河水，一洗前非共徒愆！"

女玩味良久，始笑曰："兄寓此久矣，盍归纺场之情人乎？"生曰："卿何为出此言也？独不记月下深盟乎？且辂当时不合失于漏泄，罪咎固无所逃矣。然古人有言曰：'往者不可谏，来者犹可追。'遽忍以往者之小过而阻来者之大事乎？"瑜拜谢曰："兄之心金石不渝，妾之怒聊以试兄耳。"亦续吟一律云：

"一洗前非共往愆，从今整顿旧姻缘。声名荡漾虽堪怨，情意殷勤尚可怜。任是春光先漏泄，忍教月魄不团圆。莫言幽约无人会，已被纱场作话传。"

自此之后，情好如初。一日，以前卷展开评论，瑜曰："微之才调何如？"生曰："卿乃天上之碧桃，月中之丹桂，彼不过微芳小艳而已，岂敢与卿争妍媚也？正昔人所谓西施、王嫱争洗脚脸与天下妇人斗美者也。"女感其言，乃吟《长相思》词一阕以戏生。词曰：

"大巫山，小巫山，暮暮朝朝云雨间，谁怜凤偶闲？歌已阑，乐已阑，才向瑶台觅彩鸾，金波依旧团。"

一夕，天色阴晦，生与瑜待月久之，乃同归室，席地而坐，尽出其所藏《西厢》、《娇红》等书，共枕而玩。瑜娘曰："《西厢》如何？"生曰："《西厢记》，不知何人所作也。记始于唐元微之，尝作《莺莺传》并《会仙诗》三十韵，清新精绝，最为当时文人所称羡。《西厢记》之权舆，其本如此也欤？然莺莺之所作寄张生：'自从别后减容光，万转千愁懒下床。不为旁人羞不起，为郎憔悴却羞郎。'此诗最妙，可以伯仲义山。牧之，而此记不载，又不知其何故也。且句语多北方之音，南方之人知其意味者罕焉。"又问："《娇红记》如何？"生曰："亦未知其作者何人，但知其间曲新，井井有条而可观，模写言词之可听，苟非有制作之才，焉能若是哉！然其诸小词可人者，仅一二焉。子观之熟矣，其中有何词最佳？"瑜曰："《一剪梅》。"生曰："以余看之，似有病。"女曰："兄勿言，待妾思之……。"曰："诚有之。"生曰："何在？"曰："离有悲欢、合有悲欢乎！"生笑曰："夫离别，人情之所不忍者也。大丈夫之仗剑对樽酒，犹不能无动于心，况子女之交者！其曰离有悲，固然也；离有欢，吾不之信也。至若会合者，人情之所深欲者也。虽四海五湖之人，一朝同处，而喜气欢声亦有不期然而然者，况男女交情之深乎？谓之合有欢，不言可知矣；谓之合有悲，吾未之信也。"瑜曰："兄以何者为佳？"生曰："'如此钟情古所稀，吁嗟好事到头非；汪汪两眼西风泪，洒向阳台化作灰'一诗而已。"瑜曰："与其景慕他人，孰若亲历于己？妾之遇兄，较之往昔，殆亦彼此之间而已。他日幸得相逢，当集平昔所作之诗词为一集，俾与二记传之不朽，不亦宜乎？"生感其意，乃口占一曲，自歌以写怀云。歌云：

"西江月上团团，锦江水上潺潺，荒坟贵贱总摧残，回首真堪叹。回首真堪叹，可怜骨烂名残。须要留情种在人间，付与多情看。待月情怀，偷香手段，这般人真好汉。想崔张行踪，忆温娇气岸，相对着肠频断。此情此意，我尔一相逢岂等闲。须教通惯，休教明判，若还团圞，且作风流传。"

初交通后，收敛行踪，无罅隙之议，故人无知者。因其再至，情欲所迷，罔有忌惮，一家婢妾，皆有所觉，所不知者，惟瑜父母而已。瑜亦厚礼诸婢，欲使缄口，奈何一家婢妾，皆欲白之。自度不可久留，乃设归计，尚未果也。忽一婢惧事露而罪及己，窃言之祖姑。祖姑以生之驯谨达礼，必无此事，反笞其婢。自是众口渐息。时又叔婶同寓别馆，祖姑昏耄，不知防备，始大得计，略无畏惧之心，暮乐朝欢，无所不至。

一日，生与女同步后园晴雨轩中，徘徊观竹，正谈谑间，而瑜之弟黎铭值而见之。生大骇，恐言于叔婶，乃厚结铭心。初，生有一琴，名曰"碧泉"，平生所嗜好者，铭尝问取，生不之与，至是而遗焉。虽得铭之欢心，然而诸婢切切含恨，惟待叔婶回而发其事。生自思其形迹，不宁，"设使叔婶知之，负愧无地矣！"托以归省，告于祖姑。祖姑固留之再三，生终不从。瑜夜潜出。与生别曰："好事多磨，自古然也。欢会未几，谗言祸起，奈之何哉！兄归，善加保养，方便再来，毋以间隙，遂成永别，使设

盟为虚言也。"因泣下而沾襟。生亦掩泪而别。女以《一剪梅》词一阕并诗一首授生，曰："妾之情意，竭于此矣。兄归，展而歌之，即如妾之在左右也。"

"红满苔阶绿满枝，杜宇声归，杜宇声悲。交欢未久又分离，彩凤孤飞，彩凤孤栖。别后相逢是几时？后会难知，后会难期。此情何以表相思？一首情词，一首情诗。"

又诗：

"万点啼痕纸半张，薄言难尽觉心伤。分明一把离情剑，刺碎心肝割断肠。"

生亦缀《法驾引》词一首以别女云：

"归去也，归去也，归去几时来？峡口云行仙梦杳，雨中花谢鸟声哀。落叶满空阶。真个是，真个是恼人肠。沙上鸳鸯栖未稳，枝头鹦鹉叫何忙。相对泪沾裳。须记得，须记得月前盟。料必两人扶一木，莫移钩月带三星。了此此生情。"

女览毕，谓生曰："往者迈游诸女，所赠之诗，意甚忠厚，今将薄礼寄兄以馈之，可乎？"生曰："可。"女乃命侍女取花巾十条、裙带三十三双，与生收讫。女含泪再拜而别。

生既归家后，命仆以女所寄之物以遗纺纱微香。微香寄声与仆曰："寄语辜郎：彼岂不知赵姬之言乎？"仆归以告。友王仲显在焉，生微笑之。友曰："何谓也？""按《左传》赵姬之事，赵姬曰：'好新慢故易'，微香特讽予也。"次日，复命仆待书以贻。微香展而视之，乃唐体诗一律：

"传与多情旧故人，几乎为尔丧良姻。空怀杜牧三生梦，难化瞿昙百忆身。雨散云收成远别，花红柳绿为谁春？不堪回首纱场上，风雨潇潇月一轮。"

微香静而思之，终疑于"为尔丧良姻"之句，欲生之来以实之，亦次韵一律以答之。诗曰：

"彼情人是我情人，就说无因亦有因。千里相思愁里句，几番欢会梦中身。天边依旧当时月，洞口时非往日春。若念小楼移手处，重来花下赏冰轮。"

生感其意，复以诗一律而绝之焉：

"纺纱场下好情缘，回首西风倍惨然。已按赤绳先系足，免劳青鸟再衔笺。任从柳色随风舞，莫惜韶光彻夜圆。不是怜新违旧约，由来好事两难全。"

微香得此诗，知生之绝已也，然而慕生之心，未尝少替，亦和一律以答生云：

"纺纱场下旧情缘，怕说情缘只默然。今日翻成班氏扇，当时休制薛涛笺。玉萧已负生前约，金镜偏教别处圆。自是人心多变易，休教好事不双全。"

生时名籍甚，郡邑咸欲举生为庠生。生父爱子，不欲远涉利途，恐致离别之苦。然而众论纷纷，无时休息。生潜喜，乘间言于父母曰："除非出外可避。"父喜曰："可往祖姑家少避五六个月，众口无不息类。"生曰："如或官司逼勒，如何？"父曰："只言随伯父之任矣。"生之伯父有为高官者。父即日命促装起行。

既至，祖姑一家欣喜，待礼如初。生告所来之由，叔曰："倘若不厌寒微，姑寓于此，朝夕与诸少讲明理义，此某之所深幸也。"生拜谢，退居所寓之轩，偶见绿纱窗上题诗一绝云：

"壁上莺还在，梁间燕已分。轩中人不见，无语自消魂。"

生知是瑜之笔，亦书一绝于其旁曰：

"肠断情难断，春风燕又回。东风和且暖，雅称结双飞。"

生思玩间，忽见瑜娘独至，且喜且悲，再拜谓生曰："兄真信士也。缘自兄归之后，媒妁克谐，逮无虚日，父母亦有许之者，但未成事矣。妾心想迫于父母之命，不得已而饮恨于九泉之下，不及与君诀别为怀。今幸不死，尚得相见，殆天意乎！未审计将安出？"生曰："此辂之所以日夜切思者也。盖尝思之有三：亲戚不可为婚，一也；父母之命不可违，二也；不敢言于父母，三也。为今之计，惟在乎卿主之而已。"瑜曰："凡妾可力为者，敢不自效！望兄指引，则善矣。"生密约于女耳边之言。女曰："正合妾意。"言未已，忽听笼中鹦鹉叫："大人回！大人回！"女闻之，遂遁去。临行，反顾生曰："兰房之约，三更后、四更前，正其时也。"

是夜，月明如昼，万籁无声，生视诸仆皆睡熟，轻步潜至女室。瑜见之，喜不自胜，且曰："丑陋之质，于兄故不敢辞，但以月明花开之景，不可常得，思与君少同亡赏，以度良宵耳。"生然其言，遂并枕于玩月亭右厢阶下。俄而，婢女数辈捧馐肴至，罗列满前。二人相与劝酬，极尽款曲。女曰："既逢佳景，可无述作以记之乎？"生曰："短章寂寥，片文拘泥，与其合笔而和题，孰若同声相应，亦足以见吾二人之勍敌也。"瑜曰："就以'月夜喜相逢'为题，五十韵为率。"生即为首倡曰：

"今夕是何夕，奇逢不偶然。况当明媚景，正是艳阳天（生）。烂烂星珠灿，圆圆月鉴圆（女）。风轻万籁寂，露浥百花鲜（生）。河影清还浅，奎缠断复连。乾坤真罔极，光景自无边。大地冰壶隐，长空雪浪翻。连枝横鉴发，素晕隔檐穿。更漏转三鼓，槐阴过八砖。溶溶春似海，缓缓夜如山。织女偷情看，姮娥着意怜。千年逢一会，二鸟降双仙。谈笑幽亭上，追随小院前。各分双美具，端的四兼全。旧恨应皆释，新愁觉欲颠。重来谐素约，又共展华筵。何须金石奏，且把海螺传。美酒倾珠落，香羹和玉涎。脍用金刀切，茶将活火煎。冰壶双髻执，罗扇小鬟搽。并枕挨肩玉，低鬟动髻蝉。柔肠频眷恋，莲步漫周旋。红袖深藏笋，罗衣懒上船。献酬多节重，议论每牵缠。不必宣金石，何劳奏管弦。休乱同坐久，且共把诗联。共吐珠玑唾，同裁月露篇。声声争响亮，字字竞鲜妍。可羡唐商隐，堪夸燕丽鲜。新清开府句，秀丽薛涛笺。佳兴如流水，神词若涌泉。孟郊应退舍，蔡琰可齐肩。转战敌逢敌，擒词玄又玄。剡藤烦字扫，香剂惜思研。宴罢情将困，吟成意尚牵。掀岒香自馥，入室步争先。好事虽多舛，佳期喜独偏。笑携双玉手，共卧五花毡。莲步移红玉，珊瑚堕翠钿。交加连理树，掩映并头莲。色胆大如今，丽情深若渊。耳边言切切，心上意悬悬。风蜡摇红影，龙涎薰碧烟。情痴疑是梦，骨冷不成眠。缱绻两情好，绸缪一意专。既如鱼水乐，又似漆胶坚。了毕平生愿，深酬宿世缘。愈亲须愈敬，相守莫相捐。密约长如此，深盟永不迁。任他沧海竭，此乐尚绵绵。"

联成，女出云笺，命小桃书毕，已四鼓矣。不复就枕，但立会而已。生口占一绝云：

"名花并立笑春风，谁识常空一窍通。欲验佳期何处见，白罗裆上有残红。"

自是之后，幽会佳期，殆无虚日；眷恋之情，亲昵之意，有不可得而言语形容者。所作诗词，不可尽述，站记含蓄意深者十绝：

"昨夜东风透玉壶，零零湛露滴真珠。寄言未问飞琼道，曾识人间此乐无？"

"一线春风透海棠，满身香汗湿罗裳。个中好趣惟心觉，体态惺松意味长。"

"脸脂腮粉暗交加，浓露于今识翠华。春透锦衾红浪涌，流莺飞上小桃花。"

"宝鸭香消烛影低，波翻红浪枕边欹。一团春色融怀抱，口不能言心自知。"

"葡萄软软蛰酥胸，但觉形销骨节熔。此乐不知何处是，起来携手问东风。"

"淡淡溶溶总是春，不知何物是吾身。自惊天上神仙降，却笑阳台梦不真。"

"形体虽殊气味通，天然好合自然同。相怜相爱相亲处，尽在津津一点中。"

"半夜牙床夏玉鸣，小桃枝上宿流莺。露华湿破胭脂体，一段春娇画不成。"

"烛尽香消夜悄然，洞房别是一般天。若教当日襄王识，肯向阳台梦倒颠？"

"鱼水相投气味真，不胶不漆自相亲。两身忘却谁为我，恐是天生连理人。"

一日，祖姑独坐春晖堂上，生侍之，顾生，谓之曰："昔传姻事为'下玉镜'，何谓也？"生以温峤事为对。祖姑曰："汝知发问之意乎？"生曰："不知。"祖姑复曰："汝宜益加进修，吾之女孙，誓不他适，当合事汝，亦使温峤之下玉镜台也。"生拜谢。至暮，生以此告瑜。瑜喜，笑曰："古人有言：'人心同欲，天必从之。'岂虚语乎！"生曰："明日当辞归，遣媒言议，勿失时也。"

明日，遂告归。及抵家，以祖姑之语告其父。父欣然从之。择日命媒行。既至，以所来之由告叔。叔曰："四哥才貌，出众超群，可敬可爱，得婿如此，足慰人心。奈他人讥笑何？"媒曰："何伤乎？温峤之下玉镜台，娶姑之女。"又曰："老泉女适程氏，舅之子也，况乃孙乎？自古迄今，但闻传其事以为话，未闻以是病之者，夫何疑之有？"叔婶允之，遂备黄金二锭、羊一牵为定礼。生婢有名朝华者，从媒同至，乃出书以示瑜。瑜披读曰：

"玉真小娘子妆次：辂世吞姻缘之契，缔结丝萝；叨因叔侄之情，寓居门馆。讵意天缘会合，亲逢旷世之娇娆；人意交孚，果是前生之配偶。荣生意外，喜溢眉间。缅想淑候，兰蕙其芳，冰霜其洁。秋水为神玉为骨，倾国倾城；芙蓉如面柳如眉，欺花欺月。柳絮因风起，蔼然谢道韫之才；寒藻漾涟漪，粲若朱淑真之文采。诚所谓天上之神仙，君子之好逑者也。辂一寒如此，百技无能，才匪逮人，貌非出众，忝得一拜于云阶，幸已足矣。何况侧身于玉树，恩莫大焉。粉身不足报深思，万死亦难酬厚德。扪心有愧，揣己何堪！曩间太夫人因亲致亲之言，归心如箭；今见椿府君执柯代柯之举，喜意若川。倘若叔婶再不他辞，想应汝我心谐所愿。百岁姻缘，在此一举；千金会合，于此片时。专望竭力赞襄，毋使青蝇谐白玉；同心协力，庶教丹桂近嫦娥。则平生之心愿足矣，月下之深盟遂矣。兹因媒氏之行，敬缄鸾而申微悃，特诉凤以候佳音。即辰天地皆春，山川自秀，伏乞保重千金之体，永终百岁之期。不宣。"后二日，媒氏告归，瑜乃出笺以寄生。书曰：

"伏自一别，倏尔旬余。蝴蝶之粉未干，麝兰之香犹在。松竹之表，尝仿佛于目睫之间；金石之盟，每念昭于心胸之内。忽喜冰人之传事，又兼云翰之飞来，千欣！千喜！恭惟文候，学贵天人，博通古今，风采联贾少年之弱冠，文华负李长吉之奇才，诚所谓文苑中之英华，士林中之翘楚者也。瑜也，貌微无艳，才非道韫，自谓于世而无取，夫何在兄而见怜！幽谷发阳春，多感吹嘘之力；葵花倾晓日，幸蒙光照之私。托庇二天，已非一日。讵意人心有欲，天意果从。因亲复得致其亲，莫非命也；发愿竟能谐所愿，不亦宜乎！忽然手舞足蹈不自知者，自此生顺死安而无复憾。事已定矣，言更何云。惟冀尊所闻行所知，益励占鳌之志；宜其家宜其室，伫看协凤之祥。不须待月于西厢，正好挑灯于北牖。毋使前人独专其美，免思微弱以丧厥躬。伏乞鼎调，以副时望。不宣。"

是月也，忽御史按临，遴选其民俊秀者补弟子员。乡老举生为庠生。后数日，生父赍书以告瑜父。生乃吟诗一首，并写花笺以寄瑜云。诗曰：

"书寄平生故友知，白衣今已换蓝衣。微躯从此如鹰系，佳兆何时协凤飞？上苑杏花愁容去，西厢明月为谁辉！几回暗想兰房事，不觉临风泪雨霏。"

瑜得生书，亦作一启并歌一篇以复云：

"寂寂兰房愁独倚，忽见长须致双鲤。云是琼林天上郎，如今已入黉宫里。入黉宫里为何如？渐磨仁义乐菁莪。方巾员领真超卓，黄卷青灯好切磋。君不见买臣衣锦归乡里，至今名姓光青史。又不见县官负弩迎相如，至今千载扬芳誉。男儿得志皆如此，男儿莫厌穷经史。上方治定崇文儒。彬彬济济纡青紫。夫君子，真英豪，器宇堂堂气象高。心通万卷犹嫌少，日诵千篇不惮劳。此时已入文章岛，如今遂却平生志。鏖战文场应可期，太平治化真堪异。蒲柳应知得所依，凤凰何日又同飞？坐看花浩班班降，羞杀人间俗子妻。"

仆归，将诗以示生。生与同学生览毕，无不叹服称美者。其启中有微句云："但能有理可明，不怕无官可做。"又云："前日之良心因妾既丧，今日之放心在君当收。"又云："莫为蒲柳之姿，堕却云雷之志。"若此之言，非见理分明者，安能及此耶？但恨不见全篇以书记焉。

钟情丽集（下）

时生入泮宫，不两月间，生父捐馆。生哀毁逾礼，水浆不入口者三日。既葬，躬自负土，不受人助。事丧之后，终日哭泣而已，不复视事。时有白鹤双竹之祥，人以为孝感所致。自是家道日益凌替，而瑜娘之父始有悔亲之心，遂不复相往来。而生以守制故，不暇理事，不相闻者二载。

然而，瑜娘慕生之心易尝少置？风景之接于目，人事之感于心，累累形诸诗词，多不尽录，姑记一二以语知音者：

《鹊桥仙》

征鸿无信，游鲤无信，更相望断春潮无信。玉郎何处不归来，怎禁许多愁闷。青山有尽，绿水有尽，惟有相思无尽。眼中珠泪几时干，肠一寸截成千寸。

《瑞鹧鸪》

芭蕉叶上雨难留，松柏梢头风未收。万闷千愁无着处，并归心上与眉头。肠如袜线条条断，泪似源头混混流。倚遍栏杆人不见，满天风雨下西楼。

《长相思》

春望归，秋望归，目断江山几落晖？啼痕点点垂。朝相思，暮相思，终日何时是尽期，腹心寄与谁？

《一剪梅》

雨打梨花深闭门，辜负青春，虚负青春。伤心乐事共谁论？花下消魂，月下消魂。愁聚眉峰尽日颦，千点啼痕，万点啼痕。晓看天色暮看云，行也思君，坐也思君。

《满庭芳》

愁锁春山，泪潆秋水，时时独向西楼。望穷千里，山水两悠悠。惆怅故人独在，

离别后，日月难留，肠断处，愁愁闷闷，风雨五更头。相思何日了？无肠可断，有泪空流。湘江潮信断，楚峡云收。只恐寻春来晚，东君去，花谢莺愁。兰房下，何时与你，交颈绸缪。

时有同郡富室符氏者，素闻瑜娘才色，闻生久不至，遂散财赂，冀必得瑜娘为婚而后已焉。故有与瑜娘父言者，非誉符家道之华腴，必称符才貌之出众；非言生家道之萧条，必毁生行止之落魄。瑜父遂欲解盟，然犹虑构成词讼，犹豫未决。又有为其画策者，曰："内外兄弟姊妹，不可为婚，法律所禁。倘或兴讼，以此推之，何畏之有？"遂决意许符氏，然犹未敢轻动。或劝其家纳符氏聘礼者，瑜父从之。

后瑜娘缉知，悲不自胜，以死自誓，终不他适。黎闻之怒。瑜乃以白巾自缢，赖众知觉救解，得免。黎方觉悔。

然瑜之心虽不肯从，而符之盟终不可解。正忧间间，忽值其姑适王氏者归宅，黎命之解慰瑜心。乃从容劝瑜百端，瑜应之曰："结亲即结义，是以寸丝既定，千金莫移。儿非不爱荣盛而恶贫贱，但以弃旧怜新、厌贫就富，天理有所不容，人心有所未安。"始以瑜言告黎。黎曰："瑜言诚有理，奈彼符氏何！"凡瑜所亲爱者，皆令劝之。

一日，碧桃乘间谏瑜曰："娘子懿德娇颜为诸姊妹中之巨擘，然请娘子俱适名门宦族，或田连呼陌，或金玉盈箱，娘子独许寒酸，妾辈甚不惬意。近见大人别缔良姻，甚喜，甚喜。娘子何故短叹长吁，减却饮食，损坏形容，而为伤感之甚耶？"瑜曰："汝知其一，不知其二。古人有言：'今日之富贵，安知异日不贫贱乎？今日之贫贱，安知异日不富贵乎？'彼符氏虽富，而子弟之品不过一庸夫而已，纵有金玉盈箱，田连阡陌，生为无名人，死亦作无名之鬼，何足道哉！且辜生虽贫，丰姿冠世，学问优长，他日折丹桂如采薪，取青树如拾芥，何患不至富贵乎？未受他人盟约，尚当求择其人，况先受其人之聘而负之，可乎？有死而已，誓无他志！"

一日，绛桃复谏曰："自从定亲于辜生之后，一别三年，谅必他娶矣。娘子何故劳心苦志以思之？"瑜曰："汝勿言，吾意已决矣，纵苏张更生，不能摇动。且辜生久不至者何哉？盖生之为人，孝心纯笃，乃翁捐馆，方泣血而不暇，况有心相忆乎！"又曰："夫愿相守而厌相离者，淫妇之道也；托终身而期远大者，贤女之所虑也。尔何以淫妇期我，而不以贤女期我也？"绛桃拜谢而去。

未几，生家苍头忽持书至，密以一笺付瑜。瑜泣读之，乃叠韵诗一首。诗曰：

"一自往年边扁便，无奈鳞鸿专转传。劝君莫把海山盟，移向他人擅闪善。"

自是生即禫之后，夜就枕间，忽梦往黎室。至相见，讬延至于春晖堂后新创亭上，坐，顾其额曰"剪灯书窗"。壁间所挂吹弹歌舞四画，上题有诗，附录于此：

谁家有女颜如玉，手持几竿昆仑竹。镂玉编云一片形，含商弄羽千般曲。一声迟，晓起丹山彩凤啼，一声疾，半夜孤舟嫠妇泣。一声喜，秦楼仙侣同飞起。一声悲，异时忠臣乞食归。十分妙趣真无比，良工写入霜缣里。时人莫道是无声，仙声不入凡人耳。

右调《佳人吕玉萧》

中虚外实木一片，吟向佳人怀里见。玎玎珰珰几点声，细细粗粗四条线。一声清，半夜天空万籁鸣。一声浊，八月秋风群木落。一声苦，昭君马上啼红雨。一声欢，妃子宫中洗禄山。风流画史龙眠老，笔端写出心机巧。劝君莫道是无声，仙声不入凡人耳。

右调《美人弄琵琶》

及生至黎室，正想问，忽见瑜至，相见之际，再拜再悲。遂相携手入于兰房之内，二人席地而坐，历道其梦想之苦、解盟之由，相对泣下。已而，瑜收泪言曰："今日相逢，将以为可喜，则又可悲；将以为可悲，则又可喜。悲耶？喜耶？吾不得而知之。"生曰："苦尽甘来，一定之理。前日之别因为可悲，今日之逢则又可喜。可悲者既已过矣，可喜者当以与卿共之。"瑜遂命绛桃取酒，与生共饮；复命仙桃以侑觞。仙桃请歌东坡《水调歌头》。生曰："时势不同，情怀各异，被调虽妙，非吾事也。"乃止。缀《念奴娇》一曲，命仙桃歌之。绛桃和之。

"牵情不了，叹人生、无奈别离多少。一自殷勤相送后，天际归舟杳。倩女魂消，崔微梦断，瘦得肌肤小。寒闺深闭，肠断几番昏晓。怅望凤鸟不至，妖禽怪鸟，恣狂呼乱叫。悄悄忧心何处告，且喜故人重到。满酌流霞，浩歌明月，与尔开怀抱。等闲信笔，写出《念奴娇》调。"

曲尽，二人相顾，泪洒数行。已而，复相谓曰："今夜相逢，何啻梦中，可无述以记之乎？"生请其题。女曰："以'梦寐'为题，不亦宜乎？"生遂援笔书于纸屏之上：

"久别喜相会，春从何处来？四眼频相顾，双睛何快哉！对此一盏灯，如醉又如痴。大旱见云霓，和羹得盐梅。忧心冰似伴，笑脸天如开。呼童且奉酒，与君开此怀。"

写毕，忽听角起樵楼，钟鸣梵宇，推枕欠伸，乃是南柯一梦。而且忆其诗词，因起而录之。始欲治装竟寻旧约，奈何秋闱在迩，正吾人当发愤之际也，更兼有司催逼赴试甚急，生无奈何，只得起服回学肄业。故特命苍头北行，以申前好。岂知瑜父不以生为念，终无一言以及亲事，但厚赆以馈生耳。苍头临行之际，瑜乃以笺付之，令持以献生。

一日，苍头抵家复命，具言以结盟符氏，生心大恚。复闻瑜有书奉寄，生大喜，拆而视之，乃情札一纸，并诗十韵。生读之，叹曰："清才丽句，虽李易安、宋淑真不过是也。"书曰：

"妾瑜，盖尝因亲致亲，虽有惭于圣训，以爱结爱，岂有负于初心？敬陈悃愊之诚，上达高明之听。伏念妾瑜三才末品、一介女流，愧无顾国倾城之姿，且有至愚至陋之累。叨蒙不弃，肯结契缘；复感纳聘，重申结好。感恩有日，报德无由。岂期凶变于门，山崩水竭，遂使鱼沉湘水，雁杳衡阳。一别悠然，三年在迩。寸心千里，眼穷云海之微芒；一日三秋，肠断光阴之转递。前言难践，后会何时？风风雨雨不曾停，闷闷愁愁何日了！罄南山之竹简，写意无穷；决东海之洪波，流情不已。愁如云而常聚，泪若水以难干。春苑花开，怅满艳阳之景；夏凉燕乳，情嗟长养之天。秋观明月倍伤神，冬玩香梅增感慨。警于心，触于目，无非惆怅之时；俯乎人，仰乎天，尽是相思之处。一心怏怏，两泪汪汪。一日十二时，时时怅望；五更三四点，点点生愁。坐如尸，立如斋，形同枯木；瞻在前，忽在后，目若紫芝。簪折瓶沉，月下已辜向日约；香消玉减，镜中无复旧时容。密约成虚，怕过旧时游处；欢娱陈迹，难期后会何时。深怀千言万语，与谁说浣；决尽一心一意，惟子是从。愿若果乖，虽生无益；情如不遂，便死何妨！岂抛彩凤文鸾，去逐山鸡野鹜？父纵许盟于异姓，妾肯委质于他人？誓于此生，靡敢失节，皇天后土，实所鉴临！碧落黄泉，要同一处。天作比翼鸟，地成连理枝，允副王郎之愿；生为同室亲，死为同穴鬼，毋为居易之言。赵壁重完，尚希躬往；乐镜再合，早致良图。姑共挽桓君之车，庶免抱淑真之恨。偿足死生之债，莫负锚铢；未终龟鹤之龄，长坚金石。诚能如此，妾虽垂首九原之下，亦且甘心矣。惟兄是图之，毋使落他人之手也。临书肠断，不知所云。更有平日所作鄙句，并用奉呈。

朝朝暮暮忆崔徽，鬓雾蓬松泪两垂。蚕茧丝丝何日了，鹭鸶骨瘦几时肥！西厢待月人何在？北里锵鸾事已违。肠断画梁双紫燕，飞来飞去又飞归。

相思相望泪频倾，欲化云娘恨未能。帘外厌闻无喜鹊，窗前愁伴有心灯。千般娇媚颜何在？一种风流病又增。可惜佳期成阻隔，愁愁闷闷几层层。

红颜薄命古今同，不怨苍天只怨侬。松柏岁寒终不改，鸳鸯颈白也相从。要知赵客终完璧，莫学陈玉只赋龙。今日西厢门下过，汪汪雨泪洒西风。

鸾凤分群失一友，朝思暮忆倍凄凉。当时何啻鱼游水，今日方成参与商。流泪泪流流尽泪，断肠肠断断无肠。风流有债难偿子，独对西风叹几场。

平生志愿未能酬，百岁姻缘一旦休。两股钗分诚有日，一根簪折整无由。愁攒眉上铅难尽，泪落床头枕欲浮。倘若情缘中道绝，微躯此外复何求。

寂寂深闺尽日闲，伤情无语倚栏杆。恨从别后生千种，愁拥心头结一团。藕断也知丝不断，烛干信是泪难干。他时若落庸夫手，璧碎珠沉也不难。

雨打梨花倍寂寥，几回肠断泪珠抛。暌违一载更三载，情绪千条有万条。好句每从愁里得，离魂多自梦中消。香罗重解知何日，辜负巫山几暮朝。

两地相思各一天，可怜辜负月团圆。每盟金石坚孤节，生怕红尘随俗缘。鸾鸟柔肠虽断尽，鲛绡鲜血尚依然。花开月白人何处，无奈千愁万恨牵。

浊纸鲜鲜染泪红，遥传长恨寄匆匆。须知身在情终在，务要生同死亦同。苏雁影沉传去后，秦箫声断月明中。云收雨散知何处，目断巫山十二峰。

如此钟情世所稀，这般心事有谁知？丁香到死香犹在，竹节经霜节不移。有意有心常怅望，无言无语但呆痴。碧梧翠竹元由见，一日思君十二时。"

生得书后，遂整饬再寻旧约，奈何秋闱在迩，有司催逼赴试急，生不得已，即时回学温习旧业。与友人数辈，虽朝夕同学共榻，然而思慕瑜娘之心无时不然。他不暇及，集古人诗句十首，以思瑜焉。

"岂是丹台归路遥，月魂潜断不胜招。何因得荐阳台梦，几度难寻织女桥。惨惨凄凄仍滴滴，霏霏沸沸又迢迢。砌成此恨无量处，纵得春风亦不消。

丈夫身上泪沾襟，书尽谁怜得苦吟。紫府有缘同羽化，瑶台无路可追寻。能消造化许多力，不受尘埃半点侵。惟有当时端正月，只应常照两人心。

花有清香月有阴，断肠魂梦两沉沉。才开暖律先偷眼，莫为游蜂便吐心。薄雾浮云愁永昼，落花流水怨离琴。相思一夜梅花发，夕梦时时到竹林。

鱼在深渊月在天，魂归冥漠晚归泉。相思相见知何日，多病多愁损少年。独坐独行还独立，相怜相爱莫相捐。两情宛转如心素，愿作鸳鸯不羡仙。

擘破云鬟金凤凰，离人别处倍堪伤。双双瓦雀行书案，两两时禽噪夕阳。谁爱风流高格调，我怜真白重寒芳。而今往事谁重省，说与流莺也断肠。

路隔星河去往难，罗裳不暖午风寒。朱经玉树三山祷，共待天池一水干。阆苑有

书难附鹤，碧桃何处共骏鸾。山长水阔人还远，春色无由得再看。

临高万丈日斜西，相望长吟有所思。白雪为肌玉为骨。芙蓉如面柳如眉。鸳鸯被合抛何处，红叶蛾黄化为迟。独倚栏杆意难写，援毫一咏断肠诗。

云想衣裳花想容，美人千里思无穷。春从流水三分尽，心有灵犀一点通。长乐梦回春寂寂，馆娃愁重雨濛濛。不堪吟罢重回首，更隔巫山几万重。

寄语麻姑借大鹏，琼台重密许飞琼。常疑好事皆虚事，谁识鸾声似凤声。雾鬓云鬟差玉颈，云裾月风想娉婷。此时为汝肠肝断，一片伤心画不成。

月窟媌娥不惜栽，天花冉冉下瑶台。独教罗邺能吟毕，曾是刘郎再看来。满眼春愁无处着，半生怀抱向谁开？此时愁望情多少，一寸相思一寸灰。"

诗既成，乃命仆持书报黎，称"将赴试"，密付前诗，以寄瑜娘。瑜见之，不觉失声长叹，亦集古诗十首以复生曰：

"故园东望路漫漫，泣血悲风翠黛残。去日渐多来日少，别时容易见时难。春蚕到死丝方尽，沧海扬尘泪始干。无可奈何花落尽，五更风雨五更寒。

玉容寂寞倚栏杆，抱得秦筝不忍看。桂树参天烟漠漠，月娥霜宿夜漫漫。春花秋月何时了，暮雨朝云去不还。正是消魂时候也，金炉香烬漏声残。

残妆漏眼泪栏杆，睹物伤情死一般。三径冷香迷晓月，十分消瘦怯春寒。黄花冷落不成艳，青鸟殷勤为探看。天若有情天亦老，可怜辜负月团圆。

黄菊枝头破晓霜，此花不与俗人看。车轮生角心犹转，蜡炬成灰泪始干。云鬓懒梳愁折凤，晓妆羞对怕临鸾。故人信断风筝线，相望长吟泪一团。

暑往寒来春复秋，故人别后阻山舟。世间美事难双得，自古英雄不到头。豆蔻难消心上恨，丁香空结雨中愁。欲知此后相思处，海色西风十二楼。

百岁中来不自由，同着身上属谁忧。金丹拟注千年貌，仙鹤空成万古愁。岂有较龙曾失水，敢教鸾凤下妆楼。两身愿托三生梦，几度高吟寄水流。

枯木寒鸦几夕阳，自从别后减容光。遥看地色连空色，人道无方定有方。披扇当年吸温峤，此生何处问刘郎。愁来欲唱相思曲，只恐猿闻也断肠。

天上人间两渺茫，天涯一望断人肠。多情不似无情好，尘梦哪如鹤梦长。沧海客归珠送泪，坠楼人去骨犹香。人生自古谁无死，烈烈轰轰做一场。

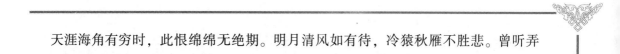

天涯海角有穷时，此恨绵绵无绝期。明月清风如有待，冷猿秋雁不胜悲。曾听弄工人间曲，只许高人个里知。寂寞日长谁问我，每因风景寄君诗。

真成命薄入寻思，独立沧浪自咏诗。粉面怕遭尘土涴，此心准有老天知。诗成夜月人何在，花落深宫雁亦悲。今日春风亭上过，寒猿晴鸟逐时啼。"

写毕，令仆持报以复。

生见瑜诗，叹赏不已，思慕倍常，功名之心如雾之散，眷恋之意若川之流。不觉成疾，勿能言动。旁求良医，拱手默然，莫知所以。有一后至者，叹曰："此必害相思之病也，虽卢扁更生，亦莫能施其术。诚能遂其怀，不治而自愈矣。"初，生之遇瑜，人莫知之也，至是，闻医者之言，举家失措，莫知其由。乃询诸仆，咸曰："不知。"询之祐哥，始以实告。即时命仆亟至临邑，别以他事诣瑜父，而密以实告祖姑。祖姑得之，窃以言瑜。瑜即解玉戒指一枚并负笺一幅，以投仆，曰："饮之即愈。"仆回抵家，遂以玉戒指磨水，与生饮之，顿觉轻减，稍稍能言。仆乃以瑜娘所与之笺呈上。生拆视之，乃诗一首云：

"妾即君兮君即妾，君今有恙妾何安。凤凰倒了连云翼，松柏须宜保岁寒。当日造端良不易，从今燃尾谅犹难。天应怜悯人辛苦，破月应知自有圆。"

生览诗数次，忽觉身健，渐渐病愈。时槐黄在迩，生以病故，不克赴试，始有重访旧游之意。

又月余，仍催装复抵黎室。既至，表叔以生久别，眷待甚厚，延于宣抚外堂之西庑。生见颇有外之之意，意甚不快。又以瑜娘平昔敬重于生，疑其必有交通，每使瑜弟黎铭伴生。生自念负疾远来，思欲与瑜一致款曲，留连半月，竟莫能得，悒怏殊深。

忽值瑜母寿旦，夜间设席庆寿，生入伴斋，至三更后，遂轻步入瑜房中。瑜正忧间，见生前至，相与唏嘘，叹息久之。已而，细诉衷肠，论其间阻解盟之事、致病之由，不胜凄惨。言犹未尽，忽闻门外呼唤之声，生遂含泪而别。临行之际。瑜谓生曰："兄姑留此，不数日父亲将有远行。"生曰："诺。"

后数日，黎与子果去。生大喜。即日黄昏，外门未闭，生直至女室，相携玉手，同至剪烛西窗。生顾窗中诗画，宛如梦中，无有或异。于是始谋私奔之约，生深然之。既而，参横斗落，遂不复寝，乃相送而出。东方渐白，门犹未启，二人相返于剪烛轩

下。此轩远僻，人迹罕闻，乃制《南宫一枝花》一曲，按琵琶歌以赠生。夫瑜平昔善歌，恐闻于外，昔时生每强之不得，今请自歌之。生心欣听，响遏行云，声振林木，骇然惊服。词名《一枝花》带过《小梁州》。

"春愁艳色中，夏景繁华里，秋悲霜降后，冬恨雪零时。触目攒眉，许多情意，心事有谁知？三年里几字不通，一日间百忧并集。

《小梁州》

望碧天，茫茫不尽；念青鸾，杳杳无期。可怜辜负深盟誓。玉人何处？招之不至。乐昌镜破，凤钗双离。萧郎箫断，蔡琰筛悲。怪累朝鸟雀频啼，喜今宵玉手同携。《小梁州》，漫把曲儿歌，大都来细把离情诉，声声短叹长吁。钟情到此，悲欢离合都经历。怅杀我无双翼，安得双双花并蒂、对对凤于飞？古人言：'在天愿作比翼鸟，入地愿成连理枝。'这言儿也、君须记。死生随你。问我何归，相思而已。"

歌毕，天明，生乃出。瑜遂书前曲，命婢持示生。

生制《耍孩儿》一曲，暮春同游，命瑜歌之，生拂弦以和之。并附于此。

《耍孩儿》

老天生我非容易，把俺置入花天月地。欢娱正值少年时，况两人貌美才奇。我便是琼瑶藏中无双宝，你便是紫阳场中第一枝。往古谁堪比？冠世才、风流曹子建，倾城色、窈窕太真妃。

《五煞》

虽二人、只一身，十分佳、一样齐，根如连理花同蒂。琪花瑶草相晖映，玉蕊金英付护持。谁知得、真情意。博山下深深密约，洞房中悄悄幽期。

《四煞》

情乍深渐妮亲，头妬交又解携，回头间别三年矣。尔思于两行红粉泪，予思尔几句断肠诗。鳞鸿绝、书难寄。百样相思端绪，万般离况情思。

《三煞》

可胜叹嗟！椿树倒、痛在心，那堪岸泮严束系。欲重来，奈多修阻不克谐。我的心情，秋冬春夏四时里，恨怨悲伤四字儿。此无聊不在心，便在眉。令那割人肠的花开月白，那更苦人心的燕语莺啼。

《二煞》

我只道破镜不圆，谁承望去壁重归。诉艰辛、一一从头起。耳才闻处肠先断，口未言时泪早垂。相对几声长吁气：哀哀怨怨，噎噎唏唏。

《煞尾》

此意儿重若山，此情儿融似泥。两人莫负平生志。情粘骨髓刀难割，病入膏肓药怎医？任生生死死，要一处相依。

《尾声》

如此如此，永由伊。由伊肯嫁情人，殒身做一个风流鬼。体独使崔张、卓司马专美。

自是之后，多会于漱玉亭上。

次夜，生复至，且约以是月中秋，相与践东门之约。瑜允之。

次日，生将辞归，适黎亦回，乃设席以待生。酒至半酣，黎起，举杯谓生曰："往日时误结丝萝，有乖国法，今思改正。且瑜娘，老夫所钟爱者，不欲外适，恐致相见之难，将求佳婿以赘之。况且子既绊于文林，必历乎仕路，但与瑜娘相呼为兄妹，不亦宜乎？"生听其言，唯唯从命。复以红罗一匹以与生，曰："劳于远来，无以为馈，聊以表吾违约之过。子其纳之。"生亦受之不辞。宴罢，日暮，生回室，思欲与瑜一会，重申旧约，奈何无间可乘，转辗反复，莫能成寝。既晓，瑜乃命碧桃以罗鳞趾一片并近体一首以别生云：

"间别三年始得逢，才逢数日却匆匆。一身归去轻如叶，万恨生来重似蓬。莫把仙桃轻漏泄，好教云翼早相从。向来言约君须记，只在中秋一月中。"

生归家数日，复往旧约。及至，不复露身，但离于佃夫之家，阴使老妪为通情焉。至中秋夜，赏月罢散，俱已醉寝，瑜乃窃开后门走出。时生正仁立俟候，忽见瑜至，相与同到寓所。命佃夫抬轿，至海滨。时舟在岸，生乃抱瑜登舟，渡海而东。半月间，始得登岸。其程中所作《八景》，附此：

《兰房寂寞》

素娥今夜到蟾宫，鹤怨猿悲惆怅中。香冷博山人不见，秋风秋雨泣寒蛩。

藏书家藏禁书

《花槛萧条》

绕栏浓艳四时开，都是区区手自栽。此生莺花谁是主，故园猿鹤不胜哀。

《仙门夜月》

惨淡中秋半夜天，相期私出小门前。回首见月颜何厚，步未移时泪已涟。

《古道秋风》

野草寒烟望眼荒，秋风飒飒树苍苍。不知此地是何处，怕听猿声恐断肠。

《博浦开船》

平生不省出门前，今日飘零到海边。同驾木兰从此去，鹤归华表是何年？

《扁舟驾浪》

一叶轻舟鼓浪行，摇摇摆摆几层层。也知平日优游好，争奈安从险处成。

《孤棹摇风》

苦爱风流不肯休，西风吹起浪波流。人言舟里黄泉近，终日昏昏怕举头。

《列楼登岸》

沙白茅黄海气腥，人言此地是丰盈。岸头举目非吾土，两泪汪汪别二亲。

登岸之际，忽见仆夫在彼俟候，迎瑜归家。

既至，择日设花烛之会，行合卺之礼。二人交欢之时，不啻若仙降也。乃于枕上共成一词，以识喜云。词名《一剪梅》：

"金菊花开玉簪秋，鸾下妆楼，凤下妆楼。新人原是旧交游，鱼水相投，情意相投。举案齐眉到白头，千岁绸缪，百岁绸缪。顶香待月旧风流，从此休休，自此休休。"

自是之后，符氏缉知，具状词告于郡。

时倅郡者由进士出身，博学好事，亦重风情案，闻生之才名、瑜之佳誉，勒生与瑜供状词。辂供曰：

"伏以不告而娶，固知获罪于圣门；窃负而逃，未免有乖于国法。虽然有咎，未必无因。谨具状由，备陈始末。缘念我祖之妹、我父之姑，早适临高之县，厥姓曰符，厥官曰土，世居临邑之乡。所有孙女，正及可笄之岁；念予小子，先成结谊之盟。自是冰人亲断千金一诺，复兼月老更交礼于双璧。玉镜之台，吾已下矣；芙蓉之褥，余得隐焉。讵念人心不测，天地无常，俄焉时候，倏尔云亡。彼海翁遽然易虑，慕彼千金之值，欺予六尺之孤，弃旧好而结新欢，见小利而忘大义。父心母意虽欲更张，女愿男情粘滞不了，是以犯在色之戒，通和好之私。日盛月新，胶坚漆固，两情难舍，百计无由。万虑千思，惟恐破乐昌之镜；三更半夜，遂窃效卓氏之逃。自博浦而下船，至烈楼而登岸。艰于山，险于水，始克到家；寄诸东，转诸西，末遑宁处。冤家有头债有主，已被告明；官司无党亦无偏，从公勘审。今蒙唤问，所供是实，得罪惟甘。尚冀审缘由，果孰先而轨后；曲成斯美，俾有始而有终。望大人宽宏法之仁，小子遂宜家之乐。生则仰天而祈祷，死则结草以报恩。不在多言，伏乞台鉴。"

瑜娘供状：

"妾瑜告则不得娶，所以悖理而私奔；观过斯知仁，尚望容情而恕罪。荷申悃愊，上渎高明。伏念瑜父生母育，忝处中闱，师顺婉闲，谨训内则。先时结谊，以缔好于辜生；近日解盟，复许亲于符氏。欲从乎先进，则不顺乎亲；欲适乎后人，则有伤于信。是以犹豫而莫决，未知定向以适从，三思于心，两端互执。出乎此则入乎彼，理势必然；舍乎利而取乎义，心情方慊。况且符氏粗粗鲁鲁，孰若辜子颙颙昂昂，泾渭判然，薰莸别矣；难离难合，不得不然。所以月下花前，预许偷香之约；更阑人静，竟为怀璧之逃。驾一苇之仙舟，凌千层之碧浪；渡蓬莱之仙境，抵琼馆之名区。谁想洞房之乐方深，而符氏诬词已下；枕席之欢未已，而府中胥吏来拘。自作自欢，事已发矣；吐情吐实，伏乞鉴焉。尚冀秦台之镜照临，孟母之刀剖析。庶俾一段良缘，始终美满；免丧三分微命，翁剡云亡。夫如是，则妾再生之辰也。谨具厥由，详情乎理。"

郡倅览毕，以硃笔判曰：

"盖闻《易》备三才，贵阴阳之正义；《诗》称四始，开男女之及时。《春秋》著谨始之友，经书重大婚之礼。兹乃彝伦之大，实为风化之原。著于理径昭昭者也；传诸后世，郁郁乎哉！矧今圣化，人物衣冠之盛，不异中州，尚期媲美于鲁邹，岂意犹存于郑卫。切照书生辜辂，初知文墨，略涉诗书，况能怀席上之珍，何患无书中之玉？处子瑜娘，生长富华，性质婉娩，何不韫黄藏之宝，待夫善价之治？却乃逞己私情，污吾淳俗，非独有违于国法，抑且有叛于圣经。揆诸理而罪固难逃，原其心而情实可恕。再照土官黎稠，蠢小黎蛮，野哉羯者，不能修理帷幕，安能制服黎民？矧今背约欺孤，损贫就富，事由其始，罪所当先。原告符氏，猴头曾尾，狼子野心，不能揣己自量，却又夺人匹配。且复捏虚词诬告，欺诳官司，理既有亏，法当坐罪。牵连之人数，各科断于本条。呜呼！一理所存，两端互执。欲断之符氏，恐开争占之方；欲断之辜生，虑起淫奔之路。是故度以中正之道，宜归父母之家。风流案自此打开，陷人坑从今填满。旷夫怨女，永无间言；债主冤家，大家解结。一惟圣朝之律，深惩荡俗之非。凡诸后生，当鉴前辙。判语已毕，合属施行。"

于是命黎父领之回。

先是，二人淹滞囹圄，极情凄惨。乃至判断明白，将使瑜父领瑜前回，二人相语别曰："妾与君历尽危险，备经辛苦，犹不得遂其美满之情，今日系于囹圄之门，此人之意恶者也。非缘兄，亦不出此。我父又将领妾远回，今夜与君在此，不知明日又在何处也。死则已矣，倘若不死，庶毋相忘于患难之中。"二人抱头大恸，绝而复苏者数次。既而，拭泪立会数次，极其绸缪，不觉樵阁日上三竿。女遂自摘其发系生之臂，生亦摘发以系瑜臂。已而，仰天叹曰："纵今生不得为同室人，亦当死为同穴鬼；纵有死生之殊，永无违背之异。皇天后土，其证之焉！"瑜乃口念《沁园春》一阕，歌以别生。每歌一句，长叹一声。满狱闻之，莫不掩泣。歌曰：

"夫为妻去，妻为夫死，死又何难？念狼虎丛中，曾经险阻，镬汤狱里，受尽辛酸。有口难言，含冤莫诉，碎了心肠烂了肝，愁杀处，见君尤缧绁，我独生还。

恩情万种千般，誓死死生生永不单。这三世冤家无解结，一条性命惜摧残！生不同衾，死当同穴，付与符氏冷眼看。须记取，绵绵长恨，天上人间。"

女别时，生之婢女以酒送瑜。瑜出一简以付之，使其与生。乃《醉春风》词一曲：

"玉貌减容色，柳腰无气力。可怜好事到头非。啾啾唧唧，彩凤分飞。宝瓶坠井，魂招不得。回头长叹息，血点盖胸臆。乾坤有尽意无穷，惜惜愁愁，嗟嗟叹叹，相思罔极。"

瑜娘既出，生亦疏放，而溺于所爱，恩愈厚而情愈深，终日不食，终夜不寐，痴痴呆呆，如醉如梦，动静语默，皆思瑜之心形也。其至精神耗损，容有变色，所为之事，旋踵而忘，不知其与荀情崔魄，孰果先而孰后也。尝作《玉蝴蝶》令一阕云：

"憔悴玉人去也，深盟已负，幽怨难招。终日昏昏，无赖无聊。恨如山，重峰叠嶂；愁苦线，万绪千条。想娇娘，眼波波深恨，旃摇摇难招。游魂飞散，金钗脱股，玉带宽腰。被冷香残，兰房寂寂，长夜迢迢。僧金迦，情谁解结？风流案，何日能消？可怜俏玉人何在，风雨潇潇。"

又诗曰：

"临风长叹息，好事到头非。一点心难朽，千年愿已违。离鸾终日怨，塞雁几时回？寂寂寒窗下，无言但泪垂。谁想凤和凰，翻成参与商。灯残心尚在，烛冷泪还长。当日同司马，如今似乐昌。相思成痼疾，自觉断中肠。"

瑜娘自归之后，黎幽之冷室，使之自尽。瑜终日独自悲吟，欲殒命，然以未得与生诀别，尚不能忍，乃作哀词八首以自吊云：

"暗室兮寥寥，长夜兮迢迢。欣欢兮今何在，天涯兮亦何遥。愁频结兮不能消，魂已飞兮不能招。风流债兮偿未了，鸳鸯颈兮何时交。

妾心兮悲又悲，皇天兮知不知？相思兮此际，相见兮何时？雁儿东去，燕儿西归，镜已分兮钗已离。心盟有在兮君应不违，灵神作证兮吾将谁依？在天愿作兮比翼鸟，在地愿为兮连理枝。天地兮无穷尽，此情兮无绝期。

日在兮青天，鱼在兮深渊。天与渊兮悬何切，我与君兮合无缘！不怨父兮不怨母，不怨人兮不怨天。但怨红颜多薄命，倚门长叹泪涟涟。

幽室无人兮与鬼交亲，微喘苟存兮与鬼为邻。愁眉兮终日颦，幽恨兮几时伸。誓此生兮不惜身，即与子兮合其真。生当为兮同室人，死当为兮同穴尘。

春风桃李兮今何在，秋雨梧桐兮增感慨。填不平兮美满坑，偿未了兮风流债。香罗重解兮何时，佳期已失兮难再。

百年伉俪兮一旦分张，覆水难收兮拳拳盼望。倘若不遂所怀兮死也何妨，正好烈烈轰轰兮便做一场。莫教专美兮待月西厢，何州偃仰兮苦恋时光。

树欲静兮风不休，梗欲停兮波不流。海纵枯兮心尚在，石虽烂兮情犹存。于今堪叹亦堪悲，无缘佳期不到头。甘向牡丹花下死，便为情鬼也风流。

只为君情兮若牵缠，遂使今日兮受斯愆。窃负而逃兮真可慊，缧绁而拘兮犹可怜。父兮母兮不相见，兄兮弟兮不相掮。与其苟生于人世，孰若饮恨于黄泉！"

词成，黎以公干之县，祖姑乃窃开纵瑜潜而出。

时生家仆来探访消息，瑜乃出一简付之，命遗与生。生拆视之，不觉放声大哭。其书曰：

"妾与君自交会以来，殆始四载于斯矣。吾兄使妾眷恋之心始终弗替，绸缪之意生死弗改。瑜月下之盟，口血犹未干也；灯前之语，德音尚在耳也。妾拳拳是念，切切惟思，未尝一日而去怀，惟冀与子偕老而已。曩者中秋之行，始得遂志，自谓可以驯至百年而不负，灯前月下之心遂矣。奈何无知恶小切齿，在州构成官讼，遂至钗分镜破，簪折瓶沉。父母恶之，乡人贱之，臭秽彰闻，闺门骈笑，良可悲夫！妾今幽居别室，风月不通。正欲自尽也，则恐自经沟渎，人莫知之；正欲苟存也，则将何面目去见父母？是以犹豫未决，思欲与子一诀而后捐身也。呜呼！百年伉俪，一旦分张；千载佳期，时难再得。想迎风待月之时，握雨携云之会，其可得乎？吁！不可得也。此妾之所以长叹深悲者也，所以饮恨长逝者也。妾所以作哀词录之以奉呈焉，以表生死不忘之志。瑜泣血谨书。"

生览毕，忽焉如有所失，乃作《嗟嗟凤侣》六章以自广云：

"嗟嗟凤侣，在天一方。思之不见，我心孔伤。

嗟嗟凤侣，在天一涯。思之不见，我心孔悲。

嗟嗟凤侣，非梧不栖。胡为乎哉，一东一西。

嗟嗟凤侣，非竹不食。胡为乎哉，一南一北。

嗟嗟凤侣，遭幽囚兮。一日不见，如三秋兮。

嗟嗟凤侣，落樊笼兮。一日不见，如三冬兮，使我心忡忡兮。"

生即日促装兼道而行，直抵黎之左右潜居焉。使人以密告祖姑，祖姑密以告瑜。瑜闻生至，思得一见而无由，乃作《首尾吟》二律以馈生云：

"生不从兮死亦从，天长地久恨无穷。玉绳未上瓶先坠，金轸初调曲已终。烈女有心终化石，鲛人何术更乘风？拳拳致祝无他意，生不相从死亦从。

生不相从死亦从，吁嗟好事转头空。暌违已似河边柳，偶得全凭塞上翁。幽香未消幽恨结，此身虽异此心同。拳拳致祝无他意，生不相从死亦从。"

辜生是日又得此诗，越加忧惨。知瑜以死相许也，乃溺恨燥肠作赋，名曰《钟情》，密以馈女云：

"予自与卿交合之后，悲欢离合，莫不备经。然后知吾二人钟情之至，亘古至今，天上人间所未有者也。自前寓此，仓卒并日，埋身晦迹，一月余矣。思与子一会，以叙往昔之好，以成往昔之盟，以谐往日之愿，以践往日之言，不可复得，可胜叹哉！近得子所作《首尾吟》二律，感伤悲戚，怨恨凄惨，且以见吾子之无二志矣。读之再三，感之不已。呜呼！不知何时复得相见也。兹不揆愚鲁，强写情怀，作成鄙赋一篇，名曰《钟情》。夫情所钟者，皆吾与于经历之所履也，不待赘言已可知矣，然未有不因言而见心者也。吁！韩子所谓'物不得其平则鸣'，岂虚语哉！今因人便，敬述谬作以寄吾子，希吾于其采之。虽然，文华虽工，无补于事，要在践言耳。同生死人辜辂拜首献赋曰：心动为情，与生俱生。蕴之而为至中之德，发之而为至和之声。至微至妙，惟纯惟精。因乎万物之感，故有二者之名。叹夫人之所禀虽同，我之所钟独异。非忧惧之切心，匪爱恶之介意。杳杳焉莫究其由，茫茫焉莫窥其际。但见感乎物，应乎中，触于目，着于躬。乾旋坤转，吾情之无穷也；日往月来，吾情之交通也；春风和气，吾情之冲融也；骤雨浓去，吾情之朦胧也；泪之洒然，气之嘘然，吾情之所以如山如峰也。然一身之有限，而万状之无涯。既而乐之，乐忽变而哀，情之所钟，为何如哉！察其所由，源源而来。想其月明风清，寂无人声；兰肩启矣。情人止矣。尔乃一气潜消，两情不已；贯两玉而一串，洽两身而一体。翙焉焉猗猗焉，不啻乎凤之和鸣、枝之连理也。虽文萧之绊彩鸾、三郎之幸妃子，天下钟情之乐，又岂加于此哉！至若子规声苦，秋闺夜雨，人既归兮，臂既解兮，尔乃恨结于心，愁塞于眉，嗟赤绳之缘薄，叹鳞雁之音稀，肃肃焉，切切焉，奚啻乎雁之失群、鸾之分飞也。虽溺爱之苟情、多情之崔魄，天下钟情之苦，又岂有加于此哉！呜呼！噫嘻！吾之与子，交情之至，止于此矣！方跨粉墙，游洞房，待月明，窃仙香，赴云雨之幽会，期天地而久长，此情之钟于乐之一也。及其辞阆苑，归琼馆，赴佳期，望穿眼，念日月之流迈，伤春景之不返，此情之钟而为苦之一也。及至久别而相逢，久室而复通，携琴以遂相如，举案以待梁鸿，此又情之钟而为苦之一也。讵意事发入于公门，身居于囹圄，埋龙剑于狱中，分明镜于江浒，此又情之所钟而为苦之一也。情兮情兮，钟情立此当何如！乐极哀生，言既不虚；苦尽甘来，言岂我诬？悼往者之不可救，念来者之犹可图。望赵卿之返璧，期合浦之珠还。誓此心兮，生死不殊；誓此情兮，生死不逾。身虽异处，情非二途。卿其我乎？我其卿乎？钟情之赋，止于如斯，复何言之可言欤！乃从而歌之曰：乾坤易尽兮，情不可极。云雾可消兮，情难释。江海可量兮，情难测。情之起，先天地无始。情之穷，后天地无终。微此人兮，吾谁与同？微此情兮，吾何以终！"

瑜览赋毕，不觉失声大哭。既而，援笔修书一览以答生云：

"同生死人妾瑜拭泪含涕，谨布心声，特令便人代为申达微意，以渎情人辇兄：妾惟悲欢相继，虽事势之必然，生死同途，实人情之至愿。皇天后土，鉴一生无二之心；霜竹雪梅，秉万古不移之节。春情如海，永不枯干；盟誓若山，何由转动？但恐情命短短，物在人亡，空垂首于九原，枉分身于两处，为此悲耳，岂不哀哉！妾今在幽房，何殊地狱。吞声哽咽，绝如泣血之子规；顾影悲吟，恰似失群之孤雁。欲苟延性命，亲却不从；将殒灭微躯，兄又不至。伤心积恨，岂止一端；残喘微躯，惟欠一死。感兄不弃，幸轻百里而来询；嗟妾无缘，不得一朝而相见。室迩人遐，空怀恨焉；月缺

花残，实可伤也。近得情书飞坠，华翰传来，测亮新奇，凄凉惨切，备尽悲欢离合之状，极夫风流慷慨之言。蹙额开缄，含泪披读，泄胸中之苦趣，开笔下之陈言。奈何纸短情长，未免言穷意并，伏乞采之，实为幸也。"黎归，闻其母纵瑜，大怒，愈加禁锢，节其饮食。生潜住月余，不复通其消息，愈加忧怏。然赖祖姑时加问，且命生姑留于此，因便窃发。

又月余，值黎岳父之诞辰，黎偕其妻俱往之外氏。是夜，祖姑乃穴墙纵瑜而出，命佃人舁之，随生东归。

数日至家，再设花烛之宴，重誓山海之盟。生乃命婢把酒，与瑜共饮。欢甚，生口占一绝以侑女云：

"经霜松柏愈森森，足见平生铁石心。今夜灯前一杯酒，故人端为故人斟。"

瑜接厄，亦吟一绝以答生云：

"经霜松柏愈苍苍，足见平生铁石肠。今夜灯前一杯酒，故人端为故人尝。"

瑜复酌酒，再酬生云：

"经霜松柏愈班班，足见平生铁石肝。今夜灯前一杯酒，故人端为故人谈。"

生接厄，亦吟以复云：

"经霜松柏愈青青，足见平生铁石盟。今夜灯前一杯酒，故人端为故人倾。"

瑜归之后，祖姑乘间劝黎，因许瑜归宁。祖姑密使人报生知，夫妻遂备礼起行。既至，俯伏请罪。居月余方归。

瑜娘孝敬其姑，恭顺其夫，待姊妹以和友为先，遇仆婢以恩惠为本。一家内外，无不敬之。机杼之精，剪制之巧，为一时之冠，时誉翕然称之。暇日，则与生吟咏。厥后生摄巍科，偕老百年，永终天命。

玉峰主人与生交契甚笃，一旦以所经事迹、旧作诗词备录付予，令为之作传焉。既成，乃为之赞曰：

"伟哉辜生！卓冠群英，玉质金声。懿哉瑜娘！秀出群芳，国色天香。曰秀曰芳，今古无双。可羡可嘉，千载奇逢。意密情浓，成始成终。洋洋美誉，流播乡间，莫不曰善。斯色斯才，生我琼台，猗欤休哉。玉峰主人，笔力通神，相像写真，作此传记，传之无涯。"

玉峰主人庆生诗：

"几回离合几悲欢，如此钟情世所难。雪冻不催松落落，飞蛾难掩月团团。丰城龙剑分终会，合浦明珠去又还。从此玄霜俱用尽，好将诗句咏关关。"

侯轩陈隐公诗：

"好将诗句咏关关，青鸟何妨再探看。无可奈何风大急，似曾相识月团团。画蛇笑彼安蛇足，失马知君得马还。好把风流收拾起，早携书剑上长安。"

玉峰主人结：

"早携书剑上长安，莫恋人家岁月长。金榜题名千古旧，布衣换却锦衣还"